SODOME ET GOMORRHE III

LA PRISONNIÈRE
suivi de
ALBERTINE DISPARUE

MARCEL PROUST

À LA RECHERCHE DU TEMPS PERDU

SODOME ET GOMORRHE III
La Prisonnière
suivi de
Albertine disparue
(dernière version revue par l'auteur)

TEXTE ÉTABLI, PRÉSENTÉ ET ANNOTÉ
PAR NATHALIE MAURIAC DYER

LE LIVRE DE POCHE
classique

Agrégée de Lettres modernes et ancienne élève de l'École Normale Supérieure de Fontenay-aux-Roses, Nathalie Mauriac Dyer prépare un doctorat d'études grecques lorsqu'en 1986 est retrouvée dans les archives familiales la dactylographie originale d'*Albertine disparue* corrigée par Marcel Proust. Avec la collaboration d'Étienne Wolff, elle publie l'année suivante (Grasset, 1987) ce document qui bouleverse la physionomie des posthumes d'*À la recherche du temps perdu*. Nathalie Mauriac Dyer est membre du Centre de Recherches Proustiennes de Paris III et de l'équipe Proust.

SODOME ET GOMORRHE III
LA PRISONNIÈRE — ALBERTINE DISPARUE[1]

I. L'histoire du texte

« À la recherche du temps perdu *commence à peine* »

Sodome et Gomorrhe III, La Prisonnière Albertine disparue :
on ne trouvera pas ce titre dans le « canon » des posthumes
d'*À la recherche du temps perdu* établi par la librairie Gallimard
entre 1923 et 1927, et depuis universellement repris, y compris
dans la dernière édition de la « Pléiade »[2]. Le volume avait
pourtant été annoncé quelques jours à peine après la mort de
Proust, le 1er décembre 1922, dans un encart publicitaire de *La
Nouvelle Revue Française* qui présentait ainsi la fin de l'œuvre :

1. Soit le texte ainsi intitulé et défini par Marcel Proust en 1922 sur la
dactylographie corrigée retrouvée en 1986. Différentes « restaurations »
posthumes en ont été publiées depuis 1925 sous le même titre (voir dans la
présente collection l'Introduction à *La Fugitive*).

2. *À la recherche du temps perdu*, « Bibliothèque de la Pléiade », Galli-
mard, éd. publiée sous la direction de Jean-Yves Tadié, tome III (1988)
Sodome et Gomorrhe, La Prisonnière ; tome IV (1989) *Albertine disparue,
Le Temps retrouvé*.

SOUS PRESSE :
SODOME ET GOMORRHE, III.
   LA PRISONNIÈRE — ALBERTINE DISPARUE

À PARAÎTRE :
SODOME ET GOMORRHE en plusieurs volumes (suite)
LE TEMPS RETROUVÉ (fin)

   Gaston Gallimard, l'éditeur de Marcel Proust, s'était borné
à annoncer, le mois précédent dans la même revue, un
« SODOME ET GOMORRHE, III », en « 2 volumes » conformément à tout ce que son auteur avait consenti à lui révéler, à
la fin de septembre, de la suite à paraître de *Sodome et Gomorrhe
II*. Il est peu probable que, Proust disparu, l'éditeur n'ait eu
d'autre hâte que d'annoncer de son propre chef l'ensemble d'une
œuvre dont l'achèvement incertain devait bien plutôt le préoccuper. L'emploi de la formule « sous presse » suggère d'ailleurs
l'état d'avancement qu'était censé avoir acquis, au moment de
la parution de l'annonce, le projet éditorial de *Sodome et
Gomorrhe III* : il implique pour le moins l'accord de l'auteur.
C'est bien Proust seul qui avait pu, peu avant sa mort, inspirer
les termes de ce « canon » virtuel.
   Ils s'inscrivent d'ailleurs parfaitement dans la continuité de
ses annonces précédentes à Gallimard, depuis qu'il lui avait, en
1916, fait part de ce que son livre « plus long, disait-il, que je ne
m'en rendais compte moi-même » comportait un volume intitulé *Sodome et Gomorrhe*[1]. De ce volume unique en 1916, il était
passé à deux dans la table de l'œuvre à paraître publiée avec
À l'ombre des jeunes filles en fleurs en 1918[2], puis, dans la suite
de sa correspondance avec l'éditeur, à quatre en 1921, et jusqu'à
cinq ou même six au début de 1922[3]. C'était une véritable série

   1. *Cf.* M. Proust — G. Gallimard, *Correspondance*, Gallimard, 1989,
lettre datée de peu avant le 15 mai 1916.
   2. *Sodome et Gomorrhe I* contenait alors la matière de ce qui serait
finalement imprimé sous les titres *Sodome et Gomorrhe I* et *II* : la suite était
annoncée sous le titre *Sodome et Gomorrhe II — Le Temps retrouvé*.
   3. Voir ces lettres dans la Chronologie ci-dessous (début janvier 1921 et
18 janvier 1922).

qui devait se mettre en place[1], et différer d'autant *Le Temps retrouvé*. « J'ai tant de livres à vous offrir qui si je meurs avant ne paraîtront jamais (*À la recherche du temps perdu* commence à peine) », écrivait Proust à Gallimard en février 1922.

Commercialement, cette démultiplication de *Sodome et Gomorrhe* était sans doute fâcheuse. Après la publication des deux premiers volumes, Proust en convint : « [on] m'avait dit que j'avais tort de ne pas varier mes titres que les gens étaient si bêtes que lisant une œuvre intitulée comme la précédente Sodome et Gomorrhe se disaient mais j'ai déjà lu cela », confie-t-il à Gallimard en juin 1922. Le titre est provisoirement relégué : « j'ai pensé que je pourrais peut-être intituler Sodome III la Prisonnière et Sodome IV la Fugitive quitte à ajouter sur le volume (Suite de Sodome et Gomorrhe) ». Mais « La Fugitive », non disponible, « disparaissant »[2] — ce titre est en effet celui d'une traduction de Tagore que viennent en 1922 de publier les Éditions de la Nouvelle Revue Française — « Sodome et Gomorrhe » l'emporte à nouveau : fin septembre, Proust informe Gallimard, qui le presse pour ses annonces de librairie de lui livrer les titres définitifs de la suite de *Sodome et Gomorrhe II*, qu'« il ne faut pas donner actuellement un autre titre que *Sodome et Gomorrhe III* à [ses] prochains volumes ».

Il lui en livre la « première partie » au début de novembre : c'est *La Prisonnière*. À l'éditeur qui souhaite alors le rencontrer, ou à son intermédiaire Jacques Rivière, il dut fournir *in extremis* les précisions que reflète l'encart publicitaire de la *N.R.F.* : *Albertine disparue*, désignée sur sa dactylographie originale comme « suite du roman précédent la Prisonnière », et dont le texte avait été considérablement réduit à l'issue d'une campagne de correction, devait constituer la deuxième partie de *Sodome et Gomorrhe III*.

Proust mourait le 18 novembre en laissant ce volume

1. *Cf.* Jean-Yves Tadié, *Proust et le roman*, Gallimard, 1971, p. 280, et notre article « Le cycle de *Sodome et Gomorrhe* : remarques sur la tomaison d'*À la recherche du temps perdu* », *Littérature*, décembre 1992, n° 88.
2. Lettre à Gallimard, peu après le 26 septembre 1922 ; voir la Chronologie ci-dessous.

pratiquement achevé, mais sans avoir pu autrement que par des notes linéamentaires renouer le fil interrompu de la série des *Sodome et Gomorrhe*. L'annonce de la *N.R.F.* allait devenir lettre morte aux mains des responsables de la publication posthume, le Dr Robert Proust, frère de l'écrivain, et Jacques Rivière, le directeur de *La Nouvelle Revue Française*.

« *L'œuvre existe donc dans sa totalité* »

À la fin du numéro spécial d'« Hommage » que la *N.R.F.* consacre à Proust le 1er janvier 1923, le principal souci de l'auteur de la rubrique anonyme « Le Manuscrit » — il s'agit vraisemblablement de Jacques Rivière — est d'affirmer l'achèvement d'*À la recherche du temps perdu*. Proust a laissé « vingt forts cahiers de classe », qui contiennent *Sodome et Gomorrhe* et *Le Temps retrouvé* ; sept seulement ont déjà été publiés, sous les titres *Sodome et Gomorrhe I* et *II* ; les treize derniers contiennent « les prochains tomes » et « le reste de l'ouvrage » : « l'œuvre existe donc dans sa totalité et l'écrivain lui-même la considérait comme achevée, puisqu'il a apposé de sa propre main la mention *Fin* à la dernière page du cahier XX » — pour preuve, pas moins de quatre photographies de ce « dernier cahier » ouvrent le numéro. Dès lors, les modalités de la publication posthume peuvent apparaître comme secondaires : « la suite et la fin d'*À la recherche du temps perdu* » paraîtront « en un nombre de tomes et de volumes qui n'est pas encore déterminé ». L'encart publicitaire paru le mois précédent, et qui est d'ailleurs repris dans ce numéro, est moins démenti qu'il n'est prudemment esquivé.

Il est oublié depuis longtemps quand est prêt, à la fin de 1923, le premier volume posthume d'*À la recherche du temps perdu : La Prisonnière (Sodome et Gomorrhe III)*, qui remplace sans que personne s'en émeuve le *Sodome et Gomorrhe III, La Prisonnière Albertine disparue* annoncé comme « sous presse » un an plus tôt. Un « Avertissement de l'Éditeur » en attribue la « révision très soigneuse sur le manuscrit » au Dr Proust et à Jacques Rivière.

Un volume intitulé *Albertine disparue* paraît en 1925, sans avertissement liminaire cette fois : les circonstances de sa publication, qui constituent l'événement pivot dans l'histoire de la publication posthume d'*À la recherche du temps perdu*, vont rester longtemps secrètes. *Albertine disparue* ne sera suivi d'aucun des volumes supplémentaires de *Sodome et Gomorrhe* promis en 1922 : mais avec la publication du *Temps retrouvé* en 1927, l'entreprise commencée près de quinze ans plus tôt avec *Du côté de chez Swann* a été, apparemment, menée à son terme.

Dès 1929, à l'occasion de la première édition des « Œuvres complètes » de Marcel Proust, les Éditions de la Nouvelle Revue Française mettent au point ce qui va devenir — et rester pendant plus de soixante ans — la tomaison « canonique » d'*À la recherche du temps perdu*. Les derniers vestiges de la série avortée des *Sodome et Gomorrhe* disparaissent : *Sodome et Gomorrhe I*, publié en 1921 par Proust à la fin du volume du *Côté de Guermantes II*, est regroupé avec *Sodome et Gomorrhe II* dans un volume unique, *Sodome et Gomorrhe*, et le sous-titre de *La Prisonnière* définitivement effacé. *Sodome et Gomorrhe, La Prisonnière, Albertine disparue, Le Temps retrouvé* : l'annonce de 1922 a vécu, et l'œuvre pris une physionomie qui semble devoir être définitive.

L'ère du soupçon posthume

Gaston Gallimard cependant se montre insatisfait de l'édition originale d'*Albertine disparue*. En 1931 il fait, avec l'appui de son équipe, l'assaut épistolaire du Dr Proust :

« Je dois vous rappeler que l'édition des Œuvres complètes est en souffrance depuis assez longtemps dans l'attente de votre décision au sujet du texte d'*Albertine disparue* dont la révision s'impose. »

Qu'il consente donc à en confier « le manuscrit original » :

« Il serait particulièrement désirable que le texte qui va paraître... [le] reproduisît plus fidèlement... ou tout au moins donnât en appendice tous les éclaircissements nécessaires. Ce serait d'un intérêt capital pour la connaissance des procédés de travail de Marcel Proust. »

Le vœu de l'équipe éditoriale de Gaston Gallimard, alors formulé sans plus de détours au Dr Proust, est d'« établir le texte critique d'*Albertine disparue* ». Mais la réponse sera une fin de non-recevoir définitive : « je vous dirai que, bien entendu, c'est à mon avis le texte de la première édition d'*Albertine disparue* qui doit être conservé [...] je désire qu'aucune modification ne puisse être faite au texte même de mon frère »[1].

Il n'en sera plus question aux Éditions Gallimard jusqu'à l'entrée d'*À la recherche du temps perdu* dans la collection de la « Bibliothèque de la Pléiade ». C'est sur les cahiers manuscrits qu'évoquait Jacques Rivière au début de 1923 dans le numéro d'« Hommage » de la *N.R.F.*, et qui sont devenus la propriété de Suzy Mante-Proust, la fille de Robert Proust disparu en 1935, que les éditeurs, Pierre Clarac et André Ferré, font la collation du texte de l'édition originale d'*Albertine disparue*. Ils relèvent entre les cahiers et l'édition une série de divergences, qu'ils expliquent par l'existence d'un document intermédiaire qui « ne [leur] est pas parvenu », une « copie dactylographiée »[2], vraisemblablement. L'absence totale, dans le manuscrit comme dans la correspondance, du titre *Albertine disparue* les conduit à douter de son authenticité : en 1954, c'est une *Fugitive* qui paraît dans la « Pléiade » à la suite de *La Prisonnière*, pour rétablir une symétrie qu'on suppose le dernier vœu de Proust[3]. La césure avec *Le Temps retrouvé*, que les cahiers manuscrits n'indiquent pas plus, est même déplacée de quelques pages par les éditeurs.

Nouveau titre, nouveau découpage — et parfois même

1. Sur l'ensemble de cette correspondance, *cf. Albertine disparue*, Grasset, pp. 217-220, et *Bulletin Marcel Proust* nᵒ 41, 1991, pp. 24-27.

2. *À la recherche du temps perdu*, « Bibliothèque de la Pléiade », Gallimard, 1954, III, 1095.

3. *Ibid.*, I, XXXIV-XXXV.

nouveau texte, puisque les cahiers manuscrits sont préférés à l'édition chaque fois qu'ils donnent un état plus développé[1] : une époque d'incertitude s'ouvre, d'autant plus que la « Pléiade » ne parvient pas tout à fait à évincer l'*Albertine disparue* de 1925. Vraisemblablement à la demande de Suzy Mante-Proust, le texte de *La Fugitive* est repris dans les collections de poche sous le titre *Albertine disparue* — mais sans un mot d'explication. Sans explication encore, et dans la collection « blanche » cette fois — celle-là même où avaient été publiées les originales d'*À la recherche du temps perdu* — il reparaît, toujours sous le titre *Albertine disparue*, mais avec la division en chapitres et la césure avec *Le Temps retrouvé* qui étaient celles de l'édition de 1925.

L'entrée en 1962 à la Bibliothèque nationale, avec l'ensemble des manuscrits proustiens, d'une dactylographie intitulée *Albertine disparue* n'éclaircit pas la situation : elle ne porte aucune correction autographe de Proust. Il s'agit de la copie de travail utilisée après sa mort, en 1924-1925, par le Dr Robert Proust et l'équipe des Éditions de la Nouvelle Revue Française[2]. Jean Milly l'écarte en 1986 pour une édition qu'il intitule, incertitude oblige, *La Fugitive (Albertine disparue)*, et qui privilégie toujours la version plus développée des cahiers sur celle de l'édition originale, mais revient à son découpage.

Albertine disparue : *retrouvée ou perdue ?*

Cette même année meurt Suzy Mante-Proust. Son gendre Claude Mauriac, lors du classement d'archives, vérifie une dernière fois le contenu d'un carton déjà inventorié, et qu'il s'apprête à reléguer. Il feuillette à nouveau rapidement les pages d'une « dactylographie violette » contenue dans une « chemise jaune » laconiquement marquée : « Textes ». Et soudain, sur une

1. *Cf.* A. Ferré, « Inédits d'*Albertine disparue* », *Bulletin de la Société des Amis de Marcel Proust*, n° 2, 1951-1952.
2. L'indication *Vu par Marcel* qui y figure ne renvoie pas, comme on l'a cru parfois, à *Marcel* [*Proust*], mais à [*Gabriel*] *Marcel*, qui participa à la préparation de l'édition originale (*cf. Bulletin Marcel Proust*, n° 41, 1991, p. 24 *sq.*).

page, puis d'autres, l'écriture de Proust : « Ici commence Albertine disparue, suite du roman précédent la Prisonnière. » *Albertine disparue* est retrouvée[1].

Il s'agit là de la dactylographie originale des cahiers manuscrits que Proust avait fait établir au printemps 1922 avec celle de *La Prisonnière*[2] par Yvonne Albaret, la nièce, engagée pour la circonstance, de sa gouvernante Céleste. Elle est corrigée de sa main, et complète : des indications de régie autographes y précisent sans ambiguïté les articulations romanesques — début et fin de chapitres et de volume. Découverte capitale pour l'histoire des posthumes d'*À la recherche du temps perdu* : sous le titre familier d'*Albertine disparue* dont l'authenticité n'est plus douteuse, c'est un texte pour le moins déconcertant qui resurgit.

Si la dactylographie n'a pas fait l'objet, comme au même moment une partie de celle de *La Prisonnière*, d'une révision systématique et détaillée, Proust y a apporté quelques corrections d'une portée considérable : la plus spectaculaire juxtapose sans transition à la déploration, fort abrégée, qui suit la nouvelle de la mort d'Albertine, le séjour du héros avec sa mère à Venise. Deux cent cinquante pages séparaient sur la dactylographie les deux épisodes : Proust — il le précise de sa main sur le document — a « tout ôté ».

Le résultat est un volume dont la publication originale, en 1987[3], déroute par sa brièveté — aggravée par l'interruption du récit immédiatement après l'épisode (lui-même réduit) du séjour à Venise, la suite de la dactylographie, bien que demeurée dans la liasse, ayant été biffée par Proust. En compensation de ce qui apparaît comme un considérable appauvrissement de ce que l'on connaissait jusque-là sous le même titre ou celui de *La Fugitive*, quelques additions — mais elles sont éparses, parais-

1. *Cf.* Claude Mauriac, *Le Temps immobile 10, L'Oncle Marcel*, Grasset, p. 332 *sq.*

2. La dactylographie de *La Prisonnière* s'achève au folio 526, celle d'*Albertine disparue* commence au folio 527.

3. *Albertine disparue*, édition originale de la dernière version revue par l'auteur, établie par N. Mauriac et É. Wolff, Grasset, 1987. Cette édition est illustrée de 4 planches hors-texte reproduisant les pages les plus importantes de la dactylographie retrouvée.

sent hâtives ou mal intégrées au récit, quand elles ne semblent pas le contredire de manière flagrante. Ainsi la plus importante, sur laquelle nous reviendrons, et qui déplace aux environs de Combray le théâtre de la mort d'Albertine, blesse, semble-t-il, la cohérence romanesque : depuis sa fuite, la jeune fille était censée se trouver en Touraine. Proust n'aurait que maladroitement cherché et imparfaitement réussi, par quelques corrections ponctuelles, à effacer ce qui semble une insurmontable difficulté narrative[1]. *Albertine disparue* apparaît inachevée.

Cette *Albertine* retrouvée mais visiblement, ne fût-ce que par le volume, amoindrie, place encore les éditeurs potentiels d'*À la recherche du temps perdu* — qui rejoint l'année même de sa publication le « domaine public » — dans une apparente impasse : comment publier désormais la « fin » de la *Recherche*, dès lors que la suppression de deux cent cinquante pages de la dactylographie d'*Albertine disparue*, soit l'équivalent de deux cahiers manuscrits, court-circuite — irréversiblement du fait de la mort de l'écrivain — l'accès au *Temps retrouvé* ? Que faire, désormais, de l'œuvre posthume de Proust ?

« *Entre nous désormais c'est d'*Albertine disparue *qu'il est question* »

Au moins les circonstances de la publication originale d'*Albertine disparue* s'éclairent-elles : livrer ce volume tel quel au public eût été exposer Marcel Proust, et sans appel, à cette critique qu'il avait, dans les derniers mois de sa vie, confié à Gaston Gallimard redouter : « il ne faudrait pas [...] faire dire : "il est très en baisse" »[2]. C'eût été surtout porter un coup fatal à la *Recherche du temps perdu*, dont *Albertine disparue* aurait été, par défaut, le dernier chapitre.

« Entre nous désormais c'est d'*Albertine disparue* qu'il est

---

1. *Cf. Albertine disparue*, Grasset, notes 3, 5 et p. 176 la fin de la note 9 ; J. Milly, « *La Fugitive* disparue ? », *B.M.P.* nº 39, 1989, et l'Introduction de son édition d'*Albertine disparue*, Champion-Slatkine, 1992.
2. Lettre du 22 juillet 1922 (voir Chronologie ci-dessous).

question »[1] : Jacques Rivière et le Dr Proust peuvent plaider la légitimité du choix qui fut le leur. Proust n'avait-il pas laissé, à deux reprises, des consignes à Gaston Gallimard ? En mai 1919, tout d'abord :

« Pourvu que tout paraisse de mon vivant ce sera bien, et s'il en advenait autrement j'ai laissé tous mes cahiers numérotés que vous prendriez et je compte alors sur vous pour faire la publication complète. »

En mars 1921, encore :

« Pour tous les derniers volumes, je serais mort qu'ils pourraient paraître tels quels, ou quasi. [...] à la rigueur, après avoir donné à vous ou à Jacques [Rivière] q[uel]q[ues] explications, mes cahiers pourraient paraître tels quels, en cas d'événement fâcheux. »

Seul le double de la dactylographie d'*Albertine disparue*, établi en même temps que la copie originale au printemps 1922 mais resté vierge de toute correction autographe de Proust, donnait le texte intégral des cahiers suivant *La Prisonnière*, et permettait, sans solution de continuité, d'accéder à la fin de l'œuvre : il fut choisi par Jacques Rivière et le Dr Proust comme copie de travail pour la préparation de l'édition originale de ce qu'ils allaient appeler, conservant le titre de la dactylographie corrigée par Proust, *Albertine disparue*.

Outre le titre, quelques additions furent reportées sur le double[2], ainsi que les principales articulations romanesques ; mais pour accommoder ce qui était une masse textuelle beaucoup plus ample, Robert Proust dédoubla les deux brèves sections mises en place par son frère sur l'exemplaire original[3]. L'*Albertine disparue* ainsi restaurée comporte quatre longs chapitres : la seconde moitié du premier, la totalité des deuxième et quatrième, n'avaient jamais figuré dans le volume défini par

---

1. Lettre de J. Rivière à R. Proust, le 21 janvier 1924 ; *cf. Albertine disparue*, Grasset, p. 205.
2. Et notamment le long portrait de Norpois, dans l'épisode du séjour à Venise. Faute de pouvoir connaître l'origine de ces passages, les successeurs de R. Proust et J. Rivière les reproduisirent dans leurs éditions de *La Fugitive/Albertine disparue* (*cf.* p. 496 note 1).
3. Pour un compte rendu détaillé du travail du Dr Proust, *cf.* notre article « Les mirages du double... » (voir Bibliographie).

Proust. Leurs titres — « Le chagrin et l'oubli », « Mlle de Forcheville », « Séjour à Venise », « Nouvel aspect de Robert de Saint-Loup » — furent empruntés au sommaire de *Sodome et Gomorrhe II* — *Le Temps retrouvé* paru en 1918 avec *À l'ombre des jeunes filles en fleurs*. Il avait déjà été mis à contribution pour intituler les trois chapitres imposés sur épreuves à *La Prisonnière* (« Vie en commun avec Albertine », « Les Verdurin se brouillent avec M. de Charlus », « Disparition d'Albertine »), et le serait bientôt pour *Le Temps retrouvé* : manière, pour le Dr Proust, de conférer aux volumes posthumes un cachet d'authenticité supplémentaire. On ne peut s'étonner, en des circonstances éditoriales aussi singulières, qu'à sa parution en 1925 l'ouvrage ne comportât nullement, contrairement à *La Prisonnière* deux ans plus tôt, d'« Avertissement » liminaire. La correspondance échangée entre le Dr Proust et Jacques Rivière, puis, après la disparition brutale de celui-ci au début de 1925, Jean Paulhan, demeure, on le comprend aussi, constamment prudente et évasive[1].

C'est ce discret camouflage éditorial de l'*Albertine disparue* authentique qui, complété deux ans plus tard par la publication des derniers cahiers sous le titre *Le Temps retrouvé*, permit à plusieurs générations de lecteurs de lire, en continu, le « film » de la fin de la *Recherche*. On admit sans peine, après le travail sur les manuscrits effectué par la « Pléiade » en 1954, les contradictions, répétitions et autres imperfections qui entachent les volumes posthumes, et que les premiers éditeurs avaient cru devoir effacer : inachèvement de détail qui ne faisait que mieux ressortir la complétude de l'ensemble.

Albertine *débattue : questions d'autorité*

La découverte du document dissimulé par le Dr Proust dissipe ce merveilleux mirage. À la publication de l'*Albertine disparue* authentique, en 1987, le choc est, non sans raisons, brutal : *Albertine* revient en intruse bouleverser un paysage qu'on croyait immuable, ou à peu près ; bien que les éditeurs aient

1. *Cf. Albertine disparue*, Grasset, pp. 205-215.

tenté — insuffisamment, sans doute — d'expliquer l'importante
suppression de Proust par la logique de ses additions, bien qu'ils
aient indiqué que certains, au moins, des passages « ôtés »
n'eussent pas manqué d'être repris ou recomposés, eût-il
seulement vécu plus longtemps[1], *Albertine* semble n'avoir à
offrir que la perspective d'une impasse éditoriale ; les retrou-
vailles se teintent des couleurs du deuil.

Aussi bien la question doit-elle être posée : est-il légitime de
revoir ici, dans la présente collection, le « canon » des posthumes
d'*À la recherche du temps perdu* ? L'authenticité du document
retrouvé, abondamment corrigé par Proust, est indiscutable :
mais quelle est son *autorité* réelle, c'est-à-dire la validité de sa
prétention à nous donner le dernier texte revu par lui, le texte
par force définitif, de la suite de *La Prisonnière* ?

Il a donc fallu réexaminer avec le plus grand soin le double
de la dactylographie retrouvée, conservé à la Bibliothèque
nationale depuis 1962. Florence Callu, conservateur général du
Département des Manuscrits, qui accueillit ce « fonds Proust »
et en assuma l'inventaire et le classement, l'a définie comme
« corrigée par Robert Proust »[2]. On y trouve en effet très
fréquemment la main de mon arrière-grand-père, plus rarement
celle de Jacques Rivière et d'autres correcteurs de la N.R.F.
Indiscutablement, il s'agit de la copie utilisée, plusieurs années
après la mort de l'écrivain, en 1924 et 1925, pour la préparation
de l'édition originale. Robert Proust y recopia initialement,
d'après la dactylographie originale, les corrections de son frère,
mais en partie seulement ; il y effectua ensuite ses propres mises
au point, qui portèrent aussi bien, on l'a vu, sur la restauration
du volume, que sur des modifications de détail pour lesquelles
il recourait le plus souvent, mais non toujours, aux cahiers
manuscrits.

La frappe de cette dactylographie elle-même n'est pas posthume, puisqu'il s'agit de l'exemplaire au carbone de celui dans

1. *Cf. Albertine disparue*, Grasset, pp. 173, 181-182, 196.
2. « Le Fonds Proust de la Bibliothèque nationale », in *À la recherche du
temps perdu*, Pléiade, 1987, tome I, p. CLXVIII.

lequel Proust tailla, à l'automne 1922, *Albertine disparue*[1] ; on y trouve même quelques corrections manuscrites de sa secrétaire, Yvonne Albaret, qui reproduisent celles de l'original. Aussi la question n'a-t-elle pas manqué d'être soulevée : Proust lui-même y travailla-t-il, préalablement à ses réviseurs posthumes ? Jean Milly, on l'a vu, avait, en 1986, répondu par la négative, et écarté ce document pour l'établissement du texte de *La Fugitive*. J'ai moi-même très soigneusement étudié, page à page, cette dactylographie : le fait demeure vrai ; *aucune* trace d'intervention manuscrite de Marcel Proust n'y est décelable. Ce fait capital peut être affirmé avec la plus grande netteté par ceux qui, comme Florence Callu grâce à sa grande familiarité des manuscrits proustiens, ou moi-même de par mon accès aux archives familiales, connaissent bien et différencient parfaitement la graphie particulière de Marcel Proust de celle de son frère ou de ses divers secrétaires et correcteurs posthumes — « car chaque personne même la plus humble a sous sa dépendance ces petits êtres familiers, à la fois vivants et couchés dans une espèce d'engourdissement sur le papier, les caractères de son écriture que lui seul possède » (*La Fugitive*).

Par ailleurs, on ne saurait suggérer que les corrections autographes de Robert Proust sur le double furent effectuées sous la dictée de Marcel : le chirurgien, chef de service à l'hôpital Tenon, n'était pas le secrétaire, même occasionnel, de son frère[2]. Elles ne furent pas non plus apportées conformément à d'hypothétiques directives du mourant : Robert Proust n'eût pas manqué d'en faire état, dans un « Avertissement » au lecteur de l'édition originale, ou ailleurs — au lieu d'effectuer, en tâtonnant, la restauration des pages « ôtées » à partir du canevas des

---

1. Sur la mise au point « en double », voir la Chronologie ci-dessous au 25 juin 1922.

2. Robert Proust assista Marcel dans ses derniers moments. Mais, les mois précédents, pendant l'été et l'automne 1922, les deux frères se virent très peu. Début août, l'écrivain confie à un correspondant : « Je n'ai même pas revu mon frère avant son départ en vacances » ; à la mi-septembre, il avoue : « et quant à mon frère je suis trop malade pour le recevoir » ; enfin, peu après le 21 octobre 1922 (d'après la datation de Philip Kolb), Reynaldo Hahn,

articulations romanesques de l'*Albertine disparue* authentique,
et de dissimuler ensuite soigneusement la dactylographie originale. Le double est bien ce qu'on pourrait appeler l'exemplaire
de la seconde main — le monument d'un camouflage éditorial
réussi ; s'il reste un document clef, c'est pour l'histoire,
encore à faire, des éditions de la *Recherche* — non pour l'édition
d'*Albertine disparue* elle-même[1].

Depuis l'édition originale de la dactylographie retrouvée, en
1987, on s'est encore demandé si ce texte à la brièveté
déconcertante était bien, tel quel, destiné à *À la recherche du*

lui écrivant pour tenter de le convaincre de laisser soigner son infection de
pneumocoques, précise : « [Robert] m'a dit que Céleste ne voulait pas le
laisser entrer, probablement par crainte de vous déplaire, mais que ne vous
ayant pas vu depuis très longtemps, il trouvait absolument nécessaire de se
rendre compte de votre état. » Robert Proust lui avait écrit peu avant : « Je
suis encore très grippé et redoute beaucoup de venir le soir. Je le ferais si tu
me le demandes mais tu aimerais mieux venir dans la journée. Le premier jour
où tu te réveilleras de bonne heure fais-moi signe et je viendrai. »

1. Aussi ne convient-il pas de l'utiliser comme document de base pour
l'établissement du texte de la suite de *La Prisonnière*, comme cela a été le
choix d'une édition récente (*Cf. À la recherche du temps perdu*, « Bibliothèque
de la Pléiade », Gallimard, éd. publiée sous la direction de J.-Y. Tadié,
tome IV, *Albertine disparue*, 1989, texte établi et annoté par Anne Chevalier ;
voir notamment la *Notice* et la *Note sur le texte*, pp. 1023-1043. Le choix des
sigles y prête d'ailleurs à confusion, puisque la dactylographie corrigée par
Proust y est désignée comme *dactylogramme 2*, et le double comme *dactylogramme 1*. Pour une discussion détaillée de cette édition, voir notre article
« Les Mirages du double... » cité dans la Bibliographie ci-dessous, et pour un
résumé l'Introduction de J. Milly à son édition d'*Albertine disparue*,
Champion-Slatkine, 1992. Une édition revue et corrigée du texte de la
Pléiade, mais toujours fondée sur le double, a paru en 1992 dans les
collections « blanche » et « Folio ».)

Faut-il pour autant évincer absolument le double d'une nouvelle édition
de la *Recherche* ? La réponse est non : deux passages, qui y apparaissent sous
forme dactylographiée — et qui avaient jusqu'ici, semble-t-il, échappé à
l'attention des généticiens — y donnent un texte différent de celui du
manuscrit correspondant, mais manifestement authentique ; ils n'ont pu être
établis qu'à partir de feuillets, aujourd'hui disparus, corrigés ou dictés par
l'écrivain. Ces deux témoignages isolés ne « prouvent » cependant pas que
Proust ait « travaillé », de manière parallèle et séparée, sur le double : le plus
long, qui apparaît dans le séjour à Venise, a pu y être déplacé de la
dactylographie originale par les premiers éditeurs — il donne en effet le début

temps perdu — ou n'avait pas plutôt été préparé en vue d'une prépublication. Proust avait en effet manifesté, en juillet 1921, son intention de donner à la revue nouvellement créée par Arthème Fayard, *Les Œuvres libres*, son « roman avec Albertine, jusqu'à la mort de celle-ci », « en beaucoup de numéros, seulement »[1]. *Albertine disparue*, dont le premier chapitre s'achève en effet sur la mort de l'héroïne, ne serait peut-être ainsi que le troisième épisode d'une sorte de « feuilleton », commencé avec *Jalousie*, l'extrait de *Sodome et Gomorrhe II* publié dans la revue en novembre 1921, et poursuivi avec *Précautions inutiles*, tiré de *La Prisonnière* à l'automne 1922[2]. Proust avait, à la fin août 1922 encore, menacé Jacques Rivière de donner aux « Feuilles libres » [*sic*] plutôt qu'à la *N.R.F.* « la Prisonnière et la Fugitive »[3] : en dépit de ses protestations de fidélité à Gallimard, peut-être aurait-il ainsi finalement, à l'automne 1922, choisi de collaborer une troisième fois à la revue de Fayard.

d'un des passages du manuscrit qui n'avait pas été dactylographié pour le chapitre, mais dont Proust souhaitait la reprise, puisque *Albertine disparue* elle-même se clôt sur son rappel (voir ci-dessous, la note 3, p. 566). Le second passage récrit quant à lui un fragment peu cohérent du manuscrit, et figure quelques pages à peine après la fin du premier chapitre d'*Albertine disparue* sur l'original (voir la note correspondante dans notre édition de *La Fugitive*). Proust avait pu vouloir le réviser avant d'avoir arrêté définitivement son « cadrage » du premier chapitre — révision dont le double seul garde la trace, puisque ont disparu les pages correspondantes de l'original. Il avait peut-être aussi une autre raison de le travailler : la préparation de l'extrait « La Mort d'Albertine », promis peu avant le 12 octobre 1922 à Jacques Rivière pour la *N.R.F.* ; la dactylographie ainsi intitulée conservée à la Bibliothèque nationale (N.A.Fr. 16776), et qui n'est sans doute pas posthume comme on l'a cru jusqu'ici, donne en effet une version révisée de ce fragment, intermédiaire entre celle du manuscrit et celle conservée par le double. On trouvera le texte de ces deux passages dans l'édition de *La Fugitive* de la présente collection.

1. Voir la Chronologie ci-dessous au 12 juillet 1921.
2. C'est l'hypothèse qu'a lancée en 1988 P.-E. Robert (« L'édition des posthumes de *À la recherche du temps perdu* », *B.M.P.*, nº 38 ; voir aussi sa mise au point dans *La Revue des Lettres modernes*, « *Marcel Proust 1* », 1992) et qu'a développée le critique italien Giovanni Macchia (« Le roman d'Albertine », *in L'ange de la nuit. Sur Proust*, Gallimard, 1993, pp. 237-258).
3. M. Proust — J. Rivière, *Correspondance*, Gallimard, p. 240.

Tout plausible que ce projet paraisse, force est de constater que Proust, s'il le caressa jamais sérieusement, n'eut pas le temps de le mettre à exécution. Il ne peut demeurer en effet aucun doute sur l'identité du destinataire d'*Albertine disparue*, indiqué sur la dactylographie retrouvée elle-même : il ne s'agit ni de Fayard, ni d'Henri Duvernois, le responsable des *Œuvres libres*, mais bien de « Mr Gallimard » — c'est-à-dire de l'éditeur de la *Recherche*, que Proust appelait ironiquement ses « Œuvres serves »[1] : « Fin d'Albertine disparue, ou si Mr Gallimard aime mieux avoir un volume plus long. Fin de la première partie d'Albertine disparue »[2]. La note est dictée à Céleste Albaret, au bas de la page de ce qui deviendra en effet finalement la « fin du premier chapitre d'Albertine disparue », quand Proust aura décidé d'adjoindre au volume le chapitre du séjour à Venise[3].

Albertine disparue appartient bien, intrinsèquement, à *À la recherche du temps perdu* — mais la portée *romanesque* des corrections de l'écrivain eût, seule, suffi à le montrer. La modification à la mort d'Albertine que nous avons évoquée plus haut non seulement se trouve soigneusement amorcée et préparée dans *La Prisonnière*[4], mais suscite des échos, dramatiques et poétiques, dans l'ensemble des précédents volumes — et, comme on le verra, pose les prémisses d'un nouveau drame qu'il aurait appartenu au suivant d'éclaircir : c'est, dans la construc-

---

1. Lettre à Henri Duvernois, en septembre 1921 : «... je suis voué désormais aux Œuvres serves » (*Corr.*, t. XX, p. 443).

2. *Cf. Albertine disparue*, Grasset, planche 3.

3. *Albertine disparue* aurait ainsi et de toute façon peu convenu aux *Œuvres libres*, « recueil littéraire mensuel ne publiant que de l'inédit » : la plus grande partie de ce deuxième chapitre ne l'était déjà plus à l'automne 1922 ; Proust l'avait donnée, en 1919, à une autre revue, les *Feuillets d'Art*. Le reste du chapitre — « un portrait de Monsieur de Norpois inédit bien entendu » — comme d'ailleurs un extrait du premier — « La Mort d'Albertine » — avaient été promis ailleurs — à *La Nouvelle Revue Française* de Jacques Rivière : « Je suis trop honnête vis-à-vis de vous, et j'ajoute vis-à-vis de Fayard, pour qu'une seule ligne de ce que je vous envoie paraisse aux *Œuvres libres* », lui écrit-il en outre à la fin de septembre 1922. Certes, ces fragments auraient pu être repris ultérieurement au sein d'une *Albertine disparue* aux *Œuvres libres* — si la revue avait accepté pour « inédit » un texte qui ne l'aurait plus même été aux deux-tiers.

4. Et non, d'ailleurs, dans *Précaution(s) inutile(s)*.

tion de l'œuvre, un point nodal. Proust n'aurait pu vouloir
réserver au public des *Œuvres libres* — qu'il disait lui-même
« moins soucieux de littérature » que celui de la Nouvelle Revue
Française[1] — une touche si profondément liée à la « grande
ossature » de son style et qui vient, manifestement, renforcer
cette « composition voilée » à laquelle il tenait tant pour son
livre. Même si elle avait été destinée aux *Œuvres libres*, *Albertine
disparue* n'eût ainsi pas manqué d'être reprise au sein de la
Recherche, à l'instar de *Jalousie* et *Précautions inutiles* — mais
elle n'aurait pu l'être avec l'ensemble des pages « ôtées », que la
modification capitale à la mort d'Albertine rend en bonne
partie, comme on le verra, caduques. La coupure qui caractérise
Albertine disparue n'est ainsi pas liée, de manière toute contingente, à la préparation d'un extrait de revue : c'est bien la
conséquence, à un moment du travail d'écriture, que Proust ne
croyait certainement pas devoir être le dernier, d'une réorienta-
tion narrative dont nous commençons seulement à prendre la
mesure.

Ainsi ne peut-on ni accorder au double conservé à la
Bibliothèque nationale l'autorité que seule lui conférerait
l'intervention de Marcel Proust, ni priver *Albertine disparue* de
sa destination légitime et originelle dans *À la recherche du temps
perdu*[2]. Il convient bien de lui rendre sa place perdue dans le
cycle romanesque.

Sodome et Gomorrhe III, *et après: vers une autre* Recherche *posthume*

Jean Milly a fourni, en 1992, la première édition d'*Albertine*

---

1. Lettre à Gaston Gallimard, peu après le 7 septembre 1922.
2. Il faut donc résister à la tentation de combiner ces deux hypothèses, et
d'imaginer l'écrivain préparant d'une main un extrait pour les *Œuvres libres*
— « *Albertine disparue* » —, et de l'autre révisant le texte dactylographié de
son manuscrit sur le double : tableau séduisant peut-être, et qui nous
permettrait de conserver le *statu quo* éditorial des posthumes d'*À la recherche
du temps perdu*, mais qui ne prend pas en compte les réalités manuscrites.

disparue[1] qu'il est possible d'inclure dans une édition d'ensemble d'*À la recherche du temps perdu* : de cette « édition intégrale », il est aisé de passer à la lecture du *Temps retrouvé*, puisque les pages supprimées par Proust sont restituées en leur place, et distinguées d'*Albertine disparue* proprement dite par des signes diacritiques[2]. La dactylographie retrouvée est ainsi définie, et traitée, comme un « avant-texte » : la typographie fait coexister sur la page, comme pour les transcriptions critiques des cahiers de brouillon de Proust[3], des strates d'écriture et de corrections d'époques différentes. Au lecteur de déchiffrer, simultanément, deux partitions, et de se montrer attentif à la tonalité, et aux dissonances, de chacune. Le travail de Jean Milly ouvre, pour *Albertine disparue*, l'ère de l'édition critique.

Albertine disparue échappe pourtant à la catégorie de l'« avant-texte ». Proust l'a munie de toutes les indications qui en font un *livre* prêt à l'impression : elle est formellement achevée, et si elle appelle certainement quelques corrections, l'essentiel de sa signification, à la fois livré et voilé encore, est en place. Sa destination, que nous avions suggérée en 1987 dans sa publication originale[4], a été confirmée l'année suivante par la découverte de l'encart publicitaire paru dans la *N.R.F.* du 1er décembre 1922, et exhumé de l'oubli par P.-E. Robert[5] : *Albertine disparue* devait bien être publiée à la suite immédiate de *La Prisonnière*, dans un même ensemble, sinon un même volume, intitulé *Sodome et Gomorrhe III*.

Il est ainsi possible, enfin, de se conformer avec le présent volume au dernier projet éditorial de Proust pour la suite de *Sodome et Gomorrhe II* : il avait bien finalement renoncé

---

1. Marcel Proust, *Albertine disparue*, éd. intégrale, Champion-Slatkine, 1992.
2. C'est également le cas pour les additions, sauf certaines qui sont présentées en note. Pour parvenir à raccorder ce texte avec *Le Temps retrouvé* cependant, J. Milly doit compléter la fin de la dactylographie d'*Albertine disparue* de la valeur d'une douzaine de pages de son édition.
3. Voir par exemple les transcriptions publiées par divers chercheurs dans les volumes d'*Études proustiennes*, chez Gallimard.
4. *Cf. Albertine disparue*, Grasset, p. 17.
5. Voir son article déjà cité, « L'édition des posthumes... »

à publier les deux volumes en diptyque, aux titres symétriques, *La Prisonnière* et *La Fugitive*, qu'on avait seuls connus jusqu'ici, au profit d'un volume unique en deux parties, ainsi qu'il en avait déjà manifesté l'intention auprès de Gallimard à deux reprises, en janvier et juillet 1922[1]. À vrai dire, une telle articulation romanesque était déduite depuis longtemps du sous-titre de *La Prisonnière*[2] : mais on ne disposait pas, pour la seconde partie de *Sodome et Gomorrhe III*, du document authentique permettant de lui donner corps, et son véritable sens. *Albertine disparue* se révèle ainsi n'être pas seulement le facteur de bouleversement et de déstabilisation pour la fin d'*À la recherche du temps perdu* qu'on avait cru d'abord, mais une précieuse occasion d'en préciser la syntaxe romanesque obscurcie lors de la première publication posthume. La série — ou le « cycle » — des *Sodome et Gomorrhe* effacé par la librairie Gallimard au début des années trente reprend ses droits, et absorbe la suite du « roman avec Albertine ».

« Je crois en ce moment que le plus urgent serait de vous livrer tous mes livres », écrivait Proust à Gallimard le 1er novembre 1922, dans ce qui serait sa dernière lettre connue à l'éditeur. La dernière dactylographie de *La Prisonnière*, « 1re partie de Sodome et Gomorrhe III », lui est ainsi remise peu avant le 7, celle d'*Albertine disparue*, « suite du roman précédent la Prisonnière », sur le point de l'être quelques jours plus tard : à une première *Albertine* déjà définie le 24 octobre[3] peut-être et restreinte à l'actuel premier chapitre, Proust greffe à la fin du mois ou en novembre le « chapitre deuxième » du séjour à Venise[4]. *La Prisonnière* et *Albertine disparue* sont donc, simultanément ou presque, prêtes, c'est-à-dire prêtes à partir chez l'imprimeur, pour laisser juger de l'ampleur et de l'allure

---

1. Voir dans la Chronologie ci-dessous les lettres du 18 janvier et du 22 juillet 1922.
2. *Cf.* Pléiade, 1954, III, 1059 et J. Milly, *Proust dans le texte et l'avant-texte*, 1985, p. 125.
3. Voir à la date du 25 octobre 1922 la Chronologie ci-dessous.
4. Voir la Chronologie ci-dessous.

d'un *Sodome et Gomorrhe III*[1] qui aurait attendu de figurer sur
épreuves pour être révisé. «Trois jours de repos peuvent
suffire»: Proust entre-temps, dès qu'une rémission de la
maladie, il n'en doutait pas, le lui permettrait, s'appliquerait aux
«tomes suivants».

Avec *Sodome et Gomorrhe III*, nous disposons donc de
l'avancée ultime du travail de Proust dans *À la recherche du
temps perdu*. C'est en quelque sorte l'apparence sous laquelle la
mort a « couché » son œuvre, l'instantané de son dernier état —
mais c'est aussi sa butée: l'interruption des remaniements laisse
irréparable la déchirure infligée à la continuité des cahiers
manuscrits. Avec *Sodome et Gomorrhe III* s'achève, *stricto
sensu*, *À la recherche du temps perdu*. On ne peut cependant s'en
tenir là: si l'œuvre est inachevée, elle n'en a pas moins été
« finie » — « le dernier chapitre du dernier volume a été écrit tout
de suite après le premier chapitre du premier volume. Tout
l'"entre-deux" a été écrit ensuite », avançait Proust en 1919[2]. En
outre, en achevant avant sa mort dans ses cahiers une version
continue de *Sodome et Gomorrhe* — *Le Temps retrouvé*, et en
demandant à son éditeur de la publier quoi qu'il arrive, Proust
se prémunissait à l'avance contre ce qu'il savait être les aléas
d'une auto-lecture critique, infiniment correctrice et créatrice. Il
donnait ainsi en puissance à son œuvre une complétude étrange
et originale, faite de la combinaison, selon l'angle de lecture,
d'avancées plus ou moins profondes vers la fin de l'œuvre, et de
rentrants plus ou moins accusés vers un toujours nouveau et
possible « entre-deux ».

Le destin irrésolu des pages « ôtées » ne nous autorise pas non
plus, dans une édition « intégrale » d'*À la recherche du temps
perdu*, à les vouer à une disparition définitive, et cela d'autant
moins — la conclusion d'*Albertine disparue* l'impliquait déjà
mais on en a désormais la confirmation[3] — que Proust

---

1. Ce n'est certes plus le « volume bref », le « très court volume » que
Proust envisageait à la fin de 1921: en fait, son ampleur est exactement
comparable à celle de *Sodome et Gomorrhe II*. Ce n'est pas tant dû à
l'absorption d'une *Fugitive* considérablement réduite, qu'à l'importance des
additions de Proust dans le premier tiers du texte.
2. *Corr.*, tome XVIII, p. 536; lettre du 17 décembre 1919 à Paul Souday.
3. Voir ci-dessous « *Sur une enveloppe souillée de tisane* ».

s'apprêtait à en reprendre, en substance, une partie. Les modalités de la publication du « reste » de l'œuvre sont ouvertes, et ne manqueront pas de se dessiner peu à peu : mais il est trop tôt, certainement, pour prétendre effacer une tradition éditoriale à travers laquelle tant de lecteurs ont découvert et appris à aimer la fin d'*À la recherche du temps perdu*. Une œuvre, après sa publication, ne peut d'ailleurs plus être séparée de la recréation perpétuelle qu'en tissent, dans ses marges, lecteurs et critiques : après ce volume de *Sodome et Gomorrhe III*, on trouvera donc dans la présente collection, sous les titres *La Fugitive* et *Le Temps retrouvé* — le texte intégral des cahiers manuscrits (et d'eux seuls) qui font suite à *La Prisonnière*, dans le découpage éditorial (de pure convenance) inauguré par le Dr Proust et les Éditions de la Nouvelle Revue Française en 1925 et 1927 : ce qu'on a longtemps cru authentiquement être les deux « derniers volumes » d'*À la recherche du temps perdu* — et qui demeure sa « *fin* ».

II. Albertine et le « nouvel aspect de Robert de Saint-Loup »

La Prisonnière et *La Fugitive* : ce couple éditorial qui semble si naturel encore est, en réalité, un mauvais mariage. À la mort de Proust, le « répondant » textuel de *La Prisonnière*, ce qu'elle amorce et qu'elle prépare, de la manière voilée qui caractérise l'écriture proustienne, ce n'est plus *La Fugitive*, mais sa métamorphose en *Albertine disparue* — aussi n'avait-on jamais lu en *La Prisonnière*, jusqu'en 1986 et sans le savoir, qu'un texte amputé de son dénouement. C'est l'authenticité perdue d'une progression romanesque que restitue la publication conjointe de *La Prisonnière* et d'*Albertine disparue* ; la forme d'un nouveau livre se dessine — *Sodome et Gomorrhe III*, à la fois, par la mort d'Albertine, conclusion du drame dont les prémisses avaient été posées à la fin de *Sodome et Gomorrhe II*, et point de départ vers un nouveau cercle de l'enfer : « C'est souvent seulement par manque d'esprit créateur qu'on ne va pas assez loin dans la souffrance »[1].

L'intrigue gomorrhéenne

Albertine aime-t-elle les femmes ? Question scandaleuse, qui surgissait dans *Sodome et Gomorrhe II*, quand le docteur Cottard faisait remarquer au héros combien tendrement enlacées dansaient Albertine et Andrée ; soupçon finalement mis en sourdine, jusqu'à ce qu'Albertine, dans le petit tram de Balbec, confie inopinément au héros qui s'apprêtait, lassé d'elle, à rompre, une intimité de longue date avec Mlle Vinteuil et son amie, celles qu'elle n'appelle que ses « deux grandes sœurs » et qu'elle se propose justement de rejoindre. Il n'en faut pas plus pour provoquer une flambée atroce de jalousie, raviver le désir assoupi, et décider le héros à ramener en toute hâte la jeune fille à Paris, chez lui — pour l'épouser, dit-il à sa mère, et d'abord l'y soumettre à une surveillance constante, afin qu'elle ne puisse renouer des relations qui ne peuvent qu'être saphiques : au prologue de *Sodome et Gomorrhe III*, suite du « roman avec Albertine que, disait Proust à François Mauriac en 1921, je crois dramatique »[2], un tableau obsédant, une image oubliée, enfuie, qui a resurgi avec toute sa puissance nocive, celle de la scène d'amour lesbien et de sadisme autrefois surprise à Montjouvain, et dans laquelle le héros halluciné imagine désormais son amie auprès de Mlle Vinteuil.

Dans *La Prisonnière* le récit, contrairement aux tomes précédents d'*À la recherche du temps perdu*, se déploie dans le cadre temporel répétitif d'une série de journées ; par la dernière matinée, celui-ci empiète, sans solution de continuité ou presque, sur *Albertine disparue*, puis s'y efface jusqu'à sa reprise au séjour à Venise.

La première de ces journées, typique et qui rassemble les événements de bien des journées semblables, est dominée par l'apaisement et la douceur d'une Albertine « domestiquée »,

---

1. *Sodome et Gomorrhe II*, chapitre IV.
2. *Corr.*, tome XX, p. 399.

familière et même familiale, dont le baiser quotidien pourvoie le même aliment bénéfique qu'autrefois celui de la mère — une Albertine si docile qu'elle en est d'ailleurs devenue indifférente, et lassante, et qu'apparaît chez celui qui la fait surveiller par d'autres — Andrée, et le chauffeur de Balbec — le sentiment de sa propre servitude. Le soupçon jaloux n'en a pas disparu pour autant, mais, disséminé, il a abandonné les deux lesbiennes de Montjouvain : « Gomorrhe était dispersée aux quatre coins du monde. » La seconde journée, dominée elle par l'événementiel, se déroule à l'inverse sous le signe d'une nouvelle flambée du soupçon jaloux : Albertine a manifesté le désir, qui doit dissimuler quelque intrigue, de se rendre le lendemain après-midi chez Mme Verdurin.

Une alternance des deux états occupe cette troisième journée, un lumineux dimanche d'hiver : le matin a ramené l'indifférence à l'égard d'Albertine, d'autant plus qu'elle a renoncé à son projet de visite à Mme Verdurin, et se rendra, comme le héros le lui avait proposé, à une « matinée » de gala au Trocadéro. Celui-ci ressent alors d'elle une lassitude telle qu'il souhaite la voir disparaître de sa vie : « Quel plaisir si avec ses chevaux elle avait eu la bonne idée de partir je ne sais où... Comme cela eût tout simplifié qu'elle allât vivre heureuse ailleurs, je ne tenais même pas à savoir où ! » Mais la jalousie se ranime : Albertine, excitée par le concert matinal des « nourritures criées dans la rue », débite au héros sur les sorbets qui lui font envie un « morceau » « un peu trop bien dit » qui suggère, de manière à peine voilée, les plaisirs érotiques de bouche qui lui sont chers : leur simple expression imagée « lui caus[e] l'équivalent d'une jouissance », et il n'y manque pas même une rêverie sadique qui, suscitant sa « volupté cruelle », provoque jusqu'à l'allusion, insupportable au héros, de « séjours à Montjouvain, chez Mlle Vinteuil ». Mais c'est l'actrice Léa, dont il connaît les mœurs depuis Balbec et craint la familiarité avec son amie, qui accapare bientôt sa jalousie : il vient d'apprendre qu'elle joue cet après-midi-là au Trocadéro. En acceptant docilement toutefois d'en revenir au premier signe de son amant, Albertine restaure en lui la paix, et bientôt l'indifférence et jusqu'au sentiment de son propre esclavage : pendant leur promenade au Bois, la présence importune s'interpose entre lui et les inconnues qu'ils croisent, « Déesses » qui excitent son désir. Des signes de lassitude chez la captive ravivent cependant l'anxiété ; elle s'exacerbe quand, chez les Verdurin où il s'est rendu ce soir-là à l'insu d'Albertine, il apprend que les « demoiselles Vinteuil » y avaient été attendues l'après-midi même, à l'occasion de la répétition du concert prévu le soir. À son retour, il cherche à acculer Albertine aux aveux en lui révélant qu'il connaît les « mœurs de ces deux femmes » : « je savais, j'avais vu par la fenêtre éclairée de Montjouvain ». Mais c'est un « aveu exactement contraire » de celui qu'il avait cru qu'il obtient alors d'Albertine, qui lui dément les confidences faites dans le petit tram à Balbec : « j'ai cru bêtement me rendre intéressante à vos yeux en inventant que j'avais beaucoup connu ces jeunes filles. » Le héros n'a guère l'occasion de s'attendrir ; une expression « affreusement vulgaire » qu'Albertine laisse alors à demi échapper, et dont il trouve la clef « dans le sommeil fort vivant et créateur de l'inconscient », découvre soudain devant lui la lesbienne : « elle avait commencé de parler comme elle eût fait avec une de ces femmes ». « Comme à Balbec, la nuit qui avait suivi sa révélation de son amitié avec les Vinteuil », le héros ment alors à Albertine, lui jouant cette fois-ci la comédie de la rupture pour mieux obtenir un « renouvellement de bail ».

La dernière série de journées entremêle alors à l'impatience et à la lassitude du héros son angoisse qu'Albertine, tour à tour rétive ou trop docile, projette de mettre fin à leur vie commune pour se livrer à ses goûts : mais il prétend garder l'initiative d'une inévitable séparation. C'est dans un de ces moments d'indifférence, un matin, lorsque le retour du printemps exacerbe en lui le désir de rencontres amoureuses et d'un séjour à Venise longtemps différé, qu'il apprend le départ d'Albertine. La nouvelle ramène en lui l'angoisse du dernier soir à Balbec : « Mon souffle fut coupé, je tins mon cœur de mes deux mains, brusquement mouillées par une certaine sueur que je n'avais jamais connue depuis la révélation que mon amie m'avait faite dans le petit tram relativement à l'amie de Mlle Vinteuil. »

Albertine disparue s'ouvre sur la révélation de la méconnaissance de soi : « Ainsi ce que j'avais cru n'être rien pour moi,

c'était tout simplement toute ma vie ! Comme on s'ignore. »
Mais le chagrin n'empêche pas la poursuite ; comme il s'en était
remis à Andrée et au chauffeur pour la surveillance de la captive,
le héros se décharge sur Saint-Loup du soin de ramener la
fugitive. Cependant la confirmation de sa présence en Touraine,
chez sa tante, ne le convainc pas : il mène sa propre enquête, qui
reste vaine, chez la pâtissière que, lors d'un goûter à Versailles
la veille de sa fuite, Albertine avait dévisagée avec une insistance
suspecte. Le désir du retour de son amie est déjà atténué par les
premiers progrès de l'oubli quand le rapport de Saint-Loup, en
évoquant « des jeunes filles » qui venaient rendre visite à
Albertine, et « une jolie actrice qui villégiaturait dans le
voisinage », exacerbe la jalousie. C'est alors qu'un « télégramme
désespéré » à la fugitive se croise avec un autre, envoyé par sa
tante. Albertine est morte, d'un accident de cheval « pendant
une promenade qu'elle faisait au bord de la Vivonne » — c'est-
à-dire le long de la rivière du « côté » de Guermantes, à
Combray, au « voisinage de Montjouvain ». Le premier Montjouvain, « raconté dans le chemin de fer » de Balbec, rejoint alors
en « un éclair » le théâtre de cette mort, cette « Vivonne
involontairement avouée dans le télégramme de Mme Bontemps », en une coïncidence fulgurante qui « ne pouvait être
fortuite ». La dénégation par Albertine de ses liens avec l'amie
de Mlle Vinteuil s'illumine rétrospectivement : « Et c'était donc
le soir où j'étais allé chez les Verdurin, le soir où je lui avais dit
vouloir la quitter qu'elle m'avait menti ! » Découverte qui ajoute
au désespoir de la mort d'Albertine « quelque chose de plus
atroce ».

Dans le chapelet des souvenirs qui assaillent alors au fil des
jours le héros, reviennent, douloureuses, les promenades esti-
vales à Balbec, comme les images plus anciennes de l'Albertine
parisienne, au début de leur amour, seront ressuscitées par
l'arrivée de l'automne. Mais du temps si proche de la vie
commune, il ne reste que le souvenir des « cris de Paris », le
symbole de cette « atmosphère du dehors, de la dangereuse vie
remuante », de laquelle il a finalement échoué à soustraire sa
prisonnière. Et celui qui se croyait lui-même un prisonnier ne
trouve plus, à la vue de ces « demi-déesses » qui dans les

promenades l'enfiévraient, que le souvenir de « la tendresse d'Albertine ». Il ne lui reste qu'à mettre à l'épreuve son rêve vénitien.

Le processus du déchiffrement rétrospectif

Ainsi, lors de la nouvelle de la mort d'Albertine, deux aveux involontaires — celui du petit tram et celui du télégramme de Mme Bontemps — viennent coïncider, s'additionner, et faire rétrospectivement apparaître comme mensonger l'« aveu exactement contraire » qui s'était interposé entre eux : il s'agissait d'un démenti trompeur et calculé. Les liens d'Albertine avec Mlle Vinteuil et son amie en sont, pour le héros, avérés. Déchiffrement rétrospectif d'un fragment, seulement, de l'épisode de la captivité, et déchiffrement qui reste lui-même fragmentaire : le héros ne poursuit pas son interrogation de leur vie passée, il ne cherche pas non plus à « vérifier » quelles avaient été les activités d'Albertine à Montjouvain, ou à expliquer sa prétendue présence en Touraine, chez sa tante.

La nature des relations d'Albertine avec Mlle Vinteuil et son amie semble devoir ne laisser aucun doute : les aveux involontaires qu'elle avait faits de son lesbianisme — en mimant avec volupté la dégustation de glaces, y joignant même le souvenir de Mlle Vinteuil, puis en employant une expression obscène révélatrice de sa prédilection[1] — viennent, du passé de la vie commune, rejoindre ceux qu'elle avait faits à Balbec de ses liens avec l'amie de Mlle Vinteuil : la gomorrhéenne et la fugitive à Montjouvain semblent coïncider.

Le caractère involontaire de tous ces aveux constitue d'ailleurs — comme plus tard dans *Le Temps retrouvé* la série des souvenirs, involontaires eux aussi, qui mènent à l'extase intemporelle — « la griffe de leur authenticité ». « La vérité, elle ne la laissait échapper que malgré elle », avait déjà noté le héros de

---

1. Voir p. 405, note 1, le commentaire de Jean Cocteau sur cette expression.

La Prisonnière. Malgré soi, et aussi par intermittences : c'est de même que, pour le héros, le temps de la vie commune apparaît rétrospectivement dominé par la méconnaissance de soi — « Comme cela eût tout simplifié qu'elle allât vivre heureuse ailleurs, je ne tenais même pas à savoir où ! » — et qu'inversement l'être ne se saisit que dans des instants de battement — « comme on s'ignore ! » —, des « intermittences du cœur », ainsi à la nouvelle des amitiés d'Albertine, dans le petit tram de Balbec, puis à celle de son départ, que signe la sueur diffuse d'une même angoisse. Ces instants de l'intermittence, où Albertine se trahit et le héros est en contact avec ses émotions les plus authentiques, convergent au moment de la nouvelle de la mort de la jeune fille, pour révéler avec ce qui semble la « vraie » Albertine l'intensité de l'amour qu'elle inspirait : « Toute ma vie à venir se trouvait arrachée de mon cœur. »

Paradoxalement, cet éclaircissement partiel de *La Prisonnière*, cette « mise au point » dans l'objectif romanesque de l'image toujours brouillée d'Albertine, multiplie rétrospectivement les questions sur le temps de la vie commune : qui lui a donné, l'après-midi de la « matinée » au Trocadéro, la seconde de ces bagues jumelles qu'elle a oubliées en partant, et qu'elle avait prétendu ce jour-là avoir achetée ? Mlle Vinteuil et son amie étaient attendues le même jour chez les Verdurin pour une répétition, mais n'y sont pas venues ; Albertine qui voulait s'y rendre la veille avait changé d'avis le lendemain matin : avait-elle été prévenue de ce changement de plan ? Qui a-t-elle vu, justement, la veille de la répétition chez les Verdurin, quand elle avait prétendu être avec Bergotte ? Investigation rétrospective qui ne peut être que vaine : c'est-à-dire à la fois sans réponse possible — du moins à ce stade du récit — et inutile, parce qu'Albertine a, de toute façon, rejoint Mlle Vinteuil et son amie. Françoise n'avait donc pas tort de prévenir le héros que « ce n'était pas que sur des points particuliers, c'était sur tout un ensemble, qu'Albertine [lui] mentait ». Mais cet « ensemble », n'est-ce pas ses relations avec Mlle Vinteuil et son amie — ou Albertine, comme l'avait insinué Françoise, avait-elle quelque secret projet de mariage ?

La Prisonnière elle-même n'était pas parvenue à un déchiffrement rétrospectif satisfaisant de *Sodome et Gomorrhe II*. Le peu
qui, pendant la vie commune, se révélait d'Albertine ne faisait
qu'aggraver les doutes et susciter de nouvelles questions — « ses
mensonges, ses aveux, me laissaient à achever la tâche d'éclaircir
la vérité ». Que cachaient par exemple à Balbec ces soirées
qu'elle prétendait devoir passer chez une « amie de [sa] tante qui
habitait Infreville », mais n'existe pas ? Quelle est son intimité
réelle avec l'actrice Léa, avec laquelle elle admet tantôt avoir
effectué un voyage de trois semaines, et qu'elle dit peu après
avoir seulement rencontrée dans sa loge ? Et avec Esther, la
cousine de Bloch amie de l'actrice, à qui elle a envoyé sa
photographie ? C'était la possibilité de ses relations gomorrhéennes avec Andrée, suggérées par Cottard au casino d'Incarville, qui avait déclenché la spirale du soupçon. Les voilà
semble-t-il confirmées dès les premières pages de *La Prisonnière*,
où le narrateur élucide le comportement apparemment innocent
des jeunes filles mises en fuite par l'odeur de seringas qu'il avait
rapportés : « [Albertine] avait failli être surprise avec Andrée, et
s'était donné un peu de temps en éteignant tout, en allant chez
moi pour ne pas laisser voir son lit en désordre... » Elles se
trouvent de nouveau suggérées par ce prénom, « Andrée »,
qu'Albertine « dit tendrement » dans son sommeil en s'adressant
au héros ; et encore, peu avant la fin, lorsque celui-ci découvre
pourquoi, après « son *opiniâtre* refus » de regagner Paris avec
lui, le soir de sa révélation dans le petit tram, Albertine s'était
soudain ravisée : elle venait d'apprendre qu'Andrée ne reviendrait pas à Balbec cet été-là. Mais ici encore, la véracité de cette
intimité n'est pas formellement établie : un « je n'ai jamais su si
c'était vrai »[1] conclut l'incident des seringas, un « [ce n'était] pas
forcément une preuve qu'Albertine était revenue uniquement
par désir de voir Andrée » celui du revirement. À peine touchée

---

1. Le « mais on verra tout cela plus tard » qui le précède (p. 116) laisse
encore attendre l'éclaircissement ultérieur d'Andrée, à la fin de la deuxième
« étape » de l'oubli d'Albertine, dans l'actuelle *Fugitive* : Proust corrige ce
passage en septembre, c'est-à-dire plusieurs semaines avant que l'épisode ne
soit effectivement « ôté » d'*Albertine disparue*. Cependant il le rend déjà caduc
en anticipant l'essentiel de la confidence d'Andrée, et du sentiment d'incertitude qui en résulte.

ou entrevue, la vérité du passé se dérobe. Comme la vie avec la captive n'est elle-même vécue que comme « une suite de problèmes insolubles », qu'*Albertine disparue* rétrospectivement multiplie encore, *La Prisonnière* devient ainsi le carrefour où convergent, venus du passé et du futur du récit, les fils mystérieux de la vie d'Albertine, qui s'entrelacent pour dessiner la figure toujours insaisissable d'un « être de fuite ».

Une dynamique s'instaure cependant entre cet inconnaissable qui, de *Sodome et Gomorrhe II* à *La Prisonnière*, puis de *La Prisonnière* à *Albertine disparue*, ne cesse paradoxalement de s'approfondir dans *La Prisonnière* à mesure que des bribes de la vie d'Albertine sont révélées, et la conclusion du premier chapitre d'*Albertine disparue* qui inversement fixe pour le héros l'image d'une Albertine gomorrhéenne à Montjouvain. Sur cette image elle-même, il n'a, semble-t-il, plus rien à apprendre ; dans une scène autrefois déjà *vue*, Albertine n'a plus qu'à venir se glisser. La vision hallucinée à Balbec lors de la « désolation au lever du soleil » se charge désormais d'un coefficient de réalité : dans « la chambre de Montjouvain... Albertine, rose, pelotonnée comme une grosse chatte, le nez mutin, avait pris la place de l'amie de Mlle Vinteuil »[1]. D'autre part, cette image, en assimilant Albertine au cœur de la Gomorrhe intime du héros, devient emblématique de toutes les scènes d'amour lesbien dissimulées dans son passé et qui, pour inaccessibles qu'elles soient, ne pourraient jamais en être que la reproduction affaiblie : « Un seul petit fait, s'il est bien choisi, ne suffit-il pas à l'expérimentateur pour décider d'une loi générale qui fera connaître la vérité sur des milliers de faits analogues ? »[2] Ainsi le pire donne-t-il forme à l'inconnaissable : sur l'image « écran » de *Du côté de chez Swann*, la recherche de la vérité d'Albertine, bien que happée vers son multiforme passé, est invitée à se clore. Le héros, et le lecteur, sont propulsés vers l'avenir d'*À la recherche du temps perdu*.

Ainsi, de la fin de *Sodome et Gomorrhe II* à celle du premier

1. *Sodome et Gomorrhe II*, chapitre IV.
2. *La Fugitive*.

chapitre d'*Albertine disparue*, de la première confidence étourdie
à sa confirmation involontaire, le récit de la captivité, de la fuite
et de la mort d'Albertine apparaît-il comme enfermé dans
l'« anneau » stylistique d'une composition circulaire, dont la
seule « échappée » semble vers le passé de *Du côté de chez Swann*,
et qui met apparemment terme à la recherche de la vérité de
l'héroïne. Le récit prend son élan vers un ailleurs qui sera
l'épisode du séjour à Venise. N'y aurait-il donc plus rien à
apprendre d'Albertine ? Le mouvement du texte, on l'a vu, est
cependant d'entreprendre, dans chacun de ses segments, le
déchiffrement, même partiel, de ce qui l'a précédé : ainsi *La
Prisonnière* éclaire-t-elle *Sodome et Gomorrhe II*, et *Albertine
disparue La Prisonnière*. On peut en induire un nouveau
mouvement involutif après *Albertine disparue*. Que reste-t-il
donc à y élucider, dont *Sodome et Gomorrhe IV* aurait pu être
le révélateur ?

À vrai dire, les éléments propres à permettre ce déchiffrement
ultérieur sont bien en place dans *Albertine disparue* : c'est l'écart
qui existe entre le lieu de villégiature supposé d'Albertine —
chez sa tante, en Touraine[1] — et sa destination réelle « depuis
qu'elle [...] avait quitté » le héros, Montjouvain, la demeure de
Vinteuil, aux environs du champenois Combray. Le texte nous
en dit assez pour qu'il soit impossible de lire dans cette
contradiction une maladresse narrative[2] : il en anticipe même
partiellement l'explication. En un aparté rétrospectif, le narrateur établit en effet un parallèle entre l'attitude qui avait été la
sienne au début de la captivité d'Albertine et celle qu'il adopte
peu après sa disparition : se décharger sur d'autres, alors du soin
de la surveiller, maintenant de la ramener — « Cet autre fut
Saint-Loup, qui consentit ». Or le lecteur a appris, dès *La
Prisonnière*, à quoi s'en tenir sur l'honnêteté des chaperons

---

1. Ou en Belgique (p. 498). Cette localisation indiquée une seule fois dans
Albertine disparue allait-elle se généraliser, ou disparaître tout à fait ? (*cf.* ci-
dessous la note 1, p. 36).
2. Résultant de la coexistence de deux logiques romanesques incompatibles : c'était encore l'interprétation des éditions Grasset et Champion-
Slatkine (voir ci-dessus, p. 13 et la note 1).

d'Albertine : le narrateur encore — de la position rétrospective et plus « documentée » qui est la sienne sur le drame — lui avait confié, à l'occasion de l'incident des seringas, la complicité bien probable d'Andrée avec celle qu'elle était censée surveiller ; il lui avait plus tard révélé, à la suite des comptes rendus contradictoires d'une sortie à Versailles par le « bon mécanicien qui s'était toujours montré si affable et si bon garçon » la duplicité du personnage — d'ailleurs déjà anticipée dans *Sodome et Gomorrhe II*[1] : à la lumière de cet incident, son « voyage de trois jours à Balbec » en compagnie d'Albertine devenait d'autant plus suspect que la jeune fille, prenant les devants, avait pris soin d'« avouer » qu'il n'avait jamais eu lieu. Rappelée au début d'*Albertine disparue*, la naïveté du geôlier d'alors — « je m'étais remis aux yeux, à la compagnie de ceux qui allaient avec elle, et pour peu qu'ils me fissent le soir un bon petit rapport bien rassurant, mes inquiétudes s'évanouissaient en bonne humeur » — augure mal du succès du policier, comme de la confiance qu'il peut avoir en son émissaire[2]. Quelques doutes assaillent d'ailleurs le héros : que Saint-Loup lui ait assuré avoir « malgré toutes ses précautions » été « vu par Albertine » en Touraine ne l'empêche pas d'aller enquêter ailleurs — « Ma conviction était qu'Albertine n'était pas auprès de sa tante, mais cachée chez la pâtissière où nous avions été goûter si peu de temps avant son départ ». La cruauté insoupçonnée qu'il surprend par hasard chez son ami, en train de donner à un valet de pied de la duchesse de Guermantes des conseils « machiavéliques », ébranle sa confiance en lui : « Je me demandais si quelqu'un qui était capable d'agir aussi cruellement... n'avait pas joué le rôle d'un traître vis-à-vis de moi, dans sa mission auprès de Mme Bontemps ». Et un peu plus loin : « Qui sait s'il n'avait pas organisé tout un complot pour me séparer d'Albertine ? »

La nouvelle de sa mort, en révélant sa présence à Montjouvain

1. Chapitre III.
2. La première version de l'addition ne donnait pas : « je fus [...] le plus douloureux des policiers » (p. 496), mais « le plus malheureux ».

et non chez sa tante, en Touraine[1], implique et enveloppe la trahison de Saint-Loup, qui demeure encore énigmatique. À peine l'a-t-on crue fixée cependant que l'image d'Albertine se dérobe à nouveau, dans le mystère de ses relations avec celui que, dans le petit tram de Balbec, elle évitait ostensiblement de regarder[2].

L'apprentissage esthétique

Sodome et Gomorrhe III constitue une étape importante, mais ambiguë, dans l'apprentissage esthétique du héros, et le progrès de cette « vocation invisible » pour la littérature dont *À la recherche du temps perdu* « est l'histoire »[3]. Dans *La Prisonnière*, celle-ci semble tout d'abord figée. Plutôt que de « se mettre au travail »[4] dans les intervalles de paix que lui laisse la jalousie, le héros préfère goûter, dans la solitude de sa chambre, les souvenirs et rêveries que suscite en lui « l'évangile du jour ». La page sur les clochers de Martinville, autrefois écrite au retour d'une promenade du « côté de Guermantes », « récemment retrouvée » et envoyée au *Figaro*[5], n'y paraît toujours pas ; la sonate de Vinteuil, que, dans une heure de rémission du souci jaloux, il joue en attendant le retour de son amie, lui évoque

1. On peut s'interroger sur l'effet que Proust cherchait à obtenir en remplaçant cette Touraine par la Belgique (p. 498). Entre Montjouvain et un pays étranger, l'écart géographique est immédiat, et n'aurait pu que frapper un lecteur, peut-être oublieux du fait que Combray avait été situé aux confins de la Picardie et de la Champagne, et donc assez loin de la Touraine (*cf. Du côté de chez Swann*, p. 188, et *À l'ombre des jeunes filles en fleurs*, p. 491). En outre, on peut rallier plus facilement ce Combray de la Belgique que de la Touraine, d'où une plus grande souplesse romanesque.
2. *Sodome et Gomorrhe II*, chapitre III.
3. *Cf. Le Côté de Guermantes II*, « Bibliothèque de la Pléiade », 1988, II, 691.
4. On remarquera que le « récit relatif à Swann et à l'impossibilité où il était de se passer d'Odette » que Françoise ferait lire à Albertine pour l'édifier (p. 431) n'est pas donné comme écrit, mais « noté », comme s'il faisait encore partie de l'oralité ; et que le « roman » dont Charles Swann est le héros a le narrateur pour auteur (p. 262).
5. *Cf. Le Côté de Guermantes II*, II, 691-692.

irrésistiblement *Tristan* : dépourvu d'individualité, ou, comme celui de Wagner, produit d'une « habileté vulcanienne », l'art apparaît factice. « En abandonnant [l']ambition... d'être un artiste », autrefois éprouvée du « côté de Guermantes », peut-être n'a-t-il renoncé alors à rien de réel. Bergotte, l'écrivain-phare de son adolescence, meurt : on apprend qu'il n'avait rien écrit depuis vingt ans, et que ses derniers mots, devant un lumineux détail d'une toile de Vermeer, sont pour déplorer la sécheresse de son propre style. La présence de la captive elle-même est moins un obstacle à la mise au travail qu'un alibi à l'oisiveté, qui se nourrit d'ailleurs alternativement de l'« habitude... de l'ajournement perpétuel » et des doutes sur la « réalité » de l'art.

L'exécution du septuor de Vinteuil, lors de la soirée chez les Verdurin, offre cependant une bienheureuse intermittence dans le temps figé de la vocation : c'est la révélation brutale, avec un « chef-d'œuvre triomphal et complet », d'une délicieuse et « étrange promesse », un « appel vers une joie supraterrestre », l'« espérance mystique de l'ange écarlate du matin » ; c'est la première rencontre surtout avec l'équivalent, recomposé, de ces « impressions » éprouvées « à des intervalles éloignés » et pour la première fois du « côté de Guermantes », ces « amorces pour la construction d'une vie véritable ». En une brève jubilation — issue de l'échappée simultanée hors de l'angoisse jalouse et de la croyance en la stérilité de l'art — le récit entremêle alors la présence familière et douce d'Albertine à « cette hypothèse où l'art serait réel », à cette promesse qu'existe « une certaine réalité spirituelle » : ce sont les séances de pianola, où la jeune fille rejoue au héros le septuor de Vinteuil, puis une conversation où sont dévoilées en littérature, à propos de Barbey d'Aurevilly, Thomas Hardy, Stendhal et surtout Dostoïevsky, l'individualité et la monotonie stylistiques des grands créateurs, récemment suggérées par l'œuvre musicale. Précaire et fugace intermittence : bientôt revient à propos de l'art l'« hypothèse matérialiste, celle du néant », qui laisse pour unique promesse celle à laquelle Swann avait cru devoir ajouter foi — posséder. Albertine au pianola, « ange musicien merveilleusement patiné », semble un instant incarner cette « œuvre d'art »

proposée à la jouissance du héros. Idolâtrie vite lassante, et
d'ailleurs illusoire : la jeune fille, par la « curiosité douloureuse,
inlassable » qu'elle suscite, défie toute possession.

Mais la déception esthétique s'intensifie dans *Albertine disparue* : la mort de la cavalière « au bord de la Vivonne », c'est la
mort de celle dont le héros avait dit, l'entendant débiter son
« morceau » littéraire sur les glaces « un peu trop bien dit », et
profaner ainsi à une trouble éloquence les formes du langage
littéraire « réservées pour un autre usage plus sacré » : « Elle est
mon œuvre ». « Œuvre » éphémère et fragile, qui ira disparaître
du « côté de Guermantes », c'est-à-dire du côté même des
premières exaltations et velléités littéraires, oblitérées par la
paresse et l'oubli, et les rejoindra dans le néant : la vocation peut
sembler défunte avec Albertine. La coterie Guermantes désenchantée — le héros ne rendait plus dans *La Prisonnière* visite à
Oriane que pour quêter des conseils de toilette pour Albertine
— Venise accaparait la rêverie sur les Noms ; les somptueuses
robes de Fortuny de la captive, « comme l'ombre tentatrice de
cette invisible Venise », irritaient désagréablement le désir d'un
impossible voyage. Mais enfin mis « face à face avec [s]es
imaginations vénitiennes » après la disparition de son amie, le
héros découvrira que, pas plus que Balbec, elles ne peuvent
« réaliser un rêve ineffable ». Il vérifie la loi de la déception que,
comme la rêverie amoureuse, provoque le voyage : Venise, ce
n'est jamais que, certes « transposé selon un mode entièrement
différent et plus riche », Combray — l'humble Combray dont le
souvenir se surimpose constamment aux sensations du voyageur. L'individualité prétendue de la ville d'art ainsi estompée,
son charme même devient irréel — l'apparition nocturne et
fantomatique de Venise, c'est celle d'une « ville enchantée » des
Mille et Une Nuits — avant de disparaître tout à fait, en toile de
fond d'une pénible querelle avec la mère : lieu « quelconque » et
« médiocre », Venise, factice, est réductible à ses « vulgaires
éléments matériels ». La « promesse de joie » matinale de
« l'Ange d'or du campanile de Saint-Marc », sous les heureuses
auspices duquel s'ouvrait le chapitre — en écho implicite à la
promesse du septuor, « ange écarlate du matin » — se révèle être

un leurre[1] — rien n'en subsiste au soir du départ ; c'est un
« chant insignifiant », une « vulgaire romance », *Sole mio* — et
non plus le sublime septuor — qui fascine le héros, et pour
anéantir son rêve : « chant de désespoir » qui, « clamé devant les
palais inconsistants, achevait de les mettre en miettes et
consommait la ruine de Venise ». Médiocre reflet de ce que peut
être la musique, comme un peu plus tôt les « airs de bravoure »
de Norpois, ses propos stéréotypés et vains articles de « littérature diplomatique », l'avaient été des « phrases types » qui
caractérisent la littérature véritable.

La déception esthétique se répartit ainsi et s'équilibre dans
Sodome et Gomorrhe III de part et d'autre du moment exceptionnel de l'exécution du septuor, qui trouve en contrepoint
dans le deuxième chapitre d'*Albertine disparue* sa parodie sous
les formes d'une « vulgaire romance ». Le crépuscule, moment
de prédilection de l'asservissement aux angoisses du cœur — à
Combray avec la mère, avec Albertine pendant leur vie commune, avec la mère à nouveau à Venise — a démenti la promesse
matinale de joie par l'art.

On lira dans *La Fugitive* une version plus nourrie du séjour
vénitien : Proust lui préféra pour *Sodome et Gomorrhe III* un
article élaboré en 1919 pour la revue *Feuillets d'art*, lequel met
en scène avec plus de clarté le drame de la « ruine de Venise ».
La conclusion d'*Albertine disparue* semble impliquer la reprise
d'un des épisodes alors supprimés, mais aussi sa transformation,
puisqu'il venait dans le cahier manuscrit couronner le processus
d'un oubli dont *Albertine disparue* n'assume plus le récit[2]. La
reprise éventuelle des passages consacrés aux visites du baptistère de Saint-Marc et de l'Académie aurait ralenti et nuancé le
drame de la déception esthétique, sans pour autant l'interdire :
à rebours d'une attitude ruskinienne, l'impression artistique s'y
subordonne en effet à l'ordre intime, celui du cœur — si les toiles
de Carpaccio sont précieuses ou frappantes, c'est parce qu'elles
capturent l'effigie bien-aimée de la mère ou diffusent le souvenir
d'Albertine. La visite au baptistère de Saint-Marc devait être

1. *Cf.* p. 550 la note 1.
2. *Cf.* pp. 571-572, p. 565 note 1 et p. 566 note 3.

rappelée dans *Le Temps retrouvé* : elle recèle la sensation ténue
et humble qui y inaugure la série des souvenirs involontaires
ravivant la foi artistique — ce qui eût peut-être engagé Proust
à replacer à la fin de *Sodome et Gomorrhe III* cet épisode où
attendait, encore invisible, le tison de la vocation.

Les « côtés » réunis

Ces deux principaux fils romanesques de *Sodome et Gomorrhe
III*, le fil de l'inversion sexuelle et celui de la vocation, se
rejoignent dès *La Prisonnière*. C'est l'amie de Mlle Vinteuil,
apprend-on à l'issue de l'exécution du septuor, qui, à force de
patience et de dévouement, a « débrouillé le grimoire » laissé par
le musicien après sa mort, et, de ces « indéchiffrables notations », dégagé le chef-d'œuvre. Ce personnage se trouve donc
l'instrument paradoxal qui, dans la vie du héros, cause la
souffrance la plus vive, mais, « par compensation », le rappelle
à la réalité de la promesse artistique. Elle démontre ainsi
l'existence, en dépit d'un « contraste apparent », d'une « union
profonde » entre « le génie [...] et la gaine de vices où [...] il est
si fréquemment contenu, conservé ». C'est du « milieu si trouble
de Montjouvain »[1] qu'est sortie l'œuvre de Vinteuil.

Albertine disparue poursuit ce rapprochement entre les motifs
gomorrhéen et artistique par l'intermédiaire des « côtés » qui les
symbolisent pour le héros depuis les promenades autour de
Combray dans *Du côté de chez Swann* : le « côté de Méséglise »
et le « côté de Guermantes ». On se souvient que la géographie
intellectuelle de l'enfance et de l'adolescence mettait entre ces
côtés « si opposés » de Combray « une de ces distances dans
l'esprit qui ne font pas qu'éloigner, qui séparent et mettent dans
un autre plan »[2] : en choisissant pour théâtre à la mort d'Albertine non pas simplement Montjouvain, la demeure de Vinteuil,
ou ses environs immédiats, mais le « bord de la Vivonne »,
Proust fait de l'abolition de cette frontière la condition de la

1. *La Fugitive.*
2. *Du côté de chez Swann*, pp. 177-178.

découverte de la destination de la fugitive. Ce n'est en effet qu'au prix d'un court-circuit implicite entre la Vivonne, du côté de Guermantes, et Montjouvain, du côté de Méséglise, que peut avoir lieu le rapprochement décisif des deux « Montjouvain » qui condamne Albertine. Passeuse entre le côté de l'inversion et celui de l'écriture, la fugitive indiquerait-elle, pour le héros aussi, la « sorte de chemin de traverse » qui, du « vice », peut déboucher sur la rédemption artistique ? L'amie de la mystérieuse « amie de Mlle Vinteuil » sera-t-elle à son tour l'instrument d'une œuvre, à qui elle aussi sacrifie, plus littéralement quoique sans le vouloir ni le savoir, sa vie ?

Cet événement de la conjonction des « côtés » de Combray éclaire la composition « voilée » propre à *Albertine disparue* puisque leur fusion géographique, à la fin de son premier chapitre, va se trouver, symétriquement, relayée et amplifiée à la fin du second par leur rapprochement symbolique. L'intrigue « matrimoniale » qui traverse *La Prisonnière* — le héros épousera-t-il Albertine, et Morel la nièce de Jupien ? — se conclut en rebondissant ailleurs : à son départ de Venise, le héros reçoit une lettre de Gilberte lui annonçant qu'elle épouse Robert de Saint-Loup. C'est le mariage du « côté de chez Swann » avec le « côté de Guermantes », le signe annonciateur de l'irréversible redistribution de la carte sociale sous le signe de la mondanité généralisée.

Sodome et Gomorrhe II contenait un signe avant-coureur de la réunion géographique des « côtés » : ces promenades en automobile où Albertine, grâce au chauffeur de Balbec, avait appris à rapprocher des villages « prisonniers aussi hermétiquement enfermés jusque-là dans la cellule de jours distincts que jadis Méséglise et Guermantes »[1]. L'irruption de Charlus dans le milieu Verdurin — symboliquement affecté, par ses liens privilégiés avec la musique de Vinteuil, au « côté de Méséglise » — y amorçait leur conjonction symbolique. Celle-ci paraît tout d'abord s'accélérer dans *La Prisonnière*, où le baron, soucieux de « lancer » Morel, convie le Faubourg Saint-Germain à une grande soirée musicale chez les Verdurin. La fusion des « côtés »

---

1. « Bibliothèque de la Pléiade », 1988, III, 386.

du monde n'y aura pourtant pas lieu : s'arrogeant le rôle
d'hôtesse et accaparant la scène mondaine, Charlus humilie la
« Patronne » tout en ruinant ses espoirs de créer un « nouveau
noyau, aristocratique celui-là », et, allant même jusqu'à menacer l'actuel « petit clan » par sa prétention à introduire Morel
dans le milieu Guermantes, prépare sa propre « exécution ».
Calomnié par Mme Verdurin auprès du violoniste, il est
publiquement « lâché », et doit quitter, au bras de la reine de
Naples, « rempart » qui l'en protège et l'en isole, le salon
bourgeois. Exclusion qui symbolise l'échec — temporaire — du
rapprochement des « côtés » du monde, et coïncide avec l'écla-
tement du couple qui était la précaire illustration de leur union :
Charlus, c'est bien sûr, comme le rappelle le narrateur à l'issue
de l'exécution du septuor de Vinteuil, « un de ces Guermantes,
comtes de Combray », et Morel, « le fils de ce vieux valet de
chambre » qui lui « avait fait connaître la dame en rose », c'est-
à-dire la future Mme Swann.

Comme le savent les familiers de *La Fugitive*, Proust a
finalement distribué sur deux personnages, Albertine et Gilberte, un rôle d'abord réservé à la seule fille de Swann ; il l'a
également anticipé : ce n'était qu'*après* être devenue marquise
de Saint-Loup que Gilberte révélait au héros la communication
des « côtés » de Combray lors d'un séjour désenchanté à
Tansonville. La nouvelle de la mort d'Albertine pourrait bien
reprendre et condenser en un unique noyau les éléments
adjacents à cette découverte : le sentiment, chez le héros, de sa
sécheresse et stérilité littéraires, s'il est vrai que le tombeau
d'Albertine peut, dans un premier temps au moins, apparaître
comme celui de la vocation ; la promenade jusqu'aux « Sources »
de la Vivonne, puisque, depuis les tout premiers textes — quand
la Vivonne s'appelait encore comme à Illiers le Loir — ce
« lavoir » est le lieu de rencontre, à la fois décevant et troublant,
de « femmes qui venaient sans cesse y laver leurs linges » —
blanchisseuses qu'on retrouvait dans les enquêtes d'Aimé de *La
Fugitive* marquées du sceau de Gomorrhe, en train de mettre
Albertine « aux anges », au « bord de la Loire » justement. Il y
a ici un réseau insistant et cohérent, dont la disparition

d'Albertine « au bord de la Vivonne » opère une condensation remarquable[1].

D'un seul trait — un « éclair » — deux « côtés » se rejoignent, mais deux autres aussi se séparent : la mort d'Albertine, en se rattachant à ce qui est dans le roman le territoire emblématique de Gomorrhe, accomplit sa part de la prophétie de « La Colère de Samson », le poème des *Destinées* de Vigny cité en épigraphe et dans le texte de *Sodome et Gomorrhe I* : « Les deux sexes mourront chacun de son côté »[2]. Malédiction sexuelle que Proust greffe dans *Albertine disparue* à la découverte de la conjonction géographique des côtés, et comme pour servir de signe avant-coureur à celle qui va, symétriquement, accompagner leur conjonction symbolique : narrée à l'occasion du séjour à Tansonville dont elle est d'ailleurs la raison, la révélation de l'inversion de Saint-Loup — ce « nouvel aspect » du personnage promis par la table de *Sodome et Gomorrhe II* — *Le Temps retrouvé* parue avec *À l'ombre des jeunes filles en fleurs* en 1918 — devait suivre de peu la nouvelle de son mariage avec Gilberte ; « on n'est pas toujours impunément le neveu de quelqu'un », avait prévenu le narrateur de *Sodome et Gomorrhe II*[3]. Sans doute aurait-on découvert qu'à l'instar des « côtés » de Combray naïvement crus « inconciliables », les cités bibliques n'étaient pas les « irréconciliables ennemis » posés par le poème de Vigny : dans son article de 1921 dans la *N.R.F.* « À propos de Baudelaire », Proust annonçait en effet qu'il avait confié à un de ses personnages « cette "liaison" entre Sodome et Gomorrhe »[4] — à « une brute, Charles Morel ». Morel, dont on apprend dès *La Prisonnière* qu'il est, entre autres femmes, l'amant de la lesbienne Léa, « ayant le même goût que des femmes pour des femmes mêmes », et qui, dans un des passages « ôtés » de *La Fugitive*, livrait des « petites novices » à Albertine.

1. *Cf. Textes retrouvés, Cahiers Marcel Proust 3*, Gallimard, 1971, pp. 163-164 (nous rétablissons le pluriel de « linges » d'après le manuscrit autographe) ; *cf.* également J. Rosasco, « Aux sources de la Vivonne », dans *Recherche de Proust*, éd. du Seuil, coll. « Points », 1980.
2. Rappelons l'épigraphe de *Sodome et Gomorrhe I* : « La femme aura Gomorrhe et l'homme aura Sodome. »
3. « Bibliothèque de la Pléiade », 1988, III, 94.
4. *Cf. Essais et articles*, « Pléiade », pp. 632-633.

À une « brute, Charles Morel » — « Ce sont du reste les brutes à qui ce rôle est d'habitude départi » — ou, de manière plus inattendue, romanesque et spectaculaire, à l'incarnation de l'élégance Guermantes, à Saint-Loup ?[1] C'est ici, à l'occasion de la découverte de son inversion, que la mort d'Albertine pouvait à son tour faire l'objet d'un déchiffrement différé : si Albertine était de Gomorrhe, la trahison de celui qui était, à l'insu du héros, de Sodome, témoigne rétrospectivement, et de manière dramatique, de la collusion insoupçonnée des cités bibliques. « Une bonne partie de ce que nous croyons, et jusque dans les conclusions dernières c'est ainsi, avec un entêtement et une bonne foi égale, vient d'une première méprise sur les prémisses »[2] : il aurait donc fallu chercher Albertine non seulement du côté de Gomorrhe, mais du côté de Sodome et Gomorrhe, de Sodome *avec* Gomorrhe. Saint-Loup n'aurait-il pas confié au héros pendant la soirée chez la princesse de Guermantes, au début de *Sodome et Gomorrhe II* : « C'est malheureux que ta petite amie de Balbec n'ait pas la fortune exigée par ma mère, je crois que nous nous serions bien entendus tous les deux »[3].

III. Conclusion

« *Sur une enveloppe souillée de tisane* »

Épuisé par la pneumonie qui allait l'emporter, Proust consacra ses dernières forces, dans la nuit du 17 au 18 novembre 1922, à dicter à Céleste des fragments destinés à *La Prisonnière*[4], et à jeter quelques notes « sur une enveloppe souillée de tisane » que

1. Dans une addition de 1922 destinée à « Sodome IV » (cahier 59) Saint-Loup inverti est d'ailleurs appelé par lapsus « Morel ».
2. C'est là la dernière phrase d'*Albertine disparue*.
3. *La Fugitive*, et cahier 60.
4. *Cf.* p. 247 note 1 et p. 262 note 1.

remarquait François Mauriac le lendemain même de sa mort[1]. Tremblées et difficilement lisibles, ces quelques lignes, dont la continuité a pu être dégagée par Jean Milly[2], reprennent, sous forme allusive, la matière des épisodes « ôtés » ou biffés dans *Albertine disparue* mais étrangers au drame de l'héroïne : matinée de la parution de l'article du héros dans *Le Figaro*, visite consécutive chez les Guermantes pour en juger de l'effet, décevante réaction du duc et surprenante rencontre avec Gilberte Swann devenue Forcheville, arrangement hâtif du mariage de celle-ci avec Saint-Loup, commérages de Combray, vie à Tansonville des jeunes époux. Proust combine ici dans un même ensemble des passages qui, dans la version antérieure, se trouvaient séparés par l'épisode du séjour à Venise : dans ce nouveau montage, il est peu probable qu'ils l'eussent précédé, puisque les commentaires sur l'arrangement du mariage de Gilberte eussent alors désamorcé le coup de théâtre de son annonce-surprise, à la fin d'*Albertine disparue*. On peut donc considérer ces quelques lignes comme l'ébauche d'un « plan » pour la *suite* d'*Albertine*, *Sodome et Gomorrhe IV* : la réception de Gilberte chez les Guermantes, promise dès *À l'ombre des jeunes filles en fleurs*[3] et qui servait auparavant de prélude à la conjonction symbolique des « côtés », aurait pu être désormais narrée après-coup, en guise d'illustration rétrospective de ses prémisses.

L'« enveloppe souillée de tisane » confirme ainsi la dislocation de l'ancien schéma narratif : dans les cahiers de *La Fugitive*, les

---

1. *Cf. La N.R.F.*, « Hommage à Marcel Proust », 1er janvier 1923, p. 334.

2. Les voici, dans une transcription simplifiée :
Ces rayonnants matins où nous voyons dans l'aurore, un distributeur du soleil. M. de Guermantes ne l'avait même pas lu [biffé] *vu. Est-*[ce] *que vous ne vous trompez pas de jour. Cependant que la personne qui avait l'air de vouloir me prouver qu'elle était elle et était une autre* (S. de Forcheville Mlle Swann) *Me de Marsantes mena si rondement les choses que Robert fut longtemps trompé / crut longtemps avoir épousé Mlle de Forcheville et le vieux qui entretenait la mère depuis tant d'années ne trouvait pas qui pouvait être cette famille.* [Les] *mensonges de la « note régulière »* [?]. *Et pourtant ils s'étaient à / ils habitaient Tansonville* [coll. M. Louis Clayeux, que nous remercions].
Pour un examen plus détaillé, voir notre article « *Sur une enveloppe souillée de tisane...* », cité dans la Bibliographie, p. 63.

3. *Cf.* pp. 47-48.

épisodes de la parution de l'article du *Figaro* et de la visite chez
les Guermantes étaient associés au récit de la première « étape »
de l'oubli d'Albertine — ils prennent désormais un chemine-
ment indépendant, ou plutôt le reprennent, puisqu'ils préexis-
taient dans le roman à l'irruption de son drame. De part et
d'autre de cette déchirure, le reste des pages « ôtées » se trouve
inévitablement déséquilibré — mais leur contenu seul eût suffi
à les condamner, à ce stade du récit au moins. L'essentiel de
la deuxième « étape » de l'oubli — quelques éléments en avaient
été transférés dans *Sodome et Gomorrhe II* et *La Prisonnière* —
est incompatible avec le dénouement du premier chapitre
d'*Albertine disparue* : on y lit en effet la disculpation d'Albertine
de toute intimité gomorrhéenne avec Mlle Vinteuil et son amie,
et l'explication de son désir de visite aux Verdurin par un secret
projet de mariage avec Octave, le jeune gandin de Balbec ; un
sentiment d'incertitude y conclut de longues recherches posthumes. Le début du « chagrin et [de] l'oubli », pour reprendre
le titre de l'annonce de Proust dans *À l'ombre des jeunes filles en
fleurs* en 1918, était devenu tout aussi inutilisable dans la
continuité immédiate du premier chapitre d'*Albertine disparue* :
la floraison du chagrin s'y déploie sur les prémisses d'une
« bonne » Albertine, innocente, que les enquêtes d'Aimé, pour-
voyeuses en témoignages accablants peut-être mensongers,
n'arrivent jamais tout à fait à détruire. Comme un élément
exogène dans un mélange stabilisé, la goutte de sens ajoutée à
la mort d'Albertine — l'appréhension immédiate de sa culpabilité gomorrhéenne avec l'amie de Mlle Vinteuil, dans l'esprit du
héros au moins — a fait définitivement « virer » un délicat
équilibre narratif.

Proust considère donc *Albertine disparue* comme assez achevée pour se préoccuper sans attendre d'ébaucher l'ouverture du
« tome suivant », selon l'expression qu'il emploie dans sa
dernière lettre à Gallimard[1]. Que ces quelques notes s'achèvent
sur le nom de « Tansonville » n'est pas indifférent : on l'a vu, c'est
juste au début du séjour qu'y fait le héros qu'était narrée la
découverte de l'inversion de Saint-Loup, un passage demeuré,
biffé, à la fin de la dactylographie d'*Albertine disparue*. C'était

1. Voir la Chronologie ci-dessous au 30 octobre ou 1er novembre 1922.

là, on l'a suggéré, que pouvait s'élucider la trahison du neveu de Charlus lors de sa mission auprès de la tante d'Albertine, et le roman rebondir à la découverte de la « liaison » entre Sodome et Gomorrhe — comment ? « Il en est ainsi pour tous les grands écrivains, la beauté de leurs phrases est imprévisible... La vraie variété est dans cette plénitude d'éléments réels et inattendus »[1]. Dernier témoignage de ce vers quoi s'engageait Proust, l'« enveloppe souillée de tisane » semble bien faire trait d'union entre ce qui doit subsister, recomposé, de l'ancien récit — l'article du *Figaro*, Gilberte chez les Guermantes — et son point d'innovation : le séjour à Tansonville. On comprend en outre que, si la vérité d'Albertine n'est pas tout entière déchiffrée au moment de sa mort, s'il faut attendre une autre épiphanie pour mesurer l'étendue de sa trahison enroulée dans celle de Saint-Loup, le romancier devait différer jusque-là le bouquet du chagrin, le processus du deuil, puis de l'oubli — voire la mise en œuvre d'éventuelles enquêtes posthumes. Les modulations déjà écrites sur ces thèmes ne convenaient plus : c'était alors un travail de recomposition non négligeable qui attendait Proust[2].

N'est-ce pas comme un écho de cette aventure d'*Albertine disparue* et de son importance pour Proust qui, assez mystérieu-

1. *À l'ombre des jeunes filles en fleurs*, pp. 130-131.
2. Quant aux pages « ôtées » et non reprises dans *À la recherche du temps perdu*, Proust qui, en 1909 au moins, ne croyait pas au caractère « définitif » des « sacrifices littéraires » (*Corr.*, tome IX, p. 242) aurait pu en faire paraître une partie, sinon dans une de ces revues auxquelles il consacre, dans les dernières années et surtout mois de sa vie, tant d'attention. Il avait d'ailleurs songé dès 1921 (voir la Chronologie ci-dessous au 4 septembre 1922) à offrir à la *N.R.F.* « La mort d'Albertine, l'oubli » — c'est-à-dire non pas le segment du récit, très ample, qui s'étend de la nouvelle de l'accident de la jeune fille à la fin du séjour à Venise, mais les pages de chagrin et de deuil qui précèdent immédiatement ce que le narrateur appelle les « étapes » de l'oubli, lesquelles ne sont en réalité que l'accomplissement d'un processus défini comme « déjà bien près de l'arrivée ». En octobre 1922, Proust certes ne promettait plus à Rivière que « La mort d'Albertine » et un « portrait de Monsieur de Norpois », mais aurait pu, après avoir opéré la suppression constitutive d'*Albertine disparue*, revenir à ce premier projet, afin de sauver des pages qui étaient, avait-il confié deux fois à Gallimard, « ce que j'ai écrit de mieux », « ce que j'ai jamais fait de mieux ».

sement, nous parvient dans ces propos rapportés après sa mort
par Céleste Albaret :

« Il avait une mine tout à fait futée quand il me disait :
"Aujourd'hui Céleste j'ai travaillé sur Albertine... Attention il
est très possible que j'arrive à organiser mon affaire... Je fais là
une chose que je crois assez extraordinaire... Ne bougez plus...
Ou plutôt évoluez dans ma chambre sans bruit[1]." »

Le cycle de Sodome et Gomorrhe

« J'ai tant de livres à vous offrir qui si je meurs avant ne
paraîtront jamais »[2] : le lecteur est donc invité, à la fin de *Sodome
et Gomorrhe III*, à rebrousser chemin, et à bifurquer à la fin de
La Prisonnière vers *La Fugitive*, c'est-à-dire la version non
corrigée des cahiers, dans le découpage arbitraire, mais devenu
traditionnel, mis en place en 1925 ; au prix d'un léger bégaiement
de la lecture[3], d'un chevauchement textuel de la valeur du
premier chapitre d'*Albertine disparue*, il pourra ainsi rejoindre
le chemin qui mène au *Temps retrouvé*.

De la nouvelle du mariage de Gilberte, dans cette *Fugitive*, à
celle de la mort de Saint-Loup, dans ce *Temps retrouvé*, et à
condition de reprendre, comme l'« enveloppe souillée de tisane »
en indiquait l'intention chez Proust, l'épisode de la transition
mondaine de Gilberte, on trouvera rassemblée[4] — au moins
partiellement — la matière du tome suivant d'*À la recherche du*

1. M. Scheikévitch, « Marcel Proust and his Céleste », *London Mercury*,
vol. 37, avril 1938, pp. 605-606. Nous donnons le texte original des propos
de Céleste tel qu'il figure sur la dactylographie signée par l'auteur (archives
M.-C. Mauriac) ; il a été légèrement modifié dans le "Marcel Proust et
Céleste" publié en 1960 dans les *Œuvres libres* (nᵒ 168, *cf.* pp. 44-45).
L'entretien n'est pas daté.

2. Voir la Chronologie ci-dessous au 3 février 1922.

3. On pourra aussi bien sûr poursuivre directement dans *La Fugitive* au
début des pages « ôtées » d'*Albertine disparue* ; les notes permettent de
retrouver facilement, dans la partie du texte correspondant au premier
chapitre d'*Albertine*, les passages où les deux versions divergent.

4. *Cf. Albertine disparue*, Grasset, pp. 195-196, et P.-E. Robert, « L'édition
des posthumes de *À la recherche du temps perdu* (suite) », *La Revue des Lettres
modernes*, « Marcel Proust 1 », 1992, p. 146.

temps perdu, Sodome et Gomorrhe IV : circonstances et conséquences, mondaines et privées, du mariage de Gilberte et de
celui de la nièce de Jupien, non avec Morel mais le « petit
Cambremer » ; séjour désenchanté du héros à Tansonville, qui
marque la fin de ses illusions littéraires ; son retour, après de
« longues années » en maison de santé, dans le Paris métamor-
phosé de la Guerre, avec notamment la visite à l'hôtel de Jupien,
où, comme promis dans *La Prisonnière*[1], le déjà formidable
portrait de Charlus s'approfondit.

L'annonce parue dans la *N.R.F.* du 1er décembre 1922
mentionnait cependant une suite en « plusieurs volumes » à
Sodome et Gomorrhe III. Proust surtout, on l'a vu, avait été
jusqu'à évoquer en janvier 1922 à Gallimard la publication de
six Sodome ; même s'il est probable qu'alors encore la suite de
La Prisonnière pouvait constituer *Sodome IV*, et que le tome
hypothétique que nous venons d'évoquer aurait été le cinquième
de la série, il resterait à trouver la matière d'un *Sodome VI*.

Comme l'a fait remarquer Françoise Leriche[2], Proust disposait dans ses cahiers d'un épisode qui lui eût permis de
« boucler » la série des *Sodome et Gomorrhe* de manière à en faire
un véritable *cycle* : la rencontre aux Champs-Élysées, par le
héros en route pour la matinée chez la princesse de Guermantes,
du couple Charlus-Jupien vieilli[3], laquelle fait écho à leur
« conjonction » dans *Sodome et Gomorrhe I*. Or pour souligner
le caractère circulaire de la composition, Proust pouvait détacher ce bref épisode conclusif dans un *Sodome et Gomorrhe VI*,
et l'accoler à la matinée chez la princesse de Guermantes
constitutive du *Temps retrouvé*, en un nouveau tome « bifrons »,
symétrique du *Côté de Guermantes II — Sodome et Gomorrhe
I*[4] — et cela d'autant plus qu'à chaque fois, c'est en se rendant
chez une « princesse de Guermantes » que le héros surprend ou
rencontre Charlus et Jupien. « Dans *Le Temps retrouvé*, le nom

1. *Cf.* pp. 279 et 305.
2. Voir, dans la présente collection, la préface de *Sodome et Gomorrhe I-
II.*
3. *Cf. Le Temps retrouvé.*
4. On se souvient que la table publiée en 1918 avec *À l'ombre des jeunes
filles en fleurs* annonçait un *Sodome et Gomorrhe II — Le Temps retrouvé.*

de Sodome... ne sera plus jamais prononcé » : à prendre à la lettre cette prédiction de Proust à son ami Daniel Halévy en décembre 1921[1], la rencontre aux Champs-Élysées avec M. de Charlus qui, « resté coureur comme un jeune homme », entreprend « un garçon jardinier », aurait bien fait figure d'intruse dans le dernier volume d'*À la recherche du temps perdu*, et appartient au cycle de *Sodome et Gomorrhe*.

Quelle aurait pu être finalement son étendue au sein d'*À la recherche du temps perdu* ? L'imprécision de la dernière annonce, dans la *N.R.F.* du 1er décembre 1922, reflète bien l'incertitude et la prudence de l'écrivain ; peut-être aurait-il dû dédoubler le *Sodome et Gomorrhe IV* au seuil duquel il meurt le 18 novembre 1922, grossi moins des passages transférés d'*Albertine disparue* que de nouveaux développements relatifs aux liens de Saint-Loup avec Albertine[2], voire du processus de l'oubli de celle-ci. Ici encore, c'est l'« entre-deux »[3] de l'œuvre qui se dérobe, l'interminable « entre-deux ». Proust au début de 1922 n'en avait-il pas prévenu Gallimard : « *À la recherche du temps perdu* commence à peine » ? Soixante-dix ans plus tard, c'est, comme l'avait pressenti Gérard Genette avant même la découverte de la dactylographie d'*Albertine disparue*, « l'histoire de l'édition de la *Recherche* [qui] ne fait que commencer... »[4]

Nathalie MAURIAC DYER

1. M. Proust, *Correspondance avec Daniel Halévy*, Éditions de Fallois, 1992, p. 151.
2. Rappelons que Maria, l'ancêtre d'Albertine, et Saint-Loup se partagent les traits de Bertrand de Salignac-Fénelon.
3. *Cf.* la lettre du 17 décembre 1919 à P. Souday citée plus haut.
4. *Seuils*, éditions du Seuil, 1987, p. 281.

Chronologie

Peu après le 2 juillet 1920 : « Tout le volume sur la séparation d'avec Albertine, sa mort, l'oubli, laisse loin derrière lui la brouille avec Gilberte. De sorte qu'il y aura trois esquisses, très différentes, du même sujet (séparation de Swann avec Odette dans Un amour de Swann — brouille avec Gilberte dans les J[eunes filles] en fleurs — séparation avec Albertine dans Sodome et Gomorrhe, la meilleure partie) » (lettre à Jacques Rivière).

Début janvier 1921 : Proust annonce à Gallimard les tomes d'*À la recherche du temps perdu* qui doivent suivre *Le Côté de Guermantes II* et *Sodome et Gomorrhe I* : « Sodome II, Sodome III, Sodome IV et le Temps retrouvé, quatre longs volumes [...] se succéderont à intervalles assez espacés (si Dieu me prête vie). »

12 juillet : Apprenant la création par Fayard des *Œuvres libres* — « recueil littéraire mensuel ne publiant que de l'inédit » — Proust écrit au critique J. Boulenger : « il y a dans le Temps perdu tout mon roman avec Albertine jusqu'à la mort de celle-ci, qui pourrait très bien paraître en revue (en beaucoup de numéros, seulement). Mais ne vaut-il pas mieux attendre de voir ce que seront ces Œuvres libres. »

29 ou 30 novembre : « Sodome III [...] sera un volume bref et d'action dramatique » (lettre à Gallimard).

7 ou 8 décembre : « Sodome III [...] a des chances d'être un très court volume (ce que nous déciderons de commun accord selon l'endroit où nous le couperons) [...] On ferait une dactylographie de Sodome III, je corrigerais (peu je crois) sur ladite dactylographie et elle servirait de texte définitif pour le bon à tirer » (lettre à Gallimard).

18 janvier 1922: « moralement on a vu avec q[uel]q[ue] surprise l'annonce de Sodome II, de Sodome III, de Sodome IV (et je crois bien qu'il y aura aussi un Sodome V, sinon un Sodome VI) mais si on voit que déjà Sodome II a 3 volumes, on aura pour les tomes suivants une inquiétude qui j'ajoute ne sera pas justifiée. Car j'ai l'intention après ces deux volumes de donner un Sodome III assez court (comme le 1er côté de Guermantes). Encore faudra-t-il causer pour cela car j'ignore si, pour Sodome III, il est possible de ne pas faire paraître ensemble deux parties » (lettre à Gallimard).

Fin janvier-début février: Proust engage une sténodactylographe, Yvonne Albaret, la nièce de Céleste. Elle s'attelle à la frappe des cahiers manuscrits qui contiennent la suite de *Sodome et Gomorrhe II*.

3 février: « j'ai tant de livres à vous offrir qui, si je meurs avant ne paraîtront jamais (À la Recherche du Temps perdu commence à peine) » (lettre à Gallimard).

2 mars: « J'avance dans Sodome III » (lettre à Gallimard). Proust a donc entrepris sans tarder la révision de la « 1re Dactylographie » (classement de la Bibliothèque nationale) de ce qui deviendra *La Prisonnière*, et qu'il a intitulée de sa main : « Sodome et Gomorrhe III ». Les corrections sur cet exemplaire se poursuivront jusqu'au début du récit de la troisième « journée », soit dans le premier quart du texte. Cet ensemble sera l'objet d'une nouvelle dactylographie, peut-être entreprise aussitôt, et qui correspond, avec d'importantes lacunes aujourd'hui, au même segment du récit.

Mars: Proust rédige dans un cahier d'« ajoutages » (cahier 59) un long développement sur M. de Norpois à Venise ; il y esquisse également un portrait du diplomate Camille Barrère, dont il reprend presque littéralement les termes dans une lettre à Ph. Berthelot, peu après le 16.

28 avril: Parution de *Sodome et Gomorrhe II* en trois volumes aux Éditions de la Nouvelle Revue Française (Achevé d'imprimer du 3 avril).

Vers le 15 mai: « Il n'y aura plus guère que des passions du héros pour des femmes dans les suivants Sodome, auxquels je compte du reste donner des titres moins inspirés de Vigny. J'avais pensé pour le prochain à La Prisonnière, mais je ne sais pas si ce n'est pas un peu banal » (lettre à J. Boulenger). Le titre « La Prisonnière », de la main de Proust, apparaît en tête de la « 2e Dactylographie », au-dessus de la mention dactylographiée « SODOME ET GOMORRHE III ».

19 mai : « Dans le prochain volume, Odette aura épousé un "noble", sa fille deviendra proche parente des Guermantes avec un grand titre » (lettre à Laure Hayman). Le mariage de Gilberte sera annoncé dans la conclusion d'*Albertine disparue*, et Proust travaillera encore l'épisode sur son lit de mort (voir *nuit du 17 au 18 novembre*).

25 juin : À Gallimard qui s'enquiert de « la suite de *Sodome* », Proust écrit : « Je ne puis rien vous dire quant à mon livre [...] Je possède bien le manuscrit ou pour mieux dire la dactylographie complète (et le manuscrit aussi) de ce volume et du suivant puisque vous vous rappelez que j'avais pris pour cela une dactylographe. Mais le travail de réfection de cette dactylographie où j'ajoute partout et change tout est à peine commencé. Il est vrai qu'elle a été faite en double [...] Tronche il y a q[uel]q[ue] temps m'avait dit que j'avais tort de ne pas varier mes titres que les gens étaient si bêtes que lisant une œuvre intitulée comme la précédente Sodome et Gomorrhe se disaient mais j'ai déjà lu cela [...] Aussi [...] j'ai repensé à ce que m'a dit Tronche et j'ai pensé que je pourrais peut-être intituler Sodome III la Prisonnière et Sodome IV la Fugitive quitte à ajouter sur le volume (Suite de Sodome et Gomorrhe). »

26 juin : Gallimard propose un secrétaire à Proust, qui semblerait avoir congédié Yvonne Albaret.

1er juillet : Gallimard souhaite annoncer les prochains tomes de la *Recherche* selon les précédentes indications de Proust.

2 ou 3 juillet : Proust cherche à dissuader Gallimard de son projet : « Si vous désirez, *dans le doute*, annoncer mes deux volumes suivants pour 1923, bien volontiers cher ami. Mais si, de les avoir annoncés, vous oblige à les publier à date fixe, je ne peux prendre aucun engagement. Car aucune des deux parties n'est "prête", ce qui s'appelle "prête" [...] Je ne veux pas vous livrer du travail bâclé, mais le meilleur possible dans la mesure de mes faibles facultés. Hé bien sur les deux parties il y a encore à faire [...] Si donc m'annoncer, c'est me promettre, non, ne m'annoncez pas [...] Cependant il vaudrait mieux que l'intervalle ne soit pas trop long car tout le monde ne gardera pas présent à l'esprit que à la fin de Sodome II je pars vivre avec Albertine, et cette vie constituant Sodome III (qui n'aura pas ce titre) il est préférable (dans la mesure de mes forces) qu'on n'ait pas eu le temps d'oublier. D'ailleurs une autre raison contre l'annonce, je pensais appeler la première partie la Prisonnière la 2e la Fugitive. Or, Madame de Brimont vient de traduire un livre de Tagore sous le titre la Fugitive. Donc pas de Fugitive ce qui ferait des malentendus. Et du moment que pas de Fugitive, pas de Prisonnière qui s'opposait nettement. J'écrirais bien à Mme de Brimont que je connais un peu mais ce serait mufle et arriverait d'ailleurs trop tard. Il vaut mieux du reste ne pas donner d'avance trop de précisions. »

22 juillet : « J'ai l'intention de vous envoyer d'ici peu le manuscrit de Sodome et Gomorrhe IV (La Prisonnière) afin d'en avoir les 1res épreuves que je remanierai fort. Le grand intérêt pour moi est de me rendre compte si cette "Prisonnière" sera assez courte pour que je puisse faire paraître en même temps sa suite la Fugitive, car si, matériellement, il est certain que les livres courts se vendent mieux, dans mon cas, comme j'ai réussi jusqu'ici à ne pas dégringoler, il ne faudrait pas, pour avoir un ouvrage moins long, faire dire : "Il est très en baisse" » (lettre à Gallimard).

Début août : « N'est-ce pas Sodome et Gomorrhe III que vous vouliez dire au sujet de La Prisonnière ? » s'était étonné Gallimard à la suite de la lettre de Proust du *22 juillet ;* celui-ci lui répond : « C'est en effet de Sodome III que je vous parlais en l'appelant par lapsus Sodome IV. Mais ce que je vous disais ne vaut plus pour l'instant. J'ai d'autres projets. »

8 août : Proust rencontre Jacques Rivière de passage à Paris, et lui promet pour la *N.R.F.,* selon celui-ci, « un au moins, et peut-être deux, fragments du prochain *Sodome* [...] le *Sommeil d'Albertine,* et les *Cris de Paris* ». Rivière, le *13 août* et encore le *21,* presse Proust de lui remettre le premier de ces extraits.

19 août: Proust fait part à Gallimard de son souhait de publier son « prochain volume : la Prisonnière », qui est « tout à fait romanesque », dans la revue de Fayard les *Œuvres libres*.

22-25 août: Proust prévient Rivière qu'il souhaite donner la préférence aux *Feuilles libres* [*sic*] pour *La Prisonnière* et *La Fugitive*, ce qui empêcherait toute publication d'extraits dans la *N.R.F.* ; il dit attendre une réponse de Gallimard.

28 août: Gallimard accède, à contrecœur, au souhait de Proust d'une pré-publication de *La Prisonnière* aux *Œuvres libres* ; il s'enquiert de « la suite de SODOME », et demande à Proust s'il maintient les titres précédemment indiqués.

2 septembre: Proust se plaint des réticences de Gallimard mais conclut : « tout cela ne veut pas dire que je donnerai la Prisonnière aux Œuvres libres. J'hésite. »

3 septembre: « J'ai énormément à travailler, car vous ne savez pas le souci que j'ai de ne pas vous donner de livres trop mauvais. Et je recommence pour la 3e fois ma Prisonnière dont je ne suis pas content et ayant un mal infini à déchiffrer les corrections et surcharges que j'ai apportées aux feuilles, sans cela claires, de ma dactylographe » (lettre à Gallimard).

4 septembre: À Gallimard qui lui assure qu'il ne s'opposera jamais à une publication dans les *Œuvres libres*, et qu'il veut « rester toujours sur le terrain de l'amitié » (il écrira cependant le *5* à Rivière que Proust « est impossible »), Proust répond aussitôt : « je veux vous remercier de votre solution si généreuse. Pour ma part je vous donnerai les meilleurs extraits (non pas les plus nombreux) comme le Sommeil d'Albertine et même (ce que j'ai jamais fait de mieux) certains morceaux de la Fugitive, sans attendre que la Prisonnière ait paru [...] Pour les Œuvres libres désirez-vous un autre titre que la Prisonnière ? » Dans une lettre au même du *19 ou 20 octobre 1921*, Proust envisageait déjà de donner ces pages à Rivière pour la *N.R.F.*, à en croire l'identité des termes qu'il employait alors : « je lui donnerais la fin de Sodome III où il n'y a rien à changer et qui est ce que j'ai écrit de mieux (La mort d'Albertine, l'oubli) ».

4-9 septembre: « Vous aurez le Sommeil d'Albertine et beaucoup d'autres extraits à condition de ne pas dire le nom du volume d'où ils sont tirés » (lettre à Jacques Rivière).

Peu après le 7 septembre : Proust écrit à Gallimard : « à cause des Œuvres libres et de mon travail je reprends ma dactylographe [Yvonne Albaret] [...] À mon avis il vaut mieux que ce soit votre volume qui s'appelle la Prisonnière, et pour l'Extrait (qu'ils nomment toujours roman complet [...] mais tout le monde comprend) des Œuvres libres prendre un titre différent, tout à fait différent. »

21 septembre : Proust informe Rivière et Gallimard qu'il reprend *La Prisonnière* « pour la quatrième fois ».

23 ou 24 septembre : Proust envoie à Rivière pour la *N.R.F.* un extrait intitulé « La regarder dormir. Mes réveils ». Il paraîtra dans le numéro de novembre.

Peu après le 26 septembre : À Gallimard qui le presse de lui communiquer les titres définitifs de la suite de son œuvre, Proust répond : « Non, il ne faut pas donner actuellement un autre titre que Sodome et Gomorrhe III à mes prochains volumes. Comme vous l'avez très bien vu, le titre de la Fugitive disparaissant la symétrie se trouve bousculée. D'ici quelques jours nous parlerons de cela, qui n'est pas pressé. »

12 octobre : Rivière remercie Proust de sa promesse d'un nouveau fragment, « plus long », pour la *N.R.F.*, et qui s'intitulerait « La Mort d'Albertine ». Il l'informe que, conformément à son souhait, Jean Paulhan pourrait, « une nuit par semaine », l'assister dans son travail : il « a l'habitude des écritures difficiles et déchiffrerait, j'en suis sûr sans peine, les brouillons les plus ardus ». L'offre n'aura apparemment pas de suite.

21 octobre : « L'épuisement de Sodome II en retardant indéfiniment La Prisonnière (trop long à vous expliquer je suis trop faible) va rendre très difficile que je vous donne des extraits. Pourtant si vous ne trouvez pas cela trop sec, j'ai mis sur pied un portrait de Monsieur de Norpois inédit bien entendu, et puis enfin on trouvera encore bien des choses, mais mon état de faiblesse (pour ne parler que de la faiblesse) est extrême » (lettre à Rivière). Le « portrait » de Norpois est un long passage, tiré des ébauches rédigées en *mars* dans le cahier 59, et inséré dans la dactylographie d'*Albertine disparue*.

25 octobre : Proust donne en catastrophe — d'une écriture désormais très altérée par la maladie — des instructions à Rivière pour qu'il fasse changer la fin de « Mes réveils », pourtant déjà composée, et conclut ainsi : « Et puis Jacques laissez un malheureux qui n'en peut plus et qui se sentant mieux hier a corrigé un livre entier pour Gaston... » Il est possible que ce livre « pour Gaston » soit, non pas *La Prisonnière*, mais le premier état d'*Albertine disparue*, qui s'achevait sur cette mention dictée à Céleste Albaret, au terme de ce qui en constituerait finalement le premier chapitre : « Fin d'Albertine disparue, ou si Mr Gallimard aime mieux avoir un volume plus long. Fin de la première partie d'Albertine disparue. »

30 octobre ou 1er novembre : Dernière lettre connue de Proust à Gallimard : « Je crois en ce moment que le plus urgent serait de vous livrer tous mes livres. L'espèce d'acharnement que j'ai mis pour la Prisonnière (prête mais à faire relire, le mieux serait que vous fassiez faire les 1res épreuves que je corrigerai) cet acharnement [*deux mots illisibles*] dans mon terrible état de ces jours-ci, a écarté de moi les tomes suivants. Mais 3 jours de repos peuvent suffire. Je m'arrête adieu cher Gaston. »

1er novembre : La *N.R.F.* annonce la parution en 1923 de « Sodome et Gomorrhe III, 2 volumes ».

7 novembre : Gallimard accuse réception à Proust de *La Prisonnière*, finalement sous-titrée *(1re partie de Sodome et Gomorrhe III)*, et manifeste le désir de lui rendre visite.

Novembre ? : Proust griffonne sur un billet destiné à Céleste Albaret : « Vous voyez que mes quintes ont recommencé parce que je vous ai parlé. Barrez tout (sauf ce que nous avons laissé dans Albertine disparue — jusqu'à mon arrivée avec ma mère à Venise. » C'est vraisemblablement alors qu'*Albertine disparue* acquiert sa forme définitive ; la « Fin d'Albertine disparue » peut-être définie le *24 octobre* est transformée en « Fin du 1er chapitre d'Albertine disparue », et la mention « Chapitre 1 » ajoutée sous le titre de la première page ; lui succède, sans transition, un deuxième et dernier chapitre consacré au séjour à Venise du héros et de sa mère. Les pages que Proust demande à Céleste de « barrer » — et qu'il dit sur la dactylographie avoir

simplement «ôtées» — sont aujourd'hui perdues. Céleste
Albaret — dûment morigénée après la mort de Proust? — n'a
jamais mentionné, dans ses souvenirs *Monsieur Proust* (Laffont, 1973) ou ailleurs, la suppression dont elle fut semble-t-il
l'ouvrière.

13 novembre[1] *:* Proust écrit à Henri Duvernois, directeur des
Œuvres libres, au sujet de *Précautions inutiles*, l'extrait de *La
Prisonnière* qu'il vient de lui envoyer et qui paraîtra dans la
revue en *février 1923*. Il évoque le geste, apparemment
réminiscent de la coupure qu'il vient d'infliger à *Albertine
disparue*, par lequel, «l'accident de santé commençant», il a
«fait ôter [du "roman" pour les *Œuvres libres*] tous les cahiers
dactylographiés sans compter».

Nuit du 17 au 18 novembre : Proust dicte à Céleste quelques
lignes relatives à des passages récemment ajoutés à *La
Prisonnière* : «les glaces d'Albertine», «la dernière maladie de
Bergotte». Ces fragments sont placés, par lui-même vraisemblablement, dans une grande enveloppe, au verso de laquelle il
jette, d'une écriture très altérée, ses ultimes notes ; elles
ébauchent un plan pour la suite d'*Albertine disparue*. François
Mauriac sera le premier à faire état de cette «enveloppe
souillée de tisane» dans l'article qu'il publie le *2 décembre* dans
la *Revue hebdomadaire*, «Sur la tombe de Marcel Proust».

18 novembre : Marcel Proust expire en fin d'après-midi, des
suites d'une pneumonie infectieuse qu'il refusait de soigner. Il
est inhumé le *21* au cimetière du Père-Lachaise.

25 novembre : À la suite d'un article de Robert de Flers dans
le *Figaro*, Lucien Daudet fait part de son inquiétude à Jacques
Rivière : «Vous aurez lu dans le *Figaro* la phrase "son œuvre,
hélas, inachevée" qui résume ce que nous craignions avant-hier
avec Monsieur Gallimard. Il serait bien fâcheux que cette
opinion s'accréditât. »

1er décembre : Rivière publie en tête de la *N.R.F.* un court
texte d'hommage à Marcel Proust, qui révèle le désarroi de la

---

1. À en croire l'indication donnée le 25 novembre 1922 à J. Rivière par
H. Duvernois : «Cinq jours avant sa mort Proust m'écrivait...» [suit une
citation littérale de sa lettre]. *Cf. Bulletin des Amis de Jacques Rivière et
d'Alain-Fournier*, nº 37, 1985, p. 39.

Nouvelle Revue Française : « Malgré la vie cloîtrée qu'il menait depuis plusieurs années déjà, rien dans sa santé ne semblait irréparablement atteint ; il avait même un fonds de résistance qui étonnait ses amis et les empêchait d'imaginer que la maladie pût jamais le vaincre. » Dans le même numéro, un encart publicitaire annonce comme « sous presse » : « SODOME ET GOMORRHE, III. *LA PRISONNIÈRE. ALBERTINE DISPARUE* ».

1er janvier 1923 : La *N.R.F.* consacre un numéro spécial d'« Hommage à Marcel Proust », qui contient notamment deux extraits de *La Prisonnière* : « Une matinée au Trocadéro », et « La Mort de Bergotte ». L'encart publicitaire paru dans le numéro précédent y figure à nouveau ; une importante rubrique intitulée « LE MANUSCRIT » assure que Proust a laissé son œuvre achevée, et en promet, avec quelque imprécision, la publication intégrale.

14 novembre : Achevé d'imprimer de *La Prisonnière (Sodome et Gomorrhe III)* aux Éditions de la Nouvelle Revue Française. Un avertissement précise : « Le texte dactylographié du présent ouvrage [...] nous avait été remis par Marcel Proust peu de temps avant sa mort. La maladie ne lui ayant pas laissé la force de corriger complètement ce texte, une révision très soigneuse sur le manuscrit en fut entreprise après sa mort par le Dr Robert Proust et par Jacques Rivière. C'est le résultat de ce travail, où nous espérons qu'un minimum d'imperfections se laissera découvrir, que nous publions aujourd'hui. »

Janvier 1924 : Le Dr Proust et Jacques Rivière entreprennent la préparation de l'édition originale d'*Albertine disparue*.

14 février 1925 : Mort de Jacques Rivière. Jean Paulhan le remplace auprès du Dr Proust.

30 novembre 1925 : Achevé d'imprimer d'*Albertine disparue* aux Éditions de la Nouvelle Revue Française. Le texte paraît sans avertissement de l'éditeur. Selon J. Milly dans son édition de *La Fugitive* (1986), « la rumeur se répand [...] avec insistance qu'*Albertine disparue* n'a été laissée que sous la forme de brouillons linéamentaires, et présente un aspect appauvri par rapport aux tomes précédents ».

Mars-juillet 1931 : En dépit d'efforts répétés des Éditions de la Nouvelle Revue Française à l'occasion de la préparation de l'édition des *Œuvres complètes*, le Dr Proust refuse la communication du « manuscrit original » d'*Albertine disparue*.

Juillet 1931 : Parution de *La Prisonnière* dans la collection des *Œuvres complètes* ; le sous-titre *Sodome et Gomorrhe III* y a disparu.

Février 1932 : Parution d'*Albertine disparue* dans la collection des *Œuvres complètes*. C'est la reprise en un volume, à quelques différences de ponctuation près, du texte de l'édition originale.

1935 : Mort de Robert Proust.

1986 : Mort de Suzy Mante-Proust, sa fille ; son gendre Claude Mauriac découvre dans ses archives la dactylographie originale d'*Albertine disparue*, corrigée par Proust.

Bibliographie

Extraits publiés du vivant de Proust

« À Venise », *Feuillets d'art*, n° 4, 15 décembre 1919.
« La regarder dormir. Mes réveils », *La Nouvelle Revue Française*, 1er novembre 1922.

Éditions originales

La Prisonnière (Sodome et Gomorrhe III), Librairie Gallimard, Éditions de la Nouvelle Revue Française, 1923 (éd. établie par le Dr R. Proust et J. Rivière).
Albertine disparue, Grasset, 1987 (éd. établie par N. Mauriac et É. Wolff).

Éditions ultérieures

La Prisonnière, Librairie Gallimard, Éditions de la Nouvelle Revue Française, collection « à la gerbe », 1931.
La Prisonnière, dans *À la recherche du temps perdu*, Gallimard, « Bibliothèque de la Pléiade », 1954, tome III (éd. établie par P. Clarac et A. Ferré).
La Prisonnière, GF-Flammarion, 1984 (édition établie par J. Milly).

La Prisonnière, dans *À la recherche du temps perdu*, Robert Laffont, « Bouquins », 1987 (texte établi par T. Laget).

La Prisonnière, dans *À la recherche du temps perdu*, Gallimard, « Bibliothèque de la Pléiade », 1988, tome III (éd. établie par P.-E. Robert).

La Prisonnière, Gallimard, collection « Folio », 1988-1989 (éd. établie par P.-E. Robert).

Enfin on pourra consulter l'édition italienne de *La Prigioniera*, dans *Alla ricerca del tempo perduto*, Mondadori, 1989, pour son abondante annotation due à A. Beretta Anguissola.

Albertine disparue, Champion-Slatkine, 1992 (édition établie par J. Milly).

(On trouvera dans *La Fugitive* de la présente collection la bibliographie des autres éditions intitulées *Albertine disparue*.)

Ouvrages de référence

Correspondance de Marcel Proust, édition établie par Ph. Kolb, Plon, 20 tomes parus.

E. BRUNET, *Le Vocabulaire de Proust*, Champion-Slatkine, 1983.

J. NATHAN, *Citations, références et allusions de Marcel Proust dans « À la recherche du temps perdu »*, Nizet, 1969.

G. PAINTER, *Marcel Proust*, 1871-1922, Mercure de France, 1992.

M. VOGELY, *A Proust Dictionary*, Whitston, 1981.

Éléments critiques

M. BARDÈCHE, *Marcel Proust romancier*, Les Sept Couleurs, 1971.

E. BIZUB, *La Venise intérieure, Proust et la poétique de la traduction*, La Baconnière, 1991.

H. Bonnet, *Marcel Proust de 1907 à 1914*, Nizet, 1971 et 1976.

A. Borrel, « Trois billets de Marcel Proust à Céleste Albaret », *Bulletin Marcel Proust*, 1990, n° 40.

B. Brun, « Étude génétique de l'"ouverture" de *La Prisonnière* », *Cahiers Marcel Proust 14, Études proustiennes VI*, Gallimard, 1987.

F. Callu, « Le Fonds Proust de la Bibliothèque nationale », dans *À la recherche du temps perdu*, Gallimard, « Bibliothèque de la Pléiade », 1987, tome I.

A. Compagnon, *Proust entre deux siècles*, Le Seuil, 1989.

G. Deleuze, *Proust et les signes*, P.U.F., 1970.

E. Eells, « Proust à sa manière », *Littérature*, mai 1982, n° 46.

G. Genette, *Figures III*, Le Seuil, 1972.
    Palimpsestes, Le Seuil, 1982.
    Seuils, Le Seuil, 1987.

A. Henry, *Proust romancier*, Flammarion, 1983.

T. Ishiki, *Maria la Hollandaise ou la naissance d'Albertine dans les manuscrits de « À la recherche du temps perdu »*, thèse, Paris III, 1986.

F. Leriche, *La question de la représentation dans la littérature moderne : Huysmans — Proust*, thèse, Paris VII, 1989-1990.

G. Macé, *Le manteau de Fortuny*, Gallimard, 1987.

G. Macchia, *L'Ange de la nuit. Sur Proust*, Gallimard, 1993.

N. Mauriac Dyer, « Les mirages du double : *Albertine disparue* selon la Pléiade (1989) », *Bulletin Marcel Proust*, 1990, n° 40.

« Le cycle de *Sodome et Gomorrhe* : remarques sur la tomaison d'*À la recherche du temps perdu* », *B.M.P.*, 1991, n° 41 et *Littérature*, décembre 1992, n° 88.

« *Sur une enveloppe souillée de tisane*, un plan pour la suite d'*Albertine disparue* », *B.M.P.*, 1992, n° 42.

M. Miguet-Ollagnier, « Le "père Norpois" et le roman familial », *Revue d'histoire littéraire de la France*, 1990, n° 2.

J. Milly, *La Phrase de Proust*, Larousse, 1975.

Proust dans le texte et l'avant-texte, Flammarion, 1985.

« *La Fugitive* disparue ? », *B.M.P.*, 1989, nº 39.

« Retitrage, recyclage et autres visages d'*Albertine disparue* », *B.M.P.*, 1991, nº 41.

« *Albertine disparue* : la vie posthume d'un texte littéraire », *Revue d'histoire littéraire de la France*, 1992, nº 2.

C. NAKANO, *De « La Fugitive » à « Albertine disparue » : le destin en éclipse de l'avant-dernier volume d'« À la recherche du temps perdu »*, thèse, Paris IV, 1989 (des extraits ont été publiés dans le *Bulletin d'Informations proustiennes* [1990] et le *Bulletin Marcel Proust* [1990 et 1991]).

C. QUÉMAR, « Sur deux versions anciennes des "côtés" de Combray », *Cahiers Marcel Proust 7, Études proustiennes II*, Gallimard, 1975.

P.-E. ROBERT, « L'édition des posthumes de *À la recherche du temps perdu* », *B.M.P.*, 1988, nº 38, et « L'édition des posthumes... (suite) », *La Revue des Lettres modernes*, « Marcel Proust 1 », Lettres modernes, 1992.

J. ROSASCO, « Aux sources de la Vivonne », dans *Recherche de Proust*, Le Seuil, coll. « Points », 1980.

A. WINTON, *Proust's Additions. The making of « À la recherche du temps perdu »*, Cambridge Univ. Press, 1977.

J. YOSHIDA, *Proust contre Ruskin. La genèse de deux voyages dans la « Recherche » d'après des brouillons inédits*, thèse, Paris IV, 1978.

K. YOSHIKAWA, *Études sur la genèse de* La Prisonnière *d'après des brouillons inédits*, thèse, Paris IV, 1976 (« Vinteuil ou la genèse du Septuor », *Cahiers Marcel Proust 9, Études proustiennes III*, 1979).

Note

L'édition de *Sodome et Gomorrhe III, La Prisonnière Albertine disparue* est posthume. Le texte a donc été établi, à chaque fois, sur le dernier document revu et corrigé par Marcel Proust avant sa mort.

Pour *La Prisonnière*, nous avons donc suivi :

— jusqu'à la p. 133 (« l'essoufflement du plaisir et ») la « 3e dactylographie » (classement de la Bibliothèque nationale, cote N.A.Fr. 16745), en nous reportant aux corrections apportées aux dactylographies antérieures (« 2e » et « 1re » dactylographies, N.A.Fr. 16744 et 16742).

— de la page 133 à la page 176 (« son réveil ne serait nullement »), et sauf intervention ponctuelle de Proust sur la « 3e dactylographie », la « 1re dactylographie » (N.A.Fr. 16742).

— au-delà, la suite de la « 3e dactylographie » (N.A.Fr. 16746-747), qui correspond alors à une première frappe du manuscrit, irrégulièrement corrigée par Proust.

Les manuscrits (cahiers VIII à XII, N.A.Fr. 16715-16719, et certains passages des cahiers 59 et 62 et du « Reliquat manuscrit ») font cependant foi sur les dactylographies dans les cas, assez fréquents, d'intervention abusive des premiers éditeurs, et de leçons fautives dans les pages non corrigées ou rapidement relues par Proust. Mais ils sont eux-mêmes parfois insuffisants à imposer une lecture, notamment pour le montage de certains passages et additions : comme on l'a souvent noté, l'interruption du travail éditorial de Proust écarte définitivement, à partir d'ici et pour l'ensemble des parties posthumes, la notion de texte « définitif ».

Pour *Albertine disparue*, nous avons également suivi la dactylographie corrigée par Marcel Proust (collection M.-C. Mauriac; Bibliothèque nationale, microfilm 3673); en collationnant le texte non relu par l'écrivain sur le manuscrit correspondant (cahiers XII et XV, N.A.Fr. 16719 et 16722). Le texte de la présente édition reprend, en le corrigeant le cas échéant, celui de l'édition originale publiée chez Grasset en 1987.

La ponctuation de *Sodome et Gomorrhe III* est, autant que possible, fidèle à l'usage proustien, de même que la division en alinéas; les difficultés particulières au texte posthume (contradictions, répétitions, lacunes, etc.) sont signalées dans les notes en fin de volume, de même que nos choix pour certaines leçons (*cf.* notamment p. 133 note 2; p. 218 note 1; p. 443 note 4; p. 559 note 1).

Sodome et Gomorrhe III

La Prisonnière[1]

Dès le matin, la tête encore tournée contre le mur et avant d'avoir vu, au-dessus des grands rideaux de la fenêtre, de quelle nuance était la raie du jour, je savais déjà le temps qu'il faisait. Les premiers bruits de la rue me l'avaient appris, selon qu'ils me parvenaient amortis et déviés par l'humidité ou vibrants comme des flèches dans l'aire résonnante et vide d'un matin spacieux, glacial et pur ; dès le roulement du premier tramway, j'avais entendu s'il était morfondu dans la pluie ou en partance pour l'azur. Et peut-être ces bruits avaient-ils été devancés eux-mêmes par quelque émanation plus rapide et plus pénétrante qui, glissée au travers de mon sommeil, y répandait une tristesse annonciatrice de la neige, ou y faisait entonner, à certain petit personnage intermittent, de si nombreux cantiques à la gloire du soleil que ceux-ci finissaient par amener pour moi, qui encore endormi commençais à sourire et dont les paupières closes se préparaient à être éblouies, un étourdissant réveil en musique[2]. Ce fut du reste surtout de ma chambre que je perçus la vie extérieure pendant cette période. Je sais que Bloch raconta que, quand il venait me voir le soir, il entendait un bruit de conversation ; comme ma mère était à Combray et qu'il ne trouvait jamais personne dans ma chambre, il conclut que je parlais tout seul. Quand beaucoup plus tard il apprit qu'Albertine habitait alors avec moi, comprenant que je l'avais

cachée à tout le monde, il déclara qu'il voyait enfin la raison
pour laquelle, à cette époque de ma vie, je ne voulais jamais
sortir. Il se trompa. Il était d'ailleurs fort excusable car la
réalité même si elle est nécessaire n'est pas complètement
prévisible, ceux qui apprennent sur la vie d'un autre quelque
détail exact en tirent aussitôt des conséquences qui ne le sont
pas et voient dans le fait nouvellement découvert l'explication
de choses qui précisément n'ont aucun rapport avec lui.

Quand je pense maintenant que mon amie était venue à
notre retour de Balbec habiter à Paris sous le même toit que
moi, qu'elle avait renoncé à l'idée d'aller faire une croisière[1],
qu'elle avait sa chambre à vingt pas de la mienne, au bout du
couloir, dans le cabinet à tapisseries de mon père, et que
chaque soir, fort tard, avant de me quitter, elle glissait dans ma
bouche sa langue, comme un pain quotidien, comme un
aliment nourrissant et ayant le caractère presque sacré de toute
chair à qui les souffrances que nous avons endurées à cause
d'elle ont fini par conférer une sorte de douceur morale, ce que
j'évoque aussitôt par comparaison, ce n'est pas la nuit que le
capitaine de Borodino me permit de passer au quartier[2], par
une faveur qui ne guérissait en somme qu'un malaise
éphémère, mais celle où mon père envoya maman dormir dans
le petit lit à côté du mien. Tant la vie, si elle doit une fois de plus
nous délivrer contre une souffrance qui paraissait inévitable, le
fait dans des conditions différentes, opposées parfois jusqu'au
point qu'il y a presque sacrilège apparent à constater l'identité
de la grâce octroyée !

Quand Albertine savait par Françoise que, dans la nuit de
ma chambre aux rideaux encore fermés, je ne dormais pas, elle
ne se gênait pas pour faire un peu de bruit en se baignant, dans
son cabinet de toilette. Alors souvent au lieu d'attendre une
heure plus tardive, j'allais dans une salle de bains contiguë à la
sienne et qui était agréable. Jadis un directeur de théâtre
dépensait des centaines de mille francs pour consteller de vraies
émeraudes le trône où la diva jouait un rôle d'impératrice. Les
Ballets russes nous ont appris que de simples jeux de lumières
prodiguent, dirigés là où il faut, des joyaux aussi somptueux et

plus variés[1]. Cette décoration déjà plus immatérielle n'est pas si
gracieuse pourtant que celle par quoi à huit heures du matin le
soleil remplace celle que nous avions l'habitude d'y voir quand
nous ne nous levions qu'à midi. Les fenêtres de nos deux salles
de bains, pour qu'on ne pût nous voir du dehors, n'étaient pas
lisses, mais toutes froncées d'un givre artificiel et démodé. Le
soleil tout à coup jaunissait cette mousseline de verre, la dorait
et découvrant doucement en moi un jeune homme plus ancien
qu'avait caché longtemps l'habitude me grisait de souvenirs,
comme si j'eusse été en pleine nature devant des feuillages
dorés où ne manquait même pas la présence d'un oiseau. Car
j'entendais Albertine siffler sans trêve :

> *Les douleurs sont des folles,*
> *Et qui les écoute est encor plus fou.*

Je l'aimais trop pour ne pas joyeusement sourire de son
mauvais goût musical[2]. Cette chanson du reste avait ravi l'été
passé Mme Bontemps, laquelle entendit dire bientôt que c'était
une ineptie, de sorte qu'au lieu de demander à Albertine de la
chanter quand elle avait du monde, elle y substitua :

> *Une chanson d'adieu sort des sources troublées*[3]

qui devint à son tour « une vieille rengaine de Massenet dont la
petite nous rabat les oreilles ».

Une nuée passait, elle éclipsait le soleil, je voyais s'éteindre et
rentrer dans une grisaille le pudique et feuillu rideau de
verre.

Les cloisons qui séparaient nos deux cabinets de toilette
(celui d'Albertine, tout pareil, était une salle de bains que
maman, en ayant une autre dans la partie opposée de
l'appartement, n'avait jamais utilisée pour ne pas me faire de
bruit) étaient si minces que nous pouvions parler tout en nous
lavant chacun dans le nôtre, poursuivant une causerie
qu'interrompait seulement le bruit de l'eau, dans cette intimité
que permet souvent à l'hôtel l'exiguïté du logement et le
rapprochement des pièces mais qui à Paris est si rare.

D'autres fois, je restais couché, rêvant aussi longtemps que je le voulais car on avait ordre de ne jamais entrer dans ma chambre avant que j'eusse sonné, ce qui, à cause de la façon incommode dont avait été posée la poire électrique au-dessus de mon lit, demandait si longtemps que souvent, las de chercher à l'atteindre et content d'être seul, je restais quelques instants presque rendormi. Ce n'est pas que je fusse absolument indifférent au séjour d'Albertine chez nous. Sa séparation d'avec ses amies réussissait à épargner à mon cœur de nouvelles souffrances. Elle le maintenait dans un repos, dans une quasi-immobilité qui l'aideraient à guérir. Mais enfin ce calme que me procurait mon amie était apaisement de la souffrance plutôt que joie. Non pas qu'il ne me permît d'en goûter de nombreuses auxquelles la douleur trop vive m'avait fermé, mais ces joies, loin de les devoir à Albertine que d'ailleurs je ne trouvais plus guère jolie et avec laquelle je m'ennuyais, que j'avais la sensation nette de ne pas aimer, je les goûtais au contraire pendant qu'Albertine n'était pas auprès de moi. Aussi, pour commencer la matinée, je ne la faisais pas tout de suite appeler, surtout s'il faisait beau. Pendant quelques instants, et sachant qu'il me rendait plus heureux qu'elle, je restais en tête à tête avec le petit personnage intérieur, salueur chantant du soleil et dont j'ai déjà parlé. De ceux qui composent notre individu, ce ne sont pas les plus apparents qui nous sont le plus essentiels. En moi, quand la maladie aura fini de les jeter l'un après l'autre par terre, il en restera encore deux ou trois qui auront la vie plus dure que les autres, notamment un certain philosophe qui n'est heureux que quand il a découvert, entre deux œuvres, entre deux sensations, une partie commune[1]. Mais le dernier de tous, je me suis quelquefois demandé si ce ne serait pas le petit bonhomme fort semblable à un autre que l'opticien de Combray avait placé derrière sa vitrine pour indiquer le temps qu'il faisait et qui, ôtant son capuchon dès qu'il y avait du soleil, le remettait s'il allait pleuvoir. Ce petit bonhomme-là, je connais son égoïsme ; je peux souffrir d'une crise d'étouffements que la venue seule de la pluie calmerait, lui ne s'en soucie pas et aux premières gouttes si impatiemment attendues, perdant sa gaieté, il rabat

son capuchon avec mauvaise humeur. En revanche, je crois
bien qu'à mon agonie, quand tous mes autres « moi » seront
morts, s'il vient à briller un rayon de soleil, tandis que je
pousserai mes derniers soupirs, le petit personnage barométrique
se sentira bien aise, et ôtera son capuchon pour chanter :
« Ah ! enfin, il fait beau. »

Je sonnais Françoise. J'ouvrais *Le Figaro*. J'y cherchais et
constatais que ne s'y trouvait pas un article, ou prétendu tel,
que j'avais envoyé à ce journal et qui n'était, un peu arrangée,
que la page récemment retrouvée, écrite autrefois dans la
voiture du docteur Percepied, en regardant les clochers de
Martinville[1]. Puis je lisais la lettre de maman. Elle trouvait
bizarre, choquant, qu'une jeune fille habitât seule avec moi. Le
premier jour, au moment de quitter Balbec, quand elle m'avait
vu si malheureux et s'était inquiétée de me laisser seul, peut-
être ma mère avait-elle été heureuse en apprenant qu'Albertine
partait avec nous et en voyant que côte à côte avec nos propres
malles (les malles auprès de qui j'avais passé la nuit à l'hôtel de
Balbec en pleurant) on avait chargé sur le tortillard celles
d'Albertine, étroites et noires, qui m'avaient paru avoir la
forme de cercueils et dont j'ignorais si elles allaient apporter à
la maison la vie ou la mort. Mais je ne me l'étais même pas
demandé, étant tout à la joie, dans le matin rayonnant, après
l'effroi de rester à Balbec, d'emmener Albertine. Mais à ce
projet, si au début ma mère n'avait pas été hostile (parlant
gentiment à mon amie comme une maman dont le fils vient
d'être gravement blessé, et qui est reconnaissante à la jeune
maîtresse qui le soigne avec dévouement) elle l'était devenue
depuis qu'il s'était trop complètement réalisé et que le séjour de
la jeune fille se prolongeait chez nous, et chez nous en l'absence
de mes parents. Cette hostilité, je ne peux pourtant pas dire que
ma mère me la manifestât jamais. Comme autrefois, quand elle
avait cessé d'oser me reprocher ma nervosité, ma paresse,
maintenant elle se faisait un scrupule — que je n'ai peut-être
pas tout à fait deviné au moment, ou pas voulu deviner — de
risquer, en faisant quelques réserves sur la jeune fille avec
laquelle je lui avais dit que j'allais me fiancer, d'assombrir ma
vie, de me rendre plus tard moins dévoué pour ma femme, de

semer peut-être pour quand elle-même ne serait plus, le
remords de l'avoir peinée en épousant Albertine. Maman
préférait paraître approuver un choix sur lequel elle avait le
sentiment qu'elle ne pourrait pas me faire revenir. Mais tous
ceux qui l'ont vue à cette époque m'ont dit qu'à sa douleur
d'avoir perdu sa mère, s'ajoutait un air de perpétuelle
préoccupation. Cette contention d'esprit, cette discussion
intérieure, donnaient à maman une grande chaleur aux tempes
et elle ouvrait constamment les fenêtres, pour se rafraîchir.
Mais de décision, elle n'arrivait pas à en prendre de peur de
m'« influencer » dans un mauvais sens et de gâter ce qu'elle
croyait mon bonheur. Elle ne pouvait même pas se résoudre à
m'empêcher de garder provisoirement Albertine à la maison.
Elle ne voulait pas se montrer plus sévère que Mme Bontemps
que cela regardait avant tout et qui ne trouvait pas cela
inconvenant, ce qui surprenait beaucoup ma mère. En tous cas
elle regrettait d'avoir été obligée de nous laisser tous les deux
seuls, en partant juste à ce moment pour Combray où elle
pouvait avoir à rester (et en fait resta) de longs mois pendant
lesquels ma grand-tante eut sans cesse besoin d'elle jour et nuit.
Tout, là-bas, lui fut rendu facile grâce à la bonté, au
dévouement de Legrandin qui, ne reculant devant aucune
peine, ajourna de semaine en semaine son retour à Paris, sans
connaître beaucoup ma tante, simplement d'abord parce
qu'elle avait été une amie de sa mère, puis parce qu'il sentit que
la malade condamnée aimait ses soins et ne pouvait se passer
de lui. Le snobisme est une maladie grave de l'âme mais
localisée et qui ne la gâte pas tout entière. Moi cependant, au
contraire de maman, j'étais fort heureux de son déplacement à
Combray, sans lequel j'eusse craint (ne pouvant pas dire à
Albertine de la cacher) qu'elle ne découvrît son amitié pour
Mlle Vinteuil. C'eût été pour ma mère un obstacle absolu non
seulement à un mariage dont elle m'avait d'ailleurs demandé de
ne pas parler encore définitivement à mon amie mais dont
l'idée m'était de plus en plus intolérable, mais même à ce que
celle-ci passât quelque temps à la maison. Sauf une raison si
grave et qu'elle ne connaissait pas, maman, par le double effet
de l'imitation édifiante et libératrice de ma grand-mère,

admiratrice de George Sand et qui faisait consister la vertu dans la noblesse du cœur, et d'autre part de ma propre influence corruptrice, était maintenant indulgente à des femmes pour la conduite de qui elle se fût montrée sévère autrefois, ou même aujourd'hui si elles avaient été de ses amies bourgeoises de Paris ou de Combray, mais dont je lui vantais la grande âme et auxquelles elle pardonnait beaucoup parce qu'elles m'aimaient bien. Malgré tout et même en dehors de la question convenance, je crois qu'Albertine eût insupporté maman qui avait gardé de Combray, de ma tante Léonie, de toutes ses parentes, des habitudes d'ordre dont mon amie n'avait pas la première notion. Elle n'aurait pas fermé une porte et en revanche ne se serait pas plus gênée d'entrer quand une porte était ouverte que ne fait un chien ou un chat. Son charme un peu incommode était ainsi d'être à la maison moins comme une jeune fille que comme une bête domestique qui entre dans une pièce, qui en sort, qui se trouve partout où on ne s'y attend pas et qui venait — c'était pour moi un repos profond — se jeter sur mon lit à côté de moi, s'y faire une place d'où elle ne bougeait plus, sans gêner comme l'eût fait une personne. Pourtant elle finit par se plier à mes heures de sommeil, à ne pas essayer non seulement d'entrer dans ma chambre, mais à ne plus faire de bruit avant que j'eusse sonné. C'est Françoise qui lui imposa ces règles. Elle était de ces domestiques de Combray sachant la valeur de leur maître et que le moins qu'elles peuvent est de lui faire rendre entièrement ce qu'elles jugent qui lui est dû. Quand un visiteur étranger donnait un pourboire à Françoise à partager avec la fille de cuisine, le donateur n'avait pas le temps d'avoir remis sa pièce que Françoise, avec une rapidité, une discrétion et une énergie égales, avait passé la leçon à la fille de cuisine qui venait remercier non pas à demi-mot, mais franchement, hautement, comme Françoise lui avait dit qu'il fallait le faire. Le curé de Combray n'était pas un génie mais lui aussi savait ce qui se devait. Sous sa direction, la fille de cousins protestants de Mme Sazerat s'était convertie au catholicisme et la famille avait été parfaite pour lui. Il fut question d'un mariage avec un noble de Méséglise. Les parents du jeune homme écrivirent pour prendre des informations une lettre assez dédaigneuse et où l'origine protestante était méprisée. Le curé de Combray répondit d'un tel ton que le noble de Méséglise, courbé et prosterné, écrivit une lettre bien différente, où il sollicitait comme la plus précieuse faveur de s'unir à la jeune fille.

Françoise n'eut pas de mérite à faire respecter mon sommeil par Albertine. Elle était imbue de la tradition. À un silence qu'elle garda, ou à la réponse péremptoire qu'elle fit à une proposition d'entrer chez moi ou de me faire demander quelque chose, qu'avait dû innocemment formuler Albertine, celle-ci comprit avec stupeur qu'elle se trouvait dans un monde étrange, aux coutumes inconnues, réglé par des lois de vivre qu'on ne pouvait songer à enfreindre. Elle avait déjà eu un premier pressentiment de cela à Balbec, mais, à Paris, n'essaya même pas de résister et attendit patiemment chaque matin mon coup de sonnette pour oser faire du bruit.

L'éducation que lui donna Françoise fut salutaire d'ailleurs à notre vieille servante elle-même, en calmant peu à peu les gémissements que depuis le retour de Balbec elle ne cessait de pousser. Car au moment de monter dans le tram elle s'était aperçue qu'elle avait oublié de dire adieu à la « gouvernante » de l'hôtel, personne moustachue qui surveillait les étages, connaissait à peine Françoise mais avait été relativement polie pour elle. Françoise voulait absolument faire retour en arrière, descendre du tram, revenir à l'hôtel, faire ses adieux à la gouvernante et ne partir que le lendemain. La sagesse et surtout mon horreur subite de Balbec m'empêchèrent de lui accorder cette grâce, mais elle en avait contracté une mauvaise humeur maladive et fiévreuse que le changement d'air n'avait pas suffi à faire disparaître et qui se prolongeait à Paris. Car selon le code de Françoise tel qu'il est illustré dans les bas-reliefs de Saint-André-des-Champs, souhaiter la mort d'un ennemi, la lui donner même n'est pas défendu, mais il est horrible de ne pas faire ce qui se doit, de ne pas rendre une politesse, de ne pas faire ses adieux avant de partir, comme une vraie malotrue, à une gouvernante d'étage. Pendant tout le voyage, le souvenir à chaque moment renouvelé qu'elle n'avait pas pris congé de cette femme avait fait monter aux joues de

Françoise un vermillon qui pouvait effrayer. Et si elle refusa de boire et de manger jusqu'à Paris, c'est peut-être parce que ce souvenir lui mettait un « poids » réel « sur l'estomac » (chaque classe sociale a sa pathologie) plus encore que pour nous punir.

Parmi les causes qui faisaient que maman m'envoyait tous les jours une lettre, et une lettre d'où n'était jamais absente quelque citation de Mme de Sévigné, il y avait le souvenir de ma grand-mère. Maman m'écrivait : « Mme Sazerat nous a donné un de ces petits déjeuners dont elle a le secret et qui, comme eût dit ta pauvre grand-mère, citant Mme de Sévigné, nous enlèvent à la solitude sans nous apporter la société. » Dans mes premières réponses, j'eus la bêtise d'écrire à maman : « À ces citations, ta mère te reconnaîtrait tout de suite. » Ce qui me valut, trois jours après, ce mot : « Mon pauvre fils, si c'était pour me parler de *ma mère* tu invoques bien mal à propos Mme de Sévigné. Elle t'aurait répondu comme elle fit à Mme de Grignan : "Elle ne vous était donc rien ? Je vous croyais parents[1]." »

Cependant, j'entendais les pas de mon amie qui sortait de sa chambre ou y rentrait. Je sonnais car c'était l'heure où Andrée allait venir avec le chauffeur, ami de Morel et prêté par les Verdurin, chercher Albertine. J'avais parlé à celle-ci de la possibilité lointaine de nous marier ; mais je ne l'avais jamais fait formellement ; elle-même, par discrétion, quand j'avais dit : « je ne sais pas, mais ce serait peut-être possible », avait secoué la tête avec un mélancolique sourire, disant : « mais non ce ne le serait pas », ce qui signifiait « je suis trop pauvre ». Et alors, tout en disant « rien n'est moins sûr » quand il s'agissait de projets d'avenir, présentement je faisais tout pour la distraire, lui rendre la vie agréable, cherchant peut-être aussi, inconsciemment, à lui faire par là désirer de m'épouser. Elle riait elle-même de tout ce luxe. « C'est la mère d'Andrée qui en ferait une tête de me voir devenue une dame riche comme elle, ce qu'elle appelle une dame qui a "chevaux, voitures, tableaux". Comment ? Je ne vous avais jamais raconté qu'elle disait cela. Oh ! c'est un type ! Ce qui m'étonne c'est qu'elle élève les tableaux à la dignité des chevaux et des voitures. » Car on verra

plus tard que malgré des habitudes de parler stupides qui lui
étaient restées, Albertine s'était étonnamment développée, ce
qui m'était entièrement égal, les supériorités d'esprit d'une
femme m'ayant toujours si peu intéressé que, si je les ai fait
remarquer à l'une ou à l'autre, cela a été par pure politesse.
Seul le curieux génie de Céleste m'eût peut-être plu. Malgré
moi, je souriais pendant quelques instants, quand par exemple,
ayant profité de ce qu'elle avait appris qu'Albertine n'était pas
là, elle m'abordait par ces mots : « Divinité du ciel déposée sur
un lit ! » Je disais : « Mais voyons Céleste pourquoi "divinité du
ciel" ? — Oh si vous croyez que vous avez quelque chose de
ceux qui voyagent sur notre vile terre, vous vous trompez bien.
— Mais pourquoi "déposée" sur un lit, vous voyez bien que je
suis couché. — Vous n'êtes jamais couché. A-t-on jamais vu
personne couché ainsi ? Vous êtes venu vous poser là. Votre
pyjama en ce moment tout blanc, avec vos mouvements de cou,
vous donne l'air d'une colombe[1]. »

Albertine même dans l'ordre des choses bêtes s'exprimait
tout autrement que la petite fille qu'elle était il y avait
seulement quelques années à Balbec. Elle allait jusqu'à déclarer
à propos d'un événement politique qu'elle blâmait : « Je trouve
ça formidable » et je ne sais si ce ne fut vers ce temps-là qu'elle
apprit à dire pour signifier qu'elle trouvait un livre mal écrit :
« C'est intéressant, mais par exemple c'est écrit *comme par un
cochon.* »

La défense d'entrer chez moi, avant que j'eusse sonné,
l'amusait beaucoup. Comme elle avait pris notre habitude
familiale des citations et utilisait pour elle celles des pièces
qu'elle avait jouées au couvent et que je lui avais dit aimer, elle
me comparait toujours à Assuérus :

> *... La mort est le prix de out audacieux*
> *Qui sans être appelé se présente à ses yeux.*
>
> *Rien ne met à l'abri de cet ordre fatal,*
> *Ni le rang, ni le sexe, et le crime est égal.*
>
> *Moi-même...*
> *Je suis à cette loi comme une autre soumise,*

Et sans le prévenir il faut pour lui parler
Qu'il me cherche ou du moins qu'il me fasse appeler[1].

Physiquement, elle avait changé aussi. Ses longs yeux bleus — plus allongés — n'avaient pas gardé la même forme ; ils avaient bien la même couleur, mais semblaient être passés à l'état liquide. Si bien que quand elle les fermait c'était comme quand avec des rideaux on empêche de voir la mer. C'est sans doute de cette partie d'elle-même que je me souvenais surtout chaque nuit en la quittant. Car par exemple, tout au contraire, chaque matin, le crespelage de ses cheveux me causa longtemps la même surprise comme une chose nouvelle, que je n'aurais jamais vue. Et pourtant, au-dessus du regard souriant d'une jeune fille, qu'y a-t-il de plus beau que cette couronne bouclée de violettes noires ? Le sourire propose plus d'amitié ; mais les petits crochets vernis des cheveux en fleurs, plus parents de la chair dont ils semblent la transposition en vaguelettes, attrapent davantage le désir.

À peine entrée dans ma chambre, elle sautait sur le lit et quelquefois définissait mon genre d'intelligence, jurait dans un transport sincère qu'elle aimerait mieux mourir que me quitter : c'était les jours où je m'étais rasé avant de la faire venir. Elle était de ces femmes qui ne savent pas démêler la raison de ce qu'elles ressentent. Le plaisir que leur cause un teint frais, elles l'expliquent par les qualités morales de celui qui leur semble pour leur avenir présenter un bonheur, capable du reste de décroître et de devenir moins nécessaire au fur et à mesure qu'on laisse pousser sa barbe.

Je lui demandais où elle comptait aller. « Je crois qu'Andrée veut me mener aux Buttes-Chaumont que je ne connais pas. » Certes il m'était impossible de deviner entre tant d'autres paroles si sous celle-là un mensonge était caché. D'ailleurs j'avais confiance en Andrée pour me dire tous les endroits où elle allait avec Albertine. À Balbec, quand je m'étais senti trop las d'Albertine, j'avais compté dire mensongèrement à Andrée : « Ma petite Andrée si seulement je vous avais revue plus tôt ! C'était vous que j'aurais aimée. Mais maintenant mon cœur est fixé ailleurs. Tout de même nous pouvons nous voir beaucoup car mon amour pour une autre me cause de grands chagrins et vous m'aiderez à me consoler. » Or ces mêmes paroles de mensonge étaient devenues vérité à trois semaines de distance. Peut-être Andrée avait-elle cru à Paris que c'était en effet un mensonge et que je l'aimais, comme elle l'aurait sans doute cru à Balbec. Car la vérité change tellement pour nous que les autres ont peine à s'y reconnaître. Et comme je savais qu'elle me raconterait tout ce qu'elles auraient fait Albertine et elle, je lui avais demandé et elle avait accepté de venir la chercher presque chaque jour. Ainsi, je pourrais, sans souci, rester chez moi. Et ce prestige d'Andrée d'être une des filles de la petite bande me donnait confiance qu'elle obtiendrait tout ce que je voudrais d'Albertine. Vraiment, j'aurais pu lui dire maintenant en toute vérité qu'elle serait capable de me tranquilliser.

D'autre part, mon choix d'Andrée (laquelle se trouvait être à Paris, ayant renoncé à son projet de revenir à Balbec) comme guide de mon amie avait tenu à ce qu'Albertine me raconta de l'affection que son amie avait eue pour moi à Balbec, à un moment au contraire où je craignais de l'ennuyer, et si je l'avais su alors c'est peut-être Andrée que j'eusse aimée. « Comment vous ne le saviez pas, me dit Albertine, nous en plaisantions pourtant entre nous. Du reste vous n'avez pas remarqué qu'elle s'était mise à prendre vos manières de parler, de raisonner. Surtout quand elle venait de vous quitter, c'était frappant. Elle n'avait pas besoin de nous dire si elle vous avait vu. Quand elle arrivait, si elle venait d'auprès de vous, cela se voyait à la première seconde. Nous nous regardions entre nous et nous riions. Elle était comme un charbonnier qui voudrait faire croire qu'il n'est pas charbonnier, il est tout noir. Un meunier n'a pas besoin de dire qu'il est meunier, on voit bien toute la farine qu'il a sur lui, il y a encore la place des sacs qu'il a portés. Andrée c'était la même chose, elle tournait ses sourcils comme vous, et puis son grand cou, enfin je ne peux pas vous dire. Quand je prends un livre qui a été dans votre chambre, je peux le lire dehors, on sait tout de même qu'il vient de chez vous parce qu'il garde quelque chose de vos sales fumigations[1]. C'est un rien, je ne peux vous dire, mais c'est un rien au fond qui est assez gentil. Chaque fois que quelqu'un avait parlé de vous gentiment, avait eu l'air de faire grand cas de vous, Andrée était dans le ravissement. »

Malgré tout, pour éviter qu'il y eût quelque chose de préparé à mon insu, je conseillais d'abandonner pour ce jour-là les Buttes-Chaumont et d'aller plutôt à Saint-Cloud ou ailleurs.

Ce n'est pas certes, je le savais, que j'aimasse Albertine le moins du monde. L'amour n'est peut-être que la propagation de ces remous qui à la suite d'une émotion émeuvent l'âme. Certains avaient remué mon âme tout entière quand Albertine m'avait parlé à Balbec de Mlle Vinteuil, mais ils étaient maintenant arrêtés. Je n'aimais plus Albertine car il ne me restait plus rien de la souffrance, guérie maintenant, que j'avais eue dans le tram, à Balbec, en apprenant quelle avait été l'adolescence d'Albertine, avec des visites peut-être à Montjouvain. Tout cela, j'y avais trop longtemps pensé, c'était guéri. Mais par instants certaines manières de parler d'Albertine me faisaient supposer — je ne sais pourquoi — qu'elle avait dû recevoir dans sa vie encore si courte beaucoup de compliments, de déclarations et les recevoir avec plaisir, autant dire avec sensualité. Ainsi elle disait à propos de n'importe quoi : « C'est vrai ? c'est bien vrai ? » Certes si elle avait dit comme une Odette : « C'est bien vrai ce gros mensonge-là ? » je ne m'en fusse pas inquiété car le ridicule même de la formule se fût expliqué par une stupide banalité d'esprit de femme. Mais son air interrogateur : « C'est vrai ? » donnait d'une part l'étrange impression d'une créature qui ne peut se rendre compte des choses par elle-même, qui en appelle à votre témoignage, comme si elle ne possédait pas les mêmes facultés que vous (on lui disait : « Voilà une heure que nous sommes partis », ou « Il pleut », elle demandait : « C'est vrai ? »). Malheureusement d'autre part ce manque de facilité à se rendre compte par soi-même des phénomènes extérieurs ne devait pas être la véritable origine de « C'est vrai ? c'est bien vrai ? » Il semblait plutôt que ces mots eussent été dès sa nubilité précoce des réponses à des : « Vous savez que je n'ai jamais trouvé personne si joli que vous », « vous savez que j'ai un grand amour pour vous, que je suis dans un état d'excitation terrible », affirmations auxquelles

répondaient avec une modestie coquettement consentante ces
« C'est vrai ? c'est bien vrai ? », lesquels ne servaient plus à
Albertine avec moi qu'à répondre par une question à une
affirmation telle que : « Vous avez sommeillé plus d'une heure.
— C'est vrai ? »

Sans me sentir le moins du monde amoureux d'Albertine,
sans faire figurer au nombre des plaisirs les moments que nous
passions ensemble, j'étais resté préoccupé de l'emploi de son
temps ; certes j'avais fui Balbec pour être certain qu'elle ne
pourrait plus voir telle ou telle personne avec laquelle j'avais
tellement peur qu'elle ne fît le mal en riant, peut-être en riant
de moi, que j'avais adroitement tenté de rompre d'un seul
coup, par mon départ, toutes ses mauvaises relations. Et
Albertine avait une telle force de passivité, une si grande
faculté d'oublier et de se soumettre que ces relations avaient été
brisées en effet et la phobie qui me hantait guérie. Mais elle
peut revêtir autant de formes que le mal incertain qui est son
objet. Tant que ma jalousie ne s'était pas réincarnée en des êtres
nouveaux, j'avais eu après mes souffrances passées un
intervalle de calme. Mais à une maladie chronique, le moindre
prétexte sert pour renaître, comme d'ailleurs au vice de l'être
qui est cause de cette jalousie, la moindre occasion peut servir
pour s'exercer à nouveau (après une trêve de chasteté) avec des
êtres différents. J'avais pu séparer Albertine de ses complices et
par là exorciser mes hallucinations ; si on pouvait lui faire
oublier les personnes, rendre brefs ses attachements, son goût
du plaisir était, lui aussi, chronique et n'attendait peut-être
qu'une occasion pour se donner cours. Or Paris en fournit
autant que Balbec. Dans quelque ville que ce fût, elle n'avait
pas besoin de chercher, car le mal n'était pas en Albertine
seule, mais en d'autres pour qui toute occasion de plaisir est
bonne. Un regard de l'une aussitôt compris de l'autre
rapproche les deux affamées. Et il est facile à une femme
adroite d'avoir l'air de ne pas voir, puis cinq minutes après
d'aller vers la personne qui a compris et l'a attendue dans une
rue de traverse, et en deux mots de donner un rendez-vous. Qui
saura jamais ? Et il était si simple à Albertine de me dire, afin
que cela continuât, qu'elle désirait revoir tel environ de Paris

qui lui avait plu. Aussi suffisait-il qu'elle rentrât trop tard, que
sa promenade eût duré un temps inexplicable quoique peut-
être très facile à expliquer sans faire intervenir aucune raison
sensuelle pour que mon mal renaquît attaché cette fois à des
représentations qui n'étaient pas de Balbec, et que je
m'efforcerais, ainsi que les précédentes, de détruire comme si la
destruction d'une cause éphémère pouvait entraîner celle d'un
mal congénital. Je ne me rendais pas compte que dans ces
destructions où j'avais pour complice en Albertine sa faculté de
changer, son pouvoir d'oublier, presque de haïr, l'objet récent
de son amour, je causais quelquefois une douleur profonde à
tel ou tel de ces êtres inconnus avec qui elle avait pris
successivement du plaisir, et que cette douleur, je la causais
vainement, car ils seraient délaissés, mais remplacés, et
parallèlement au chemin jalonné par tant d'abandons qu'elle
commettrait à la légère, s'en poursuivrait pour moi un autre
impitoyable à peine interrompu de bien courts répits ; de sorte
que ma souffrance ne pouvait, si j'avais réfléchi, finir qu'avec
Albertine ou qu'avec moi. Même les premiers temps de notre
arrivée à Paris, insatisfait des renseignements qu'Andrée et le
chauffeur m'avaient donnés sur les promenades qu'ils faisaient
avec mon amie, j'avais senti les environs de Paris aussi cruels
que ceux de Balbec et j'étais parti quelques jours en voyage
avec Albertine. Mais partout l'incertitude de ce qu'elle faisait
était la même, les possibilités que ce fût le mal aussi
nombreuses, la surveillance encore plus difficile, si bien que
j'étais revenu avec elle à Paris. En réalité, en quittant Balbec,
j'avais cru quitter Gomorrhe, en arracher Albertine, hélas !
Gomorrhe était dispersé aux quatre coins du monde. Et moitié
par ma jalousie, moitié par ignorance de ces joies (cas qui est
fort rare) j'avais réglé à mon insu cette partie de cache-cache où
Albertine m'échapperait toujours.

Je l'interrogeais à brûle-pourpoint : « Ah ! à propos Albertine, est-ce que je rêve, est-ce que vous ne m'aviez pas dit que
vous connaissiez Gilberte Swann ? — Oui, c'est-à-dire qu'elle
m'a parlé au cours, parce qu'elle avait les cahiers d'Histoire de
France, elle a même été très gentille, elle me les a prêtés et je les
lui ai rendus aussitôt que je l'ai vue. — Est-ce qu'elle est du

genre de femmes que je n'aime pas ? — Oh ! pas du tout, tout le contraire. »

Mais plutôt que de me livrer à ce genre de causeries investigatrices je consacrais souvent à imaginer la promenade d'Albertine les forces que je n'employais pas à la faire, et parlais à mon amie avec cette ardeur que gardent intacte les projets inexécutés. J'exprimais une telle envie d'aller revoir tel vitrail de la Sainte-Chapelle, un tel regret de ne pas pouvoir le faire avec elle seule, que tendrement elle me disait : « Mais mon petit, puisque cela a l'air de vous plaire tant, faites un petit effort, venez avec nous. Nous attendrons aussi tard que vous voudrez, jusqu'à ce que vous soyez prêt. D'ailleurs si cela vous amuse plus d'être seul avec moi, je n'ai qu'à réexpédier Andrée chez elle, elle viendra une autre fois. » Mais ces prières mêmes de sortir ajoutaient au calme qui me permettait de rester à la maison.

Je ne songeais pas que l'apathie qu'il y avait à se décharger ainsi sur Andrée ou sur le chauffeur du soin de calmer mon agitation en leur laissant le soin de surveiller Albertine ankylosait en moi, rendait inertes tous ces mouvements imaginatifs de l'intelligence, toutes ces inspirations de la volonté qui aident à deviner, à empêcher ce que va faire une personne. C'était d'autant plus dangereux que par nature le monde des possibles m'a toujours été plus ouvert que celui de la contingence réelle. Cela aide à connaître l'âme, mais on se laisse tromper par les individus. Ma jalousie naissait par des images, pour une souffrance, non d'après une probabilité. Or il peut y avoir dans la vie des hommes et dans celle des peuples (et il devait y avoir un jour dans la mienne) un moment où on a besoin d'avoir en soi un préfet de police, un diplomate à claires vues, un chef de la Sûreté, qui au lieu de rêver aux possibles que recèle l'étendue jusqu'aux quatre points cardinaux, raisonne juste, se dit : « Si l'Allemagne déclare ceci, c'est qu'elle veut faire telle autre chose, non pas une autre chose dans le vague, mais bien précisément ceci ou cela qui est même peut-être déjà commencé. — Si telle personne s'est enfuie, ce n'est pas vers les buts *a, b, d,* mais vers le but *c* et l'endroit où il faut opérer nos recherches est *etc.* » Hélas cette faculté qui n'était pas très développée chez moi, je la laissais s'engourdir, perdre ses forces, disparaître en m'habituant à être calme du moment que d'autres s'occupaient de surveiller pour moi. Quant à la raison de ce désir, cela m'eût été désagréable de la dire à Albertine. Je lui disais que le médecin m'ordonnait de rester couché. Ce n'était pas vrai. Et cela l'eût-il été que ses prescriptions n'eussent pu m'empêcher d'accompagner mon amie. Je lui demandais la permission de ne pas venir avec elle et Andrée. Je ne dirai qu'une des raisons qui était une raison de sagesse. Dès que je sortais avec Albertine, pour peu qu'un instant elle fût sans moi, j'étais inquiet, je me figurais que peut-être elle avait parlé à quelqu'un ou seulement regardé quelqu'un. Si elle n'était pas d'excellente humeur, je pensais que je lui faisais manquer ou remettre un projet. La réalité n'est jamais qu'une amorce à un inconnu sur la voie duquel nous ne pouvons aller bien loin. Il vaut mieux ne pas savoir, penser le moins possible, ne pas fournir à la jalousie le moindre détail concret. Malheureusement à défaut de la vie extérieure, des incidents aussi sont amenés par la vie intérieure ; à défaut des promenades d'Albertine, les hasards rencontrés dans les réflexions que je faisais seul me fournissaient parfois de ces petits fragments de réel qui attirent à eux, à la façon d'un aimant, un peu d'inconnu qui, dès lors, devient douloureux. On a beau vivre sous l'équivalent d'une cloche pneumatique, les associations d'idées, les souvenirs continuent à jouer.

Mais ces heurts internes ne se produisaient pas tout de suite ; à peine Albertine était-elle partie pour sa promenade que j'étais vivifié, fût-ce pour quelques instants, par les exaltantes vertus de la solitude. Je prenais ma part des plaisirs de la journée commençante ; le désir arbitraire — la velléité capricieuse et purement mienne — de les goûter n'eût pas suffi à les mettre à portée de moi si le temps spécial qu'il faisait ne m'en avait non pas seulement évoqué les images passées, mais affirmé la réalité actuelle, immédiatement accessible à tous les hommes qu'une circonstance contingente et par conséquent négligeable ne forçait pas à rester chez eux. Certains beaux jours, il faisait si froid, on était en si large communication avec la rue qu'il semblait qu'on eût disjoint les murs de la maison et chaque fois

que passait le tramway, son timbre résonnait comme eût fait un
couteau d'argent frappant une maison de verre. Mais c'était
surtout en moi que j'entendais avec ivresse un son nouveau
rendu par le violon intérieur. Ses cordes sont serrées ou
détendues par de simples différences de la température, de la
lumière extérieures. En notre être, instrument que l'uniformité
de l'habitude a rendu silencieux, le chant naît de ces écarts, de
ces variations, source de toute musique : le temps qu'il fait
certains jours nous fait aussitôt passer d'une note à une autre.
Nous retrouvons l'air oublié dont nous aurions pu deviner la
nécessité mathématique et que pendant les premiers instants
nous chantons sans le connaître. Seules ces modifications
internes, bien que venues du dehors, renouvelaient pour moi le
monde extérieur. Des portes de communication depuis longtemps condamnées se rouvraient dans mon cerveau. La vie de
certaines villes, la gaieté de certaines promenades reprenaient
en moi leur place. Frémissant tout entier autour de la corde
vibrante, j'aurais sacrifié ma terne vie d'autrefois et ma vie à
venir, passées à la gomme à effacer de l'habitude, pour cet état
si particulier. Si je n'étais pas allé accompagner Albertine dans
sa longue course, mon esprit n'en vagabonderait que davantage et pour avoir refusé de goûter avec mes sens cette matinée-
là je jouissais en imagination de toutes les matinées pareilles
passées ou possibles, plus exactement d'un certain type de
matinées dont toutes celles du même genre n'étaient que
l'intermittente apparition et que j'avais vite reconnu ; car l'air
vif tournait de lui-même les pages qu'il fallait, et je trouvais
tout indiqué devant moi, pour que je pusse le suivre de mon lit,
l'évangile du jour. Cette matinée idéale comblait mon esprit de
réalité permanente, identique à toutes les matinées semblables,
et me communiquait une allégresse que mon état de débilité ne
diminuait pas : le bien-être résultant pour nous beaucoup
moins de notre bonne santé que de l'excédent inemployé de nos
forces, nous pouvons y atteindre, tout aussi bien qu'en
augmentant celles-ci, en restreignant notre activité. Celle dont
je débordais et que je maintenais en puissance dans mon lit, me
faisait tressauter, intérieurement bondir, comme une machine
qui, empêchée de changer de place, tourne sur elle-même.

Françoise venait allumer le feu et pour le faire prendre y jetait quelques brindilles dont l'odeur, oubliée pendant tout l'été, décrivait autour de la cheminée un cercle magique dans lequel, m'apercevant moi-même en train de lire tantôt à Combray, tantôt à Doncières, j'étais aussi joyeux, restant dans ma chambre à Paris, que si j'avais été sur le point de partir en promenade du côté de Méséglise, ou de retrouver Saint-Loup et ses amis faisant du service en campagne. Il arrive souvent que le plaisir qu'ont tous les hommes à revoir les souvenirs que leur mémoire a collectionnés est plus vif par exemple chez ceux que la tyrannie du mal physique et l'espoir quotidien de sa guérison privent, d'une part, d'aller chercher dans la nature des tableaux qui ressemblent à ces souvenirs et, d'autre part, laissent assez confiants qu'ils le pourront bientôt faire pour rester vis-à-vis d'eux en état de désir, d'appétit et ne pas les considérer seulement comme des souvenirs, comme des tableaux. Mais eussent-ils pu jamais n'être que cela pour moi et eussé-je pu en me les rappelant les revoir seulement que soudain ils refaisaient en moi, de moi tout entier, par la vertu d'une sensation identique, l'enfant, l'adolescent qui les avait vus. Il n'y avait pas eu seulement changement de temps dehors, ou dans la chambre modification d'odeurs, mais en moi différence d'âge, substitution de personne. L'odeur dans l'air glacé des brindilles de bois, c'était comme un morceau du passé, une banquise invisible détachée d'un hiver ancien qui s'avançait dans ma chambre, souvent striée d'ailleurs par tel parfum, telle lueur, comme par des années différentes où je me retrouvais replongé, envahi avant même que je les eusse identifiées par l'allégresse d'espoirs abandonnés depuis long-temps. Le soleil venait jusqu'à mon lit et traversait la cloison transparente de mon corps aminci, me chauffait, me rendait brûlant comme du cristal. Alors convalescent affamé qui se repaît déjà de tous les mets qu'on lui refuse encore, je me demandais si me marier avec Albertine ne gâcherait pas ma vie, tant en me faisant assumer la tâche trop lourde pour moi de me consacrer à un autre être, qu'en me forçant à vivre absent de moi-même à cause de sa présence continuelle et en me privant à jamais des joies de la solitude. Et pas de celles-là seulement.

Même en ne demandant à la journée que des désirs, il en est certains — ceux que provoquent non plus les choses mais les êtres — dont le caractère est d'être individuels. Aussi, si sortant de mon lit, j'allais écarter un instant le rideau de ma fenêtre, ce n'était pas seulement comme un musicien ouvre un instant son piano et pour vérifier si sur le balcon et dans la rue la lumière du soleil était exactement au même diapason que dans mon souvenir, c'était aussi pour apercevoir quelque blanchisseuse portant son panier à linge, une boulangère à tablier bleu, une laitière en bavette et manches de toile blanche tenant le crochet où sont suspendues les carafes de lait, quelque fière jeune fille blonde suivant son institutrice, une image enfin que les différences de lignes peut-être quantitativement insignifiantes suffisaient à faire aussi différente de toute autre que pour une phrase musicale la différence de deux notes, et sans la vision de laquelle j'aurais appauvri la journée des buts qu'elle pouvait proposer à mes désirs de bonheur. Mais, si le surcroît de joie, apporté par la vue des femmes impossibles à imaginer *a priori*, me rendait plus désirables, plus dignes d'être explorés, la rue, la ville, le monde, il me donnait par là même la soif de guérir, de sortir et, sans Albertine, d'être libre. Que de fois, au moment où la femme inconnue dont j'allais rêver passait devant la maison, tantôt à pied, tantôt avec toute la vitesse de son automobile, je souffris que mon corps ne pût suivre mon regard qui la rattrapait et, tombant sur elle comme tiré de l'embrasure de ma fenêtre par une arquebuse, arrêter la fuite du visage dans lequel m'attendait l'offre d'un bonheur qu'ainsi cloîtré, je ne goûterais jamais. D'Albertine en revanche, je n'avais plus rien à apprendre. Chaque jour elle me semblait moins jolie. Seul le désir qu'elle excitait chez les autres, quand l'apprenant je recommençais à souffrir et voulais la leur disputer, la hissait à mes yeux sur un haut pavois. Elle était capable de me causer de la souffrance, nullement de la joie. Par la souffrance seule subsistait mon ennuyeux attachement. Dès qu'elle disparaissait, et avec elle le besoin de l'apaiser, requérant toute mon attention comme une distraction atroce, je sentais le néant qu'elle était pour moi, que je devais être pour elle. J'étais malheureux que cet état durât et par moments je souhaitais d'apprendre quelque chose d'épouvantable qu'elle aurait fait et qui eût été capable jusqu'à ce que je fusse guéri de nous brouiller, ce qui nous permettrait de nous réconcilier, de refaire différente et plus souple la chaîne qui nous liait. En attendant, je chargeais mille circonstances, mille plaisirs, de lui procurer auprès de moi l'illusion de ce bonheur que je ne me sentais pas capable de lui donner. J'aurais voulu dès ma guérison partir pour Venise, mais comment le faire si j'épousais Albertine, moi si jaloux d'elle que même à Paris, dès que je me décidais à bouger c'était pour sortir avec elle. Même quand je restais à la maison tout l'après-midi, ma pensée la suivait dans sa promenade, décrivait un horizon lointain, bleuâtre, engendrait autour du centre que j'étais une zone mobile d'incertitude et de vague. « Combien Albertine, me disais-je, m'épargnerait les angoisses de la séparation si, au cours d'une de ces promenades, voyant que je ne lui parlais plus de mariage, elle se décidait à ne pas revenir, et partait chez sa tante, sans que j'eusse à lui dire adieu ! » Mon cœur depuis que sa plaie se cicatrisait commençait à ne plus adhérer à celui de mon amie, je pouvais par l'imagination la déplacer, l'éloigner de moi, sans souffrir. Sans doute à défaut de moi-même quelque autre serait son époux, et libre, elle aurait peut-être de ces aventures qui me faisaient horreur. Mais il faisait si beau, j'étais si certain qu'elle rentrerait le soir, que même si cette idée de fautes possibles me venait à l'esprit, je pouvais par un acte libre l'emprisonner dans une partie de mon cerveau où elle n'avait pas plus d'importance que n'en auraient eu pour ma vie réelle les vices d'une personne imaginaire ; faisant jouer les gonds assouplis de ma pensée, j'avais avec une énergie que je sentais dans ma tête, à la fois physique et mentale comme un mouvement musculaire et une initiative spirituelle, dépassé l'état de préoccupation habituelle où j'avais été confiné jusqu'ici et commençais à me mouvoir à l'air libre d'où tout sacrifier pour empêcher le mariage d'Albertine avec un autre et faire obstacle à son goût pour les femmes paraissait aussi déraisonnable à mes propres yeux qu'à ceux de quelqu'un qui ne l'eût pas connue. D'ailleurs la jalousie est de ces maladies intermittentes, dont la cause est capricieuse, impérative, toujours identique chez le même malade, parfois entièrement différente chez un autre. Il y a des asthmatiques qui ne calment leur crise qu'en ouvrant les fenêtres, en respirant le grand vent, un air pur sur les hauteurs, d'autres en se réfugiant au centre de la ville, dans une chambre enfumée. Il n'est guère de jaloux dont la jalousie n'admette certaines dérogations. Tel consent à être trompé pourvu qu'on le lui dise, tel autre pourvu qu'on le lui cache, en quoi l'un n'est guère moins absurde que l'autre, puisque si le second est plus véritablement trompé en ce qu'on lui dissimule la vérité, le premier réclame en cette vérité, l'aliment, l'extension, le renouvellement de ses souffrances.

Bien plus ces deux manies inverses de la jalousie vont souvent au-delà des paroles, qu'elles implorent ou refusent les confidences. On voit des jaloux qui ne le sont que des hommes avec qui leur maîtresse a des relations loin d'eux, mais qui permettent qu'elle se donne à un autre homme qu'eux, si c'est avec leur autorisation, près d'eux, et sinon même à leur vue, du moins sous leur toit. Ce cas est assez fréquent chez les hommes âgés amoureux d'une jeune femme. Ils sentent la difficulté de lui plaire, parfois l'impuissance de la contenter, et plutôt que d'être trompés, préfèrent laisser venir chez eux, dans une chambre voisine, quelqu'un qu'ils jugent incapable de lui donner de mauvais conseils, mais non du plaisir. Pour d'autres c'est tout le contraire, ne laissant pas leur maîtresse sortir seule une minute dans une ville qu'ils connaissent, la tenant dans un véritable esclavage, ils lui accordent de partir un mois dans un pays qu'ils ne connaissent pas, où ils ne peuvent se représenter ce qu'elle fera. J'avais à l'égard d'Albertine ces deux sortes de manie calmante. Je n'aurais pas été jaloux si elle avait eu des plaisirs près de moi, encouragés par moi, que j'aurais tenus tout entiers sous ma surveillance, m'épargnant par là la crainte du mensonge ; je ne l'aurais peut-être pas été non plus si elle était partie dans un pays assez inconnu de moi et éloigné pour que je ne puisse imaginer, ni avoir la possibilité et la tentation de connaître son genre de vie. Dans les deux cas le doute eût été supprimé par une connaissance ou une ignorance également complètes.

La décroissance du jour me replongeant par le souvenir dans

une atmosphère ancienne et fraîche, je la respirais avec les mêmes délices qu'Orphée l'air subtil, inconnu sur cette terre, des Champs Élysées. Mais déjà la journée finissait et j'étais envahi par la désolation du soir. Regardant machinalement à la pendule combien d'heures se passeraient avant qu'Albertine rentrât, je voyais que j'avais encore le temps de m'habiller et de descendre demander à ma propriétaire Mme de Guermantes des indications pour certaines jolies choses de toilette que je voulais donner à mon amie. Quelquefois je rencontrais la duchesse dans la cour, sortant pour des courses à pied, même s'il faisait mauvais temps, avec un chapeau plat et une fourrure. Je savais très bien que pour nombre de gens intelligents elle n'était autre chose qu'une dame quelconque, le nom de duchesse de Guermantes ne signifiant rien maintenant qu'il n'y a plus de duchés ni de principautés, mais j'avais adopté un autre point de vue dans ma façon de jouir des êtres et des pays. Tous les châteaux des terres dont elle était duchesse, princesse, vicomtesse, cette dame en fourrure bravant le mauvais temps me semblait les porter avec elle, comme les personnages sculptés au linteau d'un portail tiennent dans leur main la cathédrale qu'ils ont construite, ou la cité qu'ils ont défendue. Mais ces châteaux, ces forêts, les yeux de mon esprit seul pouvaient les voir dans la main gantée de la dame en fourrure, cousine du roi. Ceux de mon corps n'y distinguaient, les jours où le temps menaçait, qu'un parapluie dont la duchesse ne craignait pas de s'armer. « On ne peut jamais savoir, c'est plus prudent, si je me trouve très loin et qu'une voiture me demande des prix trop *chers* pour moi. » Les mots « trop chers », « dépasser mes moyens » revenaient tout le temps dans la conversation de la duchesse ainsi que ceux : « je suis trop pauvre », sans qu'on pût bien démêler si elle parlait ainsi parce qu'elle trouvait amusant de dire qu'elle était pauvre, étant si riche, ou parce qu'elle trouvait élégant, étant si aristocratique, c'est-à-dire affectant d'être une paysanne, de ne pas attacher à la richesse l'importance des gens qui ne sont que riches et qui méprisent les pauvres. Peut-être était-ce plutôt une habitude contractée d'une époque de sa vie où déjà riche, mais insuffisamment pourtant eu égard à ce que coûtait l'entretien de tant de propriétés, elle éprouvait une certaine gêne d'argent qu'elle ne voulait pas avoir l'air de dissimuler. Les choses dont on parle le plus souvent en plaisantant, sont généralement au contraire celles qui ennuient, mais dont on ne veut pas avoir l'air d'être ennuyé, avec peut-être l'espoir inavoué de cet avantage supplémentaire que justement la personne avec qui on cause, vous entendant plaisanter de cela, croira que cela n'est pas vrai.

Mais le plus souvent à cette heure-là, je savais trouver la duchesse chez elle, et j'en étais heureux car c'était plus commode pour lui demander longuement les renseignements désirés par Albertine. Et j'y descendais sans presque penser combien il était extraordinaire que chez cette mystérieuse Mme de Guermantes de mon enfance j'allasse uniquement afin d'user d'elle pour une simple commodité pratique, comme on fait du téléphone, instrument surnaturel devant les miracles duquel on s'émerveillait jadis, et dont on se sert maintenant sans même y penser, pour faire venir son tailleur ou commander une glace.

Les brimborions de la parure causaient à Albertine de grands plaisirs. Je ne savais pas me refuser de lui en faire chaque jour un nouveau. Et chaque fois qu'elle m'avait parlé avec ravissement d'une écharpe, d'une étole, d'une ombrelle, que par la fenêtre, ou en passant dans la cour, de ses yeux qui distinguaient si vite tout ce qui se rapportait à l'élégance, elle avait vues au cou, sur les épaules, à la main de Mme de Guermantes, sachant que le goût naturellement difficile de la jeune fille (encore affiné par les leçons d'élégance que lui avait été la conversation d'Elstir) ne serait nullement satisfait par quelque simple à-peu-près, même d'une jolie chose, qui la remplace aux yeux du vulgaire, mais en diffère entièrement, j'allais en secret me faire expliquer par la duchesse où, comment, sur quel modèle, avait été confectionné ce qui avait plu à Albertine, comment je devais procéder pour obtenir exactement cela, en quoi consistait le secret du faiseur, le charme (ce qu'Albertine appelait « le chic », « le genre ») de sa manière, le nom précis — la beauté de la matière ayant son importance — et la qualité des étoffes dont je devais demander

qu'on se servît. Quand j'avais dit à Albertine à notre arrivée de
Balbec que la duchesse de Guermantes habitait en face de
nous, dans le même hôtel, elle avait pris, en entendant le grand
titre et le grand nom, cet air plus qu'indifférent, hostile,
méprisant, qui est le signe du désir impuissant chez les natures
fières et passionnées. Celle d'Albertine avait beau être
magnifique, les qualités qu'elle recelait ne pouvaient se
développer qu'au milieu de ces entraves que sont nos goûts, ou
ce deuil de ceux de nos goûts auxquels nous avons été obligés
de renoncer — comme pour Albertine le snobisme : c'est ce
qu'on appelle des haines. Celle d'Albertine pour les gens du
monde tenait du reste très peu de place en elle et me plaisait par
un côté esprit de révolution — c'est-à-dire amour malheureux
de la noblesse — inscrit sur la face opposée du caractère
français où est le genre aristocratique de Mme de Guermantes.
Ce genre aristocratique, Albertine, par impossibilité de
l'atteindre, ne s'en serait peut-être pas souciée, mais s'étant
rappelé qu'Elstir lui avait parlé de la duchesse comme de la
femme de Paris qui s'habillait le mieux, le dédain républicain à
l'égard d'une duchesse fit place chez mon amie à un vif intérêt
pour une élégante. Elle me demandait souvent des renseignements sur Mme de Guermantes et aimait que j'allasse chercher
chez la duchesse des conseils de toilette pour elle-même. Sans
doute j'aurais pu les demander à Mme Swann et même je lui
écrivis une fois dans ce but. Mais Mme de Guermantes me
semblait pousser plus loin encore l'art de s'habiller. Si
descendant un moment chez elle, après m'être assuré qu'elle
n'était pas sortie et ayant prié qu'on m'avertît dès qu'Albertine
serait rentrée, je trouvais la duchesse ennuagée dans la brume
d'une robe en crêpe de Chine gris, j'acceptais cet aspect que je
sentais dû à des causes complexes et qui n'eût pu être changé,
je me laissais envahir par l'atmosphère qu'il dégageait comme
la fin de certaines après-midi ouatée en gris perle par un
brouillard vaporeux ; si au contraire cette robe de chambre
était chinoise avec des flammes jaunes et rouges, je la regardais
comme un couchant qui s'allume ; ces toilettes n'étaient pas un
décor quelconque remplaçable à volonté, mais une réalité

donnée et poétique comme est celle du temps qu'il fait, comme est la lumière spéciale à une certaine heure.

De toutes les robes ou robes de chambre que portait Mme de Guermantes, celles qui semblaient le plus répondre à une intention déterminée, être pourvues d'une signification spéciale, c'étaient ces robes que Fortuny a faites d'après d'antiques dessins de Venise. Est-ce leur caractère historique, est-ce plutôt le fait que chacune est unique qui lui donne un caractère si particulier que la pose de la femme qui les porte en vous attendant, en causant avec vous, prend une importance exceptionnelle comme si ce costume avait été le fruit d'une longue délibération et comme si cette conversation se détachait de la vie courante comme une scène de roman. Dans ceux de Balzac on voit des héroïnes revêtir à dessein telle ou telle toilette, le jour où elles doivent recevoir tel visiteur. Les toilettes d'aujourd'hui n'ont pas tant de caractère, exception faite pour les robes de Fortuny. Aucun vague ne peut subsister dans la description du romancier puisque cette robe existe réellement, que les moindres dessins en sont aussi naturellement fixés que ceux d'une œuvre d'art. Avant de revêtir celle-ci ou celle-là, la femme a eu à faire un choix entre deux robes non pas à peu près pareilles, mais profondément individuelles chacune et qu'on pourrait nommer[1]. Mais la robe ne m'empêchait pas de penser à la femme. Mme de Guermantes même me sembla à cette époque plus agréable qu'au temps où je l'aimais encore. Attendant moins d'elle (que je n'allais plus voir pour elle-même), c'est presque avec le tranquille sans-gêne qu'on a, quand on est tout seul, les pieds sur les chenets, que je l'écoutais comme j'aurais lu un livre écrit en langage d'autrefois. J'avais assez de liberté d'esprit pour goûter dans ce qu'elle disait cette grâce française si pure qu'on ne trouve plus, ni dans le parler, ni dans les écrits du temps présent. J'écoutais sa conversation comme une chanson populaire délicieusement française, je comprenais que je l'eusse entendue se moquer de Maeterlinck (qu'elle admirait d'ailleurs maintenant par faiblesse d'esprit de femme, sensible à ces modes littéraires dont les rayons viennent tardivement) comme je comprenais que Mérimée se moquât de Baudelaire, Stendhal de Balzac, Paul-

Louis Courier de Victor Hugo, Meilhac de Mallarmé. Je
comprenais bien que le moqueur avait une pensée bien
restreinte auprès de celui dont il se moquait, mais aussi un
vocabulaire plus pur[1]. Celui de Mme de Guermantes, presque
autant que celui de la mère de Saint-Loup, l'était à un point qui
enchantait. Ce n'est pas dans les froids pastiches des écrivains
d'aujourd'hui qui disent *au fait* (pour *en réalité*), *singulièrement*
(pour *en particulier*), *étonné* (pour *frappé de stupeur*), etc., etc.,
qu'on retrouve le vieux langage et la vraie prononciation des
mots, mais en causant avec une Mme de Guermantes ou une
Françoise ; j'avais appris de la deuxième dès l'âge de cinq ans
qu'on ne dit pas le Tarn mais le Tar ; pas le Béarn, mais le Béar.
Ce qui fit qu'à vingt ans, quand j'allai dans le monde, je n'eus
pas à y apprendre qu'il ne fallait pas dire comme faisait
Mme Bontemps : Madame de Béarn. Je mentirais en disant que
ce côté terrien et quasi paysan qui restait en elle, la duchesse
n'en avait pas conscience et ne mettait pas une certaine
affectation à le montrer. Mais de sa part c'était moins fausse
simplicité de grande dame qui joue la campagnarde et orgueil
de duchesse qui fait la nique aux dames riches méprisantes des
paysans qu'elles ne connaissent pas, que goût quasi artistique
d'une femme qui sait le charme de ce qu'elle possède et ne va
pas le gâter d'un badigeon moderne. C'est de la même façon
que tout le monde a connu à Dives un restaurateur normand,
propriétaire de « Guillaume-le-Conquérant », qui s'était bien
gardé — chose très rare — de donner à son hôtellerie le luxe
moderne d'un hôtel et qui lui-même millionnaire gardait le
parler, la blouse d'un paysan normand[2] et vous laissait venir le
voir faire lui-même dans la cuisine, comme à la campagne, un
dîner qui n'en était pas moins infiniment meilleur et encore
plus cher que dans les plus grands palaces. Toute la sève locale
qu'il y a dans les vieilles familles aristocratiques ne suffit pas,
il faut qu'il y naisse un être assez intelligent pour ne pas la
dédaigner, pour ne pas l'effacer sous le vernis mondain.
Mme de Guermantes, malheureusement spirituelle et Parisienne et qui quand je la connus ne gardait plus de son terroir
que l'accent, avait du moins, quand elle voulait peindre sa vie
de jeune fille, trouvé pour son langage (entre ce qui eût semblé

trop involontairement provincial, ou au contraire artificiellement lettré) un de ces compromis qui font l'agrément de *La
Petite Fadette* de George Sand ou de certaines légendes
rapportées par Chateaubriand dans les *Mémoires d'outre-
tombe*[1]. Mon plaisir était surtout de lui entendre conter quelque
histoire qui mettait en scène des paysans avec elle. Les noms
anciens, les vieilles coutumes, donnaient à ces rapprochements
entre le château et le village quelque chose d'assez savoureux.
Demeurée en contact avec les terres où elle était souveraine,
une certaine aristocratie reste régionale, de sorte que le propos
le plus simple fait se dérouler devant nos yeux toute une carte
historique et géographique de l'histoire de France. S'il n'y avait
aucune affectation, aucune volonté de fabriquer un langage à
soi, alors cette façon de prononcer était un vrai musée
d'histoire de France par la conversation. « Mon grand-oncle
Fitt-Jam » n'avait rien qui étonnait, car on sait que les Fitz-
James proclament volontiers qu'ils sont de grands seigneurs
français et ne veulent pas qu'on prononce leur nom à
l'anglaise. Il faut du reste admirer la touchante docilité des
gens qui avaient cru jusque-là devoir s'appliquer à prononcer
grammaticalement certains noms et qui brusquement après
avoir entendu la duchesse de Guermantes les dire autrement
s'appliquaient à la prononciation qu'ils n'avaient pu supposer.
Ainsi la duchesse, ayant eu un arrière-grand-père auprès du
comte de Chambord, pour taquiner son mari d'être devenu
orléaniste, aimait à proclamer : « Nous les vieux de Frochedorf. » Le visiteur qui avait cru bien faire en disant jusque-là
« Frohsdorf » tournait casaque au plus court et disait sans cesse
« Frochedorf »[2]. Une fois que je demandais à Mme de
Guermantes qui était un jeune homme exquis qu'elle m'avait
présenté comme son neveu et dont j'avais mal entendu le nom,
ce nom, je ne le distinguai pas davantage quand du fond de sa
gorge, la duchesse émit très fort, mais sans articuler : « C'est
l'... i Éon frère à Robert. Il prétend qu'il a la forme du crâne
des anciens Gallois. » Alors je compris qu'elle avait dit : c'est le
petit Léon (le prince de Léon, beau-frère en effet de Robert de
Saint-Loup). « En tout cas, je ne sais pas s'il en a le crâne,
ajouta-t-elle, mais sa façon de s'habiller, qui a du reste

beaucoup de chic, n'est guère de là-bas. Un jour que de Josselin
où j'étais chez les Rohan, nous étions allés à un pèlerinage, il
était venu des paysans d'un peu toutes les parties de la
Bretagne. Un grand diable de villageois du Léon regardait avec
ébahissement les culottes beiges du beau-frère de Robert.
"Qu'est-ce que tu as à me regarder, je parie que tu ne sais pas
qui je suis", lui dit Léon. Et comme le paysan disait que non :
"Hé bien je suis ton prince. — Ah !" répondit le paysan en se
découvrant et en s'excusant, "je vous avais pris pour un
englische." » Et si profitant de ce point de départ, je poussais
Mme de Guermantes sur les Rohan (avec qui sa famille s'était
souvent alliée), sa conversation s'imprégnait un peu du charme
mélancolique des pardons, et, comme dirait ce vrai poète qu'est
Pampille, « de l'âpre saveur des crêpes de blé noir cuites sur un
feu d'ajoncs ». Du marquis du Lau (dont on sait la triste fin
quand, sourd, il se faisait porter chez Mme H***, aveugle), elle
contait les années moins tragiques quand après la chasse, à
Guermantes, il se mettait en chaussons pour prendre le thé
avec le roi d'Angleterre, auquel il ne se trouvait pas inférieur et
avec lequel on le voit il ne se gênait pas. Elle faisait remarquer
cela avec tant de pittoresque qu'elle lui ajoutait le panache à la
mousquetaire des gentilshommes un peu glorieux du Périgord[1].
D'ailleurs même dans la simple qualification des gens, avoir
soin de différencier les provinces était pour Mme de Guermantes, restée elle-même, un grand charme que n'aurait jamais
su avoir une Parisienne d'origine, et ces simples noms d'Anjou,
de Poitou, du Périgord, refaisaient dans sa conversation des
paysages.

Pour en revenir à la prononciation et au vocabulaire de
Mme de Guermantes, c'est par ce côté que la noblesse se
montre vraiment conservatrice avec tout ce que ce mot a à la
fois d'un peu puéril, d'un peu dangereux, de réfractaire à
l'évolution, mais aussi d'amusant pour l'artiste. Je voulais
savoir comment on écrivait autrefois le mot Jean. Je l'appris en
recevant une lettre du neveu de Mme de Villeparisis qui signe
— comme il a été baptisé, comme il figure dans le Gotha —
Jehan de Villeparisis, avec la même belle *h* inutile, héraldique,

telle qu'on l'admire enluminée de vermillon ou d'outre-mer dans un livre d'heures ou dans un vitrail.

Malheureusement, je n'avais pas le temps de prolonger indéfiniment ces visites car je voulais, autant que possible, ne pas rentrer après mon amie. Or ce n'était jamais qu'au compte-gouttes que je pouvais obtenir de Mme de Guermantes les renseignements sur ses toilettes, lesquels m'étaient utiles pour faire faire des toilettes du même genre, dans la mesure où une jeune fille peut les porter, pour Albertine. « Par exemple, madame, le jour où vous deviez dîner chez Mme de Saint-Euverte avant d'aller chez la princesse de Guermantes, vous aviez une robe toute rouge, avec des souliers rouges, vous étiez inouïe, vous aviez l'air d'une espèce de grande fleur de sang, d'un rubis en flammes, comment cela s'appelait-il ? Est-ce qu'une jeune fille peut mettre ça ? » La duchesse rendant à son visage fatigué la radieuse expression qu'avait la princesse des Laumes quand Swann lui faisait jadis des compliments, regarda en riant aux larmes d'un air moqueur, interrogatif et ravi M. de Bréauté toujours là à cette heure et qui faisait tiédir sous son monocle un sourire indulgent pour cet amphigouri de l'intellectuel à cause de l'exaltation physique de jeune homme qu'il lui semblait cacher. La duchesse avait l'air de dire : « Qu'est-ce qu'il a, il est fou. » Puis se tournant vers moi d'un air câlin : « Je ne savais pas que j'avais l'air d'un rubis en flammes ou d'une fleur de sang, mais je me rappelle en effet que j'ai eu une robe rouge : c'était du satin rouge comme on en faisait à ce moment-là. Oui une jeune fille peut porter ça à la rigueur, mais vous m'avez dit que la vôtre ne sortait pas le soir. C'est une robe de grande soirée, cela ne peut pas se mettre pour faire des visites. » Ce qui est extraordinaire c'est que de cette soirée, en somme pas si ancienne, Mme de Guermantes ne se rappelât que sa toilette et eût oublié une certaine chose qui cependant on va le voir aurait dû lui tenir à cœur. Il semble que chez les êtres d'action (et les gens du monde sont des êtres d'action minuscules, microscopiques, mais enfin des êtres d'action), l'esprit surmené par l'attention à ce qui se passera dans une heure, ne confie que très peu de chose à la mémoire. Bien souvent, par exemple, ce n'était pas pour donner le change et paraître ne pas s'être trompé que M. de Norpois, quand on lui parlait de pronostics qu'il avait émis au sujet d'une alliance allemande qui n'avait même pas abouti, disait : « Vous devez vous tromper, je ne me rappelle pas du tout, cela ne me ressemble pas car dans ces sortes de conversations, je suis toujours très laconique et je n'aurais jamais prédit le succès d'un de ces coups d'éclat qui ne sont souvent que des coups de tête et dégénèrent habituellement en coups de force. Il est indéniable que dans un avenir lointain un rapprochement franco-allemand pourrait s'effectuer qui serait très profitable aux deux pays et dont la France ne serait pas le mauvais marchand, je le pense, mais je n'en ai jamais parlé parce que la poire n'est pas mûre encore, et si vous voulez mon avis, en demandant à nos anciens ennemis de convoler avec nous en justes noces, je crois que nous irions au-devant d'un gros échec et ne recevrions que de mauvais coups. » En disant cela, M. de Norpois ne mentait pas, il avait simplement oublié. On oublie du reste vite ce qu'on n'a pas pensé avec profondeur, ce qui vous a été dicté par l'imitation, par les passions environnantes. Elles changent et avec elles se modifie notre souvenir. Encore plus que les diplomates les hommes politiques ne se souviennent pas du point de vue auquel ils se sont placés à un certain moment, et quelques-unes de leurs palinodies tiennent moins à un excès d'ambition qu'à un manque de mémoire. Quant aux gens du monde, ils se souviennent de peu de chose. Mme de Guermantes me soutint qu'à la soirée où elle était en robe rouge, elle ne se rappelait pas qu'il y eût Mme de Chaussepierre, que je me trompais certainement. Or Dieu sait pourtant si depuis les Chaussepierre avaient occupé l'esprit du duc et même de la duchesse. Voici pour quelle raison. M. de Guermantes était le plus ancien vice-président du Jockey quand le président mourut. Certains membres du cercle qui n'ont pas de relations et dont le seul plaisir est de donner des boules noires aux gens qui ne les invitent pas, firent campagne contre le duc de Guermantes qui, sûr d'être élu, et assez négligent quant à cette présidence qui était peu de chose relativement à sa situation mondaine, ne s'occupa de rien. On fit valoir que la duchesse était dreyfusarde (l'affaire Dreyfus était pourtant terminée depuis longtemps, mais vingt ans après on en parlait encore et elle ne l'était que depuis deux ans), recevait les Rothschild, qu'on favorisait trop depuis quelque temps de grands potentats internationaux comme était le duc de Guermantes, à moitié Allemand. La campagne trouva un terrain très favorable, les clubs jalousent toujours beaucoup les gens très en vue et détestent les grandes fortunes. Celle de Chaussepierre n'était pas mince, mais personne ne pouvait s'en offusquer, il ne dépensait pas un sou, l'appartement du couple était modeste, la femme allait vêtue de laine noire. Folle de musique, elle donnait bien de petites matinées où étaient invitées beaucoup plus de chanteuses que chez les Guermantes. Mais personne n'en parlait, tout cela se passait sans rafraîchissements, le mari même absent, dans l'obscurité de la rue de la Chaise. À l'Opéra Mme de Chaussepierre passait inaperçue, toujours avec des gens dont le nom évoquait le milieu le plus « ultra » de l'intimité de Charles X, mais des gens effacés, peu mondains. Le jour de l'élection, à la surprise générale, l'obscurité triompha de l'éblouissement, Chaussepierre, deuxième vice-président, fut nommé président du Jockey, et le duc de Guermantes resta sur le carreau, c'est-à-dire premier vice-président. Certes être président du Jockey ne représente pas grand-chose à des princes de premier rang comme étaient les Guermantes. Mais ne pas l'être quand c'est votre tour, se voir préférer un Chaussepierre à la femme de qui Oriane non seulement ne rendait pas son salut deux ans auparavant, mais allait jusqu'à se montrer offensée d'être saluée par cette chauve-souris inconnue, c'était dur pour le duc. Il prétendait être au-dessus de cet échec, assurant d'ailleurs que c'était à sa vieille amitié pour Swann qu'il le devait. En réalité il ne décolérait pas. Chose assez particulière, on n'avait jamais entendu le duc de Guermantes se servir de l'expression assez banale : « bel et bien », mais depuis l'élection du Jockey, dès qu'on parlait de l'affaire Dreyfus, « bel et bien » surgissait : « Affaire Dreyfus affaire Dreyfus, c'est bientôt dit et le terme est impropre, ce n'est pas une affaire de religion mais *bel et bien* une affaire politique. » Cinq ans pouvaient passer sans qu'on entendît « bel et bien » si pendant ce temps on ne parlait pas de l'affaire Dreyfus, mais si les cinq ans passés le nom de Dreyfus revenait, aussitôt « bel et bien » arrivait automatiquement. Le duc ne pouvait plus du reste souffrir qu'on parlât de cette affaire « qui a causé, disait-il, tant de malheurs » bien qu'il ne fût en réalité sensible qu'à un seul, son échec à la présidence du Jockey. Aussi l'après-midi dont je parle et où je rappelai à Mme de Guermantes la robe rouge qu'elle portait à la soirée de sa cousine, M. de Bréauté fut assez mal reçu quand, voulant dire quelque chose, par une association d'idées restée obscure et qu'il ne dévoila pas, il commença en faisant manœuvrer sa langue dans la pointe de sa bouche en cul de poule : « À propos de l'affaire Dreyfus... » (pourquoi de l'affaire Dreyfus, il s'agissait seulement d'une robe rouge et certes le pauvre Bréauté, qui ne pensait jamais qu'à faire plaisir, n'y mettait aucune malice). Mais le seul nom de Dreyfus fit se froncer les sourcils jupitériens du duc de Guermantes. « On m'a raconté, dit Bréauté, un assez joli mot, ma foi très fin, de notre ami Cartier (prévenons le lecteur que ce Cartier, frère de Mme de Villefranche, n'avait pas l'ombre de rapport avec le bijoutier du même nom) ce qui du reste ne m'étonne pas, car il a de l'esprit à revendre. — Ah! interrompit Oriane, ce n'est pas moi qui l'achèterai. Je ne peux pas vous dire ce que votre Cartier m'a toujours embêtée[1], et je n'ai jamais pu comprendre le charme infini que Charles de la Trémoïlle et sa femme trouvent à ce raseur que je rencontre chez eux chaque fois que j'y vais. — Ma ière duiesse, répondit Bréauté qui prononçait difficilement les *c*, je vous trouve bien sévère pour Cartier. Il est vrai qu'il a peut-être pris un pied un peu excessif chez les La Trémoïlle, mais enfin c'est pour Iarles une espèce, comment dirai-je, une espèce de fidèle Achate[2], ce qui est devenu un oiseau assez rare par le temps qui court. En tout cas voilà le mot qu'on m'a rapporté. Cartier aurait dit que si M. Zola avait cherché à avoir un procès et à se faire condamner c'était pour éprouver une sensation qu'il ne connaissait pas encore, celle d'être en prison. — Aussi a-t-il pris la fuite avant d'être arrêté, interrompit Oriane. Cela ne tient pas debout. D'ailleurs même si c'était vraisemblable, je trouve le mot carrément idiot. Si c'est ça que vous trouvez spirituel ! — Mon Dieu ma ière Oriane », répondit

Bréauté qui se voyant contredit commençait à lâcher pied, « le mot n'est pas de moi, je vous le répète tel qu'on me l'a dit, prenez-le pour ce qu'il vaut. En tout cas il a été cause que M. Cartier a été tancé d'importance par cet excellent La Trémoïlle qui avec beaucoup de raison ne veut jamais qu'on parle dans son salon de ce que j'appellerai comment dire les affaires en cours, et qui était d'autant plus contrarié qu'il y avait là Mme Alphonse Rothschild. Cartier a eu à subir de la part de La Trémoïlle une véritable mercuriale. — Bien entendu, dit le duc de fort mauvaise humeur, les Alphonse Rothschild, bien qu'ayant le tact de ne jamais parler de cette abominable affaire, sont dreyfusards dans l'âme comme tous les Juifs. C'est même là un argument *ad hominem* (le duc employait un peu à tort et à travers l'expression *ad hominem*) qu'on ne fait pas assez valoir pour montrer la mauvaise foi des Juifs. Si un Français vole, assassine, je ne me crois pas tenu parce qu'il est français comme moi de le trouver innocent. Mais les Juifs n'admettront jamais qu'un de leurs concitoyens soit traître bien qu'ils le sachent parfaitement et se soucient fort peu des effroyables répercussions (le duc pensait naturellement à l'élection maudite de Chaussepierre) que le crime d'un des leurs peut amener jusque... Voyons Oriane, vous n'allez pas prétendre que ce n'est pas accablant pour les Juifs ce fait qu'ils soutiennent tous un traître. Vous n'allez pas me dire que ce n'est pas parce qu'ils sont juifs. — Mon Dieu si, répondit Oriane (éprouvant avec un peu d'agacement un certain désir de résister au Jupiter tonnant et aussi de mettre « l'intelligence » au-dessus de l'affaire Dreyfus). Mais c'est peut-être justement parce qu'étant juifs et se connaissant eux-mêmes ils savent qu'on peut être juif et ne pas être forcément traître et anti-français, comme le prétend paraît-il M. Drumont. Certainement s'il avait été chrétien, les Juifs ne se seraient pas intéressés à lui mais ils l'ont fait parce qu'ils sentent bien que s'il n'était pas juif, on ne l'aurait pas cru si facilement traître "*a priori*" comme dirait mon neveu Robert. — Les femmes n'entendent rien à la politique, s'écria le duc en fixant des yeux la duchesse. Car ce crime affreux n'est pas simplement une cause juive, mais *bel et bien* une immense affaire nationale qui peut amener les plus effroyables conséquences pour la France d'où on devrait expulser tous les Juifs, bien que je reconnaisse que les sanctions prises jusqu'ici l'aient été (d'une façon ignoble qui devrait être révisée) non contre eux, mais contre leurs adversaires les plus éminents, contre des hommes de premier ordre, laissés à l'écart pour le malheur de notre pauvre pays[1]. » Je sentais que cela allait se gâter et je me remis précipitamment à parler robes. « Vous rappelez-vous, madame, dis-je, la première fois que vous avez été aimable avec moi ? — La première fois que j'ai été aimable avec lui », reprit-elle en regardant en riant M. de Bréauté dont le bout du nez s'amenuisait, dont le sourire s'attendrissait par politesse pour Mme de Guermantes et dont la voix de couteau qu'on est en train de repasser fit entendre quelques sons vagues et rouillés. « Vous aviez une robe jaune avec de grandes fleurs noires. — Mais mon petit, c'est la même chose, ce sont des robes de soirée. — Et votre chapeau de bleuets que j'ai tant aimé ! Mais enfin tout cela c'est du rétrospectif. Je voudrais faire faire à la jeune fille en question un manteau de fourrure comme celui que vous aviez hier matin. Est-ce que ce serait impossible que je le visse ? — Non, Hannibal est obligé de s'en aller dans un instant. Vous viendrez chez moi et ma femme de chambre vous montrera tout ça. Seulement, mon petit, je veux bien vous prêter tout ce que vous voudrez, mais si vous faites faire des toilettes de Callot, de Doucet, de Paquin par de petites couturières, cela ne sera jamais la même chose[2]. — Mais je ne veux pas du tout aller chez une petite couturière, je sais très bien que ce sera autre chose, mais cela m'intéresserait de comprendre pourquoi ce sera autre chose. — Mais vous savez bien que je ne sais rien expliquer, moi, je suis *eun* bête, je parle comme une paysanne. C'est une question de tour de main, de façon ; pour les fourrures, je peux au moins vous donner un mot pour mon fourreur qui de cette façon ne vous volera pas. Mais vous savez que ça vous coûtera encore huit ou neuf mille francs. — Et cette robe de chambre qui sent si mauvais que vous aviez l'autre soir et qui est sombre, duveteuse, tachetée, striée d'or comme une aile de papillon ? — Ah ! ça c'est une robe de Fortuny[3]. Votre jeune fille peut très bien mettre cela chez elle.

J'en ai beaucoup, je vais vous en montrer, je peux même vous en donner si cela vous fait plaisir. Mais je voudrais surtout que vous vissiez celle de ma cousine Talleyrand. Il faut que je lui écrive de me la prêter. — Mais vous aviez aussi des souliers si jolis, était-ce encore de Fortuny[1] ? — Non, je sais ce que vous voulez dire, c'est du chevreau doré que nous avions trouvé à Londres, en faisant des courses avec Consuelo de Manchester. C'était extraordinaire. Je n'ai jamais pu comprendre comment c'était doré, on dirait une peau d'or, il n'y a que cela avec un petit diamant au milieu. La pauvre duchesse de Manchester est morte mais si cela vous fait plaisir, j'écrirai à Mme de Warwick ou à Mme Marlborough pour tâcher d'en retrouver de pareils. Je me demande même si je n'ai pas encore de cette peau. On pourrait peut-être en faire faire ici. Je regarderai ce soir, je vous le ferai dire. »

Comme je tâchais autant que possible de quitter la duchesse avant qu'Albertine fût revenue, l'heure faisait souvent que je rencontrais dans la cour, en sortant de chez Mme de Guermantes, M. de Charlus et Morel qui allaient prendre le thé chez... Jupien, suprême faveur pour le baron. Je ne les croisais pas tous les jours mais ils y allaient tous les jours. Il est du reste à remarquer que la constance d'une habitude est d'ordinaire en rapport avec son absurdité. Les choses éclatantes on ne les fait généralement que par à-coups. Mais des vies insensées, où le maniaque se prive lui-même de tous les plaisirs et s'inflige les plus grands maux, ces vies sont ce qui change le moins. Tous les dix ans si l'on en avait eu la curiosité, on retrouverait le malheureux dormant aux heures où il pourrait vivre, sortant aux heures où il n'y a guère rien d'autre à faire qu'à se laisser assassiner dans les rues, buvant glacé quand il a chaud, toujours en train de soigner un rhume. Il suffirait d'un petit mouvement d'énergie, un seul jour, pour changer cela une fois pour toutes. Mais justement ces vies sont habituellement l'apanage d'êtres incapables d'énergie. Les vices sont un autre aspect de ces existences monotones que la volonté suffirait à rendre moins atroces. Les deux aspects pouvaient être également considérés quand M. de Charlus allait tous les jours avec Morel prendre le thé chez Jupien. Un seul orage avait marqué cette coutume quotidienne. La nièce du giletier ayant dit un jour à Morel : « C'est cela, venez demain, je vous paierai le thé », le baron avait avec raison trouvé cette expression bien vulgaire pour une personne dont il comptait faire presque sa belle-fille, mais comme il aimait à froisser et se grisait de sa propre colère, au lieu de dire simplement à Morel qu'il le priait de lui donner à cet égard une leçon de distinction, tout le retour s'était passé en scènes violentes. Sur le ton le plus insolent, le plus orgueilleux : « Le "toucher" qui je le vois n'est pas forcément allié au "tact" a donc empêché chez vous le développement normal de l'odorat, puisque vous avez toléré que cette expression fétide de payer le thé à quinze centimes je suppose fît monter son odeur de vidanges jusqu'à mes royales narines ? Quand vous avez fini un solo de violon avez-vous jamais vu chez moi qu'on vous récompensât d'un pet, au lieu d'un applaudissement frénétique ou d'un silence plus éloquent encore parce qu'il est fait de la peur de ne pouvoir retenir non ce que votre fiancée nous prodigue mais le sanglot que vous avez amené au bord des lèvres ? » Quand un fonctionnaire s'est vu infliger de tels reproches par son chef, il est invariablement dégommé le lendemain. Rien au contraire n'eût été plus cruel à M. de Charlus que de congédier Morel et craignant même d'avoir été un peu trop loin il se mit à faire de la jeune fille des éloges minutieux, pleins de goût, involontairement semés d'impertinences. « Elle est charmante, comme vous êtes musicien, je pense qu'elle vous a séduit par la voix qu'elle a très belle dans les notes hautes où elle semble attendre l'accompagnement de votre *si* dièse. Son registre grave me plaît moins et cela doit être en rapport avec le triple recommencement de son cou étrange et mince qui semble finir, s'élève encore ; en elle, plutôt que des détails médiocres, c'est sa silhouette qui m'agrée. Et comme elle est couturière et doit savoir jouer des ciseaux, il faut qu'elle me donne une jolie découpure d'elle-même en papier. » Charlie avait d'autant moins écouté ces éloges que les agréments qu'ils célébraient chez sa fiancée lui avaient toujours échappé. Mais il répondit à M. de Charlus : « C'est entendu, mon petit, je lui passerai un savon pour qu'elle ne parle plus comme ça. » Si Morel disait ainsi « mon petit » à

M. de Charlus, ce n'est pas que le beau violoniste ignorât qu'il
eût à peine le tiers de l'âge du baron. Il ne le disait pas non plus
comme eût fait Jupien, mais avec cette simplicité qui dans
certaines relations postule que la suppression de la différence
d'âge a tacitement précédé la tendresse. La tendresse feinte
chez Morel. Chez d'autres la tendresse sincère. Ainsi vers cette
époque M. de Charlus reçut une lettre ainsi conçue : « Mon
cher Palamède quand te verrai-je ? Je m'ennuie beaucoup après
toi et pense bien souvent à toi, *etc.* Tout à toi, Pierre. » M. de
Charlus se cassa la tête pour savoir quel était celui de ses
parents qui se permettait de lui écrire avec une telle familiarité,
qui devait par conséquent beaucoup le connaître, et dont
malgré cela il ne reconnaissait pas l'écriture. Tous les princes
auxquels l'Almanach de Gotha accorde quelques lignes
défilèrent pendant quelques jours dans la cervelle de M. de
Charlus. Enfin brusquement, une adresse écrite au dos
l'éclaira : l'auteur de la lettre était le chasseur d'un cercle de jeu
où allait quelquefois M. de Charlus. Ce chasseur n'avait pas
cru être impoli en écrivant sur ce ton à M. de Charlus qui avait
au contraire un grand prestige à ses yeux. Mais il pensait que ce
ne serait pas gentil de ne pas tutoyer quelqu'un qui vous avait
plusieurs fois embrassé, et vous avait par là — s'imaginait-il
dans sa naïveté — donné son affection. M. de Charlus fut au
fond ravi de cette familiarité. Il reconduisit même d'une
matinée M. de Vaugoubert afin de pouvoir lui montrer la lettre.
Et pourtant Dieu sait que M. de Charlus n'aimait pas à sortir
avec M. de Vaugoubert. Car celui-ci le monocle à l'œil
regardait de tous les côtés les jeunes gens qui passaient. Bien
plus, s'émancipant quand il était avec M. de Charlus, il
employait un langage que détestait le baron. Il mettait tous les
noms d'hommes au féminin et comme il était très bête, il
s'imaginait cette plaisanterie très spirituelle et ne cessait de rire
aux éclats. Comme avec cela il tenait énormément à son poste
diplomatique, les déplorables et ricanantes façons qu'il avait
dans la rue étaient perpétuellement interrompues par la frousse
que lui causait au même moment le passage de gens du monde,
mais surtout de fonctionnaires. « Cette petite télégraphiste,
disait-il en touchant du coude le baron renfrogné, je l'ai

connue, mais elle s'est rangée la vilaine ! Oh ! ce livreur des *Galeries Lafayette* quelle merveille ! Mon Dieu voilà le directeur des Affaires commerciales qui passe. Pourvu qu'il n'ait pas remarqué mon geste. Il serait capable d'en parler au ministre qui me mettrait en non-activité, d'autant plus qu'il paraît que c'en est une. » M. de Charlus ne se tenait pas de rage. Enfin pour abréger cette promenade qui l'exaspérait, il se décida à sortir sa lettre et à la faire lire à l'ambassadeur. Mais il lui recommanda la discrétion, car il feignait que Charlie fût jaloux afin de pouvoir faire croire qu'il était aimant. « Or, ajouta-t-il d'un air de bonté impayable, il faut toujours tâcher de causer le moins de peine qu'on peut. »

Avant de revenir à la boutique de Jupien, l'auteur tient à dire combien il serait contristé que le lecteur s'offusquât de peintures si étranges. D'une part (et ceci est le petit côté de la chose), on trouve que l'aristocratie semble, proportionnellement, dans ce livre, plus accusée de dégénérescence que les autres classes sociales. Cela serait-il qu'il n'y aurait pas lieu de s'en étonner. Les plus vieilles familles finissent par avouer dans un nez rouge et bossu, dans un menton déformé, des signes spécifiques où chacun admire la « race ». Mais parmi ces traits persistants et sans cesse aggravés, il y en a qui ne sont pas visibles, ce sont les tendances et les goûts.

Ce serait une objection plus grave si elle était fondée de dire que tout cela nous est étranger et qu'il faut tirer la poésie de la vérité toute proche. L'art extrait du réel le plus familier existe en effet et son domaine est peut-être le plus grand. Mais il n'en est pas moins vrai qu'un grand intérêt, parfois de la beauté, peut naître d'actions découlant d'une forme d'esprit si éloignée de tout ce que nous sentons, de tout ce que nous croyons, que nous ne pouvons même arriver à les comprendre, qu'elles s'étalent devant nous comme un spectacle sans cause. Qu'y a-t-il de plus poétique que Xerxès, fils de Darius, faisant fouetter de verges la mer qui avait englouti ses vaisseaux[1] ?

Il est certain que Morel, usant du pouvoir que ses charmes lui donnaient sur la jeune fille, transmit à celle-ci en la prenant à son compte, la remarque du baron, car l'expression « payer le thé » disparut aussi complètement de la boutique du giletier que disparaît à jamais d'un salon telle personne intime, qu'on recevait tous les jours et avec qui pour une raison ou pour une autre on s'est brouillé, ou qu'on tient à cacher et qu'on ne fréquente qu'au dehors. M. de Charlus fut satisfait de la disparition de « payer le thé », il y vit une preuve de son ascendant sur Morel et l'effacement de la seule petite tache à la perfection de la jeune fille. Enfin, comme tous ceux de son espèce, tout en étant sincèrement l'ami de Morel et de sa presque fiancée, l'ardent partisan de leur union, il était assez friand du pouvoir de créer à son gré de plus ou moins inoffensives piques, en dehors et au-dessus desquelles il demeurait aussi olympien qu'eût été son frère.

Morel avait dit à M. de Charlus qu'il aimait la nièce de Jupien, voulait l'épouser, et il était doux au baron d'accompagner son jeune ami dans des visites où il jouait le rôle de futur beau-père, indulgent et discret. Rien ne lui plaisait mieux.

Mon opinion personnelle est que « payer le thé » venait de Morel lui-même, et que par aveuglement d'amour, la jeune couturière avait adopté une expression de l'être adoré, laquelle jurait par sa laideur au milieu du joli parler de la jeune fille. Ce parler, ces charmantes manières qui s'y accordaient, la protection de M. de Charlus, faisaient que beaucoup de clientes pour qui elle avait travaillé, la recevaient en amie, l'invitaient à dîner, la mêlaient à leurs relations, la petite n'acceptant du reste qu'avec la permission du baron, et les soirs où cela lui convenait. « Une jeune couturière dans le monde ? dira-t-on, quelle invraisemblance. » Si l'on y songe, il n'était pas moins invraisemblable qu'autrefois Albertine vînt me voir à minuit, et maintenant vécût avec moi. Et c'eût peut-être été invraisemblable d'une autre, mais nullement d'Albertine, sans père ni mère, menant une vie si libre qu'au début je l'avais prise à Balbec pour la maîtresse d'un coureur, ayant pour parente la plus rapprochée Mme Bontemps qui déjà chez Mme Swann n'admirait chez sa nièce que ses mauvaises manières et maintenant fermait les yeux sur tout si cela pouvait la débarrasser d'elle en lui faisant faire un riche mariage où un peu de l'argent irait à la tante (dans le plus grand monde des mères très nobles et très pauvres, ayant réussi à faire faire à leur fils un riche mariage, se laissent entretenir par les jeunes époux, acceptent des fourrures, une automobile, de l'argent d'une belle-fille qu'elles n'aiment pas et qu'elles font recevoir). Il viendra peut-être un jour où les couturières, ce que je ne trouverais nullement choquant, iront dans le monde. La nièce de Jupien étant une exception ne peut encore le laisser prévoir, une hirondelle ne fait pas le printemps. En tout cas, si la toute petite situation de la nièce de Jupien scandalisa quelques personnes, ce ne fut pas Morel, car sur certains points, sa bêtise était si grande que non seulement il trouvait « plutôt bête » cette jeune fille mille fois plus intelligente que lui, peut-être seulement parce qu'elle l'aimait, mais encore il supposait être des aventurières, des sous-couturières déguisées, faisant les dames, les personnes fort bien posées qui la recevaient et dont elle ne tirait pas vanité. Naturellement ce n'était pas des Guermantes, ni même des gens qui les connaissaient, mais des bourgeoises riches, élégantes, d'esprit assez libre pour trouver qu'on ne se déshonore pas en recevant une couturière, d'esprit assez esclave aussi pour avoir quelque contentement de protéger une jeune fille que Son Altesse le baron de Charlus allait, en tout bien tout honneur, voir tous les jours.

Rien ne plaisait mieux que l'idée de ce mariage au baron, lequel pensait qu'ainsi Morel ne lui serait pas enlevé. Il paraît que la nièce de Jupien avait fait, presque enfant, une « faute ». Et M. de Charlus, tout en faisant son éloge à Morel, n'aurait pas été fâché de le confier à son ami qui eût été furieux et de mettre ainsi la zizanie. Car M. de Charlus, quoique terriblement méchant, ressemblait à un grand nombre de personnes bonnes qui font les éloges d'un tel ou d'une telle, pour prouver leur propre bonté, mais se garderaient comme du feu des paroles bienfaisantes, si rarement prononcées, qui seraient capables de faire régner la paix. Malgré cela, le baron se gardait d'aucune insinuation, et pour deux causes. « Si je lui raconte, se disait-il, que sa fiancée n'est pas sans tache, son amour-propre sera froissé, il m'en voudra. Et puis qui me dit qu'il n'est pas amoureux d'elle ? Si je ne dis rien, ce feu de paille s'éteindra vite, je gouvernerai leurs rapports à ma guise, il ne l'aimera que dans la mesure où je le souhaiterai. Si je lui raconte la faute passée de sa promise, qui me dit que mon Charlie n'est pas encore assez amoureux pour devenir jaloux. Alors, je transformerai par ma propre faute un flirt sans conséquence et qu'on mène comme on veut, en un grand amour, chose difficile à gouverner. » Pour ces deux raisons M. de Charlus gardait un silence qui n'avait que les apparences de la discrétion, mais qui par un autre côté était méritoire car se taire est presque impossible aux gens de sa sorte.

D'ailleurs la jeune fille était délicieuse et M. de Charlus en qui elle satisfaisait tout le goût esthétique qu'il pouvait avoir pour les femmes aurait voulu avoir d'elle des centaines de photographies. Moins bête que Morel, il apprenait avec plaisir les dames comme il faut qui la recevaient et que son flair social situait bien, mais il se gardait (voulant garder l'empire) de le dire à Charlie, lequel, vraie brute en cela, continuait à croire qu'en dehors de la « classe de violon » et des Verdurin, seuls existaient les Guermantes, les quelques familles presque royales énumérées par le baron, tout le reste n'étant qu'une « lie », une « tourbe ». Charlie prenait ces expressions de M. de Charlus à la lettre. Comment, M. de Charlus vainement attendu tous les jours de l'année par tant d'ambassadeurs et de duchesses, ne dînant pas avec le prince de Croÿ parce qu'on donne le pas à celui-ci[1], M. de Charlus, tout le temps qu'il dérobe à ces grandes dames, à ces grands seigneurs, le passait chez la nièce d'un giletier ? D'abord, raison suprême, Morel était là. N'y eût-il pas été, je ne vois aucune invraisemblance ou bien alors vous jugez comme eût fait un commis d'Aimé. Il n'y a guère que les garçons de restaurant pour croire qu'un homme excessivement riche a toujours des vêtements nouveaux et éclatants, et qu'un monsieur tout ce qu'il y a de plus chic donne des dîners de soixante couverts et ne va qu'en auto. Ils se trompent. Bien souvent un homme excessivement riche a toujours un même veston râpé. Un monsieur tout ce qu'il y a de plus chic, c'est un monsieur qui ne fraye dans le restaurant qu'avec les employés et rentré chez lui joue aux cartes avec ses valets. Cela n'empêche pas son refus de passer après le prince Murat[2].

Parmi les raisons qui rendaient M. de Charlus heureux du

mariage des deux jeunes gens il y avait celle-ci que la nièce de
Jupien serait en quelque sorte une extension de la personnalité
de Morel et par là du pouvoir à la fois et de la connaissance que
le baron avait de lui. « Tromper » dans le sens conjugal la future
femme du violoniste, M. de Charlus n'eût-même pas songé une
seconde à en éprouver du scrupule. Mais avoir un « jeune
ménage » à guider, se sentir le protecteur redouté et tout-
puissant de la femme de Morel laquelle considérant le baron
comme un dieu prouverait par là que le cher Morel lui avait
inculqué cette idée, et contiendrait ainsi quelque chose de
Morel, firent varier le genre de domination de M. de Charlus et
naître en sa « chose » Morel un être de plus, l'époux, c'est-à-
dire lui donnèrent quelque chose de plus, de nouveau, de
curieux à aimer en lui. Peut-être même cette domination serait-
elle plus grande maintenant qu'elle n'avait jamais été. Car là où
Morel seul, nu pour ainsi dire, résistait souvent au baron, qu'il
se sentait sûr de reconquérir, une fois marié, pour son ménage,
son appartement, son avenir, il aurait peur plus vite, offrirait
aux volontés de M. de Charlus plus de surface et de prise. Tout
cela et même au besoin, les soirs où il s'ennuierait, de mettre la
guerre entre les époux (le baron n'avait jamais détesté les
tableaux de bataille) plaisait à M. de Charlus. Moins pourtant
que de penser à la dépendance de lui où vivrait le jeune
ménage. L'amour de M. de Charlus pour Morel reprenait une
nouveauté délicieuse quand il se disait : sa femme aussi sera à
moi tant il est à moi, ils n'agiront que de la façon qui ne peut
me fâcher, ils obéiront à mes caprices et ainsi elle sera un signe,
jusqu'ici inconnu de moi, de ce que j'avais presque oublié et qui
est si sensible à mon cœur que pour tout le monde, pour ceux
qui me verront les protéger, les loger, pour moi-même, Morel
est mien. De cette évidence aux yeux des autres et aux siens,
M. de Charlus était plus heureux que de tout le reste. Car la
possession de ce qu'on aime est une joie plus grande encore que
l'amour. Bien souvent ceux qui cachent à tous cette possession,
ne le font que par la peur que l'objet chéri ne leur soit enlevé.
Et leur bonheur, par cette prudence de se taire, en est
diminué.

On se souvient peut-être que Morel avait jadis dit au baron

que son désir c'était de séduire une jeune fille, en particulier
celle-là, et que pour y réussir il lui promettrait le mariage, mais
le viol accompli il « ficherait le camp au loin »[1] ; mais cela,
devant les aveux d'amour pour la nièce de Jupien que Morel
était venu lui faire, M. de Charlus l'avait oublié. Bien plus, il en
était peut-être de même pour Morel. Il y avait peut-être
intervalle véritable entre la nature de Morel, telle qu'il l'avait
cyniquement avouée, peut-être même habilement exagérée —
et le moment où elle reprendrait le dessus. En se liant
davantage avec la jeune fille, elle lui avait plu, il l'aimait. Il se
connaissait si peu qu'il se figurait sans doute l'aimer, même
peut-être l'aimer pour toujours. Certes son premier désir
initial, son projet criminel subsistaient, mais recouverts par
tant de sentiments superposés que rien ne dit que le violoniste
n'eût pas été sincère en disant que ce vicieux désir n'était pas le
mobile véritable de son acte. Il y eut du reste une période de
courte durée où, sans qu'il se l'avouât exactement, ce mariage
lui parut nécessaire. Morel avait à ce moment-là d'assez fortes
crampes à la main et se voyait obligé d'envisager l'éventualité
d'avoir à cesser le violon. Comme, en dehors de son art, il était
d'une incompréhensible paresse, la nécessité de se faire
entretenir s'imposait et il aimait mieux que ce fût par la nièce
de Jupien que par M. de Charlus, cette combinaison lui offrant
plus de liberté, et aussi un grand choix de femmes différentes,
tant par les apprenties toujours nouvelles qu'il chargerait la
nièce de Jupien de lui débaucher que par les belles dames riches
auxquelles il la prostituerait. Que sa future femme pût refuser
de condescendre à ces complaisances et fût perverse à ce point
n'entrait pas un instant dans les calculs de Morel. D'ailleurs ils
passèrent au second plan, y laissèrent la place à l'amour pur,
les crampes ayant cessé. Le violon suffirait avec les appointe-
ments de M. de Charlus, duquel les exigences se relâcheraient
certainement une fois que lui, Morel, serait marié à la jeune
fille. Le mariage était la chose pressée à cause de son amour, et
dans l'intérêt de sa liberté. Il fit demander la main de la nièce
de Jupien, lequel la consulta. Aussi bien n'était-ce pas
nécessaire. La passion de la jeune fille pour le violoniste
ruisselait autour d'elle, comme ses cheveux quand ils étaient

dénoués, comme la joie de ses regards répandus. Chez Morel, presque toute chose qui lui était agréable ou profitable éveillait des émotions morales et des paroles de même ordre, parfois même des larmes. C'est donc sincèrement — si un pareil mot peut s'appliquer à lui — qu'il tenait à la nièce de Jupien des discours aussi sentimentaux (sentimentaux sont aussi ceux que tant de jeunes nobles ayant envie de ne rien faire dans la vie, tiennent à quelque ravissante fille de richissime bourgeois) qu'étaient d'une bassesse sans fard les théories qu'il avait exposées à M. de Charlus au sujet de la séduction, du dépucelage. Seulement l'enthousiasme vertueux à l'égard d'une personne qui lui causait un plaisir et les engagements solennels qu'il prenait avec elle avaient une contrepartie chez Morel. Dès que la personne ne lui causait plus de plaisir, ou même par exemple si l'obligation de faire face aux promesses faites lui causait du déplaisir, elle devenait aussitôt de la part de Morel l'objet d'une antipathie qu'il justifiait à ses propres yeux, et qui après quelques troubles neurasthéniques lui permettait de se prouver à soi-même, une fois l'euphorie reconquise de son système nerveux, qu'il était, en considérant même les choses d'un point de vue purement vertueux, dégagé de toute obligation. Ainsi à la fin de son séjour à Balbec, il avait perdu je ne sais à quoi tout son argent et n'ayant pas osé le dire à M. de Charlus, cherchait quelqu'un à qui en demander. Il avait appris de son père (qui malgré cela lui avait défendu de devenir jamais « tapeur ») qu'en pareil cas il est convenable d'écrire à la personne à qui on veut s'adresser « qu'on a à lui parler pour affaires », qu'on lui « demande un rendez-vous pour affaires ». Cette formule magique enchantait tellement Morel qu'il eût je pense souhaité perdre de l'argent, rien que pour le plaisir de demander un rendez-vous « pour affaires ». Dans la suite de la vie, il avait vu que la formule n'avait pas toute la vertu qu'il pensait. Il avait constaté que des gens auxquels lui-même n'eût jamais écrit sans cela, ne lui avaient pas répondu cinq minutes après avoir reçu la lettre « pour parler affaires ». Si l'après-midi s'écoulait sans que Morel eût de réponse, l'idée ne lui venait pas que même à tout mettre au mieux, le monsieur sollicité n'était peut-être pas rentré, avait pu avoir d'autres lettres à

écrire, si même il n'était pas parti en voyage, ou tombé malade,
etc. Si Morel recevait par une fortune extraordinaire un rendez-
vous pour le lendemain matin, il abordait le sollicité par ces
mots : « Justement j'étais surpris de ne pas avoir de réponse, je
me demandais s'il y avait quelque chose, alors comme ça la
santé va toujours bien, etc. » Donc à Balbec, et sans me dire
qu'il avait à lui parler d'une « affaire », il m'avait demandé de
le présenter à ce même Bloch avec lequel il avait été si
désagréable une semaine auparavant dans le tram. Bloch
n'avait pas hésité à lui prêter — ou plutôt à lui faire prêter, par
M. Nissim Bernard — cinq mille francs. De ce jour Morel avait
adoré Bloch. Il se demandait les larmes aux yeux comment il
pourrait rendre service à quelqu'un qui lui avait sauvé la vie.
Enfin, je me chargeai de demander pour Morel mille francs par
mois à M. de Charlus, argent que celui-ci remettrait aussitôt à
Bloch qui se trouverait ainsi remboursé assez vite. Le premier
mois, Morel encore sous l'impression de la bonté de Bloch lui
envoya immédiatement les mille francs, mais après cela il
trouva sans doute qu'un emploi différent des quatre mille
francs qui restaient pourrait être plus agréable, car il
commença à dire beaucoup de mal de Bloch. La vue de celui-
ci suffisait à lui donner des idées noires et Bloch ayant oublié
lui-même exactement ce qu'il avait prêté à Morel, et lui ayant
réclamé trois mille cinq cents francs au lieu de quatre mille, ce
qui eût fait gagner cinq cents francs au violoniste, ce dernier
voulut répondre que devant un pareil faux, non seulement il ne
paierait plus un centime mais que son prêteur devait s'estimer
bien heureux qu'il ne déposât pas une plainte contre lui. En
disant cela ses yeux flambaient. Il ne se contenta pas du reste de
dire que Bloch et M. Nissim Bernard n'avaient pas à lui en
vouloir, mais bientôt qu'ils devaient se déclarer heureux qu'il
ne leur en voulût pas. Enfin, M. Nissim Bernard ayant paraît-
il déclaré que Thibaud[1] jouait aussi bien que Morel, celui-ci
trouva qu'il devait l'attaquer devant les tribunaux, un tel
propos lui nuisant dans sa profession, puis comme il n'y a plus
de justice en France, surtout contre les Juifs (l'antisémitisme
ayant été chez Morel l'effet naturel du prêt de cinq mille francs
par un Israélite), ne sortit plus qu'avec un revolver chargé. Un

tel état nerveux suivant une vive tendresse, devait bientôt se produire chez Morel relativement à la nièce du giletier. Il est vrai que M. de Charlus fut peut-être sans s'en douter pour quelque chose dans ce changement, car souvent il déclarait, sans en penser un seul mot, et pour les taquiner, qu'une fois mariés, il ne les reverrait plus et les laisserait voler de leurs propres ailes. Cette idée était, en elle-même, absolument insuffisante pour détacher Morel de la jeune fille ; restant dans l'esprit de Morel, elle était prête le jour venu à se combiner avec d'autres idées ayant de l'affinité pour elle et capables, une fois le mélange réalisé, de devenir un puissant agent de rupture.

Ce n'était pas d'ailleurs très souvent qu'il m'arrivait de rencontrer M. de Charlus et Morel. Souvent ils étaient déjà entrés dans la boutique de Jupien quand je quittais la duchesse, car le plaisir que j'avais auprès d'elle était tel que j'en venais à oublier non seulement l'attente anxieuse qui précédait le retour d'Albertine, mais même l'heure de ce retour. Je mettrai à part, parmi ces jours où je m'attardai chez Mme de Guermantes, un qui fut marqué par un petit incident dont la cruelle signification m'échappa entièrement et ne fut comprise par moi que longtemps après. Cette fin d'après-midi-là, Mme de Guermantes m'avait donné, parce qu'elle savait que je les aimais, des seringas venus du Midi. Quand ayant quitté la duchesse je remontai chez moi, Albertine était rentrée, je croisai dans l'escalier Andrée que l'odeur si violente des fleurs que je rapportais sembla incommoder. « Comment, vous êtes déjà rentrées, lui dis-je. — Il n'y a qu'un instant, mais Albertine avait à écrire, elle m'a renvoyée. — Vous ne pensez pas qu'elle ait quelque projet blâmable ? — Nullement, elle écrit à sa tante je crois, mais elle qui n'aime pas les odeurs fortes ne sera pas enchantée de vos seringas. — Alors j'ai eu une mauvaise idée ! Je vais dire à Françoise de les mettre sur le carré de l'escalier de service. — Si vous vous imaginez qu'Albertine ne sentira pas après vous l'odeur de seringa. Avec l'odeur de la tubéreuse c'est peut-être la plus entêtante ; d'ailleurs, je crois que Françoise est allée faire une course. — Mais alors moi qui n'ai pas aujourd'hui ma clef, comment pourrai-je rentrer ? — Oh ! vous n'aurez qu'à sonner. Albertine vous ouvrira. Et puis

Françoise sera peut-être remontée dans l'intervalle. » Je dis adieu à Andrée. Dès mon premier coup Albertine vint m'ouvrir, ce qui fut assez compliqué, car, Françoise étant descendue, Albertine ne savait pas où allumer. Enfin elle put me faire entrer, mais les fleurs de seringa la mirent en fuite. Je les posai dans la cuisine, de sorte qu'interrompant sa lettre (je ne compris pas pourquoi) mon amie eut le temps d'aller dans ma chambre d'où elle m'appela et de s'étendre sur mon lit. Encore une fois, au moment même, je ne trouvai à tout cela rien que de très naturel, tout au plus d'un peu confus, en tout cas insignifiant. Elle avait failli être surprise avec Andrée, et s'était donné un peu de temps en éteignant tout, en allant chez moi pour ne pas laisser voir son lit en désordre et avait fait semblant d'être en train d'écrire. Mais on verra tout cela plus tard, tout cela dont je n'ai jamais su si c'était vrai[1]. Sauf cet incident unique, tout se passait normalement quand je remontais de chez la duchesse. Albertine ignorant si je ne désirais pas sortir avec elle avant le dîner, je trouvais d'habitude dans l'antichambre son chapeau, son manteau, son ombrelle qu'elle y avait laissés à tout hasard. Dès qu'en entrant je les apercevais, l'atmosphère de la maison devenait respirable. Je sentais qu'au lieu d'un air raréfié, le bonheur la remplissait. J'étais sauvé de ma tristesse, la vue de ces riens me faisait posséder Albertine, je courais vers elle.

Les jours où je ne descendais pas chez Mme de Guermantes, pour que le temps me semblât moins long, durant cette heure qui précédait le retour de mon amie, je feuilletais un album d'Elstir, un livre de Bergotte[2].

Alors — comme les œuvres mêmes qui semblent s'adresser seulement à la vue et à l'ouïe exigent que pour les goûter notre intelligence éveillée collabore étroitement avec ces deux sens — je faisais sans m'en douter sortir de moi les rêves qu'Albertine y avait jadis suscités quand je ne la connaissais pas encore et qu'avait éteints la vie quotidienne. Je les jetais dans la phrase du musicien ou l'image du peintre comme dans un creuset, j'en nourrissais l'œuvre que je lisais. Et sans doute celle-ci m'en paraissait plus vivante. Mais Albertine ne gagnait pas moins à être ainsi transportée de l'un des deux mondes où nous avons accès et où nous pouvons situer tour à tour un même objet, à échapper ainsi à l'écrasante pression de la matière pour se jouer dans les fluides espaces de la pensée. Je me trouvais tout d'un coup et pour un instant pouvoir éprouver, pour la fastidieuse jeune fille, des sentiments ardents. Elle avait à ce moment-là l'apparence d'une œuvre d'Elstir ou de Bergotte, j'éprouvais une exaltation momentanée pour elle, la voyant dans le recul de l'imagination et de l'art.

Bientôt on me prévenait qu'elle venait de rentrer ; encore avait-on ordre de ne pas dire son nom si je n'étais pas seul, si j'avais par exemple avec moi Bloch que je forçais à rester un instant de plus de façon à ne pas risquer qu'il rencontrât mon amie. Car je cachais qu'elle habitât la maison, et même que je la visse jamais chez moi tant j'avais peur qu'un de mes amis s'amourachât d'elle, ne l'attendît dehors, ou que dans l'instant d'une rencontre dans le couloir ou l'antichambre, elle pût faire un signe et donner un rendez-vous. Puis j'entendais le bruissement de la jupe d'Albertine se dirigeant vers sa chambre, car par discrétion et sans doute aussi par ces égards où autrefois dans nos dîners à La Raspelière, elle s'était ingéniée pour que je ne fusse pas jaloux, elle ne venait pas vers la mienne sachant que je n'étais pas seul. Mais ce n'était pas seulement pour cela, je le comprenais tout à coup. Je me souvenais, j'avais connu une première Albertine, puis brusquement elle avait été changée en une autre, l'actuelle. Et le changement, je n'en pouvais rendre responsable que moi-même. Tout ce qu'elle m'eût avoué facilement, puis volontiers, quand nous étions de bons camarades, avait cessé de s'épandre dès qu'elle avait cru que je l'aimais, ou, sans peut-être se dire le nom de l'Amour, avait deviné un sentiment inquisitorial qui veut savoir, souffre pourtant de savoir, et cherche à apprendre davantage. Depuis ce jour-là elle m'avait tout caché. Elle se détournait de ma chambre si elle pensait que j'étais, non pas même, souvent, avec une amie, mais avec un ami, elle dont les yeux s'intéressaient jadis si vivement quand je parlais d'une jeune fille : « Il faut tâcher de la faire venir, ça m'amuserait de la connaître. — Mais elle a ce que vous appelez mauvais genre. — Justement ce sera bien plus drôle. » À ce moment-là j'aurais peut-être pu tout savoir. Et même quand dans le petit casino elle avait détaché ses seins de ceux d'Andrée, je ne crois pas que ce fût à cause de ma présence, mais de celle de Cottard lequel lui aurait fait, pensait-elle sans doute, une mauvais réputation. Et pourtant alors elle avait déjà commencé de se figer, les paroles confiantes n'étaient plus sorties de ses lèvres, ses gestes étaient réservés. Puis elle avait écarté d'elle tout ce qui aurait pu m'émouvoir. Aux parties de sa vie que je ne connaissais pas, elle donnait un caractère dont mon ignorance se faisait complice pour accentuer ce qu'il avait d'inoffensif. Et maintenant la transformation était accomplie, elle allait droit à sa chambre si je n'étais pas seul, non pas seulement pour ne pas déranger mais pour me montrer qu'elle était insoucieuse des autres. Il y avait une seule chose qu'elle ne ferait jamais plus pour moi, qu'elle n'aurait faite qu'au temps où cela m'eût été indifférent, qu'elle aurait faite aisément à cause de cela même, c'était précisément avouer. J'en serais réduit pour toujours, comme un juge, à tirer des conclusions incertaines d'impru-dences de langage qui n'étaient peut-être pas inexplicables sans avoir recours à la culpabilité. Et toujours elle me sentirait jaloux et juge. Nos fiançailles prenaient une allure de procès et lui donnaient la timidité d'une coupable. Maintenant elle changeait la conversation quand il s'agissait de personnes, hommes ou femmes, qui ne fussent pas de vieilles gens. C'est quand elle ne soupçonnait pas encore que j'étais jaloux d'elle que j'aurais dû lui demander ce que je voulais savoir. Il faut profiter de ce temps-là. C'est alors que notre amie nous dit ses plaisirs et même les moyens à l'aide desquels elle les dissimule aux autres. Elle ne m'eût plus avoué maintenant comme elle avait fait à Balbec moitié parce que c'était vrai, moitié pour s'excuser de ne pas laisser voir davantage sa tendresse pour moi, car je la fatiguais déjà alors et elle avait vu par ma gentillesse pour elle qu'elle n'avait pas besoin de m'en montrer autant qu'aux autres pour en obtenir plus que d'eux, elle ne m'aurait plus avoué maintenant comme alors : « Je trouve ça stupide de laisser voir qui on aime, moi c'est le contraire, dès qu'une personne me plaît, j'ai l'air de ne pas y faire attention. Comme ça personne ne sait rien. » Comment, c'était la même

Albertine d'aujourd'hui avec ses prétentions à la franchise et d'être indifférente à tous qui m'avait dit cela ! Elle ne m'eût plus énoncé cette règle maintenant ! Elle se contentait quand elle causait avec moi de l'appliquer en me disant de telle ou telle personne qui pouvait m'inquiéter : « Ah ! je ne sais pas, je ne l'ai pas regardée, elle est trop insignifiante. » Et de temps en temps, pour aller au-devant de choses que je pourrais apprendre, elle faisait de ces aveux que leur accent, avant que l'on connaisse la réalité qu'ils sont chargés de dénaturer, d'innocenter, dénonce déjà comme étant des mensonges.

Tout en écoutant les pas d'Albertine avec le plaisir confortable de penser qu'elle ne ressortirait plus ce soir, j'admirais que pour cette jeune fille dont j'avais cru autrefois ne pouvoir jamais faire la connaissance, rentrer chaque jour chez elle, ce fût précisément rentrer chez moi. Le plaisir fait de mystère et de sensualité que j'avais éprouvé, fugitif et fragmentaire, à Balbec le soir où elle était venue coucher à l'hôtel, s'était complété, stabilisé, remplissait ma demeure jadis vide d'une permanente provision de douceur domestique, presque familiale, rayonnant jusque dans les couloirs. et dans laquelle tous mes sens, tantôt effectivement, tantôt dans les moments où j'étais seul, en imagination et par l'attente du retour, se nourrissaient paisiblement. Quand j'avais entendu se refermer la porte de la chambre d'Albertine, si j'avais un ami avec moi, je me hâtais de le faire sortir, ne le lâchant que quand j'étais bien sûr qu'il était dans l'escalier dont je descendais au besoin quelques marches. Dans le couloir au-devant de moi venait Albertine. « Tenez pendant que j'ôte mes affaires, je vous envoie Andrée, elle est montée une seconde pour vous dire bonsoir. » Et ayant encore autour d'elle le grand voile gris, qui descendait de la toque de chinchilla et que je lui avais donné à Balbec, elle se retirait et rentrait dans sa chambre, comme si elle eût deviné qu'Andrée, chargée par moi de veiller sur elle, allait en me donnant maint détail, en me faisant mention de la rencontre par elles deux d'une personne de connaissance, apporter quelque détermination aux régions vagues où s'était déroulée la promenade qu'elles avaient faite toute la journée et que je n'avais pu imaginer.

Les défauts d'Andrée s'étaient accusés, elle n'était plus aussi agréable que quand je l'avais connue. Il y avait maintenant chez elle, à fleur de peau, une sorte d'aigre inquiétude, prête à s'amasser comme à la mer un « grain », si seulement je venais à parler de quelque chose qui était agréable pour Albertine et pour moi. Cela n'empêchait pas qu'Andrée pût être meilleure à mon égard, m'aimer plus — et j'en ai eu souvent la preuve — que des gens plus aimables. Mais le moindre air de bonheur qu'on avait, s'il n'était pas causé par elle, lui produisait une impression nerveuse, désagréable comme le bruit d'une porte qu'on ferme trop fort. Elle admettait les souffrances où elle n'avait point de part, non les plaisirs ; si elle me voyait malade, elle s'affligeait, me plaignait, m'aurait soigné. Mais si j'avais une satisfaction aussi insignifiante que de m'étirer d'un air de béatitude en fermant un livre et en disant : « Ah ! je viens de passer deux heures charmantes à lire tel livre amusant », ces mots qui eussent fait plaisir à ma mère, à Albertine, à Saint-Loup, excitaient chez Andrée une espèce de réprobation, peut-être simplement de malaise nerveux. Mes satisfactions lui causaient un agacement qu'elle ne pouvait cacher. Ces défauts étaient complétés par de plus graves ; un jour que je parlais de ce jeune homme si savant en choses de courses, de jeux, de golf, si inculte dans tout le reste, que j'avais rencontré avec la petite bande à Balbec, Andrée se mit à ricaner : « Vous savez que son père a volé, il a failli y avoir une instruction ouverte contre lui. Ils veulent crâner d'autant plus, mais je m'amuse à le dire à tout le monde. Je voudrais qu'ils m'attaquent en dénonciation calomnieuse. Quelle belle déposition je ferais. » Ses yeux étincelaient. Or, j'appris que le père n'avait rien commis d'indélicat, qu'Andrée le savait aussi bien que quiconque. Mais elle s'était crue méprisée par le fils, avait cherché quelque chose qui pourrait l'embarrasser, lui faire honte, avait inventé tout un roman de dépositions qu'elle était imaginairement appelée à faire et à force de s'en répéter les détails ignorait peut-être elle-même s'ils n'étaient pas vrais.

Ainsi, telle qu'elle était devenue (et même sans ses haines courtes et folles), je n'aurais pas désiré la voir, ne fût-ce qu'à cause de cette malveillante susceptibilité qui entourait d'une

ceinture aigre et glaciale sa vraie nature plus chaleureuse et
meilleure. Mais les renseignements qu'elle seule pouvait me
donner sur mon amie m'intéressaient trop pour que je
négligeasse une occasion si rare de les apprendre. Andrée
entrait, fermait la porte derrière elle ; elles avaient rencontré
une amie, et Albertine ne m'avait jamais parlé d'elle. « Qu'ont-
elles dit ? — Je ne sais pas, car j'ai profité de ce qu'Albertine
n'était pas seule pour aller acheter de la laine. — Acheter de la
laine ? — Oui, c'est Albertine qui me l'avait demandé. —
Raison de plus pour ne pas y aller, c'était peut-être pour vous
éloigner. — Mais elle me l'avait demandé avant de rencontrer
son amie. — Ah ! » répondais-je en retrouvant la respiration.
Aussitôt mon soupçon me reprenait ; mais qui sait si elle
n'avait pas donné d'avance un rendez-vous à son amie et
n'avait pas combiné un prétexte pour être seule quand elle le
voudrait ? D'ailleurs étais-je bien certain que ce n'était pas la
vieille hypothèse (celle où Andrée ne me disait pas que la
vérité) qui était la bonne ? Andrée était peut-être d'accord avec
Albertine. De l'amour, me disais-je à Balbec, on en a pour une
personne dont notre jalousie semble plutôt avoir pour objet les
actions ; on sent que si elle vous les disait toutes, on guérirait
peut-être facilement d'aimer. La jalousie a beau être habilement dissimulée par celui qui l'éprouve, elle est assez vite
découverte par celle qui l'inspire et qui use à son tour
d'habileté. Elle cherche à nous donner le change sur ce qui
pourrait nous rendre malheureux, et elle nous le donne, car à
celui qui n'est pas averti pourquoi une phrase insignifiante
révélerait-elle les mensonges qu'elle cache ; nous ne la
distinguons pas des autres ; dite avec frayeur, elle est écoutée
sans attention. Plus tard quand nous serons seuls, nous
reviendrons sur cette phrase, elle ne nous semblera pas tout à
fait adéquate à la réalité. Mais cette phrase nous la rappelons-
nous bien ? Il semble que naisse spontanément en nous à son
égard et quant à l'exactitude de notre souvenir, un doute du
genre de ceux qui font qu'au cours de certains états nerveux on
ne peut jamais se rappeler si on a tiré le verrou et pas plus à la
cinquantième fois qu'à la première ; on dirait qu'on peut
recommencer indéfiniment l'acte sans qu'il s'accompagne

jamais d'un souvenir précis et libérateur. Au moins pouvons-
nous refermer une cinquante et unième fois la porte. Tandis
que la phrase inquiétante est au passé dans une audition
incertaine qu'il ne dépend pas de nous de renouveler. Alors
nous exerçons notre attention sur d'autres qui ne cachent rien
et le seul remède dont nous ne voulons pas serait de tout
ignorer pour n'avoir pas le désir de mieux savoir. Dès que la
jalousie est découverte, elle est considérée par celle qui en est
l'objet comme une défiance qui autorise la tromperie.
D'ailleurs pour tâcher d'apprendre quelque chose, c'est nous
qui avons pris l'initiative de mentir, de tromper. Andrée, Aimé,
nous promettent bien de ne rien dire, mais le feront-ils ? Bloch
n'a rien pu promettre puisqu'il ne savait pas et pour peu qu'elle
cause avec chacun des trois, Albertine à l'aide de ce que Saint-
Loup eût appelé des « recoupements » saura que nous lui
mentons quand nous nous prétendons indifférents à ses actes et
moralement incapables de la faire surveiller. Ainsi succédant
— relativement à ce que faisait Albertine — à mon infini doute
habituel, trop indéterminé pour ne pas rester indolore, et qui
était à la jalousie ce que sont au chagrin ces commencements de
l'oubli où l'apaisement naît du vague, le petit fragment de
réponse que venait de m'apporter Andrée posait aussitôt de
nouvelles questions ; je n'avais réussi en explorant une parcelle
de la grande zone qui s'étendait autour de moi, qu'à y reculer
cet inconnaissable qu'est pour nous, quand nous cherchons
effectivement à nous la représenter, la vie réelle d'une autre
personne. Je continuais à interroger Andrée tandis qu'Albertine, par discrétion et pour me laisser (devinait-elle cela ?) tout
le loisir de la questionner, prolongeait son déshabillage dans sa
chambre. « Je crois que l'oncle et la tante d'Albertine m'aiment
bien. » disais-je étourdiment à Andrée sans penser à son
caractère. Aussitôt je voyais son visage gluant se gâter, comme
un sirop qui tourne, il semblait à jamais brouillé. Sa bouche
devenait amère. Il ne restait plus rien à Andrée de cette juvénile
gaieté que comme toute la petite bande et malgré sa nature
souffreteuse, elle déployait l'année de mon premier séjour à
Balbec et qui maintenant (il est vrai qu'Andrée avait pris
quelques années depuis lors) s'éclipsait si vite chez elle. Mais

j'allais la faire involontairement renaître avant qu'Andrée
m'eût quitté pour aller dîner, chez elle. « Il y a quelqu'un qui
m'a fait aujourd'hui un immense éloge de vous », lui disais-je.
Aussitôt un rayon de joie illuminait son regard, elle avait l'air
de vraiment m'aimer. Elle évitait de me regarder mais riait
dans le vague avec deux yeux devenus soudain tout ronds.
« Qui ça ? » demandait-elle avec un intérêt naïf et gourmand. Je
le lui disais et qui que ce fût elle était heureuse. Puis arrivait
l'heure de partir, elle me quittait, Albertine revenait auprès de
moi, elle s'était déshabillée, elle portait quelqu'un des jolis
peignoirs en crêpe de Chine, ou des robes japonaises dont
j'avais demandé la description à Mme de Guermantes, et pour
plusieurs desquelles certaines précisions supplémentaires
m'avaient été fournies par Mme Swann, dans une lettre
commençant par ces mots : « Après votre longue éclipse, j'ai
cru en lisant votre lettre relative à mes *tea gown* recevoir des
nouvelles d'un revenant. » Albertine avait aux pieds des
souliers noirs ornés de brillants que Françoise appelait
rageusement des socques, pareils à ceux que par la fenêtre du
salon elle avait aperçu que Mme de Guermantes portait chez
elle le soir, de même qu'un peu plus tard Albertine eut des
mules, certaines en chevreau doré, d'autres en chinchilla et
dont la vue m'était douce parce qu'elles étaient les unes et les
autres comme les signes (que d'autres souliers n'eussent pas
été) qu'elle habitait chez moi. Elle avait aussi des choses qui ne
venaient pas de moi, comme une belle bague d'or. J'y admirai
les ailes éployées d'un aigle. « C'est ma tante qui me l'a donnée,
me dit-elle. Malgré tout elle est quelquefois gentille. Cela me
vieillit parce qu'elle me l'a donnée pour mes vingt ans. »
Albertine avait pour toutes ces jolies choses un goût bien plus
vif que la duchesse, parce que, comme tout obstacle apporté à
une possession (telle pour moi la maladie qui me rendait les
voyages si difficiles et si désirables) la pauvreté, plus généreuse
que l'opulence, donne aux femmes bien plus que la toilette
qu'elles ne peuvent pas acheter, le désir de cette toilette et qui
en est la connaissance véritable, détaillée, approfondie. Elle,
parce qu'elle n'avait pu s'offrir ces choses, moi, parce qu'en les
faisant faire, je cherchais à lui faire plaisir, nous étions comme

ces étudiants connaissant tout d'avance des tableaux qu'ils sont avides d'aller voir à Dresde ou à Vienne. Tandis que les femmes riches au milieu de la multitude de leurs chapeaux et de leurs robes sont comme ces visiteurs à qui la promenade dans un musée n'étant précédée d'aucun désir donne seulement une sensation d'étourdissement, de fatigue et d'ennui. Telle toque, tel manteau de zibeline, tel peignoir de Doucet aux manches doublées de rose, prenaient pour Albertine qui les avait aperçus, convoités et, grâce à l'exclusivisme et à la minutie qui caractérisent le désir, les avait à la fois isolés du reste dans un vide sur lequel se détachait à merveille la doublure ou l'écharpe, et connus dans toutes leurs parties — et pour moi qui étais allé chez Mme de Guermantes tâcher de me faire expliquer en quoi consistait la particularité, la supériorité, le chic de la chose, et l'inimitable façon du grand faiseur — une importance, un charme qu'ils n'avaient certes pas pour la duchesse rassasiée avant même d'être en état d'appétit, ou même pour moi si je les avais vus quelques années auparavant en accompagnant telle ou telle femme élégante en une de ses ennuyeuses tournées chez les couturières. Certes une femme élégante, Albertine peu à peu en devenait une. Car si chaque chose que je lui faisais faire ainsi était en son genre la plus jolie, avec tous les raffinements qu'y eussent apportés Mme de Guermantes ou Mme Swann, de ces choses elle commençait à avoir beaucoup. Mais peu importait du moment qu'elle les avait aimées d'abord et isolément. Quand on a été épris d'un peintre, puis d'un autre, on peut à la fin avoir pour tout le musée une admiration qui n'est pas glaciale, car elle est faite d'amours successives, chacune exclusive en son temps et qui à la fin se sont mises bout à bout et conciliées.

Elle n'était pas frivole du reste, lisait beaucoup quand elle était seule et me faisait la lecture quand elle était avec moi. Elle était devenue extrêmement intelligente. Elle disait, en se trompant d'ailleurs : « Je suis épouvantée en pensant que sans vous je serais restée stupide. Ne le niez pas, vous m'avez ouvert un monde d'idées que je ne soupçonnais pas et le peu que je suis devenue, je ne le dois qu'à vous. » On sait qu'elle avait parlé semblablement de mon influence sur Andrée. L'une ou l'autre avait-elle un sentiment pour moi? Et en elles-mêmes qu'étaient Albertine et Andrée? Pour le savoir il faudrait vous immobiliser, ne plus vivre dans cette attente perpétuelle de vous où vous passez toujours autres, il faudrait ne plus vous aimer, pour vous fixer ne plus connaître votre interminable et toujours déconcertante arrivée, ô jeunes filles, ô rayon successif dans le tourbillon où nous palpitons de vous voir reparaître en ne vous reconnaissant qu'à peine, dans la vitesse vertigineuse de la lumière. Cette vitesse nous l'ignorerions peut-être et tout nous semblerait immobile si un attrait sexuel ne nous faisait courir vers vous, gouttes d'or toujours dissemblables et qui dépassent toujours notre attente. À chaque fois, une jeune fille ressemble si peu à ce qu'elle était la fois précédente (mettant en pièces dès que nous l'apercevons le souvenir que nous avions gardé et le désir que nous nous proposions), que la stabilité de nature que nous lui prêtons n'est que fictive et pour la commodité du langage. On nous a dit qu'une belle jeune fille est tendre, aimante, pleine de sentiments les plus délicats. Notre imagination le croit sur parole et quand nous apparaît pour la première fois, sous la ceinture crespelée de ses cheveux blonds, le disque de sa figure rose, nous craignons presque que cette trop vertueuse sœur nous refroidisse par sa vertu même, ne puisse jamais être pour nous l'amante que nous avons souhaitée. Du moins, que de confidences nous lui faisons dès la première heure, sur la foi de cette noblesse de cœur, que de projets convenus ensemble. Mais quelques jours après nous regrettons de nous être tant confiés, car la rose jeune fille rencontrée nous tient la seconde fois les propos d'une lubrique Furie. Dans les faces successives qu'après une pulsation de quelques jours nous présente la rose lumière interceptée, il n'est même pas certain qu'un « movimentum » extérieur à ces jeunes filles n'ait pas modifié leur aspect, et cela avait pu arriver pour mes jeunes filles de Balbec. On nous vante la douceur, la pureté d'une vierge. Mais après cela on sent que quelque chose de plus pimenté nous plairait mieux et on lui conseille de se montrer plus hardie. En soi-même était-elle plutôt l'une ou l'autre? Peut-être pas, mais capable d'accéder à tant de possibilités diverses dans le courant vertigineux de la vie. Pour une autre dont tout l'attrait résidait dans quelque chose d'implacable (que nous comptions fléchir à notre manière) comme par exemple pour la terrible sauteuse de Balbec qui effleurait dans ses bonds les crânes des vieux messieurs épouvantés, quelle déception quand dans la nouvelle face offerte par cette figure au moment où nous lui disions des tendresses exaltées par le souvenir de tant de dureté envers les autres, nous l'entendions comme entrée de jeu nous dire qu'elle était timide, qu'elle ne savait jamais rien dire de sensé à quelqu'un la première fois tant elle avait peur et que ce n'est qu'au bout d'une quinzaine de jours qu'elle pourrait causer tranquillement avec nous. L'acier était devenu coton, nous n'aurions plus rien à essayer de briser puisque d'elle-même elle perdait toute consistance. D'elle-même mais par notre faute peut-être car les tendres paroles que nous avions adressées à la Dureté lui avaient peut-être, même sans qu'elle eût fait de calcul intéressé, suggéré d'être tendre. (Ce qui nous désolait mais n'était qu'à demi maladroit car la reconnaissance pour tant de douceur allait peut-être nous obliger à plus que le ravissement devant la cruauté fléchie.) Je ne dis pas qu'un jour ne viendra pas où même à ces lumineuses jeunes filles nous n'assignerons pas des caractères très tranchés, mais c'est qu'elles auront cessé de nous intéresser, que leur entrée ne sera plus pour notre cœur l'apparition qu'il attendait autre et qui le laisse bouleversé chaque fois d'incarnations nouvelles. Leur immobilité viendra de notre indifférence qui les livrera au jugement de l'esprit. Celui-ci ne conclura pas du reste d'une façon beaucoup plus catégorique car après avoir jugé que tel défaut, prédominant chez l'une, était heureusement absent de l'autre, il verra que ce défaut avait pour contrepartie une qualité précieuse. De sorte que du faux jugement de l'intelligence, laquelle n'entre en jeu que quand on cesse de s'intéresser, sortiront définis des caractères stables de jeunes filles, lesquels ne nous apprendront pas plus que les surprenants visages apparus chaque jour quand dans la vitesse étourdissante de notre attente nos amies se présentaient tous les jours, toutes les semaines, trop différentes pour nous permettre, la course ne s'arrêtant pas, de classer, de donner des rangs. Pour nos sentiments, nous en avons parlé trop souvent pour le redire, bien souvent un amour n'est que l'association d'une image de jeune fille (qui sans cela nous eût été vite insupportable) avec les battements de cœur inséparables d'une attente interminable, vaine, et d'un « lapin » que la demoiselle nous a posé. Tout cela n'est pas vrai que pour les jeunes gens imaginatifs devant les jeunes filles changeantes. Dès le temps où notre récit est arrivé, il paraît, je l'ai su depuis, que la nièce de Jupien avait changé d'opinion sur Morel et sur M. de Charlus. Mon mécanicien venant au renfort de l'amour qu'elle avait pour Morel lui avait vanté, comme existant chez le violoniste, des délicatesses infinies auxquelles elle n'était que trop portée à croire. Et d'autre part Morel ne cessait de lui dire le rôle de bourreau que M. de Charlus exerçait envers lui et qu'elle attribuait à la méchanceté, ne devinant pas l'amour. Elle était du reste bien forcée de constater que M. de Charlus assistait tyranniquement à toutes leurs entrevues. Et venant corroborer cela, elle entendait des femmes du monde parler de l'atroce méchanceté du baron. Or depuis peu son jugement avait été entièrement renversé. Elle avait découvert chez Morel (sans cesser de l'aimer pour cela) des profondeurs de méchanceté et de perfidie, d'ailleurs compensées par une douceur fréquente et une sensibilité réelle, et chez M. de Charlus une insoupçonnable et immense bonté, mêlée de duretés qu'elle ne connaissait pas. Ainsi n'avait-elle pas su porter un jugement plus défini sur ce qu'étaient, chacun en soi, le violoniste et son protecteur, que moi sur Andrée que je voyais pourtant tous les jours, et sur Albertine qui vivait avec moi.

Les soirs où cette dernière ne me lisait pas à haute voix, elle me faisait de la musique ou entamait avec moi des parties de dames, ou des causeries que j'interrompais les unes et les autres pour l'embrasser. Nos rapports étaient d'une simplicité qui les rendait reposants. Le vide même de sa vie donnait à Albertine une espèce d'empressement et d'obéissance pour les seules choses que je réclamais d'elle. Derrière cette jeune fille, comme derrière la lumière pourprée qui tombait aux pieds de mes rideaux à Balbec pendant qu'éclatait le concert des musiciens, se nacraient les ondulations bleuâtres de la mer. N'était-elle pas en effet (elle au fond de qui résidait de façon habituelle une idée de moi si familière qu'après sa tante j'étais peut-être la personne qu'elle distinguait le moins de soi-même) la jeune fille que j'avais vue la première fois à Balbec, sous son polo plat, avec ses yeux insistants et rieurs, inconnue encore, mince comme une silhouette profilée sur le flot. Ces effigies gardées intactes dans la mémoire, quand on les retrouve, on s'étonne de leur dissemblance d'avec l'être qu'on connaît, on comprend quel travail de modelage accomplit quotidiennement l'habitude. Dans le charme qu'avait Albertine à Paris, au coin de mon feu, vivait encore le désir que m'avait inspiré le cortège insolent et fleuri qui se déroulait le long de la plage, et comme Rachel gardait pour Saint-Loup, même quand il le lui eut fait quitter, le prestige de la vie de théâtre, en cette Albertine cloîtrée dans ma maison, loin de Balbec, d'où je l'avais précipitamment emmenée, subsistaient l'émoi, le désarroi social, la vanité inquiète, les désirs errants de la vie de bains de mer. Elle était si bien encagée que certains soirs même, je ne faisais pas demander qu'elle quittât sa chambre pour la mienne, elle que jadis tout le monde suivait, que j'avais tant de peine à rattraper filant sur sa bicyclette et que le liftier même ne pouvait me ramener, ne me laissant guère d'espoir qu'elle vînt, et que j'attendais pourtant toute la nuit. Albertine n'avait-elle pas été devant l'hôtel comme une grande actrice de la plage en feu, excitant les jalousies quand elle s'avançait dans ce théâtre de nature, ne parlant à personne, bousculant les habitués, dominant ses amies, et cette actrice si convoitée n'était-ce pas elle qui, retirée par moi de la scène, enfermée chez moi, était à l'abri des désirs de tous, qui désormais pouvaient la chercher vainement, tantôt dans ma chambre, tantôt dans la sienne où elle s'occupait à quelque travail de dessin et de ciselure.

Sans doute dans les premiers jours de Balbec Albertine semblait dans un plan parallèle à celui où je vivais, mais qui s'en était rapproché (quand j'avais été chez Elstir) puis l'avait rejoint, au fur et à mesure de mes relations avec elle, à Balbec, à Paris, puis à Balbec encore. D'ailleurs, entre les deux tableaux de Balbec, au premier séjour et au second, composés des mêmes villas d'où sortaient les mêmes jeunes filles devant la même mer, quelle différence ! Dans les amies d'Albertine du second séjour si bien connues de moi, aux qualités et aux défauts si nettement gravés dans leur visage, pouvais-je retrouver ces fraîches et mystérieuses inconnues qui jadis ne pouvaient sans que battît mon cœur faire crier sur le sable la porte de leur chalet et en froisser au passage les tamaris frémissants ? Leurs grands yeux s'étaient résorbés depuis, sans doute parce qu'elles avaient cessé d'être des enfants, mais aussi parce que ces ravissantes inconnues, actrices de la romanesque première année et sur lesquelles je ne cessais de quêter des renseignements, n'avaient plus pour moi de mystère. Elles étaient devenues obéissantes à mes caprices, de simples jeunes filles en fleurs, desquelles je n'étais pas médiocrement fier d'avoir cueilli, dérobé à tous, la plus belle rose. Entre les deux décors si différents l'un de l'autre de Balbec, il y avait l'intervalle de plusieurs années à Paris sur le long parcours desquelles se plaçaient tant de visites d'Albertine. Je la voyais aux différentes années de ma vie occupant par rapport à moi des positions différentes qui me faisaient sentir la beauté des espaces interférés, ce long temps révolu, où j'étais resté sans la voir, et sur la diaphane profondeur desquels la rose personne que j'avais devant moi se modelait avec de mystérieuses ombres et un puissant relief. Il était dû d'ailleurs à la superposition non seulement des images successives qu'Albertine avait été pour moi, mais encore des grandes qualités d'intelligence et de cœur, des défauts de caractère, les uns et les autres insoupçonnés de moi, qu'Albertine en une germination, une multiplication d'elle-même, une efflorescence charnue aux sombres couleurs, avait ajoutés à une nature jadis à peu près nulle, maintenant difficile à approfondir. Car les êtres, même ceux auxquels nous avons tant rêvé qu'ils ne nous semblaient qu'une image, une figure de Benozzo Gozzoli[1] se détachant sur un fond verdâtre et dont nous étions disposés à croire que les seules variations tenaient au point où nous étions placés pour les regarder, à la distance qui nous en éloignait, à l'éclairage, ces êtres-là tandis qu'ils changent par rapport à nous changent aussi en eux-mêmes ; et il y avait eu enrichissement, solidification et accroissement de volume dans la figure jadis simple-

ment profilée sur la mer. Au reste ce n'était pas seulement la
mer à la fin de la journée qui vivait pour moi en Albertine, mais
parfois l'assoupissement de la mer sur la grève par les nuits de
clair de lune. Quelquefois en effet quand je me levais pour aller
chercher un livre dans le cabinet de mon père, mon amie
m'ayant demandé la permission de s'étendre pendant ce temps-
là, était si fatiguée par la longue randonnée du matin et de
l'après-midi, au grand air, que même si je n'étais resté qu'un
instant hors de ma chambre, en y rentrant, je trouvais
Albertine endormie et ne la réveillais pas. Étendue de la tête
aux pieds sur mon lit, dans une attitude d'un naturel qu'on
n'aurait pu inventer, je lui trouvais l'air d'une longue tige en
fleur qu'on aurait disposée là, et c'était ainsi en effet : le
pouvoir de rêver que je n'avais qu'en son absence, je le
retrouvais à ces instants auprès d'elle comme si en dormant elle
était devenue une plante. Par là son sommeil réalisait dans une
certaine mesure la possibilité de l'amour ; seul, je pouvais
penser à elle, mais elle me manquait, je ne la possédais pas.
Présente, je lui parlais, mais étais trop absent de moi-même
pour pouvoir penser. Quand elle dormait, je n'avais plus à
parler, je savais que je n'étais plus regardé par elle, je n'avais
plus besoin de vivre à la surface de moi-même. En fermant les
yeux, en perdant la conscience, Albertine avait dépouillé, l'un
après l'autre, ses différents caractères d'humanité qui
m'avaient déçu depuis le jour où j'avais fait sa connaissance.
Elle n'était plus animée que de la vie inconsciente des végétaux,
des arbres, vie plus différente de la mienne, plus étrange et qui
cependant m'appartenait davantage. Son moi ne s'échappait
pas à tous moments, comme quand nous causions, par les
issues de la pensée inavouée et du regard. Elle avait rappelé à
soi tout ce qui d'elle était en dehors, elle s'était réfugiée,
enclose, résumée, dans son corps. En la tenant sous mon
regard, dans mes mains, j'avais cette impression de la posséder
tout entière que je n'avais pas quand elle était réveillée. Sa vie
m'était soumise, exhalait vers moi son léger souffle. J'écoutais
cette murmurante émanation mystérieuse, douce comme un
zéphir marin, féerique comme ce clair de lune qu'était son
sommeil. Tant qu'il persistait je pouvais rêver à elle et pourtant

la regarder, et quand ce sommeil devenait plus profond, la toucher, l'embrasser. Ce que j'éprouvais alors c'était un amour devant quelque chose d'aussi pur, d'aussi immatériel, d'aussi mystérieux que si j'avais été devant les créatures inanimées que sont les beautés de la nature. Et en effet dès qu'elle dormait un peu profondément, elle cessait d'être seulement la plante qu'elle avait été, son sommeil au bord duquel je rêvais, avec une fraîche volupté dont je ne me fusse jamais lassé et que j'eusse pu goûter indéfiniment, c'était pour moi tout un paysage. Son sommeil mettait à mes côtés quelque chose d'aussi calme, d'aussi sensuellement délicieux que ces nuits de pleine lune, dans la baie de Balbec devenue douce comme un lac, où les branches bougent à peine ; où, étendu sur le sable, l'on écouterait sans fin se briser le reflux. En entrant dans la chambre j'étais resté debout sur le seuil n'osant pas faire de bruit et je n'en entendais pas d'autre que celui de son haleine venant expirer sur ses lèvres à intervalles intermittents et réguliers, comme un reflux, mais plus assoupi et plus doux. Et au moment où mon oreille recueillait ce bruit divin, il me semblait que c'était, condensée en lui, toute la personne, toute la vie de la charmante captive, étendue là sous mes yeux. Des voitures passaient bruyamment dans la rue, son front restait aussi immobile, aussi pur, son souffle aussi léger, réduit à la simple expiration de l'air nécessaire. Puis voyant que son sommeil ne serait pas troublé, je m'avançais prudemment, je m'asseyais sur la chaise qui était à côté du lit, puis sur le lit même. J'ai passé de charmants soirs à causer, à jouer avec Albertine, mais jamais d'aussi doux que quand je la regardais dormir. Elle avait beau avoir en bavardant, en jouant aux cartes, ce naturel qu'une actrice n'eût pu imiter, c'était un naturel plus profond, un naturel au deuxième degré que m'offrait son sommeil. Sa chevelure descendue le long de son visage rose était posée à côté d'elle sur le lit et parfois une mèche isolée et droite donnait le même effet de perspective que ces arbres lunaires grêles et pâles qu'on aperçoit tout droits au fond des tableaux raphaëlesques d'Elstir[1]. Si les lèvres d'Albertine étaient closes, en revanche de la façon dont j'étais placé ses paupières paraissaient si peu jointes que j'aurais

presque pu me demander si elle dormait vraiment. Tout de
même ces paupières abaissées mettaient dans son visage cette
continuité parfaite que les yeux n'interrompent pas. Il y a des
êtres dont la face prend une beauté et une majesté inaccoutu-
mées pour peu qu'ils n'aient plus de regard. Je mesurais des
yeux Albertine étendue à mes pieds. Par instants elle était
parcourue d'une agitation légère et inexplicable comme les
feuillages qu'une brise inattendue convulse pendant quelques
instants. Elle touchait à sa chevelure puis ne l'ayant pas fait
comme elle le voulait, elle y portait la main encore par des
mouvements si suivis, si volontaires, que j'étais convaincu
qu'elle allait s'éveiller. Nullement, elle redevenait calme dans le
sommeil qu'elle n'avait pas quitté. Elle restait désormais
immobile. Elle avait posé sa main sur sa poitrine en un
abandon du bras si naïvement puéril que j'étais obligé en la
regardant d'étouffer le rire que par leur sérieux, leur innocence
et leur grâce nous donnent les petits enfants. Moi qui
connaissais plusieurs Albertine en une seule, il me semblait en
voir bien d'autres encore reposer auprès de moi. Ses sourcils
arqués comme je ne les avais jamais vus entouraient les globes
de ses paupières comme un doux nid d'alcyon. Des races, des
atavismes, des vices reposaient sur son visage. Chaque fois
qu'elle déplaçait sa tête elle créait une femme nouvelle, souvent
insoupçonnée de moi. Il me semblait posséder non pas une
mais d'innombrables jeunes filles. Sa respiration peu à peu plus
profonde maintenant soulevait régulièrement sa poitrine et,
par-dessus elle, ses mains croisées, ses perles, déplacées d'une
manière différente par le même mouvement, comme ces
barques, ces chaînes d'amarre que fait osciller le mouvement
du flot. Alors sentant que son sommeil était dans son plein, que
je ne me heurterais pas à des écueils de conscience recouverts
maintenant par la pleine mer du sommeil profond, délibéré-
ment je sautais sans bruit sur le lit, je me couchais au long
d'elle, je prenais sa taille d'un de mes bras, je posais mes lèvres
sur sa joue et sur son cœur, puis sur toutes les parties de son
corps posais ma seule main restée libre, et qui était soulevée
aussi comme les perles, par la respiration d'Albertine ; moi-
même j'étais déplacé légèrement par son mouvement régulier,

je m'étais embarqué sur le sommeil d'Albertine. Parfois il me faisait goûter un plaisir moins pur. Je n'avais besoin pour cela de nul mouvement, je faisais pendre ma jambe contre la sienne, comme une rame qu'on laisse traîner et à laquelle on imprime de temps à autre une oscillation légère pareille au battement intermittent de l'aile qu'ont les oiseaux qui dorment en l'air. Je choisissais pour la regarder cette face de son visage qu'on ne voyait jamais et qui était si belle. On comprend à la rigueur que les lettres que vous écrit quelqu'un soient à peu près semblables entre elles et dessinent une image assez différente de la personne qu'on connaît pour qu'elles constituent une deuxième personnalité. Mais combien il est plus étrange qu'une femme soit accolée, comme Rosita et Dodicaa[1], à une autre femme dont la beauté différente fait induire un autre caractère et que pour voir l'une il faille se placer de profil, pour l'autre de face. Le bruit de sa respiration devenant plus fort pouvait donner l'illusion de l'essoufflement du plaisir et[2] quand le mien était à son terme, je pouvais l'embrasser, sans avoir interrompu son sommeil. Il me semblait à ces moments-là que je venais de la posséder plus complètement, comme une chose inconsciente et sans résistance de la muette nature. Je ne m'inquiétais pas des mots qu'elle laissait parfois échapper en dormant, leur signification m'échappait, et d'ailleurs quelque personne inconnue qu'ils eussent désignée, c'était sur ma main, sur ma joue, que sa main parfois animée d'un léger frisson se crispait un instant. Je goûtais son sommeil d'un amour désintéressé et apaisant, comme je restais des heures à écouter le déferlement du flot. Peut-être faut-il que les êtres soient capables de vous faire beaucoup souffrir pour que dans les heures de rémission ils vous procurent ce même calme apaisant que la nature. Je n'avais pas à lui répondre comme quand nous causions, et même eussé-je pu me taire comme je faisais aussi, quand elle parlait, qu'en l'entendant parler je ne descendais pas tout de même aussi avant en elle. Continuant à entendre, à recueillir d'instant en instant, le murmure apaisant comme une imperceptible brise, de sa pure haleine, c'était toute une existence physiologique qui était devant moi, à moi ; aussi longtemps que je restais jadis couché sur la plage, au clair de lune, je serais resté là à la regarder, à l'écouter. Quelquefois on eût dit que la mer devenait grosse, que la tempête se faisait sentir jusque dans la baie et je me mettais contre elle à écouter le grondement de son souffle qui ronflait. Quelquefois quand elle avait trop chaud, elle ôtait dormant presque déjà son kimono qu'elle jetait sur un fauteuil. Pendant qu'elle dormait, je me disais que toutes ses lettres étaient dans la poche intérieure de ce kimono où elle les mettait toujours. Une signature, un rendez-vous donné eût suffi pour prouver un mensonge ou dissiper un soupçon. Quand je sentais le sommeil d'Albertine bien profond, quittant le pied de son lit où je la contemplais depuis longtemps sans faire un mouvement, je hasardais un pas, pris d'une curiosité ardente, sentant le secret de cette vie offert, floche et sans défense dans ce fauteuil. Peut-être faisais-je ce pas aussi parce que regarder dormir sans bouger finit par devenir fatigant. Et ainsi à pas de loup, me retournant sans cesse pour voir si Albertine ne s'éveillait pas, j'allais jusqu'au fauteuil. Là je m'arrêtais, je restais longtemps à regarder le kimono comme j'étais resté longtemps à regarder Albertine. Mais (et peut-être j'ai eu tort) jamais je n'ai touché au kimono, mis ma main dans la poche, regardé les lettres. À la fin, voyant que je ne me déciderais pas, je repartais à pas de loup, revenais près du lit d'Albertine et me remettais à la regarder dormir, elle qui ne me disait rien alors que je voyais sur un bras du fauteuil ce kimono qui peut-être m'eût dit bien des choses. Et de même que des gens louent cent francs par jour une chambre à l'hôtel de Balbec pour respirer l'air de la mer, je trouvais tout naturel de dépenser plus que cela pour elle puisque j'avais son souffle près de ma joue, dans sa bouche que j'entrouvrais sur la mienne, où contre ma langue passait sa vie. Mais ce plaisir de la voir dormir et qui était aussi doux que la sentir vivre, un autre y mettait fin et qui était celui de la voir s'éveiller. Il était à un degré plus profond et plus mystérieux, le plaisir même qu'elle habitât chez moi. Sans doute il m'était doux l'après-midi, quand elle descendait de voiture, que ce fût dans mon appartement qu'elle rentrât. Il me l'était plus encore que, quand du fond du sommeil elle remontait les derniers degrés de l'escalier des songes, ce fût dans ma chambre qu'elle renaquît à la conscience et à la vie, qu'elle se demandât un instant « où suis-je ? », et voyant les objets dont elle était entourée, la lampe dont la lumière lui faisait à peine cligner les yeux, pût se répondre qu'elle était chez elle en constatant qu'elle s'éveillait chez moi. Dans ce premier moment délicieux d'incertitude il me semblait que je prenais à nouveau plus complètement possession d'elle, puisque au lieu qu'après être sortie elle entrât dans sa chambre, c'était ma chambre, dès qu'elle serait reconnue par Albertine, qui allait l'enserrer, la contenir sans que les yeux de mon amie manifestassent aucun trouble, restant aussi calmes que si elle n'avait pas dormi. L'hésitation du réveil, révélée par son silence, ne l'était pas par son regard. Elle retrouvait la parole, elle disait : « Mon » ou « Mon chéri » suivis l'un ou l'autre de mon nom de baptême, ce qui en donnant au narrateur le même prénom qu'à l'auteur de ce livre eût fait : « Mon Marcel », « Mon chéri Marcel »[1]. Je ne permettais plus dès lors qu'en famille mes parents en m'appelant aussi « chéri » ôtassent leur prix d'être uniques aux mots délicieux que me disait Albertine. Tout en me les disant elle faisait une petite moue qu'elle changeait d'elle-même en baiser. Aussi vite qu'elle s'était tout à l'heure endormie, aussi vite elle s'était réveillée.

Pas plus que mon déplacement dans le temps, pas plus que le fait de regarder une jeune fille assise auprès de moi sous la lampe qui l'éclaire autrement que le soleil quand debout elle s'avançait le long de la mer, cet enrichissement réel, ce progrès autonome d'Albertine, n'étaient la cause importante de la différence qu'il y avait entre la façon de la voir maintenant, et ma façon de la voir au début à Balbec. Des années plus nombreuses auraient pu séparer les deux images sans amener un changement aussi complet ; il s'était produit essentiel et soudain quand j'avais appris que mon amie avait été presque élevée par l'amie de Mlle Vinteuil. Si jadis je m'étais exalté en croyant voir du mystère dans les yeux d'Albertine, maintenant je n'étais heureux que dans les moments où de ces yeux, de ces joues mêmes, réfléchissantes comme des yeux, tantôt si douces mais vite bourrues, je parvenais à expulser tout mystère. L'image que je cherchais, où je me reposais, contre laquelle j'aurais voulu mourir, ce n'était plus l'Albertine ayant une vie inconnue, c'était une Albertine aussi connue de moi qu'il m'était possible (et c'est pour cela que cet amour ne pouvait être durable à moins de rester malheureux car par définition il ne contentait pas le besoin de mystère), c'était une Albertine ne reflétant pas un monde lointain, mais ne désirant rien d'autre — il y avait des instants où en effet cela semblait être ainsi — qu'être avec moi, toute pareille à moi, une Albertine image de ce qui précisément était mien et non de l'inconnu. Quand c'est ainsi d'une heure angoissée relative à un être, quand c'est de l'incertitude si on pourra le retenir ou s'il s'échappera, qu'est né un amour, cet amour porte la marque de cette révolution qui l'a créé, il rappelle bien peu ce que nous avions vu jusque-là quand nous pensions à ce même être. Et mes premières impressions devant Albertine, au bord des flots, pouvaient pour une petite part subsister dans mon amour pour elle : en réalité ces impressions antérieures ne tiennent qu'une petite place dans un amour de ce genre ; dans sa force, dans sa souffrance, dans son besoin de douceur et son refuge vers un souvenir paisible, apaisant, où l'on voudrait se tenir et ne plus rien apprendre de celle qu'on aime, même s'il y avait quelque chose d'odieux à savoir — bien plus même à ne consulter que ces impressions antérieures, un tel amour est fait de bien autre chose ! Quelquefois j'éteignais la lumière avant qu'elle entrât. C'était dans l'obscurité, à peine guidée par la lumière d'un tison, qu'elle se couchait à mon côté. Mes mains, mes joues seules la reconnaissaient sans que mes yeux la vissent, mes yeux qui souvent avaient peur de la trouver changée. De sorte qu'à la faveur de cet amour aveugle elle se sentait peut-être baignée de plus de tendresse que d'habitude.

Je me déshabillais, je me couchais, et Albertine assise sur un coin du lit, nous reprenions notre partie ou notre conversation interrompue de baisers ; et dans le désir qui seul nous fait trouver de l'intérêt dans l'existence et le caractère d'une personne, nous restons si fidèles à notre nature, si en revanche nous abandonnons successivement les différents êtres aimés tour à tour par nous, qu'une fois m'apercevant dans la glace au moment où j'embrassais Albertine en l'appelant « ma petite fille », l'expression triste et passionnée de mon propre visage, pareil à ce qu'il eût été autrefois auprès de Gilberte dont je ne me souvenais plus, à ce qu'il serait peut-être un jour auprès d'une autre si jamais je devais oublier Albertine, me fit penser qu'au-dessus des considérations de personne (l'instinct voulant que nous considérions l'actuelle comme seule véritable) je remplissais les devoirs d'une dévotion ardente et douloureuse dédiée comme une offrande à la jeunesse et à la beauté de la femme. Et pourtant à ce désir honorant d'un « ex-voto » la jeunesse, aux souvenirs aussi de Balbec, se mêlait dans le besoin que j'avais de garder ainsi tous les soirs Albertine auprès de moi, quelque chose qui avait été étranger jusqu'ici à ma vie au moins amoureuse, s'il n'était pas entièrement nouveau dans ma vie. C'était un pouvoir d'apaisement tel que je n'en avais pas éprouvé de pareil depuis les soirs lointains de Combray où ma mère penchée sur mon lit venait m'apporter le repos dans un baiser. Certes j'eusse été bien étonné dans ce temps-là si l'on m'avait dit que je n'étais pas entièrement bon et surtout que je chercherais jamais à priver quelqu'un d'un plaisir. Je me connaissais sans doute bien mal alors, car mon plaisir d'avoir Albertine à demeure chez moi était beaucoup moins un plaisir positif que celui d'avoir retiré du monde où chacun pouvait la goûter à son tour, la jeune fille en fleurs qui si du moins elle ne me donnait pas de grande joie en privait les autres. L'ambition, la gloire m'eussent laissé indifférent. Encore plus étais-je incapable d'éprouver la haine. Et cependant chez moi aimer charnellement c'était tout de même pour moi jouir d'un triomphe sur tant de concurrents. Je ne le redirai jamais assez, c'était un apaisement plus que tout. J'avais beau avant qu'Albertine fût rentrée avoir douté d'elle, l'avoir imaginée dans la chambre de Montjouvain, une fois qu'en peignoir elle s'était assise en face de mon fauteuil ou si comme c'était le plus fréquent j'étais resté couché au pied de mon lit, je déposais mes doutes en elle, je les lui remettais pour qu'elle m'en déchargeât, dans l'abdication d'un croyant qui fait sa prière. Toute la soirée elle avait pu pelotonnée espièglement en boule sur mon lit jouer avec moi comme une grosse chatte ; son petit nez rose qu'elle diminuait encore au bout avec un

regard coquet qui lui donnait la finesse privilégiée de certaines
personnes un peu grosses, avait pu lui donner une mine mutine
et enflammée, elle avait pu laisser tomber une mèche de ses
longs cheveux noirs sur sa joue de cire rosée et, fermant à demi
les yeux, décroisant les bras, avoir eu l'air de me dire : « Fais de
moi ce que tu veux ». Quand au moment de me quitter elle
s'approchait pour me dire bonsoir, c'était leur douceur
devenue quasi familiale que je baisais des deux côtés de son cou
puissant qu'alors je ne trouvais jamais assez brun ni à assez
gros grains, comme si ces solides qualités eussent été en rapport
avec quelque bonté loyale chez Albertine. « Viendrez-vous avec
nous demain grand méchant ? me demandait-elle avant de me
quitter. — Où irez-vous ? — Cela dépendra du temps et de
vous. Avez-vous seulement écrit quelque chose tantôt mon
petit chéri ? Non ? Alors c'était bien la peine de ne pas venir
vous promener. Dites à propos, tantôt quand je suis rentrée,
vous avez reconnu mon pas, vous avez deviné que c'était moi ?
— Naturellement, est-ce qu'on pourrait se tromper, est-ce
qu'on ne reconnaîtrait pas entre mille les pas de sa petite
bécasse ? Qu'elle me permette de la déchausser avant qu'elle
aille se coucher, cela me fera bien plaisir. Vous êtes si gentille et
si rose dans toute cette blancheur de dentelles. » Telle était ma
réponse ; au milieu des expressions charnelles on en reconnaî-
tra d'autres qui étaient propres à ma mère et à ma grand-mère,
car peu à peu, je ressemblais à tous mes parents, à mon père qui
— de tout autre façon que moi sans doute car si les choses se
répètent, c'est avec de grandes variations — s'intéressait si fort
au temps qu'il faisait, et pas seulement à mon père, mais de
plus en plus à ma tante Léonie. Sans cela, Albertine n'eût pu
être pour moi qu'une raison de sortir pour ne pas la laisser
seule, sans mon contrôle. Ma tante Léonie, toute confite en
dévotion et avec qui j'aurais bien juré que je n'avais pas un seul
point commun, moi si passionné de plaisirs, tout différent en
apparence de cette maniaque, qui n'en avait jamais connu
aucun et disait son chapelet toute la journée, moi qui souffrais
de ne pouvoir réaliser une existence littéraire alors qu'elle avait
été la seule personne de la famille qui n'eût pu encore
comprendre que lire c'était autre chose que de passer le temps

et « s'amuser », ce qui rendait, même au temps pascal, la lecture
permise le dimanche où toute occupation sérieuse est défendue,
afin qu'il soit uniquement sanctifié par la prière. Or, bien que
chaque jour j'en trouvasse la cause dans un malaise particulier
qui me faisait si souvent rester couché, un être (non pas
Albertine, non pas un être que j'aimais), mais un être plus
puissant sur moi qu'un être aimé s'était transmigré en moi,
despotique au point de faire taire parfois mes soupçons jaloux
ou du moins de m'empêcher d'aller vérifier s'ils étaient fondés
ou non, c'était ma tante Léonie. C'était assez que je
ressemblasse avec exagération à mon père jusqu'à ne pas me
contenter de consulter comme lui le baromètre, mais à devenir
moi-même un baromètre vivant, c'était assez que je me
laissasse commander par ma tante Léonie pour rester à
observer le temps, mais de ma chambre ou même de mon lit.
Voici de même que je parlais maintenant à Albertine tantôt
comme l'enfant que j'avais été à Combray parlant à ma mère,
tantôt comme ma grand-mère me parlait. Quand nous avons
dépassé un certain âge, l'âme de l'enfant que nous fûmes et
l'âme des morts dont nous sommes sortis viennent nous jeter à
poignée leurs richesses et leurs mauvais sorts, demandant à
coopérer aux nouveaux sentiments que nous éprouvons et dans
lesquels, effaçant leur ancienne effigie, nous les refondons en
une création originale. Tel tout mon passé depuis mes années
les plus anciennes, et par-delà celles-ci le passé de mes parents
mêlaient à mon impur amour pour Albertine la douceur d'une
tendresse à la fois filiale et maternelle. Nous devons recevoir,
dès une certaine heure, tous nos parents, arrivés de si loin et
assemblés autour de nous. Avant qu'Albertine m'eût obéi et
eût enlevé ses souliers, j'entrouvrais sa chemise. Les deux petits
seins haut remontés étaient si ronds qu'ils avaient moins l'air
de faire partie intégrante de son corps que d'y avoir mûri
comme deux fruits ; et son ventre (dissimulant la place qui chez
l'homme s'enlaidit comme du crampon resté fiché dans une
statue descellée) se refermait à la jonction des cuisses, par deux
valves d'une courbe aussi assoupie, aussi reposante, aussi
claustrale que celle de l'horizon quand le soleil a disparu. Elle
ôtait ses souliers, se couchait près de moi. Ô grandes attitudes

de l'Homme et de la Femme où cherche à se joindre, dans l'innocence des premiers jours et avec l'humilité de l'argile, ce que la Création a séparé, où Ève est étonnée et soumise devant l'Homme au côté de qui elle s'éveille, comme lui-même, encore seul, devant Dieu qui l'a formé. Albertine nouait ses bras derrière ses cheveux noirs, la hanche renflée, la jambe tombante en une inflexion de col de cygne qui s'allonge et se recourbe pour revenir sur lui-même. Il n'y avait que, quand elle était tout à fait sur le côté, un certain aspect de sa figure (si bonne et si belle de face) que je ne pouvais souffrir, crochu comme en certaines caricatures de Léonard, semblant révéler la méchanceté, l'âpreté au gain, la fourberie d'une espionne dont la présence chez moi m'eût fait horreur et qui semblait démasquée par ces profils-là. Aussitôt je prenais la figure d'Albertine dans mes mains et je la replaçais de face. « Soyez gentil, promettez-moi que si vous ne venez pas demain, vous travaillerez, disait mon amie en remettant sa chemise. — Oui, mais ne mettez pas encore votre peignoir. » Quelquefois je finissais par m'endormir à côté d'elle. La chambre s'était refroidie, il fallait du bois. J'essayais de trouver la sonnette dans mon dos ; je n'y arrivais pas, tâtant tous les barreaux de cuivre qui n'étaient pas ceux entre lesquels elle pendait et, à Albertine qui avait sauté du lit pour que Françoise ne nous vît pas l'un à côté de l'autre, je disais : « Non, remontez une seconde, je ne peux pas trouver la sonnette. » Instants doux, gais, innocents en apparence et où s'accumule pourtant la possibilité du désastre : ce qui fait de la vie amoureuse la plus contrastée de toutes, celle où la pluie imprévisible de soufre et de poix tombe après les moments les plus riants, et où ensuite sans avoir le courage de tirer la leçon du malheur nous rebâtissons immédiatement sur les flancs du cratère d'où ne pourra sortir que la catastrophe. J'avais l'insouciance de ceux qui croient leur bonheur durable. C'est justement parce que cette douceur a été nécessaire pour enfanter la douleur — et reviendra du reste la calmer par intermittences — que les hommes peuvent être sincères avec autrui, et même avec eux-mêmes, quand ils se glorifient de la bonté d'une femme envers eux, quoique à tout prendre, au sein de leur liaison circule constamment d'une façon secrète, inavouée aux autres, ou révélée involontairement par des questions, des enquêtes, une inquiétude douloureuse. Mais celle-ci n'aurait pas pu naître sans la douceur préalable ; même ensuite la douceur intermittente est nécessaire pour rendre la souffrance supportable et éviter les ruptures ; et la dissimulation de l'enfer secret qu'est la vie commune avec cette femme, jusqu'à l'ostentation d'une intimité qu'on prétend douce, exprime un point de vue vrai, un lien général de l'effet à la cause, un des modes selon lesquels la production de la douleur est rendue possible.

Je ne m'étonnais plus qu'Albertine fût là et dût ne sortir le lendemain qu'avec moi ou sous la protection d'Andrée. Ces habitudes de vie en commun, ces grandes lignes qui délimitaient mon existence et à l'intérieur desquelles ne pouvait pénétrer personne excepté Albertine, et aussi (dans le plan futur encore inconnu de moi, de ma vie ultérieure, comme celui qui est tracé par un architecte pour des monuments qui ne s'élèveront que bien plus tard) les lignes lointaines, parallèles à celles-ci et plus vastes, par lesquelles s'esquissait en moi, comme un ermitage isolé, la formule un peu rigide et monotone de mes amours futures, avaient été en réalité tracées cette nuit à Balbec où, après ce qu'Albertine m'avait révélé dans le petit tram, qui l'avait élevée, j'avais voulu à tout prix la soustraire à certaines influences et l'empêcher d'être hors de ma présence pendant quelques jours. Les jours avaient succédé aux jours, ces habitudes étaient devenues machinales, mais comme ces rites dont l'Histoire essaye de retrouver la signification, j'aurais pu dire (et ne l'aurais pas voulu) à qui m'eût demandé ce que signifiait cette vie de retraite où je me séquestrais jusqu'à ne plus aller au théâtre, qu'elle avait pour origine l'anxiété d'un soir, et le besoin de me prouver à moi-même les jours qui la suivraient que celle dont j'avais appris la fâcheuse enfance n'aurait pas la possibilité si elle l'avait voulu de s'exposer aux mêmes tentations. Je ne songeais plus qu'assez rarement à ces possibilités, mais elles devaient pourtant rester vaguement présentes à ma conscience. Le fait de les détruire — ou d'y tâcher — jour par jour était sans doute la cause pourquoi il m'était si doux d'embrasser ces joues qui n'étaient pas plus

belles que bien d'autres ; sous toute douceur charnelle un peu
profonde, il y a la permanence d'un danger.

★

J'avais promis à Albertine que si je ne sortais pas avec elle,
je me mettrais au travail. Mais le lendemain comme si,
profitant de nos sommeils, la maison avait miraculeusement
voyagé, je m'éveillais par un temps différent, sous un autre
climat. On ne travaille pas au moment où on débarque dans un
pays nouveau, aux conditions duquel il faut s'adapter. Or
chaque jour était pour moi un pays différent. Ma paresse elle-
même, sous les formes nouvelles qu'elle revêtait, comment
l'eussé-je reconnue ? Tantôt, par des jours irrémédiablement
mauvais disait-on, rien que la résidence dans la maison située
au milieu d'une pluie égale et continue avait la glissante
douceur, le silence calmant, l'intérêt d'une navigation ; une
autre fois par un jour clair, en restant immobile dans mon lit,
c'était le laisser tourner autour de moi comme d'un tronc
d'arbre. D'autres fois encore, aux premières cloches d'un
couvent voisin, rares comme les dévotes matinales, blanchis-
sant à peine le ciel sombre de leurs giboulées incertaines que
fondait et dispersait le vent tiède, j'avais discerné une de ces
journées tempétueuses, désordonnées et douces, où les toits,
mouillés d'une ondée intermittente que sèchent un souffle ou
un rayon, laissent glisser en roucoulant une goutte de pluie et
en attendant que le vent recommence à tourner, lissent au soleil
momentané qui les irise, leurs ardoises gorge-de-pigeon ; une
de ces journées remplies par tant de changements de temps,
d'incidents aériens, d'orages, que le paresseux ne croit pas les
avoir perdues parce qu'il s'est intéressé à l'activité qu'à défaut
de lui l'atmosphère, agissant en quelque sorte à sa place, a
déployée, journées pareilles à ces temps d'émeute ou de guerre
qui ne semblent pas vides à l'écolier délaissant sa classe parce
qu'aux alentours du Palais de Justice ou en lisant les journaux
il a l'illusion de trouver dans les événements qui se sont
produits, à défaut de la besogne qu'il n'a pas accomplie, un
profit pour son intelligence et une excuse pour son oisiveté ;

journées enfin auxquelles on peut comparer celles où se passe
dans notre vie quelque crise exceptionnelle et de laquelle celui
qui n'a jamais rien fait croit qu'il va tirer, si elle se dénoue
heureusement, des habitudes laborieuses : par exemple, c'est le
matin où il sort pour un duel qui va se dérouler dans des
conditions particulièrement dangereuses ; alors lui apparaît
tout d'un coup au moment où elle va peut-être lui être enlevée
le prix d'une vie de laquelle il aurait pu profiter pour
commencer une œuvre ou seulement goûter des plaisirs, et dont
il n'a su jouir en rien. « Si je pouvais ne pas être tué, se dit-il,
comme je me mettrais au travail à la minute même, et aussi
comme je m'amuserais ! » La vie a pris en effet soudain à ses
yeux une valeur plus grande, parce qu'il met dans la vie tout ce
qu'il semble qu'elle peut donner, et non pas le peu qu'il lui fait
donner habituellement. Il la voit selon son désir, non telle que
son expérience lui a appris qu'il savait la rendre, c'est-à-dire si
médiocre. Elle s'est à l'instant remplie des labeurs, des voyages,
des courses de montagne, de toutes les belles choses qu'il se dit
que la funeste issue de ce duel pourra rendre impossibles, sans
songer qu'elles l'étaient déjà avant qu'il fût question de duel, à
cause de mauvaises habitudes qui, même sans duel, auraient
continué. Il revient chez lui sans avoir été même blessé. Mais il
retrouve les mêmes obstacles aux plaisirs, aux excursions, aux
voyages, à tout ce dont il avait craint un instant d'être à jamais
dépouillé par la mort ; il suffit pour cela de la vie[1]. Quant au
travail — les circonstances exceptionnelles ayant pour effet
d'exalter ce qui existait préalablement dans l'homme, chez le
laborieux le labeur et chez l'oisif la paresse, — il se donne
congé. Je faisais comme lui, et comme j'avais toujours fait
depuis ma vieille résolution de me mettre à écrire, que j'avais
prise jadis, mais qui me semblait dater d'hier, parce que j'avais
considéré chaque jour l'un après l'autre comme non avenu.
J'en usais de même pour celui-ci, laissant passer sans rien faire
ses averses et ses éclaircies et me promettant de commencer à
travailler le lendemain. Mais je n'y étais plus le même sous un
ciel sans nuages ; le son doré des cloches ne contenait pas
seulement, comme le miel, de la lumière, mais la sensation de
la lumière (et aussi la saveur fade des confitures, parce qu'à

Combray il s'était souvent attardé comme une guêpe sur notre table desservie). Par ce jour de soleil éclatant, rester tout le jour les yeux clos, c'était chose permise, usitée, salubre, plaisante, saisonnière, comme tenir ses persiennes fermées contre la chaleur. C'était par de tels temps qu'au début de mon second séjour à Balbec j'entendais les violons de l'orchestre entre les coulées bleuâtres de la marée montante. Combien je possédais plus Albertine aujourd'hui. Il y avait des jours où le bruit d'une cloche qui sonnait l'heure portait sur la sphère de sa sonorité une plaque si fraîche, si puissamment étalée de mouillé ou de lumière, que c'était comme une traduction pour aveugles, ou si l'on veut, comme une traduction musicale du charme de la pluie, ou du charme du soleil. Si bien qu'à ce moment-là, les yeux fermés, dans mon lit, je me disais que tout peut se transposer et qu'un univers seulement audible pourrait être aussi varié que l'autre. Remontant paresseusement de jour en jour comme sur une barque, et voyant apparaître devant moi toujours de nouveaux souvenirs enchantés, que je ne choisissais pas, qui l'instant d'avant m'étaient invisibles et que ma mémoire me présentait l'un après l'autre sans que je pusse les choisir, je poursuivais paresseusement sur ces espaces unis ma promenade au soleil. Ces concerts matinaux de Balbec n'étaient pas anciens. Et pourtant, à ce moment relativement rapproché, je me souciais peu d'Albertine. Même les tout premiers jours de l'arrivée, je n'avais pas connu sa présence à Balbec. Par qui donc l'avais-je apprise? Ah! oui, par Aimé. Il faisait un beau soleil comme celui-ci. Brave Aimé. Il était content de me revoir. Mais il n'aime pas Albertine. Tout le monde ne peut pas l'aimer. Oui c'est lui qui m'a annoncé qu'elle était à Balbec. Comment le savait-il donc? Ah! il l'avait rencontrée, il lui avait trouvé mauvais genre. À ce moment, abordant le récit d'Aimé par une face autre que celle qu'il m'avait présentée au moment où il me l'avait fait, ma pensée, qui jusqu'ici avait navigué en souriant sur ces eaux bienheureuses éclatait soudain, comme si elle eût heurté une mine invisible et dangereuse, insidieusement posée à ce point de ma mémoire. Il m'avait dit qu'il l'avait rencontrée, qu'il lui avait trouvé mauvais genre. Qu'avait-il voulu dire par mauvais genre? J'avais compris genre vulgaire, parce que pour le contredire d'avance j'avais déclaré qu'elle avait de la distinction. Mais non, peut-être avait-il voulu dire genre gomorrhéen. Elle était avec une amie, peut-être qu'elles se tenaient par la taille, qu'elles regardaient d'autres femmes, qu'elles avaient en effet un «genre» que je n'avais jamais vu à Albertine en ma présence. Qui était l'amie, où Aimé l'avait-il rencontrée, cette odieuse Albertine? Je tâchais de me rappeler exactement ce qu'Aimé m'avait dit, pour voir si cela pouvait se rapporter à ce que j'imaginais, ou s'il avait voulu parler seulement de manières communes. Mais j'avais beau me le demander, la personne qui se posait la question et la personne qui pouvait offrir le souvenir n'étaient, hélas, qu'une seule et même personne, moi, qui se dédoublait momentanément, mais sans rien s'ajouter. J'avais beau questionner, c'était moi qui répondais, je n'apprenais rien de plus. Je ne songeais plus à Mlle Vinteuil. Né d'un soupçon nouveau, l'accès de jalousie dont je souffrais était nouveau aussi, ou plutôt il n'était que le prolongement, l'extension de ce soupçon; il avait le même théâtre, qui n'était plus Montjouvain, mais la route où Aimé avait rencontré Albertine; pour objets, les quelques amies dont l'une ou l'autre pouvait être celle qui était avec Albertine ce jour-là. C'était peut-être une certaine Élisabeth, ou bien peut-être ces deux jeunes filles qu'Albertine avait regardées dans la glace au casino, quand elle n'avait pas l'air de les voir. Elle avait sans doute des relations avec elles, et d'ailleurs aussi avec Esther, la cousine de Bloch. De telles relations, si elles m'avaient été révélées par un tiers, eussent suffi pour me tuer à demi, mais comme c'était moi qui les imaginais, j'avais soin d'y ajouter assez d'incertitude pour amortir la douleur. On arrive, sous la forme de soupçons, à absorber journellement à doses énormes cette même idée qu'on est trompé, de laquelle une quantité très faible pourrait être mortelle, inoculée par la piqûre d'une parole déchirante. Et c'est sans doute pour cela, et par un dérivé de l'instinct de conservation, que le même jaloux n'hésite pas à former des soupçons atroces à propos de faits innocents, à condition, devant la première preuve qu'on lui apporte, de se refuser à l'évidence. D'ailleurs l'amour est un mal inguérissable comme ces diathèses où le rhumatisme ne laisse quelque répit que pour faire place à des migraines épileptiformes. Le soupçon jaloux était-il calmé, j'en voulais à Albertine de n'avoir pas été tendre, peut-être s'être moquée de moi avec Andrée. Je pensais avec effroi à l'idée qu'elle avait dû se faire si Andrée lui avait répété toutes nos conversations, l'avenir m'apparaissait atroce. Ces tristesses ne me quittaient que si un nouveau soupçon jaloux me jetait dans d'autres recherches ou si, au contraire, les manifestations de tendresse d'Albertine me rendaient mon bonheur insignifiant. Quelle pouvait être cette jeune fille, il faudrait que j'écrive à Aimé, que je tâche de le voir, et ensuite je contrôlerais ses dires en causant avec Albertine, en la confessant. En attendant, croyant bien que ce devait être la cousine de Bloch, je demandai à celui-ci, qui ne comprit nullement dans quel but, de me montrer seulement une photographie d'elle ou bien plus de me faire au besoin rencontrer avec elle. Combien de personnes, de villes, de chemins, la jalousie nous rend ainsi avides de connaître ! Elle est une soif de savoir grâce à laquelle, sur des points isolés les uns des autres, nous finissons par avoir successivement toutes les notions possibles sauf celle que nous voudrions. On ne sait jamais si un soupçon ne naîtra pas, car tout à coup on se rappelle une phrase qui n'était pas claire, un alibi qui n'avait pas été donné sans intention. Pourtant on n'a pas revu la personne, mais il y a une jalousie après coup, qui ne naît qu'après l'avoir quittée, une jalousie de l'escalier. Peut-être l'habitude que j'avais prise de garder au fond de moi certains désirs, désir d'une jeune fille du monde comme celles que je voyais passer de ma fenêtre suivies de leur institutrice, et plus particulièrement de celle dont m'avait parlé Saint-Loup, qui allait dans les maisons de passe, désir de belles femmes de chambre et particulièrement celle de Mme Putbus, désir d'aller à la campagne au début du printemps revoir des aubépines, des pommiers en fleur, des tempêtes, désir de Venise, désir de me mettre au travail, désir de mener la vie de tout le monde, peut-être l'habitude de conserver en moi, sans assouvissement, tous ces désirs, en me contentant de la promesse faite à moi-même de ne pas oublier de les satisfaire un jour, peut-être cette habitude vieille de tant d'années, de l'ajournement perpétuel, de ce que M. de Charlus flétrissait sous le nom de procrastination, était-elle devenue si générale en moi qu'elle s'emparait aussi de mes soupçons jaloux et tout en me faisant prendre mentalement note que je ne manquerais pas un jour d'avoir une explication avec Albertine au sujet de la jeune fille (peut-être des jeunes filles, cette partie du récit était confuse, effacée, autant dire indéchiffrable dans ma mémoire) avec laquelle — ou lesquelles — Aimé l'avait rencontrée, me faisait retarder cette explication. En tout cas je n'en parlerais pas ce soir à mon amie pour ne pas risquer de lui paraître jaloux et de la fâcher. Pourtant quand le lendemain Bloch m'eut envoyé la photographie de sa cousine Esther, je m'empressai de la faire parvenir à Aimé. Et à la même minute, je me souvins qu'Albertine m'avait refusé le matin un plaisir qui aurait pu la fatiguer en effet. Était-ce donc pour le réserver à quelque autre, cet après-midi peut-être. À qui ? C'est ainsi qu'est interminable la jalousie, car même si l'être aimé étant mort par exemple ne peut plus vous la provoquer par ses actes, il arrive que des souvenirs, postérieurement à tout événement, se comportent tout à coup dans notre mémoire comme des événements eux aussi, souvenirs que nous n'avions pas éclairés jusque-là, qui nous avaient paru insignifiants et auxquels il suffit de notre propre réflexion sur eux, sans aucun fait extérieur, pour donner un sens nouveau et terrible. On n'a pas besoin d'être deux, il suffit d'être seul dans sa chambre à penser pour que de nouvelles trahisons de votre maîtresse se produisent, fût-elle morte. Aussi il ne faut pas ne redouter dans l'amour, comme dans la vie habituelle, que l'avenir, mais même le passé qui ne se réalise pour nous souvent qu'après l'avenir, et nous ne parlons même pas seulement du passé que nous apprenons après coup, mais de celui que nous avons conservé depuis longtemps en nous et que tout d'un coup nous apprenons à lire.

N'importe, j'étais bien heureux, l'après-midi finissant, que ne tardât pas l'heure où j'allais pouvoir demander à la présence d'Albertine l'apaisement dont j'avais besoin. Malheureusement, la soirée qui vint fut une de celles où cet apaisement ne

m'était pas apporté, où le baiser qu'Albertine me donnerait en
me quittant, bien différent du baiser habituel, ne me calmerait
pas plus qu'autrefois celui de ma mère quand elle était fâchée
et où je n'osais pas la rappeler, mais où je sentais que je ne
pourrais pas m'endormir. Ces soirées-là c'étaient maintenant
celles où Albertine avait formé pour le lendemain quelque
projet qu'elle ne voulait pas que je connusse. Si elle me l'avait
confié, j'aurais mis à assurer sa réalisation une ardeur que
personne autant qu'Albertine n'eût pu m'inspirer. Mais elle ne
me disait rien et n'avait d'ailleurs besoin de ne rien dire : dès
qu'elle était rentrée, sur la porte même de ma chambre, comme
elle avait encore son chapeau ou sa toque sur la tête, j'avais
déjà vu le désir inconnu, rétif, acharné, indomptable. Or c'était
souvent les soirs où j'avais attendu son retour avec les plus
tendres pensées, où je comptais lui sauter au cou avec le plus de
tendresse. Hélas, ces mésententes comme j'en avais eu souvent
avec mes parents que je trouvais froids ou irrités au moment où
j'accourais près d'eux débordant de tendresse, elles ne sont rien
auprès de celles qui se produisent entre deux amants. La
souffrance ici est bien moins superficielle, est bien plus difficile
à supporter, elle a pour siège une couche plus profonde du
cœur. Ce soir-là, le projet qu'Albertine avait formé, elle fut
pourtant obligée de m'en dire un mot ; je compris tout de suite
qu'elle voulait aller le lendemain faire à Mme Verdurin une
visite qui, en elle-même, ne m'eût en rien contrarié. Mais
certainement, c'était pour y faire quelque rencontre, pour y
préparer quelque plaisir. Sans cela elle n'eût pas tellement tenu
à cette visite. Je veux dire, elle ne m'eût pas répété qu'elle n'y
tenait pas. J'avais suivi dans mon existence une marche inverse
de celle des peuples qui ne se servent de l'écriture phonétique
qu'après n'avoir considéré les caractères que comme une suite
de symboles ; moi qui pendant tant d'années n'avais cherché la
vie et la pensée réelles des gens que dans l'énoncé direct qu'ils
m'en fournissaient volontairement, par leur faute j'en étais
arrivé à ne plus attacher au contraire d'importance qu'aux
témoignages qui ne sont pas une expression rationnelle et
analytique de la vérité ; les paroles elles-mêmes ne me
renseignaient qu'à la condition d'être interprétées à la façon

d'un afflux de sang à la figure d'une personne qui se trouble, à la façon encore d'un silence subit. Tel adverbe (par exemple employé par M. de Cambremer quand il croyait que j'étais « écrivain » et que ne m'ayant pas encore parlé, racontant une visite qu'il avait faite aux Verdurin, il s'était tourné vers moi en me disant : « Il y avait *justement* de Borrelli ») jailli dans une conflagration par le rapprochement involontaire, parfois périlleux, de deux idées que l'interlocuteur n'exprimait pas, et duquel par telles méthodes d'analyse ou d'électrolyse appropriées, je pouvais les extraire, m'en disait plus qu'un discours[1]. Albertine laissait parfois traîner dans ses propos tel ou tel de ces précieux amalgames que je me hâtais de « traiter » pour les transformer en idées claires. C'est du reste une des choses les plus terribles pour l'amoureux que si les faits particuliers — que seuls l'expérience, l'espionnage, entre tant de réalisations possibles, feraient connaître — sont si difficiles à trouver, la vérité en revanche est si facile à percer ou seulement à pressentir. Souvent je l'avais vue à Balbec, attacher sur des jeunes filles qui passaient un regard brusque et prolongé, pareil à un attouchement, et après lequel si je les connaissais elle me disait : « Si on les faisait venir ? J'aimerais leur dire des injures », et depuis quelque temps, depuis qu'elle m'avait pénétré sans doute, aucune demande d'inviter personne, aucune parole, même un détournement des regards devenus sans objet et silencieux, et aussi révélateurs avec la mine distraite et vacante dont ils étaient accompagnés, qu'autrefois leur aimantation. Or il m'était impossible de lui faire des reproches ou de lui poser des questions, à propos de choses qu'elle eût déclarées si minimes, si insignifiantes, retenues par moi pour le plaisir de « chercher la petite bête ». Il est déjà difficile de dire « pourquoi avez-vous regardé telle passante ? » mais bien plus « pourquoi ne l'avez-vous pas regardée ? » Et pourtant je savais bien, ou du moins j'aurais su si je n'avais pas voulu croire plutôt ces affirmations d'Albertine que tous les riens inclus dans un regard, prouvés par lui, et telle ou telle contradiction dans les paroles, contradiction dont je ne m'apercevais souvent que longtemps après l'avoir quittée, qui me faisait souffrir toute la nuit, dont je n'osais plus reparler,

mais qui n'en honorait pas moins de temps en temps ma
mémoire de ses visites périodiques. Souvent pour ces simples
regards furtifs ou détournés sur la plage de Balbec ou dans les
rues de Paris, je pouvais parfois me demander si la personne
qui les provoquait n'était pas seulement un objet de désirs au
moment où elle passait, mais une ancienne connaissance, ou
bien une jeune fille dont on n'avait fait que lui parler et dont
quand je l'apprenais j'étais stupéfait qu'on lui eût parlé tant
c'était en dehors des connaissances possibles, au juger,
d'Albertine. Mais la Gomorrhe moderne est un puzzle fait des
morceaux qui viennent de là où on s'attendait le moins. C'est
ainsi que je vis une fois à Rivebelle un grand dîner dont je
connaissais par hasard au moins de nom les dix invitées, aussi
dissemblables que possible, parfaitement rejointes cependant,
si bien que je ne vis jamais dîner si homogène, bien que si
composite. Pour en revenir aux jeunes passantes jamais
Albertine n'eût regardé une dame âgée ou un vieillard avec tant
de fixité ou au contraire de réserve et comme si elle ne voyait
pas. Les maris trompés qui ne savent rien savent tout tout de
même, Mais il faut un dossier plus matériellement documenté
pour établir une scène de jalousie. D'ailleurs, si la jalousie nous
aide à découvrir un certain penchant à mentir chez la femme
que nous aimons, elle centuple ce penchant, quand la femme a
découvert que nous sommes jaloux. Elle ment (dans des
proportions où elle ne nous a jamais menti auparavant), soit
qu'elle ait pitié, ou peur, ou se dérobe instinctivement par une
fuite symétrique à nos investigations. Certes il y a des amours
où dès le début une femme légère s'est posée comme une vertu
aux yeux de l'homme qui l'aime. Mais combien d'autres
comprennent deux périodes parfaitement contrastées. Dans la
première la femme parle presque facilement, avec de simples
atténuations, de son goût pour le plaisir, de la vie galante qu'il
lui a fait mener, toutes choses qu'elle niera ensuite avec la
dernière énergie au même homme mais qu'elle a senti jaloux
d'elle et l'épiant. Il en arrive à regretter le temps de ces
premières confidences dont le souvenir le torture cependant. Si
la femme lui en faisait encore de pareilles, elle lui fournirait
presque elle-même le secret des fautes qu'il poursuit inutile-

ment chaque jour. Et puis quel abandon cela prouvait, quelle
confiance, quelle amitié. Si elle ne peut vivre sans le tromper,
du moins le tromperait-elle en amie, en lui racontant ses
plaisirs, en l'y associant. Et il regrette une telle vie que les
débuts de leur amour semblaient esquisser, que sa suite a
rendue impossible, faisant de cet amour quelque chose
d'atrocement douloureux, qui rendra une séparation selon les
cas, ou inévitable, ou impossible.

Parfois l'écriture où je déchiffrais les mensonges d'Albertine,
sans être idéographique, avait simplement besoin d'être lue à
rebours ; c'est ainsi que ce soir elle m'avait lancé d'un air
négligent ce message destiné à passer presque inaperçu : « Il
serait possible que j'aille demain chez les Verdurin, je ne sais
pas du tout si j'irai, je n'en ai guère envie. » Anagramme
enfantin de cet aveu : « J'irai demain chez les Verdurin, c'est
absolument certain, car j'y attache une extrême importance. »
Cette hésitation apparente signifiait une volonté arrêtée et
avait pour but de diminuer l'importance de la visite tout en me
l'annonçant. Albertine employait toujours le ton dubitatif pour
les résolutions irrévocables. La mienne ne l'était pas moins : je
m'arrangerais pour que la visite à Mme Verdurin n'eût pas lieu.
La jalousie n'est souvent qu'un inquiet besoin de tyrannie
appliqué aux choses de l'amour. J'avais sans doute hérité de
mon père ce brusque désir arbitraire de menacer les êtres que
j'aimais le plus dans les espérances dont ils se berçaient avec
une sécurité que je voulais leur montrer trompeuse ; quand je
voyais qu'Albertine avait combiné à mon insu, en se cachant de
moi, le plan d'une sortie que j'eusse fait tout au monde pour lui
rendre plus facile et plus agréable si elle m'en avait fait le
confident, je disais négligemment, pour la faire trembler, que je
comptais sortir ce jour-là.

Je me mis à suggérer à Albertine d'autres buts de promenade
qui eussent rendu la visite Verdurin impossible, en des paroles
empreintes d'une feinte indifférence sous laquelle je tâchais de
déguiser mon énervement. Mais elle l'avait dépisté. Il rencontrait chez elle la force électrique d'une volonté contraire qui le
repoussait vivement ; dans les yeux d'Albertine j'en voyais
jaillir les étincelles. Au reste à quoi bon m'attacher à ce que

disaient les prunelles en ce moment ? Comment n'avais-je pas
depuis longtemps remarqué que les yeux d'Albertine appartenaient à la famille de ceux qui (même chez un être médiocre)
semblent faits de plusieurs morceaux à cause de tous les lieux
où l'être veut se trouver — et cacher qu'il veut se trouver — ce
jour-là. Des yeux — par mensonge toujours immobiles et
passifs — mais dynamiques, mesurables par les mètres ou
kilomètres à franchir pour se trouver au rendez-vous voulu,
implacablement voulu, des yeux qui sourient moins encore au
plaisir qui les tente, qu'ils ne s'auréolent de la tristesse et du
découragement qu'il y aura peut-être une difficulté pour aller
au rendez-vous. Entre vos mains mêmes, ces êtres-là sont des
êtres de fuite. Pour comprendre les émotions qu'ils donnent et
que d'autres êtres, même plus beaux, ne donnent pas, il faut
calculer qu'ils sont non pas immobiles, mais en mouvement, et
ajouter à leur personne un signe correspondant à ce qu'en
physique est le signe qui signifie vitesse. Si vous dérangez leur
journée, ils vous avouent le plaisir qu'ils vous avaient caché :
« Je voulais tant aller goûter à cinq heures avec telle personne
que j'aime » ; hé bien si six mois après vous arrivez à connaître
la personne en question, vous apprendrez que jamais la jeune
fille dont vous aviez dérangé les projets, qui prise au piège,
pour que vous la laissiez libre vous avait avoué le goûter qu'elle
faisait ainsi avec une personne aimée tous les jours à l'heure où
vous ne la voyiez pas, vous apprendrez que cette personne ne
l'a jamais reçue, qu'elles n'ont jamais goûté ensemble, la jeune
fille disant être très prise, par vous précisément. Ainsi la
personne avec qui elle avait confessé qu'elle allait goûter, avec
qui elle vous avait supplié de la laisser aller goûter, cette
personne, raison avouée par nécessité, ce n'était pas elle, c'était
une autre, c'était encore autre chose ! Autre chose, quoi ? Une
autre, qui ? Hélas les yeux fragmentés, portant au loin et tristes,
permettraient peut-être de mesurer les distances, mais n'indiquent pas les directions. Le champ infini des possibles s'étend,
et si par hasard le réel se présentait devant nous, il serait
tellement en dehors des possibles que, dans un brusque
étourdissement, allant taper contre ce mur surgi, nous
tomberions à la renverse. Le mouvement et la fuite constatés ne

sont même pas indispensables, il suffit que nous les induisions. Elle nous avait promis une lettre, nous étions calme, nous n'aimions plus. La lettre n'est pas venue, aucun courrier n'en apporte, que se passe-t-il, l'anxiété renaît et l'amour. Ce sont surtout de tels êtres qui nous inspirent l'amour, pour notre désolation. Car chaque anxiété nouvelle que nous éprouvons par eux enlève à nos yeux de leur personnalité. Nous étions résigné à la souffrance croyant aimer en dehors de nous. Et nous nous apercevons que notre amour est fonction de notre tristesse, que notre amour c'est peut-être notre tristesse, et que l'objet n'en est que pour une faible part la jeune fille à la noire chevelure. Mais enfin, ce sont surtout de tels êtres qui inspirent l'amour. Le plus souvent l'amour n'a pour objet un corps que si une émotion, la peur de le perdre, l'incertitude de le retrouver se fondent en lui. Or ce genre d'anxiété a une grande affinité pour les corps. Il leur ajoute une qualité qui passe la beauté même, ce qui est une des raisons pour quoi l'on voit des hommes, indifférents aux femmes les plus belles, en aimer passionnément certaines qui nous semblent laides. À ces êtres-là, à ces êtres de fuite, leur nature, notre inquiétude attachent des ailes. Et même auprès de nous, leur regard semble nous dire qu'ils vont s'envoler. La preuve de cette beauté, surpassant la beauté, qu'ajoutent les ailes, est que bien souvent pour nous un même être est successivement sans ailes et ailé. Que nous craignions de le perdre, nous oublions tous les autres. Sûrs de le garder, nous le comparons à ces autres qu'aussitôt nous lui préférons. Et comme ces émotions et ces certitudes peuvent alterner d'une semaine à l'autre, un être peut une semaine se voir sacrifier tout ce qui plaisait, la semaine suivante être sacrifié, et ainsi de suite pendant très longtemps. Ce qui serait incompréhensible si nous ne savions par l'expérience que tout homme a d'avoir dans sa vie, au moins une fois, cessé d'aimer, oublié une femme, le peu de chose qu'est en soi-même un être quand il n'est plus, ou qu'il n'est pas encore, perméable à nos émotions. Et bien entendu si nous disons : êtres de fuite, c'est également vrai des êtres en prison, des femmes captives qu'on croit qu'on ne pourra jamais avoir. Aussi les hommes détestent les entremetteuses, car elles facilitent la fuite, font briller la tentation, mais s'ils aiment au contraire une femme cloîtrée, recherchent volontiers les entremetteuses pour les faire sortir de leur prison et nous les amener. Dans la mesure où les unions avec les femmes qu'on enlève sont moins durables que d'autres, la cause en est que la peur de ne pas arriver à les obtenir ou l'inquiétude de les voir fuir est tout notre amour et qu'une fois enlevées à leur mari, arrachées à leur théâtre, guéries de la tentation de nous quitter, dissociées en un mot de notre émotion quelle qu'elle soit, elles sont seulement elles-mêmes c'est-à-dire presque rien et, si longtemps convoitées, sont quittées bientôt par celui-là même qui avait si peur d'être quitté par elles. J'ai dit : « Comment n'avais-je pas deviné ? » Mais ne l'avais-je pas deviné dès le premier jour à Balbec ? N'avais-je pas deviné en Albertine une de ces filles sous l'enveloppe charnelle desquelles palpitent plus d'êtres cachés, je ne dis pas que dans un jeu de cartes encore dans sa boîte, que dans une cathédrale fermée ou un théâtre avant qu'on n'y entre, mais que dans la foule immense et renouvelée. Non pas seulement tant d'êtres, mais le désir, le souvenir voluptueux, l'inquiète recherche de tant d'êtres. À Balbec je n'avais pas été troublé parce que je n'avais même pas supposé qu'un jour je serais sur des pistes même fausses. N'importe, cela avait donné pour moi à Albertine la plénitude d'un être empli jusqu'au bord par la superposition de tant d'êtres, de tant de désirs et de souvenirs voluptueux d'êtres. Et maintenant qu'elle m'avait dit un jour : « Mlle Vinteuil », j'aurais voulu non pas arracher sa robe pour voir son corps, mais à travers son corps voir tout ce bloc-notes de ses souvenirs et de ses prochains et ardents rendez-vous.

Comme les choses probablement les plus insignifiantes prennent soudain une valeur extraordinaire quand un être que nous aimons (ou à qui il ne manquait que cette duplicité pour que nous l'aimions) nous les cache ! En elle-même la souffrance ne nous donne pas forcément des sentiments d'amour ou de haine pour la personne qui la cause : un chirurgien qui nous fait mal nous reste indifférent. Mais une femme qui nous a dit pendant quelque temps que nous étions tout pour elle, sans qu'elle fût elle-même tout pour nous, une femme que nous avons plaisir à voir, à embrasser, à tenir sur nos genoux, nous

nous étonnons si seulement nous éprouvons à une brusque
résistance que nous ne disposons pas d'elle. La déception
réveille alors parfois en nous le souvenir oublié d'une angoisse
ancienne, que nous savons pourtant ne pas avoir été provoquée
par cette femme, mais par d'autres dont les trahisons
s'échelonnent sur notre passé. Et, au reste, comment a-t-on le
courage de souhaiter vivre, comment peut-on faire un
mouvement pour se préserver de la mort, dans un monde où
l'amour n'est provoqué que par le mensonge et consiste
seulement dans notre besoin de voir nos souffrances apaisées
par l'être qui nous a fait souffrir? Pour sortir de l'accablement
qu'on éprouve quand on découvre ce mensonge et cette
résistance, il y a le triste remède de chercher à agir malgré elle,
à l'aide des êtres qu'on sent plus mêlés à sa vie que nous-même,
sur celle qui nous résiste et qui nous ment, à ruser nous-même,
à nous faire détester. Mais la souffrance d'un tel amour est de
celles qui font invinciblement que le malade cherche dans un
changement de position un bien-être illusoire. Ces moyens
d'action ne nous manquent pas, hélas. Et l'horreur de ces
amours que l'inquiétude seule a enfantées vient de ce que nous
tournons et retournons sans cesse dans notre cage des propos
insignifiants ; sans compter que rarement les êtres pour qui
nous les éprouvons nous plaisent physiquement d'une manière
complète, puisque ce n'est pas notre goût délibéré, mais le
hasard d'une minute d'angoisse, minute indéfiniment prolongée par notre faiblesse de caractère, laquelle refait chaque soir
des expériences et s'abaisse à des calmants, qui a choisi pour
nous. Sans doute mon amour pour Albertine n'était pas le plus
dénué de ceux jusqu'où par manque de volonté on peut
déchoir, car il n'était pas entièrement platonique ; elle me
donnait des satisfactions charnelles, et puis elle était intelligente. Mais tout cela était une superfétation. Ce qui m'occupait
l'esprit n'était pas ce qu'elle avait pu dire d'intelligent, mais tel
mot qui éveillait chez moi un doute sur ses actes. J'essayais de
me rappeler si elle avait dit ceci ou cela, de quel air, à quel
moment, en réponse de quelles paroles, de reconstituer toute la
scène de son dialogue avec moi, à quel moment elle avait voulu
aller chez les Verdurin, quel mot de moi avait donné à son

visage l'air fâché. Il se fût agi de l'événement le plus important que je ne me fusse pas donné tant de peine pour en rétablir la vérité, en restituer l'atmosphère et la couleur juste. Sans doute ces inquiétudes, après avoir atteint un degré où elles nous sont insupportables, on arrive parfois à les calmer entièrement pour un soir. La fête où l'amie qu'on aime doit se rendre, et sur la vraie nature de laquelle notre esprit travaillait depuis des jours, nous y sommes conviés aussi, notre amie n'y a de regards et de paroles que pour nous, nous la ramenons, et nous connaissons alors, nos inquiétudes dissipées, un repos aussi complet, aussi réparateur, que celui qu'on goûte parfois dans ce sommeil profond qui suit les longues marches. Mais le plus souvent nous ne faisons que changer d'inquiétude. Un des mots de la phrase qui devait nous calmer met nos soupçons sur une autre piste. Et sans doute un tel repos vaut que nous le payions à un prix élevé. Mais n'aurait-il pas été plus simple de ne pas acheter nous-même, volontairement, l'anxiété, et plus cher encore. D'ailleurs nous savons bien que si profondes que puissent être ces détentes momentanées, l'inquiétude sera tout de même la plus forte. Souvent même elle est renouvelée par la phrase dont le but était de nous apporter repos. Les exigences de notre jalousie et l'aveuglement de notre crédulité sont plus grands que ne pouvait supposer la femme que nous aimons. Quand spontanément elle nous jure que tel homme n'est pour elle qu'un ami, elle nous bouleverse en nous apprenant — ce que nous ne soupçonnions pas — qu'il était pour elle un ami. Tandis qu'elle nous raconte, pour nous montrer sa sincérité, comment ils ont pris le thé ensemble, cet après-midi même, à chaque mot qu'elle dit, l'invisible, l'insoupçonné prend forme devant nous. Elle avoue qu'il lui a demandé d'être sa maîtresse et nous souffrons le martyre qu'elle ait pu écouter ses propositions. Elle les a refusées, dit-elle. Mais tout à l'heure, en nous rappelant son récit, nous nous demanderons si le refus est bien véridique, car il y a, entre les différentes choses qu'elle nous a dites, cette absence de lien logique et nécessaire qui, plus que les faits qu'on raconte, est le signe de la vérité. Et puis elle a eu cette terrible intonation dédaigneuse : « Je lui ai dit non, catégoriquement », qui se retrouve dans toutes les classes de la société quand une femme ment. Il faut pourtant la remercier d'avoir refusé, l'encourager par notre bonté à nous faire de nouveau à l'avenir des confidences si cruelles. Tout au plus faisons-nous la remarque : « Mais s'il vous avait déjà fait des propositions, pourquoi avez-vous consenti à prendre le thé avec lui ? — Pour qu'il ne pût pas m'en vouloir et dire que je n'ai pas été gentille. » Et nous n'osons pas lui répondre qu'en refusant elle eût peut-être été plus gentille pour nous. D'ailleurs Albertine m'effrayait en me disant que j'avais raison, pour ne pas lui faire de tort, de dire que je n'étais pas son amant, puisque aussi bien, ajoutait-elle, « c'est la vérité que vous ne l'êtes pas ». Je ne l'étais peut-être pas complètement en effet, mais alors fallait-il penser que toutes les choses que nous faisions ensemble, elle les faisait aussi avec tous les hommes dont elle me jurait qu'elle n'avait pas été la maîtresse ? Vouloir connaître à tout prix ce qu'Albertine pensait, qui elle voyait, qui elle aimait — comme il était étrange que je sacrifiasse tout à ce besoin, puisque j'avais éprouvé le même besoin de savoir au sujet de Gilberte des noms propres, des faits, qui m'étaient maintenant si indifférents ! Je me rendais bien compte qu'en elles-mêmes les actions d'Albertine n'avaient pas plus d'intérêt. Il est curieux qu'un premier amour, si, par la fragilité qu'il laisse à notre cœur, il fraye la voie aux amours suivantes, ne nous donne pas du moins par l'identité même des symptômes et des souffrances le moyen de les guérir. D'ailleurs y a-t-il besoin de savoir un fait ? Ne sait-on pas d'abord d'une façon générale le mensonge et la discrétion même de ces femmes qui ont quelque chose à cacher, y a-t-il là possibilité d'erreur ? Elles se font une vertu de se taire alors que nous voudrions tant les faire parler. Et nous sentons qu'à leur complice elles ont affirmé : « Je ne dis jamais rien. Ce n'est pas par moi qu'on saura quelque chose, je ne dis jamais rien. » On donne sa fortune, sa vie pour un être, et pourtant cet être, on sait bien qu'à dix ans d'intervalle, plus tôt ou plus tard, on lui refuserait cette fortune, on préférerait garder sa vie. Car alors l'être serait détaché de nous, seul, c'est-à-dire nul. Ce qui nous attache aux êtres, ce sont ces mille racines, ces fils innombrables que sont les souvenirs de la soirée de la veille, les espérances de la

matinée du lendemain ; c'est cette trame continue d'habitudes
dont nous ne pouvons pas nous dégager. De même qu'il y a des
avares qui entassent par générosité, nous sommes des prodi-
gues qui dépensent par avarice, et c'est moins à un être que
nous sacrifions notre vie, qu'à tout ce qu'il a pu attacher
autour de lui de nos heures, de nos jours, de ce à côté de quoi
la vie non encore vécue, la vie relativement future, nous semble
une vie plus lointaine, plus détachée, moins intime, moins
nôtre. Ce qu'il faudrait, c'est se dégager de ces liens qui ont
tellement plus d'importance que lui, mais ils ont pour effet de
créer en nous des devoirs momentanés à son égard, devoirs qui
font que nous n'osons pas le quitter de peur d'être mal jugé de
lui, alors que plus tard nous oserions, car dégagé de nous il ne
serait plus nous, et que nous ne nous créons en réalité de
devoirs (dussent-ils, par une contradiction apparente, aboutir
au suicide) qu'envers nous-mêmes. Si je n'aimais pas Albertine
(ce dont je n'étais pas sûr), cette place qu'elle tenait auprès de
moi n'avait rien d'extraordinaire : nous ne vivons qu'avec ce
que nous n'aimons pas, que nous n'avons fait vivre avec nous
que pour tuer l'insupportable amour, qu'il s'agisse d'une
femme, d'un pays, ou encore d'une femme enfermant un pays.
Même nous aurions bien peur de recommencer à aimer si
l'absence se produisait de nouveau. Je n'en étais pas arrivé à ce
point pour Albertine. Ses mensonges, ses aveux, me laissaient
à achever la tâche d'éclaircir la vérité. Ses mensonges si
nombreux, parce qu'elle ne se contentait pas de mentir comme
tout être qui se croit aimé, mais parce que par nature elle était,
en dehors de cela, menteuse, et si changeante d'ailleurs que
même en me disant chaque fois la vérité sur ce que, par
exemple, elle pensait des gens, elle eût dit chaque fois des
choses différentes ; ses aveux, parce que si rares, arrêtés si
court, ils laissaient entre eux, en tant qu'ils concernaient le
passé, de grands intervalles tout en blanc et sur toute la
longueur desquels il me fallait retracer, et pour cela d'abord
apprendre, sa vie. Quant au présent, pour autant que je
pouvais interpréter les paroles sibyllines de Françoise, ce
n'était pas que sur des points particuliers, c'était sur tout un
ensemble qu'Albertine me mentait, et je verrais « tout par un

beau jour », ce que Françoise faisait semblant de savoir, ce qu'elle ne voulait pas me dire, ce que je n'osais pas lui demander. D'ailleurs c'était sans doute par la même jalousie qu'elle avait eue jadis envers Eulalie que Françoise parlait des choses les plus invraisemblables, tellement vagues qu'on pouvait tout au plus y supposer l'insinuation bien invraisemblable que la pauvre captive (qui aimait les femmes) préférait un mariage avec quelqu'un qui ne semblait pas tout à fait être moi. Si cela avait été, malgré ses radiotélépathies, comment Françoise l'aurait-elle su ? Certes, les récits d'Albertine ne pouvaient nullement me fixer là-dessus, car ils étaient chaque jour aussi opposés que les couleurs d'une toupie presque arrêtée. D'ailleurs il semblait bien que c'était surtout la haine qui faisait parler Françoise. Il n'y avait pas de jour qu'elle ne me dît et que je ne supportasse en l'absence de ma mère des paroles telles que : « Certes vous êtes gentil et je n'oublierai jamais la reconnaissance que je vous dois (ceci probablement pour que je me crée des titres à sa reconnaissance). Mais la maison est empestée depuis que la gentillesse a installé ici la fourberie, que l'intelligence protège la plus bête qu'on ait jamais vue, que la finesse, les manières, l'esprit, la dignité en toutes choses, l'air et la réalité d'un prince se laissent faire la loi et monter le coup et me faire humilier, moi qui suis depuis quarante ans dans la famille, par le vice, par ce qu'il y a de plus vulgaire et de plus bas. » Françoise en voulait surtout à Albertine d'être commandée par autre que nous et d'un surcroît de travail de ménage, d'une fatigue qui altérant la santé de notre vieille servante (laquelle ne voulait pas malgré cela être aidée dans son travail, n'étant pas une « propre à rien ») eût suffi à expliquer cet énervement, ces colères haineuses. Certes elle eût voulu qu'Albertine-Esther fût bannie[1]. C'était le vœu de Françoise. Et en la consolant cela eût déjà reposé notre vieille servante. Mais à mon avis ce n'était pas seulement cela. Une telle haine n'avait pu naître que dans un corps surmené. Et plus encore que d'égards Françoise avait besoin de sommeil.

Pendant qu'Albertine allait ôter ses affaires, et pour aviser au plus vite, je me saisis du récepteur du téléphone, j'invoquai

les Divinités implacables[1], mais ne fis qu'exciter leur fureur qui
se traduisit par ces mots : « Pas libre. » Andrée était en train en
effet de causer avec quelqu'un. En attendant qu'elle eût achevé
sa communication, je me demandais comment, puisque tant
de peintres cherchent à renouveler les portraits féminins du
xviiie siècle où l'ingénieuse mise en scène est un prétexte aux
expressions de l'attente, de la bouderie, de l'intérêt, de la
rêverie, comment aucun de nos modernes Boucher ou
Fragonard, ne peignit, au lieu de *La Lettre*, du *Clavecin*, etc.,
cette scène qui pourrait s'appeler : *Devant le téléphone*, et où
naîtrait spontanément sur les lèvres de l'écouteuse un sourire
d'autant plus vrai qu'il sait n'être pas vu. Enfin, Andrée
m'entendit : « Vous venez prendre Albertine demain ? » et en
prononçant ce nom d'Albertine, je pensais à l'envie que
m'avait inspirée Swann quand il m'avait dit le jour de la fête
chez la princesse de Guermantes : « Venez voir Odette », et que
j'avais pensé à ce que malgré tout il y avait de fort dans un
prénom qui aux yeux de tout le monde et d'Odette elle-même
n'avait que dans la bouche de Swann ce sens absolument
possessif. Une telle mainmise — résumée en un vocable — sur
toute une existence m'avait paru, chaque fois que j'étais
amoureux, devoir être si douce ! Mais en réalité quand on peut
le dire, ou bien cela est devenu indifférent, ou bien l'habitude
n'a pas émoussé la tendresse mais elle en a changé les douceurs
en douleurs. Le mensonge est bien peu de chose, nous vivons
au milieu de lui sans faire qu'en sourire, nous le pratiquons
sans croire faire mal à personne, mais la jalousie en souffre et
voit plus qu'il ne cache (souvent notre amie refuse de passer la
soirée avec nous et va au théâtre tout simplement pour que
nous ne voyions pas qu'elle a mauvaise mine), comme bien
souvent elle reste aveugle à ce que cache la vérité. Mais elle ne
peut rien obtenir, car celles qui jurent ne pas mentir
refuseraient sous le couteau de confesser leur caractère. Je
savais que moi seul pouvais dire de cette façon-là « Albertine »
à Andrée. Et pourtant pour Albertine, pour Andrée, et pour
moi-même, je sentais que je n'étais rien. Et je comprenais
l'impossibilité où se heurte l'amour. Nous nous imaginons qu'il
a pour objet un être qui peut être couché devant nous, enfermé

dans un corps. Hélas ! Il est l'extension de cet être à tous les points de l'espace et du temps que cet être a occupés et occupera. Si nous ne possédons pas son contact avec tel lieu, avec telle heure, nous ne le possédons pas. Or nous ne pouvons toucher tous ces points. Si encore ils nous étaient désignés, peut-être pourrions-nous nous étendre jusqu'à eux. Mais nous tâtonnons sans les trouver. De là la défiance, la jalousie, les persécutions. Nous perdons un temps précieux sur une piste absurde et nous passons sans le soupçonner à côté du vrai. Mais déjà une des Divinités irascibles, aux servantes vertigineusement agiles, s'irritait non plus que je parlasse, mais que je ne dise rien. « Mais voyons, c'est libre, depuis le temps que vous êtes en communication, je vais vous couper. » Mais elle n'en fit rien et tout en suscitant la présence d'Andrée, l'enveloppa, en grand poète qu'est toujours une demoiselle du téléphone, de l'atmosphère particulière à la demeure, au quartier, à la vie même de l'amie d'Albertine. « C'est vous » me dit Andrée dont la voix était projetée jusqu'à moi avec une vitesse instantanée par la déesse qui a le privilège de rendre les sons plus rapides que l'éclair. « Écoutez, répondis-je, allez où vous voudrez, n'importe où, excepté chez Mme Verdurin, il faut à tout prix en éloigner demain Albertine. — C'est que justement elle doit y aller demain. — Ah ! » Mais j'étais obligé d'interrompre un instant et de faire des gestes menaçants car si Françoise continuait — comme si c'eût été quelque chose d'aussi désagréable que la vaccine ou d'aussi périlleux que l'aéroplane — à ne pas vouloir apprendre à téléphoner ce qui nous eût déchargés des communications qu'elle pouvait connaître sans inconvénient, en revanche elle entrait immédiatement chez moi dès que j'étais en train d'en faire d'assez secrètes pour que je tinsse particulièrement à les lui cacher. Quand elle fut enfin sortie de la chambre non sans s'être attardée à emporter divers objets qui y étaient depuis la veille et eussent pu y rester sans gêner le moins du monde une heure de plus, et pour remettre dans le feu une bûche rendue bien inutile par la chaleur brûlante que me donnaient la présence de l'intruse et la peur de me voir « couper » par la demoiselle : « Pardonnez-moi, dis-je à Andrée, j'ai été dérangé. C'est absolument sûr qu'elle doit aller

demain chez les Verdurin ? — Absolument, mais je peux lui dire
que cela vous ennuie. — Non, au contraire, ce qui est possible
c'est que je vienne avec vous. — Ah ! » fit Andrée d'une voix
ennuyée et comme effrayée de mon audace qui ne fit du reste
que s'en affermir. « Alors je vous quitte et pardon de vous avoir
dérangée pour rien. — Mais non », dit Andrée et (comme
maintenant l'usage du téléphone était devenu courant, autour
de lui s'était développé l'enjolivement de phrases spéciales,
comme jadis autour des « thés ») elle ajouta : « Cela m'a fait
grand plaisir d'entendre votre voix. » J'aurais pu en dire
autant, et plus véridiquement qu'Andrée, car je venais d'être
infiniment sensible à sa voix, n'ayant jamais remarqué jusque-
là qu'elle était si différente des autres. Alors je me rappelai
d'autres voix encore, des voix de femmes surtout, les unes
ralenties par la précision d'une question et l'attention de
l'esprit, d'autres essoufflées, même interrompues, par le flot
lyrique de ce qu'elles racontent, je me rappelai une à une la
voix de chacune des jeunes filles que j'avais connues à Balbec,
puis de Gilberte, puis de ma grand-mère, puis de Mme de
Guermantes, je les trouvai toutes dissemblables, moulées sur
un langage particulier à chacune, jouant toutes sur un
instrument différent, et je me dis quel maigre concert doivent
donner au Paradis les trois ou quatre anges musiciens des vieux
peintres, quand je voyais s'élever vers Dieu, par dizaines, par
centaines, par milliers, l'harmonieuse et multisonore salutation
de toutes les Voix. Je ne quittai pas le téléphone sans remercier
en quelques mots propitiatoires Celle qui règne sur la vitesse
des sons, d'avoir bien voulu user en faveur de mes humbles
paroles d'un pouvoir qui les rendait cent fois plus rapides que
le tonnerre. Mais mes actions de grâce restèrent sans autre
réponse que d'être coupées.

Quand Albertine revint dans ma chambre elle avait une robe
de satin noir qui contribuait à la rendre plus pâle, à faire d'elle
la Parisienne blême, ardente, étiolée par le manque d'air,
l'atmosphère des foules et peut-être l'habitude du vice, et dont
les yeux semblaient plus inquiets parce que ne les égayait pas la
rougeur des joues. « Devinez, lui dis-je, à qui je viens de
téléphoner : à Andrée. — À Andrée ? » s'écria Albertine sur un

ton bruyant, étonné, ému, qu'une nouvelle aussi simple ne comportait pas. « J'espère qu'elle a pensé à vous dire que nous avions rencontré Mme Verdurin l'autre jour. — Mme Verdurin ? je ne me rappelle pas », répondis-je en ayant l'air de penser à autre chose à la fois pour sembler indifférent à cette rencontre et pour ne pas trahir Andrée qui m'avait dit où Albertine irait le lendemain. Mais qui sait si elle-même, Andrée, ne me trahissait pas, si demain elle ne raconterait pas à Albertine que je lui avais demandé de l'empêcher coûte que coûte d'aller chez les Verdurin, et si elle ne lui avait déjà pas révélé que je lui avais fait plusieurs fois des recommandations analogues. Elle m'avait affirmé ne les avoir jamais répétées, mais la valeur de cette affirmation était balancée dans mon esprit par l'impression que depuis quelque temps s'était retirée du visage d'Albertine la confiance qu'elle avait eue si longtemps en moi. La souffrance dans l'amour cesse par instants mais pour reprendre d'une façon différente. Nous pleurons de voir celle que nous aimons ne plus avoir avec nous ces élans de sympathie, ces avances amoureuses du début, nous souffrons plus encore que les ayant perdus pour nous elle les retrouve pour d'autres ; puis de cette souffrance-là nous sommes distraits par un mal nouveau plus atroce, le soupçon qu'elle nous a menti sur sa soirée de la veille, où elle nous a trompés sans doute ; ce soupçon-là aussi se dissipe, la gentillesse que nous montre notre amie nous apaise, mais alors un mot oublié nous revient à l'esprit, on nous a dit qu'elle était ardente au plaisir, or nous ne l'avons connue que calme ; nous essayons de nous représenter ce que furent ses frénésies avec d'autres, nous sentons le peu que nous sommes pour elle, nous remarquons un air d'ennui, de nostalgie, de tristesse pendant que nous parlons, nous remarquons comme un ciel noir les robes négligées qu'elle met quand elle est avec nous, gardant pour les autres celles avec lesquelles au commencement elle cherchait à nous éblouir. Si au contraire elle est tendre, quelle joie un instant, mais en voyant cette petite langue tirée comme pour un appel des yeux, nous pensons à celles à qui il était si souvent adressé, appel qui même peut-être auprès de moi, sans qu'Albertine pensât à elles, était demeuré, à cause d'une trop longue habitude, un signe machinal. Puis le sentiment que nous l'ennuyons revient. Mais brusquement cette souffrance tombe à peu de chose en pensant à l'inconnu malfaisant de sa vie, aux lieux impossibles à connaître où elle a été, est peut-être encore dans les heures où nous ne sommes pas près d'elle, si même elle ne projette pas d'y vivre définitivement, ces lieux où elle est loin de nous, pas à nous, plus heureuse qu'avec nous. Tels sont les feux tournants de la jalousie.

La jalousie est aussi un démon qui ne peut être exorcisé et reparaît toujours incarné sous une nouvelle forme. Pussions-nous arriver à les exterminer toutes, à garder perpétuellement celle que nous aimons, l'Esprit du Mal prendrait alors une autre forme, plus pathétique encore, le désespoir de n'avoir obtenu la fidélité que par force, le désespoir de n'être pas aimé.

Entre Albertine et moi il y avait souvent l'obstacle d'un silence fait sans doute des griefs qu'elle taisait parce qu'elle les jugeait irréparables. Si douce qu'Albertine fût certains soirs, elle n'avait plus de ces mouvements spontanés que je lui avais connus à Balbec quand elle me disait : « Ce que vous êtes gentil tout de même », et que le fond de son cœur semblait venir à moi, sans la réserve d'aucun des griefs qu'elle avait maintenant et qu'elle taisait parce qu'elle les jugeait sans doute irréparables, impossibles à oublier, inavoués, mais qui n'en mettaient pas moins entre elle et moi la prudence significative de ses paroles ou l'intervalle d'un infranchissable silence. « Et peut-on savoir pourquoi vous avez téléphoné à Andrée ? — Pour lui demander si cela ne la contrarierait pas que je me joigne à vous demain et que j'aille ainsi faire aux Verdurin la visite que je leur promets depuis La Raspelière. — Comme vous voudrez. Mais je vous préviens qu'il y a un brouillard atroce ce soir et qu'il y en aura sûrement encore demain. Je vous dis cela parce que je ne voudrais pas que cela vous fasse mal. Vous pensez bien que pour moi je préfère que vous veniez avec nous. Du reste, ajouta-t-elle d'un air préoccupé, je ne sais pas du tout si j'irai chez les Verdurin. Ils m'ont fait tant de gentillesses qu'au fond je devrais. Après vous c'est encore les gens qui ont été les meilleurs pour moi, mais il y a des riens qui me déplaisent chez eux. Il faut absolument que j'aille au *Bon Marché* ou aux *Trois Quartiers* acheter une guimpe blanche car cette robe est trop noire. » Laisser Albertine aller seule dans un grand magasin parcouru par tant de gens qu'on frôle, pourvu de tant d'issues qu'on peut dire qu'à la sortie on n'a pas réussi à trouver sa voiture qui attendait plus loin, j'étais bien décidé à n'y pas consentir, mais j'étais surtout malheureux. Et pourtant je ne me rendais pas compte qu'il y avait longtemps que j'aurais dû cesser de voir Albertine car elle était entrée pour moi dans cette période lamentable où un être disséminé dans l'espace et dans le temps n'est plus pour nous une femme mais une suite d'événements sur lesquels nous ne pouvons faire la lumière, une suite de problèmes insolubles, une mer que nous essayons ridiculement comme Xerxès de battre pour la punir de ce qu'elle a englouti. Une fois cette période commencée, on est forcément vaincu. Heureux ceux qui le comprennent assez tôt pour ne pas trop prolonger une lutte inutile, épuisante, enserrée de toutes parts par les limites de l'imagination et où la jalousie se débat si honteusement que le même homme qui jadis, si seulement les regards de celle qui était toujours à côté de lui se portaient un instant sur un autre, imaginait une intrigue, éprouvait combien de tourments, se résigne plus tard à la laisser sortir seule, quelquefois avec celui qu'il sait son amant et préfère accepter à l'inconnaissable cette torture du moins connue. C'est une question de rythme à adopter et qu'on suit après par habitude. Des nerveux ne pourraient pas manquer un dîner qui font ensuite des cures de repos jamais assez longues ; des femmes récemment encore légères, vivent de la pénitence. Des jaloux qui pour épier celle qu'ils aimaient retranchent sur leur sommeil, sur leur repos, sentant que ses désirs à elle, le monde si vaste et si secret, le temps sont plus forts qu'eux, la laissent sortir sans eux, puis voyager, puis se séparent. La jalousie finit ainsi faute d'aliments, et n'a tant duré qu'à cause d'en avoir réclamé sans cesse. J'étais bien loin de cet état. Sans doute le temps d'Albertine m'appartenait en quantités bien plus grandes qu'à Balbec. J'étais maintenant libre de faire aussi souvent que je voulais des promenades avec elle. Comme il n'avait pas tardé à s'établir autour de Paris des hangars d'aviation, qui sont pour les aéroplanes ce que les ports sont pour les vaisseaux, et que depuis le jour où près de La Raspelière la rencontre quasi mythologique d'un aviateur dont le vol avait fait se cabrer mon cheval, avait été pour moi comme une image de la liberté, j'aimais souvent qu'à la fin de la journée le but de nos sorties — agréable d'ailleurs à Albertine, passionnée pour tous les sports — fût un de ces aérodromes. Nous nous y rendions elle et moi, attirés par cette vie incessante des départs et des arrivées qui donnent tant de charme aux promenades sur les jetées ou seulement sur la grève pour ceux qui aiment la mer et aux flâneries autour d'un centre d'aviation pour ceux qui aiment le ciel. À tout moment parmi le repos des appareils inertes et comme à l'ancre, nous en voyions un péniblement tiré par plusieurs mécaniciens comme est traînée sur le sable une barque demandée par un touriste qui veut aller faire une randonnée en mer. Puis le moteur était mis en marche, l'appareil courait, prenait son élan, enfin tout à coup, à angle droit il s'élevait, lentement, dans l'extase raidie, comme immobilisée, d'une vitesse horizontale soudain transformée en majestueuse et verticale ascension. Albertine ne pouvait contenir sa joie et elle demandait des explications aux mécaniciens qui maintenant que l'appareil était à flot rentraient. Le passager cependant ne tardait pas à franchir des kilomètres, le grand esquif sur lequel nous ne cessions pas de fixer les yeux n'était plus dans l'azur qu'un point presque indistinct, lequel d'ailleurs reprendrait peu à peu sa matérialité, sa grandeur, son volume quand la durée de la promenade approchant de sa fin, le moment serait venu de rentrer au port. Et nous regardions avec envie Albertine et moi, au moment où il sautait à terre, le promeneur qui était allé ainsi goûter au large dans ces horizons solitaires, le calme et la limpidité du soir. Puis, soit de l'aérodrome, soit de quelque musée, de quelque église que nous étions allés visiter, nous revenions ensemble pour l'heure du dîner. Et pourtant je ne rentrais pas calmé comme je l'étais à Balbec par de plus rares promenades que je m'enorgueillissais de voir durer tout un après-midi et que je contemplais ensuite se détacher en beaux massifs de fleurs sur le reste de la vie d'Albertine comme sur un ciel vide devant lequel on rêve doucement, sans pensée. Le temps d'Albertine ne m'appartenait pas alors en quantités aussi grandes qu'aujourd'hui. Pourtant il me semblait alors bien plus à moi parce que je tenais compte seulement — mon amour s'en réjouissant comme d'une faveur — des heures qu'elle passait avec moi, maintenant — ma jalousie y cherchant avec inquiétude la possibilité d'une trahison — rien que des heures qu'elle passait sans moi. Or demain elle désirait qu'il y en eût de telles. Il faudrait choisir ou de cesser de souffrir ou de cesser d'aimer. Car ainsi qu'au début il est formé par le désir, l'amour n'est entretenu plus tard que par l'anxiété douloureuse. Je sentais qu'une partie de la vie d'Albertine m'échappait. L'amour dans l'anxiété douloureuse comme dans le désir heureux est l'exigence d'un tout. Il ne naît, il ne subsiste que si une partie reste à conquérir. On n'aime que ce qu'on ne possède pas tout entier. Albertine mentait en me disant qu'elle n'irait sans doute pas voir les Verdurin, comme je mentais en disant que je voulais aller chez eux. Elle cherchait seulement à m'empêcher de sortir avec elle, et moi, par l'annonce brusque de ce projet que je ne comptais nullement mettre à exécution, à toucher en elle le point que je devinais le plus sensible, traquer le désir qu'elle cachait et la forcer à avouer que ma présence auprès d'elle demain l'empêchait de le satisfaire. Elle l'avait fait en somme, en cessant brusquement de vouloir aller chez les Verdurin. « Si vous ne voulez pas venir chez les Verdurin, lui dis-je, il y a au Trocadéro une superbe représentation à bénéfice. » Elle écouta mon conseil d'y aller, d'un air dolent. Je recommençai à être dur avec elle comme à Balbec au temps de ma première jalousie. Son visage reflétait une déception et j'employais à blâmer mon amie les mêmes raisons qui m'avaient été si souvent opposées par mes parents quand j'étais petit et qui avaient paru inintelligentes et cruelles à mon enfance incomprise. « Non, malgré votre air triste, disais-je à Albertine, je ne peux pas vous plaindre, je vous plaindrais si vous étiez malade, s'il vous était arrivé un malheur, si vous aviez perdu un parent, ce qui ne vous ferait peut-être aucune peine étant donné le gaspillage de fausse sensibilité que vous faites pour rien. D'ailleurs je n'apprécie pas la sensibilité des gens qui prétendent tant nous aimer sans être capables de nous rendre le plus léger service et que leur pensée tournée vers nous laisse si distraits qu'ils oublient d'emporter la lettre que nous leur avons confiée et d'où notre avenir dépend. » Ces paroles, une grande partie de ce que nous disons n'étant qu'une récitation, je les avais toutes entendu prononcer à ma mère, laquelle m'expliquait volontiers qu'il ne fallait pas confondre la véritable sensibilité, ce que disait-elle les Allemands, dont elle admirait beaucoup la langue, malgré l'horreur de mon père pour cette nation, appelaient *Empfindung*, et la sensiblerie, *Empfindelei*[1], étant allée, une fois que je pleurais, jusqu'à me dire que Néron était peut-être nerveux et n'était pas meilleur pour cela. Au vrai comme ces plantes qui se dédoublent en poussant, en regard de l'enfant sensitif que j'avais uniquement été, lui faisait face maintenant un homme opposé, plein de bon sens, de sévérité pour la sensibilité maladive des autres, un homme ressemblant à ce que mes parents avaient été pour moi. Sans doute chacun devant faire continuer en lui la vie des siens, l'homme pondéré et railleur qui n'existait pas en moi au début avait rejoint le sensible et il était naturel que je fusse à mon tour tel que mes parents avaient été. De plus au moment où ce nouveau moi se formait il trouvait son langage tout prêt dans le souvenir de celui, ironique et grondeur, qu'on m'avait tenu, que j'avais maintenant à tenir aux autres, et qui sortait tout naturellement de ma bouche, soit que je l'évoquasse par mimétisme et association de souvenirs, soit aussi que les délicates et mystérieuses incrustations du pouvoir génésique eussent en moi, à mon insu, dessiné comme sur la feuille d'une plante, les mêmes intonations, les mêmes gestes, les mêmes attitudes qu'avaient eus ceux dont j'étais sorti. Car quelquefois en train de faire l'homme sage quand je parlais à Albertine, il me semblait entendre ma grand-mère. Du reste n'était-il pas arrivé à ma mère (tant d'obscurs courants inconscients infléchissaient en moi jusqu'aux plus petits mouvements de mes doigts eux-mêmes à être entraînés dans les mêmes cycles que mes parents) de croire que c'était mon père qui entrait, tant j'avais la même manière de frapper que lui. D'autre part l'accouplement des éléments contraires est la loi de la vie, le principe de la fécondation et comme on verra la cause de bien des malheurs. Habituellement on déteste ce qui nous est semblable et nos propres défauts vus du dehors nous exaspèrent. Combien plus encore quelqu'un qui a passé l'âge où on les exprime naïvement et qui par exemple s'est fait dans les moments les plus brûlants un visage de glace, exècre-t-il les mêmes défauts, si c'est un autre, plus jeune, ou plus naïf, ou plus sot qui les exprime. Il y a des sensibles pour qui la vue dans les yeux des autres des larmes qu'eux-mêmes retiennent est exaspérante. C'est la trop grande ressemblance qui fait que malgré l'affection, et parfois plus l'affection est grande, la division règne dans les familles. Peut-être chez moi, et chez beaucoup, le second homme que j'étais devenu était-il simplement une face du premier, exalté et sensible du côté de soi-même, sage mentor pour les autres. Peut-être en était-il ainsi chez mes parents selon qu'on les considérait par rapport à moi ou en eux-mêmes. Et pour ma grand-mère et ma mère il était trop visible que leur sévérité pour moi était voulue par elles et même leur coûtait, mais peut-être chez mon père lui-même la froideur n'était-elle qu'un aspect extérieur de sa sensibilité? Car c'est peut-être la vérité humaine de ce double aspect, aspect du côté de la vie intérieure, aspect du côté des rapports sociaux, qu'on exprimait dans ces mots qui me paraissaient autrefois aussi faux dans leur contenu que pleins de banalité dans leur forme quand on disait en parlant de mon père: «Sous sa froideur glaciale il cache une sensibilité extraordinaire, ce qu'il a surtout c'est la pudeur de sa sensibilité.» Ne cachait-il pas au fond d'incessants et secrets orages, ce calme au besoin semé de réflexions sentencieuses, d'ironie pour les manifestations maladroites de la sensibilité, et qui était le sien, mais que moi aussi maintenant j'affectais vis-à-vis de tout le monde et dont surtout je ne me départais pas, dans certaines circonstances, vis-à-vis d'Albertine. Je crois que vraiment ce jour-là, j'allais décider notre séparation et partir pour Venise. Ce qui me réenchaîna à ma liaison tint à la Normandie, non qu'elle manifestât quelque intention d'aller dans ce pays où j'avais été jaloux d'elle (car j'avais cette chance que jamais ses projets ne touchaient aux points douloureux de mon souvenir), mais parce qu'ayant dit : « C'est comme si je vous parlais de l'amie de votre tante qui habitait Infreville », elle répondit avec colère, heureuse comme toute personne qui discute et qui veut avoir pour soi le plus d'arguments possible, de me montrer que j'étais dans le faux et elle dans le vrai : « Mais jamais ma tante n'a connu personne à Infreville, et moi-même je n'y suis allée. » Elle avait oublié le mensonge qu'elle m'avait fait un soir sur la dame susceptible chez qui c'était de toute nécessité d'aller prendre le thé dût-elle en allant voir cette dame perdre mon amitié et se donner la mort. Je ne lui rappelai pas son mensonge. Mais il m'accabla. Et je remis encore à une autre fois la rupture. Il n'y a pas besoin de sincérité ni même d'adresse dans le mensonge pour être aimé. J'appelle ici amour une torture réciproque. Je ne trouvais nullement répréhensible ce soir de lui parler comme ma grand-mère si parfaite l'avait fait avec moi, ni pour lui avoir dit que je l'accompagnerais chez les Verdurin d'avoir adopté la façon brusque de mon père qui ne nous signifiait jamais une décision que de la façon qui pouvait nous causer le maximum d'une agitation, en dispro-portion, à ce degré, avec cette décision elle-même. De sorte qu'il avait beau jeu à nous trouver absurdes de montrer pour si peu de chose une telle désolation qui en effet répondait à la commotion qu'il nous avait donnée. Et si — comme la sagesse inflexible de ma grand-mère — ces velléités arbitraires de mon père étaient venues chez moi compléter la nature sensible à laquelle elles étaient restées si longtemps extérieures, et que pendant toute mon enfance, elles avaient fait tant souffrir, cette nature sensible les renseignait fort exactement sur les points qu'elles devaient viser efficacement : il n'y a pas de meilleur indicateur qu'un ancien voleur, ou qu'un sujet de la nation qu'on combat. Dans certaines familles menteuses, un frère venu voir son frère sans raison apparente et lui demandant dans une incidente, sur le pas de la porte, en s'en allant, un renseignement qu'il n'a même pas l'air d'écouter, signifie par cela même à son frère que ce renseignement était le but de sa visite, car le frère connaît bien ces airs détachés, ces mots dits comme entre parenthèses à la dernière seconde, car il les a souvent employés lui-même. Or il y a aussi des familles

pathologiques, des sensibilités apparentées, des tempéraments
fraternels, initiés à cette tacite langue qui fait qu'en famille on
se comprend sans se parler. Aussi qui donc peut plus qu'un
nerveux être énervant? Et puis il y avait peut-être à ma
conduite dans ces cas-là une cause plus générale, plus
profonde. C'est que dans ces moments brefs mais inévitables,
où l'on déteste quelqu'un qu'on aime — ces moments qui
durent parfois toute la vie avec les gens qu'on n'aime pas — on
ne veut pas paraître bon, pour ne pas être plaint, mais à la fois
le plus méchant et le plus heureux possible pour que notre
bonheur soit vraiment haïssable et ulcère l'âme de l'ennemi
occasionnel ou durable. Devant combien de gens ne me suis-je
pas mensongèrement calomnié, rien que pour que mes
« succès » leur parussent immoraux et les fissent plus enrager.
Ce qu'il faudrait c'est suivre la voie inverse, c'est montrer sans
fierté qu'on a de bons sentiments, au lieu de s'en cacher si fort.
Et ce serait facile si on savait ne jamais haïr, aimer toujours.
Car alors on serait si heureux de ne dire que les choses qui
peuvent rendre heureux les autres, les attendrir, vous en faire
aimer.

Certes j'avais quelques remords d'être aussi irritant à l'égard
d'Albertine et je me disais : « Si je ne l'aimais pas, elle m'aurait
plus de gratitude car je ne serais pas méchant avec elle ; mais
non, cela se compenserait car je serais aussi moins gentil. » Et
j'aurais pu, pour me justifier, lui dire que je l'aimais. Mais
l'aveu de cet amour, outre qu'il n'eût rien appris à Albertine,
l'eût peut-être plus refroidie à mon égard que les duretés et les
fourberies dont l'amour était justement la seule excuse. Être
dur et fourbe envers ce qu'on aime est si naturel. Si l'intérêt que
nous témoignons aux autres ne nous empêche pas d'être doux
avec eux et complaisants à ce qu'ils désirent, c'est que cet
intérêt est mensonger. Autrui nous est indifférent et l'indifférence n'invite pas à la méchanceté.

La soirée passait ; avant qu'Albertine allât se coucher, il n'y
avait pas grand temps à perdre si nous voulions faire la paix,
recommencer à nous embrasser. Aucun de nous deux n'en
avait encore pris l'initiative. Sentant qu'elle était de toute
façon fâchée, j'en profitai pour lui parler d'Esther Lévy.

« Bloch m'a dit — ce qui n'était pas vrai — que vous aviez très bien connu sa cousine Esther. — Je ne la reconnaîtrais même pas », dit Albertine d'un air vague. « J'ai vu sa photographie », ajoutai-je en colère. Je ne regardais pas Albertine en disant cela, de sorte que je ne vis pas son expression qui eût été sa seule réponse car elle ne dit rien. Ce n'était plus l'apaisement du baiser de ma mère à Combray, que j'éprouvais auprès d'Albertine, ces soirs-là, mais au contraire l'angoisse de ceux où ma mère me disait à peine bonsoir, ou même ne montait pas dans ma chambre, soit qu'elle fût fâchée contre moi ou retenue par des invités. Cette angoisse, non pas sa transposition dans l'amour, non, cette angoisse elle-même qui s'était un temps spécialisée dans l'amour, quand le partage, la division des passions s'était opérée, avait été affectée à lui seul, maintenant semblait de nouveau s'étendre à toutes, redevenue indivise de même que dans mon enfance, comme si tous mes sentiments qui tremblaient de ne pouvoir garder Albertine auprès de mon lit à la fois comme une maîtresse, comme une sœur, comme une fille, comme une mère aussi du bonsoir quotidien de laquelle je recommençais à éprouver le puéril besoin, avaient commencé de se rassembler, de s'unifier dans le soir prématuré de ma vie qui semblait devoir être aussi brève qu'un jour d'hiver. Mais si j'éprouvais l'angoisse de mon enfance, le changement de l'être qui me la faisait éprouver, la différence de sentiment qu'il m'inspirait, la transformation même de mon caractère me rendaient impossible d'en réclamer l'apaisement à Albertine, comme autrefois à ma mère. Je ne savais plus dire : « Je suis triste. » Je me bornais la mort dans l'âme à parler de choses indifférentes qui ne me faisaient faire aucun progrès vers une solution heureuse. Je piétinais sur place dans de douloureuses banalités. Et avec cet égoïsme intellectuel qui pour peu qu'une vérité insignifiante se rapporte à notre amour nous en fait faire un grand honneur à celui qui l'a trouvée, peut-être aussi fortuitement que la tireuse de cartes qui nous a annoncé un fait banal mais qui s'est depuis réalisé, je n'étais pas loin de croire Françoise supérieure à Bergotte et à Elstir parce qu'elle m'avait dit à Balbec : « Cette fille-là ne vous causera que du chagrin. » Chaque minute me rapprochait du bonsoir d'Albertine, qu'elle me disait enfin. Mais ce soir son baiser d'où elle-même était absente, et qui ne me rencontrait pas, me laissait si anxieux que le cœur palpitant, je la regardais aller jusqu'à la porte en pensant : « Si je veux trouver un prétexte pour la rappeler, la retenir, faire la paix, il faut se hâter, elle n'a plus que quelques pas à faire pour être sortie de la chambre, plus que deux, plus qu'un, elle tourne le bouton, elle ouvre, c'est trop tard, elle a refermé la porte ! » Peut-être pas trop tard, tout de même. Comme jadis à Combray quand ma mère m'avait quitté sans m'avoir calmé par son baiser, je voulais m'élancer sur les pas d'Albertine, je sentais qu'il n'y aurait plus de paix pour moi avant que je l'eusse revue, que ce revoir allait devenir quelque chose d'immense qu'il n'avait pas encore été jusqu'ici et que, si je ne réussissais pas tout seul à me débarrasser de cette tristesse, je prendrais peut-être la honteuse habitude d'aller mendier auprès d'Albertine, je sautais hors du lit quand elle était déjà dans sa chambre, je passais et repassais dans le couloir espérant qu'elle sortirait et m'appellerait ; je restais immobile devant sa porte pour ne pas risquer de ne pas entendre un faible appel, je rentrais un instant dans ma chambre regarder si mon amie n'aurait pas par bonheur oublié un mouchoir, un sac, quelque chose dont j'aurais pu paraître avoir peur que cela lui manquât et qui m'eût donné le prétexte d'aller chez elle. Non, rien. Je revenais me poster devant sa porte. Mais dans la fente de celle-ci il n'y avait plus de lumière, Albertine avait éteint, elle était couchée, je restais là immobile, espérant je ne sais quelle chance qui ne venait pas ; et longtemps après, glacé, je revenais me mettre sous mes couvertures et pleurais tout le reste de la nuit. Aussi parfois, de tels soirs, j'eus recours à une ruse qui me donnait le baiser d'Albertine. Sachant combien dès qu'elle était étendue son ensommeillement était rapide (elle le savait aussi car instinctivement dès qu'elle s'étendait elle ôtait les mules que je lui avais données et sa bague qu'elle posait à côté d'elle comme elle faisait dans sa chambre avant de se coucher), sachant combien son sommeil était profond, son réveil tendre, je prenais un prétexte pour aller chercher quelque chose, je la faisais étendre sur mon lit. Quand je revenais elle était endormie et je voyais devant moi cette autre femme qu'elle devenait dès qu'elle était entièrement de face. Mais elle changeait bien vite de personnalité car je m'allongeais à côté d'elle et la retrouvais de profil. Je pouvais mettre ma main dans sa main, sur son épaule, sur sa joue, Albertine continuait de dormir. Je pouvais prendre sa tête, la renverser, la poser contre mes lèvres, entourer mon cou de ses bras, elle continuait à dormir, comme une montre qui ne s'arrête pas, comme une bête qui continue de vivre quelque position qu'on lui donne, comme une plante grimpante, un volubilis qui continue de pousser ses branches quelque appui qu'on lui donne. Seul son souffle était modifié par chacun de mes attouchements comme si elle eût été un instrument dont j'eusse joué et à qui je faisais exécuter des modulations en tirant de l'une puis de l'autre de ses cordes des notes différentes. Ma jalousie s'apaisait, car je sentais Albertine devenue un être qui respire, qui n'est pas autre chose, comme le signifiait le souffle régulier par où s'exprime cette pure fonction physiologique qui, tout fluide, n'a l'épaisseur ni de la parole ni du silence et dans son ignorance de tout mal, haleine tirée plutôt d'un roseau creusé que d'un être humain, était vraiment paradisiaque pour moi qui dans ces moments-là sentais Albertine soustraite à tout, non pas seulement matériellement mais moralement, était le pur chant des Anges. Et dans ce souffle pourtant je me disais tout à coup que peut-être bien des noms humains apportés par la mémoire devaient se jouer. Parfois même à cette musique, la voix humaine s'ajoutait. Albertine prononçait quelques mots. Comme j'aurais voulu en saisir le sens. Il arrivait que le nom d'une personne dont nous avions parlé et qui excitait ma jalousie, vînt à ses lèvres, mais sans me rendre malheureux car le souvenir qui l'y amenait semblait n'être que celui des conversations qu'elle avait eues à ce sujet avec moi. Pourtant un soir où les yeux fermés elle s'éveillait à demi elle dit tendrement en s'adressant à moi : « Andrée. » Je dissimulai mon émotion. « Tu rêves, je ne suis pas Andrée », lui dis-je en riant. Elle sourit aussi : « Mais non, je voulais te demander ce que t'avait dit tantôt Andrée. — J'aurais cru plutôt que tu avais été couchée comme cela près d'elle. — Mais non jamais », me dit-elle, seulement avant de me répondre cela elle avait un instant caché sa figure dans ses mains. Ses silences n'étaient donc que des voiles, ses tendresses de surface ne faisaient que retenir au fond mille souvenirs qui m'eussent déchiré — sa vie était donc pleine de ces faits dont le récit moqueur, la rieuse chronique constituent nos bavardages quotidiens au sujet des autres, des indifférents, mais qui tant qu'un être reste fourvoyé dans notre cœur nous semblent un éclaircissement si précieux de sa vie que pour connaître ce monde sous-jacent nous donnerions volontiers la nôtre. Alors son sommeil m'apparaissait comme un monde merveilleux et magique où par instants s'élève du fond de l'élément à peine translucide l'aveu d'un secret qu'on ne comprendra pas. Mais d'ordinaire quand Albertine dormait, elle semblait avoir retrouvé son innocence. Dans l'attitude que je lui avais donnée mais que dans son sommeil elle avait vite faite sienne, elle avait l'air de se confier à moi. Sa figure avait perdu toute expression de ruse ou de vulgarité et entre elle et moi vers qui elle levait son bras, sur qui elle reposait sa main, il semblait y avoir un abandon entier, un indissoluble attachement. Son sommeil d'ailleurs ne la séparait pas de moi et laissait subsister en elle la notion de notre tendresse ; il avait plutôt pour effet d'abolir le reste, je l'embrassais, je lui disais que j'allais faire quelques pas dehors, elle entrouvrait les yeux, me disait d'un air étonné — et en effet c'était déjà la nuit — : « Mais où tu vas comme cela mon chéri » et en me donnant mon prénom, et aussitôt se rendormait. Son sommeil n'était qu'une sorte d'effacement du reste de la vie, qu'un silence uni sur lequel prenaient de temps à autre leur vol des paroles familières de tendresse. En les rapprochant les unes des autres on eût composé la conversation sans alliage, l'intimité secrète, d'un pur amour. Ce sommeil si calme me ravissait comme ravit une mère qui lui en fait une qualité le bon sommeil de son enfant. Et son sommeil était d'un enfant en effet. Son réveil aussi, et si naturel, si tendre, avant même qu'elle eût su où elle était, que je me demandais parfois avec épouvante si elle avait eu l'habitude avant de vivre chez moi de ne pas dormir seule et de trouver en ouvrant les yeux quelqu'un à ses côtés. Mais sa grâce enfantine était plus forte. Comme une mère encore je m'émerveillais qu'elle s'éveillât toujours de si

bonne humeur. Au bout de quelques instants elle reprenait
conscience, avait des mots charmants, non rattachés les uns
aux autres, de simples pépiements. Par une sorte de chassé-
croisé son cou habituellement peu remarqué, maintenant
presque trop beau, avait pris l'immense importance que ses
yeux clos par le sommeil avaient perdue, ses yeux mes
interlocuteurs habituels et à qui je ne pouvais plus m'adresser
depuis la retombée des paupières. De même que les yeux clos
donnent une beauté innocente et grave au visage en supprimant
tout ce que n'expriment que trop les regards, il y avait dans les
paroles non sans signification, mais entrecoupées de silence
qu'Albertine avait au réveil une pure beauté qui n'est pas à tout
moment souillée comme est la conversation d'habitudes
verbales, de rengaines, de traces de défauts. Du reste quand je
m'étais décidé à éveiller Albertine, j'avais pu le faire sans
crainte, je savais que son réveil ne serait nullement en rapport
avec la soirée que nous venions de passer mais sortirait de son
sommeil comme de la nuit sort le matin. Dès qu'elle avait
entrouvert les yeux en souriant, elle m'avait tendu sa bouche et
avant qu'elle eût encore rien dit, j'en avais goûté la fraîcheur
apaisante comme celle d'un jardin encore silencieux avant le
lever du jour.

Le lendemain de cette soirée où Albertine m'avait dit qu'elle
irait peut-être puis qu'elle n'irait pas chez les Verdurin, je
m'éveillai de bonne heure, et encore à demi endormi ma joie
m'apprit qu'il y avait, interpolé dans l'hiver, un jour de
printemps[1]. Dehors des thèmes populaires finement écrits pour
des instruments variés, depuis la corne du raccommodeur de
porcelaine, ou la trompette du rempailleur de chaises, jusqu'à
la flûte du chevrier qui paraissait dans un beau jour être un
pâtre de Sicile, orchestraient légèrement l'air matinal, en une
« Ouverture pour un jour de fête ». L'ouïe, ce sens délicieux,
nous apporte la compagnie de la rue dont elle nous retrace
toutes les lignes, dessine toutes les formes qui y passent, nous
en montrant la couleur. Les rideaux de fer du boulanger, du
crémier, lesquels s'étaient hier au soir abaissés sur toutes les
possibilités de bonheur féminin, se levaient maintenant comme
les légères poulies d'un navire qui appareille et va filer,

traversant la mer transparente, sur un rêve de jeunes employées. Ce bruit du rideau de fer qu'on lève eût peut-être été mon seul plaisir dans un quartier différent. Dans celui-ci cent autres faisaient ma joie, desquels je n'aurais pas voulu perdre un seul en restant tard endormi. C'est l'enchantement des vieux quartiers aristocratiques d'être, à côté de cela, populaires. Comme parfois les cathédrales en eurent non loin de leur portail (à qui il arriva même d'en garder le nom, comme celui de la cathédrale de Rouen, appelé des « Libraires », parce que contre lui ceux-ci exposaient en plein vent leur marchandise), divers petits métiers, mais ambulants, passaient devant le noble hôtel de Guermantes, et faisaient penser par moments à la France ecclésiastique d'autrefois. Car l'appel qu'ils lançaient aux petites maisons voisines n'avait, à de rares exceptions près, rien d'une chanson. Il en différait autant que la déclamation — à peine colorée par des variations insensibles — de *Boris Godounov* et de *Pelléas*[1] ; mais d'autre part rappelait la psalmodie d'un prêtre au cours d'offices dont ces scènes de la rue ne sont que la contrepartie bon enfant, foraine, pourtant à demi liturgique. Jamais je n'y avais pris tant de plaisir que depuis qu'Albertine habitait avec moi ; elles me semblaient comme un signal joyeux de son éveil et en m'intéressant à la vie du dehors me faisaient mieux sentir l'apaisante vertu d'une chère présence, aussi constante que je le souhaitais. Certaines des nourritures criées dans la rue, et que personnellement je détestais, étaient fort au goût d'Albertine, si bien que Françoise en envoyait acheter par son jeune valet, peut-être un peu humilié d'être confondu dans la foule plébéienne. Bien distincts dans ce quartier si tranquille (où les bruits n'étaient plus un motif de tristesse pour Françoise et en étaient devenus un de douceur pour moi) m'arrivaient, chacun avec sa modulation différente, des récitatifs déclamés par ces gens du peuple, comme ils le seraient dans la musique, si populaire, de *Boris,* où une intonation initiale est à peine altérée par l'inflexion d'une note qui se penche sur une autre, musique de la foule qui est plutôt un langage qu'une musique. C'était : « Ah ! le bigorneau, deux sous le bigorneau », qui faisait se précipiter vers les cornets où on vendait ces affreux petits

coquillages, qui, s'il n'y avait pas eu Albertine, m'eussent
répugné, non moins d'ailleurs que les escargots que j'entendais
vendre à la même heure. Ici, c'était bien encore à la
déclamation à peine lyrique de Moussorgsky que faisait penser
le marchand, mais pas à elle seulement. Car après avoir
presque « parlé » : « Les escargots, ils sont frais, ils sont
beaux », c'était avec la tristesse et le vague de Maeterlinck,
musicalement transposés par Debussy, que le marchand
d'escargots, dans un de ces douloureux finales par où l'auteur
de *Pelléas* s'apparente à Rameau (« Si je dois être vaincue, est-
ce à toi d'être mon vainqueur[1] ? »), ajoutait avec une chantante
mélancolie : « On les vend six sous la douzaine... » Il m'a
toujours été difficile de comprendre pourquoi ces mots fort
clairs étaient soupirés sur un ton si peu approprié, mystérieux,
comme le secret qui fait que tout le monde a l'air triste dans le
vieux palais où Mélisande n'a pas réussi à apporter la joie, et
profond comme une pensée du vieillard Arkel qui cherche à
proférer dans des mots très simples toute la sagesse et la
destinée. Les notes mêmes sur lesquelles s'élève avec une
douceur grandissante la voix du vieux roi d'Allemonde ou de
Golaud, pour dire : « On ne sait pas ce qu'il y a ici. Cela peut
paraître étrange. Il n'y a peut-être pas d'événements inutiles »,
ou bien : « Il ne faut pas s'effrayer... C'était un pauvre petit être
mystérieux, comme tout le monde », étaient celles qui servaient
au marchand d'escargots pour reprendre, en une cantilène
indéfinie : « On les vend six sous la douzaine...[2] » Mais cette
lamentation métaphysique n'avait pas le temps d'expirer au
bord de l'infini, elle était interrompue par une vive trompette.
Cette fois il ne s'agissait pas de mangeailles, les paroles du
libretto étaient : « Tond les chiens, coupe les chats, les queues et
les oreilles. »

Certes, la fantaisie, l'esprit de chaque marchand ou
marchande, introduisaient souvent des variantes dans les
paroles de toutes ces musiques que j'entendais de mon lit.
Pourtant un arrêt rituel mettant un silence au milieu d'un mot,
surtout quand il était répété deux fois, évoquait constamment
le souvenir des vieilles églises. Dans sa petite voiture conduite
par une ânesse qu'il arrêtait devant chaque maison pour entrer

dans les cours, le marchand d'habits, portant un fouet, psalmodiait : « Habits, marchand d'habits, ha... bits » avec la même pause entre les deux dernières syllabes d'habits que s'il eût entonné en plain-chant : « *Per omnia saecula saeculo... rum* » ou : « *Requiescat in pa... ce* », bien qu'il ne dût pas croire à l'éternité de ses habits et ne les offrît pas non plus comme linceuls pour le suprême repos dans la paix. Et de même, comme les motifs commençaient à s'entrecroiser dès cette heure matinale, une marchande des quatre-saisons, poussant sa voiturette, usait pour sa litanie de la division grégorienne :

> *À la tendresse, à la verduresse*
> *Artichauts tendres et beaux*
> *Arti — chauts*

bien qu'elle fût vraisemblablement ignorante de l'antiphonaire[1] et des sept tons qui symbolisent, quatre les sciences du quadrivium et trois celles du trivium[2].

Tirant d'un flûtiau, d'une cornemuse, des airs de son pays méridional, dont la lumière s'accordait bien avec les beaux jours, un homme en blouse, tenant à la main un nerf de bœuf, et coiffé d'un béret basque, s'arrêtait devant les maisons. C'était le chevrier avec deux chiens et devant lui son troupeau de chèvres. Comme il venait de loin il passait assez tard dans notre quartier ; et les femmes accouraient avec un bol pour recueillir le lait qui devait donner la force à leurs petits. Mais aux airs pyrénéens de ce bienfaisant pasteur se mêlait déjà la cloche du repasseur, lequel criait : « Couteaux, ciseaux, rasoirs. » Avec lui ne pouvait lutter le repasseur de scies, car dépourvu d'instrument il se contentait d'appeler : « Avez-vous des scies à repasser, v'là le repasseur », tandis que, plus gai, le rétameur, après avoir énuméré les chaudrons, les casseroles, tout ce qu'il rétamait, entonnait le refrain :

> *Tam, tam, tam,*
> *C'est moi qui rétame,*
> *Même le macadam,*
> *C'est moi qui mets des fonds partout,*

> *Qui bouche tous les trous,*
> *Trou, trou, trou* ;

et de petits Italiens, portant de grandes boîtes de fer peintes en
rouge où les numéros — perdants et gagnants — étaient
marqués, et jouant d'une crécelle, proposaient : « Amusez-
vous, Mesdames, v'là le plaisir. »

Françoise m'apporta *Le Figaro*. Un seul coup d'œil me
permit de me rendre compte que mon article n'avait toujours
pas passé. Elle me dit qu'Albertine demandait si elle ne pouvait
pas entrer chez moi et me faisait dire qu'en tout cas elle avait
renoncé à faire sa visite chez les Verdurin et comptait aller
comme je le lui avais conseillé à la matinée « extraordinaire »
du Trocadéro (en bien moins important toutefois, ce qu'on
appellerait aujourd'hui une matinée de gala) après une petite
promenade à cheval qu'elle devait faire avec Andrée. Maintenant que je savais qu'elle avait renoncé à son désir peut-être
mauvais d'aller voir Mme Verdurin, je dis en riant : « Qu'elle
vienne » et je me dis qu'elle pouvait aller où elle voulait et que
cela m'était bien égal. Je savais qu'à la fin de l'après-midi
quand viendrait le crépuscule je serais sans doute un autre
homme, triste, attachant aux moindres allées et venues
d'Albertine une importance qu'elles n'avaient pas à cette heure
matinale et quand il faisait si beau temps. Car mon insouciance
était suivie par la claire notion de sa cause, mais n'en était pas
altérée. « Françoise m'a assuré que vous étiez éveillé et que je
ne vous dérangerais pas », me dit Albertine en entrant. Et
comme avec celle de me faire froid en ouvrant sa fenêtre à un
moment mal choisi, la plus grande peur d'Albertine était
d'entrer chez moi quand je sommeillais : « J'espère que je n'ai
pas eu tort, ajouta-t-elle. Je craignais que vous ne me disiez :

> *Quel mortel insolent vient chercher le trépas ?*

Et elle rit de ce rire qui me troublait tant. Je lui répondis sur le
même ton de plaisanterie :

> *Est-ce pour vous qu'est fait cet ordre si sévère ?*

Et de peur qu'elle l'enfreignît jamais j'ajoutai : « Quoique je
serais furieux que vous me réveilliez. — Je sais, je sais, n'ayez
pas peur », me dit Albertine. Et pour adoucir j'ajoutai en
continuant à jouer avec elle la scène d'*Esther*. tandis que dans
la rue continuaient les cris rendus tout à fait confus par notre
conversation :

> *Je ne trouve qu'en vous je ne sais quelle grâce*
> *Qui me charme toujours et jamais ne me lasse*[1]

(et à part moi je pensais : « Si, elle me lasse bien souvent »). Et
me rappelant ce qu'elle avait dit la veille, tout en la remerciant
avec exagération d'avoir renoncé aux Verdurin, afin qu'une
autre fois elle m'obéît de même pour telle ou telle chose, je dis :
« Albertine vous vous méfiez de moi qui vous aime et vous avez
confiance en des gens qui ne vous aiment pas » (comme s'il
n'était pas naturel de se méfier des gens qui vous aiment et qui
seuls ont intérêt à vous mentir pour savoir, pour empêcher), et
j'ajoutai ces paroles mensongères : « Vous ne croyez pas au
fond que je vous aime, c'est drôle. En effet je ne vous *adore*
pas. » Elle mentit à son tour en disant qu'elle ne se fiait qu'à
moi, et fut sincère ensuite en assurant qu'elle savait bien que je
l'aimais. Mais cette affirmation ne semblait pas impliquer
qu'elle ne me crût pas menteur et l'épiant. Et elle semblait me
pardonner comme si elle eût vu là la conséquence insupportable d'un grand amour ou comme si elle-même se fût trouvée
moins bonne. « Je vous en prie, ma petite chérie, pas de haute
voltige comme vous avez fait l'autre jour. Pensez, Albertine,
s'il vous arrivait un accident ! » Je ne lui souhaitais naturellement aucun mal. Mais quel plaisir si avec ses chevaux elle avait
eu la bonne idée de partir je ne sais où, où elle se serait plu, et
de ne plus jamais revenir à la maison. Comme cela eût tout
simplifié qu'elle allât vivre heureuse ailleurs, je ne tenais même
pas à savoir où[2]. « Oh ! je sais bien que vous ne me survivriez
pas quarante-huit heures, que vous vous tueriez. » Ainsi
échangeâmes-nous des paroles menteuses. Mais une vérité plus
profonde que celle que nous proférerions si nous étions

sincères peut quelquefois être exprimée et prédite par une autre
voie que la sincérité. « Cela ne vous gêne pas, tous ces bruits du
dehors? me demanda-t-elle, moi je les adore. Mais vous qui
avez déjà le sommeil si léger? » Je l'avais au contraire parfois
très profond (comme je l'ai déjà dit, mais comme l'événement
qui va suivre me force à le rappeler) et surtout quand je
m'endormais seulement le matin[1]. Comme un tel sommeil a été
— en moyenne — quatre fois plus reposant, il paraît, à celui
qui vient de dormir, avoir été quatre fois plus long, alors qu'il
fut quatre fois plus court. Magnifique erreur d'une multiplication par seize qui donne tant de beauté au réveil et introduit
dans la vie une véritable novation, pareille à ces grands
changements de rythme qui en musique font que, dans un
andante, une croche contient autant de durée qu'une blanche
dans un prestissimo, et qui sont inconnus à l'état de veille. La
vie y est presque toujours la même, d'où les déceptions du
voyage. Il semble bien que le rêve soit fait pourtant avec la
matière parfois la plus grossière de la vie, mais cette matière y
est traitée, malaxée de telle sorte, avec un étirement dû à ce
qu'aucune des limites horaires de l'état de veille ne l'empêche
de s'effiler jusqu'à des hauteurs énormes, qu'on ne la reconnaît
pas. Les matins où cette fortune m'était advenue, où le coup
d'éponge du sommeil avait effacé de mon cerveau les signes des
occupations quotidiennes qui y sont tracés comme sur un
tableau noir, il me fallait faire revivre ma mémoire ; à force de
volonté on peut rapprendre ce que l'amnésie du sommeil ou
d'une attaque a fait oublier et qui renaît peu à peu, au fur et à
mesure que les yeux s'ouvrent ou que la paralysie disparaît.
J'avais vécu tant d'heures en quelques minutes que, voulant
tenir à Françoise, que j'appelais, un langage conforme à la
réalité et réglé sur l'heure, j'étais obligé d'user de tout mon
pouvoir interne de compression pour ne pas dire : « Eh bien,
Françoise, nous voici à cinq heures du soir et je ne vous ai pas
vue depuis hier après-midi » et pour refouler mes rêves. En
contradiction avec eux et en me mentant à moi-même, je disais
effrontément, et en me réduisant de toutes mes forces au
silence, des paroles contraires : « Françoise, il est bien dix
heures ! » Je ne disais même pas dix heures du matin, mais

simplement dix heures, pour que ces dix heures si incroyables eussent l'air prononcés d'un ton plus naturel. Pourtant dire ces paroles, au lieu de celles que continuait à penser le dormeur à peine éveillé que j'étais encore, me demandait le même effort d'équilibre qu'à quelqu'un qui sautant d'un train en marche et courant un instant le long de la voie, réussit pourtant à ne pas tomber. Il court un instant parce que le milieu qu'il quitte était un milieu animé d'une grande vitesse, et très dissemblable du sol inerte auquel ses pieds ont quelque difficulté à se faire. De ce que le monde du rêve n'est pas le monde de la veille, il ne s'ensuit pas que le monde de la veille soit moins vrai, au contraire. Dans le monde du sommeil nos perceptions sont tellement surchargées, chacune épaissie par une superposée qui la double, l'aveugle inutilement, que nous ne savons même pas distinguer ce qui se passe dans l'étourdissement du réveil ; était-ce Françoise qui était venue, ou moi qui, las de l'appeler, allais vers elle ? Le silence à ce moment-là était le seul moyen de ne rien révéler, comme au moment où l'on est arrêté par un juge instruit de circonstances vous concernant mais dans la confidence desquelles on n'a pas été mis. Était-ce Françoise qui était venue, était-ce moi qui avais appelé ? N'était-ce même pas Françoise qui dormait et moi qui venais de l'éveiller ? Bien plus, Françoise n'était-elle pas enfermée dans ma poitrine, la distinction des personnes et de leur interaction existant à peine dans cette brune obscurité où la réalité est aussi peu translucide que dans le corps d'un porc-épic et où la perception quasi nulle peut peut-être donner l'idée de celle de certains animaux ? Au reste, même dans la limpide folie qui précède ces sommeils plus lourds, si des fragments de sagesse flottent lumineusement, si les noms de Taine, de George Eliot n'y sont pas ignorés, il n'en reste pas moins au monde de la veille cette supériorité d'être chaque matin possible à continuer, et non chaque soir le rêve. Mais il est peut-être d'autres mondes plus réels que celui de la veille. Encore avons-nous vu que même celui-là, chaque révolution dans les arts le transforme, bien plus, dans le même temps, le degré d'aptitude ou de culture qui différencie un artiste d'un sot ignorant.

Et souvent une heure de sommeil de trop est une attaque de

paralysie après laquelle il faut retrouver l'usage de ses
membres, rapprendre à parler. La volonté n'y réussirait pas.
On a trop dormi, on n'est plus. Le réveil est à peine senti
mécaniquement, et sans conscience, comme peut l'être dans un
tuyau, la fermeture d'un robinet. Une vie plus inanimée que
celle de la méduse succède, où l'on croirait aussi bien qu'on est
tiré du fond des mers ou revenu du bagne, si seulement l'on
pouvait penser quelque chose. Mais alors du haut du ciel la
déesse Mnémotechnie[1] se penche et nous tend sous la forme
« habitude de demander son café au lait » l'espoir de la
résurrection. Encore le don subit de la mémoire n'est-il pas
toujours aussi simple. On a souvent près de soi, dans ces
premières minutes où l'on se laisse glisser au réveil, une variété
de réalités diverses où l'on croit pouvoir choisir comme dans
un jeu de cartes. C'est vendredi matin et on rentre de
promenade, ou bien c'est l'heure du thé au bord de la mer.
L'idée du sommeil et qu'on est couché en chemise de nuit, est
souvent la dernière qui se présente à vous. La résurrection ne
vient pas tout de suite, on croit avoir sonné, on ne l'a pas fait,
on agite des propos déments. Le mouvement seul rend la
pensée, et quand on a effectivement pressé la poire électrique,
on peut dire avec lenteur mais nettement : « Il est bien dix
heures. Françoise, donnez-moi mon café au lait. » Ô miracle !
Françoise n'avait pu soupçonner la mer d'irréel qui me
baignait encore tout entier et à travers laquelle j'avais eu
l'énergie de faire passer mon étrange question. Elle me
répondait en effet : « Il est dix heures dix », ce qui me donnait
une apparence raisonnable et me permettait de ne pas laisser
apercevoir les conversations bizarres qui m'avaient intermina-
blement bercé (les jours où ce n'était pas une montagne de
néant qui m'avait retiré la vie). À force de volonté, je m'étais
réintégré dans le réel. Je jouissais ore des débris du
sommeil, c'est-à-dire de la seule invention, du seul renouvellement qui existe dans la manière de conter, toutes les narrations
à l'état de veille, fussent-elles embellies par la littérature, ne
comportant pas ces mystérieuses différences d'où dérive la
beauté. Il est aisé de parler de celle que crée l'opium. Mais pour
un homme habitué à ne dormir qu'avec des drogues, une heure

inattendue de sommeil naturel découvrira l'immensité matinale d'un paysage aussi mystérieux et plus frais. En faisant varier l'heure, l'endroit où on s'endort, en provoquant le sommeil d'une manière artificielle, ou au contraire en revenant pour un jour au sommeil naturel — le plus étrange de tous pour quiconque a l'habitude de dormir avec des soporifiques — on arrive à obtenir des variétés de sommeil mille fois plus nombreuses que, jardinier, on n'obtiendrait de variétés d'œillets ou de roses. Les jardiniers obtiennent des fleurs qui sont des rêves délicieux, d'autres aussi qui ressemblent à des cauchemars. Quand je m'endormais d'une certaine façon, je me réveillais grelottant, croyant que j'avais la rougeole ou, chose bien plus douloureuse, que ma grand-mère (à qui je ne pensais plus jamais) souffrait parce que je m'étais moqué d'elle le jour où à Balbec, croyant mourir, elle avait voulu que j'eusse une photographie d'elle. Vite, bien que réveillé, je voulais aller lui expliquer qu'elle ne m'avait pas compris. Mais déjà je me réchauffais. Le pronostic de rougeole était écarté et ma grand-mère si éloignée de moi qu'elle ne faisait plus souffrir mon cœur.

Parfois sur ces sommeils différents s'abattait une obscurité subite. J'avais peur en prolongeant ma promenade dans une avenue entièrement noire où j'entendais passer des rôdeurs. Tout à coup une discussion s'élevait entre un agent et une de ces femmes qui exerçaient souvent le métier de conduire et qu'on prend de loin pour de jeunes cochers. Sur son siège entouré de ténèbres je ne la voyais pas, mais elle parlait, et dans sa voix je lisais les perfections de son visage et la jeunesse de son corps. Je marchais vers elle, dans l'obscurité, pour monter dans son coupé avant qu'elle ne repartît. C'était loin. Heureusement la discussion avec l'agent se prolongeait. Je rattrapais la voiture encore arrêtée. Cette partie de l'avenue s'éclairait de réverbères. La conductrice devenait visible. C'était bien une femme mais vieille, grande et forte, avec des cheveux blancs s'échappant de sa casquette, et une lèpre rouge sur la figure. Je m'éloignais en pensant : en est-il ainsi de la jeunesse des femmes ? Celles que nous avons rencontrées, si brusquement nous désirons les revoir, sont-elles devenues vieilles? La jeune femme qu'on désire est-elle comme un emploi de théâtre où par la défaillance des créatrices du rôle on est obligé de le confier à de nouvelles étoiles? Mais alors ce n'est plus la même.

Puis une tristesse m'envahissait. Nous avons ainsi dans notre sommeil de nombreuses Pitiés, comme les «Pietà» de la Renaissance, mais non point comme elles exécutées dans le marbre, inconsistantes au contraire. Elles ont leur utilité cependant, qui est de nous faire souvenir d'une certaine vue plus attendrie, plus humaine des choses, qu'on est trop tenté d'oublier dans le bon sens, glacé, parfois plein d'hostilité, de la veille. Ainsi m'était rappelée la promesse que je m'étais faite à Balbec de garder toujours la Pitié de Françoise. Et pour toute cette matinée au moins je saurais m'efforcer de ne pas être irrité des querelles de Françoise et du maître d'hôtel, d'être doux avec Françoise à qui les autres donnaient si peu de bonté. Cette matinée seulement; et il faudrait tâcher de me faire un code un peu plus stable; car de même que les peuples ne sont pas longtemps gouvernés par une politique de pur sentiment, les hommes ne le sont pas par le souvenir de leurs rêves. Déjà celui-ci commençait à s'envoler. En cherchant à le rappeler pour le peindre je le faisais fuir plus vite. Mes paupières n'étaient plus aussi fortement scellées sur mes yeux. Si j'essayais de reconstituer mon rêve, elles s'ouvriraient tout à fait. À tout moment il faut choisir entre la santé, la sagesse d'une part, et de l'autre les plaisirs spirituels. J'ai toujours eu la lâcheté de choisir la première part. Au reste le périlleux pouvoir auquel je renonçais l'était plus encore qu'on ne le croit. Les Pitiés, les rêves ne s'envolent pas seuls. À varier ainsi les conditions dans lesquelles on s'endort, ce ne sont pas les rêves seuls qui s'évanouissent, mais pour de longs jours, pour des années quelquefois, la faculté non seulement de rêver mais de s'endormir. Le sommeil est divin mais peu stable, le plus léger choc le rend volatil. Ami des habitudes, elles le retiennent chaque soir, plus fixes que lui, à son lieu consacré, elles le préservent de tout heurt. Mais si on les déplace, s'il n'est plus assujetti, il s'évanouit comme une vapeur. Il ressemble à la jeunesse et aux amours, on ne le retrouve plus.

Dans ces divers sommeils, comme en musique encore, c'était l'augmentation ou la diminution de l'intervalle qui créait la beauté. Je jouissais d'elle, mais en revanche, j'avais perdu dans ce sommeil, quoique bref, une bonne partie des cris où nous est rendue sensible la vie circulante des métiers, des nourritures de Paris. Aussi d'habitude (sans prévoir hélas le drame que de tels réveils tardifs et mes lois draconiennes et persanes d'Assuérus racinien devaient bientôt amener pour moi) je m'efforçais de m'éveiller de bonne heure pour ne rien perdre de ces cris. En plus du plaisir de savoir le goût qu'Albertine avait pour eux et de sortir moi-même tout en restant couché, j'entendais en eux comme le symbole de l'atmosphère du dehors, de la dangereuse vie remuante au sein de laquelle je ne la laissais circuler que sous ma tutelle, dans un prolongement extérieur de sa séquestration, et d'où je la retirais à l'heure que je voulais pour la faire rentrer auprès de moi. Aussi fut-ce le plus sincèrement du monde que je pus répondre à Albertine : « Au contraire, ils me plaisent parce que je sais que vous les aimez. "À la barque, les huîtres, à la barque." — Oh ! des huîtres, j'en ai si envie ! » Heureusement, Albertine, moitié inconstance, moitié docilité, oubliait vite ce qu'elle avait désiré, et avant que j'eusse eu le temps de lui dire qu'elle les aurait meilleures chez Prunier[1], elle voulait successivement tout ce qu'elle entendait crier par la marchande de poisson : « À la crevette, à la bonne crevette, j'ai de la raie toute en vie, toute en vie. — Merlans à frire, à frire. — Il arrive le maquereau, maquereau frais, maquereau nouveau. Voilà le maquereau, Mesdames, il est beau le maquereau. — À la moule fraîche et bonne, à la moule ! » Malgré moi, l'avertissement : « Il arrive le maquereau » me faisait frémir. Mais comme cet avertissement ne pouvait s'appliquer, me semblait-il, à mon chauffeur, je ne songeais qu'au poisson que je détestais, mon inquiétude ne durait pas. « Ah ! des moules, dit Albertine, j'aimerais tant manger des moules. — Mon chéri ! c'était pour Balbec, ici ça ne vaut rien ; d'ailleurs, je vous en prie, rappelez-vous ce que vous a dit Cottard au sujet des moules. » Mais mon observation était d'autant plus malencontreuse que la marchande des quatre-

saisons suivante annonçait quelque chose que Cottard défendait bien plus encore :

> *À la romaine, à la romaine !*
> *On ne la vend pas, on la promène.*

Pourtant Albertine me consentait le sacrifice de la romaine
pourvu que je lui promisse de faire acheter dans quelques jours
à la marchande qui crie : « J'ai de la belle asperge d'Argenteuil,
j'ai de la belle asperge. » Une voix mystérieuse, et de qui l'on
eût attendu des propositions plus étranges, insinuait : « Tonneaux, tonneaux ! » On était obligé de rester sur la déception
qu'il ne fût question que de tonneaux, car ce mot était presque
entièrement couvert par l'appel : « Vitri, vitri—er, carreaux
cassés, voilà le vitrier, vitri—er », division grégorienne qui me
rappela moins cependant la liturgie que ne fit l'appel du
marchand de chiffons reproduisant, sans le savoir, une de ces
brusques interruptions de sonorités, au milieu d'une prière, qui
sont assez fréquentes dans le rituel de l'Église : « *Praéceptis
salutáribus móniti et divina institutióne formáti audémus
dicere* », dit le prêtre en terminant vivement sur « *dicere*[1]. » Sans
irrévérence, comme le peuple pieux du Moyen Âge, sur le
parvis même de l'église jouait les farces et les soties, c'est à ce
« *dicere* » que fait penser le marchand de chiffons, quand, après
avoir traîné sur les mots, il dit la dernière syllabe avec une
brusquerie digne de l'accentuation réglée par le grand pape du
VIIe siècle : « Chiffons, ferrailles à vendre (tout cela psalmodié
avec lenteur ainsi que ces deux syllabes qui suivent, alors que la
dernière finit plus vivement que « *dicere* »), peaux d'la—pins ».
« La Valence, la belle Valence, la fraîche orange », les modestes
poireaux eux-mêmes : « Voilà d'beaux poireaux », les oignons :
« Huit sous mon oignon », déferlaient pour moi comme un
écho des vagues où, libre, Albertine eût pu se perdre, et
prenaient ainsi la douceur d'un *Suave mari magno*[2].

> *Voilà des carottes*
> *À deux ronds la botte.*

« Oh ! s'écria Albertine, des choux, des carottes, des oranges. Voilà rien que des choses que j'ai envie de manger. Faites-en acheter par Françoise. Elle fera les carottes à la crème. Et puis ce sera gentil de manger tout ça ensemble. Ce sera tous ces bruits que nous entendons, transformés en un bon repas. Oh ! je vous en prie, demandez à Françoise de faire plutôt une raie au beurre noir. C'est si bon ! — Ma petite chérie, c'est convenu. Ne restez pas ; sans cela c'est tout ce que poussent les marchandes des quatre-saisons que vous demanderez. — C'est dit, je pars, mais je ne veux plus jamais pour nos dîners que des choses dont nous aurons entendu le cri. C'est trop amusant. Et dire qu'il faut attendre encore deux mois pour que nous entendions : "Haricots verts et tendres, haricots, v'là l'haricot vert." Comme c'est bien dit : Tendres haricots ! vous savez je les veux tout fins, tout fins, ruisselants de vinaigrette, on ne dirait pas qu'on les mange, c'est frais comme une rosée. Hélas c'est comme pour les petits cœurs à la crème, c'est encore bien loin : "Bon fromage à la cré, à la cré, bon fromage[1]." Et le chasselas de Fontainebleau : "J'ai du beau chasselas." » Et je pensais avec effroi à tout ce temps que j'aurais à rester avec elle jusqu'au temps du chasselas. « Écoutez, je dis que je ne veux plus que les choses que nous aurons entendu crier, mais je fais naturellement des exceptions. Aussi il n'y aurait rien d'impossible à ce que je passe chez Rebattet commander une glace pour nous deux. Vous me direz que ce n'est pas encore la saison, mais j'en ai une envie ! » Je fus agité par le projet de Rebattet, rendu plus certain et suspect pour moi à cause des mots : « Il n'y aurait rien d'impossible ». C'était le jour où les Verdurin recevaient, et depuis que Swann leur avait appris que c'était la meilleure maison, c'était chez Rebattet qu'ils commandaient glaces et petits fours. « Je ne fais aucune objection à une glace, mon Albertine chérie, mais laissez-moi vous la commander, je ne sais pas moi-même si ce sera chez Poiré-Blanche, chez Rebattet, au Ritz[2], enfin je verrai. — Vous sortez donc ? » me dit-elle d'un air méfiant. Elle prétendait toujours qu'elle serait enchantée que je sortisse davantage, mais si un mot de moi pouvait laisser supposer que je ne resterais pas à la maison, son air inquiet donnait à penser que la joie qu'elle aurait à me voir sortir sans cesse, n'était peut-être pas très sincère « Je sortirai peut-être, peut-être pas, vous savez bien que je ne fais jamais de projets d'avance. En tout cas les glaces ne sont pas une chose qu'on crie, qu'on pousse dans les rues, pourquoi en voulez-vous ? » Et alors elle me répondit par ces paroles qui me montrèrent en effet combien d'intelligence et de goût latent s'étaient brusquement développés en elle depuis Balbec, par ces paroles du genre de celles qu'elle prétendait dues uniquement à mon influence, à la constante cohabitation avec moi, ces paroles que pourtant je n'aurais jamais dites comme si quelque défense m'était faite par quelqu'un d'inconnu de jamais user dans la conversation de formes littéraires. Peut-être l'avenir ne devait-il pas être le même pour Albertine et pour moi. J'en eus presque le pressentiment en la voyant se hâter d'employer en parlant des images si écrites et qui me semblaient réservées pour un autre usage plus sacré et que j'ignorais encore. Elle me dit (et je fus malgré tout profondément attendri car je pensai : « Certes je ne parlerais pas comme elle, mais tout de même sans moi elle ne parlerait pas ainsi, elle a subi profondément mon influence, elle ne peut donc pas ne pas m'aimer, elle est mon œuvre ») : « Ce que j'aime dans les nourritures criées, c'est qu'une chose entendue, comme une rhapsodie, change de nature à table et s'adresse à mon palais. Pour les glaces (car j'espère bien que vous ne m'en commanderez que prises dans ces moules démodés qui ont toutes les formes d'architecture possible), toutes les fois que j'en prends, temples, églises, obélisques, rochers, c'est comme une géographie pittoresque que je regarde d'abord et dont je convertis ensuite les monuments de framboise ou de vanille en fraîcheur dans mon gosier. » Je trouvais que c'était un peu trop bien dit, mais elle sentit que je trouvais que c'était bien dit et elle continua en s'arrêtant un instant quand sa comparaison était réussie pour rire de son beau rire qui m'était si cruel parce qu'il était si voluptueux : « Mon Dieu, à l'hôtel Ritz je crains bien que vous ne trouviez des colonnes Vendôme de glace, de glace au chocolat, ou à la framboise, et alors il en faut plusieurs pour que cela ait l'air de colonnes votives ou de pylônes, élevés dans une allée à la gloire de la Fraîcheur. Ils font aussi des obélisques de framboise, qui

se dresseront de place en place dans le désert brûlant de ma soif
et dont je ferai fondre le granit rose au fond de ma gorge qu'ils
désaltéreront mieux que des oasis (et ici le rire profond éclata,
soit de satisfaction de si bien parler, soit par moquerie d'elle-
même de s'exprimer par images si suivies, soit hélas par volupté
physique de sentir en elle quelque chose de si bon, de si frais,
qui lui causait l'équivalent d'une jouissance). Ces pics de glace
du Ritz ont quelquefois l'air du mont Rose, et même si la glace
est au citron je ne déteste pas qu'elle n'ait pas de forme
monumentale, qu'elle soit irrégulière, abrupte, comme une
montagne d'Elstir. Il ne faut pas qu'elle soit trop blanche alors,
mais un peu jaunâtre, avec cet air de neige sale et blafarde
qu'ont les montagnes d'Elstir. La glace a beau ne pas être
grande, qu'une demi-glace si vous voulez, ces glaces au citron-
là sont tout de même des montagnes, réduites à une échelle
toute petite mais l'imagination rétablit les proportions comme
pour ces petits arbres japonais nains qu'on sent très bien être
tout de même des cèdres, des chênes, des mancenilliers, si bien
qu'en en plaçant quelques-uns le long d'une petite rigole dans
ma chambre, j'aurais une immense forêt descendant vers un
fleuve et où les petits enfants se perdraient. De même au pied
de ma demi-glace jaunâtre au citron je vois très bien des
postillons, des voyageurs, des chaises de poste sur lesquels ma
langue se charge de faire rouler de glaciales avalanches qui les
engloutiront (la volupté cruelle avec laquelle elle dit cela excita
ma jalousie) ; de même, ajouta-t-elle, que je me charge avec mes
lèvres de détruire, pilier par pilier, ces églises vénitiennes d'un
porphyre qui est de la fraise et de faire tomber sur les fidèles ce
que j'aurai épargné. Oui, tous ces monuments passeront de leur
place de pierre dans ma poitrine où leur fraîcheur fondante
palpite déjà. Mais tenez même sans glaces, rien n'est excitant et
ne donne soif comme les annonces des sources thermales. À
Montjouvain chez Mlle Vinteuil, il n'y avait pas de bon glacier
dans le voisinage, mais nous faisions dans le jardin notre tour
de France en buvant chaque jour une autre eau minérale
gazeuse, comme l'eau de Vichy qui dès qu'on la verse soulève
des profondeurs du verre un nuage blanc qui vient s'assoupir et
se dissiper, si on ne buvait pas assez vite. » Mais entendre parler

de Montjouvain m'était trop pénible. Je l'interrompais. « Je
vous ennuie, adieu, mon chéri[1]. » Quel changement depuis
Balbec où je défie Elstir lui-même d'avoir pu deviner en
Albertine ces richesses de poésie. D'une poésie moins étrange,
moins personnelle que celle de Céleste Albaret par exemple,
laquelle la veille encore était venue me voir et m'ayant trouvé
couché m'avait dit : « Ô majesté du ciel déposée sur un lit ! —
Pourquoi du ciel, Céleste ? — Oh ! parce que vous ne
ressemblez à personne, vous vous trompez bien si vous croyez
que vous avez quelque chose de ceux qui voyagent sur notre
vile terre. — En tout cas, pourquoi "déposée" ? — Parce que
vous n'avez rien d'un homme couché, vous n'êtes pas dans le
lit, vous ne remuez pas, des anges ont l'air d'être descendus
vous déposer là. » Jamais Albertine n'aurait trouvé cela, mais
l'amour même quand il semble sur le point de finir est partial.
Je préférais la « géographie pittoresque » des sorbets dont la
grâce assez facile me semblait une raison d'aimer Albertine et
une preuve que j'avais du pouvoir sur elle, qu'elle m'aimait[2].

Une fois Albertine sortie, je sentis quelle fatigue était pour
moi cette présence perpétuelle, insatiable de mouvement et de
vie, qui troublait mon sommeil par ses mouvements, me faisait
vivre dans un refroidissement perpétuel par les portes qu'elle
laissait ouvertes, me forçait — pour trouver des prétextes qui
justifiassent de ne pas l'accompagner, sans pourtant paraître
trop malade, et d'autre part pour la faire accompagner — à
déployer chaque jour plus d'ingéniosité que Shéhérazade[3].
Malheureusement, si par une même ingéniosité la conteuse
persane retardait sa mort, je hâtais la mienne. Il y a ainsi dans
la vie certaines situations, qui ne sont pas toutes créées comme
celle-là par la jalousie amoureuse et une santé précaire qui ne
permet pas de partager la vie d'un être actif et jeune, mais où
tout de même le problème de continuer la vie en commun ou de
revenir à la vie séparée d'autrefois se pose d'une façon presque
médicale : auquel des deux sortes de repos faut-il se sacrifier (en
continuant le surmenage quotidien, ou en revenant aux
angoisses de l'absence) — celui du cerveau ou celui du cœur ?

J'étais en tout cas bien content qu'Andrée accompagnât
Albertine au Trocadéro, car de récents et d'ailleurs minuscules

incidents faisaient qu'ayant bien entendu la même confiance
dans l'honnêteté du chauffeur, sa vigilance ou du moins la
perspicacité de sa vigilance ne me semblait plus tout à fait aussi
grande qu'autrefois. C'est ainsi que tout dernièrement ayant
envoyé Albertine seule avec lui à Versailles, Albertine m'avait
dit avoir déjeuné aux Réservoirs. Comme le chauffeur m'avait
parlé du restaurant Vatel[1], le jour où je relevai cette
contradiction, je pris un prétexte pour descendre parler au
mécanicien (toujours le même, celui que nous avons vu à
Balbec) pendant qu'Albertine s'habillait. « Vous m'avez dit que
vous aviez déjeuné à Vatel, Mlle Albertine me parle des
Réservoirs. Qu'est-ce que cela veut dire ? » Le mécanicien me
répondit : « Ah ! j'ai dit que j'avais déjeuné au Vatel mais je ne
peux pas savoir où Mademoiselle a déjeuné. Elle m'a quitté en
arrivant à Versailles pour prendre un fiacre à cheval, ce qu'elle
préfère quand ce n'est pas pour faire de la route. » Déjà
j'enrageais en pensant qu'elle avait été seule ; enfin ce n'était
que le temps de déjeuner. « Vous auriez pu, dis-je d'un air de
gentillesse (car je ne voulais pas paraître faire positivement
surveiller Albertine, ce qui eût été humiliant pour moi et
doublement, puisque cela eût signifié qu'elle me cachait ses
actions), déjeuner je ne dis pas avec elle, mais au même
restaurant. — Mais elle m'avait demandé d'être seulement à six
heures du soir à la Place d'Armes. Je ne devais pas aller la
chercher à la sortie de son déjeuner. — Ah ! » fis-je en tâchant
de dissimuler mon accablement. Et je remontai. Ainsi c'était
plus de sept heures de suite qu'Albertine avait été seule, livrée
à elle-même. Je savais bien il est vrai que le fiacre n'avait pas
été un simple expédient pour se débarrasser de la surveillance
du chauffeur. En ville, Albertine aimait mieux flâner en fiacre,
elle disait qu'on voyait bien, que l'air était plus doux. Malgré
cela elle avait passé sept heures sur lesquelles je ne saurais
jamais rien. Et je n'osais pas penser à la façon dont elle avait dû
les employer. Je trouvai que le mécanicien avait été bien
maladroit mais ma confiance en lui fut désormais complète.
Car s'il eût été le moins du monde de mèche avec Albertine, il
ne m'eût jamais avoué qu'il l'avait laissée libre de onze heures
du matin à six heures du soir. Il n'y aurait eu qu'une autre

explication, mais absurde, de cet aveu du chauffeur. C'est qu'une brouille entre lui et Albertine lui eût donné le désir, en me faisant une petite révélation, de montrer à mon amie qu'il était homme à parler et que si, après le premier avertissement tout bénin, elle ne marchait pas droit selon ce qu'il voulait, il mangerait carrément le morceau. Mais cette explication était absurde, il fallait d'abord supposer une brouille inexistante entre Albertine et lui, et ensuite donner une nature de maître-chanteur à ce beau mécanicien qui s'était toujours montré si affable et si bon garçon. Dès le surlendemain du reste je vis que, plus que je ne l'avais cru un instant, dans ma soupçonneuse folie, il savait exercer sur Albertine une surveillance discrète et perspicace. Car ayant pu le prendre à part et lui parler de ce qu'il m'avait dit de Versailles, je lui disais d'un air amical et dégagé : « Cette promenade à Versailles dont vous me parliez avant-hier, c'était parfait comme cela, vous avez été parfait comme toujours. Mais à titre de petite indication, sans importance du reste, j'ai une telle responsabilité depuis que Mme Bontemps a mis sa nièce sous ma garde, j'ai tellement peur des accidents, je me reproche tant de ne pas l'accompagner, que j'aime mieux que ce soit vous, vous tellement sûr, si merveilleusement adroit, à qui il ne peut pas arriver d'accident, qui conduisiez partout Mlle Albertine. Comme cela je ne crains rien. » Le charmant mécanicien apostolique sourit finement, la main posée sur sa roue en forme de croix de consécration[1]. Puis il me dit ces paroles qui (chassant les inquiétudes de mon cœur où elles furent aussitôt remplacées par la joie) me donnèrent envie de lui sauter au cou : « N'ayez crainte, me dit-il. Il ne peut rien lui arriver car, quand mon volant ne la promène pas, mon œil la suit partout. À Versailles sans avoir l'air de rien j'ai visité la ville pour ainsi dire avec elle. Des Réservoirs elle est allée au Château, du Château aux Trianons, toujours moi la suivant sans avoir l'air de la voir et le plus fort c'est qu'elle ne m'a pas vu. Oh ! elle m'aurait vu, ç'aurait été un petit malheur. C'était si naturel qu'ayant toute la journée devant moi à rien faire je visite aussi le Château. D'autant plus que Mademoiselle n'a certainement pas été sans remarquer que j'ai de la lecture et que je m'intéresse à toutes les vieilles curiosités (c'était vrai, j'aurais même été surpris si j'avais su qu'il était ami de Morel, tant il dépassait le violoniste en finesse et en goût). Mais enfin elle ne m'a pas vu. — Elle a dû rencontrer du reste des amies car elle en a plusieurs à Versailles. — Non, elle était toujours seule. — On doit la regarder alors, une jeune fille éclatante et toute seule. — Sûr qu'on la regarde mais elle n'en sait quasiment rien ; elle est tout le temps les yeux dans son guide, puis levés sur les tableaux. » Le récit du chauffeur me sembla d'autant plus exact que c'était en effet une « carte » représentant le Château et une autre représentant les Trianons qu'Albertine m'avait envoyées le jour de sa promenade. L'attention avec laquelle le gentil chauffeur en avait suivi chaque pas me toucha beaucoup. Comment aurais-je supposé que cette rectification — sous forme d'ample complément à son dire de l'avant-veille — venait de ce qu'entre ces deux jours Albertine, alarmée que le chauffeur m'eût parlé, s'était soumise, avait fait la paix avec lui. Ce soupçon ne me vint même pas. Il est certain que ce récit du mécanicien, en m'ôtant toute crainte qu'Albertine m'eût trompé, me refroidit tout naturellement à l'égard de mon amie, et me rendit moins intéressante la journée qu'elle avait passée à Versailles. Je crois pourtant que les explications du chauffeur qui en innocentant Albertine me la rendaient encore plus ennuyeuse, n'auraient peut-être pas suffi à me calmer si vite. Deux petits boutons que pendant quelques jours mon amie eut au front réussirent peut-être mieux encore à modifier les sentiments de mon cœur. Enfin ceux-ci se détournèrent d'elle, au point de ne me rappeler son existence que quand je la voyais, par la confidence singulière que me fit la femme de chambre de Gilberte, rencontrée par hasard. J'appris que quand j'allais tous les jours chez Gilberte elle aimait un jeune homme qu'elle voyait beaucoup plus que moi. J'en avais eu un instant le soupçon à cette époque, et même j'avais alors interrogé cette même femme de chambre. Mais comme elle savait que j'étais épris de Gilberte elle avait nié, juré que jamais Mlle Swann n'avait vu ce jeune homme. Mais maintenant, sachant que mon amour était mort depuis si longtemps, que depuis des années j'avais laissé toutes ses lettres sans réponse

— et peut-être aussi parce qu'elle n'était plus au service de la
jeune fille — d'elle-même elle me raconta tout au long l'épisode
amoureux que je n'avais pas su. Cela lui semblait tout naturel.
Je crus me rappelant ses serments d'alors qu'elle n'avait pas
été au courant. Pas du tout, c'est elle-même sur l'ordre de
Mme Swann qui allait prévenir le jeune homme dès que celle
que j'aimais était seule. Que j'aimais alors... Mais je me
demandai un instant si mon amour d'autrefois était aussi mort
que je le croyais car ce récit me fut pénible. Comme je ne crois
pas que la jalousie puisse réveiller un amour mort, je supposai
que ma triste impression était due en partie du moins à mon
amour-propre blessé car plusieurs personnes que je n'aimais
pas et qui à cette époque et même un peu plus tard — cela a
bien changé depuis — affectaient à mon endroit une attitude
méprisante, savaient parfaitement, pendant que j'étais si
amoureux de Gilberte, que j'étais dupe. Et cela me fit même me
demander rétrospectivement si dans mon amour pour Gilberte,
il n'y avait pas eu une part d'amour-propre, puisque je
souffrais tant maintenant de voir que toutes les heures de
tendresse qui m'avaient rendu si heureux, étaient connues pour
une véritable tromperie de mon amie à mes dépens, par des
gens que je n'aimais pas. En tout cas, amour ou amour-propre,
Gilberte était presque morte en moi, mais pas entièrement, et
cet ennui acheva de m'empêcher de me soucier outre mesure
d'Albertine qui tenait une si étroite partie dans mon cœur.
Néanmoins pour en revenir à elle (après une si longue
parenthèse) et à sa promenade à Versailles, les cartes postales
de Versailles (peut-on donc avoir ainsi simultanément le cœur
pris en écharpe par deux jalousies entrecroisées se rapportant
chacune à une personne différente ?) me donnaient une
impression un peu désagréable, chaque fois qu'en rangeant des
papiers mes yeux tombaient sur elles. Et je songeais que si le
mécanicien n'avait pas été un si brave homme, la concordance
de son deuxième récit avec les « cartes » d'Albertine n'eût pas
signifié grand-chose, car qu'est-ce qu'on vous envoie d'abord
de Versailles sinon le Château et les Trianons, à moins que la
carte ne soit choisie par quelque raffiné amoureux d'une
certaine statue, ou par quelque imbécile élisant comme vue la

station du tramway à chevaux ou la gare des Chantiers. Encore ai-je tort de dire un imbécile, de telles cartes postales n'ayant pas toujours été achetées par l'un d'eux au hasard, pour l'intérêt de venir de Versailles. Pendant deux ans les hommes intelligents, les artistes trouvèrent Sienne, Venise, Grenade, une scie, et disaient du moindre omnibus, de tous les wagons — « Voilà qui est beau. » Puis ce goût passa comme les autres. Je ne sais même pas si on n'en revint pas au « sacrilège qu'il y a de détruire les nobles choses du passé ». En tout cas un wagon de première cessa d'être considéré *a priori* comme plus beau que Saint-Marc de Venise. On disait pourtant : « C'est là qu'est la vie, le retour en arrière est une chose factice », mais sans tirer de conclusion nette[1]. À tout hasard et tout en faisant pleine confiance au chauffeur, et pour qu'Albertine ne pût pas le plaquer sans qu'il osât refuser par crainte de passer pour espion, je ne la laissai plus sortir qu'avec le renfort d'Andrée, alors que pendant un temps le chauffeur m'avait suffi. Je l'avais même laissée alors (ce que je n'aurais plus osé faire) s'absenter pendant trois jours seule avec le chauffeur et aller jusqu'auprès de Balbec, tant elle avait envie de faire de la route sur simple châssis, en grande vitesse. Trois jours où j'avais été bien tranquille, bien que la pluie de cartes qu'elle m'avait envoyée ne me fût parvenue, à cause du détestable fonctionnement de ces postes bretonnes (bonnes l'été mais sans doute désorganisées l'hiver), que huit jours après le retour d'Albertine et du chauffeur, si vaillants que le matin même de leur retour ils reprirent, comme si de rien n'était, leur promenade quotidienne. Mais depuis l'incident de Versailles j'avais changé. J'étais ravi qu'Albertine allât aujourd'hui au Trocadéro à cette matinée « extraordinaire » mais surtout rassuré qu'elle y eût une compagne, Andrée.

Laissant ces pensées maintenant qu'Albertine était sortie, j'allai me mettre un instant à la fenêtre. Il y eut d'abord un silence où le sifflet du marchand de tripes et la corne du tramway firent résonner l'air à des octaves différentes, comme un accordeur de piano aveugle. Puis peu à peu devinrent distincts les motifs entrecroisés auxquels de nouveaux s'ajoutaient. Il y avait aussi un autre sifflet, appel d'un marchand

dont je n'ai jamais su ce qu'il vendait, sifflet qui, lui, était
exactement pareil à celui d'un tramway, et comme il n'était pas
emporté par la vitesse on croyait à un seul tramway, non doué
de mouvement, ou en panne, immobilisé, criant à petits
intervalles comme un animal qui meurt. Et il me semblait que
si jamais je devais quitter ce quartier aristocratique — à moins
que ce ne fût pour un tout à fait populaire — les rues et les
boulevards du centre (où la fruiterie, la poissonnerie, etc.
stabilisées dans de grandes maisons d'alimentation, rendraient
inutiles les cris des marchands qui n'eussent pas du reste réussi
à se faire entendre) me sembleraient bien mornes, bien
inhabitables, dépouillés, décantés de toutes ces litanies des
petits métiers et des ambulantes mangeailles, privés de
l'orchestre qui venait de me charmer dès le matin. Sur le
trottoir une femme peu élégante (ou obéissant à une mode
laide) passait, trop claire dans un paletot sac en poil de chèvre ;
mais non ce n'était pas une femme, c'était un chauffeur qui
enveloppé dans sa peau de bique, gagnait à pied son garage.
Échappés des grands hôtels, les chasseurs ailés, aux teintes
changeantes, filaient vers les gares au ras de leur bicyclette,
pour rejoindre les voyageurs au train du matin. Le ronflement
d'un violon était dû parfois au passage d'une automobile,
parfois à ce que je n'avais pas mis assez d'eau dans ma
bouillotte électrique. Au milieu de la symphonie détonnait un
« air » démodé : remplaçant la vendeuse de bonbons qui
accompagnait d'habitude son air avec une crécelle, le marchand de jouets, au mirliton duquel était attaché un pantin
qu'il faisait mou''oir en tous sens, promenait d'autres pantins,
et sans souci de la déclamation rituelle de Grégoire le Grand,
de la déclamation réformée de Palestrina et de la déclamation
lyrique des modernes, entonnait à pleine voix, partisan attardé
de la pure mélodie :

> *Allons les papas, allons les mamans,*
> *Contentez vos petits enfants,*
> *C'est moi qui les fais, c'est moi qui les vends,*
> *Et c'est moi qui boulotte l'argent.*

Tra la la la. Tra la la la laire,
Tra la la la la la la.
Allons les petits !

De petits Italiens, coiffés d'un béret, n'essayaient pas de lutter
avec cet *aria vivace*, et c'est sans rien dire qu'ils offraient de
petites statuettes. Cependant qu'un petit fifre réduisait le
marchand de jouets à s'éloigner et à chanter plus confusément
quoique presto : « Allons les papas, allons les mamans. » Le
petit fifre était un seul de ces dragons que j'entendais le matin
à Doncières. Non, car ce qui suivait c'étaient ces mots. « Voilà
le réparateur de faïence et de por—celaine. Je répare le verre,
le marbre, le cristal, l'os, l'ivoire et objets d'antiquité. Voilà le
réparateur. » Dans une boucherie où à gauche était une auréole
de soleil et à droite un bœuf entier pendu, un garçon boucher
très grand et très mince, aux cheveux blonds, son cou sortant
d'un col bleu ciel, mettait une rapidité vertigineuse et une
religieuse conscience à mettre d'un côté les filets de bœuf
exquis, de l'autre de la culotte de dernier ordre, les plaçait dans
d'éblouissantes balances surmontées d'une croix, d'où retom-
baient de belles chaînettes, et — bien qu'il ne fît ensuite que
disposer pour l'étalage, des rognons, des tournedos, des
entrecôtes — donnait en réalité beaucoup plus l'impression
d'un bel ange qui au jour du Jugement dernier préparera pour
Dieu, selon leurs qualités, la séparation des Bons et des
Méchants, et la pesée des âmes[1]. Et de nouveau le fifre grêle et
fin montait dans l'air, annonciateur non plus des destructions
que redoutait Françoise chaque fois que défilait un régiment de
cavalerie, mais de « réparations » promises par un « anti-
quaire » naïf ou gouailleur, et qui en tout cas fort éclectique,
loin de se spécialiser, avait pour objet de son art les matières les
plus diverses. Les petites porteuses de pain se hâtaient
d'empiler dans leur panier les flûtes destinées au « grand
déjeuner » et, à leur crochet, les laitières attachaient vivement
les bouteilles de lait. La vue nostalgique que j'avais de ces
petites filles, pouvais-je la croire bien exacte ? N'eût-elle pas été
autre si j'avais pu garder immobile quelques instants auprès de

moi une de celles que de la hauteur de ma fenêtre je ne voyais
que dans la boutique ou en fuite. Pour évaluer la perte que me
faisait éprouver ma réclusion, c'est-à-dire la richesse que
m'offrait la journée, il eût fallu intercepter dans le long
déroulement de la frise animée quelque fillette portant son
linge ou son lait, la faire passer un moment comme une
silhouette d'un décor mobile, entre les portants, dans le cadre
de ma porte, et la retenir sous mes yeux, non sans obtenir sur
elle quelque renseignement qui me permît de la retrouver un
jour, et pareil à cette fiche signalétique que les ornithologues
ou les ichtyologues attachent avant de leur rendre la liberté
sous le ventre des oiseaux ou des poissons dont ils veulent
pouvoir identifier les migrations.

Aussi dis-je à Françoise que pour une course que j'avais à
faire faire, elle voulût m'envoyer, s'il lui en venait quelqu'une,
telle ou telle de ces petites qui venaient sans cesse chercher et
rapportaient le linge, le pain, ou les carafes de lait, et par
lesquelles souvent elle faisait faire des commissions. J'étais
pareil en cela à Elstir qui, obligé de rester enfermé dans son
atelier, certains jours de printemps où savoir que les bois
étaient pleins de violettes lui donnait une fringale d'en
regarder, envoyait sa concierge lui en acheter un bouquet ;
alors attendri, halluciné, ce n'est pas la table sur laquelle il
avait posé le petit modèle végétal, mais tout le tapis des sous-
bois où il avait vu autrefois, par milliers, les tiges serpentines,
fléchissant sous leur bec bleu, qu'Elstir croyait avoir sous les
yeux comme une zone imaginaire qu'enclavait dans son atelier
la limpide odeur de la fleur évocatrice.

De blanchisseuse, un dimanche, il ne fallait pas penser qu'il
en vînt. Quant à la porteuse de pain, par une mauvaise chance,
elle avait sonné pendant que Françoise n'était pas là, avait
laissé ses flûtes dans la corbeille, sur le palier, et s'était sauvée.
La fruitière ne viendrait que bien plus tard. Une fois j'étais
entré commander un fromage chez le crémier, et au milieu des
petites employées j'en avais remarqué une, vraie extravagance
blonde, haute de taille bien que puérile, et qui au milieu des
autres porteuses, semblait rêver, dans une attitude assez fière.
Je ne l'avais vue que de loin, et en passant si vite que je n'aurais

pu dire comment elle était, sinon qu'elle avait dû pousser trop vite et que sa tête portait une toison donnant l'impression bien moins des particularités capillaires que d'une stylisation sculpturale des méandres isolés de névés parallèles. C'est tout ce que j'avais distingué, ainsi qu'un nez très dessiné (chose rare chez une enfant) dans une figure maigre, et qui rappelait le bec des petits des vautours. D'ailleurs le groupement autour d'elle de ses camarades n'avait pas été seul à m'empêcher de la bien voir, mais aussi l'incertitude des sentiments que je pouvais, à première vue et ensuite, lui inspirer, qu'ils fussent de fierté farouche, ou d'ironie, ou d'un dédain exprimé plus tard à ses amies. Ces suppositions alternatives que j'avais faites, en une seconde, à son sujet, avaient épaissi autour d'elle l'atmosphère trouble où elle se dérobait, comme une déesse dans la nue que fait trembler la foudre. Car l'incertitude morale est une cause plus grande de difficulté à une exacte perception visuelle que ne serait un défaut matériel de l'œil. En cette trop maigre jeune personne, qui frappait aussi trop l'attention, l'excès de ce qu'un autre eût peut-être appelé des charmes, était justement ce qui était pour me déplaire, mais avait tout de même eu pour résultat de m'empêcher même d'apercevoir rien, à plus forte raison de me rien rappeler des autres petites crémières, que le nez arqué de celle-ci, son regard, chose si peu agréable, pensif, personnel, ayant l'air de juger, avaient plongées dans la nuit à la façon d'un éclair blond qui enténèbre le paysage environnant. Et ainsi de ma visite pour commander un fromage, chez le crémier, je ne m'étais rappelé (si on peut dire « se rappeler » à propos d'un visage si mal regardé qu'on adapte dix fois au néant du visage un nez différent), je ne m'étais rappelé que la petite qui m'avait déplu. Cela suffit à faire commencer un amour. Pourtant j'eusse oublié l'extravagance blonde et n'aurais jamais souhaité de la revoir, si Françoise ne m'avait dit que, quoique bien gamine, cette petite était délurée et allait quitter sa patronne parce que trop coquette, elle devait de l'argent dans le quartier. On a dit que la beauté est une promesse de bonheur. Inversement la possibilité du plaisir peut être un commencement de beauté.

Je me mis à lire la lettre de maman. À travers ses citations de

Mme de Sévigné (« Si mes pensées ne sont pas tout à fait noires à Combray, elles sont au moins d'un gris brun, je pense à toi à tout moment, je te souhaite, ta santé, tes affaires, ton éloignement, que penses-tu que tout cela puisse faire entre chien et loup ? ») je sentais que ma mère était ennuyée de voir que le séjour d'Albertine à la maison se prolongeait, et s'affermir, quoique non encore déclarées à la fiancée, mes intentions de mariage. Elle ne me le disait pas directement parce qu'elle craignait que je laissasse traîner ses lettres. Encore, si voilées qu'elles fussent, me reprochait-elle de ne pas l'avertir immédiatement après chacune que je l'avais reçue : « Tu sais bien que Mme de Sévigné disait : "Quand on est loin on ne se moque plus des lettres qui commencent par : j'ai reçu la vôtre." » Sans parler de ce qui l'inquiétait le plus, elle se disait fâchée de mes grandes dépenses : « À quoi peut passer tout ton argent ? Je suis déjà assez tourmentée de ce que, comme Charles de Sévigné, tu ne saches pas ce que tu veuilles et que tu sois "deux ou trois hommes à la fois", mais tâche au moins de ne pas être comme lui pour la dépense et que je ne puisse pas dire de toi : "Il a trouvé le moyen de dépenser sans paraître, de perdre sans jouer et de payer sans s'acquitter[1]." » Je venais de finir le mot de maman quand Françoise revint me dire qu'elle avait justement là la petite laitière un peu trop hardie dont elle m'avait parlé. « Elle pourra très bien porter la lettre de Monsieur et faire les courses si ce n'est pas trop loin. Monsieur va voir, elle a l'air d'un Petit Chaperon Rouge. » Françoise alla la chercher et je l'entendis qui la guidait en lui disant : « Hé bien, voyons, tu as peur parce qu'il y a un couloir, bougre de truffe, je te croyais moins empruntée. Faut-il que je te mène par la main ? » Et Françoise, en bonne et honnête servante qui entend faire respecter son maître comme elle le respecte elle-même, s'était drapée de cette majesté qui ennoblit les entremetteuses dans ces tableaux des vieux maîtres, où à côté d'elles s'effacent presque dans l'insignifiance la maîtresse et l'amant. Elstir quand il les regardait n'avait pas à se préoccuper de ce que faisaient les violettes. L'entrée de la petite laitière m'ôta aussitôt mon calme de contemplateur, je ne songeai plus qu'à rendre vraisemblable la fable de la lettre à lui faire porter et je me mis à écrire rapidement sans oser la regarder qu'à peine, pour ne pas paraître l'avoir fait entrer pour cela. Elle était parée pour moi de ce charme de l'inconnu qui ne se serait pas ajouté pour moi à une jolie fille trouvée dans ces maisons où elles vous attendent. Elle n'était ni nue, ni déguisée, mais une vraie crémière, une de celles qu'on s'imagine si jolies quand on n'a pas le temps de s'approcher d'elles, elle était un peu de ce qui fait l'éternel désir, l'éternel regret de la vie, dont le double courant est enfin détourné, amené auprès de nous. Double car s'il s'agit d'inconnu, d'un être deviné devoir être divin d'après sa stature, ses proportions, son indifférent regard, son calme hautain, d'autre part on veut cette femme bien spécialisée dans sa profession, nous permettant de nous évader dans ce monde qu'un costume particulier nous fait romanesquement croire différent. Au reste si l'on cherche à faire tenir dans une formule la loi de nos curiosités amoureuses, il faudrait la chercher dans le maximum d'écart entre une femme aperçue et une femme approchée, caressée. Si les femmes de ce qu'on appelait autrefois les maisons closes, si les cocottes elles-mêmes (à condition que nous sachions qu'elles sont des cocottes) nous attirent si peu, ce n'est pas qu'elles soient moins belles que d'autres, c'est qu'elles sont toutes prêtes, que ce qu'on cherche précisément à atteindre, elles nous l'offrent déjà, c'est qu'elles ne sont pas des conquêtes. L'écart là est à son minimum. Une grue nous sourit déjà dans la rue comme elle le fera près de nous. Nous sommes des sculpteurs. Nous voulons obtenir d'une femme une statue entièrement différente de celle qu'elle nous a présentée. Nous avons vu une jeune fille indifférente, insolente au bord de la mer, nous avons vu une vendeuse sérieuse et active à son comptoir qui nous répondra sèchement ne fût-ce que pour ne pas être l'objet des moqueries de ses copines, une marchande de fruits qui nous répond à peine. Hé bien ! nous n'avons de cesse que nous puissions expérimenter si la fière jeune fille au bord de la mer, si la vendeuse à cheval sur le qu'en-dira-t-on, si la distraite marchande de fruits ne sont pas susceptibles, à la suite de manèges adroits de notre part, de laisser fléchir leur attitude rectiligne, d'entourer notre cou de ces bras qui

portaient les fruits, d'incliner sur notre bouche, avec un sourire
consentant, des yeux jusque-là glacés ou distraits — ô beauté
des yeux sévères aux heures du travail où l'ouvrière craignait
tant la médisance de ses compagnes, des yeux qui fuyaient nos
obsédants regards et qui maintenant que nous l'avons vue seule
à seul, font plier leurs prunelles sous le poids ensoleillé du rire
quand nous parlons de faire l'amour. Entre la vendeuse, la
blanchisseuse attentive à repasser, la marchande de fruits, la
crémière — et cette même fillette qui va devenir notre
maîtresse, le maximum d'écart est atteint, tendu encore à ses
extrêmes limites, et varié, par ces gestes habituels de la
profession qui font des bras, pendant la durée du labeur,
quelque chose d'aussi différent que possible comme arabesque
de ces souples liens qui déjà chaque soir s'enlacent à notre cou
tandis que la bouche s'apprête pour le baiser. Aussi passons-
nous toute notre vie en inquiètes démarches sans cesse
renouvelées auprès des filles sérieuses et que leur métier semble
éloigner de nous. Une fois dans nos bras, elles ne sont plus ce
qu'elles étaient, cette distance que nous rêvions de franchir est
supprimée. Mais on recommence avec d'autres femmes, on
donne à ces entreprises tout son temps, tout son argent, toutes
ses forces, on crève de rage contre le cocher trop lent qui va
peut-être nous faire manquer le premier rendez-vous, on a la
fièvre. Ce premier rendez-vous, on sait pourtant qu'il accom-
plira l'évanouissement d'une illusion. Il n'importe, tant que
l'illusion dure on veut voir si on peut la changer en réalité, et
alors on pense à la blanchisseuse dont on a remarqué la
froideur. La curiosité amoureuse est comme celle qu'excitent
en nous les noms de pays, toujours déçue, elle renaît et reste
toujours insatiable. Hélas une fois auprès de moi la blonde
crémière aux mèches striées, dépouillée de tant d'imagination
et de désirs éveillés en moi, se trouva réduite à elle-même. Le
nuage frémissant de mes suppositions ne l'enveloppait plus
d'un vertige. Elle prenait un air tout penaud de n'avoir plus (au
lieu des dix, des vingt, que je me rappelais tour à tour sans
pouvoir fixer mon souvenir) qu'un seul nez, plus rond que je ne
l'avais cru, qui donnait une idée de bêtise et avait en tout cas
perdu le pouvoir de se multiplier. Ce vol capturé, inerte,

anéanti, incapable de rien ajouter à sa pauvre évidence, n'avait plus mon imagination pour collaborer avec lui. Tombé dans le réel immobile, je tâchai de rebondir ; les joues, non aperçues dans la boutique, me parurent si jolies que j'en fus intimidé et, pour me donner une contenance, je dis à la petite crémière : « Seriez-vous assez bonne pour me passer *Le Figaro* qui est là, il faut que je regarde le nom de l'endroit où je veux vous envoyer. » Aussitôt, en prenant le journal, elle découvrit jusqu'au coude la manche rouge de sa jaquette et me tendit la feuille conservatrice d'un geste adroit et gentil qui me plut par sa rapidité familière, son apparence moelleuse et sa couleur écarlate. Pendant que j'ouvrais *Le Figaro,* pour dire quelque chose et sans lever les yeux, je demandai à la petite : « Comment s'appelle ce que vous portez là en tricot rouge, c'est très joli. » Elle me répondit : « C'est mon golf. » Car par une déchéance habituelle à toutes les modes, les vêtements et les mots qui, il y a quelques années, semblaient appartenir au monde relativement élégant des amies d'Albertine, étaient maintenant le lot des ouvrières. « Ça ne vous gênerait vraiment pas trop, dis-je en faisant semblant de chercher dans *Le Figaro,* que je vous envoie même un peu loin ? » Dès que j'eus ainsi l'air de trouver pénible le service qu'elle me rendrait en faisant une course, aussitôt elle commença à trouver que c'était gênant pour elle. « C'est que je dois aller tantôt me promener en vélo. Dame nous n'avons que le dimanche. — Mais vous n'avez pas froid, nu-tête comme cela ? — Ah ! je serai pas nu-tête, j'aurai mon polo[1], et je pourrais m'en passer avec tous mes cheveux. » Je levai les yeux sur les mèches flavescentes et frisées et je sentis que leur tourbillon m'emportait, le cœur battant, dans la lumière et les rafales d'un ouragan de beauté. Je continuais à regarder le journal, mais bien que ce ne fût que pour me donner une contenance et me faire gagner du temps, tout en ne faisant que semblant de lire, je comprenais tout de même le sens des mots qui étaient sous mes yeux, et ceux-ci me frappaient : « Au programme de la matinée que nous avons annoncée et qui sera donnée cet après-midi dans la salle des fêtes du Trocadéro, il faut ajouter le nom de Mlle Léa qui a accepté d'y paraître dans *Les Fourberies de Nérine*[2]. Elle

tiendra, bien entendu, le rôle de Nérine où elle est étourdissante
de verve et d'ensorceleuse gaieté. » Ce fut comme si on avait
brutalement arraché de mon cœur le pansement sous lequel il
avait commencé depuis mon retour de Balbec à se cicatriser. Le
flux de mes angoisses s'échappa à torrents. Léa, c'était la
comédienne amie des deux jeunes filles qu'Albertine, sans avoir
l'air de les voir, avait un après-midi, au casino, regardées dans
la glace[1]. Il est vrai qu'à Balbec, Albertine, au nom de Léa,
avait pris un ton de componction particulier pour me dire,
presque choquée qu'on pût soupçonner une telle vertu : « Oh !
non, ce n'est pas du tout une femme comme ça, c'est une
femme très bien. » Malheureusement pour moi quand Albertine émettait une affirmation de ce genre, ce n'était jamais que
le premier stade d'affirmations différentes. Peu après la
première, venait cette deuxième : « Je ne la connais pas. »
Tertio, quand Albertine m'avait parlé d'une telle personne
« insoupçonnable » et que (secundo) « elle ne connaissait pas »,
elle oubliait peu à peu, d'abord avoir dit qu'elle ne la
connaissait pas, et dans une phrase où elle se « coupait » sans le
savoir, racontait qu'elle la connaissait. Ce premier oubli
consommé et la nouvelle affirmation ayant été émise, un
deuxième oubli commençait, celui que la personne était
insoupçonnable. « Est-ce qu'une telle, demandais-je, n'a pas
telles mœurs ? — Mais voyons, naturellement, c'est connu
comme tout ! » Aussitôt le ton de componction reprenait pour
une affirmation qui était un vague écho fort amoindri de la
toute première : « Je dois dire qu'avec moi elle a toujours été
d'une convenance parfaite. Naturellement, elle savait que je
l'aurais remisée et de la belle manière. Mais enfin cela ne fait
rien. Je suis obligée de lui être reconnaissante du vrai respect
qu'elle m'a toujours témoigné. On voit qu'elle savait à qui elle
avait affaire. » On se rappelle la vérité parce qu'elle a un nom,
des racines anciennes, mais un mensonge improvisé s'oublie
vite. Albertine oubliait ce dernier mensonge-là, le quatrième, et
un jour où elle voulait gagner ma confiance par des
confidences, elle se laissait aller à me dire de la même personne,
au début si comme il faut et qu'elle ne connaissait pas : « Elle a
eu le béguin pour moi. Trois, quatre fois elle m'a demandé de

l'accompagner jusque chez elle et de monter la voir. L'accompagner, je n'y voyais pas de mal, devant tout le monde, en plein jour, en plein air. Mais arrivée à sa porte, je trouvais toujours un prétexte et je ne suis jamais montée. » Quelque temps après Albertine faisait allusion à la beauté des objets qu'on voyait chez la même dame. D'approximation en approximation on fût sans doute arrivé à lui faire dire la vérité, une vérité qui était peut-être moins grave que je n'étais porté à le croire, car peut-être facile avec les femmes, préférait-elle un amant, et maintenant que j'étais le sien n'eût-elle pas songé à Léa. Déjà, en tout cas pour bien des femmes, il m'eût suffi de rassembler devant mon amie, en une synthèse, ses affirmations contradictoires pour la convaincre de ses fautes (fautes qui sont bien plus aisées, comme les lois astronomiques, à dégager par le raisonnement, qu'à observer, qu'à surprendre dans la réalité). Mais elle aurait encore mieux aimé dire qu'elle avait menti quand elle avait émis une de ces affirmations, dont ainsi le retrait ferait écrouler tout mon système, plutôt que de reconnaître que tout ce qu'elle avait raconté dès le début n'était qu'un tissu de contes mensongers. Il en est de semblables dans *Les Mille et Une Nuits*, et qui nous y charment. Ils nous font souffrir dans une personne que nous aimons, et à cause de cela nous permettent d'entrer un peu plus avant dans la connaissance de la nature humaine au lieu de nous contenter de nous jouer à sa surface. Le chagrin pénètre en nous et nous force par la curiosité douloureuse à pénétrer. D'où des vérités que nous ne nous sentons pas le droit de cacher, si bien qu'un athée moribond qui les a découvertes, assuré du néant, insoucieux de la gloire, use pourtant ses dernières heures à tâcher de les faire connaître. Sans doute je n'en étais qu'à la première de ces affirmations pour Léa. J'ignorais même si Albertine la connaissait ou non. N'importe, cela revenait au même. Il fallait à tout prix empêcher qu'au Trocadéro elle pût retrouver cette connaissance, ou faire la connaissance de cette inconnue. Je dis que je ne savais si elle connaissait Léa ou non; j'avais dû pourtant l'apprendre à Balbec, d'Albertine elle-même. Car l'oubli anéantissait aussi bien chez moi que chez Albertine une grande part des choses qu'elle m'avait affirmées. Car la

mémoire, au lieu d'un exemplaire en double toujours présent à
nos yeux, des divers faits de notre vie, est plutôt un néant d'où
par instants une similitude actuelle nous permet de tirer,
ressuscités, des souvenirs morts ; mais encore il y a mille petits
faits qui ne sont pas tombés dans cette virtualité de la mémoire,
et qui resteront à jamais incontrôlables pour nous. Tout ce que
nous ignorons se rapporter à la vie réelle de la personne que
nous aimons, nous n'y faisons aucune attention, nous oublions
aussitôt ce qu'elle nous a dit à propos de tel fait ou de telles
gens que nous ne connaissons pas, et l'air qu'elle avait en nous
le disant. Aussi, quand ensuite notre jalousie est excitée par ces
mêmes gens, pour savoir si elle ne se trompe pas, si c'est bien
à eux qu'elle doit rapporter telle hâte que notre maîtresse a de
sortir, tel mécontentement que nous l'en ayons privée en
rentrant trop tôt, notre jalousie fouillant le passé pour en tirer
des inductions n'y trouve rien ; toujours rétrospective, elle est
comme un historien qui aurait à faire une histoire pour laquelle
il n'est aucun document ; toujours en retard, elle se précipite
comme un taureau furieux là où ne se trouve pas l'être fier et
brillant qui l'irrite de ses piqûres et dont la foule cruelle admire
la magnificence et la ruse. La jalousie se débat dans le vide,
incertaine, comme nous le sommes dans ces rêves où nous
souffrons de ne pas trouver dans sa maison vide une personne
que nous avons bien connue dans la vie, mais qui peut-être en
est ici une autre et a seulement emprunté les traits d'un autre
personnage ; incertaine comme nous le sommes plus encore
après le réveil quand nous cherchons à identifier tel ou tel
détail de notre rêve. Quel air avait notre amie en nous disant
cela ? N'avait-elle pas l'air heureux, ne sifflait-elle même pas, ce
qu'elle ne fait que quand elle a quelque pensée amoureuse et
que notre présence l'importune et l'irrite ? Ne nous a-t-elle pas
dit une chose qui se trouve en contradiction avec ce qu'elle
nous affirme maintenant, qu'elle connaît ou ne connaît pas
telle personne ? Nous ne le savons pas, nous ne le saurons
jamais, nous nous acharnons à chercher les débris inconsistants
d'un rêve, et pendant ce temps notre vie avec notre maîtresse
continue, notre vie distraite devant ce que nous ignorons être
important pour nous, attentive à ce qui ne l'est peut-être pas,

encauchemardée par des êtres qui sont sans rapports réels avec nous, notre vie pleine d'oublis, de lacunes, d'anxiétés vaines, notre vie pareille à un songe.

Je m'aperçus que la petite laitière était toujours là. Je lui dis que décidément ce serait bien loin, que je n'avais pas besoin d'elle. Aussitôt elle trouva aussi que ce serait trop gênant : « Il y a un beau match tantôt, je voudrais pas le manquer. » Je sentis qu'elle devait déjà dire : aimer les sports, et que dans quelques années elle dirait : vivre sa vie. Je lui dis que décidément je n'avais pas besoin d'elle et je lui donnai cinq francs. Aussitôt, s'y attendant si peu, et se disant que si elle avait cinq francs pour ne rien faire, elle aurait beaucoup pour ma course, elle commença à trouver que son match n'avait pas d'importance. « J'aurais bien fait votre course. On peut toujours s'arranger. » Mais je la poussai vers la porte, j'avais besoin d'être seul ; il fallait à tout prix empêcher qu'Albertine pût retrouver au Trocadéro les amies de Léa. Il le fallait, il fallait y réussir ; à vrai dire, je ne savais pas encore comment et pendant ces premiers instants j'ouvrais mes mains, les regardais, faisais craquer les jointures de mes doigts, soit que l'esprit qui ne peut trouver ce qu'il cherche, pris de paresse, s'accorde de faire halte pendant un instant où les choses les plus indifférentes lui apparaissent distinctement, comme ces pointes d'herbe des talus qu'on voit du wagon trembler au vent, quand le train s'arrête en rase campagne — immobilité qui n'est pas toujours plus féconde que celle de la bête capturée qui, paralysée par la peur ou fascinée, regarde sans bouger —, soit que je tinsse tout préparé mon corps — avec mon intelligence au-dedans et en celle-ci les moyens d'action sur telle ou telle personne — comme n'étant plus qu'une arme d'où partirait le coup qui séparerait Albertine de Léa et de ses deux amies. Certes, le matin quand Françoise était venue me dire qu'Albertine irait au Trocadéro, je m'étais dit : « Albertine peut bien faire ce qu'elle veut », et j'avais cru que jusqu'au soir, par ce temps radieux, ses actions resteraient pour moi sans importance perceptible. Mais ce n'était pas seulement le soleil matinal, comme je l'avais pensé, qui m'avait rendu si insouciant ; c'était parce qu'ayant obligé Albertine à renoncer

aux projets qu'elle pouvait peut-être amorcer ou même réaliser
chez les Verdurin et l'ayant réduite à aller à une matinée que
j'avais choisie moi-même et en vue de laquelle elle n'avait pu
rien préparer, je savais que ce qu'elle ferait serait forcément
innocent. De même, si Albertine avait dit quelques instants
plus tard : « Si je me tue, cela m'est bien égal[1] », c'était parce
qu'elle était persuadée qu'elle ne se tuerait pas. Devant moi,
devant Albertine, il y avait eu ce matin (bien plus que
l'ensoleillement du jour) ce milieu que nous ne voyons pas,
mais par l'intermédiaire translucide et changeant duquel nous
voyions, moi ses actions, elle l'importance de sa propre vie,
c'est-à-dire ces croyances que nous ne percevons pas mais qui
ne sont pas plus assimilables à un pur vide que n'est l'air qui
nous entoure ; composant autour de nous une atmosphère
variable, parfois excellente, souvent irrespirable, elles mérite-
raient d'être relevées et notées avec autant de soin que la
température, la pression barométrique, la saison, car nos jours
ont leur originalité double, physique et morale. La croyance,
non remarquée ce matin par moi et dont pourtant j'avais été
joyeusement enveloppé jusqu'au moment où j'avais rouvert *Le
Figaro*, qu'Albertine ne ferait rien que d'inoffensif, cette
croyance venait de disparaître. Je ne vivais plus dans la belle
journée, mais dans une journée créée au sein de la première par
l'inquiétude qu'Albertine renouât avec Léa et plus facilement
encore avec les deux jeunes filles, si elles étaient comme cela me
semblait probable allées applaudir l'actrice au Trocadéro où il
ne leur serait pas difficile, dans un entracte, de retrouver
Albertine. Je ne songeais plus à Mlle Vinteuil, le nom de Léa
m'avait fait revoir, pour en être jaloux, l'image d'Albertine au
casino près des deux jeunes filles. Car je ne possédais dans ma
mémoire que des séries d'Albertine séparées les unes des autres,
incomplètes, des profils, des instantanés ; aussi ma jalousie se
confinait-elle à une expression discontinue, à la fois fugitive et
fixée, et aux êtres qui l'avaient amenée sur la figure
d'Albertine. Je me rappelais celle-ci quand à Balbec elle était
trop regardée par les deux jeunes filles ou par des femmes de ce
genre ; je me rappelais la souffrance que j'éprouvais à voir
parcourir par des regards actifs comme ceux d'un peintre qui

veut prendre un croquis, le visage entièrement recouvert par eux et qui, à cause de ma présence sans doute, subissait ce contact sans avoir l'air de s'en apercevoir, avec une passivité peut-être clandestinement voluptueuse. Et avant qu'elle se ressaisît et me parlât, il y avait une seconde pendant laquelle Albertine ne bougeait pas, souriait dans le vide, avec le même air de naturel feint et de plaisir dissimulé que si on avait été en train de faire sa photographie, ou même pour choisir devant l'objectif une pose plus piquante — celle même qu'elle avait prise à Doncières quand nous nous promenions avec Saint-Loup : riant et passant sa langue sur ses lèvres, elle faisait semblant d'agacer un chien. Certes, à ces moments elle n'était nullement la même que quand c'était elle qui était intéressée par des fillettes qui passaient. Dans ce dernier cas au contraire son regard étroit et velouté se fixait, se collait sur la passante, si adhérent, si corrosif qu'il semblait qu'en se retirant il aurait dû emporter la peau. Mais en ce moment ce regard-là, qui du moins lui donnait quelque chose de sérieux jusqu'à la faire paraître souffrante, m'aurait semblé doux, auprès du regard atone et heureux qu'elle avait près des deux jeunes filles, et j'aurais préféré la sombre expression du désir qu'elle ressentait peut-être quelquefois, à la riante expression causée par le désir qu'elle inspirait. Elle avait beau essayer de voiler la conscience qu'elle en avait, celle-ci la baignait, l'enveloppait, vaporeuse, voluptueuse, faisait paraître sa figure toute rose. Mais tout ce qu'Albertine tenait à ces moments-là en suspens en elle, qui irradiait autour d'elle et me faisait tant souffrir, qui sait si hors de ma présence elle continuerait à le taire ; si aux avances des deux jeunes filles, maintenant que je n'étais pas là, elle ne répondrait pas audacieusement ? Certes ces souvenirs me causaient une grande douleur. Ils étaient comme un aveu total des goûts d'Albertine, une confession générale de son infidélité, contre quoi ne pouvaient prévaloir les serments particuliers d'Albertine auxquels je voulais croire, les résultats négatifs de mes incomplètes enquêtes, les assurances, peut-être faites de connivence avec Albertine, d'Andrée. Albertine pouvait me nier ses trahisons particulières, par des mots qui lui échappaient, plus forts que les déclarations contraires, par ces

regards seuls, elle avait fait l'aveu de ce qu'elle eût voulu
cacher, bien plus que des faits particuliers : ce qu'elle se fût fait
tuer plutôt que de reconnaître, son penchant. Car aucun être ne
veut livrer son âme. Malgré la douleur que ces souvenirs me
causaient, aurais-je pu nier que c'était le programme de la
matinée du Trocadéro qui avait réveillé mon besoin d'Albertine ? Elle était de ces femmes à qui leurs fautes pourraient au
besoin tenir lieu de charmes, et autant que leurs fautes, leur
bonté qui y succède et ramène en nous cette douceur qu'avec
elles, comme un malade qui n'est jamais bien portant deux
jours de suite, nous sommes sans cesse obligés de reconquérir.
D'ailleurs plus même que leurs fautes pendant que nous les
aimons, il y a leurs fautes avant que nous les connaissions, et la
première de toutes : leur nature. Ce qui rend douloureuses de
telles amours, en effet, c'est qu'il leur préexiste une espèce de
péché originel de la femme, un péché qui nous les fait aimer, de
sorte que quand nous l'oublions, nous avons moins besoin
d'elle et que pour recommencer à aimer, il faut recommencer à
souffrir. En ce moment, qu'elle ne retrouvât pas les deux jeunes
filles, et savoir si elle connaissait Léa ou non, était ce qui me
préoccupait le plus, bien qu'on ne devrait pas s'intéresser aux
faits particuliers autrement qu'à cause de leur signification
générale, et malgré la puérilité qu'il y a, aussi grande que celle
du voyage ou du désir de connaître des femmes, à fragmenter
sa curiosité sur ce qui, du torrent invisible des réalités cruelles
qui nous resteront toujours inconnues, a fortuitement cristallisé dans notre esprit. D'ailleurs arriverions-nous à le détruire
qu'il serait remplacé par un autre aussitôt. Hier je craignais
qu'Albertine n'allât chez Mme Verdurin. Maintenant je n'étais
plus préoccupé que de Léa. La jalousie qui a un bandeau sur les
yeux n'est pas seulement impuissante à rien découvrir dans les
ténèbres qui l'enveloppent, elle est encore un de ces supplices
où la tâche est à recommencer sans cesse, comme celle des
Danaïdes, comme celle d'Ixion[1]. Même si les deux jeunes filles
n'étaient pas là, quelle impression pouvait faire sur elle Léa
embellie par le travestissement, glorifiée par le succès, quelles
rêveries laisserait-elle à Albertine, quels désirs qui, même
refrénés chez moi, lui donneraient le dégoût d'une vie où elle ne

pouvait les assouvir ? D'ailleurs qui sait si elle ne connaissait pas Léa et n'irait pas la voir dans sa loge, et même si Léa ne la connaissait pas, qui m'assurait que l'ayant en tout cas aperçue à Balbec, elle ne la reconnaîtrait pas et ne lui ferait pas de la scène un signe qui autoriserait Albertine à se faire ouvrir la porte des coulisses ? Un danger semble très évitable quand il est conjuré. Celui-ci ne l'était pas encore, j'avais peur qu'il ne pût pas l'être, et il me semblait d'autant plus terrible. Et pourtant cet amour pour Albertine, que je sentais presque s'évanouir quand j'essayais de le réaliser, la violence de ma douleur en ce moment semblait en quelque sorte m'en donner la preuve. Je n'avais plus souci de rien d'autre, je ne pensais qu'aux moyens de l'empêcher de rester au Trocadéro, j'aurais offert n'importe quelle somme à Léa pour qu'elle n'y allât pas. Si donc on prouve sa préférence par l'action qu'on accomplit plus que par l'idée qu'on forme, j'aurais aimé Albertine. Mais cette reprise de ma souffrance ne donnait pas plus de consistance en moi à l'image d'Albertine. Elle causait mes maux comme une divinité qui reste invisible. Faisant mille conjectures, je cherchais à parer à ma souffrance sans réaliser pour cela mon amour. D'abord il fallait être certain que Léa allât vraiment au Trocadéro. Après avoir congédié la laitière en lui donnant deux francs, je téléphonai à Bloch, lié lui aussi avec Léa, pour le lui demander. Il n'en savait rien et parut étonné que cela pût m'intéresser. Je pensai qu'il me fallait aller vite, que Françoise était tout habillée et moi pas, je demandai à ma mère de me la laisser toute la journée[1] et pendant que moi-même je me levais, je lui fis prendre une automobile ; elle devait aller au Trocadéro, prendre un billet, chercher Albertine partout dans la salle et lui remettre un mot de moi. Dans ce mot, je lui disais que j'étais bouleversé par une lettre reçue à l'instant de la même dame à cause de qui elle savait que j'avais été si malheureux une nuit à Balbec. Je lui rappelais que le lendemain elle m'avait reproché de ne pas l'avoir fait appeler. Aussi je me permettais, lui disais-je, de lui demander de me sacrifier sa matinée et de venir me chercher pour aller prendre un peu l'air ensemble afin de tâcher de me remettre. Mais comme j'en avais pour assez longtemps avant d'être habillé et

prêt, elle me ferait plaisir de profiter de la présence de
Françoise pour aller acheter aux *Trois Quartiers* (ce magasin
étant plus petit m'inquiétait moins que le *Bon Marché*) la
guimpe de tulle blanc dont elle avait besoin. Mon mot n'était
probablement pas inutile. À vrai dire, je ne savais rien qu'eût
fait Albertine, depuis que je la connaissais, ni même avant.
Mais dans sa conversation (Albertine aurait pu, si je lui en
eusse parlé, dire que j'avais mal entendu), il y avait certaines
contradictions, certaines retouches qui me semblaient aussi
décisives qu'un flagrant délit, mais moins utilisables contre
Albertine qui souvent, prise en fraude comme un enfant, avait,
grâce à ce brusque redressement stratégique, chaque fois rendu
vaines mes cruelles attaques et rétabli la situation. Cruelles
pour moi. Elle usait, non par raffinement de style, mais pour
réparer ses imprudences, de ces brusques sautes de syntaxe
ressemblant un peu à ce que les grammairiens appellent
anacoluthe ou je ne sais comment. S'étant laissée aller, en
parlant femmes, à dire : « Je me rappelle que dernièrement je »,
brusquement, après un « quart de soupir », « je » devenait
« elle », c'était une chose qu'elle avait aperçue en promeneuse
innocente, et nullement accomplie. Ce n'était pas elle qui était
le sujet de l'action. J'aurais voulu me rappeler exactement le
commencement de la phrase pour conclure moi-même,
puisqu'elle lâchait pied, à ce qu'en eût été la fin. Mais comme
j'avais attendu cette fin, je me rappelais mal le commencement,
que peut-être mon air d'intérêt lui avait fait dévier, et je restais
anxieux de sa pensée vraie, de son souvenir véridique. Il en est
malheureusement des commencements d'un mensonge de
notre maîtresse, comme des commencements de notre propre
amour, ou d'une vocation. Ils se forment, se conglomèrent, ils
passent, inaperçus de notre propre attention. Quand on veut se
rappeler de quelle façon on a commencé d'aimer une femme,
on aime déjà ; les rêveries d'avant, on ne se disait pas : c'est le
prélude d'un amour, faisons attention ; et elles avançaient par
surprise, à peine remarquées de nous. De même, sauf des cas
relativement assez rares, ce n'est guère que pour la commodité
du récit que j'ai souvent opposé ici un dire mensonger
d'Albertine avec (sur le même sujet) son assertion première.

Cette assertion première, souvent, ne lisant pas dans l'avenir et ne devinant pas quelle affirmation contradictoire lui ferait pendant, elle s'était glissée inaperçue, entendue certes de mes oreilles, mais sans que je l'isolasse de la continuité des paroles d'Albertine. Plus tard, devant le mensonge patent, ou pris d'un doute anxieux, j'aurais voulu me rappeler ; c'était en vain ; ma mémoire n'avait pas été prévenue à temps ; elle avait cru inutile de garder copie. Je recommandai à Françoise, quand elle aurait fait sortir Albertine de la salle, de m'en avertir par téléphone et de la ramener, contente ou non. « Il ne manquerait plus que cela qu'elle ne soit pas contente de venir voir Monsieur, répondit Françoise. — Mais je ne sais pas si elle aime tant que cela me voir. — Il faudrait qu'elle soit bien ingrate », reprit Françoise, en qui Albertine renouvelait après tant d'années le même supplice d'envie que lui avait causé jadis Eulalie auprès de ma tante. Ignorant que la situation d'Albertine auprès de moi n'avait pas été cherchée par elle mais voulue par moi (ce que par amour-propre et pour faire enrager Françoise j'aimais autant lui cacher), elle admirait et exécrait son habileté, l'appelait quand elle parlait d'elle aux autres domestiques une « comédienne », une « enjôleuse » qui faisait de moi ce qu'elle voulait. Elle n'osait pas encore entrer en guerre contre elle, lui faisait bon visage, et se faisait mérite auprès de moi des services qu'elle me rendait dans ses relations avec moi, pensant qu'il était inutile de me rien dire et qu'elle n'arriverait à rien, mais à l'affût d'une occasion ; et si jamais elle découvrait dans la situation d'Albertine une fissure, se promettait bien de l'élargir et de nous séparer complètement. « Bien ingrate ? Mais non, Françoise, c'est moi qui me trouve ingrat, vous ne savez pas comme elle est bonne pour moi. (Il m'était si doux d'avoir l'air d'être aimé !) Partez vite. — Je vais me cavaler, et presto. » L'influence de sa fille commençait à altérer un peu le vocabulaire de Françoise. Ainsi perdent leur pureté toutes les langues par l'adjonction de termes nouveaux. Cette décadence du parler de Françoise que j'avais connu à ses belles époques, j'en étais, du reste, indirectement responsable. La fille de Françoise n'aurait pas fait dégénérer jusqu'au plus bas jargon le langage classique de sa mère, si elle s'était

contentée de parler patois avec elle. Elle ne s'en était jamais
privée, et quand elles étaient toutes deux auprès de moi, si elles
avaient des choses secrètes à se dire, au lieu d'aller s'enfermer
dans la cuisine elles se faisaient en plein milieu de ma chambre
une protection plus infranchissable que la porte la mieux
fermée, en parlant patois. Je supposais seulement que la mère
et la fille ne vivaient pas toujours en très bonne intelligence, si
j'en jugeais par la fréquence avec laquelle revenait le seul mot
que je pusse distinguer : *m'esasperate* (à moins que l'objet de
cette exaspération ne fût moi). Malheureusement la langue la
plus inconnue finit par s'apprendre quand on l'entend toujours
parler. Je regrettai que ce fût le patois, car j'arrivai à le savoir
et n'aurais pas moins bien appris si Françoise avait eu
l'habitude de s'exprimer en persan. Françoise, quand elle
s'aperçut de mes progrès, eut beau accélérer son débit et sa fille
pareillement, rien n'y fit. La mère fut désolée que je comprisse
le patois, puis contente de me l'entendre parler. À vrai dire, ce
contentement c'était de la moquerie, car bien que j'eusse fini
par le prononcer à peu près comme elle, elle trouvait entre nos
deux prononciations des abîmes qui la ravissaient, et se mit à
regretter de ne plus voir des gens de son pays auxquels elle
n'avait jamais pensé depuis bien des années et qui, paraît-il, se
seraient tordus d'un rire qu'elle eût voulu entendre, en
m'écoutant parler si mal le patois. Cette seule idée la
remplissait de gaieté et de regret et elle énumérait tel ou tel
paysan qui en aurait eu des larmes de rire. En tout cas, aucune
joie ne mélangea la tristesse que, même le prononçant mal, je le
comprisse bien. Les clefs deviennent inutiles quand celui qu'on
veut empêcher d'entrer peut se servir d'un passe-partout ou
d'une pince-monseigneur. Le patois devenant une défense sans
valeur, elle se mit à parler avec sa fille un français qui devint
bien vite celui des plus basses époques.

J'étais prêt. Françoise n'avait pas encore téléphoné ; fallait-
il partir sans attendre ? Mais qui sait si elle trouverait
Albertine ? Si celle-ci ne serait pas dans les coulisses, si même
rencontrée par Françoise elle se laisserait ramener. Une demi-
heure plus tard le tintement du téléphone retentit et dans mon
cœur battaient tumultueusement l'espérance et la crainte.

C'étaient sur l'ordre d'un employé de téléphone un escadron volant de sons qui avec une vitesse instantanée m'apportaient les paroles du téléphoniste, non celles de Françoise qu'une timidité et une mélancolie ancestrales, appliquées à un objet inconnu de ses pères, empêchaient de s'approcher d'un récepteur, quitte à visiter des contagieux. Elle avait trouvé au promenoir Albertine seule, qui, étant seulement allée prévenir Andrée qu'elle ne restait pas, avait rejoint aussitôt Françoise. « Elle n'était pas fâchée ? Ah ! pardon ! Demandez à cette dame si cette demoiselle n'était pas fâchée. — Cette dame me dit de vous dire que non, pas du tout, que c'était tout le contraire ; en tout cas, si elle n'était pas contente, ça ne se connaissait pas. Elles vont aller maintenant aux *Trois Quartiers* et seront rentrées à deux heures. » Je compris que deux heures signifiait trois heures, car il était plus de deux heures. Mais c'était chez Françoise un de ces défauts particuliers, permanents, inguérissables, que nous appelons maladifs, de ne pouvoir jamais regarder ni dire l'heure exactement. Je n'ai jamais pu comprendre ce qui se passait dans sa tête quand Françoise ayant ainsi regardé sa montre, s'il était deux heures, disait : il est une heure, ou il est trois heures, je n'ai jamais pu comprendre si le phénomène qui avait lieu alors avait pour siège la vue de Françoise, ou sa pensée, ou son langage ; ce qui est certain, c'est que ce phénomène avait toujours lieu. L'humanité est très vieille. L'hérédité, les croisements ont donné une force insurmontable à de mauvaises habitudes, à des réflexes vicieux. Une personne éternue et râle parce qu'elle passe près d'un rosier, une autre a une éruption à l'odeur de la peinture fraîche, beaucoup des coliques s'il faut partir en voyage, et des petits-fils de voleurs qui sont millionnaires et généreux ne peuvent résister à nous voler cinquante francs. Quant à savoir en quoi consistait l'impossibilité où était Françoise de dire l'heure exactement, ce n'est pas elle qui m'a jamais fourni aucune lumière à cet égard. Car malgré la colère où ces réponses inexactes me mettaient d'habitude, Françoise ne cherchait ni à s'excuser de son erreur, ni à l'expliquer. Elle restait muette, avait l'air de ne pas m'entendre, ce qui achevait de m'exaspérer. J'aurais voulu entendre une parole de

justification, ne fût-ce que pour la battre en brèche mais rien,
un silence indifférent. En tout cas pour ce qui était d'aujour-
d'hui il n'y avait pas de doute, Albertine allait rentrer avec
Françoise à trois heures, Albertine ne verrait ni Léa ni ses
amies. Alors ce danger qu'elle renouât des relations avec elles
étant conjuré, il perdit aussitôt à mes yeux de son importance
et je m'étonnai en voyant avec quelle facilité il l'avait été
d'avoir cru que je ne réussirais pas à ce qu'il le fût. J'éprouvai
un vif mouvement de reconnaissance pour Albertine qui je le
voyais n'était pas allée au Trocadéro pour les amies de Léa, et
qui me montrait, en quittant la matinée et en rentrant sur un
signe de moi, qu'elle m'appartenait même pour l'avenir plus
que je ne me le figurais. Il fut plus grand encore quand un
cycliste me porta un mot d'elle pour que je prisse patience et où
il y avait de ces gentilles expressions qui lui étaient familières :
« Mon et cher Marcel[1], j'arrive moins vite que ce cycliste dont
je voudrais bien prendre la bécane pour être plus tôt près de
vous. Comment pouvez-vous croire que je puisse être fâchée et
que quelque chose puisse m'amuser autant que d'être avec
vous. Ce sera gentil de sortir tous les deux, ce serait encore plus
gentil de ne jamais sortir que tous les deux. Quelles idées vous
faites-vous donc. Quel Marcel ! Quel Marcel ! Toute à vous, ton
Albertine. » Les robes que je lui achetais, le yacht dont je lui
avais parlé, les peignoirs de Fortuny, tout cela ayant dans cette
obéissance d'Albertine non pas sa compensation mais son
complément m'apparaissait comme autant de privilèges que
j'exerçais ; car les devoirs et les charges d'un maître font partie
de sa domination et la définissent, la prouvent, tout autant que
ses droits. Et ces droits qu'elle me reconnaissait donnaient
précisément à mes charges leur véritable caractère : j'avais une
femme à moi qui, au premier mot que je lui envoyais à
l'improviste, me faisait téléphoner avec déférence qu'elle
revenait, qu'elle se laissait ramener, aussitôt. J'étais plus maître
que je n'avais cru. Plus maître, c'est-à-dire plus esclave. Je
n'avais plus aucune impatience de voir Albertine. La certitude
qu'elle était en train de faire une course avec Françoise, qu'elle
reviendrait avec celle-ci à un moment prochain et que j'eusse
volontiers prorogé, éclairait comme un astre radieux et paisible

un temps que j'eusse eu maintenant bien plus de plaisir à passer seul. Mon amour pour Albertine m'avait fait lever et me préparer pour sortir mais il m'empêcherait de jouir de ma sortie. Je pensais que par ce dimanche-là, des petites ouvrières, des midinettes, des cocottes, devaient se promener au Bois. Et avec ces mots de midinettes, de petites ouvrières (comme cela m'était souvent arrivé avec un nom propre, un nom de jeune fille lu dans le compte rendu d'un bal), avec l'image d'un corsage blanc, d'une jupe courte, parce que derrière cela je mettais une personne inconnue et qui pourrait m'aimer, je fabriquais tout seul des femmes désirables, et je me disais : « Comme elles doivent être bien. » Mais à quoi me servirait-il qu'elles le fussent puisque je ne sortirais pas seul ?

Profitant de ce que j'étais encore seul, et fermant à demi les rideaux pour que le soleil ne m'empêchât pas de lire les notes, je m'assis au piano et ouvris au hasard la Sonate de Vinteuil qui y était posée, et je me mis à jouer parce que, l'arrivée d'Albertine étant encore un peu éloignée mais en revanche tout à fait certaine, j'avais à la fois du temps et de la tranquillité d'esprit. Baigné dans l'attente pleine de sécurité de son retour avec Françoise et la confiance en sa docilité comme dans la béatitude d'une lumière intérieure aussi réchauffante que celle du dehors, je pouvais disposer de ma pensée, la détacher un moment d'Albertine, l'appliquer à la Sonate. Même en celle-ci, je ne m'attachai pas à remarquer combien la combinaison du motif voluptueux et du motif anxieux répondait davantage maintenant à mon amour pour Albertine, duquel la jalousie avait été si longtemps absente que j'avais pu confesser à Swann mon ignorance de ce sentiment. Non, prenant la Sonate à un autre point de vue, la regardant en soi-même comme l'œuvre d'un grand artiste, j'étais ramené par le flot sonore vers les jours de Combray — je ne veux pas dire de Montjouvain et du côté de Méséglise, mais des promenades du côté de Guermantes — où j'avais moi-même désiré d'être un artiste. En abandonnant en fait cette ambition, avais-je renoncé à quelque chose de réel ? La vie pouvait-elle me consoler de l'art, y avait-il dans l'art une réalité plus profonde où notre personnalité véritable trouve une expression que ne lui donnent pas les

actions de la vie? Chaque grand artiste semble en effet si
différent des autres, et nous donne tant cette sensation de
l'individualité, que nous cherchons en vain dans l'existence
quotidienne! Au moment où je pensais cela, une mesure de la
Sonate me frappa, mesure que je connaissais bien pourtant,
mais parfois l'attention éclaire différemment des choses
connues pourtant depuis longtemps et où nous remarquons ce
que nous n'y avions jamais vu. En jouant cette mesure, et bien
que Vinteuil fût là en train d'exprimer un rêve qui fût resté tout
à fait étranger à Wagner, je ne pus m'empêcher de murmurer :
« *Tristan !* » avec le sourire qu'a l'ami d'une famille retrouvant
quelque chose de l'aïeul dans une intonation, un geste du petit-
fils qui ne l'a pas connu. Et comme on regarde alors une
photographie qui permet de préciser la ressemblance, par-
dessus la Sonate de Vinteuil, j'installai sur le pupitre la
partition de *Tristan*, dont on donnait justement cet après-midi-
là des fragments au Concert Lamoureux[1]. Je n'avais à admirer
le maître de Bayreuth aucun des scrupules de ceux à qui,
comme à Nietzsche, le devoir dicte de fuir dans l'art comme
dans la vie la beauté qui les tente, qui s'arrachent à *Tristan*
comme ils renient *Parsifal* et, par ascétisme spirituel, de
mortification en mortification parviennent, en suivant le plus
sanglant des chemins de croix, à s'élever jusqu'à la pure
connaissance et à l'adoration parfaite du *Postillon de Longju-
meau*[2]. Je me rendais compte de tout ce qu'a de réel l'œuvre de
Wagner, en revoyant ces thèmes insistants et fugaces qui
visitent un acte, ne s'éloignent que pour revenir, et parfois
lointains, assoupis, presque détachés, sont à d'autres moments,
tout en restant vagues, si pressants et si proches, si internes, si
organiques, si viscéraux qu'on dirait la reprise moins d'un
motif que d'une névralgie[3]. La musique bien différente en cela
de la société d'Albertine, m'aidait à descendre en moi-même, à
y découvrir du nouveau : la variété que j'avais en vain cherchée
dans la vie, dans le voyage, dont pourtant la nostalgie m'était
donnée par ce flot sonore qui faisait mourir à côté de moi ses
vagues ensoleillées. Diversité double. Comme le spectre
extériorise pour nous la composition de la lumière, l'harmonie
d'un Wagner, la couleur d'un Elstir nous permettent de

connaître cette essence qualitative des sensations d'un autre où
l'amour pour un autre être ne nous fait pas pénétrer. Puis,
diversité au sein de l'œuvre même, par le seul moyen qu'il y a
d'être effectivement divers : réunir diverses individualités. Là
où un petit musicien prétendrait qu'il peint un écuyer, un
chevalier, alors qu'il leur ferait chanter la même musique, au
contraire, sous chaque dénomination, Wagner met une réalité
différente, et chaque fois que paraît son écuyer, c'est une figure
particulière, à la fois compliquée et simpliste, qui, avec un
entrechoc de lignes joyeux et féodal, s'inscrit dans l'immensité
sonore. D'où la plénitude d'une musique que remplissent en
effet tant de musiques dont chacune est un être. Un être ou
l'impression que donne un aspect momentané de la nature.
Même ce qui est le plus indépendant du sentiment qu'elle nous
fait éprouver, garde sa réalité extérieure et entièrement définie,
le chant d'un oiseau, la sonnerie de cor d'un chasseur, l'air que
joue un pâtre sur son chalumeau, découpent à l'horizon leur
silhouette sonore[1]. Certes Wagner allait la rapprocher, s'en
saisir, la faire entrer dans un orchestre, l'asservir aux plus
hautes idées musicales, mais en respectant toutefois son
originalité première comme un huchier les fibres, l'essence
particulière du bois qu'il sculpte. Mais malgré la richesse de ces
œuvres où la contemplation de la nature a sa place à côté de
l'action, à côté d'individus qui ne sont pas que des noms de
personnages, je songeais combien tout de même ces œuvres
participent à ce caractère d'être — bien que merveilleusement
— toujours incomplètes, qui est le caractère de toutes les
grandes œuvres du xixe siècle ; du xixe siècle dont les plus
grands écrivains ont manqué leurs livres, mais, se regardant
travailler comme s'ils étaient à la fois l'ouvrier et le juge, ont
tiré de cette auto-contemplation une beauté nouvelle, extérieure et supérieure à l'œuvre, lui imposant rétroactivement
une unité, une grandeur qu'elle n'a pas. Sans s'arrêter à celui
qui a vu après coup dans ses romans une *Comédie humaine*, ni
à ceux qui appelèrent des poèmes ou des essais disparates *La
Légende des siècles* et *La Bible de l'humanité*[2], ne peut-on pas
dire pourtant de ce dernier qu'il incarne si bien le xixe siècle,
que les plus grandes beautés de Michelet, il ne faut pas tant les

chercher dans son œuvre même que dans les attitudes qu'il prend en face de son œuvre, non pas dans son *Histoire de France* ou dans son *Histoire de la Révolution*, mais dans ses préfaces à ces deux livres ? Préfaces, c'est-à-dire pages écrites après eux, où il les considère, et auxquelles il faut joindre çà et là quelques phrases, commençant d'habitude par un « Le dirai-je ? » qui n'est pas une précaution de savant, mais une cadence de musicien[1]. L'autre musicien, celui qui me ravissait en ce moment, Wagner, tirant de ses tiroirs un morceau délicieux pour le faire entrer comme thème rétrospectivement nécessaire dans une œuvre à laquelle il ne songeait pas au moment où il l'avait composé[2], puis ayant composé un premier opéra mythologique, puis un second, puis d'autres encore, et s'apercevant tout à coup qu'il venait de faire une Tétralogie[3], dut éprouver un peu de la même ivresse que Balzac quand celui-ci, jetant sur ses ouvrages le regard à la fois d'un étranger et d'un père, trouvant à celui-ci la pureté de Raphaël, à cet autre la simplicité de l'Évangile[4], s'avisa brusquement en projetant sur eux une illumination rétrospective qu'ils seraient plus beaux réunis en un cycle où les mêmes personnages reviendraient et ajouta à son œuvre, en ce raccord, un coup de pinceau, le dernier et le plus sublime. Unité ultérieure, non factice. Sinon elle fût tombée en poussière comme tant de systématisations d'écrivains médiocres qui à grand renfort de titres et de sous-titres se donnent l'apparence d'avoir poursuivi un seul et transcendant dessein. Non factice, peut-être même plus réelle d'être ultérieure, d'être née d'un moment d'enthousiasme où elle est découverte entre des morceaux qui n'ont plus qu'à se rejoindre, unité qui s'ignorait, donc vitale et non logique, qui n'a pas proscrit la variété, refroidi l'exécution. Elle est (mais s'appliquant cette fois à l'ensemble) comme tel morceau composé à part, né d'une inspiration, non exigé par le développement artificiel d'une thèse, et qui vient s'intégrer au reste[5]. Avant le grand mouvement d'orchestre qui précède le retour d'Yseult, c'est l'œuvre elle-même qui a attiré à soi l'air de chalumeau, à demi oublié, d'un pâtre. Et sans doute, autant la progression de l'orchestre à l'approche de la nef, quand il s'empare de ces notes du chalumeau, les transforme, les associe à son ivresse, brise leur rythme, éclaire leur tonalité, accélère leur mouvement, multiplie leur instrumentation, autant sans doute Wagner lui-même a eu de joie quand il découvrit dans sa mémoire l'air du pâtre[1], l'agrégea à son œuvre, lui donna toute sa signification. Cette joie, du reste, ne l'abandonne jamais. Chez lui, quelle que soit la tristesse du poète, elle est consolée, surpassée — c'est-à-dire malheureusement un peu détruite — par l'allégresse du fabricateur. Mais alors, autant que par l'identité que j'avais remarquée tout à l'heure entre la phrase de Vinteuil et celle de Wagner, j'étais troublé par cette habileté vulcanienne. Serait-ce elle qui donnerait chez les grands artistes l'illusion d'une originalité foncière, irréductible, en apparence reflet d'une réalité plus qu'humaine, en fait produit d'un labeur industrieux ? Si l'art n'est que cela, il n'est pas plus réel que la vie, et je n'avais pas tant de regrets à avoir. Je continuais à jouer *Tristan*. Séparé de Wagner par la cloison sonore, je l'entendais exulter, m'inviter à partager sa joie, j'entendais redoubler le rire immortellement jeune et les coups de marteau de Siegfried[2], en qui du reste, plus merveilleusement frappées étaient ces phrases, l'habileté technique de l'ouvrier ne servait qu'à leur faire plus librement quitter la terre, oiseaux pareils non au cygne de Lohengrin[3] mais à cet aéroplane que j'avais vu à Balbec changer son énergie en élévation, planer au-dessus des flots, et se perdre dans le ciel. Peut-être, comme les oiseaux qui montent le plus haut, qui volent le plus vite, ont une aile plus puissante, fallait-il de ces appareils vraiment matériels pour explorer l'infini, de ces cent vingt chevaux marque Mystère, où pourtant, si haut qu'on plane, on est un peu empêché de goûter le silence des espaces par le puissant ronflement du moteur[4] !

Je ne sais pourquoi le cours de mes rêveries, qui avait suivi jusque-là des souvenirs de musique, se détourna sur ceux qui en ont été à notre époque les meilleurs exécutants et parmi lesquels, le surfaisant un peu, je faisais figurer Morel. Aussitôt ma pensée fit un brusque crochet, et c'est au caractère de Morel, à certaines des singularités de ce caractère, que je me mis à songer. Au reste — et cela pouvait se conjoindre, mais non se confondre avec la neurasthénie qui le rongeait — Morel avait l'habitude de parler de sa vie mais en présentant une image si enténébrée qu'il était très difficile de rien distinguer. Il se mettait par exemple à la complète disposition de M. de Charlus à condition de garder ses soirées libres, car il désirait pouvoir après le dîner aller suivre un cours d'algèbre. M. de Charlus autorisait mais demandait à le voir après. « Impossible, c'est une vieille peinture italienne » (cette plaisanterie n'a aucun sens transcrite ainsi. Mais M. de Charlus ayant fait lire à Morel *L'Éducation sentimentale* à l'avant-dernier chapitre duquel Frédéric Moreau dit cette phrase[1], par plaisanterie Morel ne prononçait jamais le mot « impossible » sans le faire suivre de ceux-ci : « c'est une vieille peinture italienne »), « le cours dure souvent fort tard et c'est déjà un grand dérangement pour le professeur qui naturellement serait froissé... — Mais il n'y a même pas besoin de cours, l'algèbre ce n'est pas la natation ni même l'anglais, cela s'apprend aussi bien dans un livre », répliquait M. de Charlus, ayant deviné aussitôt dans le cours d'algèbre une de ces images où on ne pouvait rien débrouiller du tout. C'était peut-être une coucherie avec une femme, ou, si Morel cherchait à gagner de l'argent par des moyens louches et s'était affilié à la police secrète, une expédition avec des agents de la sûreté, et qui sait, pis encore, l'attente d'un gigolo dont on pourra avoir besoin dans une maison de prostitution. « Bien plus facilement même dans un livre, répondait Morel à M. de Charlus, car on ne comprend rien à un cours d'algèbre. — Alors pourquoi ne l'étudies-tu pas plutôt chez moi où tu es tellement plus confortablement », aurait pu répondre M. de Charlus, mais il s'en gardait bien, sachant qu'aussitôt, gardant seulement le même caractère nécessaire de réserver les heures du soir, le cours d'algèbre imaginé se fût changé immédiatement en une obligatoire leçon de danse ou de dessin. En quoi M. de Charlus put s'apercevoir qu'il se trompait en partie du moins, Morel s'occupant souvent chez le baron à résoudre des équations. M. de Charlus objecta bien que l'algèbre ne pouvait guère servir à un violoniste. Morel riposta qu'elle était une distraction pour passer le temps et combattre la neurasthénie. Sans doute M. de Charlus eût pu chercher à se renseigner, à apprendre ce qu'étaient, au vrai, ces mystérieux et inéluctables cours d'algèbre qui ne se donnaient que la nuit. Mais pour s'occuper de dévider l'écheveau des occupations de Morel, M. de Charlus était trop engagé dans celles du monde. Les visites reçues ou faites, le temps passé au cercle, les dîners en ville, les soirées au théâtre l'empêchaient d'y penser, ainsi qu'à cette méchanceté à la fois violente et sournoise que Morel avait à la fois, disait-on, laissé éclater et dissimulée dans les milieux successifs, les différentes villes par où il avait passé, et où on ne parlait de lui qu'avec un frisson, en baissant la voix, et sans oser rien raconter. Ce fut malheureusement un des éclats de cette nervosité méchante qu'il me fut donné ce jour-là d'entendre, comme ayant quitté le piano j'étais descendu dans la cour pour aller au-devant d'Albertine qui n'arrivait pas. En passant devant la boutique de Jupien, où Morel et celle que je croyais devoir être bientôt sa femme étaient seuls, Morel criait à tue-tête, ce qui faisait sortir de lui un accent que je ne lui connaissais pas, paysan, refoulé d'habitude et extrêmement étrange. Les paroles ne l'étaient pas moins, fautives au point de vue du français, mais il connaissait tout imparfaitement. « Voulez-vous sortir grand pied de grue, grand pied de grue, grand pied de grue », répétait-il à la pauvre petite qui certainement au début n'avait pas compris ce qu'il voulait dire, puis qui tremblante et fière restait immobile devant lui. « Je vous ai dit de sortir grand pied de grue, grand pied de grue, allez chercher votre oncle pour que je lui dise ce que vous êtes putain. » Juste à ce moment la voix de Jupien qui rentrait en causant avec un de ses amis se fit entendre dans la cour, et comme je savais que Morel était extrêmement poltron, je trouvai inutile de joindre mes forces à celles de Jupien et de son ami, lesquels dans un instant seraient dans la boutique, et je remontai pour éviter Morel qui, bien que (probablement pour effrayer et dominer la petite par un chantage ne reposant peut-être sur rien) il eût tant désiré qu'on fît venir Jupien, se hâta de sortir dès qu'il l'entendit dans la cour. Les paroles rapportées ne sont rien, elles n'expliqueraient pas le battement de cœur avec lequel je remontai. Ces scènes auxquelles nous assistons dans la vie trouvent un élément de force incalculable dans ce que les militaires appellent, en matière d'offensive, le bénéfice de la surprise, et j'avais beau

éprouver tant de calme douceur à savoir qu'Albertine au lieu
de rester au Trocadéro allait rentrer auprès de moi, je n'en
avais pas moins dans l'oreille l'accent de ces mots dix fois
répétés : «grand pied de grue, grand pied de grue», qui
m'avaient bouleversé.

Peu à peu mon agitation se calma. Albertine allait rentrer. Je
l'entendrais sonner à la porte dans un instant. Je sentais que
ma vie n'était plus même comme elle aurait pu être ; et qu'avoir
ainsi une femme avec qui tout naturellement, quand elle allait
être de retour, je devrais sortir, vers l'embellissement de qui
allaient être de plus en plus détournées les forces et l'activité de
mon être, faisait de moi comme une tige accrue mais alourdie
par le fruit opulent en qui passent toutes ses réserves.
Contrastant avec l'anxiété que j'avais encore il y a une heure,
le calme que me causait le retour d'Albertine était plus vaste
que celui que j'avais ressenti le matin avant son départ.
Anticipant sur l'avenir dont la docilité de mon amie me rendait
à peu près maître, plus résistant, comme rempli et stabilisé par
la présence imminente, importune, inévitable et douce, c'était
le calme, nous dispensant de chercher le bonheur en nous-
mêmes, qui naît d'un sentiment familial et d'un bonheur
domestique. Familial et domestique, tel fut encore, non moins
que le sentiment qui avait amené tant de paix en moi tandis que
j'attendais Albertine, celui que j'éprouvai ensuite en me
promenant avec elle. Elle ôta un instant son gant, soit pour
toucher ma main, soit pour m'éblouir en me laissant voir à son
petit doigt à côté de celle donnée par Mme Bontemps une
bague où s'étendait la large et liquide nappe d'une claire feuille
de rubis : «Encore une nouvelle bague, Albertine. Votre tante
est d'une générosité ! — Non celle-là ce n'est pas ma tante,
dit-elle en riant. C'est moi qui l'ai achetée, comme, grâce à
vous, je peux faire de grandes économies. Je ne sais même pas
à qui elle a appartenu. Un voyageur qui n'avait pas d'argent la
laissa au propriétaire d'un hôtel où j'étais descendue au Mans.
Il ne savait qu'en faire et l'aurait vendue bien au-dessous de sa
valeur. Mais elle était encore bien trop chère pour moi.
Maintenant que grâce à vous je deviens une dame chic, je lui ai
fait demander s'il l'avait encore. Et la voici. — Cela fait bien

des bagues, Albertine. Où mettrez-vous celle que je vais vous donner ? En tout cas celle-ci est très jolie ; je ne peux pas distinguer les ciselures autour du rubis, on dirait une tête d'homme grimaçante. Mais je n'ai pas une assez bonne vue. — Vous l'auriez meilleure que cela ne vous avancerait pas beaucoup. Je ne distingue pas non plus. » Jadis il m'était souvent arrivé en lisant des Mémoires, un roman, où un homme sort toujours avec une femme, goûte avec elle, de désirer pouvoir faire ainsi. J'avais cru parfois y réussir par exemple en emmenant avec moi la maîtresse de Saint-Loup, en allant dîner avec elle. Mais j'avais beau appeler à mon secours l'idée que je jouais bien à ce moment-là le personnage que j'avais envié dans le roman, cette idée me persuadait que je devais avoir du plaisir auprès de Rachel et ne m'en donnait pas. C'est que chaque fois que nous voulons imiter quelque chose qui fut vraiment réel, nous oublions que ce quelque chose fut produit non par la volonté d'imiter, mais par une force inconsciente, et réelle, elle aussi. Mais cette impression particulière que n'avait pu me donner tout mon désir d'éprouver un plaisir délicat à me promener avec Rachel, voici maintenant que je l'éprouvais sans l'avoir cherchée le moins du monde, mais pour des raisons tout autres, sincères, profondes — pour citer un exemple — pour cette raison que ma jalousie m'empêchait d'être loin d'Albertine, et, du moment que je pouvais sortir, de la laisser aller se promener sans moi. Je ne l'éprouvais que maintenant parce que la connaissance est non des choses extérieures qu'on veut observer, mais des sensations involontaires, parce qu'autrefois une femme avait eu beau être dans la même voiture que moi, elle n'était pas *en réalité* à côté de moi, tant que ne l'y recréait pas à tout instant un besoin d'elle comme j'en avais un d'Albertine, tant que la caresse constante de mon regard ne lui rendait pas sans cesse ces teintes qui demandent à être perpétuellement rafraîchies, tant que les sens même apaisés mais qui se souviennent ne mettaient pas sous ces couleurs la saveur et la consistance, tant qu'unie aux sens et à l'imagination qui les exalte, la jalousie ne maintenait pas cette femme en équilibre auprès de nous par une attraction compensée aussi puissante que la loi de la gravitation.

Notre voiture descendait vite les boulevards, les avenues, dont les hôtels en rangée, rose congélation de soleil et de froid, me rappelaient mes visites chez Mme Swann doucement éclairées par les chrysanthèmes en attendant l'heure des lampes. J'avais à peine le temps d'apercevoir, aussi séparé d'elles derrière la vitre de l'auto que je l'aurais été derrière la fenêtre de ma chambre, une jeune fruitière, une crémière, debout devant sa porte, illuminée par le beau temps, comme une héroïne que mon désir suffisait à engager dans des péripéties délicieuses, au seuil d'un roman que je ne connaîtrais pas. Car je ne pouvais demander à Albertine de m'arrêter et déjà n'étaient plus visibles les jeunes femmes dont mes yeux avaient à peine distingué les traits et caressé la fraîcheur dans la blonde vapeur où elles étaient baignées. L'émotion dont je me sentais saisi en apercevant la fille d'un marchand de vins à sa caisse ou une blanchisseuse causant dans la rue était l'émotion qu'on a à reconnaître des Déesses. Depuis que l'Olympe n'existe plus, ses habitants vivent sur la terre. Et quand faisant un tableau mythologique, les peintres ont fait poser pour Vénus ou Cérès des filles du peuple exerçant les plus vulgaires métiers, bien loin de commettre un sacrilège, ils n'ont fait que leur ajouter, que leur rendre la qualité, les attributs divins dont elles étaient dépouillées. « Comment vous a semblé le Trocadéro, petite folle? — Je suis rudement contente de l'avoir quitté pour venir avec vous. C'est de Davioud, je crois. — Mais comme ma petite Albertine s'instruit! En effet c'est de Davioud[1], mais je l'avais oublié. — Pendant que vous dormez je lis vos livres, grand paresseux. Comme monument c'est assez moche, n'est-ce pas? — Petite, voilà, vous changez tellement vite et vous devenez tellement intelligente (c'était vrai, mais de plus je n'étais pas fâché qu'elle eût la satisfaction à défaut d'autres de se dire que du moins le temps qu'elle passait chez moi n'était pas entièrement perdu pour elle) que je vous dirais au besoin des choses qui seraient généralement considérées comme fausses et qui correspondent à une vérité que je cherche. Vous savez ce que c'est que l'impressionnisme?

— Très bien. — Hé bien voyez ce que je veux dire, vous vous rappelez l'église de Marcouville-l'Orgueilleuse qu'Elstir n'aimait pas parce qu'elle était neuve. Est-ce qu'il n'est pas un peu en contradiction avec son propre impressionnisme quand il retire ainsi les monuments de l'impression globale où ils sont compris, les amène hors de la lumière où ils sont dissous et examine en archéologue leur valeur intrinsèque[1] ? Quand il peint est-ce qu'un hôpital, une école, une affiche sur un mur ne sont pas de la même valeur qu'une cathédrale inestimable qui est à côté dans une image indivisible ? Rappelez-vous comme la façade était cuite par le soleil, comme le relief de ces saints de Marcouville surnageait dans la lumière. Qu'importe qu'un monument soit neuf s'il paraît vieux ; et même s'il ne le paraît pas. Ce que les vieux quartiers contiennent de poésie a été extrait jusqu'à la dernière goutte ; mais certaines maisons nouvellement bâties pour de petits bourgeois cossus, dans des quartiers neufs, où la pierre trop blanche est fraîchement sciée, ne déchirent-elles pas l'air torride de midi en juillet, à l'heure où les commerçants reviennent déjeuner dans la banlieue, d'un cri aussi acide que l'odeur des cerises attendant que le déjeuner soit servi dans la salle à manger obscure, où les prismes de verre pour poser les couteaux projettent des feux multicolores et aussi beaux que les verrières de Chartres[2] ? — Que vous êtes gentil, si je deviens jamais intelligente, ce sera grâce à vous. — Pourquoi dans une belle journée détacher ses yeux du Trocadéro dont les tours en cou de girafe font penser à la chartreuse de Pavie ? — Il m'a rappelé aussi, dominant comme cela sur son tertre, une reproduction de Mantegna que vous avez, je crois que c'est *Saint Sébastien*, où il y a au fond une ville en amphithéâtre et où on jurerait qu'il y a le Trocadéro[3]. — Vous voyez bien ! Mais comment avez-vous vu la reproduction de Mantegna ? Vous êtes renversante. » Nous étions arrivés dans des quartiers plus populaires et l'érection d'une Vénus ancillaire derrière chaque comptoir faisait de lui comme un autel suburbain au pied duquel j'aurais voulu passer ma vie. Comme on fait à la veille d'une mort prématurée, je dressais le compte des plaisirs dont me privait le point final qu'Albertine mettait à ma liberté. À Passy ce fut sur la chaussée même à cause de l'encombrement que des jeunes filles se tenant par la taille m'émerveillèrent de leur sourire. Je n'eus pas le temps de le bien distinguer, mais il était peu probable que je le surfisse ; dans toute foule en effet, dans toute foule jeune, il n'est pas rare que l'on rencontre l'effigie d'un noble profil. De sorte que ces cohues populaires des jours de fête sont pour le voluptueux aussi précieuses que pour l'archéologue le désordre d'une terre où une fouille fait apparaître des médailles antiques.

Nous arrivâmes au Bois. Je pensais que si Albertine n'était pas sortie avec moi, je pourrais en ce moment, au Cirque des Champs-Élysées, entendre la tempête wagnérienne faire gémir tous les cordages de l'orchestre, attirer à elle comme une écume légère l'air de chalumeau que j'avais joué tout à l'heure, le faire voler, le pétrir, le déformer, le diviser, l'entraîner dans un tourbillon grandissant. Du moins je voulus que notre promenade fût courte et que nous rentrions de bonne heure car, sans en parler à Albertine, j'avais décidé d'aller le soir chez les Verdurin. Ils m'avaient envoyé dernièrement une invitation que j'avais jetée au panier avec toutes les autres. Mais je me ravisais pour ce soir car je voulais tâcher d'apprendre quelles personnes Albertine avait pu espérer rencontrer l'après-midi chez eux. À vrai dire j'en étais arrivé avec Albertine à ce moment où (si tout continue de même, si les choses se passent normalement) une femme ne sert plus pour nous que de transition avec une autre femme. Elle tient à notre cœur encore mais bien peu ; nous avons hâte d'aller chaque soir trouver des inconnues, et surtout des inconnues connues d'elle, lesquelles pourront nous raconter sa vie. Elle, en effet, nous avons possédé, épuisé tout ce qu'elle a consenti à nous livrer d'elle-même. Sa vie, c'est elle-même encore, mais justement la partie que nous ne connaissons pas, les choses sur quoi nous l'avons vainement interrogée et que nous pourrons recueillir sur des lèvres neuves. Si ma vie avec Albertine devait m'empêcher d'aller à Venise, de voyager, du moins j'aurais pu tantôt si j'avais été seul connaître les jeunes midinettes éparses dans l'ensoleillement de ce beau dimanche et dans la beauté de qui je faisais entrer pour une grande part la vie inconnue qui les animait. Les yeux qu'on voit ne sont-ils pas tout pénétrés par un regard dont on ne sait pas les images, les souvenirs, les attentes, les dédains qu'il porte et dont on ne peut pas les séparer ? Cette existence qui est celle de l'être qui passe ne donnera-t-elle pas, selon ce qu'elle est, une valeur variable au froncement de ces sourcils, à la dilatation de ces narines ? La présence d'Albertine me privait d'aller à elles et peut-être ainsi de cesser de les désirer. Celui qui veut entretenir en soi le désir de continuer à vivre et la croyance en quelque chose de plus délicieux que les choses habituelles, doit se promener ; car les rues, les avenues, sont pleines de Déesses. Mais les Déesses ne se laissent pas approcher. Çà et là, entre les arbres, à l'entrée de quelque café, une servante veillait comme une nymphe à l'orée d'un bois sacré, tandis qu'au fond trois jeunes filles étaient assises à côté de l'arc immense de leurs bicyclettes posées à côté d'elles, comme trois immortelles accoudées au nuage ou au coursier fabuleux sur lesquels elles accomplissaient leurs voyages mythologiques. Je remarquais que chaque fois Albertine regardait un instant toutes ces filles avec une attention profonde et se retournait aussitôt vers moi. Mais je n'étais trop tourmenté ni par l'intensité de cette contemplation, ni par sa brièveté que l'intensité compensait ; en effet pour cette dernière il arrivait souvent qu'Albertine, soit fatigue, soit manière de regarder particulière à un être attentif, considérait ainsi dans une sorte de méditation fût-ce mon père ou Françoise ; et quant à sa vitesse à se retourner vers moi, elle pouvait être motivée par le fait qu'Albertine, connaissant mes soupçons, pouvait vouloir même s'ils n'étaient pas justifiés éviter de leur donner prise. Cette attention d'ailleurs qui m'eût semblé criminelle de la part d'Albertine (et tout autant si elle avait eu pour objet des jeunes gens) je l'attachais sans me croire un instant coupable — et en trouvant presque qu'Albertine l'était en m'empêchant par sa présence de m'arrêter et de descendre — sur toutes les midinettes. On trouve innocent de désirer et atroce que l'autre désire. Et ce contraste entre ce qui concerne ou bien nous, ou bien celle que nous aimons, n'a pas trait au désir seulement, mais aussi au mensonge. Quelle chose plus usuelle que lui, qu'il s'agisse de masquer par exemple les faiblesses quotidiennes d'une santé qu'on veut faire croire forte, de dissimuler un vice, ou d'aller sans froisser autrui à la chose que l'on préfère. Il est l'instrument de conservation le plus nécessaire et le plus employé. Or c'est lui que nous avons la prétention de bannir de la vie de celle que nous aimons, c'est lui que nous épions, que nous flairons, que nous détestons partout. Il nous bouleverse, il suffit à amener une rupture, il nous semble cacher les plus grandes fautes à moins qu'il ne les cache si bien que nous ne les soupçonnions pas. Étrange état que celui où nous sommes à ce point sensibles à un agent pathogène que son pullulement universel rend inoffensif aux autres et si grave pour le malheureux qui se trouve ne plus avoir d'immunité contre lui. La vie de ces jolies filles, comme — à cause de mes longues périodes de réclusion — j'en rencontrais si rarement, me paraissait ainsi qu'à tous ceux chez qui la facilité des réalisations n'a pas amorti la puissance de concevoir, quelque chose d'aussi différent de ce que je connaissais, d'aussi désirable, que les villes les plus merveilleuses que promet le voyage.

La déception éprouvée auprès des femmes que j'avais connues ou dans les villes où j'étais allé ne m'empêchait pas de me laisser prendre à l'attrait des nouvelles et de croire à leur réalité ; aussi de même que voir Venise — Venise dont ce temps printanier me donnait aussi la nostalgie et que le mariage avec Albertine m'empêcherait de connaître — voir Venise dans un panorama que Ski eût peut-être déclaré plus joli de tons que la ville réelle, ne m'eût en rien remplacé le voyage à Venise dont la longueur déterminée sans que j'y fusse pour rien me semblait indispensable à franchir, de même, si jolie fût-elle, la midinette qu'une entremetteuse m'eût artificiellement procurée n'eût nullement pu se substituer pour moi à celle qui la taille dégingandée passait en ce moment sous les arbres en riant avec une amie. Celle que j'eusse trouvée dans une maison de passe eût-elle été plus jolie que cela n'eût pas été la même chose, parce que nous ne regardons pas les yeux d'une fille que nous ne connaissons pas comme nous ferions d'une petite plaque d'opale ou d'agate. Nous savons que le petit rayon qui les irise ou les grains de brillant qui les font étinceler sont tout ce que nous pouvons voir d'une pensée, d'une volonté, d'une mémoire où résident la maison familiale que nous ne connaissons pas,

les amis chers que nous envions. Arriver à nous emparer de
tout cela qui est si difficile, si rétif, c'est ce qui donne sa valeur
au regard bien plus que sa seule beauté matérielle (par quoi
peut être expliqué qu'un même jeune homme éveille tout un
roman dans l'imagination d'une femme qui a entendu dire qu'il
était le prince de Galles, et ne fait plus attention à lui quand elle
apprend qu'elle s'est trompée); trouver la midinette dans la
maison de passe, c'est la trouver vidée de cette vie inconnue qui
la pénètre et que nous aspirons à posséder avec elle, c'est nous
approcher des yeux devenus en effet de simples pierres
précieuses, d'un nez dont le froncement est aussi dénué de
signification que celui d'une fleur. Non, de cette midinette
inconnue qui passait là, il me semblait aussi indispensable, si je
voulais continuer à croire à sa réalité, que de faire un long
trajet en chemin de fer si je voulais croire à celle de Pise que je
verrais et qui ne serait pas qu'un spectacle d'exposition
universelle[1], d'essuyer les résistances en y adaptant mes
directions, en allant au-devant d'un affront, en revenant à la
charge, en obtenant un rendez-vous, en l'attendant à la sortie
des ateliers, en connaissant épisode par épisode ce qui
composait la vie de cette petite, en traversant ce dont
s'enveloppait pour elle le plaisir que je cherchais et la distance
que ses habitudes différentes et sa vie spéciale mettaient entre
moi et l'attention, la faveur que je voulais atteindre et capter.
Mais ces similitudes mêmes du désir et du voyage firent que je
me promis de serrer un jour d'un peu plus près la nature de
cette force invisible mais aussi puissante que les croyances, ou
dans le monde physique que la pression atmosphérique, qui
portait si haut les cités, les femmes, tant que je ne les
connaissais pas, et qui se dérobait sous elles dès que je les avais
approchées, les faisait tomber aussitôt à plat sur le terre à terre
de la plus triviale réalité[2]. Plus loin une autre fillette était
agenouillée près de sa bicyclette qu'elle arrangeait. Une fois la
réparation faite, la jeune coureuse monta sur sa bicyclette, mais
sans l'enfourcher comme eût fait un homme. Pendant un
instant la bicyclette tangua, et le jeune corps semblait s'être
accru d'une voile, d'une aile immense. Et bientôt nous vîmes
s'éloigner à toute vitesse la jeune créature mi-humaine mi-ailée,

ange ou péri[1], poursuivant son voyage. Voilà ce dont la
présence d'Albertine, voilà ce dont ma vie avec Albertine me
privait justement. Dont elle me privait ? N'aurais-je pas dû
penser : dont elle me gratifiait au contraire. Si Albertine n'avait
pas vécu avec moi, avait été libre, j'eusse imaginé, et avec
raison, toutes ces femmes comme des objets possibles,
probables, de son désir, de son plaisir. Elles me fussent
apparues comme ces danseuses qui dans un ballet diabolique,
représentent les Tentations pour un être, lancent leurs flèches
au cœur d'un autre être. Les midinettes, les jeunes filles, les
comédiennes, comme je les aurais haïes ! Objet d'horreur, elles
eussent été exceptées pour moi de la beauté de l'univers. Le
servage d'Albertine, en me permettant de ne plus souffrir par
elles, les restituait à la beauté du monde. Inoffensives, ayant
perdu l'aiguillon qui met au cœur la jalousie, il m'était loisible
de les admirer, de les caresser du regard, un autre jour plus
intimement peut-être. En enfermant Albertine j'avais du même
coup rendu à l'univers toutes ces ailes chatoyantes qui
bruissent dans les promenades, dans les bals, dans les théâtres,
et qui redevenaient tentatrices pour moi parce qu'elle ne
pouvait plus succomber à leur tentation. Elles faisaient la
beauté du monde. Elles avaient fait jadis celle d'Albertine.
C'est parce que je l'avais vue comme un oiseau mystérieux,
puis comme une grande actrice de la plage, désirée, obtenue
peut-être, que je l'avais trouvée merveilleuse. Une fois captif
chez moi, l'oiseau que j'avais vu un soir marcher à pas comptés
sur la digue, entouré de la congrégation des autres jeunes filles
pareilles à des mouettes venues on ne sait d'où, Albertine avait
perdu toutes ses couleurs, avec toutes les chances qu'avaient les
autres de l'avoir à eux. Elle avait peu à peu perdu sa beauté. Il
fallait des promenades comme celles-là, où je l'imaginais sans
moi accostée par telle femme, ou tel jeune homme, pour que je
la revisse dans la splendeur de la plage, bien que ma jalousie fût
sur un autre plan que le déclin des plaisirs de mon imagination.
Mais malgré ces brusques sursauts où désirée par d'autres, elle
me redevenait belle, je pouvais très bien diviser son séjour chez
moi en deux périodes, la première où elle était encore quoique
moins chaque jour la chatoyante actrice de la plage, la seconde

où devenue la grise prisonnière réduite à son terne elle-même, il lui fallait ces éclairs où je me ressouvenais du passé pour lui rendre des couleurs.

Parfois, dans les heures où elle m'était le plus indifférente, me revenait le souvenir d'un moment lointain où sur la plage, quand je ne la connaissais pas encore, non loin de telle dame avec qui j'étais fort mal et avec qui j'étais presque certain maintenant qu'elle avait eu des relations, elle éclatait de rire en me regardant d'une façon insolente. La mer polie et bleue bruissait tout autour. Dans le soleil de la plage Albertine au milieu de ses amies était la plus belle. C'était une fille magnifique, qui dans ce cadre habituel d'eaux immenses m'avait, elle précieuse à la dame qui l'admirait, infligé cet affront. Il était définitif, car la dame retournait peut-être à Balbec, constatait peut-être, sur la plage lumineuse et bruissante, l'absence d'Albertine. Mais elle ignorait que la jeune fille vécût chez moi, rien qu'à moi. Les eaux immenses et bleues, l'oubli des préférences qu'elle avait pour cette jeune fille et qui allaient à d'autres, étaient retombés sur l'avanie que m'avait faite Albertine, l'enfermant dans un éblouissant et infrangible écrin. Alors la haine pour cette femme mordait mon cœur ; pour Albertine aussi, mais une haine mêlée d'admiration pour la belle jeune fille adulée, à la chevelure merveilleuse et dont l'éclat de rire sur la plage était un affront. La honte, la jalousie, le ressouvenir des désirs premiers et du cadre éclatant avaient redonné à Albertine sa beauté, sa valeur d'autrefois. Et ainsi alternait avec l'ennui un peu lourd que j'avais auprès d'elle, un désir frémissant, plein d'images magnifiques et de regrets, selon qu'elle était à côté de moi dans ma chambre ou que je lui rendais sa liberté dans ma mémoire sur la digue, dans ses gais costumes de plage, au jeu des instruments de musique de la mer, Albertine, tantôt sortie de ce milieu, possédée et sans grande valeur, tantôt replongée en lui, m'échappant dans un passé que je ne pourrais connaître, m'offensant, auprès de la dame, de son amie, autant que l'éclaboussure de la vague ou l'étourdissement du soleil, Albertine remise sur la plage, ou rentrée dans ma chambre, en une sorte d'amour amphibie.

Ailleurs une bande nombreuse jouait au ballon. Toutes ces

fillettes avaient voulu profiter du soleil, car ces journées de
février, même quand elles sont si brillantes, ne durent pas tard
et la splendeur de leur lumière ne retarde pas la venue de son
déclin. Avant qu'il fût encore proche nous eûmes quelque
temps de pénombre, parce qu'après avoir poussé jusqu'à la
Seine où Albertine admira et par sa présence m'empêcha
d'admirer les reflets de voiles rouges sur l'eau hivernale et
bleue, une maison de tuiles blottie au loin comme un seul
coquelicot dans l'horizon clair dont Saint-Cloud semblait plus
loin la pétrification fragmentaire, friable et côtelée, nous
descendîmes de voiture et marchâmes longtemps. Même
pendant quelques instants je lui donnai le bras, et il me
semblait que cet anneau que le sien faisait sous le mien unissait
en un seul être nos deux personnes et attachait l'une à l'autre
nos deux destinées. À nos pieds, nos ombres parallèles puis
rapprochées et jointes faisaient un dessin ravissant. Sans doute
il me semblait déjà merveilleux à la maison qu'Albertine
habitât avec moi, que ce fût elle qui s'étendît sur mon lit. Mais
c'en était comme l'exportation au dehors, en pleine nature, que
devant ce lac du Bois que j'aimais tant, au pied des arbres, ce
fût justement son ombre, l'ombre pure et simplifiée de sa
jambe, de son buste, que le soleil eût à peindre au lavis à côté
de la mienne sur le sable de l'allée. Et je trouvais un charme
plus immatériel sans doute mais non pas moins intime qu'au
rapprochement, à la fusion de nos corps, à celle de nos ombres.
Puis nous remontâmes dans la voiture. Et elle s'engagea pour
le retour dans de petites allées sinueuses où les arbres d'hiver,
habillés de lierre et de ronces, comme des ruines, semblaient
conduire à la demeure d'un magicien. À peine sortis de leur
couvert assombri, nous retrouvâmes, pour sortir du Bois, le
plein jour si clair encore que je croyais avoir le temps de faire
tout ce que je voudrais avant le dîner, quand, quelques instants
seulement après, au moment où notre voiture approchait de
l'Arc de Triomphe, ce fut avec un brusque mouvement de
surprise et d'effroi que j'aperçus au-dessus de Paris la lune
pleine et prématurée comme le cadran d'une horloge arrêtée
qui nous fait croire qu'on s'est mis en retard. Nous avions dit
au cocher de rentrer. Pour elle, c'était aussi revenir chez moi.

La présence des femmes, si aimées soient-elles, qui doivent nous quitter pour rentrer, ne donne pas cette paix que je goûtais dans la présence d'Albertine assise au fond de la voiture à côté de moi, présence qui nous acheminait non au vide des heures où l'on est séparé mais à la réunion plus stable encore et mieux enclose dans mon chez-moi qui était aussi son chez-elle, symbole matériel de la possession que j'avais d'elle. Certes pour posséder il faut avoir désiré. Nous ne possédons une ligne, une surface, un volume que si notre amour l'occupe. Mais Albertine n'avait pas été pour moi pendant notre promenade comme avait été jadis Rachel, une vaine poussière de chair et d'étoffe. L'imagination de mes yeux, de mes lèvres, de mes mains, avait à Balbec si solidement construit, si tendrement poli son corps que maintenant dans cette voiture, pour toucher ce corps, pour le contenir, je n'avais pas besoin de me serrer contre Albertine, ni même de la voir, il me suffisait de l'entendre, et si elle se taisait de la savoir auprès de moi ; mes sens tressés ensemble l'enveloppaient tout entière et quand arrivée devant la maison tout naturellement elle descendit, je m'arrêtai un instant pour dire au chauffeur[1] de revenir me prendre, mais mes regards l'enveloppaient encore tandis qu'elle s'enfonçait devant moi sous la voûte et c'était toujours ce même calme inerte et domestique que je goûtais à la voir ainsi lourde, empourprée, opulente et captive, rentrer tout naturellement avec moi comme une femme que j'avais à moi, et protégée par les murs, disparaître dans notre maison.

Malheureusement elle semblait s'y trouver en prison, et être de l'avis de cette Mme de La Rochefoucauld qui, comme on lui demandait si elle n'était pas contente d'être dans une aussi belle demeure que Liancourt, répondit qu'« il n'est pas de belle prison[2] », si j'en jugeais par l'air triste et las qu'elle eut ce soir-là pendant notre dîner en tête à tête dans sa chambre. Je ne le remarquai pas d'abord ; et c'était moi qui me désolais de penser que s'il n'y avait pas eu Albertine (car avec elle, j'eusse trop souffert de la jalousie dans un hôtel où elle eût toute la journée subi le contact de tant d'êtres), je pourrais en ce moment dîner à Venise dans une de ces petites salles à manger surbaissées comme une cale de navire, et où on voit le Grand Canal par de

petites fenêtres cintrées qu'entourent des moulures mauresques. Je dois ajouter qu'Albertine y admirait beaucoup un
grand bronze de Barbedienne[1], qu'avec beaucoup de raison
Bloch trouvait fort laid. Il en avait peut-être moins de s'étonner
que je l'eusse gardé. Je n'avais jamais cherché comme lui à faire
des ameublements artistiques, à composer des pièces, j'étais
trop paresseux pour cela, trop indifférent à ce que j'avais
l'habitude d'avoir sous les yeux. Puisque mon goût ne s'en
souciait pas, j'avais le droit de ne pas nuancer des intérieurs.
J'aurais peut-être pu malgré cela ôter le bronze. Mais les choses
laides et cossues sont fort utiles, car elles ont auprès des
personnes qui ne nous comprennent pas, qui n'ont pas notre
goût, et dont nous pouvons être amoureux, un prestige que
n'aurait pas une fière chose qui ne révèle pas sa beauté. Or les
êtres qui ne nous comprennent pas sont justement les seuls à
l'égard desquels il puisse nous être utile d'user d'un prestige
que notre intelligence suffit à nous assurer auprès d'êtres
supérieurs. Albertine avait beau commencer à avoir du goût,
elle avait encore un certain respect pour ce bronze, et ce respect
rejaillissait sur moi en une considération qui, venant d'Albertine, m'importait (infiniment plus que de garder un bronze un
peu déshonorant), puisque j'aimais Albertine.

Mais la pensée de mon esclavage cessait tout d'un coup de
me peser, et je souhaitais de le prolonger encore parce qu'il me
semblait apercevoir qu'Albertine sentait cruellement le sien.
Sans doute, chaque fois que je lui avais demandé si elle ne se
déplaisait pas chez moi, elle m'avait toujours répondu qu'elle
ne savait pas où elle pourrait être plus heureuse. Mais souvent
ces paroles étaient démenties par un air de nostalgie,
d'énervement. Certes, si elle avait les goûts que je lui avais crus,
cet empêchement de jamais les satisfaire devait être aussi
irritant pour elle qu'il était calmant pour moi ; calmant au
point que l'hypothèse que je l'avais accusée injustement m'eût
semblé la plus vraisemblable si dans celle-ci je n'eusse eu
beaucoup de peine à expliquer cette application extraordinaire
que mettait Albertine à ne jamais être seule, à ne jamais être
libre, à ne pas s'arrêter un instant devant la porte quand elle
rentrait, à se faire accompagner ostensiblement, chaque fois

qu'elle allait téléphoner, par quelqu'un qui pût me répéter ses paroles, par Françoise, par Andrée, à me laisser toujours seul, sans avoir l'air que ce fût exprès, avec cette dernière, quand elles étaient sorties ensemble, pour que je pusse me faire faire un rapport détaillé de leur sortie. Avec cette merveilleuse docilité contrastaient certains mouvements, vite réprimés, d'impatience, qui me firent me demander si Albertine n'aurait pas formé le projet de secouer sa chaîne.

Des faits accessoires étayaient ma supposition. Ainsi un jour où j'étais sorti seul, ayant rencontré près de Passy Gisèle, nous causâmes de choses et d'autres. Bientôt, assez heureux de pouvoir le lui apprendre, je lui dis que je voyais constamment Albertine. Gisèle me demanda où elle pourrait la trouver car elle avait *justement* quelque chose à lui dire. « Quoi donc ? — Des choses qui se rapportent à de petites camarades à elle. — Quelles camarades ? Je pourrai peut-être vous renseigner, ce qui ne vous empêchera pas de la voir. — Oh ! des camarades d'autrefois, je ne me rappelle pas les noms », répondit Gisèle d'un air vague, en battant en retraite. Elle me quitta, croyant avoir parlé avec une prudence telle que rien ne pouvait me paraître que très clair. Mais le mensonge est si peu exigeant, a besoin de si peu de chose pour se manifester ! S'il s'était agi de camarades d'autrefois, dont elle ne savait même pas les noms, pourquoi aurait-elle eu *justement* besoin d'en parler à Albertine ? Cet adverbe, assez parent d'une expression chère à Mme Cottard : « cela tombe à pic », ne pouvait s'appliquer qu'à une chose particulière, opportune, peut-être urgente, se rapportant à des êtres déterminés. D'ailleurs rien que la façon d'ouvrir la bouche, comme quand on va bâiller, d'un air vague en me disant (en reculant presque avec son corps, comme elle faisait machine en arrière à partir de ce moment dans notre conversation) : « Ah ! je ne sais pas, je ne me rappelle pas les noms », faisait aussi bien de sa figure, et s'accordant avec elle, de sa voix, une figure de mensonge, que l'air tout autre, serré, animé, à l'avant, de « j'ai justement » signifiait une vérité. Je ne questionnai pas Gisèle. À quoi cela m'eût-il servi ? Certes elle ne mentait pas de la même manière qu'Albertine. Et certes les mensonges d'Albertine m'étaient plus douloureux. Mais

d'abord il y avait entre eux un point commun, le fait même du
mensonge qui, dans certains cas, est une évidence. Non pas de
la réalité qui se cache sous ce mensonge. On sait que bien que
chaque assassin en particulier s'imagine avoir tout si bien
combiné qu'il ne sera pas pris, en somme les assassins sont
presque toujours pris. Au contraire les menteurs sont rarement
pris, et parmi les menteurs plus particulièrement les femmes
qu'on aime. On ignore où elle est allée, ce qu'elle y a fait, mais
au moment même où elle parle, où elle parle d'une autre chose
sous laquelle il y a cela, qu'elle ne dit pas, le mensonge est
perçu instantanément. Et la jalousie redoublée puisqu'on sent
le mensonge, et qu'on n'arrive pas à savoir la vérité. Chez
Albertine, la sensation du mensonge était donnée par bien des
particularités qu'on a déjà vues au cours de ce récit, mais
principalement par ceci que, quand elle mentait, son récit
péchait soit par insuffisance, omission, invraisemblance, soit
par excès au contraire de petits faits destinés à le rendre
vraisemblable. Le vraisemblable, malgré l'idée que se fait le
menteur, n'est pas du tout le vrai. Dès qu'écoutant quelque
chose de vrai, on entend quelque chose qui est seulement
vraisemblable, qui l'est peut-être plus que le vrai, qui l'est peut-
être trop, l'oreille un peu musicienne sent que ce n'est pas cela,
comme pour un vers faux, ou un mot lu à haute voix pour un
autre. L'oreille le sent, et si l'on aime le cœur s'alarme. Que ne
songe-t-on alors, quand on change toute sa vie parce qu'on ne
sait pas si une femme est passée rue de Berri ou rue
Washington, que ne songe-t-on que ces quelques mètres de
différence, et la femme elle-même, seront réduits au cent
millionième (c'est-à-dire à une grandeur que nous ne pouvons
percevoir) si seulement nous avons la sagesse de rester quelques
années sans voir cette femme, et que ce qui était Gulliver en
bien plus grand deviendra une lilliputienne qu'aucun micro-
scope — au moins du cœur, car celui de la mémoire indifférente
est plus puissant et moins fragile — ne pourra plus percevoir.
Quoi qu'il en soit s'il y avait un point commun — le mensonge
même — entre ceux d'Albertine et de Gisèle, pourtant Gisèle
ne mentait pas de la même manière qu'Albertine, ni non plus
de la même manière qu'Andrée, mais leurs mensonges

respectifs s'emboîtaient si bien les uns dans les autres, tout en présentant une grande variété, que la petite bande avait la solidité impénétrable de certaines maisons de commerce, de librairie ou de presse par exemple, où le malheureux auteur n'arrivera jamais, malgré la diversité des personnalités composantes, à savoir s'il est ou non floué[1]. Le directeur du journal ou de la revue ment avec une attitude de sincérité d'autant plus solennelle, qu'il a besoin de dissimuler en mainte occasion qu'il fait exactement la même chose et se livre aux mêmes pratiques mercantiles que celles qu'il a flétries chez les autres directeurs de journaux ou de théâtres, chez les autres éditeurs, quand il a pris pour bannière, levé contre eux l'étendard de la Sincérité. Avoir proclamé (comme chef d'un parti politique, comme n'importe quoi) qu'il est atroce de mentir, oblige le plus souvent à mentir plus que les autres, sans quitter pour cela le masque solennel, sans déposer la tiare auguste de la sincérité. L'associé de l'« homme sincère » ment autrement et de façon plus ingénue. Il trompe son auteur comme il trompe sa femme, avec des trucs de vaudeville. Le secrétaire de la rédaction, homme honnête et grossier, ment tout simplement, comme un architecte qui vous promet que votre maison sera prête, à une époque où elle ne sera pas commencée. Le rédacteur en chef, âme angélique, voltige au milieu des trois autres, et sans savoir de quoi il s'agit, leur porte, par scrupule fraternel et tendre solidarité, le secours précieux d'une parole insoupçonnable. Ces quatre personnes vivent dans de perpétuelles dissensions, que l'arrivée de l'auteur fait cesser. Par-dessus les querelles particulières, chacun se rappelle le grand devoir militaire de venir en aide au « corps » menacé. Sans m'en rendre compte, j'avais depuis longtemps joué le rôle de cet auteur vis-à-vis de la « petite bande ». Si Gisèle avait pensé, quand elle avait dit « justement », à telle camarade d'Albertine disposée à voyager avec elle dès que mon amie, sous un prétexte ou un autre, m'aurait quitté, et à prévenir Albertine que l'heure était venue ou sonnerait bientôt, Gisèle se serait fait couper en morceaux plutôt que de me le dire. Il était donc bien inutile de lui poser des questions. Des rencontres comme celles de Gisèle n'étaient pas seules à accentuer mes doutes. Par exemple, j'admirais les peintures d'Albertine. Et les peintures d'Albertine, touchantes distractions de la captive, m'émurent tant que je la félicitai. « Non, c'est très mauvais, mais je n'ai jamais pris une seule leçon de dessin. — Mais un soir vous m'aviez fait dire à Balbec que vous étiez restée à prendre une leçon de dessin. » Je lui rappelai le jour et lui dis que j'avais bien compris tout de suite qu'on ne prenait pas de leçons de dessin à cette heure-là. Albertine rougit. « C'est vrai, dit-elle, je ne prenais pas de leçons de dessin, je vous ai beaucoup menti au début, cela je le reconnais. Mais je ne vous mens plus jamais. » J'aurais tant voulu savoir quels étaient les nombreux mensonges du début, mais je savais d'avance que ses aveux seraient de nouveaux mensonges. Aussi je me contentai de l'embrasser. Je lui demandai seulement un de ces mensonges. Elle répondit : « Eh bien si par exemple que l'air de la mer me faisait mal. » Je cessai d'insister.

Tout être aimé, même dans une certaine mesure tout être, est pour nous comme Janus, nous présentant le front qui nous plaît, si cet être nous quitte, le front morne, si nous le savons à notre perpétuelle disposition. Pour Albertine, la société durable avec elle avait quelque chose de pénible d'une autre façon que je ne peux dire en ce récit. C'est terrible d'avoir la vie d'une autre personne attachée à la sienne comme une bombe qu'on tiendrait sans qu'on puisse la lâcher sans crime. Mais qu'on prenne comme comparaison les hauts et les bas, les dangers, l'inquiétude, la crainte de voir crues plus tard des choses fausses et vraisemblables qu'on ne pourra plus expliquer, sentiments éprouvés si on a dans son intimité un fou. Par exemple je plaignais M. de Charlus de vivre avec Morel (aussitôt le souvenir de la scène de l'après-midi me fit sentir le côté gauche de ma poitrine bien plus gros que l'autre); en laissant de côté les relations qu'ils avaient ou non ensemble, M. de Charlus avait dû ignorer au début que Morel était fou. La beauté de Morel, sa platitude, sa fierté, avaient dû détourner le baron de chercher si loin, jusqu'aux jours de mélancolie où Morel accusait M. de Charlus de sa tristesse, sans pouvoir fournir d'explications, l'insultait de sa méfiance à l'aide de raisonnements faux mais extrêmement subtils, le menaçait de résolutions désespérées au milieu desquelles persistait le souci le plus retors de l'intérêt le plus immédiat. Tout ceci n'est que comparaison. Albertine n'était pas folle.

Ce soupçon que j'eus[1] suffit pour me faire souhaiter de prolonger encore un peu notre vie commune, de remettre à plus tard, à un moment où j'aurais retrouvé mon calme, le projet de rompre notre liaison et de renoncer définitivement au mariage. Et pour ôter à Albertine l'idée de le devancer, pour lui faire paraître sa chaîne plus légère, le plus habile me parut de lui faire croire que j'allais moi-même la rompre. En tout cas ce projet mensonger je ne pouvais le lui confier en ce moment, elle était revenue avec trop de gentillesse du Trocadéro tout à l'heure ; ce que je pouvais faire, bien loin de l'affliger d'une menace de rupture, c'était tout au plus de taire les rêves de perpétuelle vie commune que formait mon cœur reconnaissant. En la regardant, j'avais de la peine à me retenir de les épancher en elle, et peut-être s'en apercevait-elle. Malheureusement leur expression n'est pas contagieuse. Une vieille femme maniérée comme M. de Charlus qui, à force de ne voir dans son imagination qu'un fier jeune homme, croit devenir lui-même fier jeune homme, et d'autant plus qu'il devient plus maniéré et plus risible, ce cas est plus général, et c'est l'infortune d'un amant épris de ne pas se rendre compte que, tandis qu'il voit une figure belle devant lui, sa maîtresse voit sa figure à lui qui n'est pas rendue plus belle, au contraire, quand la déforme le plaisir qu'y fait naître la vue de la beauté. Et l'amour n'épuise même pas toute la généralité de ce cas ; nous ne voyons pas notre corps, que les autres voient, et nous « suivons » notre pensée, l'objet invisible aux autres, qui est devant nous. Cet objet-là, parfois l'artiste le fait voir dans son œuvre. De là vient que les admirateurs de celle-ci sont désillusionnés par l'auteur, dans le visage de qui cette beauté intérieure s'est imparfaitement reflétée.

Ne retenant plus de mon rêve de Venise que ce qui pouvait se rapporter à Albertine et lui adoucir le temps qu'elle passait dans ma demeure, je lui parlai d'une robe de Fortuny qu'il fallait que nous allassions commander ces jours-ci. Je cherchais par quels plaisirs nouveaux j'aurais pu la distraire. J'aurais voulu pouvoir lui faire la surprise de lui donner si ç'avait été possible d'en trouver des pièces de vieille argenterie française. En effet quand nous avions fait le projet d'avoir un yacht, projet jugé irréalisable par Albertine — et par moi-même chaque fois que je la croyais vertueuse et que la vie avec elle commençait aussitôt à me paraître aussi ruineuse que le mariage avec elle impossible —„ nous avions toutefois sans qu'elle crût que j'en achèterais un demandé des conseils à Elstir.

J'appris[1] que ce jour-là avait eu lieu une mort qui me fit beaucoup de peine, celle de Bergotte. On sait que sa maladie durait depuis longtemps. Non pas celle évidemment qu'il avait eue d'abord et qui était naturelle. La nature ne semble guère capable de donner que des maladies assez courtes. Mais la médecine s'est annexé l'art de les prolonger. Les remèdes, la rémission qu'ils procurent, le malaise que leur interruption fait renaître, composent un simulacre de maladie que l'habitude du patient finit par stabiliser, par styliser, de même que les enfants toussent régulièrement par quintes longtemps après qu'ils sont guéris de la coqueluche. Puis les remèdes agissent moins, on les augmente, ils ne font plus aucun bien, mais ils ont commencé à faire du mal grâce à cette indisposition durable. La nature ne leur aurait pas offert une durée si longue. C'est une grande merveille que la médecine égalant presque la nature puisse forcer à garder le lit, à continuer sous peine de mort l'usage d'un médicament. Dès lors la maladie artificiellement greffée a pris racine, est devenue une maladie secondaire mais vraie avec cette seule différence que les maladies naturelles guérissent, mais jamais celles que crée la médecine, car elle ignore le secret de la guérison.

Il y avait des années que Bergotte ne sortait plus de chez lui. D'ailleurs, il n'avait jamais aimé le monde, ou l'avait aimé un seul jour, pour le mépriser comme tout le reste et de la même façon qui était la sienne, à savoir non de mépriser parce qu'on ne peut obtenir, mais aussitôt qu'on a obtenu. Il vivait si simplement qu'on ne soupçonnait pas à quel point il était riche, et l'eût-on su qu'on se fût trompé encore, l'ayant cru alors avare alors que personne ne fut jamais si généreux. Il l'était surtout avec des femmes, des fillettes pour mieux dire, et qui étaient honteuses de recevoir tant pour si peu de chose. Il s'excusait à ses propres yeux parce qu'il savait ne pouvoir jamais si bien produire que dans l'atmosphère de se sentir amoureux. L'amour, c'est trop dire, le plaisir un peu enfoncé dans la chair aide au travail des lettres parce qu'il anéantit les autres plaisirs, par exemple les plaisirs de la société, ceux qui sont les mêmes pour tout le monde. Et même si cet amour amène des désillusions, du moins agite-t-il de cette façon-là aussi la surface de l'âme, qui sans cela risquerait de devenir stagnante. Le désir n'est donc pas inutile à l'écrivain pour l'éloigner des autres hommes d'abord et de se conformer à eux, pour rendre ensuite quelque mouvement à une machine spirituelle qui, passé un certain âge, a tendance à s'immobiliser. On n'arrive pas à être heureux mais on fait des remarques sur les raisons qui empêchent de l'être et qui nous fussent restées invisibles sans ces brusques percées de la déception. Et les rêves bien entendu ne sont pas réalisables, nous le savons ; nous n'en formerions peut-être pas sans le désir, et il est utile d'en former pour les voir échouer et que leur échec instruise. Aussi Bergotte se disait-il : « Je dépense plus que des multimillionnaires pour des fillettes, mais les plaisirs ou les déceptions qu'elles me donnent me font écrire un livre qui me rapporte de l'argent. » Économiquement ce raisonnement était absurde, mais sans doute trouvait-il quelque agrément à transmuter ainsi l'or en caresses et les caresses en or. Et puis nous avons vu, au moment de la mort de ma grand-mère, que sa vieillesse fatiguée aimait le repos. Or dans le monde il n'y a que la conversation. Elle y est stupide, mais a le pouvoir de supprimer les femmes, qui ne sont plus que questions et réponses. Hors du monde les femmes redeviennent ce qui est si reposant pour le vieillard fatigué, un objet de contemplation. En tout cas, maintenant, il n'était plus question de rien de tout cela. J'ai dit que Bergotte ne sortait plus de chez lui, et quand il se levait une heure dans sa chambre, c'était tout enveloppé de châles, de plaids, de tout ce dont on se couvre au moment de s'exposer à un grand froid et de monter en chemin de fer. Il s'en excusait auprès des rares amis qu'il laissait pénétrer auprès de lui, et montrant ses

tartans, ses couvertures, il disait gaiement : « Que voulez-vous,
mon cher, Anaxagore l'a dit, la vie est un voyage[1]. » Il allait
ainsi se refroidissant progressivement, petite planète qui offrait
une image anticipée des derniers jours de la grande quand, peu
à peu, la chaleur se retirera de la Terre, puis la vie. Alors la
résurrection aura pris fin, car si avant dans les générations
futures que brillent les œuvres des hommes, encore faut-il qu'il
y ait des hommes. Si certaines espèces animales résistent plus
longtemps au froid envahisseur, quand il n'y aura plus
d'hommes, et à supposer que la gloire de Bergotte ait duré
jusque-là, brusquement elle s'éteindra à tout jamais. Ce ne sont
pas les derniers animaux qui le liront, car il est peu probable
que, comme les apôtres à la Pentecôte, ils puissent comprendre
le langage des divers peuples humains sans l'avoir appris.

Dans les mois qui précédèrent sa mort, Bergotte souffrait
d'insomnies, et ce qui est pire, dès qu'il s'endormait, de
cauchemars qui s'il s'éveillait faisaient qu'il évitait de se
rendormir. Longtemps il avait aimé les rêves, même les
mauvais rêves, parce que grâce à eux, grâce à la contradiction
qu'ils présentent avec la réalité qu'on a devant soi à l'état de
veille, ils nous donnent, au plus tard dès le réveil, la sensation
profonde que nous avons dormi. Mais les cauchemars de
Bergotte n'étaient pas cela. Quand il parlait de cauchemars,
autrefois il entendait des choses désagréables qui se passaient
dans son cerveau. Maintenant c'est comme venus du dehors de
lui qu'il percevait une main munie d'un torchon mouillé qui
passée sur sa figure par une femme méchante s'efforçait de le
réveiller, d'intolérables chatouillements sur les hanches, la rage
— parce que Bergotte avait murmuré en dormant qu'il
conduisait mal — d'un cocher fou furieux qui se jetait sur
l'écrivain et lui mordait les doigts, les lui sciait. Enfin dès que
dans son sommeil l'obscurité était suffisante, la nature faisait
une espèce de répétition sans costumes de l'attaque d'apoplexie
qui l'emporterait : Bergotte entrait en voiture sous le porche du
nouvel hôtel des Swann, voulait descendre. Un vertige
foudroyant le clouait sur sa banquette, le concierge essayait de
l'aider à descendre, il restait assis, ne pouvant se soulever,
dresser ses jambes. Il essayait de s'accrocher au pilier de pierre

qui était devant lui, mais n'y trouvait pas un suffisant appui pour se mettre debout. Il consulta les médecins qui flattés d'être appelés par lui virent dans ses vertus de grand travailleur (il y avait vingt ans qu'il n'avait rien fait), dans son surmenage, la cause de ses malaises. Ils lui conseillèrent de ne pas lire de contes terrifiants (il ne lisait rien), de profiter davantage du soleil « indispensable à la vie » (il n'avait dû quelques années de mieux relatif qu'à sa claustration chez lui), de s'alimenter davantage (ce qui le fit maigrir et alimenta surtout ses cauchemars). Un de ses médecins étant doué de l'esprit de contradiction et de taquinerie, dès que Bergotte, le voyant en l'absence des autres et pour ne pas le froisser, lui soumettait comme des idées de lui ce que les autres lui avaient conseillé, le médecin contredisant croyant que Bergotte cherchait à se faire ordonner quelque chose qui lui plaisait le lui défendait aussitôt et souvent avec des raisons fabriquées si vite pour les besoins de la cause que devant l'évidence des objections matérielles que faisait Bergotte le docteur contredisant était obligé dans la même phrase de se contredire lui-même, mais pour des raisons nouvelles, renforçait la même prohibition. Bergotte revenait à un des premiers médecins, homme qui se piquait d'esprit, surtout devant un des maîtres de la plume et qui si Bergotte insinuait : « Il me semble pourtant que le docteur X m'avait dit — autrefois bien entendu — que cela pouvait me congestionner le rein et le cerveau... », souriait malicieusement, levait le doigt et prononçait : « J'ai dit user je n'ai pas dit abuser. Bien entendu tout remède, si on exagère, devient une arme à double tranchant. » Il y a dans notre corps un certain instinct de ce qui nous est salutaire, comme dans le cœur de ce qui est le devoir moral, et qu'aucune autorisation de docteur en médecine ou en théologie ne peut suppléer. Nous savons que les bains froids nous font mal, nous les aimons, nous trouverons toujours un médecin pour nous les conseiller, non pour empêcher qu'ils ne nous fassent mal. À chacun de ses médecins Bergotte prit ce que, par sagesse, il s'était défendu depuis des années[1]. Au bout de quelques semaines les accidents d'autrefois avaient reparu, les récents s'étaient aggravés. Affolé par une souffrance de toutes les minutes à laquelle s'ajoutait l'insomnie coupée de

brefs cauchemars, Bergotte ne fit plus venir de médecin et
essaya avec succès mais avec excès de différents narcotiques,
lisant avec confiance le prospectus accompagnant chacun
d'eux, prospectus qui proclamait la nécessité du sommeil mais
insinuait que tous les produits qui l'amènent (sauf celui
contenu dans le flacon qu'il enveloppait et qui ne produisait
jamais d'intoxication) étaient toxiques et par là rendaient le
remède pire que le mal. Bergotte les essaya tous. Certains sont
d'une autre famille que ceux auxquels nous sommes habitués,
dérivés par exemple de l'amyle et de l'éthyle. On n'absorbe le
produit nouveau, d'une composition toute différente, qu'avec
la délicieuse attente de l'inconnu. Le cœur bat comme à un
premier rendez-vous. Vers quels genres ignorés de sommeil, de
rêves, le nouveau venu va-t-il nous conduire ? Il est maintenant
dans nous, il a la direction de notre pensée. De quelle façon
allons-nous nous endormir ? Et une fois que nous le serons, par
quels chemins étranges, sur quelles cimes, dans quels gouffres
inexplorés le maître tout-puissant nous conduira-t-il ? Quel
groupement nouveau de sensations allons-nous connaître dans
ce voyage ? Nous mènera-t-il au malaise ? À la béatitude ? À la
mort ? Celle de Bergotte survint la veille de ce jour-là, et où il
s'était confié à un de ces amis (ami ? ennemi ?) trop puissant. Il
mourut dans les circonstances suivantes. Une crise d'urémie
assez légère était cause qu'on lui avait prescrit le repos. Mais un
critique ayant écrit que dans la *Vue de Delft* de Ver Meer (prêté
par le musée de La Haye pour une exposition hollandaise),
tableau qu'il adorait et croyait connaître très bien, un petit pan
de mur jaune (qu'il ne se rappelait pas) était si bien peint qu'il
était, si on le regardait seul, comme une précieuse œuvre d'art
chinoise, d'une beauté qui se suffisait à elle-même, Bergotte
mangea quelques pommes de terre, sortit et entra à l'exposition[1]. Dès les premières marches qu'il eut à gravir, il fut pris
d'étourdissements. Il passa devant plusieurs tableaux et eut
l'impression de la sécheresse et de l'inutilité d'un art si factice,
et qui ne valait pas les courants d'air et de soleil d'un palazzo
de Venise, ou d'une simple maison au bord de la mer. Enfin il
fut devant le Ver Meer qu'il se rappelait plus éclatant, plus
différent de tout ce qu'il connaissait, mais où, grâce à l'article

du critique, il remarqua pour la première fois des petits
personnages en bleu, que le sable était rose[1], et enfin la
précieuse matière du tout petit pan de mur jaune. Ses
étourdissements augmentaient ; il attachait son regard, comme
un enfant à un papillon jaune qu'il veut saisir, au précieux petit
pan de mur. « C'est ainsi que j'aurais dû écrire, disait-il. Mes
derniers livres sont trop secs, il aurait fallu passer plusieurs
couches de couleur, rendre ma phrase en elle-même précieuse,
comme ce petit pan de mur jaune. » Cependant la gravité de ses
étourdissements ne lui échappait pas. Dans une céleste balance
lui apparaissait, chargeant l'un des plateaux, sa propre vie,
tandis que l'autre contenait le petit pan de mur si bien peint en
jaune. Il sentait qu'il avait imprudemment donné la première
pour le second. « Je ne voudrais pourtant pas, se dit-il, être
pour les journaux du soir le fait divers de cette exposition. »[2] Il
se répétait : « Petit pan de mur jaune avec un auvent, petit pan
de mur jaune. » Cependant il s'abattit sur un canapé circulaire ;
aussi brusquement il cessa de penser que sa vie était en jeu et
revenant à l'optimisme se dit : « C'est une simple indigestion
que m'ont donnée ces pommes de terre pas assez cuites, ce n'est
rien. » Un nouveau coup l'abattit, il roula du canapé par terre
où accoururent tous les visiteurs et gardiens. Il était mort. Mort
à jamais ? Qui peut le dire. Certes les expériences spirites pas
plus que les dogmes religieux n'apportent de preuve que l'âme
subsiste. Ce qu'on peut dire c'est que tout se passe dans notre
vie comme si nous y entrions avec le faix d'obligations
contractées dans une vie antérieure ; il n'y a aucune raison dans
nos conditions de vie sur cette terre pour que nous nous
croyions obligés à faire le bien, à être délicats, même à être
polis, ni pour l'artiste athée à ce qu'il se croie obligé de
recommencer vingt fois un morceau dont l'admiration qu'il
excitera importera peu à son corps mangé par les vers, comme
le pan de mur jaune que peignit avec tant de science et de
raffinement un artiste à jamais inconnu, à peine identifié sous
le nom de Ver Meer[3]. Toutes ces obligations qui n'ont pas leur
sanction dans la vie présente semblent appartenir à un monde
différent, fondé sur la bonté, le scrupule, le sacrifice, un monde
entièrement différent de celui-ci, et dont nous sortons pour

naître à cette terre, avant peut-être d'y retourner, revivre
sous l'Empire de ces lois inconnues auxquelles nous avons
obéi parce que nous en portions l'enseignement en nous, sans
savoir qui les y avait tracées, ces lois dont tout travail
profond de l'intelligence nous rapproche et qui sont invisibles
seulement — et encore ! — pour les sots. De sorte que
l'idée que Bergotte n'était pas mort à jamais est sans invraisemblance.

On l'enterra mais toute la nuit funèbre, aux vitrines éclairées,
ses livres disposés trois par trois veillaient comme des anges
aux ailes éployées et semblaient pour celui qui n'était plus, le
symbole de sa résurrection.

J'appris, ai-je dit, que ce jour-là[1] Bergotte était mort. Et
j'admirai l'inexactitude des journaux qui — reproduisant les
uns et les autres une même note — disaient qu'il était mort la
veille. Or la veille, Albertine l'avait rencontré, me raconta-t-elle
le soir même, et cela l'avait même un peu retardée, car il avait
causé assez longtemps avec elle. C'est sans doute avec elle qu'il
avait eu son dernier entretien. Elle le connaissait par moi qui ne
le voyais plus depuis longtemps, mais comme elle avait eu la
curiosité de lui être présentée, j'avais, un an auparavant, écrit
au vieux maître pour la lui amener. Il m'avait accordé ce que
j'avais demandé, tout en souffrant un peu je crois que je ne le
revisse que pour faire plaisir à une autre personne, ce qui
confirmait mon indifférence pour lui. Ces cas sont fréquents ;
parfois celui ou celle qu'on implore non pour le plaisir de
causer de nouveau avec lui, mais pour une tierce personne,
refuse si obstinément, que notre protégée croit que nous nous
sommes targués d'un faux pouvoir ; plus souvent le génie ou la
beauté célèbre consentent, mais humiliés dans leur gloire,
blessés dans leur affection, ne nous gardent plus qu'un
sentiment amoindri, douloureux, un peu méprisant. Je devinai
longtemps après que j'avais faussement accusé les journaux
d'inexactitude, car ce jour-là Albertine n'avait nullement
rencontré Bergotte, mais je n'en avais point eu un seul instant
le soupçon tant elle me l'avait conté avec naturel, et je n'appris
que bien plus tard l'art charmant qu'elle avait de mentir avec

simplicité. Ce qu'elle disait, ce qu'elle avouait avait tellement les mêmes caractères que les formes de l'évidence — ce que nous voyons, ce que nous apprenons d'une manière irréfutable — qu'elle semait ainsi dans les intervalles de la vie les épisodes d'une autre vie dont je ne soupçonnais pas alors la fausseté. Il y aurait du reste beaucoup à discuter ce mot de fausseté. L'univers est vrai pour nous tous et dissemblable pour chacun. Le témoignage de mes sens, si j'avais été dehors à ce moment, m'aurait peut-être appris que la dame n'avait pas fait quelques pas avec Albertine[1]. Mais si j'avais su le contraire, c'était par une de ces chaînes de raisonnement (où les paroles de ceux en qui nous avons confiance insèrent de fortes mailles) et non par le témoignage des sens. Pour invoquer ce témoignage des sens il eût fallu que j'eusse été précisément dehors, ce qui n'avait pas eu lieu. On peut imaginer pourtant qu'une telle hypothèse n'est pas invraisemblable. Et j'aurais su alors qu'Albertine avait menti. Est-ce bien sûr encore? Le témoignage des sens est lui aussi une opération de l'esprit où la conviction crée l'évidence. Nous avons vu bien des fois le sens de l'ouïe apporter à Françoise non le mot qu'on avait prononcé, mais celui qu'elle croyait le vrai, ce qui suffisait pour qu'elle n'entendît pas la rectification implicite d'une prononciation meilleure. Notre maître d'hôtel n'était pas constitué autrement. M. de Charlus portait à ce moment-là — car il changeait beaucoup — des pantalons fort clairs et reconnaissables entre mille. Or notre maître d'hôtel, qui croyait que le mot « pissotière » (le mot désignant ce que M. de Rambuteau avait été si fâché d'entendre le duc de Guermantes appeler un édicule Rambuteau[2]) était « pistière », n'entendit jamais dans toute sa vie une seule personne dire « pissotière », bien que très souvent on prononçât ainsi devant lui. Mais l'erreur est plus entêtée que la foi et n'examine pas ses croyances. Constamment le maître d'hôtel disait: « Certainement M. le baron de Charlus a pris une maladie pour rester si longtemps dans une pistière. Voilà ce que c'est que d'être un vieux coureur de femmes. Il en a les pantalons. Ce matin, Madame m'a envoyé faire une course à Neuilly. À la pistière de la rue de Bourgogne j'ai vu entrer M. le baron de Charlus. En revenant de Neuilly, bien une heure après, j'ai vu ses pantalons jaunes dans la même pistière, à la même place, au milieu, où il se met toujours pour qu'on ne le voie pas. » Je ne connaissais rien de plus beau, de plus noble et plus jeune qu'une nièce de Mme de Guermantes. Mais j'entendis le concierge d'un restaurant où j'allais quelquefois dire sur son passage : « Regardez-moi cette vieille rombière, quelle touche, et ça a au moins quatre-vingts ans. » Pour l'âge il me paraît difficile qu'il le crût. Mais les chasseurs groupés autour de lui, qui ricanèrent chaque fois qu'elle passait devant l'hôtel pour aller voir non loin de là ses deux charmantes grand-tantes, Mmes de Fezensac et de Balleroy, virent sur le visage de cette jeune beauté les quatre-vingts ans que, par plaisanterie ou non, avait donnés le concierge à la « vieille rombière ». On les aurait fait tordre en leur disant qu'elle était plus distinguée que l'une des deux caissières de l'hôtel, et qui rongée d'eczéma, ridicule de grosseur, leur semblait belle femme. Seul peut-être le désir sexuel eût été capable d'empêcher leur erreur de se former, s'il avait joué sur le passage de la prétendue vieille rombière, et si les chasseurs avaient brusquement convoité la jeune déesse. Mais pour des raisons inconnues et qui devaient être probablement de nature sociale, ce désir n'avait pas joué.

Mais enfin j'aurais pu être sorti et passer dans la rue à l'heure où Albertine m'aurait dit, ce soir (ne m'ayant pas vu), qu'elle avait fait quelques pas avec la dame. Une obscurité sacrée se fût emparée de mon esprit, j'aurais mis en doute que je l'avais vue seule, à peine aurais-je cherché à comprendre par quelle illusion d'optique je n'avais pas aperçu la dame, et je n'aurais pas été autrement étonné de m'être trompé, car le monde des astres est moins difficile à connaître que les actions réelles des êtres, surtout des êtres que nous aimons, fortifiés qu'ils sont contre notre doute par des fables destinées à les protéger. Pendant combien d'années peuvent-ils laisser notre amour apathique croire que la femme aimée a à l'étranger une sœur, un frère, une belle-sœur qui n'ont jamais existé ! Du reste, si nous n'étions pas pour l'ordre du récit obligé de nous borner à des raisons frivoles, combien de plus sérieuses nous permettraient de montrer la minceur menteuse du début de ce volume où, de mon lit, j'entends le monde s'éveiller, tantôt par un temps, tantôt par un autre ! Oui, j'ai été forcé d'amincir la chose et d'être mensonger, mais ce n'est pas un univers, c'est des millions, presque autant qu'il existe de prunelles et d'intelligences humaines, qui s'éveillent tous les matins.

Pour revenir à Albertine, je n'ai jamais connu de femmes douées plus qu'elle d'heureuses aptitudes au mensonge animé, coloré des teintes mêmes de la vie, si ce n'est une de ses amies — une de mes jeunes filles en fleurs aussi, rose comme Albertine, mais dont le profil irrégulier, creusé, puis proéminent, puis creusé à nouveau, ressemblait tout à fait à certaines grappes de fleurs roses dont j'ai oublié le nom et qui ont ainsi de longs et sinueux rentrants. Cette jeune fille était, au point de vue de la fable, supérieure à Albertine, car elle n'y mêlait aucun des moments douloureux, des sous-entendus rageurs qui étaient fréquents chez mon amie. J'ai dit pourtant qu'elle était charmante quand elle inventait un récit qui ne laissait pas de place au doute, car on voyait alors devant soi la chose — pourtant imaginée — qu'elle disait, en se servant comme vue de sa parole. C'était ma vraie perception.

J'ai ajouté : « quand elle avouait », voici pourquoi. Quelquefois des rapprochements singuliers me donnaient à son sujet des soupçons jaloux où à côté d'elle figurait dans le passé, hélas dans l'avenir, une autre personne. Pour avoir l'air d'être sûr de mon fait je disais le nom, et Albertine me disait : « Oui je l'ai rencontrée il y a huit jours à quelques pas de la maison. Par politesse j'ai répondu à son bonjour. J'ai fait deux pas avec elle. Mais il n'y a jamais rien eu entre nous, il n'y aura jamais rien. » Or Albertine n'avait même pas rencontré cette personne pour la bonne raison que celle-ci n'était pas venue à Paris depuis dix mois. Mais mon amie trouvait que nier complètement était peu vraisemblable. D'où cette courte rencontre fictive, dite si simplement que je voyais la dame s'arrêter, lui dire bonjour, faire quelques pas avec elle. La vraisemblance seule avait inspiré Albertine, nullement le désir de me donner de la jalousie. Car Albertine, sans être intéressée peut-être, aimait qu'on lui fît des gentillesses. Or si au cours de cet ouvrage j'ai eu et j'aurai bien des occasions de montrer

comment la jalousie redouble l'amour, c'est au point de vue de
l'amant que je me suis placé. Mais pour peu que celui-ci ait un
peu de fierté et dût-il mourir d'une séparation, il ne répondra
pas à une trahison supposée par une gentillesse, il s'écartera, ou
sans s'éloigner s'ordonnera de feindre la froideur. Aussi est-ce
en pure perte pour elle que sa maîtresse le fait tant souffrir.
Dissipe-t-elle au contraire d'un mot adroit, de tendres caresses
les soupçons qui le torturaient bien qu'il s'y prétendît
indifférent, sans doute l'amant n'éprouve pas cet accroissement
désespéré de l'amour où le hausse la jalousie, mais cessant
brusquement de souffrir, heureux, attendri, détendu comme on
l'est après un orage quand la pluie est tombée et qu'à peine
sent-on encore sous les grands marronniers s'égoutter à longs
intervalles les gouttes suspendues que déjà le soleil reparu
colore, il ne sait comment exprimer sa reconnaissance à celle
qui l'a guéri. Albertine savait que j'aimais à la récompenser de
ses gentillesses, et cela expliquait peut-être qu'elle inventât
pour s'innocenter des aveux naturels comme ses récits dont je
ne doutais pas et dont l'un avait été la rencontre de Bergotte
alors qu'il était déjà mort. Je n'avais su jusque-là de mensonges
d'Albertine que ceux que par exemple à Balbec m'avait
rapportés Françoise et que j'ai omis de dire bien qu'ils
m'eussent fait si mal : « Comme elle ne voulait pas venir elle
m'a dit : "Est-ce que vous ne pourriez pas dire à Monsieur que
vous ne m'avez pas trouvée, que j'étais sortie?" » Mais les
« inférieurs » qui nous aiment comme Françoise m'aimait ont
du plaisir à nous froisser dans notre amour-propre.

Après le dîner, je dis à Albertine que j'avais envie de profiter
de ce que j'étais levé pour aller voir des amis, Mme de
Villeparisis, Mme de Guermantes, les Cambremer, je ne savais
trop, ceux que je trouverais chez eux. Je tus seulement le nom
de ceux chez qui je comptais aller, les Verdurin. Je demandai à
Albertine si elle ne voulait pas venir avec moi. Elle allégua
qu'elle n'avait pas de robe. « Et puis je suis si mal coiffée. Est-
ce que vous tenez à ce que je continue à garder cette coiffure ? »
Et pour me dire adieu elle me tendit la main de cette façon
brusque, le bras allongé, les épaules se redressant, qu'elle avait

jadis sur la plage de Balbec, et qu'elle n'avait plus jamais eue
depuis. Ce mouvement oublié refit du corps qu'il anima, celui
de cette Albertine qui me connaissait encore à peine. Il rendit
à Albertine, cérémonieuse sous un air de brusquerie, sa
nouveauté première, son inconnu, et jusqu'à son cadre. Je vis
la mer derrière cette jeune fille que je n'avais jamais vue me
saluer ainsi depuis que je n'étais plus au bord de la mer. « Ma
tante trouve que cela me vieillit », ajouta-t-elle d'un air
maussade. « Puisse sa tante dire vrai, pensai-je. Qu'Albertine
en ayant l'air d'une enfant fasse paraître Mme Bontemps plus
jeune, c'est tout ce que celle-ci demande, et qu'Albertine aussi
ne lui coûte rien, en attendant le jour, où en m'épousant, elle
lui rapporterait. » Mais qu'Albertine parût moins jeune, moins
jolie, fît moins retourner les têtes dans la rue, voilà ce que moi
au contraire je souhaitais. Car la vieillesse d'une duègne ne
rassure pas tant un amant jaloux que la vieillesse du visage de
celle qu'il aime. Je souffrais seulement que la coiffure que je lui
avais demandé d'adopter pût paraître à Albertine une
claustration de plus. Et ce fut encore ce même sentiment
domestique nouveau qui ne cessa, même loin d'Albertine, de
m'attacher à elle comme un lien que j'aspirais à rompre.

Je dis à Albertine, peu en train, m'avait-elle dit, pour
m'accompagner chez les Guermantes ou les Cambremer, que je
ne savais trop où j'irais, je partis chez les Verdurin. Au moment
où je partais pour aller chez les Verdurin, et où la pensée du
concert que j'y entendrais me rappela la scène de l'après-midi :
« grand-pied de grue, grand pied de grue », scène d'amour déçu,
d'amour jaloux, peut-être, mais alors aussi bestiale que celle
que, à la parole près, peut faire à une femme un ourang-outang
qui en est, si l'on peut dire, épris, au moment où dans la rue
j'allais appeler un fiacre, j'entendis des sanglots qu'un homme
qui était assis sur une borne cherchait à réprimer. Je
m'approchai, l'homme qui avait la tête dans ses mains avait
l'air d'un jeune homme, et je fus surpris qu'élégamment
habillé, il semblât, à la blancheur qui sortait du manteau, qu'il
fût en habit et en cravate blanche. En m'entendant il découvrit
son visage inondé de pleurs, mais aussitôt m'ayant reconnu le
détourna. C'était Morel. Il comprit que je l'avais reconnu et

tâchant d'arrêter ses larmes il me dit qu'il s'était arrêté un instant, tant il souffrait. « J'ai grossièrement insulté aujourd'hui même, me dit-il, une personne pour qui j'ai eu de très grands sentiments. C'est d'un lâche, car elle m'aime. — Avec le temps elle oubliera peut-être », répondis-je sans penser qu'en parlant ainsi j'avais l'air d'avoir entendu la scène de l'après-midi. Mais il était si absorbé dans son chagrin qu'il n'eut même pas l'idée que je pusse savoir quelque chose. « Elle oubliera peut-être, me dit-il. Mais moi je ne pourrai pas oublier. J'ai le sentiment de ma honte, j'ai un dégoût de moi ! Mais enfin c'est dit, rien ne peut faire que ce n'ait pas été dit. Quand on me met en colère je ne sais plus ce que je fais. Et c'est si malsain pour moi, j'ai les nerfs tout entrecroisés les uns dans les autres », car comme tous les neurasthéniques il avait un grand souci de sa santé. Si dans l'après-midi j'avais vu la colère amoureuse d'un animal furieux, ce soir en quelques heures des siècles avaient passé, et un sentiment nouveau, un sentiment de honte, de regret, de chagrin, montrait qu'une grande étape avait été franchie dans l'évolution de la bête destinée à se transformer en créature humaine. Malgré tout j'entendais toujours « grand pied de grue » et je craignais une prochaine récurrence à l'état sauvage. Je comprenais d'ailleurs très mal ce qui s'était passé et c'est d'autant plus naturel que M. de Charlus lui-même ignorait entièrement que depuis quelques jours, et particulièrement ce jour-là, même avant le honteux épisode qui ne se rapportait pas directement à l'état du violoniste, Morel était repris de neurasthénie. En effet, il avait le mois précédent poussé aussi vite qu'il avait pu, beaucoup plus lentement qu'il eût voulu, la séduction de la nièce de Jupien avec laquelle il pouvait, en tant que fiancé, sortir à son gré. Mais dès qu'il avait été un peu loin dans ses entreprises vers le viol, et surtout quand il avait parlé à sa fiancée de se lier avec d'autres jeunes filles qu'elle lui procurerait, il avait rencontré des résistances qui l'avaient exaspéré. Du coup (soit qu'elle eût été trop chaste, ou au contraire se fût donnée) son désir était tombé. Il avait résolu de rompre, mais sentant le baron bien plus moral quoique vicieux, il avait peur que, dès sa rupture, M. de Charlus ne le mît à la porte. Aussi avait-il décidé, il y avait une

quinzaine de jours, de ne plus revoir la jeune fille, de laisser
M. de Charlus et Jupien se débrouiller (il employait un verbe
plus cambronnesque) entre eux, et avant d'annoncer la
rupture, de «fout' le camp» pour une destination inconnue.
Amour dont le dénouement le laissait un peu triste; de sorte
que, bien que la conduite qu'il avait eue avec la nièce de Jupien
fût exactement superposable, dans les moindres détails, avec
celle dont il avait fait la théorie devant le baron pendant qu'ils
dînaient à Saint-Mars-le-Vêtu, il est probable qu'elles étaient
fort différentes, et que des sentiments moins atroces, et qu'il
n'avait pas prévus dans sa conduite théorique, avaient embelli,
rendu sentimentalement sa conduite réelle. Le seul point où au
contraire la réalité était pire que le projet est que dans le projet
il ne lui paraissait pas possible de rester à Paris après une telle
trahison. Maintenant «fiche le camp» lui paraissait beaucoup
pour une chose si simple. C'était quitter le baron qui sans
doute serait furieux, et briser sa situation. Il perdrait tout
l'argent que lui donnait le baron. La pensée que c'était
inévitable lui donnait des crises de nerfs. Il restait des heures à
larmoyer, prenait pour ne pas y penser de la morphine, avec
prudence. Puis tout d'un coup s'était trouvée dans son esprit
une idée qui sans doute y prenait peu à peu vie et forme depuis
quelque temps, et cette idée était que l'alternative, le choix
entre la rupture et la brouille complète avec M. de Charlus,
n'était peut-être pas forcé. Perdre tout l'argent du baron c'était
beaucoup. Morel, incertain, fut pendant quelques jours plongé
dans des idées noires, comme celles que lui donnait la vue de
Bloch. Puis il décida que Jupien et sa nièce avaient essayé de le
faire tomber dans un piège, qu'ils devaient s'estimer heureux
d'en être quittes à si bon marché. Il trouvait qu'en somme la
jeune fille était dans son tort, ayant été si maladroite de n'avoir
pas su le garder par les sens. Non seulement le sacrifice de sa
situation chez M. de Charlus lui semblait absurde, mais il
regrettait jusqu'aux dîners dispendieux qu'il avait offerts à la
jeune fille depuis qu'ils étaient fiancés, et desquels il eût pu dire
le coût, en fils d'un valet de chambre qui venait tous les mois
apporter son «livre» à mon oncle. Car livre, au singulier, qui
signifie ouvrage imprimé pour le commun des mortels, perd ce

sens pour les Altesses et pour les valets de chambre. Pour les
seconds il signifie le livre de comptes, pour les premières le
registre où on s'inscrit. (À Balbec un jour où la princesse de
Luxembourg m'avait dit qu'elle n'avait pas emporté de livre,
j'allais lui prêter *Pêcheur d'Islande* et *Tartarin de Tarascon*,
quand je compris ce qu'elle avait voulu dire, non qu'elle
passerait le temps moins agréablement, mais que je pourrais
plus difficilement mettre mon nom chez elle.) Malgré le
changement de point de vue de Morel quant aux conséquences
de sa conduite, bien que celle-ci lui eût semblé abominable il y
a deux mois quand il aimait passionnément la nièce de Jupien,
et que depuis quinze jours il ne cessât de se répéter que cette
même conduite était naturelle, louable, elle ne laissait pas
d'augmenter chez lui l'état de nervosité dans lequel tantôt il
avait signifié la rupture. Et il était tout prêt à « passer sa
colère », sinon (sauf dans un accès momentané) sur la jeune
fille envers qui il gardait ce reste de crainte, dernière trace de
l'amour, du moins sur le baron. Il se garda cependant de lui
rien dire avant le dîner, car mettant au-dessus de tout sa propre
virtuosité professionnelle, au moment où il avait des morceaux
difficiles à jouer (comme ce soir chez les Verdurin), il évitait
(autant que possible, et c'était déjà bien trop que la scène de
l'après-midi) tout ce qui pouvait donner à ses mouvements
quelque chose de saccadé. Tel un chirurgien passionné
d'automobilisme cesse de conduire quand il a à opérer. C'est ce
qui m'expliqua que tout en me parlant, il faisait remuer
doucement ses doigts l'un après l'autre afin de voir s'ils avaient
repris leur souplesse. Un froncement de sourcils s'ébaucha qui
semblait signifier qu'il y avait encore un peu de raideur
nerveuse. Mais pour ne pas l'accroître, il déplissait son visage,
comme on s'empêche de s'énerver de ne pas dormir ou de ne
pas posséder aisément une femme, de peur que la phobie elle-
même retarde encore l'instant du sommeil ou du plaisir. Aussi,
désireux de reprendre sa sérénité afin d'être comme d'habitude
tout à ce qu'il jouerait chez les Verdurin pendant qu'il jouerait,
et désireux, tant que je le verrais, de me permettre de constater
sa douleur, le plus simple lui parut de me supplier de partir
immédiatement. La supplication était inutile et le départ

m'était un soulagement. J'avais tremblé qu'allant dans la même maison à quelques minutes d'intervalle, il ne me demandât de le conduire et je me rappelais trop la scène de l'après-midi pour ne pas éprouver quelque dégoût à avoir Morel auprès de moi pendant le trajet. Il est très possible que l'amour, puis l'indifférence ou la haine de Morel à l'égard de la nièce de Jupien eussent été sincères. Malheureusement ce n'était pas la première fois (ce ne serait pas la dernière) qu'il agissait ainsi, qu'il « plaquait » brusquement une jeune fille à laquelle il avait juré de l'aimer toujours, allant jusqu'à lui montrer un revolver chargé en lui disant qu'il se ferait sauter la cervelle s'il était assez lâche pour l'abandonner. Il ne l'abandonnait pas moins ensuite et éprouvait, au lieu de remords, une sorte de rancune. Ce n'était pas la première fois qu'il agissait ainsi, ce ne devait pas être la dernière, de sorte que bien des têtes de jeunes filles — de jeunes filles moins oublieuses de lui qu'il n'était d'elles — souffrirent — comme souffrit longtemps encore la nièce de Jupien, continuant à aimer Morel tout en le méprisant — souffrirent, prêtes à éclater sous l'élancement d'une douleur interne — parce qu'en chacune d'elles, comme le fragment d'une sculpture grecque, un aspect du visage de Morel, dur comme le marbre et beau comme l'antique, était enclos dans leur cervelle, avec ses cheveux en fleurs, ses yeux fins, son nez droit, formant protubérance pour un crâne non destiné à le recevoir, et qu'on ne pouvait pas opérer. Mais à la longue ces fragments si durs finissent par glisser jusqu'à une place où ils ne causent pas trop de déchirements, n'en bougent plus, on ne sent plus leur présence ; c'est l'oubli, ou le souvenir indifférent.

J'avais en moi deux produits de ma journée. C'était d'une part grâce au calme apporté par la docilité d'Albertine la possibilité et, en conséquence, la résolution de rompre avec elle. D'autre part, fruit de mes réflexions pendant le temps que je l'avais attendue, assis devant mon piano, l'idée que l'Art auquel je tâcherais de consacrer ma liberté reconquise n'était pas quelque chose qui valût la peine d'un sacrifice, quelque chose d'en dehors de la vie, ne participant pas à sa vanité et son néant, l'apparence d'individualité réelle obtenue dans les

œuvres n'étant due qu'au trompe-l'œil de l'habileté technique.
Si mon après-midi avait laissé en moi d'autres résidus, plus
profonds, peut-être, ils ne devaient venir à ma connaissance
que bien plus tard. Quant aux deux que je soupesais
clairement, ils n'allaient pas être durables ; car dès cette soirée
même, mes idées sur l'art allaient se relever de la diminution
qu'elles avaient éprouvée l'après-midi, tandis qu'en revanche le
calme, et par conséquent la liberté qui me permettrait de me
consacrer à lui, allait m'être de nouveau retiré.

Comme ma voiture, longeant le quai, approchait de chez les
Verdurin, je la fis arrêter. Je venais en effet de voir Brichot
descendre de tramway au coin de la rue Bonaparte, essuyer ses
souliers avec un vieux journal, et passer des gants gris perle.
J'allai à lui. Depuis quelque temps, son affection de la vue
ayant empiré, il avait été doté — aussi richement qu'un
laboratoire — de lunettes nouvelles qui, puissantes et compli-
quées comme des instruments astronomiques, semblaient
vissées à ses yeux. Il braqua sur moi leurs feux excessifs et me
reconnut. Elles étaient en merveilleux état. Mais derrière elles
j'aperçus, minuscule, pâle, convulsif, expirant, un regard
lointain placé sous ce puissant appareil, comme dans les
laboratoires trop richement subventionnés pour les besognes
qu'on y fait on place une insignifiante bestiole agonisante sous
les appareils les plus perfectionnés. J'offris mon bras au demi-
aveugle pour assurer sa marche. « Ce n'est plus cette fois près
du grand Cherbourg que nous nous rencontrons, me dit-il,
mais à côté du petit Dunkerque », phrase qui me parut fort
ennuyeuse car je ne compris pas ce qu'elle voulait dire[1] ; et
cependant je n'osai pas le demander à Brichot, par crainte
moins encore de son mépris que de ses explications. Je lui
répondis que j'étais assez curieux de voir le salon où Swann
rencontrait jadis tous les soirs Odette. « Comment, vous
connaissez ces vieilles histoires ? » me dit-il.

La mort de Swann m'avait à l'époque bouleversé. La mort
de Swann[2] ! Swann ne joue pas dans cette phrase le rôle d'un
simple génitif. J'entends par là la mort particulière, la mort
envoyée par le Destin au service de Swann. Car nous disons la
mort pour simplifier, mais il y en a presque autant que de

personnes. Nous ne possédons pas de sens qui nous permette de voir, courant à toute vitesse dans toutes les directions, les Morts, les morts actives dirigées par le destin vers tel ou tel. Souvent ce sont des morts qui ne seront entièrement libérées de leur tâche que deux, trois ans après. Elles courent vite poser un cancer au flanc d'un Swann, puis repartent pour d'autres besognes, ne revenant que quand l'opération des chirurgiens ayant eu lieu il faut poser le cancer à nouveau. Puis vient le moment où on lit dans *Le Gaulois* que la santé de Swann a inspiré des inquiétudes mais que son indisposition est en parfaite voie de guérison. Alors quelques minutes avant le dernier souffle, la mort, comme une religieuse qui vous aurait soigné au lieu de vous détruire, vient assister à vos derniers instants, couronne d'une auréole suprême l'être à jamais glacé dont le cœur a cessé de battre. Et c'est cette diversité des morts, le mystère de leurs circuits, la couleur de leur fatale écharpe qui donnent quelque chose de si impressionnant aux lignes des journaux : « Nous apprenons avec un vif regret que M. Charles Swann a succombé hier à Paris, dans son hôtel, des suites d'une douloureuse maladie. Parisien dont l'esprit était apprécié de tous, comme la sûreté de ses relations choisies mais fidèles, il sera unanimement regretté, aussi bien dans les milieux artistiques et littéraires où la finesse avisée de son goût le faisait se plaire et être recherché de tous, qu'au Jockey-Club dont il était l'un des membres les plus anciens et les plus écoutés. Il appartenait aussi au Cercle de l'union et au Cercle agricole. Il avait donné depuis peu sa démission de membre du Cercle de la rue Royale. Sa physionomie spirituelle, comme sa notoriété marquante ne laissaient pas d'exciter la curiosité du public dans tout *great event* de la musique et de la peinture et notamment aux "vernissages" dont il avait été l'habitué fidèle jusqu'à ces dernières années, où il n'était plus sorti que rarement de sa demeure. Les obsèques auront lieu, etc. »

À ce point de vue si l'on n'est pas « quelqu'un » l'absence de titre connu rend plus rapide encore la décomposition de la mort. Sans doute c'est d'une façon anonyme, sans distinction d'individualité, qu'on demeure le duc d'Uzès. Mais la couronne ducale en tient quelque temps ensemble les éléments comme

ceux de ces glaces aux formes bien dessinées qu'appréciait
Albertine. Tandis que les noms de bourgeois ultra-mondains,
aussitôt qu'ils sont morts, se désagrègent et fondent « démou-
lés ». Nous avons vu Mme de Guermantes parler de Cartier
comme du meilleur ami du duc de La Trémoïlle, comme d'un
homme très recherché dans les milieux aristocratiques. Pour la
génération suivante, Cartier est devenu quelque chose de si
informe qu'on le grandirait presque en l'apparentant au
bijoutier Cartier, avec lequel il eût souri que des ignorants
pussent le confondre[1] ! Swann était au contraire une remarquable personnalité intellectuelle et artistique ; et bien qu'il n'eût
rien « produit » il eut la chance de durer un peu plus. Et
pourtant, cher Charles Swann, que j'ai si peu connu quand
j'étais encore si jeune et vous près du tombeau, c'est déjà parce
que celui que vous deviez considérer comme un petit imbécile
a fait de vous le héros d'un de ses romans, qu'on recommence
à parler de vous et que peut-être vous vivrez. Si dans le tableau
de Tissot représentant le balcon du Cercle de la rue Royale où
vous êtes entre Galliffet, Edmond de Polignac et Saint-
Maurice, on parle tant de vous, c'est parce qu'on voit qu'il y a
quelques traits de vous dans le personnage de Swann[2].

Pour revenir à des réalités plus générales, c'est de cette mort
prédite et pourtant imprévue de Swann que je l'avais entendu
parler lui-même chez la duchesse de Guermantes, le soir où
avait eu lieu la fête chez la cousine de celle-ci[3]. C'est la même
mort dont j'avais retrouvé l'étrangeté spécifique et saisissante,
un soir où j'avais parcouru le journal et où son annonce
m'avait arrêté net, comme tracée en mystérieuses lignes
inopportunément interpolées. Elles avaient suffi à faire d'un
vivant quelqu'un qui ne peut plus répondre à ce qu'on lui dit,
un nom, un nom écrit, passé tout à coup du monde réel dans le
royaume du silence. C'est elles qui me donnaient encore
maintenant le désir de mieux connaître la demeure où avaient
autrefois résidé les Verdurin et où Swann, qui alors n'était pas
seulement quelques lettres tracées dans un journal, avait si
souvent dîné avec Odette. Il faut ajouter aussi (et cela me rendit
longtemps la mort de Swann plus douloureuse qu'une autre,
bien que ces motifs n'eussent pas trait à l'étrangeté individuelle

de *sa* mort) que je n'étais pas allé voir Gilberte comme je le lui
avais promis chez la princesse de Guermantes[1], qu'il ne m'avait
pas appris cette « autre raison » à laquelle il avait fait allusion
ce soir-là[2], pour laquelle il m'avait choisi comme confident de
son entretien avec le prince, que mille questions me revenaient
(comme des bulles montant du fond de l'eau), que je voulais lui
poser sur les sujets les plus disparates : sur Ver Meer, sur M. de
Mouchy[3], sur lui-même, sur une tapisserie de Boucher, sur
Combray, questions sans doute peu pressantes puisque je les
avais remises de jour en jour mais qui me semblaient capitales
depuis que, ses lèvres s'étant scellées, la réponse ne viendrait
plus[4].

    « Mais non, reprit Brichot, ce n'était pas ici que Swann
rencontrait sa future femme ou du moins ce ne fut ici que dans
les tout à fait derniers temps après le sinistre qui détruisit
partiellement la première habitation de Mme Verdurin. »
Malheureusement, dans la crainte d'étaler aux yeux de Brichot
un luxe qui me semblait déplacé puisque l'universitaire n'en
prenait pas sa part, j'étais descendu trop précipitamment de la
voiture et le cocher n'avait pas compris ce que je lui avais jeté
à toute vitesse pour avoir le temps de m'éloigner de lui avant
que Brichot m'aperçût. La conséquence fut que le cocher vint
nous accoster et me demanda s'il devait venir me reprendre ; je
lui dis en hâte que oui et redoublai d'autant plus de respects à
l'égard de l'universitaire venu en omnibus. « Ah ! vous étiez en
voiture, me dit-il d'un air grave. — Mon Dieu par le plus grand
des hasards, cela ne m'arrive jamais. Je suis toujours en
omnibus ou à pied. Mais cela me vaudra peut-être le grand
honneur de vous reconduire ce soir si vous consentez pour moi
à entrer dans cette guimbarde ; nous serons un peu serrés. Mais
vous êtes si bienveillant pour moi. » Hélas en lui proposant cela
je ne me prive de rien, pensai-je, puisque je serai toujours
obligé de rentrer à cause d'Albertine. Sa présence chez moi, à
une heure où personne ne pouvait venir la voir, me laissait
disposer aussi librement de mon temps que l'après-midi quand
je savais qu'elle allait revenir du Trocadéro et que je n'étais pas
pressé de la revoir. Mais enfin, comme l'après-midi aussi, je
sentais que j'avais une femme et en rentrant je ne connaîtrais

pas l'exaltation fortifiante de la solitude. « J'accepte de grand
cœur, me répondit Brichot. À l'époque à laquelle vous faites
allusion nos amis habitaient rue Montalivet un magnifique rez-
de-chaussée avec entresol donnant sur un jardin, moins
somptueux évidemment et que pourtant je préfère à l'hôtel des
Ambassadeurs de Venise[1]. » Brichot m'apprit qu'il y avait ce
soir au « Quai Conti » (c'est ainsi que les fidèles disaient en
parlant du salon Verdurin depuis qu'il s'était transporté là)
grand « tralala » musical, organisé par M. de Charlus. Il ajouta
qu'au temps ancien dont je parlais le petit noyau était autre, et
le ton différent, pas seulement parce que les fidèles étaient plus
jeunes. Il me raconta des farces d'Elstir (ce qu'il appelait de
« pures pantalonnades »), comme un jour où celui-ci, ayant
feint de lâcher au dernier moment, était venu déguisé en maître
d'hôtel extra et tout en passant les plats avait dit des
gaillardises à l'oreille de la très prude baronne Putbus, rouge
d'effroi et de colère ; puis, disparaissant avant la fin du dîner,
avait fait apporter dans le salon une baignoire pleine d'eau,
d'où, quand on était sorti de table, il était sorti tout nu en
poussant des jurons ; et aussi des soupers où on venait dans des
costumes en papier, dessinés, coupés, peints par Elstir, qui
étaient des chefs-d'œuvre, Brichot ayant porté une fois celui
d'un grand seigneur de la cour de Charles VII, avec des souliers
à la poulaine, et une autre fois celui de Napoléon Ier, où Elstir
avait fait le grand cordon de la Légion d'honneur avec de la
cire à cacheter. Bref Brichot, revoyant dans sa pensée le salon
d'alors avec ses grandes fenêtres, ses canapés bas mangés par le
soleil de midi et qu'il avait fallu remplacer, déclarait pourtant
qu'il le préférait à celui d'aujourd'hui. Certes, je comprenais
bien que par « salon » Brichot entendait — comme le mot église
ne signifie pas seulement l'édifice religieux mais la commu-
nauté des fidèles — non pas seulement l'entresol, mais les gens
qui le fréquentaient, les plaisirs particuliers qu'ils venaient
chercher là, et auxquels dans sa mémoire avaient donné
leur forme ces canapés sur lesquels, quand on venait voir
Mme Verdurin l'après-midi, on attendait qu'elle fût prête,
cependant que les fleurs roses des marronniers, dehors, et sur la
cheminée des œillets dans des vases, semblaient, dans une

pensée de gracieuse sympathie pour le visiteur que traduisait la souriante bienvenue de leurs couleurs roses, épier fixement la venue tardive de la maîtresse de la maison. Mais si ce « salon » lui semblait supérieur à l'actuel c'était peut-être parce que notre esprit est le vieux Protée, ne peut rester esclave d'aucune forme et même dans le domaine mondain se dégage soudain d'un salon arrivé lentement et difficilement à son point de perfection pour préférer un salon moins brillant, comme les photographies « retouchées » qu'Odette avait fait faire chez Otto où elle était en grande robe princesse et ondulée par Lenthéric ne plaisaient pas tant à Swann qu'une petite « carte album » faite à Nice où, en capeline de drap, les cheveux mal arrangés dépassant d'un chapeau de paille brodé de pensées avec un nœud de velours noir (les femmes ayant généralement l'air d'autant plus vieux que les photographies sont plus anciennes), élégante de vingt ans plus jeune elle avait l'air d'une petite bonne qui aurait eu vingt ans de plus[1]. Peut-être aussi avait-il plaisir à me vanter ce que je ne connaîtrais pas, à me montrer qu'il avait goûté des plaisirs que je ne pourrais pas avoir. Il y réussissait du reste car rien qu'en citant les noms de deux ou trois personnes qui n'existaient plus et au charme desquelles il donnait quelque chose de mystérieux par sa manière d'en parler, et de ces intimités délicieuses, je me demandais ce qu'il avait pu être, je sentais que tout ce qu'on m'avait raconté des Verdurin était beaucoup trop grossier ; et même Swann que j'avais connu, je me reprochais de ne pas avoir fait assez attention à lui, de n'y avoir pas fait attention avec assez de désintéressement, de ne pas l'avoir bien écouté quand il me recevait en attendant que sa femme rentrât déjeuner et qu'il me montrait de belles choses, maintenant que je savais qu'il était comparable à l'un des plus beaux causeurs d'autrefois.

Au moment d'arriver chez Mme Verdurin, j'aperçus M. de Charlus naviguant vers nous de tout son corps énorme, traînant sans le vouloir à sa suite un de ces apaches ou mendigots, que son passage faisait maintenant infailliblement surgir même des coins en apparence les plus déserts, et dont ce monstre puissant était bien malgré lui toujours escorté quoique à quelque distance comme le requin par son pilote, enfin

contrastant tellement avec l'étranger hautain de la première
année de Balbec, à l'aspect sévère, à l'affectation de virilité,
qu'il me sembla découvrir, accompagné de son satellite, un
astre à une tout autre période de sa révolution et qu'on
commence à voir dans son plein, ou un malade envahi
maintenant par le mal qui n'était il y a quelques années qu'un
léger bouton qu'il dissimulait aisément et dont on ne
soupçonnait pas la gravité. Bien qu'une opération qu'avait
subie Brichot lui eût rendu un tout petit peu de cette vue qu'il
avait cru perdue pour jamais, je ne sais s'il avait aperçu le
voyou attaché aux pas du baron. Il importait peu du reste car
depuis La Raspelière et malgré l'amitié que l'universitaire avait
pour lui la présence de M. de Charlus lui causait un certain
malaise. Sans doute pour chaque homme la vie de tout autre
prolonge dans l'obscurité des sentiers qu'on ne soupçonne pas.
Le mensonge, pourtant si souvent trompeur, et dont toutes les
conversations sont faites, cache moins parfaitement un
sentiment d'inimitié, ou d'intérêt, ou une visite qu'on veut
avoir l'air de ne pas avoir faite, ou une escapade avec une
maîtresse d'un jour et qu'on veut cacher à sa femme — qu'une
bonne réputation ne recouvre, à ne pas les laisser deviner, des
mœurs mauvaises. Elles peuvent être ignorées toute la vie, le
hasard d'une rencontre sur une jetée, le soir, les révèle, encore
est-il souvent mal compris et il faut qu'un tiers averti vous
fournisse l'introuvable mot que chacun ignore. Mais sues, elles
effrayent parce qu'on y sent affluer la folie, bien plus que par
moralité. Mme de Surgis le Duc n'avait pas un sentiment moral
le moins du monde développé, et elle eût appris de ses fils
n'importe quoi qu'eût avili et expliqué l'intérêt, qui est
compréhensible à tous les hommes. Mais elle leur défendit de
continuer à fréquenter M. de Charlus quand elle apprit que,
par une sorte d'horlogerie à répétition, il était comme
fatalement amené, à chaque visite, à leur pincer le menton et à
se le faire pincer l'un l'autre. Elle éprouva ce sentiment inquiet
du mystère physique qui fait se demander si le voisin avec qui
on avait de bons rapports n'est pas atteint d'anthropophagie,
et aux questions répétées du baron : « Est-ce que je ne verrai
pas bientôt les jeunes gens ? » elle répondit, sachant les foudres

qu'elle accumulait contre elle, qu'ils étaient très pris par leurs
cours, les préparatifs d'un voyage, etc. L'irresponsabilité
aggrave les fautes et même les crimes, quoi qu'on en dise.
Landru (à supposer qu'il ait réellement tué des femmes), s'il l'a
fait par intérêt, à quoi l'on peut résister, peut être gracié[1], mais
non si ce fut par un sadisme irrésistible. Les grosses
plaisanteries de Brichot, au début de son amitié avec le baron,
avaient fait place chez lui, dès qu'il s'était agi non plus de
débiter des lieux communs mais de comprendre, à un sentiment
pénible que voilait la gaieté. Il se rassurait en récitant des pages
de Platon, des vers de Virgile, parce qu'aveugle d'esprit aussi il
ne comprenait pas qu'alors aimer un jeune homme était
comme aujourd'hui (les plaisanteries de Socrate le révèlent
mieux que les théories de Platon) entretenir une danseuse, puis
se fiancer. M. de Charlus lui-même ne l'eût pas compris, lui qui
confondait sa manie avec l'amitié, qui ne lui ressemble en rien,
et les athlètes de Praxitèle avec de dociles boxeurs. Il ne voulait
pas voir que depuis dix-neuf cents ans (« un courtisan dévot
sous un prince dévot eût été athée sous un prince athée », a dit
La Bruyère)[2] toute l'homosexualité de coutume — celle des
jeunes gens de Platon comme des bergers de Virgile — a
disparu, que seule surnage et multiplie l'involontaire, la
nerveuse, celle qu'on cache aux autres et qu'on travestit à soi-
même. Et M. de Charlus aurait eu tort de ne pas renier
franchement la généalogie païenne. En échange d'un peu de
beauté plastique, que de supériorité morale ! Le berger de
Théocrite qui soupire pour un jeune garçon, plus tard n'aura
aucune raison d'être moins dur de cœur et d'esprit plus fin que
l'autre berger dont la flûte résonne pour Amaryllis[3]. Car le
premier n'est pas atteint d'un mal, il obéit aux modes du temps.
C'est l'homosexualité survivante malgré les obstacles, honteuse, flétrie, qui est la seule vraie, la seule à laquelle puisse
correspondre chez le même être un affinement des qualités
morales. On tremble au rapport que le physique peut avoir
avec celles-ci quand on songe au petit déplacement de goût
purement physique, à la tare légère d'un sens, qui expliquent
que l'univers des poètes et des musiciens, si fermé au duc de
Guermantes, s'entrouvre pour M. de Charlus. Que ce dernier

ait du goût dans son intérieur, qui est d'une ménagère
bibeloteuse, cela ne surprend pas ; mais l'étroite brèche qui
donne jour sur Beethoven et sur Véronèse. Mais cela ne
dispense pas les gens sains d'avoir peur quand un fou qui a
composé un sublime poème, leur ayant expliqué par les raisons
les plus justes qu'il est enfermé par erreur, par la méchanceté de
sa femme, les suppliant d'intervenir auprès du directeur de
l'asile, gémissant sur les promiscuités qu'on lui impose, conclut
ainsi : « Tenez, celui qui va venir me parler dans le préau, dont
je suis obligé de subir le contact, croit qu'il est Jésus-Christ. Or
cela seul suffit à me prouver avec quels aliénés on m'enferme,
il ne peut pas être Jésus-Christ, puisque Jésus-Christ c'est
moi[1] ! » Un instant auparavant on était prêt à aller dénoncer
l'erreur au médecin aliéniste. Sur ses derniers mots et même si
on pense à l'admirable poème auquel travaille chaque jour le
même homme, on s'éloigne, comme les fils de Mme de Surgis
s'éloignaient de M. de Charlus, non qu'il leur eût fait aucun
mal, mais à cause du luxe d'invitations dont le terme était de
leur pincer le menton. Le poète est à plaindre, et qui n'est guidé
par aucun Virgile, d'avoir à traverser les cercles d'un enfer de
soufre et de poix, de se jeter dans le feu qui tombe du ciel pour
en ramener quelques habitants de Sodome[2]. Aucun charme
dans son œuvre ; la même sévérité dans sa vie qu'aux défroqués
qui suivent la règle du célibat le plus chaste pour qu'on ne
puisse pas attribuer à autre chose qu'à la perte d'une croyance
d'avoir quitté la soutane[3]. Encore n'en est-il pas toujours de
même pour ces écrivains. Quel est le médecin de fous qui
n'aura pas à force de les fréquenter eu sa crise de folie, heureux
encore s'il peut affirmer que ce n'est pas une folie antérieure et
latente qui l'avait voué à s'occuper d'eux. L'objet de ses études,
pour un psychiatre, réagit souvent sur lui. Mais avant cela, cet
objet, quelle obscure inclination, quel fascinateur effroi le lui
avait fait choisir ?

Faisant semblant de ne pas voir le louche individu qui lui
avait emboîté le pas (quand le baron se hasardait sur les
boulevards, ou traversait la salle des pas perdus de la gare
Saint-Lazare, ces suiveurs se comptaient par douzaines qui,
dans l'espoir d'avoir une thune, ne le lâchaient pas) et de peur

que l'autre ne s'enhardît à lui parler, le baron baissait
dévotement ses cils noircis qui, contrastant avec ses joues
poudrederizées, le faisaient ressembler à un grand inquisiteur
peint par le Greco. Mais ce prêtre faisait peur et avait l'air d'un
prêtre interdit, les diverses compromissions auxquelles l'avait
obligé la nécessité d'exercer son goût et d'en protéger le secret
ayant eu pour effet d'amener à la surface du visage précisément
ce que le baron cherchait à cacher, une vie crapuleuse racontée
par la déchéance morale. Celle-ci en effet, quelle qu'en soit la
cause, se lit aisément car elle ne tarde pas à se matérialiser et
proliférer sur un visage particulièrement dans les joues et autour
des yeux, aussi physiquement que s'y accumulent les jaunes
ocreux dans une maladie de foie ou les répugnantes rougeurs
dans une maladie de peau. Ce n'était pas d'ailleurs seulement
dans les joues, ou mieux les bajoues de ce visage fardé, dans la
poitrine tétonnière, la croupe rebondie de ce corps livré au
laisser-aller et envahi par l'embonpoint que surnageait maintenant étalé comme de l'huile le vice jadis si intimement renfoncé
par M. de Charlus au plus secret de lui-même. Il débordait
maintenant dans ses propos. « C'est comme ça, Brichot, que
vous vous promenez la nuit avec un beau jeune homme, dit-il
en nous abordant, cependant que le voyou désappointé
s'éloignait. C'est du beau. On le dira à vos petits élèves de la
Sorbonne que vous n'êtes pas plus sérieux que cela. Du reste la
compagnie de la jeunesse vous réussit, monsieur le professeur,
vous êtes frais comme une petite rose. Et vous mon cher
comment allez-vous ? me dit-il en quittant son ton plaisant. On
ne vous voit pas souvent quai Conti, belle jeunesse. Eh bien, et
votre cousine, comment va-t-elle ? Elle n'est pas venue avec
vous ? Nous le regrettons, car elle est charmante. La verrons-
nous ce soir ? Oh ! elle est bien jolie. Et elle le serait plus encore
si elle cultivait davantage l'art si rare, qu'elle possède
naturellement, de se bien vêtir. » Ici je dois dire que M. de
Charlus « possédait » ce qui faisait de lui l'exact contraire,
l'antipode de moi, le don d'observer minutieusement, de
distinguer les détails aussi bien d'une toilette que d'une
« toile ». Pour les robes et chapeaux certaines mauvaises
langues ou certains théoriciens trop absolus diront que chez un

homme, le penchant vers les attraits masculins a pour
compensation le goût inné, l'étude, la science, de la toilette
féminine. Et en effet cela arrive quelquefois, comme si les
hommes ayant accaparé tout le désir physique, toute la
tendresse profonde d'un Charlus, l'autre sexe se trouvait en
revanche gratifié de tout ce qui est goût « platonique » (adjectif
fort impropre), ou tout court de tout ce qui est goût, avec les
plus savants et les plus sûrs raffinements. À cet égard M. de
Charlus eût mérité le surnom qu'on lui donna plus tard, « la
Couturière ». Mais son goût, son esprit d'observation s'étendait à bien d'autres choses. On a vu, le soir où j'allai le voir
après un dîner chez la duchesse de Guermantes, que je ne
m'étais aperçu des chefs-d'œuvre qu'il avait dans sa demeure
qu'au fur et à mesure qu'il me les avait montrés[1]. Il
reconnaissait immédiatement ce à quoi personne n'eût jamais
fait attention, et cela aussi bien dans les œuvres d'art que dans
les mets d'un dîner (et, de la peinture à la cuisine, tout l'entre-
deux était compris). J'ai toujours regretté que M. de Charlus,
au lieu de borner ses dons artistiques à la peinture d'un éventail
comme présent à sa belle-sœur (nous avons vu la duchesse de
Guermantes le tenir à la main et le déployer moins pour s'en
éventer que pour s'en vanter, en faisant ostentation de l'amitié
de Palamède[2]) et au perfectionnement de son jeu pianistique
afin d'accompagner sans faire de fautes les traits de violon de
Morel, j'ai toujours regretté dis-je, et je regrette encore que
M. de Charlus n'ait jamais rien écrit. Sans doute je ne peux pas
tirer de l'éloquence de sa conversation et même de sa
correspondance la conclusion qu'il eût été un écrivain de
talent. Ces mérites-là ne sont pas dans le même plan. Nous
avons vu d'ennuyeux diseurs de banalités écrire des chefs-
d'œuvre, et des rois de la causerie être inférieurs au plus
médiocre dès qu'ils s'essayaient à écrire. Malgré tout je crois
que si M. de Charlus eût tâté de la prose, et pour commencer
sur ces sujets artistiques qu'il connaissait bien, le feu eût jailli,
l'éclair eût brillé, et que l'homme du monde fût devenu maître
écrivain. Je le lui dis souvent, il ne voulut jamais s'y essayer,
peut-être simplement par paresse, ou temps accaparé par des
fêtes brillantes et des divertissements sordides, ou besoin

Guermantes de prolonger indéfiniment des bavardages. Je le regrette d'autant plus que dans sa plus éclatante conversation, l'esprit n'était jamais séparé du caractère, les trouvailles de l'un des insolences de l'autre. S'il eût fait des livres, au lieu de le détester tout en l'admirant comme on faisait dans un salon où dans ses moments les plus curieux d'intelligence, tout en même temps il piétinait les faibles, se vengeait de qui ne l'avait pas insulté, cherchait bassement à brouiller des amis — s'il eût fait des livres on aurait eu sa valeur spirituelle isolée, décantée du mal, rien n'eût gêné l'admiration et bien des traits eussent fait éclore l'amitié.

En tout cas même si je me trompe sur ce qu'il eût pu réaliser dans la moindre page, il eût rendu un rare service en écrivant, car s'il distinguait tout, tout ce qu'il distinguait il en savait le nom. Certes en causant avec lui, si je n'ai pas appris à voir (la tendance de mon esprit et de mon sentiment était ailleurs), du moins j'ai vu des choses qui sans lui me seraient restées inaperçues, mais leur nom, qui m'eût aidé à retrouver leur dessin, leur couleur, ce nom je l'ai toujours assez vite oublié. S'il avait fait des livres, même mauvais, ce que je ne crois pas qu'ils eussent été, quel dictionnaire délicieux, quel répertoire inépuisable ! Après tout, qui sait ? Au lieu de mettre en œuvre son savoir et son goût, peut-être par ce démon qui contrarie souvent nos destins eût-il écrit de fades romans feuilletons, d'inutiles récits de voyages et d'aventures.

« Oui elle sait se vêtir ou plus exactement s'habiller, reprit M. de Charlus au sujet d'Albertine. Mon seul doute est si elle s'habille en conformité avec sa beauté particulière, et j'en suis peut-être du reste un peu responsable, par des conseils pas assez réfléchis. Ce que je lui ai dit souvent en allant à La Raspelière et qui était peut-être dicté plutôt — je m'en repens — par le caractère du pays, par la proximité des plages, que par le caractère individuel du type de votre cousine, l'a fait donner un peu trop dans le genre léger. Je lui ai vu je le reconnais de bien jolies tarlatanes, de charmantes écharpes de gaze, certain toquet rose qu'une petite plume rose ne déparait pas. Mais je crois que sa beauté qui est réelle et massive, exige plus que de gentils chiffons. La toque convient-elle bien à cette énorme

chevelure qu'un kakochnyk[1] ne ferait que mettre en valeur? Il
y a peu de femmes à qui conviennent les robes anciennes qui
donnent un air costume et théâtre. Mais la beauté de cette
jeune fille déjà femme fait exception et mériterait quelque robe
ancienne en velours de Gênes (je pensai aussitôt à Elstir et aux
robes de Fortuny) que je ne craindrais pas d'alourdir encore
avec des incrustations ou des pendeloques de merveilleuses
pierres démodées (c'est le plus bel éloge qu'on peut en faire)
comme le péridot, la marcassite et l'incomparable labrador.
D'ailleurs elle-même semble avoir l'instinct du contrepoids que
réclame une un peu lourde beauté. Rappelez-vous pour aller
dîner à La Raspelière tout cet accompagnement de jolies boîtes,
de sacs pesants et où quand elle sera mariée elle pourra mettre
plus que la blancheur de la poudre ou le carmin du fard, mais
— dans un coffret de lapis-lazuli pas trop indigo — ceux des
perles et des rubis, non reconstitués, je pense, car elle peut faire
un riche mariage. » « Hé bien! Baron », interrompit Brichot,
craignant que j'eusse du chagrin de ces derniers mots, car il
avait quelques doutes sur la pureté de mes relations et
l'authenticité de mon cousinage avec Albertine, « voilà comme
vous vous occupez des demoiselles ! » « Voulez-vous bien vous
taire devant cet enfant, mauvaise gale », ricana M. de Charlus
en abaissant, dans un geste d'imposer le silence à Brichot, une
main qu'il ne manqua pas de poser sur mon épaule.

« Je vous ai dérangés, vous aviez l'air de vous amuser comme
deux petites folles, et vous n'aviez pas besoin d'une vieille
grand-maman rabat-joie comme moi. Je n'irai pas à confesse
pour cela, puisque vous étiez presque arrivés. » Le baron était
d'humeur d'autant plus gaie qu'il ignorait entièrement la scène
de l'après-midi, Jupien ayant jugé plus utile de protéger sa
nièce contre un retour offensif que d'aller prévenir M. de
Charlus. Aussi celui-ci croyait-il toujours au mariage et s'en
réjouissait. On dirait que c'est une consolation pour ces grands
solitaires que de donner à leur célibat tragique l'adoucissement
d'une paternité fictive. « Mais ma parole, Brichot, ajouta-t-il en
se tournant en riant vers nous, j'ai du scrupule en vous voyant
en si galante compagnie. Vous aviez l'air de deux amoureux.
Bras dessus, bras dessous, dites donc Brichot vous en prenez

des libertés ! » Fallait-il attribuer pour cause à de telles paroles le vieillissement d'une pensée moins maîtresse que jadis de ses réflexes et qui dans des instants d'automatisme laisse échapper un secret si soigneusement enfoui pendant quarante ans ? Ou bien ce dédain pour l'opinion des roturiers qu'avaient au fond tous les Guermantes et dont le frère de M. de Charlus, le duc, présentait une autre forme quand, fort insoucieux que ma mère pût le voir, il se faisait la barbe, la chemise de nuit ouverte, à sa fenêtre ? M. de Charlus avait-il contracté, durant les trajets brûlants de Doncières à Douville, la dangereuse habitude de se mettre à l'aise et, comme il y rejetait en arrière son chapeau de paille pour rafraîchir son énorme front, de desserrer, au début pour quelques instants seulement, le masque depuis trop longtemps rigoureusement attaché à son vrai visage ? Les manières conjugales de M. de Charlus avec Morel auraient à bon droit étonné qui aurait su qu'il ne l'aimait plus. Mais il était arrivé à M. de Charlus que la monotonie des plaisirs qu'offre son vice l'avait lassé. Il avait instinctivement cherché de nouvelles performances, et après s'être fatigué des inconnus qu'il rencontrait, était passé au pôle opposé, à ce qu'il avait cru qu'il détesterait toujours, à l'imitation d'un « ménage » ou d'une « paternité ». Parfois cela ne lui suffisait même plus, il lui fallait du nouveau, il allait passer la nuit avec une femme, de la même façon qu'un homme normal peut une fois dans sa vie avoir voulu coucher avec un garçon, par une curiosité semblable, inverse, et dans les deux cas également malsaine. L'existence de « fidèle » du baron, ne vivant, à cause de Charlie[1], que dans le petit clan, avait eu, pour briser les efforts qu'il avait faits longtemps pour garder des apparences menteuses, la même influence qu'un voyage d'exploration ou un séjour aux colonies chez certains Européens qui y perdent les principes directeurs qui les guidaient en France. Et pourtant la révolution interne d'un esprit, ignorant au début de l'anomalie qu'il portait en soi, puis épouvanté devant elle quand il l'avait reconnue, et enfin s'étant familiarisé avec elle jusqu'à ne plus s'apercevoir qu'on ne pouvait sans danger avouer aux autres ce qu'on avait fini par s'avouer sans honte à soi-même, avait été plus efficace encore pour détacher M. de

Charlus des dernières contraintes sociales, que le temps passé
chez les Verdurin. Il n'est pas en effet d'exil au pôle Sud, ou au
sommet du mont Blanc, qui nous éloigne autant des autres
qu'un séjour prolongé au sein d'un vice intérieur, c'est-à-dire
d'une pensée différente de la leur. Vice (ainsi M. de Charlus le
qualifiait-il autrefois) auquel le baron prêtait maintenant la
figure débonnaire d'un simple défaut, fort répandu, plutôt
sympathique et presque amusant, comme la paresse, la
distraction ou la gourmandise. Sentant les curiosités que la
particularité de son personnage excitait, M. de Charlus
éprouvait un certain plaisir à les satisfaire, à les piquer, à les
entretenir. De même que tel publiciste juif se fait chaque jour
le champion du catholicisme non pas probablement avec
l'espoir d'être pris au sérieux, mais pour ne pas décevoir
l'attente des rieurs bienveillants, M. de Charlus flétrissait
plaisamment les mauvaises mœurs dans le petit clan, comme il
eût contrefait l'anglais ou imité Mounet-Sully[1], sans attendre
qu'on l'en prie, et pour payer son écot avec bonne grâce, en
exerçant en société un talent d'amateur ; de sorte que M. de
Charlus menaçait Brichot de dénoncer à la Sorbonne qu'il se
promenait maintenant avec des jeunes gens, de la même façon
que le chroniqueur circoncis parle à tout propos de la « fille
aînée de l'Église » et du « sacré cœur de Jésus », c'est-à-dire
sans ombre de tartuferie, mais avec une pointe de cabotinage.
Encore n'est-ce pas seulement du changement des paroles elles-
mêmes, si différentes de celles qu'il se permettait autrefois,
qu'il serait curieux de chercher l'explication, mais encore de
celui survenu dans les intonations, les gestes, qui les unes et les
autres ressemblaient singulièrement maintenant à ce que M. de
Charlus flétrissait le plus âprement autrefois ; il poussait
maintenant involontairement presque les petits cris — chez lui
involontaires — d'autant plus profonds — que jettent,
volontairement eux, les invertis qui s'interpellent en s'appelant
« ma chère » ; comme si ce « chichi » voulu, dont M. de Charlus
avait pris si longtemps le contre-pied, n'était en effet qu'une
géniale et fidèle imitation des manières qu'arrivent à prendre
quoi qu'ils en aient les Charlus, quand ils sont arrivés à une
certaine phase de leur mal, comme un paralytique général ou

un ataxique finissent fatalement par présenter certains symptômes. En réalité — et c'est ce que ce chichi tout intérieur révélait — il n'y avait entre le sévère Charlus tout de noir habillé, aux cheveux en brosse, que j'avais connu, et les jeunes gens fardés chargés de bijoux que cette différence purement apparente qu'il y a entre une personne agitée qui parle vite, remue tout le temps, et un névropathe qui parle lentement, conserve un flegme perpétuel, mais est atteint de la même neurasthénie aux yeux du clinicien qui sait que celui-ci comme l'autre est dévoré des mêmes angoisses et frappé des mêmes tares. Du reste on voyait que M. de Charlus avait vieilli à des signes tout différents, comme l'extension extraordinaire qu'avaient prise dans sa conversation certaines expressions qui avaient proliféré et revenaient maintenant à tout moment (par exemple : « l'enchaînement des circonstances ») et auxquelles la parole du baron s'appuyait de phrase en phrase comme à un tuteur nécessaire. « Est-ce que Charlie est déjà arrivé ? » demanda Brichot à M. de Charlus comme nous allions sonner à la porte de l'hôtel. « Ah ! je ne sais pas », dit le baron en levant les mains en l'air et en fermant à demi les yeux de l'air d'une personne qui ne veut pas qu'on l'accuse d'indiscrétion, d'autant plus qu'il avait eu probablement des reproches de Morel pour des choses (que celui-ci, froussard autant que vaniteux, et reniant M. de Charlus aussi volontiers qu'il se parait de lui, avait crues graves quoique insignifiantes) que le baron avait dites. « Vous savez que je ne sais rien de ce qu'il fait. » Si les conversations de deux personnes qui ont entre elles une liaison sont pleines de mensonges, ceux-ci ne naissent pas moins naturellement dans les conversations qu'un tiers a avec un amant au sujet de la personne que ce dernier aime, quel que soit d'ailleurs le sexe de cette personne. « Il y a longtemps que vous l'avez vu ? » demandai-je à M. de Charlus, pour avoir l'air à la fois de ne pas craindre de lui parler de Morel, et de ne pas croire qu'il vivait complètement avec lui. « Il est venu par hasard cinq minutes ce matin pendant que j'étais encore à demi endormi, s'asseoir sur le coin de mon lit, comme s'il voulait me violer. » J'eus aussitôt l'idée que M. de Charlus avait vu Charlie il y a une heure, car quand on demande à une maîtresse

quand elle a vu l'homme qu'on sait — et qu'elle suppose peut-
être qu'on croit — être son amant, si elle a goûté avec lui, elle
répond : « Je l'ai vu un instant avant déjeuner. » Entre ces deux
faits la seule différence est que l'un est mensonger et l'autre
vrai, mais l'un est aussi innocent, ou si l'on préfère aussi
coupable. Aussi ne comprendrait-on pas pourquoi la maîtresse
(et ici M. de Charlus) choisit toujours le fait mensonger si l'on
ne savait pas que ces réponses sont déterminées à l'insu de la
personne qui les fait par un nombre de facteurs qui semble en
disproportion telle avec la minceur du fait qu'on s'excuse d'en
faire état. Mais pour un physicien la place qu'occupe la plus
petite balle de sureau s'explique par le conflit ou l'équilibre de
lois d'attraction et de répulsion qui gouvernent des mondes
bien plus grands. Ne mentionnons ici que pour mémoire le
désir de paraître naturel et hardi, le geste instinctif de cacher un
rendez-vous secret, un mélange de pudeur et d'ostentation, le
besoin de confesser ce qui vous est si agréable et de montrer
qu'on est aimé, une pénétration de ce que sait ou suppose — et
ne dit pas — l'interlocuteur, pénétration qui, allant au-delà ou
en deçà de la sienne, le fait tantôt sur- et sous-estimer, le désir
involontaire de jouer avec le feu et la volonté de faire la part du
feu. Tout autant de lois différentes agissant en sens contraire
dictent les réponses plus générales touchant l'innocence, le
« platonisme », ou au contraire la réalité charnelle, des
relations qu'on a avec la personne qu'on dit avoir vue le matin
quand on l'a vue le soir. Toutefois d'une façon générale disons
que M. de Charlus, malgré l'aggravation de son mal, et qui le
poussait perpétuellement à révéler, à insinuer, parfois tout
simplement à inventer des détails compromettants, cherchait
pendant cette période de sa vie à affirmer que Charlie n'était
pas de la même sorte d'homme que lui Charlus et qu'il
n'existait entre eux que de l'amitié. Cela n'empêchait pas (et
bien que ce fût peut-être vrai) que parfois il se contredît
(comme pour l'heure où il l'avait vu en dernier), soit qu'il dît
alors en s'oubliant la vérité, ou proférât un mensonge, pour se
vanter, ou par sentimentalisme, ou trouvant spirituel d'égarer
l'interlocuteur. « Vous savez qu'il est pour moi, continua le
baron, un bon petit camarade, pour qui j'ai la plus grande

affection, comme je suis sûr (en doutait-il donc, qu'il éprouvât le besoin de dire qu'il en était sûr?) qu'il a pour moi, mais il n'y a entre nous rien d'autre, pas ça, vous entendez bien, pas ça, dit le baron aussi naturellement que s'il avait parlé d'une dame. Oui, il est venu ce matin me tirer par les pieds. Il sait pourtant que je déteste qu'on me voie couché. Pas vous? Oh! c'est une horreur, ça dérange, on est laid à faire peur, je sais bien que je n'ai plus vingt-cinq ans et je ne pose pas pour la rosière, mais on garde sa petite coquetterie tout de même. »

Il est possible que le baron fût sincère quand il parlait de Morel comme d'un bon petit camarade et qu'il dît la vérité peut-être en croyant mentir quand il disait : « Je ne sais pas ce qu'il fait, je ne connais pas sa vie. » En effet disons (pour anticiper de quelques semaines sur le récit que nous reprendrons aussitôt après cette parenthèse que nous ouvrons pendant que M. de Charlus, Brichot et moi nous dirigeons vers la demeure de Mme Verdurin), disons que, peu de temps après cette soirée, le baron fut plongé dans la douleur et dans la stupéfaction par une lettre qu'il ouvrit par mégarde et qui était adressée à Morel. Cette lettre, laquelle devait par contrecoup me causer de cruels chagrins, était écrite par l'actrice Léa, célèbre pour le goût exclusif qu'elle avait pour les femmes. Or sa lettre à Morel (que M. de Charlus ne soupçonnait même pas la connaître) était écrite sur le ton le plus passionné. Sa grossièreté empêche qu'elle soit reproduite ici, mais on peut mentionner que Léa ne lui parlait qu'au féminin en lui disant : « Grande sale! va! », « Ma belle chérie, toi tu en es au moins, etc. » Et dans cette lettre il était question de plusieurs autres femmes qui ne semblaient pas être moins amies de Morel que de Léa. D'autre part la moquerie de Morel à l'égard de M. de Charlus et de Léa à l'égard d'un officier qui l'entretenait et dont elle disait : « Il me supplie dans ses lettres d'être sage! Tu parles! mon petit chat blanc », ne révélait pas à M. de Charlus une réalité moins insoupçonnée de lui que n'étaient les rapports si particuliers de Morel avec Léa. Le baron était surtout troublé par ces mots « en être ». Après l'avoir d'abord ignoré, il avait enfin, depuis un temps bien long déjà, appris que lui-même « en était ». Or voici que cette notion qu'il avait

acquise se trouvait remise en question. Quand il avait
découvert qu'il « en était », il avait cru par là apprendre que son
goût, comme dit Saint-Simon, n'était pas celui des femmes[1]. Or
voici que pour Morel cette expression « en être » prenait une
extension que M. de Charlus n'avait pas connue, tant et si bien
que Morel prouvait, d'après cette lettre, qu'il « en était » en
ayant le même goût que des femmes pour des femmes mêmes.
Dès lors la jalousie de M. de Charlus n'avait plus de raison de
se borner aux hommes que Morel connaissait, mais allait
s'étendre aux femmes elles-mêmes. Ainsi les êtres qui « en
étaient » n'étaient pas seulement ceux qu'il avait crus, mais
toute une immense partie de la planète, composée aussi bien de
femmes que d'hommes, d'hommes aimant non seulement les
hommes mais les femmes, et le baron, devant la signification
nouvelle d'un mot qui lui était si familier, se sentait torturé par
une inquiétude de l'intelligence autant que du cœur, devant
ce double mystère, où il y avait à la fois de l'agrandissement de sa
jalousie et de l'insuffisance soudaine d'une définition. M. de
Charlus n'avait jamais été dans la vie qu'un amateur. C'est dire
que des incidents de ce genre ne pouvaient lui être d'aucune
utilité. Il faisait dériver l'impression pénible qu'il en pouvait
ressentir, en scènes violentes où il savait être éloquent, ou en
intrigues sournoises. Mais pour un être de la valeur de Bergotte
par exemple ils eussent pu être précieux. C'est même peut-être
ce qui explique en partie (puisque nous agissons à l'aveuglette,
mais en choisissant comme les bêtes la plante qui nous est
favorable) que des êtres comme Bergotte vivent généralement
dans la compagnie de personnes médiocres, fausses et
méchantes. La beauté de celles-ci suffit à l'imagination de
l'écrivain, exalte sa bonté, mais ne transforme en rien la nature
de sa compagne, dont par éclairs la vie située des milliers de
mètres au-dessous, les relations invraisemblables, les mensonges poussés au-delà et surtout dans une autre direction que
ce qu'on aurait pu croire apparaissent de temps à autre. Le
mensonge, le mensonge parfait, sur les gens que nous
connaissons, les relations que nous avons eues avec eux, notre
mobile dans telle action formulé par nous d'une façon toute
différente, le mensonge sur ce que nous sommes, sur ce que

nous aimons, sur ce que nous éprouvons à l'égard de l'être qui nous aime et qui croit nous avoir façonné semblable à lui parce qu'il nous embrasse toute la journée, ce mensonge-là est une des seules choses au monde qui puisse nous ouvrir des perspectives sur du nouveau, sur de l'inconnu, puisse ouvrir en nous des sens endormis pour la contemplation d'univers que nous n'aurions jamais connus. Il faut dire pour ce qui concerne M. de Charlus que s'il fut stupéfait d'apprendre relativement à Morel un certain nombre de choses qu'il lui avait soigneusement cachées, il eut tort d'en conclure que c'est une erreur de se lier avec des gens du peuple et que des révélations aussi pénibles[1] (celle qui le lui avait été le plus avait été celle d'un voyage que Morel avait fait avec Léa alors qu'il avait assuré à M. de Charlus qu'il était à ce moment-là à étudier la musique en Allemagne. Il s'était servi pour échafauder son mensonge de personnes bénévoles à qui il avait envoyé les lettres en Allemagne d'où on les réexpédiait à M. de Charlus qui d'ailleurs était tellement convaincu que Morel y était qu'il n'avait même pas regardé le timbre de la poste). On verra en effet dans le dernier volume de cet ouvrage M. de Charlus en train de faire des choses qui eussent encore plus stupéfié les personnes de sa famille et ses amis, que n'avait pu faire pour lui la vie révélée par Léa.

Mais il est temps de rattraper le baron qui s'avance, avec Brichot et moi, vers la porte des Verdurin. « Et qu'est devenu, ajouta-t-il en se tournant vers moi, votre jeune ami hébreu que nous voyions à Douville ? J'avais pensé que si cela vous faisait plaisir on pourrait peut-être l'inviter un soir. » En effet M. de Charlus, se contentant de faire espionner sans vergogne les faits et les gestes de Morel par une agence policière absolument comme un mari ou un amant, ne laissait pas de faire attention aux autres jeunes gens. La surveillance qu'il chargeait un vieux domestique de faire exercer par une agence sur Morel était si peu discrète, que les valets de pied se croyaient filés et qu'une femme de chambre ne vivait plus, n'osait plus sortir dans la rue, croyant toujours avoir un policier à ses trousses. Et le vieux serviteur : « Elle peut bien faire ce qu'elle veut ! On irait perdre son temps et son argent à la pister ! Comme si sa

conduite nous intéressait en quelque chose!» s'écriait-il
ironiquement, car il était si passionnément attaché à son maître
que, bien que ne partageant nullement les goûts du baron, il
finissait, tant il mettait de chaleureuse ardeur à les servir, par
en parler comme s'ils avaient été siens. «C'est la crème des
braves gens», disait de ce vieux serviteur M. de Charlus, car on
n'apprécie jamais personne autant que ceux qui joignent à de
grandes vertus, celle de les mettre sans compter à la disposition
de nos vices. C'était d'ailleurs des hommes seulement que
M. de Charlus était capable d'éprouver de la jalousie en ce qui
concernait Morel. Les femmes ne lui en inspiraient aucune.
C'est d'ailleurs la règle presque générale pour les Charlus.
L'amour de l'homme qu'ils aiment pour une femme est
quelque chose d'autre qui se passe dans une autre espèce
animale (le lion laisse les tigres tranquilles), ne les gêne pas et
les rassure plutôt. Quelquefois il est vrai chez ceux qui font de
l'inversion un sacerdoce, cet amour les dégoûte. Ils en veulent
alors à leur ami de s'y être livré, non comme d'une trahison,
mais comme d'une déchéance. Un Charlus, autre que n'était le
baron, eût été indigné de voir Morel avoir des relations avec
une femme comme il l'eût été de lire sur une affiche que lui,
l'interprète de Bach et de Haendel, allait jouer du Puccini[1].
C'est d'ailleurs pour cela que les jeunes gens qui par intérêt
condescendent à l'amour des Charlus leur affirment que les
«cartons[2]» ne leur inspirent que du dégoût comme ils diraient
au médecin qu'ils ne prennent jamais d'alcool et n'aiment que
l'eau de source. Mais M. de Charlus sur ce point s'écartait un
peu de la règle habituelle. Admirant tout chez Morel, ses succès
féminins, ne lui portant pas ombrage, lui causaient une même
joie que ses succès au concert ou à l'écarté. «Mais mon cher
vous savez il fait des femmes», disait-il d'un air de révélation,
de scandale, peut-être d'envie, surtout d'admiration. «Il est
extraordinaire, ajoutait-il. Partout les putains les plus en vue
n'ont d'yeux que pour lui. On le remarque partout, aussi bien
dans le métro qu'au théâtre. C'en est embêtant! Je ne peux pas
aller avec lui au restaurant sans que le garçon lui apporte les
billets doux d'au moins trois femmes. Et toujours des jolies
encore. Du reste ça n'est pas extraordinaire. Je le regardais

hier, je les comprends, il est devenu d'une beauté, il a l'air d'une espèce de Bronzino[1], il est vraiment admirable. » Mais M. de Charlus aimait à montrer qu'il aimait Morel, à persuader les autres, peut-être à se persuader lui-même, qu'il en était aimé. Il mettait à l'avoir tout le temps auprès de lui, et malgré le tort que ce petit jeune homme pouvait faire à la situation mondaine du baron, une sorte d'amour-propre. Car (et le cas est fréquent des hommes bien posés et snobs, qui par vanité brisent toutes leurs relations pour être vus partout avec une maîtresse demi-mondaine ou dame tarée qu'on ne reçoit pas, et avec laquelle pourtant il leur semble flatteur d'être lié) il était arrivé à ce point où l'amour-propre met toute sa persévérance à détruire les buts qu'il a atteints, soit que sous l'influence de l'amour on trouve un prestige qu'on est seul à percevoir à des relations ostentatoires avec ce qu'on aime, soit que par le fléchissement des ambitions mondaines atteintes, et la marée montante des curiosités ancillaires d'autant plus absorbantes qu'elles étaient plus platoniques, celles-ci n'eussent pas seulement atteint mais dépassé le niveau où avaient peine à se maintenir les autres.

Quant aux autres jeunes gens, M. de Charlus trouvait qu'à son goût pour eux l'existence de Morel n'était pas un obstacle, et que même sa réputation éclatante de violoniste ou sa notoriété naissante de compositeur et de journaliste pourrait dans certains cas leur être un appât. Présentait-on au baron un jeune compositeur de tournure agréable, c'était dans les talents de Morel qu'il cherchait l'occasion de faire une politesse au nouveau venu. « Vous devriez, lui disait-il, m'apporter de vos compositions pour que Morel les joue au concert ou en tournée. Il y a si peu de musique agréable écrite pour le violon. C'est une aubaine que d'en trouver de nouvelle. Et les étrangers apprécient beaucoup cela. Même en province il y a des petits cercles musicaux où on aime la musique avec une ferveur et une intelligence admirables. » Sans plus de sincérité (car tout cela ne servait que d'amorce et il était rare que Morel se prêtât à des réalisations), comme Bloch avait dit qu'il était un peu poète — « à ses heures », avait-il ajouté avec le rire sarcastique dont il accompagnait une banalité quand il ne pouvait pas trouver une parole originale —, M. de Charlus me dit : « Dites donc à ce jeune Israélite puisqu'il fait des vers qu'il devrait bien m'en apporter pour Morel. Pour un compositeur c'est toujours l'écueil, trouver quelque chose de joli à mettre en musique. On pourrait même penser à un livret. Cela ne serait pas inintéressant et prendrait une certaine valeur à cause du mérite du poète, de ma protection, de tout un enchaînement de circonstances auxiliatrices, parmi lesquelles le talent de Morel tient la première place. Car il compose beaucoup maintenant et il écrit aussi et très joliment, je vais vous en parler. Quant à son talent d'exécutant (là vous savez qu'il est tout à fait un maître déjà), vous allez voir ce soir comme ce gosse joue bien la musique de Vinteuil. Il me renverse, à son âge, avoir une compréhension pareille tout en restant si gamin, si potache ! Oh ! ce n'est ce soir qu'une petite répétition. La grande machine doit avoir lieu dans quelques jours. Mais ce sera bien plus élégant aujourd'hui. Aussi nous sommes ravis que vous soyez venu, dit-il, en employant ce *nous*, sans doute parce que le roi dit : nous voulons. À cause du magnifique programme j'ai conseillé à Mme Verdurin d'avoir deux fêtes. L'une dans quelques jours où elle aura toutes ses relations, l'autre ce soir, où la Patronne est, comme on dit en termes de justice, dessaisie. C'est moi qui ai fait les invitations et j'ai convoqué quelques personnes agréables d'un autre milieu, qui peuvent être utiles à Charlie et qu'il sera agréable pour les Verdurin de connaître. N'est-ce pas c'est très bien de faire jouer les choses les plus belles avec les plus grands artistes, mais la manifestation reste étouffée comme dans du coton, si le public est composé de la mercière d'en face et de l'épicier du coin. Vous savez ce que je pense du niveau intellectuel des gens du monde, mais ils peuvent jouer certains rôles assez importants, entre autres le rôle dévolu pour les événements publics à la presse et qui est d'être un organe de divulgation. Vous comprenez ce que je veux dire, j'ai par exemple invité ma belle-sœur Oriane ; il n'est pas certain qu'elle vienne, mais il est certain en revanche si elle vient qu'elle ne comprendra absolument rien. Mais on ne lui demande pas de comprendre, ce qui est au-dessus de ses moyens, mais de parler, ce qui y est approprié admirablement et ce dont elle ne se fait pas faute. Conséquence dès demain, au lieu du silence de la mercière et de l'épicier, conversation animée chez les Mortemart où Oriane raconte qu'elle a entendu des choses merveilleuses, qu'un certain Morel, etc. Rage indescriptible des personnes non conviées qui diront : "Palamède avait sans doute jugé que nous étions indignes, d'ailleurs qu'est-ce que c'est que ces gens chez qui la chose se passait", contrepartie aussi utile que les louanges d'Oriane, parce que le nom "Morel" revient tout le temps et finit par se graver dans la mémoire comme une leçon qu'on relit dix fois de suite. Tout cela forme un enchaînement de circonstances qui peut avoir son prix pour l'artiste, pour la maîtresse de maison, servir en quelque sorte de mégaphone à une manifestation qui sera ainsi rendue audible à un public lointain. Vraiment ça en vaut la peine. Vous verrez les progrès qu'il a faits. Et d'ailleurs on lui a découvert un nouveau talent, mon cher il écrit comme un ange. Comme un ange je vous dis. Vous qui connaissez Bergotte[1], j'avais pensé que vous auriez peut-être pu, en lui rafraîchissant la mémoire au sujet des proses de ce jouvenceau, collaborer en somme avec moi, m'aider à créer un enchaînement de circonstances capables de favoriser un talent double, de musicien et d'écrivain, qui peut un jour acquérir le prestige de celui de Berlioz[2]. Vous voyez bien ce qu'il conviendrait de dire à Bergotte. Vous savez, les illustres ont souvent autre chose à penser, ils sont adulés, ils ne s'intéressent guère qu'à eux-mêmes. Mais Bergotte qui est vraiment simple et serviable doit faire passer au *Gaulois*, ou je ne sais plus où, ces petites chroniques moitié d'un humoriste et d'un musicien qui sont vraiment très jolies et je serais vraiment très content que Charlie ajoute à son violon ce petit brin de plume d'Ingres. Je sais bien que je m'exagère facilement quand il s'agit de lui, comme toutes les vieilles mamans gâteaux du Conservatoire. Comment, mon cher, vous ne le saviez pas ? Mais c'est que vous ne connaissez pas mon côté gobeur. Je fais le pied de grue pendant des heures à la porte des jurys d'examen. Je m'amuse comme une reine. Et quant à Bergotte il m'a assuré que c'était vraiment tout à fait très bien. » M. de Charlus, qui le connaissait depuis longtemps par Swann, était en effet allé le voir et lui demander qu'il obtînt pour Morel d'écrire dans un journal des sortes de chroniques moitié humoristiques sur la musique. En y allant M. de Charlus avait un certain remords, car grand admirateur de Bergotte, il se rendait compte qu'il n'allait jamais le voir pour lui-même, mais pour, grâce à la considération mi-intellectuelle, mi-sociale que Bergotte avait pour lui, pouvoir faire une grande politesse à Morel, à Mme Molé, à telles autres. Qu'il ne se servît plus du monde que pour cela ne choquait pas M. de Charlus, mais de Bergotte cela lui paraissait plus mal, parce qu'il sentait que Bergotte n'était pas utilitaire comme les gens du monde et méritait mieux. Seulement sa vie était très prise et il ne trouvait de temps de libre que quand il avait très envie d'une chose, par exemple si elle se rapportait à Morel. De plus très intelligent, la conversation d'un homme intelligent lui était assez indifférente, surtout celle de Bergotte qui était trop homme de lettres pour son goût et d'un autre clan, ne se plaçant pas à son point de vue. Quant à Bergotte il se rendait bien compte de cet utilitarisme des visites de M. de Charlus mais ne lui en voulait pas, car il était incapable d'une bonté suivie, mais désireux de faire plaisir, compréhensif, incapable de prendre plaisir à donner une leçon. Quant au vice de M. de Charlus il ne le partageait à aucun degré, mais y trouvait plutôt un élément de couleur dans le personnage, le « fas et nefas[1] », pour un artiste, consistant non dans des exemples moraux, mais dans des souvenirs de Platon ou du Sodoma[2]. M. de Charlus négligeait de dire que depuis quelque temps il faisait faire à Morel[3], comme ces grands seigneurs du XVIIe siècle qui dédaignaient de signer et même d'écrire leurs libelles, des petits entrefilets bassement calomniateurs et dirigés contre la comtesse Molé. Semblant déjà insolents à ceux qui les lisaient, combien étaient-ils plus cruels pour la jeune femme, qui retrouvait, si adroitement glissés que personne qu'elle n'y voyait goutte, des passages de lettres d'elle, textuellement cités mais pris dans un sens où ils pouvaient l'affoler comme la plus cruelle vengeance. La jeune femme en mourut. Mais il se fait tous les jours à Paris, dirait Balzac, une sorte de journal parlé, plus terrible que l'autre. On verra plus tard que cette presse verbale réduisit à néant la puissance d'un Charlus devenu démodé, et bien au-dessus de lui érigea un Morel qui ne valait pas la millionième partie de son ancien protecteur. Du moins cette mode intellectuelle est-elle naïve et croit-elle de bonne foi au néant d'un génial Charlus, à l'incontestable autorité d'un stupide Morel. Le baron était moins innocent dans ses vengeances implacables. De là sans doute ce venin amer dans la bouche, dont l'envahissement semblait donner aux joues la jaunisse quand il était en colère. « J'aurais beaucoup voulu qu'il vînt ce soir car il aurait entendu Charlie dans les choses qu'il joue vraiment le mieux. Mais il ne sort pas je crois, il ne veut pas qu'on l'ennuie, il a bien raison. Mais vous belle jeunesse on ne vous voit guère quai Conti. Vous n'en abusez pas ! » Je dis que je sortais surtout avec ma cousine. « Voyez-vous ça ! ça sort avec sa cousine, comme c'est pur ! » dit M. de Charlus à Brichot. Et s'adressant à nouveau à moi : « Mais nous ne vous demandons pas de comptes sur ce que vous faites, mon enfffant. Vous êtes libre de faire tout ce qui vous amuse. Nous regrettons seulement de ne pas y avoir de part. Du reste vous avez très bon goût, elle est charmante votre cousine, demandez à Brichot, il en avait la tête farcie à Douville. On la regrettera ce soir. Mais vous avez peut-être aussi bien fait de ne pas l'amener. C'est admirable la musique de Vinteuil. Mais j'ai appris ce matin par Charlie qu'il devait y avoir la fille de l'auteur, et son amie, qui sont deux personnes d'une terrible réputation. C'est toujours embêtant pour une jeune fille. Même cela me gêne un peu pour mes invités. Mais comme ils ont presque tous l'âge canonique, cela ne tire pas à conséquence pour eux. Elles seront là, à moins que ces deux demoiselles n'aient pas pu venir, car elles devaient sans faute être toute l'après-midi à une répétition d'études que Mme Verdurin donnait tantôt et où elle n'avait convié que les raseurs, la famille, les gens qu'il ne fallait pas avoir ce soir. Or tout à l'heure avant le dîner Charlie m'a dit que ce que nous appelons les deux demoiselles Vinteuil, absolument attendues, n'étaient pas venues. » Malgré l'affreuse douleur que j'avais à rapprocher subitement (comme de l'effet, seul connu d'abord, sa cause enfin découverte) de l'envie d'Albertine de venir

tantôt, la présence annoncée (mais que j'avais ignorée) de
Mlle Vinteuil et de son amie, je gardai la liberté d'esprit de
noter que M. de Charlus qui nous avait dit, il y a quelques
minutes, n'avoir pas vu Charlie depuis le matin, confessait
étourdiment l'avoir vu avant dîner. Mais ma souffrance
devenait visible. « Mais qu'est-ce que vous avez ? me dit le
baron, vous êtes vert ; allons, entrons, vous prenez froid, vous
avez mauvaise mine. » Ce n'était pas mon premier doute relatif
à la vertu d'Albertine que les paroles de M. de Charlus venaient
d'éveiller en moi. Beaucoup d'autres y avaient déjà pénétré ; à
chaque nouveau on croit que la mesure est comble, qu'on ne
pourra pas le supporter, puis on lui trouve tout de même de la
place, et une fois qu'il est introduit dans notre milieu vital, il y
entre en concurrence avec tant de désirs de croire, avec tant de
raisons d'oublier, qu'assez vite on s'accommode, on finit par
ne plus s'occuper de lui. Il reste seulement comme une douleur
à demi guérie, une simple menace de souffrir et qui, envers du
désir, de même ordre que lui, et comme lui devenue centre de
nos pensées, irradie en elles, à des distances infinies, de subtiles
tristesses, comme lui des plaisirs d'une origine méconnaissable,
partout où quelque chose peut s'associer à l'idée de celle que
nous aimons. Mais la douleur se réveille quand un doute
nouveau, entier, entre en nous ; on a beau se dire presque tout
de suite : « Je m'arrangerai, il y aura un système pour ne pas
souffrir, ça ne doit pas être vrai », pourtant il y a eu un premier
instant où on a souffert comme si on croyait. Si nous n'avions
que des membres, comme les jambes et les bras, la vie serait
supportable. Malheureusement nous portons en nous ce petit
organe que nous appelons cœur, lequel est sujet à certaines
maladies au cours desquelles il est infiniment impressionnable
pour tout ce qui concerne la vie d'une certaine personne et où
un mensonge — cette chose si inoffensive et au milieu de
laquelle nous vivons si allégrement, qu'il soit fait par nous-
même ou par les autres — venu de cette personne donne à ce
petit cœur, qu'on devrait pouvoir nous retirer chirurgicalement, des crises intolérables. Ne parlons pas du cerveau, car
notre pensée a beau raisonner sans fin au cours de ces crises,
elle ne les modifie pas plus que notre attention une rage de

dents. Il est vrai que cette personne est coupable de nous avoir
menti, car elle nous avait juré de nous dire toujours la vérité.
Mais nous savons pour nous-même, pour les autres, ce que
valent ces serments. Et nous avons voulu y ajouter foi quand ils
venaient d'elle qui avait justement tout intérêt à nous mentir et
n'a pas été choisie par nous d'autre part pour ses vertus. Il est
vrai que plus tard elle n'aurait presque plus besoin de nous
mentir — justement quand le cœur sera devenu indifférent au
mensonge — parce que nous ne nous intéresserons plus à sa
vie. Nous le savons, et malgré cela nous sacrifions volontiers la
nôtre, soit que nous nous tuions pour cette personne, soit que
nous nous fassions condamner à mort en l'assassinant, soit
simplement que nous dépensions en quelques années pour elle
toute notre fortune, ce qui nous oblige à nous tuer ensuite
parce que nous n'avons plus rien. D'ailleurs si tranquille qu'on
se croie quand on aime, on a toujours l'amour dans son cœur
en état d'équilibre instable. Un rien suffit pour le mettre dans
la position du bonheur, on rayonne, on couvre de tendresses
non point celle qu'on aime, mais ceux qui nous ont fait valoir
à ses yeux, qui l'ont gardée contre toute tentation mauvaise ; on
se croit tranquille, et il suffit d'un mot : « Gilberte ne viendra
pas[1] », « Mlle Vinteuil est invitée », pour que tout le bonheur
préparé vers lequel on s'élançait s'écroule, pour que le soleil se
cache, pour que tourne la rose des vents et que se déchaîne la
tempête intérieure à laquelle un jour on ne sera plus capable de
résister. Ce jour-là, le jour où le cœur est devenu si fragile, des
amis qui nous admirent souffrent que de tels néants, que
certains êtres puissent nous faire du mal, nous faire mourir.
Mais qu'y peuvent-ils ? Si un poète est mourant d'une
pneumonie infectieuse[2], se figure-t-on ses amis expliquant au
pneumocoque que ce poète a du talent et qu'il devrait le laisser
guérir ? Le doute en tant qu'il avait trait à Mlle Vinteuil n'était
pas absolument nouveau. Mais même dans cette mesure, ma
jalousie de l'après-midi, excitée par Léa et ses amies, l'avait
aboli. Une fois ce danger du Trocadéro écarté, j'avais éprouvé,
j'avais cru avoir reconquis à jamais une paix complète. Mais ce
qui était surtout nouveau pour moi c'était une certaine
promenade où Andrée m'avait dit : « Nous sommes allées ici

et là, nous n'avons rencontré personne », et où au contraire
Mlle Vinteuil avait évidemment donné rendez-vous à Albertine
chez Mme Verdurin. Maintenant j'eusse laissé volontiers
Albertine sortir seule, aller partout où elle voudrait, pourvu
que j'eusse pu chambrer quelque part Mlle Vinteuil et son amie
et être certain qu'Albertine ne les vît pas. C'est que la jalousie
est généralement partielle, à localisations intermittentes, soit
parce qu'elle est le prolongement douloureux d'une anxiété qui
est provoquée tantôt par une personne, tantôt par une autre,
que notre amie pourrait aimer, soit par l'exiguïté de notre
pensée qui ne peut réaliser que ce qu'elle se représente et laisse
le reste dans un vague dont on ne peut relativement souffrir.

Au moment où nous allions entrer dans la cour de l'hôtel
nous fûmes rattrapés par Saniette qui ne nous avait pas
reconnus tout de suite. « Je vous envisageais pourtant depuis
un moment, nous dit-il d'une voix essoufflée. Est-ce pas
curieux que j'aie hésité ? » « N'est-il pas curieux » lui eût semblé
une faute et il devenait avec les formes anciennes du langage
d'une exaspérante familiarité. « Vous êtes pourtant gens qu'on
peut avouer pour ses amis. » Sa mine grisâtre semblait éclairée
par le reflet plombé d'un orage. Son essoufflement qui ne se
produisait, cet été encore, que quand M. Verdurin
l'« engueulait », était maintenant constant. « Je sais qu'une
œuvre inédite de Vinteuil va être exécutée par d'excellents
artistes et singulièrement par Morel. — Pourquoi singulièrement ? » demanda le baron qui vit dans cet adverbe une
critique. « Notre ami Saniette, se hâta d'expliquer Brichot qui
joua le rôle d'interprète, parle volontiers, en excellent lettré
qu'il est, le langage d'un temps où "singulièrement" équivaut à
notre "tout particulièrement". »

Comme nous entrions dans l'antichambre de Mme Verdurin,
M. de Charlus me demanda si je travaillais et comme je lui
disais que non mais que je m'intéressais beaucoup en ce
moment aux vieux services d'argenterie et de porcelaine, il me
dit que je ne pourrais pas en voir de plus beaux que chez les
Verdurin, que d'ailleurs j'avais pu les voir à La Raspelière,
puisque, sous prétexte que les objets sont aussi des amis, ils
faisaient la folie de tout emporter avec eux, que ce serait moins

commode de tout me sortir un jour de soirée, mais que pourtant il demanderait qu'on me montrât ce que je voudrais. Je le priai de n'en rien faire. M. de Charlus déboutonna son pardessus, ôta son chapeau ; je vis que le sommet de sa tête s'argentait maintenant par places. Mais tel un arbuste précieux que non seulement l'automne colore, mais dont on protège certaines feuilles par des enveloppements d'ouate ou des applications de plâtre, M. de Charlus ne recevait de ces quelques cheveux blancs, placés à sa cime, qu'un bariolage de plus, venant s'ajouter à ceux du visage. Et pourtant même sous les couches d'expressions différentes, de fards et d'hypocrisie qui le maquillaient si mal, le visage de M. de Charlus continuait à taire à presque tout le monde le secret qu'il me paraissait crier. J'étais presque gêné par ses yeux où j'avais peur qu'il ne me surprît à le lire à livre ouvert, par sa voix qui me paraissait le répéter sur tous les tons, avec une inlassable indécence. Mais les secrets sont bien gardés par les êtres, car tous ceux qui les approchent sont sourds et aveugles. Les personnes qui apprenaient la vérité par l'un ou l'autre, par les Verdurin par exemple, la croyaient, mais cependant seulement tant qu'elles ne connaissaient pas M. de Charlus. Son visage, loin de répandre, dissipait les mauvais bruits. Car nous nous faisons de certaines entités une idée si grande que nous ne pourrions l'identifier avec les traits familiers d'une personne de connaissance. Et nous croirons difficilement aux vices, comme nous ne croirons jamais au génie d'une personne avec qui nous sommes encore allés la veille à l'Opéra.

M. de Charlus était en train de donner son pardessus avec des recommandations d'habitué. Mais le valet de pied auquel il le tendait était un nouveau, tout jeune. Or M. de Charlus perdait souvent maintenant ce qu'on appelle le nord et ne se rendait plus compte de ce qui se fait et ne se fait pas. Le louable désir qu'il avait à Balbec de montrer que certains sujets ne l'effrayaient pas, de ne pas avoir peur de déclarer à propos de quelqu'un : « Il est joli garçon », de dire, en un mot, les mêmes choses qu'aurait pu dire quelqu'un qui n'aurait pas été comme lui, il lui arrivait maintenant de traduire ce désir en disant au contraire des choses que n'aurait jamais pu dire quelqu'un qui n'aurait pas été comme lui, choses devant lesquelles son esprit était si constamment fixé qu'il en oubliait qu'elles ne font pas partie de la préoccupation habituelle de tout le monde. Aussi regardant le nouveau valet de pied, il leva l'index en l'air d'un ton menaçant et croyant faire une excellente plaisanterie : « Vous, je vous défends de me faire de l'œil comme ça », dit le baron, et se tournant vers Brichot : « Il a une figure drôlette ce petit-là, il a un nez amusant » ; et complétant sa facétie, ou cédant à un désir, il rabattit son index horizontalement, hésita un instant, puis ne pouvant plus se contenir, le poussa irrésistiblement droit au valet de pied, et lui toucha le bout du nez en disant : « Pif ! » puis suivi de Brichot, de moi, et de Saniette qui nous apprit que la princesse Sherbatoff était morte à six heures, entra au salon. « Quelle drôle de boîte », se dit le valet de pied qui demanda à ses camarades si la baron était farce ou marteau. « Ce sont des manières qu'il a comme ça, lui répondit le maître d'hôtel, qui le croyait un peu « piqué », un peu « dingo », mais c'est un des amis de Madame que j'ai toujours le mieux estimé, c'est un bon cœur. » À ce moment M. Verdurin vint à notre rencontre ; seul Saniette, non sans craindre d'avoir froid, car la porte extérieure s'ouvrait constamment, attendait avec résignation qu'on lui prît ses affaires. « Qu'est-ce que vous faites là dans cette pose de chien couchant ? lui demanda M. Verdurin. — J'attends qu'une des personnes qui surveillent aux vêtements puisse prendre mon pardessus et me donner un numéro. — Qu'est-ce que vous dites ? demanda d'un air sévère M. Verdurin : "qui surveillent aux vêtements". Est-ce que vous devenez gâteux, on dit "surveiller les vêtements". S'il faut vous rapprendre le français comme aux gens qui ont eu une attaque. — Surveiller à quelque chose est la vraie forme, murmura Saniette d'une voix entrecoupée ; l'abbé Le Batteux[1]... — Vous m'agacez, vous, cria M. Verdurin d'une voix terrible. Comme vous soufflez ! Est-ce que vous venez de monter six étages ? » La grossièreté de M. Verdurin eut pour effet que les hommes du vestiaire firent passer d'autres personnes avant Saniette et quand il voulut tendre ses affaires lui répondirent : « Chacun son tour, monsieur, ne soyez pas si pressé. » « Voilà des hommes d'ordre, voilà les compétences, très bien, mes braves », dit avec un sourire de sympathie M. Verdurin afin de les encourager dans leurs dispositions à faire passer Saniette après tout le monde. « Venez, nous dit-il, cet animal-là veut nous faire prendre la mort dans son cher courant d'air. Nous allons nous chauffer un peu au salon. Surveiller aux vêtements ! reprit-il au salon, quel imbécile ! — Il donne dans la préciosité, ce n'est pas un mauvais garçon, dit Brichot. — Je n'ai pas dit que c'était un mauvais garçon, j'ai dit que c'était un imbécile », riposta avec aigreur M. Verdurin. « Est-ce que vous retournerez cette année à Incarville ? me demanda Brichot. Je crois que notre Patronne a reloué La Raspelière bien qu'elle ait eu maille à partir avec ses propriétaires. Mais tout cela n'est rien, ce sont nuages qui se dissipent », ajouta-t-il du même ton optimiste que les journaux qui disent : « Il y a eu des fautes de commises, c'est entendu, mais qui ne commet des fautes ? » Or je me rappelais dans quel état de souffrance j'avais quitté Balbec et je ne désirais nullement y retourner. Je remettais toujours au lendemain mes projets avec Albertine. « Mais bien sûr qu'il y reviendra, nous le voulons, il nous est indispensable », déclara M. de Charlus avec l'égoïsme autoritaire et incompréhensif de l'amabilité. M. Verdurin à qui nous fîmes nos condoléances pour la princesse Sherbatoff nous dit : « Oui, je sais qu'elle est très mal. — Mais non, elle est morte à six heures, s'écria Saniette. — Vous, vous exagérez toujours », dit brutalement à Saniette M. Verdurin qui, la soirée n'étant pas décommandée, préférait l'hypothèse de la maladie[1].

Cependant Mme Verdurin était en grande conférence avec Cottard et Ski. Morel venait de refuser, parce que M. de Charlus ne pouvait s'y rendre, une invitation chez des amis auxquels elle avait pourtant promis le concours du violoniste. La raison du refus de Morel de jouer à la soirée des amis des Verdurin, raison à laquelle nous allons tout à l'heure en voir s'ajouter de bien plus graves, avait pu prendre sa force grâce à une habitude propre en général aux milieux oisifs, mais tout particulièrement au petit noyau. Certes, si Mme Verdurin surprenait entre un nouveau et un fidèle un mot dit à mi-voix et pouvant faire supposer qu'ils se connaissaient, ou avaient

envie de se lier (« Alors à vendredi chez les Un Tel » ou :
« Venez à l'atelier le jour que vous voudrez, j'y suis toujours
jusqu'à cinq heures, vous me ferez vraiment plaisir »), agitée,
supposant au nouveau une « situation » qui pouvait faire de lui
une recrue brillante pour le petit clan, la Patronne, tout en
faisant semblant de n'avoir rien entendu et en conservant à son
beau regard, cerné par l'habitude de Debussy plus que n'aurait
fait celle de la cocaïne, l'air exténué que lui donnaient les seules
ivresses de la musique, n'en roulait pas moins sous son beau
front bombé par tant de quatuors et les migraines consécutives,
des pensées qui n'étaient pas exclusivement polyphoniques ; et
n'y tenant plus, ne pouvant plus attendre une seconde sa
piqûre, elle se jetait sur les deux causeurs, les entraînait à part,
et disait au nouveau en désignant le fidèle : « Vous ne voulez
pas venir dîner avec *lui* samedi par exemple, ou bien le jour que
vous voudrez, avec des gens gentils ! N'en parlez pas trop fort
parce que je ne convoquerai pas toute cette tourbe » (terme
désignant pour cinq minutes le petit noyau dédaigné momentanément pour le nouveau en qui on mettait tant d'espérances).

Mais ce besoin de s'engouer, de faire aussi des rapprochements, avait sa contrepartie. L'assiduité aux mercredis faisait
naître chez les Verdurin une disposition opposée. C'était le
désir de brouiller, d'éloigner. Il avait été fortifié, rendu presque
furieux par les mois passés à La Raspelière, où l'on se voyait du
matin au soir. M. Verdurin s'y ingéniait à prendre quelqu'un en
faute, à tendre des toiles où il pût passer à l'araignée sa
compagne quelque mouche innocente. Faute de griefs on
inventait des ridicules. Dès qu'un fidèle était sorti une demi-
heure, on se moquait de lui devant les autres, on feignait d'être
surpris qu'ils n'eussent pas remarqué combien il avait toujours
les dents sales, ou au contraire les brossât, par manie, vingt fois
par jour. Si l'un se permettait d'ouvrir la fenêtre, ce manque
d'éducation faisait que le Patron et la Patronne échangeaient
un regard révolté. Au bout d'un instant Mme Verdurin
demandait un châle, ce qui donnait le prétexte à M. Verdurin
de dire d'un air furieux : « Mais non, je vais fermer la fenêtre,
je me demande qu'est-ce qui s'est permis de l'ouvrir », devant le

coupable qui rougissait jusqu'aux oreilles. On vous reprochait indirectement la quantité de vin qu'on avait bue. « Ça ne vous fait pas mal ? C'est bon pour un ouvrier. » Les promenades ensemble de deux fidèles qui n'avaient pas préalablement demandé son autorisation à la Patronne, avaient pour conséquence des commentaires infinis, si innocentes que fussent ces promenades. Celles de M. de Charlus avec Morel ne l'étaient pas. Seul le fait que le baron n'habitait pas La Raspelière (à cause de la vie de garnison de Morel) retarda le moment de la satiété, des dégoûts, des vomissements. Il était pourtant prêt à venir.

Mme Verdurin était furieuse et décidée à « éclairer » Morel sur le rôle ridicule et odieux que lui faisait jouer M. de Charlus. « J'ajoute, continua Mme Verdurin (qui d'ailleurs, même quand elle se sentait devoir à quelqu'un une reconnaissance qui allait lui peser, et ne pouvait le tuer, pour la peine, lui cherchait un défaut grave qui dispensait honnêtement de la lui témoigner), j'ajoute qu'il se donne des airs chez moi qui ne me plaisent pas. » C'est qu'en effet Mme Verdurin avait encore une raison plus grave que le lâchage de Morel à la soirée de ses amis d'en vouloir à M. de Charlus. Celui-ci, pénétré de l'honneur qu'il faisait à la Patronne en amenant quai Conti des gens qui en effet n'y seraient pas venus pour elle, avait, dès les premiers noms que Mme Verdurin avait proposés comme ceux de personnes qu'on pourrait inviter, prononcé la plus catégorique exclusive sur un ton péremptoire où se mêlait à l'orgueil rancunier du grand seigneur quinteux, le dogmatisme de l'artiste expert en matière de fêtes et qui retirerait sa pièce et refuserait son concours plutôt que de condescendre à des concessions qui selon lui compromettent le résultat d'ensemble. M. de Charlus n'avait donné son permis, en l'entourant de réserves, qu'à Saintine, à l'égard duquel, pour ne pas s'encombrer de sa femme, Mme de Guermantes avait passé d'une intimité quotidienne à une cessation complète de relations, mais que M. de Charlus, le trouvant intelligent, voyait toujours. Certes c'est seulement dans un milieu bourgeois mâtiné de petite noblesse, où tout le monde est très riche et apparenté à une aristocratie que la grande aristocratie

ne connaît pas, que Saintine, jadis la fleur du milieu
Guermantes, était allé chercher fortune et, croyait-il, point
d'appui. Mais Mme Verdurin, sachant les prétentions nobi-
liaires du milieu de la femme, et ne se rendant pas compte de la
situation du mari, car c'est ce qui est presque immédiatement
au-dessus de nous qui nous donne l'impression de la hauteur et
non ce qui nous est presque invisible tant cela se perd dans le
ciel, crut devoir justifier une invitation pour Saintine en faisant
valoir qu'il connaissait beaucoup de monde, « ayant épousé
Mlle*** ». L'ignorance dont cette assertion, exactement
contraire à la réalité, témoignait chez Mme Verdurin, fit
s'épanouir en un rire d'indulgent mépris et de large compréhension les lèvres peintes du baron. Il dédaigna de répondre
directement mais comme il échafaudait volontiers en matière
mondaine des théories où se retrouvaient la fertilité de son
intelligence et la hauteur de son orgueil, avec la frivolité
héréditaire de ses préoccupations : « Saintine aurait dû me
consulter avant de se marier, dit-il, il y a une eugénique sociale
comme il y en a une physiologique, et j'en suis peut-être le seul
docteur. Le cas de Saintine ne soulevait aucune discussion, il
était clair qu'en faisant le mariage qu'il a fait, il s'attachait un
poids mort, et mettait sa flamme sous le boisseau. Sa vie sociale
était finie. Je le lui aurais expliqué et il m'aurait compris car il
est intelligent. Inversement, il y avait telle personne qui avait
tout ce qu'il fallait pour avoir une situation élevée, dominante,
universelle ; seulement un terrible câble la retenait à terre. Je
l'ai aidée mi par pression, mi par force à rompre l'amarre, et
maintenant elle a conquis, avec une joie triomphante, la liberté,
la toute-puissance qu'elle me doit. Il a peut-être fallu un peu de
volonté, mais quelle récompense elle a ! On est ainsi soi-même,
quand on sait m'écouter, l'accoucheur de son destin. » Il était
trop évident que M. de Charlus n'avait pas su agir sur le sien ;
agir est autre chose que parler, même avec éloquence, et penser
même avec ingéniosité. « Mais en ce qui me concerne, je suis un
philosophe qui assiste avec curiosité aux réactions sociales que
j'ai prédites mais n'y aide pas. Aussi j'ai continué à fréquenter
Saintine qui a toujours eu pour moi la déférence chaleureuse
qui convenait. J'ai même dîné chez lui dans sa nouvelle

demeure où on s'assomme autant au milieu du plus grand luxe qu'on s'amusait jadis quand tirant le diable par la queue il assemblait la meilleure compagnie dans un petit grenier. Vous pouvez donc l'inviter, j'autorise. Mais je frappe de mon veto tous les autres noms que vous me proposez. Et vous m'en remercierez car si je suis expert en fait de mariages, je ne le suis pas moins en matière de fêtes. Je sais les personnalités ascendantes qui soulèvent une réunion, lui donnent de l'essor, de la hauteur ; et je sais aussi le nom qui rejette à terre, qui fait tomber à plat. » Ces exclusions de M. de Charlus n'étaient pas toujours fondées sur des ressentiments de toqué ou des raffinements d'artiste, mais sur des habiletés d'acteur. Quand il tenait sur quelqu'un, sur quelque chose, un couplet tout à fait réussi, il désirait le faire entendre au plus grand nombre de personnes possible, mais en excluant d'admettre dans la seconde fournée des invités de la première qui eussent pu constater que le morceau n'avait pas changé. Il refaisait sa salle à nouveau justement parce qu'il ne renouvelait pas son affiche, et quand il tenait dans la conversation un succès, eût au besoin organisé des tournées et donné des représentations en province. Quoi qu'il en fût des motifs variés de ces exclusions, celles de M. de Charlus ne froissaient pas seulement Mme Verdurin qui sentait atteinte son autorité de Patronne, elles lui causaient encore un grand tort mondain, et cela pour deux raisons. La première est que M. de Charlus, plus susceptible encore que Jupien, se brouillait sans qu'on sût même pourquoi avec les personnes le mieux faites pour être de ses amies. Naturellement une des premières punitions qu'on pouvait leur infliger était de ne pas les laisser inviter à une fête qu'il donnait chez les Verdurin. Or ces parias étaient souvent les gens qui tiennent ce qu'on appelle le haut du pavé, mais pour M. de Charlus qui avaient cessé de le tenir du jour qu'il avait été brouillé avec eux. Car son imagination, autant qu'à supposer des torts aux gens pour se brouiller avec eux, était ingénieuse à leur ôter toute importance dès qu'ils n'étaient plus ses amis. Si par exemple le coupable était un homme d'une famille extrêmement ancienne mais dont le duché ne date que du XIXe siècle, les Montesquiou par exemple, du jour au lendemain ce qui comptait pour M. de

Charlus c'était l'ancienneté du duché, la famille n'était rien.
« Ils ne sont même pas ducs, s'écriait-il. C'est le titre de l'abbé
de Montesquiou qui a indûment passé à un parent, il n'y a
même pas quatre-vingts ans. Le duc actuel, si duc il y a, est le
troisième. Parlez-moi de gens comme les Uzès, les La
Trémoïlle, les Luynes, qui sont les 10e, les 14e ducs, comme mon
frère qui est 12e duc de Guermantes et 17e prince de Condom.
Les Montesquiou descendent d'une ancienne famille, qu'est-ce
que ça prouverait, même si c'était prouvé ? Ils descendent
tellement qu'ils sont dans le quatorzième dessous[1]. » Était-il
brouillé au contraire avec un gentilhomme possesseur d'un
duché ancien, ayant les plus magnifiques alliances, apparenté
aux familles souveraines, mais à qui ce grand éclat est venu
très vite sans que la famille remonte très haut, un Luynes
par exemple, tout était changé, la famille seule comptait. « Je
vous demande un peu, M. Alberti qui ne se décrasse que sous
Louis XIII. Qu'est-ce que ça peut nous fiche que des faveurs de
cour leur aient permis d'entasser des duchés auxquels ils
n'avaient aucun droit[2] ? » De plus chez M. de Charlus, la chute
suivait de près la faveur à cause de cette disposition propre aux
Guermantes d'exiger de la conversation, de l'amitié, ce qu'elle
ne peut donner, plus la crainte symptomatique d'être l'objet de
médisances. Et la chute était d'autant plus profonde que la
faveur avait été plus grande. Or personne n'en avait joui auprès
du baron d'une pareille à celle qu'il avait ostensiblement
marquée à la comtesse Molé. Par quelle marque d'indifférence
montra-t-elle un beau jour qu'elle en avait été indigne ? La
comtesse elle-même déclara toujours qu'elle n'avait jamais pu
arriver à le découvrir. Toujours est-il que son nom seul excitait
chez le baron les plus violentes colères, les philippiques les plus
éloquentes mais les plus terribles. Mme Verdurin pour qui
Mme Molé avait été très aimable et qui fondait on va le voir de
grands espoirs sur elle, s'étant réjouie à l'avance de l'idée que
la comtesse verrait chez elle les gens les plus nobles, comme la
Patronne disait, « de France et de Navarre », proposa tout de
suite d'inviter « Mme de Molé »[3]. « Ah ! mon Dieu tous les
goûts sont dans la nature, avait répondu M. de Charlus, et si
vous avez, madame, du goût pour causer avec Mme Pipelet,

Mme Gibout et Mme Joseph Prudhomme[1], je ne demande pas
mieux, mais alors que ce soit un soir où je ne serai pas là. Je
vois dès les premiers mots que nous ne parlons pas la même
langue, puisque je parlais de noms de l'aristocratie et que vous
me citez le plus obscur des noms des gens de robe, de petits
roturiers retors, cancaniers, malfaisants, de petites dames qui
se croient des protectrices des arts parce qu'elles reprennent
une octave au-dessous les manières de ma belle-sœur Guermantes à la façon du geai qui croit imiter le paon. J'ajoute qu'il
y aurait une espèce d'indécence à introduire dans une fête que
je veux bien donner chez Mme Verdurin une personne que j'ai
retranchée à bon escient de ma familiarité, une pécore sans
naissance, sans loyauté, sans esprit, qui a la folie de croire
qu'elle est capable de jouer les duchesses de Guermantes et les
princesses de Guermantes, cumul qui en lui-même est une
sottise, puisque la duchesse de Guermantes et la princesse de
Guermantes, c'est juste le contraire. C'est comme une personne
qui prétendrait être à la fois Reichenberg[2] et Sarah Bernhardt.
En tout cas même si ce n'était pas contradictoire ce serait
profondément ridicule. Que je puisse, moi, sourire quelquefois
des exagérations de l'une et m'attrister des limites de l'autre,
c'est mon droit. Mais cette petite grenouille bourgeoise voulant
s'enfler pour égaler ces deux grandes dames qui en tout cas
laissent toujours paraître l'incomparable distinction de la race,
c'est, comme on dit, à faire rire les poules. La Molé ! Voilà un
nom qu'il ne faut plus prononcer, ou bien je n'ai qu'à me
retirer », ajouta-t-il avec un sourire, sur le ton d'un médecin
qui, voulant le bien de son malade malgré ce malade lui-même,
entend ne pas se laisser imposer la collaboration d'un
homéopathe. D'autre part certaines personnes jugées négligea-
bles par M. de Charlus pouvaient en effet l'être pour lui et non
pour Mme Verdurin. M. de Charlus, du haut de sa naissance,
pouvait se passer des gens les plus élégants dont l'assemblée eût
fait du salon de Mme Verdurin un des premiers de Paris. Or
celle-ci commençait à trouver qu'elle avait déjà bien des fois
manqué le coche, sans compter l'énorme retard que l'erreur
mondaine de l'affaire Dreyfus lui avait infligé. Non sans lui
rendre service, pourtant. « Je ne sais si je vous ai dit combien la

duchesse de Guermantes avait vu avec déplaisir des personnes
de son monde qui, subordonnant tout à l'Affaire, excluaient
des femmes élégantes et en recevaient qui ne l'étaient pas, pour
cause de révisionnisme ou d'antirévisionnisme, critiquée à son
tour par ces mêmes dames, comme tiède, mal pensante et
subordonnant aux étiquettes mondaines les intérêts de la
patrie », pourrais-je demander au lecteur comme à un ami à qui
on ne se rappelle plus, après tant d'entretiens, si on a pensé ou
trouvé l'occasion de le mettre au courant d'une certaine chose.
Que je l'aie fait ou non[1], l'attitude, à ce moment-là, de la
duchesse de Guermantes, peut facilement être imaginée, et
même, si on se reporte ensuite à une période ultérieure,
sembler, du point de vue mondain, parfaitement juste. M. de
Cambremer considérait l'affaire Dreyfus comme une machine
étrangère destinée à détruire le Service des renseignements, à
briser la discipline, à affaiblir l'armée, à diviser les Français, à
préparer l'invasion. La littérature étant, hors quelques fables
de La Fontaine, étrangère au marquis, il laissait à sa femme le
soin d'établir que la littérature cruellement observatrice, en
créant l'irrespect, avait procédé à un chambardement parallèle.
« M. Reinach et M. Hervieu sont de mèche[2] », disait-elle. On
n'accusera pas l'affaire Dreyfus d'avoir prémédité d'aussi noirs
desseins à l'encontre du monde. Mais là certainement elle a
brisé les cadres. Les mondains qui ne veulent pas laisser la
politique s'introduire dans le monde sont aussi prévoyants que
les militaires qui ne veulent pas laisser la politique pénétrer
dans l'armée. Il en est du monde comme du goût sexuel où l'on
ne sait pas jusqu'à quelles perversions il peut arriver quand une
fois on a laissé des raisons esthétiques dicter ses choix. La
raison qu'elles étaient nationalistes donna au faubourg Saint-
Germain l'habitude de recevoir des dames d'une autre société,
la raison disparut avec le nationalisme, l'habitude subsista.
Mme Verdurin, à la faveur du dreyfusisme, avait attiré chez elle
des écrivains de valeur qui momentanément ne lui furent
d'aucun usage mondain parce qu'ils étaient dreyfusards. Mais
les passions politiques sont comme les autres, elles ne durent
pas. De nouvelles générations viennent qui ne les comprennent
plus ; la génération même qui les a éprouvées change, éprouve

des passions politiques qui, n'étant pas exactement calquées sur les précédentes, réhabilitent une partie des exclus, la cause d'exclusivisme ayant changé. Les monarchistes ne se soucièrent plus pendant l'affaire Dreyfus que quelqu'un eût été républicain, voire radical, voire anticlérical, s'il était antisémite et nationaliste. Si jamais il devait survenir une guerre, le patriotisme prendrait une autre forme, et d'un écrivain chauvin, on ne s'occuperait même pas s'il avait été ou non dreyfusard. C'est ainsi que, à chaque crise politique, à chaque rénovation artistique, Mme Verdurin avait arraché petit à petit, comme l'oiseau fait son nid, les bribes successives, provisoirement inutilisables, de ce qui serait un jour son salon. L'affaire Dreyfus avait passé, Anatole France lui restait[1]. La force de Mme Verdurin, c'était l'amour sincère qu'elle avait de l'art, la peine qu'elle se donnait pour les fidèles, les merveilleux dîners qu'elle donnait pour eux seuls, sans qu'il y eût de gens du monde conviés. Chacun d'eux était traité chez elle comme Bergotte l'avait été chez Mme Swann. Quand un familier de cet ordre devient un beau jour un homme illustre et que le monde désire venir le voir, sa présence chez une Mme Verdurin n'a rien de ce côté factice, frelaté, cuisine de banquet officiel ou de Saint-Charlemagne faite par Potel et Chabot, mais d'un délicieux ordinaire qu'on eût trouvé aussi parfait un jour où il n'y aurait pas eu de monde. Chez Mme Verdurin la troupe était parfaite, entraînée, le répertoire de premier ordre, il ne manquait que le public. Et depuis que le goût de celui-ci se détournait de l'art raisonnable et français d'un Bergotte et s'éprenait surtout de musiques exotiques, Mme Verdurin, sorte de correspondant attitré à Paris de tous les artistes étrangers, allait bientôt, à côté de la ravissante princesse Yourbeletieff, servir de vieille fée Carabosse, mais toute-puissante, aux danseurs russes. Cette charmante invasion, contre les séductions de laquelle ne protestèrent que les critiques dénués de goût, amena à Paris, on le sait, une fièvre de curiosité moins âpre, plus purement esthétique, mais peut-être aussi vive que l'affaire Dreyfus. Là encore Mme Verdurin, mais pour un tout autre résultat mondain, allait être au premier rang. Comme on l'avait vue à côté de Mme Zola, tout aux pieds du tribunal, aux séances de la Cour d'assises, quand l'humanité nouvelle, acclamatrice des ballets russes, se pressa à l'Opéra, ornée d'aigrettes inconnues, toujours on voyait dans une première loge Mme Verdurin à côté de la princesse Yourbeletieff. Et comme après les émotions du Palais de Justice on avait été le soir chez Mme Verdurin voir de près Picquart ou Labori et surtout apprendre les dernières nouvelles, savoir ce qu'on pouvait espérer de Zurlinden, de Loubet, du colonel Jouaust[1], du Règlement, de même, peu disposé à aller se coucher après l'enthousiasme déchaîné par *Shéhérazade* ou les danses du *Prince Igor*, on allait chez Mme Verdurin, où, présidés par la princesse Yourbeletieff et par la Patronne, des soupers exquis réunissaient chaque soir les danseurs qui n'avaient pas dîné pour être plus bondissants, leur directeur, leurs décorateurs, les grands compositeurs Igor Stravinski et Richard Strauss, petit noyau immuable autour duquel, comme aux soupers de M. et Mme Helvétius[2], les plus grandes dames de Paris et des altesses étrangères ne dédaignaient pas de se mêler. Même ceux des gens du monde qui faisaient profession d'avoir du goût et faisaient entre les ballets russes des distinctions oiseuses, trouvant la mise en scène des *Sylphides* quelque chose de plus « fin » que celle de *Shéhérazade*, qu'ils n'étaient pas loin de faire relever de l'art nègre, étaient enchantés de voir de près ces grands rénovateurs du goût, du théâtre, qui, dans un art peut-être un peu plus factice que la peinture, firent une révolution aussi profonde que l'impressionnisme[3]. Pour en revenir à M. de Charlus, Mme Verdurin n'eût pas trop souffert s'il n'avait mis à l'index que Mme Bontemps, que Mme Verdurin avait distinguée chez Odette à cause de son amour des arts, et qui, pendant l'affaire Dreyfus, était venue quelquefois dîner avec son mari que Mme Verdurin appelait un tiède parce qu'il n'introduisait pas le procès en révision, mais qui, fort intelligent et heureux de se créer des intelligences dans tous les partis, était enchanté de montrer son indépendance en dînant avec Labori qu'il écoutait sans rien dire de compromettant, mais glissant au bon endroit un hommage à la loyauté, reconnue dans tous les partis, de Jaurès. Mais le baron avait également proscrit quelques dames de l'aristocratie avec

lesquelles Mme Verdurin était, à l'occasion de solennités
musicales, de collections, de charité, entrée récemment en
relations et qui, quoi que M. de Charlus pût penser d'elles,
eussent été, beaucoup plus que lui-même, des éléments
essentiels pour former chez Mme Verdurin un nouveau noyau,
aristocratique celui-là. Mme Verdurin avait justement compté
sur cette fête où M. de Charlus lui amènerait des dames du
même monde, pour leur adjoindre ses nouvelles amies et avait
joui d'avance de la surprise qu'elles auraient à rencontrer quai
Conti leurs amies ou parentes invitées par le baron. Elle était
déçue et furieuse de son interdiction. Restait à savoir si la
soirée dans ces conditions se traduirait pour elle par un profit
ou par une perte. Celle-ci ne serait pas trop grave si du moins
les invitées de M. de Charlus venaient avec des dispositions si
chaleureuses pour Mme Verdurin qu'elles deviendraient pour
elle les amies d'avenir. Dans ce cas il n'y aurait que demi-mal
et un jour prochain, ces deux moitiés du grand monde que le
baron avait voulu tenir isolées, on les réunirait, quitte à ne pas
l'avoir lui ce soir-là. Mme Verdurin attendait donc les invitées
du baron avec une certaine émotion. Elle n'allait pas tarder à
savoir l'état d'esprit où elles venaient, et les relations que la
Patronne pouvait espérer avoir avec elles.

En attendant, Mme Verdurin se consultait avec les fidèles,
mais voyant Charlus qui entrait avec Brichot et moi, elle
s'arrêta net. À notre grand étonnement, quand Brichot lui
dit sa tristesse de savoir que sa grande amie était si mal,
Mme Verdurin répondit : « Écoutez je suis obligée d'avouer que
de tristesse je n'en éprouve aucune. Il est inutile de feindre les
sentiments qu'on ne ressent pas... » Sans doute elle parlait ainsi
par manque d'énergie, parce qu'elle était fatiguée à l'idée de se
faire un visage triste pour toute sa réception, par orgueil, pour
ne pas avoir l'air de chercher des excuses à ne pas avoir
décommandé celle-ci, par respect humain pourtant et habileté,
parce que le manque de chagrin dont elle faisait preuve était
plus honorable s'il devait être attribué à une antipathie
particulière, soudain révélée, envers la princesse, qu'à une
insensibilité universelle, et parce qu'on ne pouvait s'empêcher
d'être désarmé par une sincérité qu'il n'était pas question de

mettre en doute : si Mme Verdurin n'avait pas été vraiment
indifférente à la mort de la princesse, eût-elle été, pour
expliquer qu'elle reçût, s'accuser d'une faute bien plus grave ?
On oubliait que Mme Verdurin eût avoué, en même temps que
son chagrin, qu'elle n'avait pas eu le courage de renoncer à un
plaisir ; or la dureté de l'amie était quelque chose de plus
choquant, de plus immoral, mais de moins humiliant, par
conséquent de plus facile à avouer, que la frivolité de la
maîtresse de maison. En matière de crime, là où il y a danger
pour le coupable, c'est l'intérêt qui dicte les aveux. Pour les
fautes sans sanction, c'est l'amour-propre. Soit que trouvant
sans doute bien usé le prétexte des gens qui, pour ne pas laisser
interrompre par les chagrins leur vie de plaisirs, vont répétant
qu'il leur semble vain de porter extérieurement un deuil qu'ils
ont dans le cœur, Mme Verdurin préférât imiter ces coupables
intelligents à qui répugnent les clichés de l'innocence et dont la
défense — demi-aveu sans qu'ils s'en doutent — consiste à dire
qu'ils n'auraient vu aucun mal à commettre ce qui leur est
reproché, que par hasard du reste ils n'ont pas eu l'occasion de
faire, soit qu'ayant adopté pour expliquer sa conduite la thèse
de l'indifférence, elle trouvât, une fois lancée sur la pente de
son mauvais sentiment, qu'il y avait quelque originalité à
l'éprouver, une perspicacité rare à avoir su le démêler, et un
certain « culot » à le proclamer ainsi, Mme Verdurin tint à
insister sur son manque de chagrin, non sans une certaine
satisfaction orgueilleuse de psychologue paradoxal, et de
dramaturge hardi. « Oui c'est très drôle, dit-elle, ça ne m'a
presque rien fait. Mon Dieu, je ne peux pas dire que je n'aurais
pas mieux aimé qu'elle vécût, ce n'était pas une mauvaise
personne. — Si, interrompit M. Verdurin. — Ah ! lui ne l'aime
pas parce qu'il trouvait que cela me faisait du tort de la
recevoir, mais il est aveuglé par ça. — Rends-moi cette justice,
dit M. Verdurin, que je n'ai jamais approuvé cette fréquentation. Je t'ai toujours dit qu'elle avait mauvaise réputation.
— Mais je ne l'ai jamais entendu dire, protesta Saniette.
— Mais comment ? s'écria Mme Verdurin, c'était universellement connu, pas mauvaise, mais honteuse, déshonorante. Non
mais ce n'est pas à cause de cela. Je ne saurais pas moi-même

expliquer mon sentiment; je ne la détestais pas, mais elle m'était tellement indifférente que, quand nous avons appris qu'elle était très mal, mon mari lui-même a été étonné et m'a dit : "On dirait que cela ne te fait rien." Mais tenez ce soir, il m'avait offert de décommander la répétition, et j'ai tenu au contraire à la donner, parce que j'aurais trouvé une comédie de témoigner un chagrin que je n'éprouve pas. » Elle disait cela parce qu'elle trouvait que c'était curieusement « théâtre libre[1] », et aussi que c'était joliment commode ; car l'insensibilité ou l'immoralité avouée simplifie autant la vie que la morale facile ; elle fait des actions blâmables, et pour lesquelles on n'a plus alors besoin de chercher d'excuses, un devoir de sincérité. Et les fidèles écoutaient les paroles de Mme Verdurin avec ce mélange d'admiration et de malaise que certaines pièces cruellement réalistes et d'une observation pénible causaient autrefois, et tout en s'émerveillant de voir leur chère Patronne donner une forme nouvelle de sa droiture et de son indépendance, plus d'un, tout en se disant qu'après tout ce ne serait pas la même chose, pensait à sa propre mort et se demandait si, le jour qu'elle surviendrait, on pleurerait ou on donnerait une fête au quai Conti. « Je suis bien content que la soirée n'ait pas été décommandée, à cause de mes invités », dit M. de Charlus qui ne se rendit pas compte qu'en s'exprimant ainsi il froissait Mme Verdurin. Cependant j'étais frappé comme chaque personne qui approcha ce soir-là Mme Verdurin par une odeur assez peu agréable de rhino-goménol. Voici à quoi cela tenait. On sait que Mme Verdurin n'exprimait jamais ses émotions artistiques d'une façon morale, mais physique, pour qu'elles semblassent plus inévitables et plus profondes. Or si on lui parlait de la musique de Vinteuil, sa préférée, elle restait indifférente, comme si elle n'en attendait aucune émotion. Mais après quelques minutes de regard immobile, presque distrait, elle vous répondait sur un ton précis, pratique, presque peu poli, comme si elle vous avait dit : « Cela me serait égal que vous fumiez mais c'est à cause du tapis, il est très beau, ce qui me serait encore égal, mais il est très inflammable, j'ai très peur du feu et je ne voudrais pas vous faire flamber tous, pour un bout de cigarette mal éteinte que

vous auriez laissé tomber par terre. » De même pour Vinteuil.
Si on en parlait, elle ne professait aucune admiration mais au
bout d'un instant exprimait d'un air froid son regret qu'on en
jouât ce soir-là : « Je n'ai rien contre Vinteuil, à mon sens, c'est
le plus grand musicien du siècle, seulement je ne peux pas
écouter ces machines-là sans cesser de pleurer un instant (elle
ne disait nullement « pleurer » d'un air pathétique, elle aurait
dit d'un air aussi naturel « dormir », certaines méchantes
langues prétendaient même que ce dernier verbe eût été plus
vrai, personne ne pouvant du reste décider car elle écoutait
cette musique-là la tête dans ses mains, et certains bruits
ronfleurs pouvaient après tout être des sanglots). Pleurer ça ne
me fait pas mal, tant qu'on voudra, seulement ça me fiche
après des rhumes à tout casser. Cela me congestionne la
muqueuse et quarante-huit heures après, j'ai l'air d'une vieille
poivrote et pour que mes cordes vocales fonctionnent il me faut
faire des journées d'inhalation. Enfin un élève de Cottard... —
Oh ! mais à ce propos, je ne vous faisais pas mes condoléances,
il a été enlevé bien vite, le pauvre professeur. — Hé bien oui,
qu'est-ce que vous voulez, il est mort, comme tout le monde, il
avait tué assez de gens pour que ce soit son tour de diriger ses
coups contre lui-même. Donc je vous disais qu'un de ses élèves,
un maître délicieux, m'avait soignée pour cela. Il professe un
axiome assez original : "Mieux vaut prévenir que guérir." Et il
me graisse le nez avant que la musique commence. C'est
radical. Je peux pleurer comme je ne sais pas combien de mères
qui auraient perdu leurs enfants, pas le moindre rhume.
Quelquefois un peu de conjonctivite, mais c'est tout. L'efficac-
ité est absolue. Sans cela je n'aurais pu continuer à écouter du
Vinteuil. Je ne faisais plus que tomber d'une bronchite dans
une autre[1]. »

Je ne pus plus me retenir de parler de Mlle Vinteuil. « Est-ce
que la fille de l'auteur n'est pas là, demandai-je à Mme Verdurin, ainsi qu'une de ses amies ? — Non, je viens justement de
recevoir une dépêche, me dit évasivement Mme Verdurin, elles
ont été obligées de rester à la campagne. » Et j'eus un instant
l'espérance qu'il n'avait même peut-être jamais été question
qu'elles vinssent et que Mme Verdurin n'avait annoncé ces

représentants de l'auteur que pour impressionner favorablement les interprètes et le public. « Comment, alors elles ne sont même pas venues à la répétition de tantôt ? » dit avec une fausse curiosité le baron qui voulut paraître ne pas avoir vu Charlie. Celui-ci vint me dire bonjour. Je l'interrogeai à l'oreille relativement à la venue de Mlle Vinteuil. Il semblait fort peu au courant. Je lui fis signe de ne pas parler haut et l'avertis que nous en recauserions. Il s'inclina en me promettant qu'il serait trop heureux d'être à ma disposition entière. Je remarquai qu'il était beaucoup plus poli, beaucoup plus respectueux qu'autrefois. Je fis compliment de lui — de lui qui pourrait peut-être m'aider à éclaircir mes soupçons — à M. de Charlus qui me répondit : « Il ne fait que ce qu'il doit, ce ne serait pas la peine qu'il vécût avec des gens comme il faut pour avoir de mauvaises manières. » Les bonnes, selon M. de Charlus, étaient les vieilles manières françaises, sans ombre de raideur britannique. Ainsi quand Charlie, revenant de faire une tournée en province ou à l'étranger, débarquait en costume de voyage chez le baron, celui-ci s'il n'y avait pas trop de monde l'embrassait sans façon sur les deux joues peut-être un peu pour ôter par tant d'ostentation de sa tendresse toute idée qu'elle pût être coupable, peut-être pour ne pas se refuser un plaisir, mais plus encore sans doute par littérature, pour maintien et illustration des anciennes manières de France, et comme il aurait protesté contre le style munichois ou le modern style en gardant de vieux fauteuils de son arrière-grand-mère, opposant au flegme britannique la tendresse d'un père sensible du XVIIIe siècle qui ne dissimule pas sa joie de revoir un fils. Y avait-il enfin une pointe d'inceste, dans cette affection paternelle ? Il est plus probable que la façon dont M. de Charlus contentait habituellement son vice et sur laquelle nous recevrons ultérieurement quelques éclaircissements, ne suffisait pas à ses besoins affectifs restés vacants depuis la mort de sa femme ; toujours est-il qu'après avoir songé plusieurs fois à se remarier il était travaillé maintenant d'une maniaque envie d'adopter et que certaines personnes autour de lui craignaient qu'elle ne s'exerçât à l'égard de Charlie. On disait qu'il allait adopter Morel. Et ce n'est pas extraordinaire. L'inverti qui n'a pu nourrir sa passion qu'avec une littérature écrite pour les hommes à femmes, qui pensait aux hommes en lisant *Les Nuits* de Musset[1], éprouve le besoin d'entrer de même dans toutes les fonctions sociales de l'homme qui n'est pas inverti, d'entretenir comme l'amant des danseuses et le vieil habitué de l'Opéra, aussi d'être rangé, d'épouser ou de se coller avec un homme, d'être père.

Il s'éloigna avec Morel sous prétexte de se faire expliquer ce qu'on allait jouer, trouvant surtout une grande douceur, tandis que Charlie lui montrait sa musique, à étaler ainsi publiquement leur intimité secrète. Pendant ce temps-là j'étais charmé. Car bien que le petit clan comportât peu de jeunes filles, on en invitait pas mal par compensation les jours de grandes soirées. Il y en avait plusieurs et de fort belles que je connaissais. Elles m'envoyaient de loin un sourire de bienvenue. L'air était ainsi décoré de moment en moment d'un beau sourire de jeune fille. C'est l'ornement multiple et épars des soirées, comme des jours. On se souvient d'une atmosphère parce que des jeunes filles y ont souri.

On eût par ailleurs été bien étonné si l'on avait noté les propos furtifs que M. de Charlus avait échangés avec plusieurs hommes importants de cette soirée. Ces hommes étaient deux ducs, un général éminent, un grand écrivain, un grand médecin, un grand avocat. Or les propos avaient été : « À propos avez-vous su si le valet de pied, non je parle du petit qui monte sur la voiture... Et chez votre cousine Guermantes vous ne connaissez rien ? — Actuellement non. — Dites donc, devant la porte d'entrée, aux voitures, il y avait une jeune personne blonde, en culotte courte, qui m'a semblé tout à fait sympathique. Elle m'a appelé très gracieusement ma voiture, j'aurais volontiers prolongé la conversation. — Oui, mais je la crois tout à fait hostile, et puis ça fait des façons, vous qui aimez que les choses réussissent du premier coup vous seriez dégoûté. Du reste je sais qu'il n'y a rien à faire, un de mes amis a essayé. — C'est regrettable, j'avais trouvé le profil très fin et les cheveux superbes. — Vraiment vous trouvez ça si bien que ça ? Je crois que si vous l'aviez vue un peu plus vous auriez été désillusionné. Non c'est au buffet qu'il y a encore deux mois vous auriez vu une vraie merveille, un grand gaillard de deux mètres, une peau idéale, et puis aimant ça. Mais c'est parti pour la Pologne. — Ah c'est un peu loin. — Qui sait, ça reviendra peut-être. On se retrouve toujours dans la vie. » Il n'y a pas de grande soirée mondaine, si pour en avoir une coupe on sait la prendre à une profondeur suffisante, qui ne soit pareille à ces soirées où les médecins invitent leurs malades, lesquels tiennent des propos fort sensés, ont de très bonnes manières, et ne montreraient pas qu'ils sont fous s'ils ne vous glissaient à l'oreille en vous montrant un vieux monsieur qui passe : « C'est Jeanne d'Arc. »

« Je trouve que ce serait de notre devoir de l'éclairer, dit Mme Verdurin à Brichot. Ce que je fais n'est pas contre Charlus, au contraire. Il est agréable et quant à sa réputation je vous dirai qu'elle est d'un genre qui ne peut pas me nuire ! Même moi qui pour notre petit clan, pour nos dîners de conversation, déteste les flirts, les hommes disant des inepties à une femme dans un coin au lieu de traiter des sujets intéressants, avec Charlus je n'avais pas à craindre ce qui m'est arrivé avec Swann, avec Elstir, avec tant d'autres. Avec lui j'étais tranquille, il arrivait là à mes dîners, il pouvait y avoir toutes les femmes du monde, on était sûr que la conversation générale n'était pas troublée par des flirts, des chuchotements. Charlus c'est à part, on est tranquille, c'est comme un prêtre. Seulement, il ne faut pas qu'il se permette de régenter les jeunes gens qui viennent ici et de porter le trouble dans notre petit noyau, sans cela ce sera encore pire qu'un homme à femmes. » Et Mme Verdurin était sincère en proclamant ainsi son indulgence pour le Charlisme. Comme tout pouvoir ecclésiastique elle jugeait les faiblesses humaines moins graves que ce qui pouvait affaiblir le principe d'autorité, nuire à l'orthodoxie, modifier l'antique credo, dans sa petite Église. « Sans cela, moi je montre les dents. Voilà un monsieur qui a empêché Charlie de venir à une répétition parce qu'il n'y était pas convié. Aussi il va avoir un avertissement sérieux, j'espère que cela lui suffira, sans cela il n'aura qu'à prendre la porte. Il le chambre ma parole. » Et usant exactement des mêmes expressions que presque tout le monde aurait fait, car il en est certaines peu habituelles, que tel sujet particulier, telle circonstance donnée, font affluer presque nécessairement à la mémoire du causeur qui croit exprimer librement sa pensée et ne fait que répéter machinalement la leçon universelle, elle ajouta : « On ne peut plus le voir sans qu'il soit affublé de ce grand escogriffe, de cette espèce de garde du corps. » M. Verdurin proposa d'emmener un instant Charlie pour lui parler, sous prétexte de lui demander quelque chose. Mme Verdurin craignit qu'il ne fût ensuite troublé et jouât mal. « Il vaudrait mieux retarder cette exécution jusqu'après celle des morceaux. Et même peut-être à une autre fois. » Car Mme Verdurin avait beau tenir à la délicieuse émotion qu'elle éprouverait quand elle saurait son mari en train d'éclairer Charlie dans une pièce voisine, elle avait peur, si le coup ratait, qu'il ne se fâchât et lâchât le 16[1]. Ce qui perdit M. de Charlus ce soir-là fut la mauvaise éducation — si fréquente dans ce monde — des personnes qu'il avait invitées et qui commençaient à arriver. Venue à la fois par amitié pour M. de Charlus, et avec la curiosité de pénétrer dans un endroit pareil, chaque duchesse allait droit au baron comme si c'était lui qui avait reçu, me disait, juste à un pas des Verdurin qui entendaient tout : « Montrez-moi où est la mère Verdurin, croyez-vous que ce soit indispensable que je me fasse présenter, j'espère au moins qu'elle ne fera pas mettre mon nom dans le journal demain, il y aurait de quoi me brouiller avec tous les miens ; comment c'est cette femme à cheveux blancs, mais elle n'a pas trop mauvaise façon. » Entendant parler de Mlle Vinteuil, d'ailleurs absente, plus d'une disait : « Ah ! la fille de la Sonate ? Montrez-moi-la » et, retrouvant beaucoup d'amies à elles faisaient bande à part, épiaient, pétillantes de curiosité ironique, l'entrée des fidèles, trouvaient tout au plus à se montrer du doigt la coiffure un peu singulière d'une personne qui quelques années plus tard devait la mettre à la mode dans le plus grand monde et, somme toute, regrettaient de ne pas trouver ce salon aussi dissemblable de ceux qu'elles connaissaient qu'elles avaient espéré, éprouvant le désappointement de gens du monde qui, étant allés dans la boîte à Bruant dans l'espoir d'être engueulés par le chansonnier, se seraient vus accueillis à leur entrée par un salut correct au lieu du refrain attendu : « Ah ! voyez e²te gueule, c²te binette. Ah ! voyez c²te gueule qu'elle a. » M. de Charlus avait, à Balbec, finement critiqué devant moi Mme de Vaugoubert qui, malgré sa grande intelligence, avait causé, après la fortune inespérée, l'irrémédiable disgrâce de son mari. Les souverains auprès desquels M. de Vaugoubert était accrédité, le roi Théodose et la reine Eudoxie, étant revenus à Paris[1], mais cette fois pour un séjour de quelque durée, des fêtes quotidiennes avaient été données en leur honneur, au cours desquelles la reine, liée avec Mme de Vaugoubert qu'elle voyait depuis dix ans dans sa capitale, et ne connaissant ni la femme du Président de la République, ni les femmes des ministres, s'était détournée de celles-ci pour faire bande à part avec l'ambassadrice. Celle-ci croyant sa position hors de toute atteinte, M. de Vaugoubert étant l'auteur de l'alliance entre le roi Théodose et la France, avait conçu, de la préférence que lui marquait la reine, une satisfaction d'orgueil, mais nulle inquiétude du danger qui la menaçait et qui se réalisa quelques mois plus tard en l'événement, jugé à tort impossible par le couple trop confiant, de la brutale mise à la retraite de M. de Vaugoubert. M. de Charlus, commentant dans le « tortillard » la chute de son ami d'enfance, s'étonnait qu'une femme intelligente n'eût pas en pareille circonstance fait servir toute son influence sur les souverains à obtenir d'eux qu'elle parût n'en posséder aucune, et à leur faire reporter sur la femme du Président de la République et des ministres une amabilité dont elles eussent été d'autant plus flattées, c'est-à-dire dont elles eussent été d'autant plus près, dans leur contentement, de savoir gré aux Vaugoubert, qu'elles eussent cru que cette amabilité était spontanée et non pas dictée par eux. Mais qui voit le tort des autres, pour peu que les circonstances le grisent un peu, y succombe souvent lui-même. Et M. de Charlus, pendant que ses invités se frayaient un chemin pour venir le féliciter, le remercier comme s'il avait été le maître de maison, ne songea pas à leur demander de dire quelques mots à Mme Verdurin. Seule la reine de Naples, en qui vivait le même noble sang qu'en ses sœurs l'impératrice Élisabeth et la duchesse d'Alençon, se mit à causer avec

Mme Verdurin comme si elle était venue pour le plaisir de voir
Mme Verdurin plus que pour la musique et que pour M. de
Charlus, fit mille déclarations à la Patronne, ne tarit pas sur
l'envie qu'elle avait depuis si longtemps de faire sa connaissance, la complimenta sur sa maison et lui parla des sujets les
plus divers comme si elle était en visite. Elle eût tant voulu
amener sa nièce Élisabeth, disait-elle (celle qui devait peu après
épouser le prince Albert de Belgique[1]), et qui regretterait tant !
Elle se tut en voyant les musiciens s'installer sur l'estrade et se
fit montrer Morel. Elle ne devait guère se faire d'illusion sur les
motifs qui portaient M. de Charlus à vouloir qu'on entourât le
jeune virtuose de tant de gloire. Mais sa vieille sagesse de
souveraine en qui coulait un des sangs les plus nobles de
l'histoire, les plus riches d'expérience, de scepticisme et
d'orgueil, lui faisait seulement considérer les tares inévitables
des gens qu'elle aimait le mieux comme son cousin Charlus (fils
comme elle d'une duchesse de Bavière), comme des infortunes
qui leur rendaient plus précieux l'appui qu'ils pouvaient
trouver en elle et faisaient en conséquence qu'elle avait plus de
plaisir encore à le leur fournir. Elle savait que M. de Charlus
serait doublement touché qu'elle se fût dérangée en pareille
circonstance. Seulement, aussi bonne qu'elle s'était jadis
montrée brave, cette femme héroïque qui, reine-soldat, avait
fait elle-même le coup de feu sur les remparts de Gaète,
toujours prête à aller chevaleresquement du côté des faibles,
voyant Mme Verdurin seule et délaissée et qui ignorait
d'ailleurs qu'elle n'eût pas dû quitter la reine, avait cherché
à feindre que pour elle, la reine de Naples, le centre de
cette soirée, le point attractif qui l'avait fait venir c'était
Mme Verdurin. Elle s'excusa sans fin sur ce qu'elle ne pourrait
pas rester jusqu'à la fin, devant, quoiqu'elle ne sortît jamais,
aller à une autre soirée, et demandant que surtout, quand elle
s'en irait, on ne se dérangeât pas pour elle, tenant ainsi quitte
d'honneurs que Mme Verdurin ne savait du reste pas qu'on
avait à lui rendre[2]. Il faut rendre pourtant cette justice à M. de
Charlus que s'il oublia entièrement Mme Verdurin, et la laissa
oublier, jusqu'au scandale, par les gens « de son monde » à lui
qu'il avait invités, il comprit en revanche qu'il ne devait pas

laisser ceux-ci garder en face de la « manifestation musicale »
elle-même les mauvaises façons dont ils usaient à l'égard de la
Patronne. Morel était déjà monté sur l'estrade, les artistes se
groupaient, que l'on entendait encore des conversations, voire
des rires, des « il paraît qu'il faut être initié pour comprendre ».
Aussitôt M. de Charlus redressant sa taille en arrière, comme
entré dans un autre corps que celui que j'avais vu tout à l'heure
arriver en traînaillant chez Mme Verdurin, prit une expression
de prophète et regarda l'assemblée avec un sérieux qui signifiait
que ce n'était pas le moment de rire, et dont on vit rougir
brusquement le visage de plus d'une invitée prise en faute
comme un élève par son professeur en pleine classe. Pour moi
l'attitude si noble d'ailleurs de M. de Charlus avait quelque
chose de comique ; car tantôt il foudroyait ses invités de
regards enflammés, tantôt, afin de leur indiquer comme en un
vade mecum le religieux silence qu'il convenait d'observer, le
détachement de toute préoccupation mondaine, il présentait
lui-même, élevant vers son beau front ses mains gantées de
blanc, un modèle (auquel on devait se conformer) de gravité,
presque déjà d'extase, sans répondre aux saluts des retarda-
taires, assez indécents pour ne pas comprendre que l'heure était
maintenant au grand Art. Tous furent hypnotisés, on n'osa
plus proférer un son, bouger une chaise ; le respect pour la
musique — de par le prestige de Palamède — avait été
subitement inculqué à une foule aussi mal élevée qu'élégante.

En voyant se ranger sur la petite estrade non pas seulement
Morel et un pianiste, mais d'autres instrumentistes, je crus
qu'on commençait par des œuvres d'autres musiciens que
Vinteuil. Car je croyais qu'on ne possédait de lui que sa sonate
pour piano et violon[1]. Mme Verdurin s'assit à part, les
hémisphères de son front blanc et légèrement rosé magnifiquement bombés, les cheveux écartés, moitié en imitation d'un
portrait du XVIIIe siècle, moitié par besoin de fraîcheur d'une
fiévreuse qu'une pudeur empêche de dire son état, isolée,
divinité qui présidait aux solennités musicales, déesse du
wagnérisme et de la migraine, sorte de Norne[2] presque
tragique, évoquée par le génie au milieu de ces ennuyeux,
devant qui elle allait dédaigner plus encore que de coutume

d'exprimer des impressions en entendant une musique qu'elle connaissait mieux qu'eux. Le concert commença, je ne connaissais pas ce qu'on jouait, je me trouvais en pays inconnu. Où le situer? Dans l'œuvre de quel auteur étais-je? J'aurais bien voulu le savoir et, n'ayant près de moi personne à qui le demander, aurais bien voulu être un personnage de ces *Mille et Une Nuits* que je relisais sans cesse et où dans les moments d'incertitude surgit soudain un génie ou une adolescente d'une ravissante beauté, invisible pour les autres, mais non pour le héros embarrassé, à qui elle révèle exactement ce qu'il désire savoir. Or à ce moment, je fus précisément favorisé d'une telle apparition magique. Comme quand, dans un pays qu'on ne croit pas connaître et qu'en effet on a abordé par un côté nouveau, après avoir tourné un chemin, on se trouve tout d'un coup déboucher dans un autre dont les moindres coins vous sont familiers, mais seulement où on n'avait pas l'habitude d'arriver par là, on se dit tout d'un coup : « Mais c'est le petit chemin qui mène à la petite porte du jardin de mes amis*** ; je suis à deux minutes de chez eux » ; et leur fille en effet est là qui est venue vous dire bonjour au passage ; ainsi tout d'un coup je me reconnus au milieu de cette musique nouvelle pour moi, en pleine sonate de Vinteuil ; et plus merveilleuse qu'une adolescente, la petite phrase, enveloppée, harnachée d'argent, toute ruisselante de sonorités brillantes, légères et douces comme des écharpes, vint à moi, reconnaissable sous ces parures nouvelles. Ma joie de l'avoir retrouvée s'accroissait de l'accent si amicalement connu qu'elle prenait pour s'adresser à moi, si persuasif, si simple, non sans laisser éclater pourtant cette beauté chatoyante dont elle resplendissait. Sa signification, d'ailleurs, n'était cette fois que de me montrer le chemin, et qui n'était pas celui de la sonate, car c'était une œuvre inédite de Vinteuil où il s'était seulement amusé, par une allusion que justifiait à cet endroit un mot du programme qu'on aurait dû avoir en même temps sous les yeux, à y faire apparaître un instant la petite phrase. À peine rappelée ainsi elle disparut et je me retrouvai dans un monde inconnu, mais je savais maintenant, et tout ne cessa plus de me confirmer, que ce monde était un de ceux que je n'avais même

pu concevoir que Vinteuil eût créés, car quand, fatigué de la
sonate qui était un univers épuisé pour moi, j'essayais d'en
imaginer d'autres aussi beaux mais différents, je faisais
seulement comme ces poètes qui remplissent leur prétendu
Paradis de prairies, de fleurs, de rivières, qui font double
emploi avec celles de la Terre. Ce qui était devant moi me
faisait éprouver autant de joie qu'aurait fait la sonate si je ne
l'avais pas connue, par conséquent, en étant aussi beau, était
autre. Tandis que la sonate s'ouvrait sur une aube liliale et
champêtre, divisant sa candeur légère mais pour se suspendre à
l'emmêlement léger et pourtant consistant d'un berceau
rustique de chèvrefeuilles sur des géraniums blancs, c'était sur
des surfaces unies et planes comme celles de la mer que, par un
matin d'orage, commençait au milieu d'un aigre silence, dans
un vide infini, l'œuvre nouvelle, et c'est dans un rose d'aurore
que, pour se construire progressivement devant moi, cet
univers inconnu était tiré du silence et de la nuit. Ce rouge si
nouveau, si absent de la tendre, champêtre et candide sonate,
teignait tout le ciel, comme l'aurore, d'un espoir mystérieux. Et
un chant perçait déjà l'air, chant de sept notes, mais le plus
inconnu, le plus différent de tout ce que j'eusse jamais imaginé,
à la fois ineffable et criard, non plus roucoulement de colombe
comme dans la sonate, mais déchirant l'air, aussi vif que la
nuance écarlate dans laquelle le début était noyé, quelque
chose comme un mystique chant du coq, un appel ineffable
mais suraigu, de l'éternel matin. L'atmosphère froide, lavée de
pluie, électrique — d'une qualité si différente, à des pressions
tout autres, dans un monde si éloigné de celui, virginal et
meublé de végétaux, de la sonate — changeait à tout instant,
effaçant la promesse empourprée de l'Aurore. À midi
pourtant, dans un ensoleillement brûlant et passager, elle
semblait s'accomplir en un bonheur lourd, villageois et presque
rustique, où la titubation de cloches retentissantes et déchaî-
nées (pareilles à celles qui incendiaient de chaleur la place de
l'église à Combray, et que Vinteuil, qui avait dû souvent les
entendre, avait peut-être trouvées à ce moment-là dans sa
mémoire, comme une couleur qu'on a à portée de sa main sur
une palette) semblait matérialiser la plus épaisse joie. À vrai

dire, esthétiquement ce motif de joie ne me plaisait pas ; je le trouvais presque laid, le rythme s'en traînait si péniblement à terre qu'on aurait pu en imiter presque tout l'essentiel, rien qu'avec des bruits, en frappant d'une certaine manière des baguettes sur une table. Il me semblait que Vinteuil avait manqué là d'inspiration, et en conséquence, je manquai aussi là un peu de force d'attention. Je regardai la Patronne, dont l'immobilité farouche semblait protester contre les battements de mesure exécutés par les têtes ignorantes des dames du Faubourg. Mme Verdurin ne disait pas : « Vous comprenez que je la connais un peu cette musique, et un peu encore ! S'il me fallait exprimer tout ce que je ressens, vous n'en auriez pas fini ! » Elle ne le disait pas. Mais sa taille droite et immobile, ses yeux sans expression, ses mèches fuyantes, le disaient pour elle. Ils disaient aussi son courage, que les musiciens pouvaient y aller, ne pas ménager ses nerfs, qu'elle ne flancherait pas à l'andante, qu'elle ne crierait pas à l'allegro. Je regardai ces musiciens. Le violoncelliste dominait l'instrument qu'il serrait entre ses genoux, inclinant sa tête à laquelle des traits vulgaires donnaient, dans les instants de maniérisme, une expression involontaire de dégoût ; il se penchait sur sa contrebasse, la palpait avec la même patience domestique que s'il eût épluché un chou, tandis que près de lui la harpiste encore enfant, en jupe courte, dépassée de tous côtés par les rayons horizontaux du quadrilatère d'or pareil à ceux qui dans la chambre magique d'une sibylle figureraient arbitrairement l'éther, selon les formes consacrées, semblait, petite déesse allégorique, aller y chercher, çà et là, au point assigné, un son délicieux, de la même manière que, dressée devant le treillage d'or de la voûte céleste, elle y aurait cueilli, une à une, des étoiles. Quant à Morel, une mèche jusque-là invisible et confondue dans sa chevelure venait de se détacher et de faire boucle sur son front.

Je tournai imperceptiblement la tête vers le public pour me rendre compte de ce que M. de Charlus avait l'air de penser de cette mèche. Mais mes yeux ne rencontrèrent que le visage, ou plutôt que les mains de Mme Verdurin, car celui-là était entièrement enfoui dans celles-ci. La Patronne voulait-elle par cette attitude recueillie montrer qu'elle se considérait comme à l'église, et ne trouvait pas cette musique différente de la plus sublime des prières ; voulait-elle comme certaines personnes à l'église dérober aux regards indiscrets, soit par pudeur leur ferveur supposée, soit par respect humain leur distraction coupable ou un sommeil invincible ? Cette dernière hypothèse fut celle qu'un bruit régulier qui n'était pas musical me fit croire un instant être la vraie, mais je m'aperçus ensuite qu'il était produit par les ronflements non de Mme Verdurin mais de sa chienne. Mais bien vite, le motif triomphant des cloches ayant été chassé, dispersé par d'autres, je fus repris par cette musique ; et je me rendais compte que si, au sein de ce septuor[1], des éléments différents s'exposaient tour à tour pour se combiner à la fin, de même, sa sonate, et comme je le sus plus tard ses autres œuvres, n'avaient toutes été par rapport à ce septuor que de timides essais, délicieux mais bien frêles, auprès du chef-d'œuvre triomphal et complet qui m'était en ce moment révélé. Et je ne pouvais m'empêcher par comparaison de me rappeler que, de même encore, j'avais pensé aux autres mondes qu'avait pu créer Vinteuil comme à des univers clos, comme avait été chacun de mes amours ; mais en réalité je devais bien m'avouer que, comme au sein de ce dernier amour — celui pour Albertine — mes premières velléités de l'aimer (à Balbec tout au début, puis après la partie de furet, puis la nuit où elle avait couché à l'hôtel, puis à Paris le dimanche de brume, puis le soir de la fête Guermantes, puis de nouveau à Balbec[2], et enfin à Paris où ma vie était étroitement unie à la sienne), de même si je considérais maintenant non plus mon amour pour Albertine mais toute ma vie, mes autres amours n'y avaient été que de minces et timides essais qui préparaient, des appels qui réclamaient ce plus vaste amour... l'amour pour Albertine. Et je cessai de suivre la musique, pour me redemander si Albertine avait vu ou non Mlle Vinteuil ces jours-ci, comme on interroge de nouveau une souffrance interne que la distraction vous a fait un moment oublier. Car c'est en moi que se passaient les actions possibles d'Albertine. De tous les êtres que nous connaissons, nous possédons un double. Mais habituellement situé à l'horizon de notre

imagination, de notre mémoire, il nous reste relativement
extérieur, et ce qu'il a fait ou pu faire ne comporte pas plus
pour nous d'élément douloureux qu'un objet placé à quelque
distance, et qui ne nous procure que les sensations indolores de
la vue. Ce qui affecte ces êtres-là nous le percevons d'une façon
contemplative, nous pouvons le déplorer en termes appropriés
qui donnent aux autres l'idée de notre bon cœur, nous ne le
ressentons pas. Mais depuis ma blessure de Balbec[1], c'était
dans mon cœur, à une grande profondeur, difficile à extraire,
qu'était le double d'Albertine. Ce que je voyais d'elle me lésait
comme un malade dont les sens seraient si fâcheusement
transposés que la vue d'une couleur serait intérieurement
éprouvée par lui comme une incision en pleine chair.
Heureusement que je n'avais pas cédé à la tentation de rompre
encore avec Albertine ; cet ennui d'avoir à la retrouver tout à
l'heure comme une femme bien aimée, quand je rentrerais, était
bien peu de chose auprès de l'anxiété que j'aurais eue si la
séparation s'était effectuée à ce moment où j'avais un doute sur
elle et avant qu'elle eût eu le temps de me devenir indifférente.
Et au moment où je me la représentais ainsi m'attendant à la
maison, trouvant le temps long, s'étant peut-être endormie un
instant dans sa chambre, je fus caressé au passage par une
tendre phrase familiale et domestique du septuor. Peut-être —
tant tout s'entrecroise et se superpose dans notre vie intérieure
— avait-elle été inspirée à Vinteuil par le sommeil de sa fille —
de sa fille cause aujourd'hui de tous mes troubles — quand il
enveloppait de sa douceur, dans les paisibles soirées, le travail
du musicien, cette phrase qui me calma tant par le même
moelleux arrière-plan de silence qui pacifie certaines rêveries de
Schumann, durant lesquelles, même quand « le Poète parle »,
on devine que « l'enfant dort[2] ». Endormie, éveillée, je la
retrouverais ce soir, quand il me plairait de rentrer, Albertine,
ma petite enfant. Et pourtant, me dis-je, quelque chose de plus
mystérieux que l'amour d'Albertine semblait promis au début
de cette œuvre, dans ces premiers cris d'aurore. J'essayai de
chasser la pensée de mon amie pour ne plus songer qu'au
musicien. Aussi bien semblait-il être là. On aurait dit que
réincarné, l'auteur vivait à jamais dans sa musique ; on sentait

la joie avec laquelle il choisissait la couleur de tel timbre,
l'assortissait aux autres. Car à des dons plus profonds, Vinteuil
joignait celui que peu de musiciens, et même peu de peintres
ont possédé, d'user de couleurs non seulement si stables mais si
personnelles que pas plus que le temps n'altère leur fraîcheur,
les élèves qui imitent celui qui les a trouvées, et les maîtres
mêmes qui le dépassent, ne font pâlir leur originalité. La
révolution que leur apparition a accomplie ne voit pas ses
résultats s'assimiler anonymement aux époques suivantes ; elle
se déchaîne, elle éclate à nouveau et seulement quand on rejoue
les œuvres du novateur à perpétuité. Chaque timbre se
soulignait d'une couleur que toutes les règles du monde
apprises par les musiciens les plus savants ne pourraient pas
imiter, en sorte que Vinteuil, quoique venu à son heure et fixé
à son rang dans l'évolution musicale, le quitterait toujours
pour venir prendre la tête dès qu'on jouerait une de ses
productions, qui devrait de paraître éclose après celle de
musiciens plus récents, à ce caractère en apparence contradictoire et en effet trompeur, de durable nouveauté. Une page
symphonique de Vinteuil, connue déjà au piano et qu'on
entendait à l'orchestre, comme un rayon de jour d'été que le
prisme de la fenêtre décompose avant son entrée dans une salle
à manger obscure[1], dévoilait comme un trésor insoupçonné et
multicolore toutes les pierreries des *Mille et Une Nuits*. Mais
comment comparer à cet immobile éblouissement de la lumière
ce qui était vie, mouvement perpétuel et heureux ? Ce Vinteuil
que j'avais connu si timide et si triste avait quand il fallait
choisir un timbre, lui en unir un autre, des audaces, et dans
tous les sens du mot un bonheur sur lequel l'audition d'une
œuvre de lui ne laissait aucun doute. La joie que lui avaient
causée telles sonorités, les forces accrues qu'elle lui avait
données pour en découvrir d'autres, menaient encore l'audi-
teur de trouvaille en trouvaille, ou plutôt c'était le créateur qui
le conduisait lui-même, puisant dans les couleurs qu'il venait
de trouver une joie éperdue qui lui donnait la puissance de
découvrir, de se jeter sur celles qu'elles semblaient appeler,
ravi, tressaillant, comme au choc d'une étincelle, quand le
sublime naissait de lui-même de la rencontre des cuivres,

haletant, grisé, affolé, vertigineux, tandis qu'il peignait sa
grande fresque musicale comme Michel-Ange attaché à son
échelle et lançant, la tête en bas, de tumultueux coups de brosse
au plafond de la chapelle Sixtine. Vinteuil était mort depuis
nombre d'années ; mais au milieu de ces instruments qu'il avait
aimés, il lui avait été donné de poursuivre, pour un temps
illimité, une part au moins de sa vie. De sa vie d'homme
seulement ? Si l'art n'était vraiment qu'un prolongement de la
vie, valait-il de lui rien sacrifier, n'était-il pas aussi irréel
qu'elle-même ? À mieux écouter ce septuor, je ne le pouvais pas
penser. Sans doute le rougeoyant septuor différait singulièrement de la blanche sonate ; la timide interrogation à laquelle
répondait la petite phrase, de la supplication haletante pour
trouver l'accomplissement de l'étrange promesse qui avait
retenti, si aigre, si surnaturelle, si brève, faisant vibrer la
rougeur encore inerte du ciel matinal, au-dessus de la mer. Et
pourtant ces phrases si différentes étaient faites des mêmes
éléments, car de même qu'il y avait un certain univers,
perceptible pour nous en ces parcelles dispersées çà et là, dans
telles demeures, dans tels musées, et qui était l'univers d'Elstir,
celui qu'il voyait, celui où il vivait, de même la musique de
Vinteuil étendait, notes par notes, touches par touches, les
colorations inconnues, inestimables, d'un univers insoupçonné, fragmenté par les lacunes que laissaient entre elles les
auditions de son œuvre ; ces deux interrogations, si dissemblables, qui commandaient le mouvement si différent de la sonate
et du septuor, l'une brisant en courts appels une ligne continue
et pure, l'autre ressoudant en une armature indivisible des
fragments épars, l'une si calme et timide, presque détachée et
comme philosophique, l'autre si pressante, anxieuse, implorante, c'était pourtant une même prière, jaillie devant différents
levers de soleil intérieurs et seulement réfractée à travers les
milieux différents de pensées autres, de recherches d'art en
progrès au cours d'années où il avait voulu créer quelque chose
de nouveau. Prière, espérance qui était au fond la même,
reconnaissable sous ses déguisements dans les diverses œuvres
de Vinteuil, et d'autre part qu'on ne trouvait que dans les
œuvres de Vinteuil. Ces phrases-là, les musicographes pour-

raient bien trouver leur apparentement, leur généalogie, dans les œuvres d'autres grands musiciens, mais seulement pour des raisons accessoires, des ressemblances extérieures, des analogies plutôt ingénieusement trouvées par le raisonnement que senties par l'impression directe. Celle que donnaient ces phrases de Vinteuil était différente de toute autre, comme si, en dépit des conclusions qui semblent se dégager de la science, l'individuel existait. Et c'était justement quand il cherchait puissamment à être nouveau, qu'on reconnaissait, sous les différences apparentes, les similitudes profondes, et les ressemblances voulues qu'il y avait au sein d'une œuvre, quand Vinteuil reprenait à diverses reprises une même phrase, la diversifiait, s'amusait à changer son rythme, à la faire reparaître sous sa forme première, ces ressemblances-là, voulues, œuvre de l'intelligence, forcément superficielles, n'arrivaient jamais à être aussi frappantes que ces ressemblances dissimulées, involontaires, qui éclataient, sous des couleurs différentes, entre les deux chefs-d'œuvre distincts ; car alors Vinteuil, cherchant puissamment à être nouveau, s'interrogeait lui-même, de toute la puissance de son effort créateur, atteignait sa propre essence à ces profondeurs où, quelque question qu'on lui pose, c'est du même accent, le sien propre, qu'elle répond. Un accent, cet accent de Vinteuil, séparé de l'accent des autres musiciens, par une différence bien plus grande que celle que nous percevons entre la voix de deux personnes, même entre le beuglement et le cri de deux espèces animales ; une véritable différence, celle qu'il y avait entre la pensée de tel musicien et les éternelles investigations de Vinteuil, la question qu'il se posa sous tant de formes, son habituelle spéculation, mais aussi débarrassée des formes analytiques du raisonnement que si elle s'était exercée dans le monde des anges, de sorte que nous pouvions en mesurer la profondeur mais pas plus la traduire en langage humain que ne le peuvent les esprits désincarnés quand évoqués par un médium celui-ci les interroge sur les secrets de la mort ; un accent, car tout de même, et même en tenant compte de cette originalité acquise qui m'avait frappé dans l'après-midi[1], de cette parenté aussi que les musicographes pourraient trouver

entre des musiciens, c'est bien un accent unique auquel
s'élèvent, auquel reviennent malgré eux ces grands chanteurs
que sont les musiciens originaux, et qui est une preuve de
l'existence irréductiblement individuelle de l'âme. Que Vinteuil
essayât de faire plus solennel, plus grand, ou de faire du vif et
du gai, de faire ce qu'il apercevait se reflétant en beau dans
l'esprit du public, Vinteuil, malgré lui, submergeait tout cela
sous une lame de fond qui rend son son[1] éternel et aussitôt
reconnu. Ce chant différent de celui des autres, semblable à
tous les siens, où Vinteuil l'avait-il appris, entendu ? Chaque
artiste semble ainsi comme le citoyen d'une patrie inconnue,
oubliée de lui-même, différente de celle d'où viendra appareil-
lant pour la terre un autre grand artiste. Tout au plus, de cette
patrie Vinteuil dans ses dernières œuvres semblait s'être
rapproché. L'atmosphère n'y était plus la même que dans la
sonate, les phrases interrogatives s'y faisaient plus pressantes,
plus inquiètes, les réponses plus mystérieuses ; l'air délavé du
matin et du soir semblait y influencer jusqu'aux cordes des
instruments. Morel avait beau jouer merveilleusement, les sons
que rendait son violon me parurent singulièrement perçants,
presque criards. Cette âcreté plaisait et comme dans certaines
voix on y sentait une sorte de qualité morale et de supériorité
intellectuelle. Mais cela pouvait choquer. Quand la vision de
l'univers se modifie, s'épure, devient plus adéquate au souvenir
de la patrie intérieure, il est bien naturel que cela se traduise
par une altération générale des sonorités chez le musicien
comme de la couleur chez le peintre. Au reste le public le plus
intelligent ne s'y trompe pas puisque l'on déclara plus tard les
dernières œuvres de Vinteuil les plus profondes. Or aucun
programme, aucun sujet n'apportait un élément intellectuel de
jugement. On devinait donc qu'il s'agissait d'une transposition,
dans l'ordre sonore, de la profondeur.

Cette patrie perdue les musiciens ne se la rappellent pas,
mais chacun d'eux reste toujours inconsciemment accordé en
un certain unisson avec elle ; il délire de joie quand il chante
selon sa patrie, la trahit parfois par amour de la gloire mais
alors en cherchant la gloire il la fuit, et ce n'est qu'en la
dédaignant qu'il la trouve, et quand le musicien, quel que soit

le sujet qu'il traite, entonne ce chant singulier dont la monotonie — car quel que soit le sujet traité il reste identique à soi-même — prouve chez lui la fixité des éléments composants de son âme. Mais alors n'est-ce pas que ces éléments, tout ce résidu réel que nous sommes obligés de garder pour nous-même, que la causerie ne peut transmettre même de l'ami à l'ami, du maître au disciple, de l'amant à la maîtresse, cet ineffable qui différencie qualitativement ce que chacun a senti et qu'il est obligé de laisser au seuil des phrases où il ne peut communiquer avec autrui qu'en se limitant à des points extérieurs communs à tous et sans intérêt, l'art, l'art d'un Vinteuil comme celui d'un Elstir le fait apparaître, extériorisant dans les couleurs du spectre la composition intime de ces mondes que nous appelons les individus et que sans l'art nous ne connaîtrions jamais[1]? Des ailes, un autre appareil respiratoire et qui nous permissent de traverser l'immensité ne nous serviraient à rien. Car si nous allions dans Mars et dans Vénus en gardant les mêmes sens ils revêtiraient du même aspect que les choses de la Terre tout ce que nous pourrions voir. Le seul véritable voyage, le seul bain de Jouvence, ce ne serait pas d'aller vers de nouveaux paysages, mais d'avoir d'autres yeux, de voir l'univers avec les yeux d'un autre, de cent autres, de voir les cent univers que chacun d'eux voit, que chacun d'eux est ; et cela, nous le pouvons avec un Elstir, avec un Vinteuil, avec leurs pareils, nous volons vraiment d'étoiles en étoiles. L'andante venait de finir sur une phrase remplie d'une tendresse à laquelle je m'étais donné tout entier ; alors il y eut, avant le mouvement suivant, un instant de repos où les exécutants posèrent leurs instruments et les auditeurs échangèrent quelques impressions. Un duc, pour montrer qu'il s'y connaissait, déclara : « C'est très difficile à bien jouer. » Des personnes plus agréables causèrent un moment avec moi. Mais qu'étaient leurs paroles qui comme toute parole humaine extérieure me laissaient si indifférent, à côté de la céleste phrase musicale avec laquelle je venais de m'entretenir ? J'étais vraiment comme un ange qui déchu des ivresses du Paradis tombe dans la plus insignifiante réalité. Et de même que certains êtres sont les derniers témoins d'une forme de vie que la nature a abandonnée, je me demandais si la musique n'était pas l'exemple unique de ce qu'aurait pu être — s'il n'y avait pas eu l'invention du langage, la formation des mots, l'analyse des idées — la communication des âmes. Elle est comme une possibilité qui n'a pas eu de suites, l'humanité s'est engagée dans d'autres voies, celle du langage parlé et écrit. Mais ce retour à l'inanalysé était si enivrant qu'au sortir de ce paradis le contact des êtres plus ou moins intelligents me semblait d'une insignifiance extraordinaire. Les êtres, j'avais pu pendant la musique me souvenir d'eux, les mêler à elle ; ou plutôt à la musique je n'avais guère mêlé le souvenir que d'une seule personne, celui d'Albertine. Et la phrase qui finissait l'andante me semblait si sublime que je me disais qu'il était malheureux qu'Albertine ne sût pas, — et si elle avait su n'eût pas compris — quel honneur c'était pour elle d'être mêlée à quelque chose de si grand qui nous réunissait, et dont elle avait semblé emprunter la voix pathétique. Mais une fois la musique interrompue les êtres qui étaient là semblaient trop fades. On passa quelques rafraîchissements. M. de Charlus interpellait de temps en temps un domestique : « Comment allez-vous ? Avez-vous reçu mon pneumatique ? Viendrez-vous ? » Sans doute il y avait dans ces interpellations la liberté du grand seigneur qui croit flatter et qui est plus peuple que le bourgeois, mais aussi la rouerie du coupable qui croit que ce dont on fait étalage est par cela même jugé innocent. Et il ajoutait sur le ton Guermantes de Mme de Villeparisis : « C'est un brave petit, c'est une bonne nature, je l'emploie souvent chez moi. » Mais ses habiletés tournaient contre le baron, car on trouvait extraordinaires ses amabilités si intimes et ses pneumatiques à des valets de pied. Ceux-ci en étaient d'ailleurs moins flattés que gênés, pour leurs camarades. Cependant le septuor qui avait recommencé avançait vers sa fin ; à plusieurs reprises une phrase, telle ou telle de la sonate, revenait, mais chaque fois changée, sur un rythme, un accompagnement différents, la même et pourtant autre, comme reviennent les choses dans la vie ; et c'était une de ces phrases qui, sans qu'on puisse comprendre quelle affinité leur assigne comme demeure unique et nécessaire le passé d'un certain musicien, ne se trouvent que

dans son œuvre, et apparaissent constamment dans son œuvre,
dont elles sont les fées, les dryades, les divinités familières. J'en
avais d'abord distingué dans le septuor deux ou trois qui me
rappelaient la sonate. Bientôt — baignée dans le brouillard
violet qui s'élevait surtout de la dernière période de l'œuvre de
Vinteuil, si bien que, même quand il introduisait quelque part
une danse, elle restait captive dans une opale — j'aperçus une
autre phrase de la sonate, restant si lointaine encore que je la
reconnaissais à peine; hésitante elle s'approcha, disparut
comme effarouchée, puis revint, s'enlaça à d'autres, venues
comme je le sus plus tard d'autres œuvres, en appela d'autres
qui devenaient à leur tour attirantes et persuasives aussitôt
qu'elles étaient apprivoisées, et entraient dans la ronde, dans la
ronde divine mais restée invisible pour la plupart des auditeurs,
lesquels n'ayant devant eux qu'un voile confus au travers
duquel ils ne voyaient rien, ponctuaient arbitrairement d'excla-
mations admiratives un ennui continu dont ils pensaient
mourir. Puis elles s'éloignèrent, sauf une que je vis repasser
jusqu'à cinq et six fois, sans que je pusse apercevoir son visage,
mais si caressante, si différente — comme sans doute la petite
phrase de la sonate pour Swann — de ce qu'aucune femme
m'avait jamais fait désirer, que cette phrase-là qui m'offrait
d'une voix si douce un bonheur qu'il eût vraiment valu la peine
d'obtenir, c'est peut-être — cette créature invisible dont je ne
connaissais pas le langage et que je comprenais si bien — la
seule Inconnue qu'il m'ait jamais été donné de rencontrer. Puis
cette phrase se défit, se transforma, comme faisait la petite
phrase de la sonate, et devint le mystérieux appel du début.
Une phrase d'un caractère douloureux s'opposa à lui, mais si
profonde, si vague, si interne, presque si organique et viscérale
qu'on ne savait pas à chacune de ses reprises si c'était celles
d'un thème ou d'une névralgie. Bientôt les deux motifs
luttèrent ensemble dans un corps à corps où parfois l'un
disparaissait entièrement, où ensuite on n'apercevait plus
qu'un morceau de l'autre. Corps à corps d'énergies seulement
à vrai dire; car si ces êtres s'affrontaient, c'était débarrassés de
leur corps physique, de leur apparence, de leur nom, et
trouvant chez moi un spectateur intérieur — insoucieux lui

aussi des noms et du particulier — pour s'intéresser à leur
combat immatériel et dynamique et en suivre avec passion les
péripéties sonores. Enfin le motif joyeux resta triomphant, ce
n'était plus un appel presque inquiet lancé derrière un ciel vide,
c'était une joie ineffable qui semblait venir du Paradis ; une joie
aussi différente de celle de la sonate que d'un ange doux et
grave de Bellini jouant du théorbe, pourrait être, vêtu d'une
robe d'écarlate, quelque archange de Mantegna sonnant dans
un buccin[1]. Je savais que cette nuance nouvelle de la joie, cet
appel vers une joie supraterrestre je ne l'oublierais jamais. Mais
serait-elle jamais réalisable pour moi ? Cette question me
paraissait d'autant plus importante que cette phrase était ce qui
aurait pu le mieux caractériser — comme tranchant avec tout
le reste de ma vie, avec le monde visible — ces impressions qu'à
des intervalles éloignés je retrouvais dans ma vie comme les
points de repère, les amorces, pour la construction d'une vie
véritable : l'impression éprouvée devant les clochers de Martinville, devant une rangée d'arbres près de Balbec[2]. En tout cas
pour en revenir à l'accent particulier de cette phrase, comme il
était singulier que le pressentiment le plus différent de ce
qu'assigne la vie terre à terre, l'approximation la plus hardie
des allégresses de l'au-delà se fût justement matérialisée dans le
triste petit bourgeois bienséant que nous rencontrions au mois
de Marie à Combray ; mais surtout comment se faisait-il que
cette révélation, la plus étrange que j'eusse encore reçue, d'un
type inconnu de joie, j'eusse pu la recevoir de lui, puisque,
disait-on, quand il était mort, il n'avait laissé que sa Sonate,
que le reste demeurerait inexistant en d'indéchiffrables notations.
Indéchiffrables, mais qui pourtant avaient fini, à force de
patience, d'intelligence et de respect, par être déchiffrées par la
seule personne qui avait assez vécu auprès de Vinteuil pour
bien connaître sa manière de travailler, pour deviner ses
indications d'orchestre : l'amie de Mlle Vinteuil. Du vivant
même du grand musicien elle avait appris de la fille le culte que
celle-ci avait pour son père. C'est à cause de ce culte que dans
ces moments où l'on va à l'opposé de ses inclinations
véritables, les deux jeunes filles avaient pu trouver un plaisir
dément aux profanations qui ont été racontées[3]. L'adoration

pour son père était la condition même du sacrilège de sa fille. Et sans doute la volupté de ce sacrilège elles eussent dû se la refuser, mais celle-ci ne les exprimait pas tout entières. Et d'ailleurs elles étaient allées se raréfiant jusqu'à disparaître tout à fait au fur et à mesure que ces relations charnelles et maladives, ce trouble et fumeux embrasement, avaient fait place à la flamme d'une amitié haute et pure. L'amie de Mlle Vinteuil était quelquefois traversée par l'importune pensée qu'elle avait peut-être précipité la mort de Vinteuil. Du moins en passant des années à débrouiller le grimoire laissé par Vinteuil, en établissant la lecture certaine de ces hiéroglyphes inconnus, l'amie de Mlle Vinteuil eut la consolation d'assurer au musicien dont elle avait assombri les dernières années, une gloire immortelle et compensatrice. Des relations qui ne sont pas consacrées par les lois, découlent des liens de parenté aussi multiples, aussi complexes, plus solides seulement, que ceux qui naissent du mariage. Sans même s'arrêter à des relations d'une nature aussi particulière, ne voyons-nous pas tous les jours que l'adultère, quand il est fondé sur l'amour véritable, n'ébranle pas les sentiments de famille, les devoirs de parenté, mais les revivifie. L'adultère alors introduit l'esprit dans la lettre que bien souvent le mariage eût laissée morte. Une bonne fille qui portera par simple convenance le deuil du second mari de sa mère n'aura pas assez de larmes pour pleurer l'homme que sa mère avait entre tous choisi comme amant. Du reste Mlle Vinteuil n'avait agi que par sadisme, ce qui ne l'excusait pas, mais j'eus plus tard une certaine douceur à le penser. Elle devait bien se rendre compte, me disais-je, au moment où elle profanait avec son amie la photographie de son père, que tout cela n'était que maladif, de la folie, et pas la vraie et joyeuse méchanceté qu'elle aurait voulue. Cette idée que c'était une simulation de méchanceté seulement gâtait son plaisir. Mais si cette idée a pu lui revenir plus tard, comme elle avait gâté son plaisir elle a dû diminuer sa souffrance. « Ce n'était pas moi, dut-elle se dire, j'étais aliénée. Moi, je peux encore prier pour mon père, ne pas désespérer de sa bonté. » Seulement il est possible que cette idée qui s'était certainement présentée à elle dans le plaisir, ne se soit pas présentée à elle dans la souffrance.

J'aurais voulu pouvoir la mettre dans son esprit. Je suis sûr que
je lui aurais fait du bien et que j'aurais pu rétablir entre elle et
le souvenir de son père une communication assez douce.

Comme dans les illisibles carnets où un chimiste de génie,
qui ne sait pas la mort si proche, a noté des découvertes qui
resteront peut-être à jamais ignorées, elle avait dégagé de
papiers plus illisibles que des papyrus ponctués d'écriture
cunéiforme, la formule éternellement vraie, à jamais féconde de
cette joie inconnue, l'espérance mystique de l'Ange écarlate du
matin. Et moi pour qui, moins pourtant que pour Vinteuil
peut-être, elle avait été cause aussi, elle venait d'être ce soir
même encore en réveillant à nouveau ma jalousie d'Albertine,
elle devait surtout dans l'avenir être cause de tant de
souffrances, c'était grâce à elle par compensation qu'avait pu
venir jusqu'à moi l'étrange appel que je ne cesserais plus jamais
d'entendre — comme la promesse qu'il existait autre chose,
réalisable par l'art sans doute, que le néant que j'avais trouvé
dans tous les plaisirs et dans l'amour même, et que si ma vie me
semblait si vaine, du moins n'avait-elle pas tout accompli. Ce
qu'elle avait permis grâce à son labeur qu'on connût de
Vinteuil, c'était à vrai dire toute l'œuvre de Vinteuil. À côté de
ce septuor, certaines phrases de la sonate que seules le public
connaissait, apparaissaient comme tellement banales qu'on ne
pouvait pas comprendre comment elles avaient pu exciter tant
d'admiration. C'est ainsi que nous sommes surpris que
pendant des années, des morceaux aussi insignifiants que la
« Romance à l'Étoile », la « Prière d'Élisabeth » aient pu
soulever au concert des amateurs fanatiques qui s'exténuaient
à applaudir et à crier *bis* quand venait de finir ce qui pourtant
n'est que fade pauvreté pour nous qui connaissons *Tristan,
L'Or du Rhin, Les Maîtres Chanteurs*[1]. Il faut supposer que ces
mélodies sans caractère contenaient déjà cependant en quantités infinitésimales, et par cela même peut-être plus assimilables,
quelque chose de l'originalité des chefs-d'œuvre qui rétrospectivement comptent seuls pour nous, mais que leur perfection
même eût peut-être empêchés d'être compris ; elles ont pu leur
préparer le chemin dans les cœurs. Toujours est-il que si elles
donnaient un pressentiment confus des beautés futures, elles

laissaient celles-ci dans un inconnu complet. Il en était de
même pour Vinteuil ; si en mourant il n'avait laissé — en
exceptant certaines parties de la sonate — que ce qu'il avait pu
terminer, ce qu'on eût connu de lui eût été auprès de sa
grandeur véritable aussi peu de chose que pour Victor Hugo
par exemple, s'il était mort après « Le Pas d'Armes du Roi
Jean », « La Fiancée du timbalier » et « Sara la baigneuse »[1],
sans avoir rien écrit de *La Légende des siècles* et des
Contemplations : ce qui est pour nous son œuvre véritable fût
resté purement virtuel, aussi inconnu que ces univers jusqu'auxquels notre perception n'atteint pas, dont nous n'aurons
jamais une idée. Au reste ce contraste apparent, cette union
profonde entre le génie (le talent aussi, et même la vertu) et la
gaine de vices où, comme il était arrivé pour Vinteuil, il est si
fréquemment contenu, conservé, étaient lisibles, comme en une
vulgaire allégorie, dans la réunion même des invités au milieu
desquels je me retrouvai quand la musique fut finie[2]. Cette
réunion, bien que limitée cette fois au salon de Mme Verdurin,
ressemblait à beaucoup d'autres, dont le gros public ignore les
ingrédients qui y entrent, et que les journalistes philosophes
— s'ils sont un peu informés — appellent parisiennes, où
panamistes[3], ou dreyfusardes, sans se douter qu'elles peuvent
se voir aussi bien à Pétersbourg, à Berlin, à Madrid et dans tous
les temps ; si en effet le sous-secrétaire d'État aux Beaux-Arts,
homme véritablement artiste, bien élevé, et snob, quelques
duchesses et trois ambassadeurs avec leurs femmes étaient ce
soir chez Mme Verdurin, le motif proche, immédiat, de cette
présence résidait dans les relations qui existaient entre M. de
Charlus et Morel, relations qui faisaient désirer au baron de
donner le plus de retentissement possible aux succès artistiques
de sa jeune idole, et d'obtenir pour lui la croix de la Légion
d'honneur ; la cause plus lointaine qui avait rendu cette
réunion possible, était qu'une jeune fille entretenant avec
Mlle Vinteuil des relations parallèles à celles de Charlie et du
baron, avait mis au jour toute une série d'œuvres géniales et
qui avaient été une telle révélation qu'une souscription n'allait
pas tarder à être ouverte, sous le patronage du ministre de
l'Instruction publique, en vue de faire élever une statue à

Vinteuil. D'ailleurs à ces œuvres, tout autant que les relations de Mlle Vinteuil avec son amie, avaient été utiles celles du baron avec Charlie, sorte de chemin de traverse, de raccourci, grâce auquel le monde allait rejoindre ces œuvres sans le détour, sinon d'une incompréhension qui persisterait long-temps, du moins d'une ignorance totale qui eût pu durer des années. Chaque fois que se produit un événement accessible à la vulgarité d'esprit du journaliste philosophe[1], c'est-à-dire généralement un événement politique, les journalistes philo-sophes sont persuadés qu'il y a quelque chose de changé en France, qu'on ne reverra plus de telles soirées, qu'on n'admirera plus Ibsen, Renan, Dostoïevski, Annunzio, Tolstoï, Wagner, Strauss. Car les journalistes philosophes tirent argument des dessous équivoques de ces manifestations officielles pour trouver quelque chose de décadent à l'art qu'elles glorifient et qui bien souvent est le plus austère de tous. Car il n'est pas de nom, parmi les plus révérés du journaliste philosophe, qui n'ait tout naturellement donné lieu à de telles fêtes étranges, quoique l'étrangeté en fût moins flagrante et mieux cachée. Pour cette fête-ci, les éléments impurs qui s'y conjuguaient me frappaient à un autre point de vue ; certes j'étais aussi à même que personne de les dissocier, ayant appris à les connaître séparément ; mais surtout les uns, ceux qui se rattachaient à Mlle Vinteuil et son amie, me parlant de Combray, me parlaient aussi d'Albertine, c'est-à-dire de Balbec, puisque c'est parce que j'avais vu jadis Mlle Vinteuil à Montjouvain et que j'avais appris l'intimité de son amie avec Albertine[2], que j'allais tout à l'heure en rentrant chez moi, trouver au lieu de la solitude, Albertine qui m'attendait ; et ceux qui concernaient Morel et M. de Charlus, en me parlant de Balbec où j'avais vu sur le quai de Doncières se nouer leurs relations[3], me parlaient de Combray et de ses deux côtés, car M. de Charlus c'était un de ces Guermantes, comtes de Combray, habitant Combray sans y avoir de logis, entre ciel et terre, comme Gilbert le Mauvais dans son vitrail, et Morel était le fils de ce vieux valet de chambre qui m'avait fait connaître la dame en rose et permis tant d'années après de reconnaître en elle Mme Swann[4].

« C'est bien rendu hein ? demanda M. Verdurin à Saniette.
— Je crains seulement, répondit celui-ci en bégayant, que la
virtuosité même de Morel n'offusque un peu le sentiment
général de l'œuvre. — Offusquer, qu'est-ce que vous voulez
dire ? » hurla M. Verdurin tandis que des invités s'empressaient,
prêts, comme des lions, à dévorer l'homme terrassé. « Oh ! je ne
vise pas à lui seulement. — Mais il ne sait plus ce qu'il dit. Viser
à quoi ? — Il... faudrait... que... j'entende... encore une fois
pour porter un jugement à la rigueur. — À la rigueur ! Il est
fou ! » dit M. Verdurin se prenant la tête dans ses mains. « On
devrait l'emmener. — Cela veut dire : avec exactitude ; vous...
dites bbbien... avec une exactitude rigoureuse. Je dis que je ne
peux pas juger à la rigueur. — Et moi, je vous dis de vous en
aller », cria M. Verdurin grisé par sa propre colère, en lui
montrant la porte du doigt, l'œil flambant. « Je ne permets pas
qu'on parle ainsi chez moi ! » Saniette s'en alla en décrivant des
cercles comme un homme ivre. Certaines personnes pensèrent
qu'il n'avait pas été invité pour qu'on le mît ainsi dehors. Et
une dame très amie avec lui jusque-là, à qui il avait la veille
prêté un livre précieux, le lui renvoya le lendemain, sans un
mot, à peine enveloppé dans un papier sur lequel elle fit mettre
tout sec l'adresse de Saniette par son maître d'hôtel ; elle ne
voulait « rien devoir » à quelqu'un qui visiblement était loin
d'être dans les bonnes grâces du petit noyau. Saniette ignora
d'ailleurs toujours cette impertinence. Car cinq minutes ne
s'étaient pas écoulées depuis l'algarade de M. Verdurin, qu'un
valet de pied vint prévenir le Patron que M. Saniette était
tombé d'une attaque dans la cour de l'hôtel. Mais la soirée
n'était pas finie. « Faites-le ramener chez lui, ce ne sera rien »,
dit le Patron dont l'hôtel « particulier », comme eût dit le
directeur de l'hôtel de Balbec, fut assimilé ainsi à ces grands
hôtels où on s'empresse de cacher les morts subites pour ne pas
effrayer la clientèle et où on cache provisoirement le défunt
dans un garde-manger, jusqu'au moment où, eût-il été de son
vivant le plus brillant et le plus généreux des hommes, on le
fera sortir clandestinement par la porte réservée aux « plon-
geurs » et aux sauciers. Mort, du reste, Saniette ne l'était pas. Il

vécut encore quelques semaines, mais sans reprendre que passagèrement connaissance.

M. de Charlus recommença au moment où, la musique finie, ses invités prirent congé de lui, la même erreur qu'à leur arrivée. Il ne leur demanda pas d'aller vers la Patronne, de l'associer elle et son mari à la reconnaissance qu'on lui témoignait. Ce fut un long défilé, mais un défilé devant le baron seul, et non même sans qu'il s'en rendît compte, car ainsi qu'il me le dit quelques minutes après : « La forme même de la manifestation artistique a revêtu ensuite un côté "sacristie" assez amusant. » On prolongeait même les remerciements par des propos différents qui permettaient de rester un instant de plus auprès du baron, pendant que ceux qui ne l'avaient pas encore félicité de la réussite de *sa* fête stagnaient, piétinaient. (Plus d'un mari avait envie de s'en aller ; mais sa femme, snob bien que duchesse, protestait : « Non, non, quand nous devrions attendre une heure, il ne faut pas partir sans avoir remercié Palamède qui s'est donné tant de peine. Il n'y a que lui qui puisse à l'heure actuelle donner des fêtes pareilles. » Personne n'eût plus pensé à se faire présenter à Mme Verdurin qu'à l'ouvreuse d'un théâtre où une grande dame a pour un soir amené toute l'aristocratie.) « Étiez-vous hier chez Éliane de Montmorency, mon cousin ? demandait Mme de Mortemart désireuse de prolonger l'entretien, — Hé bien, mon Dieu, non ; j'aime bien Éliane, mais je ne comprends pas le sens de ses invitations. Je suis un peu bouché sans doute », ajoutait-il avec un large sourire épanoui, cependant que Mme de Mortemart sentait qu'elle allait avoir la primeur d'une de « Palamède » comme elle en avait souvent d'« Oriane ». « J'ai bien reçu il y a une quinzaine de jours une carte de l'agréable Éliane. Au-dessus du nom contesté de Montmorency[1], il y avait cette aimable invitation : *Mon cousin, faites-moi la grâce de penser à moi vendredi prochain à 9 h 1/2.* Au-dessous étaient écrits ces deux mots moins gracieux : *Quatuor Tchèque.* Ils me semblèrent inintelligibles, sans plus de rapport en tout cas avec la phrase précédente que ces lettres au dos desquelles on voit que l'épistolier en avait commencé une autre par les mots : "Cher Ami", la suite manquant, et n'a pas pris une autre feuille, soit distraction, soit économie de papier. J'aime bien Éliane : aussi je ne lui en voulus pas, je me contentai de ne pas tenir compte des mots étranges et déplacés de *quatuor tchèque*, et comme je suis un homme d'ordre, je mis au-dessus de ma cheminée l'invitation de penser à Mme de Montmorency le vendredi à neuf heures et demie. Bien que connu pour ma nature obéissante, ponctuelle et douce, comme Buffon dit du chameau — et le rire s'épanouit plus largement autour de M. de Charlus qui savait qu'au contraire on le tenait pour l'homme le plus difficile à vivre[1] — je fus en retard de quelques minutes (le temps d'ôter mes vêtements de jour), et sans en avoir trop de remords, pensant que neuf heures et demie était mis pour dix heures. Et à dix heures tapant, dans une bonne robe de chambre, les pieds dans d'épais chaussons, je me mis au coin de mon feu à penser à Éliane comme elle me l'avait demandé, et avec une intensité qui ne commença à décroître qu'à dix heures et demie. Dites-lui bien je vous prie que j'ai strictement obéi à son audacieuse requête. Je pense qu'elle sera contente. » Mme de Mortemart se pâma de rire, et M. de Charlus tout ensemble. « Et demain, ajouta-t-elle sans penser qu'elle avait dépassé et de beaucoup le temps qu'on pouvait lui concéder, irez-vous chez nos cousins La Rochefoucauld ? — Oh ! cela c'est impossible, ils m'ont convié comme vous, je le vois, à la chose la plus impossible à concevoir et à réaliser et qui s'appelle si j'en crois la carte d'invitation : *Thé dansant*. Je passais pour fort adroit quand j'étais jeune, mais je doute que j'eusse pu sans manquer à la décence prendre mon thé en dansant. Or je n'ai jamais aimé manger ni boire d'une façon malpropre. Vous me direz qu'aujourd'hui je n'ai plus à danser. Mais même assis confortablement à boire du thé — de la qualité duquel d'ailleurs je me méfie puisqu'il s'intitule dansant — je craindrais que des invités plus jeunes que moi, et moins adroits peut-être que je n'étais à leur âge, renversassent sur mon habit leur tasse, ce qui interromprait pour moi le plaisir de vider la mienne. » Et M. de Charlus ne se contentait même pas d'omettre dans la conversation Mme Verdurin et de parler de sujets de toute sorte (qu'il semblait avoir plaisir à développer et à varier, pour le cruel plaisir qui avait toujours été le sien, de

faire rester indéfiniment sur leurs jambes à « faire la queue » les
amis qui attendaient avec une épuisante patience que leur tour
fût venu). Il faisait même des critiques sur toute la partie de la
soirée dont Mme Verdurin était responsable : « Mais à propos
de tasse, qu'est-ce que c'est que ces étranges demi-bols pareils
à ceux où quand j'étais jeune homme on faisait venir des
sorbets de chez Poiré-Blanche ? Quelqu'un m'a dit tout à
l'heure que c'était pour du "café glacé". Mais en fait de café
glacé, je n'ai vu ni café ni glace. Quelles curieuses petites choses
à destination mal définie ! » Pour dire cela M. de Charlus avait
placé verticalement sur sa bouche ses mains gantées de blanc,
et arrondi prudemment son regard désignateur comme s'il
craignait d'être entendu et même vu des maîtres de maison.
Mais ce n'était qu'une feinte, car dans quelques instants il allait
dire les mêmes critiques à la Patronne elle-même, et un peu
plus tard lui enjoindre insolemment : « Et surtout plus de tasses
à café glacé ! Donnez-les à celle de vos amies dont vous
désirerez enlaidir la maison. Mais surtout qu'elle ne les mette
pas dans le salon, car on pourrait s'oublier et croire qu'on s'est
trompé de pièce puisque ce sont exactement des pots de
chambre. » « Mais mon cousin, disait l'invitée en baissant elle
aussi la voix et en regardant d'un air interrogateur M. de
Charlus, non par crainte de fâcher Mme Verdurin, mais de le
fâcher lui, peut-être qu'elle ne sait pas encore tout très bien...
— On le lui apprendra. — Oh ! riait l'invitée, elle ne peut pas
trouver un meilleur professeur ! Elle a de la chance ! Avec vous
on est sûr qu'il n'y aura pas de fausse note. — En tous cas, il
n'y en a pas eu dans la musique. — Oh ! c'était sublime. Ce
sont de ces joies qu'on n'oublie pas. À propos de ce violoniste
de génie, continuait-elle, croyant dans sa naïveté que M. de
Charlus s'intéressait au violon "en soi", en connaissez-vous un
que j'ai entendu l'autre jour jouer merveilleusement une sonate
de Fauré, il s'appelle Frank... — Oui c'est une horreur,
répondait M. de Charlus, sans se soucier de la grossièreté d'un
démenti qui impliquait que sa cousine n'avait aucun goût. En
fait de violoniste je vous conseille de vous en tenir au mien. »
Les regards allaient recommencer à s'échanger entre M. de
Charlus et sa cousine, à la fois baissés et épieurs, car

rougissante et cherchant par son zèle à réparer sa gaffe,
Mme de Mortemart allait proposer à M. de Charlus de donner
une soirée pour faire entendre Morel. Or pour elle, cette soirée
n'avait pas le but de mettre en lumière un talent, but qu'elle
allait pourtant prétendre être le sien, et qui était — réellement
— celui de M. de Charlus. Elle ne voyait là qu'une occasion de
donner une soirée particulièrement élégante, et déjà calculait
qui elle inviterait et qui elle laisserait de côté. Ce triage,
préoccupation dominante des gens qui donnent des fêtes (ceux-
là mêmes que les journaux mondains ont le toupet ou la bêtise
d'appeler « l'élite »), altère aussitôt le regard — et l'écriture —
plus profondément que ne ferait la suggestion d'un hypnoti-
seur. Avant même d'avoir pensé à ce que Morel jouerait
(préoccupation jugée secondaire et avec raison, car si même
tout le monde, à cause de M. de Charlus, avait la convenance
de se taire pendant la musique, personne en revanche n'aurait
l'idée de l'écouter), Mme de Mortemart, ayant décidé que
Mme de Valcourt ne serait pas des « élues », avait pris par ce fait
même l'air de conjuration, de complot qui ravale si bas celles
mêmes des femmes du monde qui pourraient le plus aisément
se moquer du qu'en-dira-t-on. « Il n'y aurait pas moyen que je
donne une soirée pour faire entendre votre ami ? » dit à voix
basse Mme de Mortemart, qui tout en s'adressant uniquement
à M. de Charlus ne put s'empêcher, comme fascinée, de jeter un
regard sur Mme de Valcourt (l'exclue) afin de s'assurer que
celle-ci était à une distance suffisante pour ne pas entendre.
« Non, elle ne peut pas distinguer ce que je dis », conclut
mentalement Mme de Mortemart, rassurée par son propre
regard, lequel avait eu en revanche sur Mme de Valcourt un
effet tout différent de celui qu'il avait pour but : « Tiens, se dit
Mme de Valcourt en voyant ce regard, Marie-Thérèse arrange
avec Palamède quelque chose dont je ne dois pas faire partie. »
« Vous voulez dire mon protégé », rectifiait M. de Charlus, qui
n'avait pas plus de pitié pour le savoir grammatical que pour
les dons musicaux de sa cousine. Puis sans tenir aucun compte
des muettes prières de celle-ci, qui s'en excusait elle-même en
souriant : « Mais si..., dit-il d'une voix forte et capable d'être
entendue de tout le salon, bien qu'il y ait toujours danger à ce

genre d'exportation d'une personnalité fascinante, dans un cadre qui lui fait forcément subir une déperdition de son pouvoir transcendantal et qui resterait en tout cas à approprier. » Mme de Mortemart se dit que le mezzo voce, le pianissimo de sa question avaient été peine perdue, après le « gueuloir » par où avait passé la réponse. Elle se trompa. Mme de Valcourt n'entendit rien pour la raison qu'elle ne comprit pas un seul mot. Ses inquiétudes diminuèrent et se fussent rapidement éteintes, si Mme de Mortemart, craignant de se voir déjouée et craignant d'avoir à inviter Mme de Valcourt avec qui elle était trop liée pour la laisser de côté si l'autre savait « avant », n'eût de nouveau levé les paupières dans la direction d'Édith, comme pour ne pas perdre de vue un danger menaçant, non sans les rabaisser vivement de façon à ne pas trop s'engager. Elle comptait le lendemain de la fête lui écrire une de ces lettres, complément du regard révélateur, lettres qu'on croit habiles et qui sont comme un aveu sans réticences et signé. Par exemple : *Chère Édith, je m'ennuie après vous, je ne vous attendais pas trop hier soir* (comment m'aurait-elle attendue, se serait dit Édith, puisqu'elle ne m'avait pas invitée ?) *car je sais que vous n'aimez pas extrêmement ce genre de réunions qui vous ennuient plutôt. Nous n'en aurions pas moins été très honorés de vous voir* (jamais Mme de Mortemart n'employait ce terme « honoré » excepté dans les lettres où elle cherchait à donner à un mensonge une apparence de vérité). *Vous savez que vous êtes toujours chez vous à la maison. Du reste vous avez bien fait car cela a été tout à fait raté comme toutes les choses improvisées en deux heures*, etc. Mais déjà le nouveau regard furtif lancé sur elle avait fait comprendre à Édith tout ce que cachait le langage compliqué de M. de Charlus. Ce regard fut même si fort qu'après avoir frappé Mme de Valcourt le secret évident et l'intention de cachotterie qu'il contenait rebondirent sur un jeune Péruvien que Mme de Mortemart comptait au contraire inviter. Mais soupçonneux, voyant jusqu'à l'évidence les mystères qu'on faisait, sans prendre garde qu'ils n'étaient pas pour lui, il éprouva aussitôt à l'endroit de Mme de Mortemart une haine atroce et se jura de lui faire mille mauvaises farces, comme de faire envoyer cinquante cafés glacés chez elle le jour où elle ne recevrait pas, de faire insérer, celui où elle recevrait, une note dans les journaux disant que la fête était remise, et de publier des comptes rendus mensongers des suivantes, dans lesquels figureraient les noms, connus de tous, de personnes que, pour des raisons variées, on ne tient pas à recevoir, même pas à se laisser présenter. Mme de Mortemart avait tort de se préoccuper de Mme de Valcourt. M. de Charlus allait se charger de dénaturer bien davantage que n'eût fait la présence de celle-ci la fête projetée. « Mais mon cousin », dit-elle en réponse à la phrase du « cadre », dont son état momentané d'hyperesthésie lui avait permis de deviner le sens, « nous vous éviterons toute peine. Je me charge très bien de demander à Gilbert de s'occuper de tout. — Non, surtout pas, d'autant plus qu'il ne sera pas invité. Rien ne se fera que par moi. Il s'agit avant tout d'exclure les personnes qui ont des oreilles pour ne pas entendre. » La cousine de M. de Charlus, qui avait compté sur l'attrait de Morel pour donner une soirée où elle pourrait dire qu'à la différence de tant de parentes « elle avait eu Palamède », reporta brusquement sa pensée de ce prestige de M. de Charlus sur tant de personnes avec lesquelles il allait la brouiller s'il se mêlait d'exclure et d'inviter. La pensée que le prince de Guermantes (à cause duquel en partie elle désirait exclure Mme de Valcourt qu'il ne recevait pas) ne serait pas convié l'effrayait. Ses yeux prirent une expression inquiète. « Est-ce que la lumière un peu trop vive vous fait mal ? » demanda M. de Charlus avec un sérieux apparent dont l'ironie foncière ne fut pas comprise. « Non pas du tout, je songeais à la difficulté non à cause de moi naturellement mais des miens que cela pourrait créer si Gilbert apprend que j'ai eu une soirée sans l'inviter, lui qui n'a jamais quatre chats sans... — Mais justement on commencera par supprimer les quatre chats qui ne pourraient que miauler, je crois que le bruit des conversations vous a empêchée de comprendre qu'il s'agissait non de faire des politesses grâce à une soirée mais de procéder aux rites habituels à toute véritable célébration. » Puis jugeant non que la personne suivante avait trop attendu, mais qu'il ne seyait pas d'exagérer les faveurs faites à celle qui avait eu en vue

beaucoup moins Morel que ses propres « listes » d'invitation,
M. de Charlus, comme un médecin qui arrête la consultation
quand il juge être resté le temps suffisant, signifia à sa cousine
de se retirer, non en lui disant au revoir, mais en se tournant
vers la personne qui venait immédiatement après ; « Bonsoir,
madame de Montesquiou, c'était merveilleux, n'est-ce pas ? Je
n'ai pas vu Hélène, dites-lui que toute abstention générale,
même la plus noble, autant dire la sienne, comporte des
exceptions, si celles-ci sont éclatantes, comme c'était ce soir le
cas. Se montrer rare, c'est bien, mais faire passer avant le rare,
qui n'est que négatif, le précieux, c'est mieux encore. Pour
votre sœur dont je prise plus que personne la systématique
absence là où ce qui l'attend ne la vaut pas, au contraire, à une
manifestation mémorable comme celle-ci, sa présence eût été
une préséance et eût apporté à votre sœur, déjà si prestigieuse,
un prestige supplémentaire[1]. » Puis il passa à une troisième. Je
fus très étonné de voir là aussi aimable et flagorneur avec M. de
Charlus qu'il était sec avec lui autrefois, se faisant présenter
Charlie et lui disant qu'il espérait qu'il viendrait le voir,
M. d'Argencourt, cet homme si terrible pour l'espèce
d'hommes dont était M. de Charlus[2]. Or il en vivait maintenant
entouré. Ce n'était pas certes qu'il fût devenu des pareils de
M. de Charlus. Mais depuis quelque temps il avait à peu près
abandonné sa femme pour une jeune femme du monde qu'il
adorait. Intelligente, elle lui faisait partager son goût pour les
gens intelligents et souhaitait fort d'avoir M. de Charlus chez
elle. Mais surtout M. d'Argencourt, fort jaloux et un peu
impuissant, sentant qu'il satisfaisait mal sa conquête et voulant
à la fois la préserver et la distraire, ne le pouvait sans danger
qu'en l'entourant d'hommes inoffensifs à qui il faisait ainsi
jouer le rôle de gardiens du sérail. Ceux-ci le trouvaient devenu
très aimable et le déclaraient beaucoup plus intelligent qu'ils
n'avaient cru, dont sa maîtresse et lui étaient ravis.

Les invitées de M. de Charlus s'en allèrent assez rapidement.
Beaucoup disaient : « Je ne voudrais pas aller à la sacristie (le
petit salon où le baron ayant Charlie à côté de lui recevait les
félicitations), il faudrait pourtant que Palamède me voie pour
qu'il sache que je suis restée jusqu'à la fin. » Aucune ne

s'occupait de Mme Verdurin. Plusieurs feignirent de ne pas la reconnaître et de dire adieu par erreur à Mme Cottard en me disant de la femme du docteur : « C'est bien Mme Verdurin, n'est-ce pas ? » Mme d'Arpajon me demanda à portée des oreilles de la maîtresse de maison : « Est-ce qu'il y a seulement jamais eu un M. Verdurin ? » Les duchesses qui s'attardaient, ne trouvant rien des étrangetés auxquelles elles s'étaient attendues dans ce lieu qu'elles avaient espéré plus différent de ce qu'elles connaissaient, se rattrapaient faute de mieux en étouffant des fous rires devant les tableaux d'Elstir ; pour le reste qu'elles trouvaient plus conforme qu'elles n'avaient cru à ce qu'elles connaissaient déjà elles en faisaient honneur à M. de Charlus en disant : « Comme Palamède sait bien arranger les choses, il monterait une féerie dans une remise ou dans un cabinet de toilette que ça n'en serait pas moins ravissant. » Les plus nobles étaient celles qui félicitaient avec le plus de ferveur M. de Charlus de la réussite d'une soirée dont certaines n'ignoraient pas le ressort secret, sans en être embarrassées d'ailleurs, cette société — par souvenir peut-être de certaines époques de l'histoire où leur famille était déjà arrivée à une identité pleinement consciente — poussant le mépris des scrupules presque aussi loin que le respect de l'étiquette. Plusieurs d'entre elles engagèrent sur place Charlie pour des soirs où il viendrait jouer le septuor de Vinteuil, mais aucune n'eut même l'idée d'y convier Mme Verdurin. Celle-ci était au comble de la rage, quand M. de Charlus qui, porté sur un nuage, ne pouvait s'en apercevoir, voulut, par décence, inviter la Patronne à partager sa joie. Et ce fut peut-être plutôt en se livrant à son goût de littérature qu'à un débordement d'orgueil que ce doctrinaire des fêtes artistes dit à Mme Verdurin : « Hé bien, êtes-vous contente ? Je pense qu'on le serait à moins ; vous voyez que quand je me mêle de donner une fête, cela n'est pas réussi à moitié. Je ne sais pas si vos notions héraldiques vous permettent de mesurer exactement l'importance de la manifestation, le poids que j'ai soulevé, le volume d'air que j'ai déplacé pour vous. Vous avez eu la reine de Naples, le frère du roi de Bavière, les trois plus anciens pairs. Si Vinteuil est Mahomet, nous pouvons dire que nous avons déplacé pour lui les moins

amovibles des montagnes. Pensez que pour assister à votre fête
la reine de Naples est venue de Neuilly, ce qui est beaucoup
plus difficile pour elle que de quitter les Deux-Siciles », dit-il
avec une intention de rosserie malgré son admiration pour la
reine. « C'est un événement historique. Pensez qu'elle n'était
peut-être jamais sortie depuis la prise de Gaète. Il est probable
que dans les dictionnaires on mettra comme dates culminantes
le jour de la prise de Gaète et celui de la soirée Verdurin.
L'éventail qu'elle a posé pour mieux applaudir Vinteuil mérite
de rester plus célèbre que celui que Mme de Metternich a brisé
parce qu'on sifflait Wagner[1]. — Elle l'a même oublié, son
éventail », dit Mme Verdurin momentanément apaisée par le
souvenir de la sympathie que lui avait témoignée la reine, et elle
montra à M. de Charlus l'éventail sur un fauteuil. « Oh !
comme c'est émouvant ! s'écria M. de Charlus en s'approchant
avec vénération de la relique. Il est d'autant plus touchant qu'il
est affreux ; la petite violette est incroyable ! » Et des spasmes
d'émotion et d'ironie le parcouraient alternativement. « Mon
Dieu je ne sais pas si vous ressentez ces choses-là comme moi.
Swann serait simplement mort de convulsions s'il avait vu cela.
Je sais bien que, à quelque prix qu'il doive monter, j'achèterai
cet éventail à la vente de la reine. Car elle sera vendue, comme
elle n'a pas le sou », ajouta-t-il, la cruelle médisance ne cessant
jamais chez le baron de se mêler à la vénération la plus sincère,
bien qu'elles partissent de deux natures opposées mais réunies
en lui. Elles pouvaient même se porter tour à tour sur un même
fait. Car M. de Charlus qui du fond de son bien-être d'homme
riche raillait la pauvreté de la reine, était le même qui souvent
exaltait cette pauvreté et qui, quand on parlait de la princesse
Murat reine des Deux-Siciles, répondait : « Je ne sais pas de qui
vous voulez parler. Il n'y a qu'une seule reine de Naples[2] qui est
sublime celle-là et n'a pas de voiture. Mais de son omnibus, elle
anéantit tous les équipages et on se mettrait à genoux dans la
poussière en la voyant passer. » « Je le léguerai à un musée . En
attendant il faudra le lui rapporter pour qu'elle n'ait pas à
payer un fiacre pour le faire chercher. Le plus intelligent, étant
donné l'intérêt historique d'un pareil objet, serait de voler cet
éventail. Mais cela la gênerait — parce qu'il est probable

qu'elle n'en possède pas d'autre ! ajouta-t-il en éclatant de rire. Enfin vous voyez que pour moi elle est venue. Et ce n'est pas le seul miracle que j'aie fait. Je ne crois pas que personne à l'heure qu'il est ait le pouvoir de déplacer les gens que j'ai fait venir. Du reste il faut faire à chacun sa part, Charlie et les autres musiciens ont joué comme des dieux. Et, ma chère Patronne, ajouta-t-il avec condescendance, vous-même avez eu votre part de rôle dans cette fête. Votre nom n'en sera pas absent. L'histoire a retenu celui du page qui arma Jeanne d'Arc quand elle partit[1] ; en somme, vous avez servi de trait d'union, vous avez permis la fusion entre la musique de Vinteuil et son génial exécutant, vous avez eu l'intelligence de comprendre l'importance capitale de tout l'enchaînement de circonstances qui ferait bénéficier l'exécutant de tout le poids d'une personnalité considérable, s'il ne s'agissait pas de moi je dirais providentielle, à qui vous avez eu le bon esprit de demander d'assurer le prestige de la réunion, et d'amener devant le violon de Morel les oreilles directement attachées aux langues les plus écoutées ; non, non, ce n'est pas rien. Il n'y a pas de rien dans une réalisation aussi complète. Tout y concourt. La Duras était merveilleuse. Enfin, tout ; c'est pour cela, conclut-il, comme il aimait à morigéner, que je me suis opposé à ce que vous invitiez de ces personnes-diviseurs, qui devant les êtres prépondérants que je vous amenais, eussent joué le rôle de virgules dans un chiffre, et les autres réduites à n'être que de simples dixièmes. J'ai le sentiment très juste de ces choses-là. Vous comprenez, il faut éviter les gaffes quand nous donnons une fête qui doit être digne de Vinteuil, de son génial interprète, de vous, et j'ose le dire de moi. Vous auriez invité la Molé que tout était raté. C'était la petite goutte contraire, neutralisante, qui rend une potion sans vertu. L'électricité se serait éteinte, les petits fours ne seraient pas arrivés à temps, l'orangeade aurait donné la colique à tout le monde. C'était la personne à ne pas avoir. À son nom seul, comme dans une féerie, aucun son ne serait sorti des cuivres ; la flûte et le hautbois auraient été pris d'une extinction de voix subite. Morel lui-même, même s'il était parvenu à donner quelques sons, n'aurait plus été en mesure, et au lieu du septuor de Vinteuil, vous auriez eu sa parodie par

Beckmesser[1], finissant au milieu des huées. Moi qui crois
beaucoup à l'influence des personnes, j'ai très bien senti dans
l'épanouissement de certain largo qui s'ouvrait jusqu'au fond
comme une fleur, dans le surcroît de satisfaction du finale, qui
n'était pas seulement allegro mais incomparablement allègre,
que l'absence de la Molé inspirait les musiciens et dilatait de
joie jusqu'aux instruments de musique eux-mêmes. D'ailleurs
le jour où on reçoit tous les souverains on n'invite pas sa
concierge. » En l'appelant la Molé (comme il disait d'ailleurs
très sympathiquement la Duras), M. de Charlus lui faisait
justice. Car toutes ces femmes étaient des actrices du monde, et
il est vrai que même considérée à ce point de vue, la comtesse
Molé n'était pas égale à l'extraordinaire réputation d'intelligence qu'on lui faisait, et qui donnait à penser à ces acteurs ou
à ces romanciers médiocres qui à certaines époques ont une
situation de génie, soit à cause de la médiocrité de leurs
confrères, parmi lesquels aucun artiste supérieur n'est capable
de montrer ce qu'est le vrai talent, ou de la médiocrité du
public, qui, existât-il une individualité extraordinaire, serait
incapable de la comprendre. Dans le cas de Mme Molé il est
préférable, sinon entièrement exact, de s'arrêter à la première
explication. Le monde étant le royaume du néant, il n'y a entre
les mérites des différentes femmes du monde que des degrés
insignifiants, que peuvent seulement follement majorer les
rancunes ou l'imagination de M. de Charlus. Et certes s'il
parlait, comme il venait de le faire, dans ce langage qui était un
ambigu précieux des choses de l'art et du monde, c'est parce
que ses colères de vieille femme et sa culture de mondain ne
fournissaient à l'éloquence véritable qui était la sienne que des
thèmes insignifiants. Le monde des différences n'existant pas à
la surface de la terre, parmi tous les pays que notre perception
uniformise, à plus forte raison n'existe-t-il pas dans le
« monde ». Existe-t-il d'ailleurs quelque part ? Le septuor de
Vinteuil avait semblé me dire que oui. Mais où ?

Comme M. de Charlus aimait aussi à répéter de l'un à
l'autre, brouiller, diviser pour régner, il ajouta : « Vous avez, en
ne l'invitant pas, enlevé à Mme Molé l'occasion de dire : "Je ne
sais pas pourquoi cette Mme Verdurin m'a invitée. Je ne sais

pas ce que c'est que ces gens-là, je ne les connais pas." Elle a déjà dit l'an passé que vous la fatiguiez de vos avances. C'est une sotte, ne l'invitez plus. En somme, elle n'est pas une personne si extraordinaire. Elle peut bien venir chez vous sans faire d'histoires puisque j'y viens bien. En somme, conclut-il, il me semble que vous pouvez me remercier, car, tel que ça a marché, c'était parfait. La duchesse de Guermantes n'est pas venue, mais on ne sait pas, c'était peut-être mieux ainsi. Nous ne lui en voudrons pas et nous penserons tout de même à elle pour une autre fois, d'ailleurs on ne peut pas ne pas se souvenir d'elle, ses yeux mêmes nous disent: "ne m'oubliez pas", puisque ce sont deux myosotis. » (Et je pensais à part moi combien il fallait que l'esprit des Guermantes — la décision d'aller ici et pas là — fût fort pour l'avoir emporté chez la duchesse sur la crainte de Palamède.)[1] « Devant une réussite aussi complète, on est tenté comme Bernardin de Saint-Pierre de voir partout la main de la Providence[2]. La duchesse de Duras était enchantée. Elle m'a même chargé de vous le dire », ajouta M. de Charlus en appuyant sur les mots, comme si Mme Verdurin devait considérer cela comme un honneur suffisant. Suffisant et même à peine croyable, car il trouva nécessaire pour être cru de dire : « Parfaitement », emporté par la démence de ceux que Jupiter veut perdre. « Elle a engagé Morel chez elle où on redonnera le même programme et je pense même à demander une invitation pour M. Verdurin. » Cette politesse au mari seul était, sans que M. de Charlus en eût même l'idée, le plus sanglant outrage pour l'épouse, laquelle, se croyant à l'égard de l'exécutant, en vertu d'une sorte de décret de Moscou en vigueur dans le petit clan, le droit de lui interdire de jouer au dehors sans son autorisation expresse[3], était bien résolue à interdire sa participation à la soirée de Mme de Duras.

Rien qu'en parlant avec cette faconde M. de Charlus irritait Mme Verdurin qui n'aimait pas qu'on fît bande à part dans le petit clan. Que de fois, et déjà à La Raspelière, entendant le baron parler sans cesse à Charlie au lieu de se contenter de tenir sa partie dans l'ensemble concertant du clan, s'était-elle écriée, en montrant le baron : «Quelle tapette il a ! Quelle

tapette ! Ah ! pour une tapette, c'est une fameuse tapette ! »
Mais cette fois c'était bien pis. Enivré de ses paroles, M. de
Charlus ne comprenait pas qu'en reconnaissant le rôle de
Mme Verdurin et en lui fixant d'étroites frontières, il déchaînait
ce sentiment haineux qui n'était chez elle qu'une forme
particulière, une forme sociale de la jalousie. Mme Verdurin
aimait vraiment les habitués, les fidèles du petit clan, elle les
voulait tout à leur Patronne. Faisant la part du feu, comme ces
jaloux qui permettent qu'on les trompe mais sous leur toit et
même sous leurs yeux, c'est-à-dire qu'on ne les trompe pas, elle
concédait aux hommes d'avoir une maîtresse, un amant, à
condition que tout cela n'eût aucune conséquence sociale hors
de chez elle, se nouât et se perpétuât à l'abri des mercredis.
Tout éclat de rire furtif d'Odette auprès de Swann l'avait jadis
rongée au cœur, depuis quelque temps tout aparté entre Morel
et le baron ; elle trouvait à ses chagrins une seule consolation,
qui était de défaire le bonheur des autres. Elle n'eût pu
supporter longtemps celui du baron. Voici que cet imprudent
précipitait la catastrophe en ayant l'air de restreindre la place
de la Patronne dans son propre petit clan. Déjà elle voyait
Morel allant dans le monde, sans elle, sous l'égide du baron. Il
n'y avait qu'un remède, donner à choisir à Morel entre le baron
et elle, et, profitant de l'ascendant qu'elle avait pris sur Morel
en faisant preuve à ses yeux d'une clairvoyance extraordinaire
grâce à des rapports qu'elle se faisait faire, à des mensonges
qu'elle inventait et qu'elle lui servait les uns et les autres comme
corroborant ce qu'il était porté à croire lui-même, et ce qu'il
allait voir à l'évidence grâce aux panneaux qu'elle préparait et
où les naïfs venaient tomber, profitant de cet ascendant, la faire
choisir, elle, de préférence au baron. Quant aux femmes du
monde qui étaient là et qui ne s'étaient même pas fait présenter,
dès qu'elle avait compris leurs hésitations ou leur sans-gêne,
elle avait dit : « Ah ! je vois ce que c'est, c'est un genre de vieilles
grues qui ne nous convient pas, elles voient ce salon pour la
dernière fois. » Car elle serait morte plutôt que de dire qu'on
avait été moins aimable avec elle qu'elle n'avait espéré.

« Ah ! mon cher général », s'écria brusquement M. de
Charlus en lâchant Mme Verdurin parce qu'il apercevait le

général Deltour, secrétaire de la présidence de la République, lequel pouvait avoir une grande importance pour la croix de Charlie, et, après avoir demandé un conseil à Cottard[1], s'éclipsait rapidement : « Bonsoir, cher et charmant ami. Hé bien, c'est comme ça que vous vous tirez des pattes sans me dire adieu ? » dit le baron avec un sourire de bonhomie et de suffisance, car il savait bien qu'on était toujours content de lui parler un moment de plus. Et comme dans l'état d'exaltation où il était il faisait à lui tout seul sur un ton suraigu les demandes et les réponses : « Hé bien, êtes-vous content ? N'est-ce pas que c'était bien beau ? L'andante n'est-ce pas ? C'est ce qu'on a jamais écrit de plus touchant. Je défie de l'écouter jusqu'au bout sans avoir les larmes aux yeux. Vous êtes charmant d'être venu. Dites-moi j'ai reçu ce matin un télégramme parfait de Froberville qui m'annonce que du côté de la Grande Chancellerie les difficultés sont aplanies, comme on dit. » La voix de M. de Charlus continuait à s'élever aussi perçante, voix aussi différente de sa voix habituelle que celle d'un avocat qui plaide avec emphase de son débit ordinaire, phénomène d'amplification vocale par surexcitation et euphorie nerveuse analogue à celle qui, dans les dîners qu'elle donnait, montait à un diapason si élevé la voix comme le regard de Mme de Guermantes. « Je comptais vous envoyer demain matin un mot par un garde pour vous dire mon enthousiasme, en attendant que je puisse vous l'exprimer de vive voix, mais vous étiez si entouré ! L'appui de Froberville sera loin d'être à dédaigner, mais de mon côté j'ai la promesse du ministre, dit le général. — Ah ! parfait. Du reste vous avez vu que c'est bien ce que mérite un talent pareil. Hoyos[2] était enchanté, je n'ai pas pu voir l'Ambassadrice, était-elle contente ? Qui ne l'aurait pas été, excepté ceux qui ont des oreilles pour ne pas entendre, ce qui ne fait rien du moment qu'ils ont des langues pour parler. »

Profitant de ce que le baron s'était éloigné pour parler au général, Mme Verdurin fit signe à Brichot. Celui-ci, qui ne savait pas ce que Mme Verdurin allait lui dire, voulut l'amuser et, sans se douter combien il me faisait souffrir, dit à la Patronne : « Le baron est enchanté que Mlle Vinteuil et son amie ne soient pas venues. Elles le scandalisent énormément. Il a déclaré que leurs mœurs étaient à faire peur. Vous n'imaginez pas comme le baron est pudibond et sévère sur le chapitre des mœurs. » Contrairement à l'attente de Brichot, Mme Verdurin ne s'égaya pas : « Il est immonde, répondit-elle. Proposez-lui de venir fumer une cigarette avec vous, pour que mon mari puisse emmener sa dulcinée sans que le Charlus s'en aperçoive, et l'éclairer sur l'abîme où il roule. » Brichot semblait avoir quelques hésitations. « Je vous dirai, reprit Mme Verdurin pour lever les derniers scrupules de Brichot, que je ne me sens pas en sûreté avec ça chez moi. Je sais qu'il a eu de sales histoires et que la police l'a à l'œil. » Et comme elle avait un certain don d'improvisation quand la malveillance l'inspirait, Mme Verdurin ne s'arrêta pas là : « Il paraît qu'il a fait de la prison. Oui, oui, ce sont des personnes très renseignées qui me l'ont dit. Je sais du reste par quelqu'un qui demeure dans sa rue qu'on n'a pas idée des bandits qu'il fait venir chez lui. » Et comme Brichot qui allait souvent chez le baron protestait, Mme Verdurin, s'animant, s'écria : « Mais je vous en réponds ! c'est moi qui vous le dis », expression par laquelle elle cherchait d'habitude à étayer une assertion jetée un peu au hasard. « Il mourra assassiné un jour ou l'autre, comme tous ses pareils d'ailleurs. Il n'ira même peut-être pas jusque-là parce qu'il est dans les griffes de ce Jupien, qu'il a eu le toupet de m'envoyer et qui est un ancien forçat, je le sais, vous savez, oui, et de façon positive. Il tient Charlus par des lettres qui sont quelque chose d'effrayant, il paraît. Je le tiens de quelqu'un qui les a vues, il m'a dit : "Vous vous trouveriez mal si vous voyiez cela." C'est comme ça que ce Jupien le fait marcher au bâton et lui fait cracher tout l'argent qu'il veut. J'aimerais mille fois mieux la mort que de vivre dans la terreur où vit Charlus. En tout cas, si la famille de Morel se décide à porter plainte contre lui, je n'ai pas envie d'être accusée de complicité, s'il continue ce sera à ses risques et périls, mais j'aurai fait mon devoir, qu'est-ce que vous voulez. Ce n'est pas toujours folichon. » Et déjà agréablement enfiévrée par l'attente de la conversation que son mari allait avoir avec le violoniste, Mme Verdurin me dit : « Demandez à Brichot si je ne suis pas une amie courageuse, et si je ne sais pas me dévouer pour sauver les camarades. » (Elle faisait allusion aux circonstances dans lesquelles elle l'avait juste à temps brouillé, avec sa blanchisseuse d'abord, Mme de Cambremer ensuite[1], brouilles à la suite desquelles Brichot était devenu presque complètement aveugle et, disait-on, morphinomane.) « Une amie incomparable, perspicace et vaillante », répondit l'universitaire avec une émotion naïve. « Mme Verdurin m'a empêché de commettre une grande sottise, me dit Brichot, quand celle-ci se fut éloignée. Elle n'hésite pas à couper dans le vif. Elle est interventionniste, comme dirait notre ami Cottard. J'avoue pourtant que la pensée que le pauvre baron ignore encore le coup qui va le frapper me fait une grande peine. Il est complètement fou de ce garçon. Si Mme Verdurin réussit, voilà un homme qui sera bien malheureux. Du reste il n'est pas certain qu'elle n'échoue pas. Je crains qu'elle ne réussisse qu'à semer des mésintelligences entre eux, qui finalement, sans les séparer, n'aboutiront qu'à les brouiller avec elle. » C'était arrivé souvent à Mme Verdurin avec les fidèles. Mais il était visible qu'en elle le besoin de conserver leur amitié était de plus en plus dominé par celui que cette amitié ne fût jamais tenue en échec par celle qu'ils pouvaient avoir les uns pour les autres. L'homosexualité ne lui déplaisait pas tant qu'elle ne touchait pas à l'orthodoxie. Mais, comme l'Église, elle préférait tous les sacrifices à une concession sur l'orthodoxie. Je commençai à craindre que son irritation contre moi ne vînt de ce qu'elle avait su que j'avais empêché Albertine d'aller chez elle dans la journée, et qu'elle n'entreprît auprès d'elle, si elle n'avait déjà commencé, le même travail pour la séparer de moi que son mari allait, à l'égard de Charlus, opérer auprès du violoniste. « Allons, allez chercher Charlus, trouvez un prétexte, il est temps, dit Mme Verdurin et tâchez surtout de ne pas le laisser revenir avant que je vous fasse chercher. Ah ! quelle soirée ! ajouta Mme Verdurin, qui dévoila ainsi la vraie raison de sa rage. Avoir fait jouer ces chefs-d'œuvre devant ces cruches ! Je ne parle pas de la reine de Naples, elle est intelligente, c'est une femme agréable (lisez : elle a été très aimable avec moi). Mais les autres ! Ah ! c'est à vous rendre enragée. Qu'est-ce que vous

voulez moi je n'ai plus vingt ans. Quand j'étais jeune on me
disait qu'il fallait savoir s'ennuyer, je me forçais, mais
maintenant, ah ! non, c'est plus fort que moi, j'ai l'âge de faire
ce que je veux, la vie est trop courte, m'ennuyer, fréquenter des
imbéciles, feindre, avoir l'air de les trouver intelligents, ah !
non, je ne peux pas. Allons voyons Brichot, il n'y a pas de
temps à perdre. — J'y vais, Madame, j'y vais », finit par dire
Brichot comme le général Deltour s'éloignait. Mais d'abord
l'universitaire me prit un instant à part : « Le Devoir moral, me
dit-il, est moins clairement impératif que ne l'enseignent nos
Éthiques. Que les cafés théosophiques[1] et les brasseries
kantiennes en prennent leur parti, nous ignorons déplorable-
ment la nature du Bien. Moi-même qui, sans nulle vantardise,
ai commenté pour mes élèves, en toute innocence, la
philosophie du prénommé Emmanuel Kant, je ne vois aucune
indication précise pour le cas de casuistique mondaine devant
lequel je suis placé, dans cette *Critique de la Raison pratique* où
le grand défroqué du protestantisme platonisa, à la mode de
Germanie, pour une Allemagne préhistoriquement sentimentale et aulique, à toutes fins utiles d'un mysticisme poméranien.
C'est encore *Le Banquet*, mais donné cette fois à Kœnigsberg, à
la façon de là-bas, indigeste et assaini, avec choucroute et sans
gigolos[2]. Il est évident d'une part que je ne puis refuser à notre
excellente hôtesse le léger service qu'elle me demande en
conformité pleinement orthodoxe avec la Morale traditionnelle. Il faut éviter avant toute chose, car il n'y en a pas
beaucoup qui fassent dire plus de sottises, de se laisser piper
avec des mots. Mais enfin n'hésitons pas à avouer que si les
mères de famille avaient part au vote, le baron risquerait d'être
lamentablement blackboulé comme professeur de vertu. C'est
malheureusement avec le tempérament d'un roué qu'il suit sa
vocation de pédagogue ; remarquez que je ne dis pas de mal du
baron ; ce doux homme, qui sait découper un rôti comme
personne, possède avec le génie de l'anathème des trésors de
bonté. Il peut être amusant comme un pitre supérieur, alors
qu'avec tel de mes confrères, académicien s'il vous plaît, je
m'ennuie comme dirait Xénophon à cent drachmes l'heure.
Mais je crains qu'il n'en dépense à l'égard de Morel un peu plus

que la saine morale ne commande, et, sans savoir dans quelle
mesure le jeune pénitent se montre docile ou rebelle aux
exercices spéciaux que son catéchiste lui impose en matière de
mortification, il n'est pas besoin d'être grand clerc pour être
sûr que nous pécherions, comme dit l'autre, par mansuétude à
l'égard de ce Rose-croix[1] qui semble nous venir de Pétrone
après avoir passé par Saint-Simon, si nous lui accordions, les
yeux fermés, en bonne et due forme, le permis de sataniser. Et
pourtant en occupant cet homme pendant que Mme Verdurin,
pour le bien du pécheur et bien justement tentée par une telle
cure, va parler au jeune étourdi sans ambages, lui retirer tout ce
qu'il aime, lui porter peut-être un coup fatal, je ne peux pas
dire que je n'en ai cure, il me semble que je l'attire comme qui
dirait dans un guet-apens, et je recule comme devant une
manière de lâcheté. » Ceci dit il n'hésita pas à la commettre, et
me prenant par le bras : « Allons baron, si nous allions fumer
une cigarette, ce jeune homme ne connaît pas encore toutes les
merveilles de l'hôtel. » Je m'excusai en disant que j'étais obligé
de rentrer. « Attendez encore un instant, dit Brichot. Vous
savez que vous devez me ramener et je n'oublie pas votre
promesse. — Vous ne voulez vraiment pas que je vous fasse
sortir l'argenterie ? rien ne serait plus simple, me dit M. de
Charlus. Comme vous me l'avez promis, pas un mot de la
question décoration à Morel. Je veux lui faire la surprise de le
lui annoncer tout à l'heure, quand on sera un peu parti. Bien
qu'il dise que ce n'est pas important pour un artiste, mais que
son oncle le désire (je rougis, car par mon grand-père les
Verdurin savaient qui était l'oncle de Morel[2]). Alors, vous ne
voulez pas que je vous fasse sortir les plus belles pièces ? me dit
M. de Charlus. Mais vous les connaissez, vous les avez vues dix
fois à La Raspelière. » Je n'osai pas lui dire que ce qui eût pu
m'intéresser, ce n'était pas les médiocres couverts d'une
argenterie bourgeoise, même la plus riche, mais quelque
spécimen, fût-ce seulement sur une belle gravure, de ceux de
Mme du Barry. J'étais beaucoup trop préoccupé et — ne
l'eussé-je pas été par cette révélation relative à la venue de
Mlle Vinteuil — toujours, dans le monde, j'étais beaucoup trop
distrait et agité pour arrêter mon attention sur des objets plus

ou moins jolis. Elle n'eût pu être fixée que par l'appel de
quelque réalité s'adressant à mon imagination, comme eût pu
le faire, ce soir, une vue de cette Venise à laquelle j'avais tant
pensé l'après-midi, ou quelque élément général, commun à
plusieurs apparences et plus vrai qu'elles, qui de lui-même
éveillait toujours en moi un esprit intérieur et habituellement
ensommeillé, mais dont la remontée à la surface de ma
conscience me donnait une grande joie. Or, comme je sortais
du salon appelé salle de théâtre, et traversais avec Brichot et
M. de Charlus les autres salons, en retrouvant transposés au
milieu d'autres certains meubles vus à La Raspelière et
auxquels je n'avais prêté aucune attention, je saisis entre
l'arrangement de l'hôtel et celui du château un certain air de
famille, une identité permanente, et je compris Brichot quand
il me dit en souriant : « Tenez, voyez-vous ce fond de salon, cela
du moins peut à la rigueur vous donner l'idée de la rue
Montalivet, il y a vingt-cinq ans, *grande mortalis aevi
spatium*[1]. » À son sourire, dédié au salon défunt qu'il revoyait,
je compris que ce que Brichot, peut-être sans s'en rendre
compte, préférait dans l'ancien salon, plus que les grandes
fenêtres, plus que la gaie jeunesse des Patrons et de leurs
fidèles, c'était cette partie irréelle (que je dégageais moi-même
de quelques similitudes entre La Raspelière et le quai Conti) de
laquelle, dans un salon comme en toutes choses, la partie
extérieure, actuelle, contrôlable pour tout le monde, n'est que
le prolongement, c'était cette partie devenue purement morale,
d'une couleur qui n'existait plus que pour mon vieil interlocuteur, qu'il ne pouvait pas me faire voir cette partie qui s'est
détachée du monde extérieur pour se réfugier dans notre âme,
à qui elle donne une plus-value, où elle s'est assimilée à sa
substance habituelle, s'y muant — maisons détruites, gens
d'autrefois, compotiers de fruits des soupers que nous nous
rappelons — en cet albâtre translucide de nos souvenirs,
duquel nous sommes incapables de montrer la couleur qu'il n'y
a que nous qui voyons, ce qui nous permet de dire
véridiquement aux autres, au sujet de ces choses passées, qu'ils
n'en peuvent avoir une idée, que cela ne ressemble pas à ce
qu'ils ont vu, et que nous ne pouvons considérer en nous-même

sans une certaine émotion, en songeant que c'est de l'existence de notre pensée que dépend pour quelque temps encore leur survie, le reflet des lampes qui se sont éteintes et l'odeur des charmilles qui ne fleuriront plus. Et sans doute par là le salon de la rue Montalivet faisait, pour Brichot, tort à la demeure actuelle des Verdurin.

Mais d'autre part il ajoutait à celle-ci, pour les yeux du professeur, une beauté qu'elle ne pouvait avoir pour un nouveau venu. Ceux de ses anciens meubles qui avaient été replacés ici, un même arrangement parfois conservé, et que moi-même je retrouvais de La Raspelière, intégraient dans le salon actuel des parties de l'ancien qui par moments l'évoquaient jusqu'à l'hallucination et ensuite semblaient presque irréelles d'évoquer au sein de la réalité ambiante des fragments d'un monde détruit qu'on croyait voir ailleurs. Canapé surgi du rêve entre les fauteuils nouveaux et bien réels, petites chaises revêtues de soie rose, mais aussi de la patine profonde qu'y ajoute celui qui en les regardant se souvient d'elles et leur superpose leur « double » spirituel, tapis broché de table à jeu élevé à la dignité de personne depuis que comme une personne il avait un passé, une mémoire, gardant dans l'ombre froide du salon du quai Conti le hâle de l'ensoleillement par les fenêtres de la rue Montalivet (dont il connaissait l'heure aussi bien que Mme Verdurin elle-même) et par les portes vitrées de Douville, où on l'avait emmené et où il regardait tout le jour, au-delà du jardin fleuriste, la profonde vallée de la*** en attendant l'heure où Cottard et le violoniste feraient ensemble leur partie, bouquet de violettes et de pensées au pastel, présent d'un grand artiste ami, mort depuis, seul fragment survivant d'une vie disparue sans laisser de traces, résumant un grand talent et une longue amitié, rappelant son regard attentif et doux, sa belle main grasse et triste pendant qu'il peignait ; encombrement joli, désordre des cadeaux de fidèles qui a suivi partout la maîtresse de la maison et a fini par prendre l'empreinte et la fixité d'un trait de caractère, d'une ligne de la destinée ; profusion des bouquets de fleurs, des boîtes de chocolat qui systématisait, ici comme là-bas, son épanouissement suivant un mode de floraison identique :

interpolation curieuse des objets singuliers et superflus qui ont
encore l'air de sortir de la boîte où ils ont été offerts et qui
restent toute la vie ce qu'ils ont été d'abord, des cadeaux du
premier Janvier ; tous ces objets enfin qu'on ne saurait isoler
des autres, mais qui pour Brichot, vieil habitué des fêtes des
Verdurin, avaient cette patine, ce velouté des choses auxquelles,
leur donnant une sorte de profondeur, vient s'ajouter leur
double spirituel ; tout cela, éparpillé, faisait chanter devant lui
comme autant de touches sonores qui éveillaient dans son cœur
des ressemblances aimées, des réminiscences confuses et qui, à
même le salon tout actuel qu'elles marquetaient çà et là,
découpaient, délimitaient comme fait par un beau jour un
cadre de soleil sectionnant l'atmosphère, les meubles et les
tapis, poursuivant d'un coussin à un porte-bouquets, d'un
tabouret au relent d'un parfum, d'un mode d'éclairage à une
prédominance de couleurs, sculptaient, évoquaient, spirituali-
saient, faisaient vivre une forme qui était comme la figure
idéale, immanente à leurs logis successifs, du salon des
Verdurin.

« Nous allons tâcher, me dit Brichot à l'oreille, de mettre le
baron sur son sujet favori. Il y est prodigieux. » D'une part je
désirais pouvoir tâcher d'obtenir de M. de Charlus les
renseignements relatifs à la venue de Mlle Vinteuil et de son
amie, renseignements pour lesquels je m'étais décidé à quitter
Albertine. D'autre part, je ne voulais pas laisser celle-ci seule
trop longtemps, non qu'elle pût (incertaine de l'instant de mon
retour et d'ailleurs à des heures pareilles où une visite venue
pour elle ou bien une sortie d'elle eussent été trop remarquées)
faire un mauvais usage de mon absence, mais pour qu'elle ne la
trouvât pas trop prolongée. Aussi dis-je à Brichot et à M. de
Charlus que je ne les suivais pas pour longtemps. « Venez tout
de même », me dit le baron, dont l'excitation mondaine
commençait à tomber, mais qui éprouvait ce besoin de
prolonger, de faire durer les entretiens que j'avais déjà
remarqué chez la duchesse de Guermantes aussi bien que chez
lui, et qui, tout particulier à cette famille, s'étend plus
généralement à tous ceux qui, n'offrant à leur intelligence
d'autre réalisation que la conversation, c'est-à-dire une

réalisation imparfaite, restent inassouvis même après des heures passées ensemble et se suspendent de plus en plus avidement à l'interlocuteur épuisé, dont ils réclament, par erreur, une satiété que les plaisirs sociaux sont impuissants à donner. « Venez, reprit-il, n'est-ce pas voilà le moment agréable des fêtes, le moment où tous les invités sont partis, l'heure de Doña Sol, espérons que celle-ci finira moins tristement[1]. Malheureusement vous êtes pressé, pressé probablement d'aller faire des choses que vous feriez mieux de ne pas faire. Tout le monde est toujours pressé, et on part au moment où on devrait arriver. Nous sommes là comme les philosophes de Couture[2], ce serait le moment de récapituler la soirée, de faire ce qu'on appelle en style militaire la critique des opérations. On demanderait à Mme Verdurin de nous faire apporter un petit souper auquel on aurait soin de ne pas l'inviter, et on prierait Charlie — toujours *Hernani* — de rejouer pour nous seuls le sublime adagio. Est-ce assez beau, cet adagio ! Mais où est-il le jeune violoniste, je voudrais pourtant le féliciter, c'est le moment des attendrissements et des embrassades. Avouez, Brichot, qu'ils ont joué comme des dieux, Morel surtout. Avez-vous remarqué le moment où la mèche se détache ? Ah ! bien alors mon cher vous n'avez rien vu. On a eu un *fa* dièse qui peut faire mourir de jalousie Enesco, Capet et Thibaud[3] ; j'ai beau être très calme, je vous avoue qu'à une sonorité pareille j'avais le cœur tellement serré que je retenais mes sanglots. La salle haletait ; Brichot, mon cher », s'écria le baron en secouant violemment l'universitaire par le bras, « c'était sublime. Seul le jeune Charlie gardait une immobilité de pierre, on ne le voyait même pas respirer, il avait l'air d'être comme ces choses du monde inanimé dont parle Théodore Rousseau, qui font penser mais ne pensent pas[4]. Et alors tout d'un coup », s'écria M. de Charlus avec emphase et en mimant comme un coup de théâtre, « alors... la Mèche ! Et pendant ce temps-là, gracieuse petite contredanse de l'allegro vivace. Vous savez cette mèche a été le signe de la révélation même pour les plus obtus. La princesse de Taormina, sourde jusque-là, car il n'est pires sourdes que celles qui ont des oreilles pour ne pas entendre, la princesse de Taormina, devant l'évidence de la mèche miraculeuse, a compris que c'était de la musique et qu'on ne jouerait pas au poker. Ah! ça a été un moment bien solennel. — Pardonnez-moi, monsieur, de vous interrompre, dis-je à M. de Charlus pour l'amener au sujet qui m'intéressait, vous me disiez que la fille de l'auteur devait venir. Cela m'aurait beaucoup intéressé. Est-ce que vous êtes certain qu'on comptait sur elle? — Ah! je ne sais pas.» M. de Charlus obéissait ainsi, peut-être sans le vouloir, à cette consigne universelle qu'on a de ne pas renseigner les jaloux, soit pour se montrer absurdement « bon camarade » par point d'honneur, et la détestât-on, envers celle qui l'excite, soit par méchanceté pour elle en devinant que la jalousie ne ferait que redoubler l'amour; soit par ce besoin d'être désagréable aux autres qui consiste à dire la vérité à la plupart des hommes mais, aux jaloux, à la leur taire, l'ignorance augmentant leur supplice, du moins à ce qu'ils se figurent; et pour faire de la peine aux gens, on se guide d'après ce qu'eux-mêmes croient, peut-être à tort, le plus douloureux. « Vous savez, reprit-il, ici c'est un peu la maison des exagérations, ce sont des gens charmants, mais enfin on aime bien annoncer des célébrités d'un genre ou d'un autre. Mais vous n'avez pas l'air bien et vous allez avoir froid dans cette pièce si humide, dit-il en poussant près de moi une chaise. Puisque vous êtes souffrant, il faut faire attention, je vais aller vous chercher votre pelure. Non, n'y allez pas vous-même, vous vous perdrez et vous aurez froid. Voilà comme on fait des imprudences, vous n'avez pourtant pas quatre ans, il vous faudrait une vieille bonne comme moi pour vous soigner. — Ne vous dérangez pas, baron, j'y vais », dit Brichot, qui s'éloigna aussitôt : ne se rendant peut-être pas exactement compte de l'amitié très vraie que M. de Charlus avait pour moi et des rémissions charmantes de simplicité, de dévouement, que comportaient ses crises délirantes de grandeur et de persécu-tion, il avait craint que M. de Charlus, que Mme Verdurin avait confié comme un prisonnier à sa vigilance, eût cherché simplement, sous le prétexte de demander mon pardessus, à rejoindre Morel et fît manquer ainsi le plan de la Patronne.

Cependant Ski s'était assis au piano où personne ne lui avait demandé de se mettre et composant — avec un froncement

souriant des sourcils, un regard lointain et une légère grimace
de la bouche — ce qu'il croyait être l'air artiste, insistait auprès
de Morel[1] pour que celui-ci jouât quelque chose de Bizet.
« Comment, vous n'aimez pas cela, ce côté gosse de la musique
de Bizet ? Mais, mon cher, dit-il, avec un roulement d'*r* qui lui
était particulier, c'est ravissant. » Morel, qui n'aimait pas Bizet,
le déclara avec exagération, et (comme il passait dans le petit
clan pour avoir, ce qui est vraiment incroyable, de l'esprit) Ski,
feignant de prendre les diatribes du violoniste pour des
paradoxes, se mit à rire. Son rire n'était pas, comme celui de
M. Verdurin, l'étouffement d'un fumeur. Ski prenait d'abord
un air fin, puis laissait échapper comme malgré lui un seul son
de rire, comme un premier appel de cloches, suivi d'un silence
où le regard fin semblait examiner à bon escient la drôlerie de
ce qu'on disait, puis une seconde cloche de rire s'ébranlait, et
c'était bientôt un hilare angélus.

Je dis à M. de Charlus mon regret que M. Brichot se fût
dérangé. « Mais non, il est très content, il vous aime beaucoup,
tout le monde vous aime beaucoup. On disait l'autre jour : mais
on ne le voit plus, il s'isole ! D'ailleurs, c'est un si brave homme
que Brichot », continua M. de Charlus qui ne se doutait sans
doute pas, en voyant la manière affectueuse et franche dont lui
parlait le professeur de morale, qu'en son absence il ne se
gênait pas pour dauber sur lui. « C'est un homme d'une grande
valeur, qui sait énormément, et cela ne l'a pas racorni, n'a pas
fait de lui un rat de bibliothèque comme tant d'autres, qui
sentent l'encre. Il a gardé une largeur de vues, une tolérance,
rares chez ses pareils. Parfois en voyant comme il comprend la
vie, comme il sait rendre à chacun avec grâce ce qui lui est dû,
on se demande où un simple petit professeur de Sorbonne, un
ancien régent de collège a pu apprendre tout cela. J'en suis
moi-même étonné. » Je l'étais davantage en voyant la conversation de ce Brichot, que le moins raffiné des convives de Mme de
Guermantes eût trouvé si bête et si lourd, plaire au plus difficile
de tous, M. de Charlus. Mais à ce résultat avaient collaboré
entre autres influences celles, distinctes d'ailleurs, en vertu
desquelles Swann d'une part s'était plu si longtemps dans le
petit clan, quand il était amoureux d'Odette, d'autre part,

depuis qu'il était marié, trouvait agréable Mme Bontemps qui feignait d'adorer le ménage Swann, venait tout le temps voir la femme, se délectait aux histoires du mari et parlait d'eux avec dédain. Comme l'écrivain donnant la palme de l'intelligence non pas à l'homme le plus intelligent, mais au viveur qui faisait une réflexion hardie et tolérante sur la passion d'un homme pour une femme, réflexion qui faisait que la maîtresse bas-bleu de l'écrivain s'accordait avec lui pour trouver que de tous les gens qui venaient chez elle le moins bête était encore ce vieux beau qui avait l'expérience des choses de l'amour, de même M. de Charlus trouvait plus intelligent que ses autres amis, Brichot qui non seulement était aimable pour Morel, mais cueillait à propos dans les philosophes grecs, les poètes latins, les conteurs orientaux, des textes qui décoraient le goût du baron d'un florilège étrange et charmant. M. de Charlus était arrivé à cet âge où un Victor Hugo aime à s'entourer surtout de Vacqueries et de Meurices[1]. Il préférait à tous ceux qui admettaient son point de vue sur la vie. « Je le vois beaucoup », ajouta-t-il d'une voix piaillante et cadencée, sans qu'un seul mouvement sauf des lèvres, fît bouger son masque grave et enfariné sur lequel étaient à demi abaissées ses paupières d'ecclésiastique. « Je vais à ses cours, cette atmosphère de quartier latin me change, il y a une adolescence studieuse, pensante, de jeunes bourgeois plus intelligents, plus instruits que n'étaient dans un autre milieu mes camarades. C'est autre chose que vous connaissez probablement mieux que moi, ce sont de jeunes *bourgeois* », dit-il en détachant le mot qu'il fit précéder de plusieurs *b*, et en le soulignant par une sorte d'habitude d'élocution, correspondant elle-même à un goût des nuances dans la pensée, qui lui était propre, mais peut-être aussi pour ne pas résister au plaisir de me témoigner quelque insolence. Celle-ci ne diminua en rien la grande et affectueuse pitié que m'inspirait M. de Charlus (depuis que Mme Verdurin avait dévoilé son dessein devant moi), m'amusa seulement, et, même en une circonstance où je ne me fusse pas senti pour lui tant de sympathie, ne m'eût pas froissé. Je tenais de ma grand-mère d'être dénué d'amour-propre à un degré qui ferait aisément manquer de dignité. Sans doute je ne m'en rendais guère compte et à force d'avoir entendu depuis le collège les plus estimés de mes camarades ne pas souffrir qu'on leur manquât, ne pas pardonner un mauvais procédé, j'avais fini par montrer dans mes paroles et dans mes actions une seconde nature qui était assez fière. Elle passait même pour l'être extrêmement parce que n'étant nullement peureux, j'avais facilement des duels[1], dont je diminuais pourtant le prestige moral en m'en moquant moi-même, ce qui persuadait aisément qu'ils étaient ridicules. Mais la nature que nous refoulons n'en habite pas moins en nous. C'est ainsi que parfois, si nous lisons le chef-d'œuvre nouveau d'un homme de génie, nous y retrouvons avec plaisir toutes celles de nos réflexions que nous avions méprisées, des gaietés, des tristesses que nous avions contenues, tout un monde de sentiments dédaigné par nous et dont le livre où nous les reconnaissons nous apprend subitement la valeur. J'avais fini par apprendre de l'expérience de la vie qu'il était mal de sourire affectueusement quand quelqu'un se moquait de moi et de ne pas lui en vouloir. Mais cette absence d'amour-propre et de rancune, si j'avais cessé de l'exprimer jusqu'à en être arrivé à ignorer à peu près complètement qu'elle existât chez moi, n'en était pas moins le milieu vital primitif dans lequel je baignais. La colère, et la méchanceté, ne me venaient que de toute autre manière, par crises furieuses. De plus le sentiment de la justice, jusqu'à une complète absence de sens moral, m'était inconnu. J'étais au fond de mon cœur tout acquis à celui qui était le plus faible et qui était malheureux. Je n'avais aucune opinion sur la mesure dans laquelle le bien et le mal pouvaient être engagés dans les relations de Morel et de M. de Charlus, mais l'idée des souffrances qu'on préparait à M. de Charlus m'était intolérable. J'aurais voulu le prévenir, ne savais comment le faire. « La vue de tout ce petit monde laborieux est fort plaisante pour un vieux trumeau comme moi. Je ne les connais pas », ajouta-t-il en levant la main d'un air de réserve, pour ne pas avoir l'air de se vanter, pour attester sa pureté et ne pas faire planer de soupçon sur celle des étudiants, « mais ils sont très polis, ils vont souvent jusqu'à me garder une place comme je suis un très vieux monsieur. Mais si mon cher ne protestez pas, j'ai plus de

quarante ans, dit le baron qui avait dépassé la soixantaine. Il
fait un peu chaud dans cet amphithéâtre où parle Brichot, mais
c'est toujours intéressant. » Quoique le baron aimât mieux être
mêlé à la jeunesse des écoles, voire bousculé par elle,
quelquefois pour lui épargner les longues attentes Brichot le
faisait entrer avec lui. Brichot avait beau être chez lui à la
Sorbonne, au moment où l'appariteur chargé de chaînes le
précédait et où s'avançait le maître admiré de la jeunesse, il ne
pouvait retenir une certaine timidité, et tout en désirant
profiter de cet instant où il se sentait si considérable pour
témoigner de l'amabilité à Charlus, il était tout de même un
peu gêné ; pour que l'appariteur le laissât passer, il lui disait,
d'une voix factice et d'un air affairé : « Vous me suivez, baron,
on vous placera », puis sans plus s'occuper de lui, pour faire
son entrée, s'avançait seul allégrement dans le couloir. De
chaque côté, une double haie de jeunes professeurs le saluait ;
Brichot, désireux de ne pas avoir l'air de poser pour ces jeunes
gens aux yeux de qui il se savait un grand pontife, leur envoyait
mille clins d'œil, mille hochements de tête de connivence,
auxquels son souci de rester martial et bon Français donnait
l'air d'une sorte d'encouragement cordial, de *sursum corda*[1]
d'un vieux grognard qui dit : « Nom de Dieu, on saura se
battre. » Puis les applaudissements des élèves éclataient.
Brichot tirait parfois de cette présence de M. de Charlus à ses
cours l'occasion de faire un plaisir, presque de rendre des
politesses. Il disait à quelque parent, ou à quelqu'un de ses
amis bourgeois : « Si cela pouvait amuser votre femme ou votre
fille, je vous préviens que le baron de Charlus, prince
d'Agrigente, le descendant des Condé, assistera à mon cours.
Pour un enfant c'est un souvenir à garder que d'avoir vu un des
derniers descendants de notre aristocratie qui ait du type. Si
elles viennent, elles le reconnaîtront à ce qu'il sera placé à côté
de ma chaire. D'ailleurs ce sera le seul, un homme fort, avec
des cheveux blancs, la moustache noire, et la médaille militaire.
— Ah ! je vous remercie », disait le père. Et quoique sa femme
eût à faire, pour ne pas désobliger Brichot, il la forçait à aller
à ce cours, tandis que la jeune fille, incommodée par la chaleur
et la foule, dévorait pourtant curieusement des yeux le

descendant de Condé, tout en s'étonnant qu'il ne portât pas de fraise et ressemblât aux hommes de nos jours. Lui cependant n'avait pas d'yeux pour elle, mais plus d'un étudiant, qui ne savait pas qui il était, s'étonnait de son amabilité, devenait important et sec, et le baron sortait plein de rêves et de mélancolie. « Pardonnez-moi de revenir à mes moutons, dis-je rapidement à M. de Charlus, en entendant le pas de Brichot, mais pourriez-vous me prévenir par un pneumatique si vous appreniez que Mlle Vinteuil ou son amie dussent venir à Paris, en me disant exactement la durée de leur séjour, et sans dire à personne que je vous l'ai demandé ? » Je ne croyais plus guère qu'elle eût dû venir, mais je voulais ainsi me garer pour l'avenir. « Oui, je ferai ça pour vous. D'abord parce que je vous dois une grande reconnaissance. En n'acceptant pas autrefois ce que je vous avais proposé[1], vous m'avez, à vos dépens, rendu un immense service, vous m'avez laissé ma liberté. Il est vrai que je l'ai abdiquée d'une autre manière, ajouta-t-il d'un ton mélancolique où perçait le désir de faire des confidences ; il y a là ce que je considère toujours comme le fait majeur, toute une réunion de circonstances que vous avez négligé de faire tourner à votre profit, peut-être parce que la destinée vous a averti à cette minute précise de ne pas contrarier ma voie. C'est toujours "l'homme s'agite et Dieu le mène[2]." Qui sait, si le jour où nous sommes sortis ensemble de chez Mme de Villeparisis, vous aviez accepté, peut-être bien des choses qui se sont passées depuis n'auraient jamais eu lieu. » Embarrassé je fis dériver la conversation en m'emparant du nom de Mme de Villeparisis, et en disant la tristesse que m'avait causée sa mort. « Ah ! oui », murmura sèchement M. de Charlus avec l'intonation la plus insolente, prenant acte de mes condoléances sans avoir l'air de croire une seconde à leur sincérité. Voyant qu'en tout cas le sujet de Mme de Villeparisis ne lui était pas douloureux, je voulus savoir de lui, si qualifié à tous égards, pour quelles raisons Mme de Villeparisis avait été tenue aussi à l'écart par le monde aristocratique. Non seulement il ne me donna pas la solution de ce petit problème mondain, mais ne me parut même pas le connaître. Je compris alors que la situation de Mme de Villeparisis, si elle devait plus

tard paraître grande à la postérité, et même du vivant de la
marquise à l'ignorante roture, n'avait pas paru moins grande
tout à fait à l'autre extrémité du monde, à celle qui touchait
Mme de Villeparisis, aux Guermantes. C'était leur tante, ils
voyaient surtout la naissance, les alliances, l'importance gardée
dans leur famille par l'ascendant sur telle ou telle belle-sœur. Ils
voyaient cela moins côté monde que côté famille. Or celui-ci
était plus brillant pour Mme de Villeparisis que je n'avais cru.
J'avais été frappé en apprenant que le nom Villeparisis était
faux[1]. Mais il est d'autres exemples de grandes dames ayant fait
un mariage inégal et ayant gardé une situation prépondérante.
M. de Charlus commença par m'apprendre que Mme de
Villeparisis était la nièce de la fameuse duchesse de***, la
personne la plus célèbre de la grande aristocratie pendant la
monarchie de Juillet, mais qui n'avait pas voulu fréquenter le
Roi Citoyen et sa famille. J'avais tant désiré avoir des récits sur
cette Duchesse ! Et Mme de Villeparisis, la bonne Mme de
Villeparisis, aux joues qui me représentaient des joues de
bourgeoise, Mme de Villeparisis qui m'envoyait tant de
cadeaux et que j'aurais si facilement pu voir tous les jours,
Mme de Villeparisis était sa nièce, élevée par elle, chez elle, à
l'hôtel de*** « Elle demandait au duc de Doudeauville, me dit
M. de Charlus, en parlant des trois sœurs[2] : "Laquelle des trois
sœurs préférez-vous ?" Et Doudeauville ayant dit : "Mme de
Villeparisis", la duchesse de*** lui répondit : "Cochon !" Car
la duchesse était très *spirituelle* », dit M. de Charlus en donnant
au mot l'importance et la prononciation d'usage chez les
Guermantes. Qu'il trouvât d'ailleurs que le mot fût si
« spirituel », je ne m'en étonnai pas, ayant dans bien d'autres
occasions remarqué la tendance centrifuge, objective, des
hommes qui les pousse à abdiquer quand ils goûtent l'esprit des
autres les sévérités qu'ils auraient pour le leur, et à observer, à
noter précieusement ce qu'ils dédaigneraient de créer.

« Mais qu'est-ce qu'il a ? c'est mon pardessus qu'il apporte,
dit-il en voyant que Brichot avait si longtemps cherché pour un
tel résultat. J'aurais mieux fait d'y aller moi-même. Enfin vous
allez le mettre sur vos épaules. Savez-vous que c'est très
compromettant, mon cher ? c'est comme de boire dans le même

verre, je saurai vos pensées. Mais non, pas comme ça, voyons laissez-moi faire », et tout en me mettant son paletot, il me le collait contre les épaules, me le montait le long du cou, relevait le col, et de sa main frôlait mon menton, en s'excusant. « À son âge, ça ne sait pas mettre une couverture, il faut le bichonner, j'ai manqué ma vocation, Brichot, j'étais né pour être bonne d'enfants. » Je voulais m'en aller, mais M. de Charlus ayant manifesté l'intention d'aller chercher Morel, Brichot nous retint tous les deux. D'ailleurs la certitude qu'à la maison je retrouverais Albertine, certitude égale à celle que dans l'après-midi j'avais qu'Albertine rentrât du Trocadéro, me donnait en ce moment aussi peu d'impatience de la voir que j'avais eu le même jour tandis que j'étais assis au piano, après que Françoise m'eut téléphoné. Et c'est ce calme qui me permit, chaque fois qu'au cours de cette conversation je voulus me lever, d'obéir à l'injonction de Brichot qui craignait que mon départ empêchât Charlus de rester jusqu'au moment où Mme Verdurin viendrait nous appeler. « Voyons, dit-il au baron, restez un peu avec nous, vous lui donnerez l'accolade tout à l'heure », ajouta Brichot en fixant sur moi son œil presque mort, auquel les nombreuses opérations qu'il avait subies avaient fait recouvrer un peu de vie, mais qui n'avait plus pourtant la mobilité nécessaire à l'expression oblique de la malignité. « L'accolade, est-il bête ! s'écria le baron d'un ton aigu et ravi. Mon cher, je vous dis qu'il se croit toujours à une distribution de prix, il rêve de ses petits élèves. Je me demande s'il ne couche pas avec. — Vous désirez voir Mlle Vinteuil, me dit Brichot, qui avait entendu la fin de notre conversation. Je vous promets de vous avertir si elle vient, je le saurai par Mme Verdurin », me dit Brichot qui sans doute prévoyait que le baron risquait fort d'être de façon imminente exclu du petit clan. « Hé bien, vous me croyez donc moins bien que vous avec Mme Verdurin, dit M. de Charlus, pour être renseigné sur la venue de ces personnes d'une terrible réputation ? Vous savez que c'est archi-connu. Mme Verdurin a tort de les laisser venir, c'est bon pour les milieux interlopes. Elles sont amies de toute une bande terrible, tout ça doit se réunir dans des endroits affreux. » À chacune de ces paroles, ma souffrance s'accroissait d'une souffrance nouvelle, changeait de forme. Et tout d'un coup me rappelant certains mouvements d'impatience d'Albertine, qu'elle réprimait du reste aussitôt, j'eus l'effroi qu'elle eût conçu le projet de me quitter. Ce soupçon me rendait d'autant plus nécessaire de faire durer notre vie commune jusqu'à un temps où j'aurais retrouvé mon calme. Et pour ôter à Albertine, si elle l'avait, l'idée de devancer mon projet de rupture, pour lui faire paraître, jusqu'à ce que je puisse le réaliser sans souffrir, sa chaîne plus légère, le plus habile (peut-être j'étais contagionné par la présence de M. de Charlus, par le souvenir inconscient des comédies qu'il aimait à jouer), le plus habile me parut de faire croire à Albertine que j'avais moi-même l'intention de la quitter[1], j'allais dès que je serais rentré simuler des adieux, une rupture. « Certes non pas, je ne me crois pas mieux que vous avec Mme Verdurin », proclama Brichot en ponctuant les mots, car il craignait d'avoir éveillé les soupçons du baron. Et comme il voyait que je voulais prendre congé, voulant me retenir par l'appât du divertissement promis : « Il y a une chose à quoi le baron me semble ne pas avoir songé quand il parle de la réputation de ces deux dames, c'est qu'une réputation peut être tout à la fois épouvantable et imméritée. Ainsi par exemple dans la série plus notoire que j'appellerai parallèle, il est certain que les erreurs judiciaires sont nombreuses et que l'histoire a enregistré des arrêts de condamnation pour sodomie flétrissant des hommes illustres qui en étaient tout à fait innocents. La récente découverte d'un grand amour de Michel-Ange pour une femme est un fait nouveau[2] qui mériterait à l'ami de Léon X le bénéfice d'une instance en révision posthume. L'affaire Michel-Ange me semble tout indiquée pour passionner les snobs et mobiliser La Villette, quand une autre affaire, où l'anarchie fut bien portée et devint le péché à la mode de nos bons dilettantes, mais dont il n'est point permis de prononcer le nom par crainte de querelles, aura fini son temps[3]. » Depuis que Brichot avait commencé à parler des réputations masculines, M. de Charlus avait trahi dans tout son visage le genre particulier d'impatience qu'on voit à un expert médical ou militaire quand des gens du monde qui n'y connaissent rien se mettent à dire des

bêtises sur des points de thérapeutique ou de stratégie. « Vous
ne savez pas le premier mot des choses dont vous parlez, finit-
il par dire à Brichot. Citez-moi une seule réputation imméritée.
Dites des noms. Oui je connais tout », riposta violemment
M. de Charlus à une interruption timide de Brichot, « les gens
qui ont fait cela autrefois par curiosité, ou par affection unique
pour un ami mort, et celui qui, craignant de s'être trop avancé,
si vous lui parlez de la beauté d'un homme vous répond que
c'est du chinois pour lui, qu'il ne sait pas plus distinguer un
homme beau d'un laid qu'entre deux moteurs d'auto, comme
la mécanique n'est pas dans ses cordes. Tout cela c'est des
blagues. Mon Dieu remarquez, je ne veux pas dire qu'une
réputation mauvaise (ou ce qu'il est convenu d'appeler ainsi) et
injustifiée soit une chose absolument impossible. C'est tellement exceptionnel, tellement rare, que pratiquement cela
n'existe pas. Cependant moi qui suis un curieux, un fureteur,
j'en ai connu et qui n'étaient pas des mythes. Oui au cours de
ma vie j'ai constaté (j'entends scientifiquement constaté, je ne
me paie pas de mots) deux réputations injustifiées. Elles
s'établissent d'habitude grâce à une similitude de noms, ou
d'après certains signes extérieurs, l'abondance des bagues par
exemple, que les gens incompétents s'imaginent absurdement
être caractéristiques de ce que vous dites, comme ils croient
qu'un paysan ne dit pas deux mots sans ajouter *jarniguié*, ou un
Anglais *goddam*. C'est de la convention pour théâtre des
boulevards[1]. » M. de Charlus m'étonna beaucoup en citant
parmi les invertis « l'ami de l'actrice » que j'avais vu à Balbec et
qui était le chef de la petite Société des quatre amis[2]. « Mais
alors cette actrice ? — Elle lui sert de paravent, et d'ailleurs il a
des relations avec elle, plus peut-être qu'avec des hommes, avec
qui il n'en a guère. — Il en a avec les trois autres ? — Mais pas
du tout, ils sont amis pas du tout pour ça ! Deux sont tout à fait
pour femmes. Un en est, mais n'est pas sûr pour son ami, et en
tout cas ils se cachent l'un de l'autre. Ce qui vous étonnera,
c'est que ces réputations injustifiées sont les plus établies aux
yeux du public. Vous-même Brichot qui mettriez votre main au
feu de la vertu de tel ou tel homme qui vient ici et que les
renseignés connaissent comme le loup blanc, vous devez croire

comme tout le monde à ce qu'on dit de tel homme en vue qui incarne ces goûts-là pour la masse, alors qu'il n'en est pas pour deux sous. Je dis pour deux sous, parce que si nous y mettions vingt-cinq louis nous verrions le nombre des petits saints diminuer jusqu'à zéro. Sans cela le taux des saints, si vous voyez de la sainteté là-dedans, se tient en règle générale entre trois et quatre sur dix. » Si Brichot avait transposé dans le sexe masculin la question des mauvaises réputations, à mon tour et inversement c'est au sexe féminin et en pensant à Albertine, que je reportais les paroles de M. de Charlus. J'étais épouvanté par sa statistique, même en tenant compte qu'il devait enfler les chiffres au gré de ce qu'il souhaitait, et aussi d'après les rapports d'êtres cancaniers, peut-être menteurs, en tout cas trompés par leur propre désir qui s'ajoutant à celui de M. de Charlus faussait sans doute les calculs du baron. « Trois sur dix ! s'écria Brichot. En renversant la proportion, j'aurais eu encore à multiplier par cent le nombre des coupables. S'il est celui que vous dites, baron, et si vous ne vous trompez pas, confessons alors que vous êtes un de ces rares voyants d'une vérité que personne ne soupçonne autour d'eux. C'est ainsi que Barrès a fait sur la corruption parlementaire des découvertes qui ont été vérifiées après coup, comme l'existence de la planète de Leverrier[1]. Mme Verdurin citerait de préférence des hommes que j'aime mieux ne pas nommer et qui ont deviné au Bureau des renseignements, dans l'État-Major, des agissements, inspirés je le crois par un zèle patriotique, mais qu'enfin je n'imaginais pas[2]. Sur la franc-maçonnerie, l'espionnage allemand, la morphinomanie, Léon Daudet écrit au jour le jour un prodigieux conte de fées qui se trouve être la réalité même[3]. Trois sur dix », reprit Brichot stupéfait. Et il est vrai de dire que M. de Charlus taxait d'inversion la grande majorité de ses contemporains, en exceptant toutefois les hommes avec qui il avait eu des relations et dont, pour peu qu'elles eussent été mêlées d'un peu de romanesque, le cas lui paraissait plus complexe. C'est ainsi qu'on voit des viveurs, ne croyant pas à l'honneur des femmes, en rendre un peu seulement à telle qui fut leur maîtresse et dont ils protestent sincèrement et d'un air mystérieux ; « Mais non vous vous trompez, ce n'est pas une fille. » Cette estime inattendue leur est dictée partie par leur amour-propre pour qui il est plus flatteur que de telles faveurs aient été réservées à eux seuls, partie par leur naïveté qui gobe aisément tout ce que leur maîtresse a voulu leur faire croire, partie par ce sentiment de la vie qui fait que dès qu'on s'approche des êtres, des existences, les étiquettes et les compartiments faits d'avance sont trop simples. « Trois sur dix ! mais prenez-y garde, baron, moins heureux que ces historiens que l'avenir ratifiera, si vous vouliez présenter à la postérité le tableau que vous nous dites, elle pourrait la trouver mauvaise. Elle ne juge que sur pièces et voudrait prendre connaissance de votre dossier. Or aucun document ne venant authentiquer ce genre de phénomènes collectifs que les seuls renseignés sont trop intéressés à laisser dans l'ombre, on s'indignerait fort dans le camp des belles âmes et vous passeriez tout net pour un calomniateur ou pour un fol. Après avoir, au concours des élégances, obtenu le maximum et le principal, sur cette terre, vous connaîtriez les tristesses d'un blackboulage d'outre-tombe. Ça n'en vaut pas le coup, comme dit, Dieu me pardonne ! notre Bossuet[1]. — Je ne travaille pas pour l'histoire, répondit M. de Charlus, la vie me suffit, elle est bien assez intéressante, comme disait le pauvre Swann. — Comment ? Vous avez connu Swann, baron, mais je ne savais pas. Est-ce qu'il avait ces goûts-là ? demanda Brichot d'un air inquiet. — Mais est-il grossier ! Vous croyez donc que je ne connais que des gens comme ça ? Mais non je ne crois pas », dit Charlus les yeux baissés et cherchant à peser le pour et le contre. Et pensant que, puisqu'il s'agissait de Swann dont les tendances si opposées avaient été toujours connues, un demi-aveu ne pouvait être qu'inoffensif pour celui qu'il visait et flatteur pour celui qui le laissait échapper dans une insinuation : « Je ne dis pas qu'autrefois au collège une fois par hasard », dit le baron comme malgré lui et comme s'il pensait tout haut, puis se reprenant : « Mais il y a deux cents ans, comment voulez-vous que je me rappelle, vous m'embêtez », conclut-il en riant. « En tout cas il n'était pas joli, joli ! » dit Brichot, lequel, affreux, se croyait bien et trouvait facilement les autres laids. « Taisez-vous, dit le baron, vous ne savez pas ce que vous dites, dans ce temps-là il avait un teint de pêche et, ajouta-t-il en mettant chaque syllabe sur une autre note, il était joli comme les amours[1]. Du reste il est resté charmant. Il a été follement aimé des femmes. — Mais est-ce que vous avez connu la sienne ? — Mais voyons, c'est par moi qu'il l'a connue[2]. Je l'avais trouvée charmante dans son demi-travesti un soir qu'elle jouait Miss Sacripant[3] ; j'étais avec des camarades de club, nous avions tous ramené une femme et bien que je n'eusse envie que de dormir, les mauvaises langues avaient prétendu, car c'est affreux ce que le monde est méchant, que j'avais couché avec Odette. Seulement elle en avait profité pour venir m'embêter, et j'avais cru m'en débarrasser en la présentant à Swann. De ce jour-là elle ne cessa plus de me cramponner, elle ne savait pas un mot d'orthographe, c'est moi qui faisais les lettres. Et puis c'est moi qui ensuite ai été chargé de la promener. Voilà mon enfant ce que c'est que d'avoir une bonne réputation, vous voyez. Du reste je ne la méritais qu'à moitié. Elle me forçait à lui faire faire des parties terribles, à cinq, à six. » Et les amants qu'avait eus successivement Odette (elle avait été avec un tel, puis avec un tel — ces hommes dont pour pas un seul le pauvre Swann ne s'était laissé convaincre[4], aveuglé par la jalousie et par l'amour, tour à tour supputant les chances et croyant aux serments, plus affirmatifs qu'une contradiction qui échappe à la coupable, contradiction bien plus insaisissable et pourtant bien plus significative et dont le jaloux pourrait se prévaloir plus logiquement que de renseignements qu'il prétend faussement avoir eus, pour inquiéter sa maîtresse), ces amants M. de Charlus se mit à les énumérer avec autant de certitude que s'il avait récité la liste des rois de France[5]. Et en effet le jaloux est, comme les contemporains, trop près, il ne sait rien, et c'est pour les étrangers que la chronique des adultères prend la précision de l'histoire, et s'allonge en listes d'ailleurs indifférentes et qui ne deviennent tristes que pour un autre jaloux, comme j'étais, qui ne peut s'empêcher de comparer son cas à celui dont il entend parler et qui se demande si pour la femme dont il doute une liste aussi illustre n'existe pas. Mais il n'en peut rien savoir, c'est comme une conspiration universelle, une brimade à laquelle tous participent cruellement et qui consiste, tandis que son amie va de l'un à l'autre, à lui tenir sur les yeux un bandeau qu'il fait perpétuellement effort pour arracher sans y réussir, car tout le monde le tient aveuglé, le malheureux, les êtres bons par bonté, les êtres méchants par méchanceté, les êtres grossiers par goût des vilaines farces, les êtres bien élevés par politesse et bonne éducation, et tous par une de ces conventions qu'on appelle principe. « Mais est-ce que Swann a jamais su que vous aviez eu ses faveurs ? — Mais voyons quelle horreur ! Raconter cela à Charles ! C'est à faire dresser les cheveux sur la tête. Mais mon cher il m'aurait tué tout simplement, il était jaloux comme un tigre. Pas plus que je n'ai avoué à Odette, à qui ça aurait du reste été bien égal, que... allons ne me faites pas dire de bêtises. Et le plus fort c'est que c'est elle qui lui a tiré des coups de revolver que j'ai failli recevoir. Ah ! j'ai eu de l'agrément avec ce ménage-là ; et naturellement c'est moi qui ai été obligé d'être son témoin contre d'Osmond, qui ne me l'a jamais pardonné. D'Osmond avait enlevé Odette, et Swann pour se consoler avait pris pour maîtresse, ou fausse maîtresse, la sœur d'Odette. Enfin vous n'allez pas commencer à me faire raconter l'histoire de Swann, nous en aurions pour dix ans, vous comprenez, je connais ça comme personne, c'était moi qui sortais Odette quand elle ne voulait pas voir Charles. Cela m'embêtait d'autant plus que j'ai un très proche parent qui porte le nom de Crécy, sans y avoir naturellement aucune espèce de droit, mais qu'enfin cela ne charmait pas. Car elle se faisait appeler Odette de Crécy et le pouvait parfaitement, étant seulement séparée d'un Crécy dont elle était la femme, très authentique celui-là, un monsieur très bien qu'elle avait ratissé jusqu'au dernier centime. Mais voyons c'est pour me faire parler, je vous ai vu avec lui dans le tortillard, vous lui donniez des dîners à Balbec[1]. Il doit en avoir besoin le pauvre, il vivait d'une toute petite pension que lui faisait Swann, et je me doute bien que depuis la mort de mon ami, cette rente a dû cesser complètement d'être payée. Ce que je ne comprends pas, me dit M. de Charlus, c'est que, puisque vous avez été souvent chez Charles, vous n'ayez pas désiré tout à l'heure que je vous présente à la reine de Naples. En somme je vois que vous ne vous intéressez pas aux *personnes* en tant

que curiosités, et cela m'étonne toujours de quelqu'un qui a
connu Swann, chez qui ce genre d'intérêt était si développé, au
point qu'on ne peut pas dire si c'est moi qui ai été à cet égard
son initiateur ou lui le mien. Cela m'étonne autant que si je
voyais quelqu'un avoir connu Whistler et ne pas savoir ce que
c'est que le goût[1]. Mon Dieu c'est surtout pour Morel que
c'était important de la connaître, il le désirait du reste
passionnément car il est tout ce qu'il y a de plus intelligent.
C'est ennuyeux qu'elle soit partie. Mais enfin je ferai la
conjonction ces jours-ci. C'est immanquable qu'il la connaisse.
Le seul obstacle possible serait si elle mourait demain. Or il est
à espérer que cela n'arrivera pas. » Tout à coup, comme il était
resté sous le coup de la proportion de « trois sur dix » que lui
avait révélée M. de Charlus, Brichot, qui n'avait cessé de
poursuivre son idée, avec une brusquerie qui rappelait celle
d'un juge d'instruction voulant faire avouer un accusé, mais
qui en réalité était le résultat du désir qu'avait le professeur de
paraître perspicace et du trouble qu'il éprouvait à lancer une
accusation si grave : « Est-ce que Ski n'est pas comme cela ? »
demanda-t-il à M. de Charlus d'un air sombre. Pour faire
admirer ses prétendus dons d'intuition, il avait choisi Ski, se
disant que, puisqu'il n'y avait que trois innocents sur dix, il
risquait peu de se tromper en nommant Ski qui lui semblait un
peu bizarre, avait des insomnies, se parfumait, bref était en
dehors de la normale. « Mais *pas du tout,* s'écria le baron avec
une ironie amère, dogmatique et exaspérée. Ce que vous dites
est d'un faux, d'un absurde, d'un à côté ! Ski est justement cela
pour les gens qui n'y connaissent rien. S'il l'était, il n'en aurait
pas tellement l'air, ceci soit dit sans aucune intention de
critique, car il a du charme et je lui trouve même quelque chose
de très attachant. — Mais dites-nous donc quelques noms »,
reprit Brichot avec insistance. M. de Charlus se redressa d'un
air de morgue : « Ah ! mon cher moi vous savez je vis dans
l'abstrait, tout cela ne m'intéresse qu'à un point de vue
transcendantal », répondit-il, avec la susceptibilité ombrageuse
particulière à ses pareils, et l'affectation de grandiloquence qui
caractérisait sa conversation. « Moi vous comprenez il n'y a
que les généralités qui m'intéressent, je vous parle de cela

comme de la loi de la pesanteur. » Mais ces moments de réaction agacée où le baron cherchait à cacher sa vraie vie duraient bien peu auprès des heures de progression continue où il la faisait deviner, l'étalait avec une complaisance agaçante, le besoin de la confidence étant chez lui plus fort que la crainte de la divulgation. « Ce que je voulais dire, reprit-il, c'est que pour une mauvaise réputation qui est injustifiée, il y en a des centaines de bonnes qui ne le sont pas moins. Évidemment le nombre de ceux qui ne les méritent pas varie selon que vous vous en rapportez aux dires de leurs pareils ou des autres. Et il est vrai que si la malveillance de ces derniers est limitée par la trop grande difficulté qu'ils auraient à croire un vice aussi horrible pour eux que le vol ou l'assassinat pratiqué par des gens dont ils connaissent la délicatesse et le cœur, la malveillance des premiers est exagérément stimulée par le désir de croire, comment dirais-je, accessibles, des gens qui leur plaisent, par des renseignements que leur ont donnés des gens qu'a trompés un semblable désir, enfin par l'écart même où ils sont généralement tenus. J'ai vu un homme, assez mal vu à cause de ce goût, dire qu'il supposait qu'un certain homme du monde avait le même. Et sa seule raison de le croire est que cet homme du monde avait été aimable avec lui ! Autant de raisons d'*optimisme*, dit naïvement le baron, dans la supputation du nombre. Mais la vraie raison de l'écart énorme qu'il y a entre ce nombre calculé par les profanes, et calculé par les initiés, vient du mystère dont ceux-ci entourent leurs agissements, afin de les cacher aux autres qui, dépourvus d'aucun moyen d'information, seraient littéralement stupéfaits s'ils apprenaient seulement le quart de la vérité. — Alors à notre époque c'est comme chez les Grecs, dit Brichot. — Mais comment comme chez les Grecs ? Vous vous figurez que cela n'a pas continué depuis ? Regardez sous Louis XIV, Monsieur, le petit Vermandois, Molière, le prince Louis de Baden, Brunswick, Charolais, Boufflers, le Grand Condé, le duc de Brissac[1]. — Je vous arrête, je savais Monsieur, je savais Brissac par Saint-Simon, Vendôme naturellement[2] et d'ailleurs bien d'autres, mais cette vieille peste de Saint-Simon parle souvent du Grand Condé et du prince Louis de Baden et jamais il ne le dit.

— C'est tout de même malheureux que ce soit à moi
d'apprendre son histoire à un professeur en Sorbonne. Mais
cher maître vous êtes ignorant comme une carpe. — Vous êtes
dur, baron, mais juste. Et tenez je vais vous faire plaisir. Je me
souviens maintenant d'une chanson de l'époque qu'on fit en
latin macaronique sur certain orage qui surprit le Grand
Condé comme il descendait le Rhône en compagnie de son ami
le marquis de La Moussaye. Condé dit :

> *Carus Amicus, Mussaeus,*
> *Ah ! Deus bonus ! quod tempus !*
> *Landerirette,*
> *Imbre sumus perituri.*

Et La Moussaye le rassure en lui disant :

> *Securae sunt nostrae vitae*
> *Sumus enim Sodomitae*
> *Igne tantum perituri*
> *Landeriri.*[1]

— Je retire ce que j'ai dit, dit Charlus d'une voix aiguë et
maniérée, vous êtes un puits de science, vous me l'écrirez
n'est-ce pas, je veux garder cela dans mes archives de famille
puisque ma bisaïeule au troisième degré était la sœur de M. le
Prince. — Oui, mais baron, sur le prince Louis de Baden je ne
vois rien. Du reste, je crois qu'en général l'art militaire...
— Quelle bêtise ! À cette époque-là, Vendôme, Villars, le prince
Eugène, le prince de Conti[2], et si je vous parlais de tous nos
héros du Tonkin, du Maroc et je parle des vraiment sublimes,
et pieux, et "nouvelle génération", je vous étonnerais bien. Ah !
j'en aurais à apprendre aux gens qui font des enquêtes sur la
nouvelle génération qui a rejeté les vaines complications de ses
aînés, dit M. Bourget[3] ! J'ai un petit ami là-bas dont on parle
beaucoup, qui a fait des choses admirables ; mais enfin je ne
veux pas être méchant, revenons au XVIIe siècle, vous savez que
Saint-Simon dit du maréchal d'Huxelles — entre tant d'autres :
"... voluptueux en débauches grecques dont il ne prenait pas la

peine de se cacher, et accrochait de jeunes officiers qu'il
adomestiquait, outre de jeunes valets très bien faits, et cela sans
voile, à l'armée et à Strasbourg." Vous avez probablement lu
les lettres de Madame, les hommes ne l'appelaient que
"Putana". Elle en parle assez clairement[1]. — Et elle était à
bonne source pour savoir, avec son mari. — C'est un
personnage si intéressant que Madame, dit M. de Charlus. On
pourrait faire d'après elle la synthèse lyrique de la "Femme
d'une Tante"[2]. D'abord hommasse ; généralement la femme
d'une Tante est un homme, c'est ce qui lui rend si facile de lui
faire des enfants. Puis Madame ne parle pas des vices de
Monsieur, mais elle parle sans cesse de ce même vice chez les
autres, en personne renseignée et par ce pli que nous avons
d'aimer à trouver dans les familles des autres les mêmes tares
dont nous souffrons dans la nôtre, pour nous prouver à nous-
même que cela n'a rien d'exceptionnel ni de déshonorant. Je
vous disais que cela a été tout le temps comme cela. Cependant
le nôtre se distingue tout spécialement à ce point de vue. Et
malgré les exemples que j'empruntais au XVIIe siècle, si mon
grand aïeul François de La Rochefoucauld vivait de notre
temps, il pourrait en dire avec plus de raison encore que du
sien, voyons, Brichot, aidez-moi : "Les vices sont de tous les
temps ; mais si des personnes que tout le monde connaît
avaient paru dans les premiers siècles, parlerait-on présentement des prostitutions d'Héliogabale[3]?" *Que tout le monde
connaît* me plaît beaucoup. Je vois que mon sagace parent
connaissait "le boniment" de ses plus célèbres contemporains
comme je connais celui des miens. Mais des gens comme cela il
n'y en a pas seulement davantage aujourd'hui. Ils ont aussi
quelque chose de particulier. » Je vis que M. de Charlus allait
nous dire de quelle façon ce genre de mœurs avait évolué. Et
pas un instant pendant qu'il parlait, pendant que Brichot
parlait, l'image plus ou moins consciente de mon chez-moi où
m'attendait Albertine ne fut, associée au motif caressant et
intime de Vinteuil, absente de moi. Je revenais sans cesse à
Albertine, de même qu'il faudrait bien revenir effectivement
auprès d'elle tout à l'heure comme à une sorte de boulet auquel
j'étais, de façon ou d'autre, attaché, qui m'empêchait de quitter

Paris et qui en ce moment, pendant que du salon Verdurin j'évoquais mon chez-moi, me le faisait sentir, non comme un espace vide, exaltant pour la personnalité et un peu triste, mais comme rempli — semblable en cela à l'hôtel de Balbec un certain soir — par cette présence qui n'en bougeait pas, qui durait là-bas pour moi, et qu'au moment que je voudrais j'étais sûr de retrouver. L'insistance avec laquelle M. de Charlus revenait toujours sur le sujet — à l'égard duquel d'ailleurs son intelligence toujours exercée dans le même sens, possédait une certaine pénétration — avait quelque chose d'assez complexement pénible. Il était raseur comme un savant qui ne voit rien au-delà de sa spécialité, agaçant comme un renseigné qui tire vanité des secrets qu'il détient et brûle de divulguer, antipathique comme ceux qui, dès qu'il s'agit de leurs défauts, s'épanouissent sans s'apercevoir qu'ils déplaisent, assujetti comme un maniaque et irrésistiblement imprudent comme un coupable. Ces caractéristiques, qui dans certains moments devenaient aussi saisissantes que celles qui marquent un fou ou un criminel, m'apportaient d'ailleurs un certain apaisement. Car leur faisant subir la transposition nécessaire pour pouvoir tirer d'elles des déductions à l'égard d'Albertine et me rappelant l'attitude de celle-ci avec Saint-Loup[1], avec moi, je me disais, si pénible que fût pour moi l'un de ces souvenirs, et si mélancolique l'autre, je me disais qu'ils semblaient exclure le genre de déformation si accusée, de spécialisation forcément exclusive, semblait-il, qui se dégageait avec tant de force de la conversation comme de la personne de M. de Charlus. Mais celui-ci malheureusement se hâta de ruiner ces raisons d'espérer, de la même manière qu'il me les avait fournies, c'est-à-dire sans le savoir. « Oui, dit-il, je n'ai plus vingt-cinq ans et j'ai déjà vu changer bien des choses autour de moi, je ne reconnais plus ni la société où les barrières sont rompues, où une cohue sans élégance et sans décence danse le tango jusque dans ma famille, ni les modes, ni la politique, ni les arts, ni la religion, ni rien. Mais j'avoue que ce qui a encore le plus changé, c'est ce que les Allemands appellent l'homosexualité[2]. Mon Dieu de mon temps, en mettant de côté les hommes qui détestaient les femmes, et ceux qui n'aimant qu'elles ne

faisaient autre chose que par intérêt, les homosexuels étaient de
bons pères de famille et n'avaient guère de maîtresses que par
couverture. J'aurais eu une fille à marier que c'est parmi eux
que j'aurais cherché mon gendre si j'avais voulu être assuré
qu'elle ne fût pas malheureuse. Hélas ! tout est changé.
Maintenant ils se recrutent aussi parmi les hommes qui sont les
plus enragés pour les femmes. Je croyais avoir un certain flair,
et quand je m'étais dit : "sûrement non", n'avoir pas pu me
tromper. Hé bien, j'en donne ma langue aux chats. Un de mes
amis qui est bien connu pour cela avait un cocher que ma belle-
sœur Oriane lui avait procuré, un garçon de Combray qui avait
fait un peu tous les métiers mais surtout celui de retrousseur de
jupons et que j'aurais juré aussi hostile que possible à ces
choses-là. Il faisait le malheur de sa maîtresse en la trompant
avec deux femmes qu'il adorait, sans compter les autres, une
actrice et une fille de brasserie. Mon cousin le prince de
Guermantes, qui a justement l'intelligence agaçante des gens
qui croient tout trop facilement, me dit un jour : "Mais
pourquoi est-ce que X ne couche pas avec son cocher ? Qui sait
si ça ne lui ferait pas plaisir à Théodore[1] (c'est le nom du
cocher), et s'il n'est même pas très piqué de voir que son patron
ne lui fait pas d'avances ?" Je ne pus m'empêcher d'imposer
silence à Gilbert ; j'étais énervé à la fois de cette prétendue
perspicacité qui quand elle s'exerce indistinctement est un
manque de perspicacité, et aussi de la malice cousue de fil blanc
de mon cousin qui aurait voulu que notre ami X essayât de se
risquer sur la planche, pour, si elle était viable, s'y avancer à
son tour. — Le prince de Guermantes a donc ces goûts[2] ?
demanda Brichot avec un mélange d'étonnement et de malaise.
— Mon Dieu, répondit M. de Charlus ravi, c'est tellement
connu que je ne crois pas commettre une indiscrétion en vous
disant que oui. Hé bien l'année suivante j'allai à Balbec et là
j'appris par un matelot qui m'emmenait quelquefois à la pêche
que mon Théodore, lequel entre parenthèses a pour sœur la
femme de chambre[3] d'une amie de Mme Verdurin, la baronne
Putbus, venait sur le port lever tantôt un matelot, tantôt un
autre, avec un toupet d'enfer, pour aller faire un tour en barque
et "autre chose itou". » Ce fut à mon tour de demander si le

patron, dans lequel j'avais reconnu le monsieur qui jouait aux
cartes toute la journée avec sa maîtresse[1], était comme le prince
de Guermantes. « Mais voyons, c'est connu de tout le monde,
il ne s'en cache même pas. — Mais il avait avec lui sa maîtresse.
— Hé bien qu'est-ce que ça fait ? Sont-ils naïfs, ces enfants »,
me dit-il d'un ton paternel sans se douter de la souffrance que
j'extrayais de ses paroles en pensant à Albertine. « Elle est
charmante sa maîtresse. — Mais alors ses trois amis sont
comme lui ? — Mais pas du tout, s'écria-t-il en se bouchant les
oreilles comme si en jouant d'un instrument j'avais fait une
fausse note. Voilà maintenant qu'il est à l'autre extrémité.
Alors on n'a plus le droit d'avoir des amis ? Ah ! la jeunesse, ça
confond tout. Il faudra refaire votre éducation mon enfant. Or,
reprit-il, j'avoue que ce cas, et j'en connais bien d'autres, si
ouvert que je tâche de garder mon esprit à toutes les hardiesses,
m'embarrasse. Je suis bien vieux jeu, mais je ne comprends pas,
dit-il du ton d'un vieux gallican parlant de certaines formes
d'ultramontanisme, d'un royaliste libéral parlant de l'Action
française, ou d'un disciple de Claude Monet des cubistes. Je ne
blâme pas ces novateurs, je les envie plutôt, je cherche à les
comprendre, mais je n'y arrive pas. S'ils aiment tant la femme,
pourquoi, et surtout dans ce monde ouvrier où c'est mal vu, où
ils se cachent par amour-propre, ont-ils besoin de ce qu'ils
appellent un môme ? C'est que cela leur représente autre chose.
Quoi ? » « Qu'est-ce que la femme peut représenter d'autre à
Albertine ? » pensais-je, et c'était bien là en effet ma souffrance.
« Décidément baron, dit Brichot, si jamais le Conseil des
facultés propose d'ouvrir une chaire d'homosexualité, je vous
fais proposer en première ligne. Ou plutôt non, un Institut de
psychophysiologie spéciale vous conviendrait mieux. Et je vous
vois surtout pourvu d'une chaire au Collège de France, vous
permettant de vous livrer à des études personnelles dont vous
livreriez les résultats, comme fait le professeur de tamoul ou de
sanscrit devant le très petit nombre de personnes que cela
intéresse. Vous auriez deux auditeurs et l'appariteur, soit dit
sans vouloir jeter le plus léger soupçon sur notre corps
d'huissiers que je crois insoupçonnable. — Vous n'en savez
rien, répliqua le baron d'un ton dur et tranchant. D'ailleurs

vous vous trompez en croyant que cela intéresse si peu de
personnes. C'est tout le contraire », et sans se rendre compte de
la contradiction qui existait entre la direction que prenait
invariablement sa conversation et le reproche qu'il allait
adresser aux autres : « C'est au contraire effrayant, dit-il à
Brichot d'un air scandalisé et contrit, on ne parle plus que de
cela. C'est une honte, mais c'est comme je vous le dis, mon
cher ! Il paraît qu'avant-hier chez la duchesse d'Ayen, on n'a
pas parlé d'autre chose pendant deux heures. Vous pensez, si
maintenant les femmes se mettent à parler de ça, c'est un
véritable scandale ! Ce qu'il y a de plus ignoble c'est qu'elles
sont renseignées, ajouta-t-il avec un feu et une énergie
extraordinaires, par des pestes, de vrais salauds comme le petit
Châtellerault sur qui il y a plus à dire que sur personne, et qui
leur racontent les histoires des autres. On m'a dit qu'il disait pis
que pendre de moi mais je n'en ai cure, je pense que la boue et
les saletés jetées par un individu qui a failli être renvoyé du
Jockey pour avoir truqué un jeu de cartes, ne peut retomber
que sur lui. Je sais bien que si j'étais Jane d'Ayen je respecterais
assez mon salon pour qu'on n'y traite pas des sujets pareils et
qu'on ne traîne pas chez moi mes propres parents dans la
fange. Mais il n'y a plus de société, plus de règles, plus de
convenances, pas plus pour la conversation que pour la
toilette. Ah ! mon cher, c'est la fin du monde. Tout le monde est
devenu si méchant. C'est à qui dira le plus de mal des autres.
C'est une horreur ! » Lâche comme je l'étais déjà dans mon
enfance à Combray quand je m'enfuyais pour ne pas voir offrir
du cognac à mon grand-père, et les vains efforts de ma grand-
mère le suppliant de ne pas le boire[1], je n'avais plus qu'une
pensée, partir de chez les Verdurin avant que l'exécution de
Charlus eût eu lieu. « Il faut absolument que je parte, dis-je à
Brichot. — Je vous suis, me dit-il, mais nous ne pouvons pas
partir à l'anglaise. Allons dire au revoir à Mme Verdurin »,
conclut le professeur qui se dirigea vers le salon de l'air de
quelqu'un qui, aux petits jeux, va voir « si on peut revenir ».

Pendant que nous causions M. Verdurin, sur un signe de sa
femme, avait emmené Morel. Mme Verdurin du reste eût-elle,
toutes réflexions faites, trouvé qu'il était plus sage d'ajourner

les révélations à Morel qu'elle ne l'eût plus pu. Il y a certains
désirs, parfois circonscrits à la bouche, qui une fois qu'on les a
laissés grandir, exigent d'être satisfaits, quelles que doivent être
les conséquences ; on ne peut plus résister à embrasser une
épaule décolletée qu'on regarde depuis trop longtemps et sur
laquelle les lèvres tombent comme l'oiseau sur le serpent, à
manger un gâteau d'une dent que la fringale fascine, à se
refuser l'étonnement, le trouble, la douleur ou la gaieté qu'on
va déchaîner dans une âme par des propos imprévus. Telle, ivre
de mélodrame, Mme Verdurin avait enjoint à son mari
d'emmener Morel et de parler coûte que coûte au violoniste.
Celui-ci avait commencé par déplorer que la reine de Naples
fût partie sans qu'il eût pu lui être présenté. M. de Charlus lui
avait tant répété qu'elle était la sœur de l'impératrice Élisabeth
et de la duchesse d'Alençon, que la souveraine avait pris aux
yeux de Morel une importance extraordinaire. Mais le Patron
lui avait expliqué que ce n'était pas pour parler de la reine de
Naples qu'ils étaient là et était entré dans le vif du sujet.
« Tenez, avait-il conclu au bout de quelque temps, tenez, si
vous voulez, nous allons demander conseil à ma femme. Ma
parole d'honneur, je ne lui en ai rien dit. Nous allons voir
comment elle juge la chose. Mon avis n'est peut-être pas le bon,
mais vous savez quel jugement sûr elle a, et puis elle a pour
vous une immense amitié, allons lui soumettre la cause. » Et
tandis que Mme Verdurin attendait avec impatience les
émotions qu'elle allait savourer en parlant au virtuose, puis
quand il serait parti à se faire rendre un compte exact du
dialogue qui avait été échangé entre lui et son mari, et en
attendant ne cessait de répéter : « Mais qu'est-ce qu'ils peuvent
faire ? J'espère au moins qu'Auguste, en le tenant un temps
pareil, aura su convenablement le styler », M. Verdurin était
redescendu avec Morel, lequel paraissait fort ému. « Il voudrait
te demander un conseil », dit M. Verdurin à sa femme, de l'air
de quelqu'un qui ne sait pas si sa requête sera exaucée. Au lieu
de répondre à M. Verdurin, dans le feu de la passion c'est à
Morel que s'adressa Mme Verdurin : « Je suis absolument du
même avis que mon mari, je trouve que vous ne pouvez pas
tolérer cela plus longtemps ! » s'écria-t-elle avec violence, et

oubliant comme fiction futile qu'il avait été convenu entre elle
et son mari qu'elle était censée ne rien savoir de ce qu'il avait
dit au violoniste. «Comment? Tolérer quoi?» balbutia
M. Verdurin qui essayait de feindre l'étonnement et cherchait
avec une maladresse qu'expliquait son trouble à défendre son
mensonge. «Je l'ai deviné, ce que tu lui as dit», répondit
Mme Verdurin sans s'embarrasser du plus ou moins de
vraisemblance de l'explication, et se souciant peu de ce que,
quand il se rappellerait cette scène, le violoniste pourrait penser
de la véracité de sa Patronne. «Non, reprit Mme Verdurin, je
trouve que vous ne devez pas souffrir davantage cette
promiscuité honteuse avec un personnage flétri qui n'est reçu
nulle part, ajouta-t-elle, n'ayant cure que ce ne fût pas vrai et
oubliant qu'elle le recevait presque chaque jour. Vous êtes la
fable du Conservatoire, ajouta-t-elle, sentant que c'était
l'argument qui porterait le plus ; un mois de plus de cette vie et
votre avenir artistique est brisé, alors que sans le Charlus vous
devriez gagner plus de cent mille francs par an. — Mais je
n'avais jamais rien entendu dire, je suis stupéfait, je vous suis
bien reconnaissant », murmura Morel les larmes aux yeux.
Mais obligé à la fois de feindre l'étonnement et de dissimuler la
honte il était plus rouge et suait plus que s'il avait joué toutes
les sonates de Beethoven à la file, et dans ses yeux montaient
des pleurs que le maître de Bonn ne lui aurait certainement pas
arrachés. Le sculpteur intéressé par ces larmes sourit et me
montra Charlie du coin de l'œil[1]. «Si vous n'avez rien entendu
dire, vous êtes le seul. C'est un monsieur qui a une sale
réputation et a eu de vilaines histoires. Je sais que la police l'a
à l'œil et c'est du reste ce qui peut lui arriver de plus heureux
pour ne pas finir comme tous ses pareils, assassiné par des
apaches », ajouta-t-elle, car en pensant à Charlus le souvenir de
Mme de Duras lui revenait et, dans la rage dont elle s'enivrait,
elle cherchait à aggraver encore les blessures qu'elle faisait au
malheureux Charlie et à venger celles qu'elle-même avait
reçues ce soir. «Du reste même matériellement il ne peut vous
servir à rien, il est entièrement ruiné depuis qu'il est la proie de
gens qui le font chanter et qui ne pourront même pas tirer de
lui les frais de leur musique, vous encore moins les frais de la

vôtre, car tout est hypothéqué, hôtel, château, etc. » Morel
ajouta d'autant plus aisément foi à ce mensonge que M. de
Charlus aimait à le prendre pour confident de ses relations avec
des apaches, race pour qui un fils de valet de chambre, si
crapuleux qu'il soit lui-même, professe un sentiment d'horreur
égal à son attachement aux idées bonapartistes. Déjà dans son
esprit rusé avait germé une combinaison analogue à ce qu'on
appela au XVIIIe siècle le renversement des alliances. Décidé à
ne jamais reparler à M. de Charlus, il retournerait le lendemain
soir auprès de la nièce de Jupien, se chargeant de tout arranger.
Malheureusement pour lui ce projet devait échouer, M. de
Charlus ayant le soir même avec Jupien un rendez-vous auquel
l'ancien giletier n'osa manquer malgré les événements. D'autres qu'on va voir s'étant précipités à l'égard de Morel, quand
Jupien en pleurant raconta ses malheurs au baron, celui-ci non
moins malheureux lui déclara qu'il adoptait la petite abandonnée, qu'elle prendrait un des titres dont il disposait, probablement celui de Mlle d'Oloron, lui ferait donner un complément
parfait d'instruction et faire un riche mariage. Promesses qui
réjouirent profondément Jupien et laissèrent indifférente sa
nièce car elle aimait toujours Morel, lequel par sottise ou
cynisme entrait en plaisantant dans la boutique quand Jupien
était absent. « Qu'est-ce que vous avez, disait-il en riant, avec
vos yeux cernés ? Des chagrins d'amour ? Dame les années se
suivent et ne se ressemblent pas. Après tout on est bien libre
d'essayer une chaussure, à plus forte raison une femme, et si
elle n'est pas à votre pied... » Il ne se fâcha qu'une fois parce
qu'elle pleura, ce qu'il trouva lâche, un indigne procédé. On ne
supporte pas toujours bien les larmes qu'on fait verser. Mais
nous avons trop anticipé car tout ceci ne se passa qu'après la
soirée Verdurin, que nous avons interrompue et qu'il faut
reprendre où nous en étions. « Je ne me serais jamais douté,
soupira Morel, en réponse à Mme Verdurin. — Naturellement
on ne vous le dit pas en face, ça n'empêche pas que vous êtes
la fable du Conservatoire, reprit méchamment Mme Verdurin,
voulant montrer à Morel qu'il ne s'agissait pas uniquement de
M. de Charlus mais de lui aussi. Je veux bien croire que vous
l'ignorez et pourtant on ne se gêne guère. Demandez à Ski ce

qu'on disait l'autre jour chez Chevillard[1] à deux pas de nous quand vous êtes entré dans ma loge. C'est-à-dire qu'on vous montre du doigt. Je vous dirai que pour moi je n'y fais pas autrement attention, ce que je trouve surtout c'est que ça rend un homme prodigieusement ridicule et qu'il est la risée de tous pour toute sa vie. — Je ne sais pas comment vous remercier », dit Charlie du ton dont on le dit à un dentiste qui vient de vous faire affreusement mal sans qu'on ait voulu le laisser voir ou à un témoin trop sanguinaire qui vous a forcé à un duel pour une parole insignifiante dont il vous a dit : « Vous ne pouvez pas empocher ça. » « Je pense que vous avez du caractère, que vous êtes un homme, répondit Mme Verdurin, et que vous saurez parler haut et clair quoiqu'il dise à tout le monde que vous n'oserez pas, qu'il vous tient. » Charlie, cherchant une dignité d'emprunt pour couvrir la sienne en lambeaux, trouva dans sa mémoire pour l'avoir lu ou bien entendu dire et proclama aussitôt : « Je n'ai pas été élevé à manger de ce pain-là. Dès ce soir je romprai avec M. de Charlus. La reine de Naples est bien partie, n'est-ce pas ? Sans cela, avant de rompre avec lui, je lui aurais demandé... — Ce n'est pas nécessaire de rompre entièrement avec lui, dit Mme Verdurin, désireuse de ne pas désorganiser le petit noyau. Il n'y a pas d'inconvénients à ce que vous le voyiez ici, dans notre petit groupe, où vous êtes apprécié, où on ne dira pas de mal de vous. Mais exigez votre liberté et puis ne vous laissez pas traîner par lui chez toutes ces pécores qui sont aimables par-devant ; j'aurais voulu que vous entendiez ce qu'elles disaient par-derrière. D'ailleurs n'en ayez pas de regrets, non seulement vous vous enlevez une tache qui vous resterait toute la vie, mais au point de vue artistique, même s'il n'y avait pas cette honteuse présentation par Charlus, je vous dirais que de vous galvauder ainsi dans ce milieu de faux monde, cela vous donnerait un air pas sérieux, une réputation d'amateur, de petit musicien de salon, qui est terrible à votre âge. Je comprends que pour toutes ces belles dames c'est très commode de rendre des politesses à leurs amies en vous faisant venir à l'œil, mais c'est votre avenir d'artiste qui en ferait les frais. Je ne dis pas chez une ou deux. Vous parliez de la reine de Naples, qui est partie en effet, elle avait une soirée, celle-là c'est une brave femme et je vous dirai que je crois qu'elle fait peu de cas du Charlus. Je vous dirai que je crois que c'est surtout pour moi qu'elle venait. Oui, oui, je sais qu'elle avait envie de connaître M. Verdurin et moi. Cela c'est un endroit où vous pourrez jouer. Et puis je vous dirai qu'amené par moi que les artistes connaissent, vous savez, pour qui ils ont toujours été très gentils, qu'ils considèrent un peu comme des leurs, comme leur Patronne, c'est tout différent. Mais gardez-vous surtout comme du feu d'aller chez Mme de Duras ! N'allez pas faire une boulette pareille ! Je connais des artistes qui sont venus me faire leurs confidences sur elle : vous savez ils savent qu'ils peuvent se fier à moi, dit-elle du ton doux et simple qu'elle savait prendre subitement, en donnant à ses traits un air de modestie, à ses yeux un charme approprié. Ils viennent comme ça me raconter leurs petites histoires ; ceux qu'on prétend le plus silencieux, ils bavardent quelquefois des heures avec moi et je ne peux pas vous dire ce qu'ils sont intéressants. Le pauvre Chabrier[1] disait toujours : "Il n'y a que Mme Verdurin qui sache les faire parler." Hé bien vous savez, tous, mais je vous dis sans exception, je les ai vus pleurer d'avoir été jouer chez Mme de Duras. Ce n'est pas seulement les humiliations qu'elle s'amuse à leur faire faire par ses domestiques, mais ils ne pouvaient plus trouver d'engagement nulle part. Les directeurs disaient : "Ah ! oui, c'est celui qui joue chez Mme de Duras." C'était fini. Il n'y a rien pour vous couper un avenir comme ça. Vous savez les gens du monde ça ne donne pas l'air sérieux, on peut avoir tout le talent qu'on veut, c'est triste à dire, mais il suffit d'une Mme de Duras pour vous donner la réputation d'un amateur. Et pour les artistes, vous savez, moi vous comprenez que je les connais depuis quarante ans que je les fréquente, que je les lance, que je m'intéresse à eux, eh bien vous savez pour eux quand ils ont dit "un amateur" ils ont tout dit. Et au fond on commençait à le dire de vous. Ce que de fois j'ai été obligée de me gendarmer, d'assurer que vous ne joueriez pas dans tel salon ridicule ! Savez-vous ce qu'on me répondait : "Mais il sera bien forcé, Charlus ne le consultera même pas, il ne lui demande pas son avis." Quelqu'un a cru lui faire plaisir en lui disant : "Nous

admirons beaucoup votre ami Morel." Savez-vous ce qu'il a
répondu, avec cet air insolent que vous connaissez : "Mais
comment voulez-vous qu'il soit mon ami ? nous ne sommes pas
de la même classe, dites qu'il est ma créature, mon protégé." »
À ce moment s'agitait sous le front bombé de la déesse
musicienne la seule chose que certaines personnes ne peuvent
pas conserver pour elles, un mot qu'il est non seulement abject,
mais imprudent de répéter. Mais le besoin de le répéter est plus
fort que l'honneur, que la prudence. C'est à ce besoin que,
après quelques légers mouvements convulsifs du front sphé-
rique et chagrin, céda la Patronne : « On a même répété à mon
mari qu'il avait dit : "mon domestique", mais cela je ne peux
pas l'affirmer », ajouta-t-elle. C'est un besoin pareil qui avait
contraint M. de Charlus, peu après avoir juré à Morel que
personne ne saurait jamais d'où il était sorti, à dire à
Mme Verdurin : « C'est le fils d'un valet de chambre. » Un
besoin pareil encore, maintenant que le mot était lâché, le ferait
circuler de personnes en personnes, qui le confieraient sous le
sceau d'un secret qui serait promis et non gardé, comme elles
avaient fait elles-mêmes. Ces mots finissaient, comme au jeu du
furet, par revenir à Mme Verdurin, la brouillant avec l'intéressé
qui avait fini par l'apprendre. Elle le savait, mais ne pouvait
retenir le mot qui lui brûlait la langue. « Domestique » ne
pouvait d'ailleurs que froisser Morel. Elle dit pourtant
« domestique », et si elle ajouta qu'elle ne pouvait l'affirmer, ce
fut à la fois pour paraître certaine du reste, grâce à cette
nuance, et pour montrer de l'impartialité. Cette impartialité
qu'elle montrait la toucha elle-même tellement qu'elle commença à parler tendrement à Charlie : « Car voyez-vous, dit-
elle, moi je ne lui fais pas de reproches, il vous entraîne dans
son abîme, ce n'est pas sa faute, puisqu'il y roule lui-même,
puisqu'il y roule », répéta-t-elle assez fort, ayant été émerveillée
de la justesse de l'image qui lui était partie plus vite que son
attention qui ne la rattrapait que maintenant, et tâchant de la
mettre en valeur. « Non, ce que je lui reproche, dit-elle d'un ton
tendre, comme une femme ivre de son succès, c'est de manquer
de délicatesse envers vous. Il y a des choses qu'on ne dit pas à
tout le monde. Ainsi tout à l'heure il a parié qu'il allait vous

faire rougir de plaisir, en vous annonçant (par blague
naturellement car sa recommandation suffirait à vous empêcher de l'avoir) que vous auriez la croix de la Légion
d'honneur. Cela passe encore, quoique je n'aie jamais
beaucoup aimé, reprit-elle d'un air délicat et digne, qu'on dupe
ses amis, mais vous savez il y a des riens qui nous font de la
peine. C'est par exemple quand il nous raconte en se tordant
que si vous désirez la croix, c'est pour votre oncle et que votre
oncle était larbin. — Il vous a dit cela ! » s'écria Charlie croyant
d'après ces mots habilement rapportés à la vérité de tout ce
qu'avait dit Mme Verdurin. Mme Verdurin fut inondée de la
joie d'une vieille maîtresse qui, sur le point d'être lâchée par
son jeune amant, réussit à rompre son mariage. Et peut-être
n'avait-elle pas calculé son mensonge ni même menti sciem-
ment. Une sorte de logique sentimentale, peut-être plus
élémentaire encore, une sorte de réflexe nerveux, qui la
poussait pour égayer sa vie et préserver son bonheur à
« brouiller les cartes » dans le petit clan, faisait-elle monter
impulsivement à ses lèvres sans qu'elle eût le temps d'en
contrôler la vérité, ces assertions diaboliquement utiles, sinon
rigoureusement exactes. « Il nous l'aurait dit à nous seuls que
cela ne ferait rien, reprit la Patronne, nous savons qu'il faut
prendre et laisser de ce qu'il dit, et puis il n'y a pas de sot
métier, vous avez votre valeur, vous êtes ce que vous valez ;
mais qu'il aille faire tordre avec cela Mme de Portefin
(Mme Verdurin la citait exprès, parce qu'elle savait que Charlie
aimait Mme de Portefin), c'est ce qui nous rend malheureux.
Mon mari me disait en l'entendant : "J'aurais mieux aimé
recevoir une gifle." Car il vous aime autant que moi, vous
savez, Gustave (on apprit ainsi que M. Verdurin s'appelait
Gustave)[1]. Au fond c'est un sensible. — Mais je ne t'ai jamais
dit que je l'aimais, murmura M. Verdurin faisant le bourru
bienfaisant. C'est le Charlus qui l'aime. — Oh ! non,
maintenant je comprends la différence, j'étais trahi par un
misérable et vous, vous êtes bon, s'écria avec sincérité Charlie.
— Non non, murmura Mme Verdurin pour garder sa victoire
(car elle sentait ses mercredis sauvés) sans en abuser, misérable
est trop dire ; il fait du mal, beaucoup de mal, inconsciemment ;

vous savez cette histoire de Légion d'honneur n'a pas duré très longtemps. Et il me serait désagréable de vous répéter tout ce qu'il a dit sur votre famille, dit Mme Verdurin, qui eût été bien embarrassée de le faire. — Oh! cela a beau n'avoir duré qu'un instant, cela prouve que c'est un traître », s'écria Morel.

C'est à ce moment que nous rentrâmes au salon. « Ah! » s'écria M. de Charlus en voyant que Morel était là et, marchant vers le musicien avec le genre d'allégresse des hommes qui ont organisé savamment toute leur soirée en vue d'un rendez-vous avec une femme, et qui tout enivrés ne se doutent guère qu'ils ont dressé eux-mêmes le piège où vont les saisir et devant tout le monde les rosser, des hommes apostés par le mari : « Hé bien enfin ce n'est pas trop tôt, êtes-vous content, jeune gloire et bientôt jeune chevalier de la Légion d'honneur ? Car bientôt vous pourrez montrer votre croix », dit M. de Charlus à Morel d'un air tendre et triomphant, mais par ces mots mêmes de décoration contresignant les mensonges de Mme Verdurin qui apparurent une vérité indiscutable à Morel. « Laissez-moi je vous défends de m'approcher, cria Morel au baron. Vous ne devez pas être à votre coup d'essai, je ne suis pas le premier que vous essayez de pervertir ! » Ma seule consolation était de penser que j'allais voir Morel et les Verdurin pulvérisés par M. de Charlus. Pour mille fois moins que cela j'avais essuyé ses colères de fou, personne n'était à l'abri d'elles, un roi ne l'eût pas intimidé. Or il se produisit cette chose extraordinaire. On vit M. de Charlus, muet, stupéfait, mesurant son malheur sans en comprendre la cause, ne trouvant pas un mot, levant les yeux successivement sur toutes les personnes présentes, d'un air interrogateur, indigné, suppliant, et qui semblait leur demander moins encore ce qui s'était passé que ce qu'il devait répondre. Peut-être ce qui le rendait muet était-ce (en voyant que M. et Mme Verdurin détournaient les yeux et que personne ne lui porterait secours) la souffrance présente et l'effroi surtout des souffrances à venir ; ou bien que ne s'étant pas d'avance par l'imagination monté la tête et forgé une colère, n'ayant pas de rage toute prête en mains (car, sensitif, nerveux, hystérique, il était un vrai impulsif, mais un faux brave, même, comme je l'avais toujours cru et ce qui me le rendait assez sympathique, un faux méchant, et n'avait pas les réactions normales de l'homme d'honneur outragé), on l'avait saisi et brusquement frappé au moment où il était sans armes ; ou bien que, dans un milieu qui n'était pas le sien, il se sentait moins à l'aise et moins courageux qu'il n'eût été dans le Faubourg. Toujours est-il que, dans ce salon qu'il dédaignait, ce grand seigneur (à qui n'était pas plus essentiellement inhérente la supériorité sur les roturiers qu'elle ne le fut à tel de ses ancêtres angoissés devant le Tribunal révolutionnaire) ne sut, dans une paralysie de tous les membres et de la langue, que jeter de tous côtés des regards épouvantés, indignés par la violence qu'on lui faisait, aussi suppliants qu'interrogateurs. Pourtant M. de Charlus possédait toutes les ressources non seulement de l'éloquence mais de l'audace, quand, pris d'une rage qui bouillonnait depuis longtemps, il clouait quelqu'un de désespoir par les mots les plus sanglants devant les gens du monde scandalisés et qui n'avaient jamais cru qu'on pût aller si loin. M. de Charlus dans ces cas-là brûlait, se démenait en de véritables attaques nerveuses, dont tout le monde restait tremblant. Mais c'est que dans ces cas-là il avait l'initiative, il attaquait, il disait ce qu'il voulait (comme Bloch savait plaisanter des Juifs et rougissait si on prononçait leur nom devant lui). Ces gens qu'il haïssait, il les haïssait parce qu'il s'en croyait méprisé. Eussent-ils été gentils pour lui, au lieu de se griser de colère contre eux il les eût embrassés. Dans une circonstance si cruellement imprévue, ce grand discoureur ne sut que balbutier : « Qu'est-ce que cela veut dire ? qu'est-ce qu'il y a ? » On ne l'entendait même pas. Et la pantomime éternelle de la terreur panique a si peu changé, que ce vieux monsieur a qui il arrivait une aventure désagréable dans un salon parisien répétait à son insu les quelques attitudes schématiques dans lesquelles la sculpture grecque des premiers âges stylisait l'épouvante des nymphes poursuivies par le dieu Pan. L'ambassadeur disgracié, le chef de bureau mis à la retraite, le mondain à qui on bat froid, l'amoureux éconduit examinent parfois pendant des mois l'événement qui a brisé leurs espérances ; ils le tournent et le retournent comme un projectile tiré on ne sait d'où ni on ne sait par qui, pour un peu un

aérolithe. Ils voudraient bien connaître les éléments composants de cet étrange engin qui a fondu sur eux, savoir quelles
volontés mauvaises on peut y reconnaître. Les chimistes au
moins disposent de l'analyse ; les malades souffrant d'un mal
dont ils ne savent pas l'origine peuvent faire venir le médecin.
Et les affaires criminelles sont plus ou moins débrouillées par le
juge d'instruction. Mais les actions déconcertantes de nos
semblables, nous en découvrons rarement les mobiles. Ainsi
M. de Charlus, pour anticiper sur les jours qui suivirent cette
soirée à laquelle nous allons revenir, ne vit dans l'attitude de
Charlie qu'une seule chose claire. Charlie, qui avait souvent
menacé le baron de raconter quelle passion il lui inspirait, avait
dû profiter pour le faire de ce qu'il se croyait maintenant
suffisamment « arrivé » pour voler de ses propres ailes. Et il
avait dû tout raconter, par pure ingratitude, à Mme Verdurin.
Mais comment celle-ci s'était-elle laissé tromper (car le baron,
décidé à nier, était déjà persuadé lui-même que les sentiments
qu'on lui reprocherait étaient imaginaires) ? Des amis de
Mme Verdurin, peut-être ayant eux-mêmes une passion pour
Charlie, avaient préparé le terrain. En conséquence M. de
Charlus les jours suivants écrivit des lettres terribles à plusieurs
« fidèles » entièrement innocents et qui le crurent fou ; puis il
alla faire à Mme Verdurin un long récit attendrissant, lequel
n'eut d'ailleurs nullement l'effet qu'il souhaitait. Car d'une
part Mme Verdurin répétait au baron : « Vous n'avez qu'à ne
plus vous occuper de lui, dédaignez-le, c'est un enfant. » Or le
baron ne soupirait qu'après une réconciliation. D'autre part
pour amener celle-ci en supprimant à Charlie tout ce dont il
s'était cru assuré, il demandait à Mme Verdurin de ne plus le
recevoir, ce à quoi elle opposa un refus qui lui valut des lettres
irritées et sarcastiques de M. de Charlus. Allant d'une
supposition à l'autre, M. de Charlus ne fit jamais la vraie, à
savoir que le coup n'était nullement parti de Morel. Il est vrai
qu'il eût pu l'apprendre en demandant à Morel quelques
minutes d'entretien. Mais il jugeait cela contraire à sa dignité et
aux intérêts de son amour. Il avait été offensé, il attendait des
explications. Il y a d'ailleurs presque toujours, attachée à l'idée
d'un entretien qui pourrait éclaircir un malentendu, une autre

idée qui pour quelque raison que ce soit nous empêche de nous
prêter à cet entretien. Celui qui s'est abaissé et a montré sa
faiblesse dans vingt circonstances, fera preuve de fierté la vingt
et unième fois, la seule où il serait utile de ne pas s'entêter dans
une attitude arrogante et de dissiper une erreur qui va
s'enracinant chez l'adversaire, faute de démenti. Quant au côté
mondain de l'incident, le bruit se répandit que M. de Charlus
avait été mis à la porte de chez les Verdurin au moment où il
cherchait à violer un jeune musicien. Ce bruit fit qu'on ne
s'étonna pas de voir M. de Charlus ne plus reparaître chez les
Verdurin, et quand par hasard il rencontrait quelque part un
des fidèles qu'il avait soupçonnés et insultés, comme celui-ci
gardait rancune au baron qui lui-même ne lui disait pas
bonjour, les gens ne s'étonnaient pas, comprenant que
personne dans le petit clan ne voulait plus saluer le baron.

Tandis que M. de Charlus assommé sur le coup par les
paroles que venait de prononcer Morel et l'attitude de la
Patronne prenait la pose de la nymphe en proie à la terreur
panique, M. et Mme Verdurin s'étaient retirés dans le premier
salon, comme en signe de rupture diplomatique, laissant seul
M. de Charlus tandis que sur l'estrade Morel enveloppait son
violon. « Tu vas nous raconter comment cela s'est passé, dit
avidement Mme Verdurin à son mari. — Je ne sais pas ce que
vous lui avez dit, il avait l'air tout ému, dit Ski, il avait des
larmes dans les yeux. » Feignant de ne pas avoir compris : « Je
crois que ce que j'ai dit lui a été tout à fait indifférent », dit
Mme Verdurin par un de ces manèges qui ne trompent pas du
reste tout le monde et pour forcer le sculpteur à répéter que
Charlie pleurait, pleurs qui enivraient la Patronne de trop
d'orgueil pour qu'elle voulût risquer que tel ou tel fidèle qui
pouvait avoir mal entendu les ignorât. « Mais non au contraire,
je voyais de grosses larmes qui brillaient dans ses yeux », dit le
sculpteur sur un ton bas et souriant de confidence malveillante,
tout en regardant de côté pour s'assurer que Morel était
toujours sur l'estrade et ne pouvait pas écouter la conversation.
Mais il y avait une personne qui l'entendait et dont la présence
aussitôt qu'on l'aurait remarquée allait rendre à Morel une des
espérances qu'il avait perdues. C'était la reine de Naples qui,

ayant oublié son éventail, avait trouvé plus aimable, en
quittant une autre soirée où elle s'était rendue, de venir le
rechercher elle-même. Elle était entrée tout doucement, comme
confuse, s'apprêtant à s'excuser, et à faire une courte visite
maintenant qu'il n'y avait plus personne. Mais on ne l'avait pas
entendue entrer dans le feu de l'incident qu'elle avait compris
tout de suite et qui l'enflamma d'indignation. « Ski dit qu'il
avait des larmes dans les yeux, as-tu remarqué cela ? Je n'ai pas
vu de larmes. Ah ! si pourtant, je me rappelle, corrigea-t-elle
dans la crainte que sa dénégation ne fût crue. Quant au
Charlus, il n'en mène pas large, il devrait prendre une chaise, il
tremble sur ses jambes, il va s'étaler », dit-elle avec un
ricanement sans pitié. À ce moment Morel accourut vers elle :
« Est-ce que cette dame n'est pas la reine de Naples ? demanda
Morel (bien qu'il sût que c'était elle) en montrant la souveraine
qui se dirigeait vers Charlus. Après ce qui vient de se passer,
je ne peux plus, hélas ! demander au baron de me présenter.
— Attendez, je vais le faire », dit Mme Verdurin, et suivie de
quelques fidèles, mais non de moi et de Brichot qui nous
empressâmes d'aller demander nos affaires et de sortir, elle
s'avança vers la reine qui causait avec M. de Charlus. Celui-ci
avait cru que la réalisation de son grand désir que Morel fût
présenté à la reine de Naples ne pouvait être empêchée que par
la mort improbable de la souveraine. Mais nous nous
représentons l'avenir comme un reflet du présent projeté dans
un espace vide, tandis qu'il est le résultat souvent tout prochain
de causes qui nous échappent pour la plupart. Il n'y avait pas
une heure de cela, et M. de Charlus eût tout donné pour que
Morel ne fût pas présenté à la reine. Mme Verdurin fit une
révérence à la reine. Voyant que celle-ci n'avait pas l'air de la
reconnaître : « Je suis Mme Verdurin. Votre Majesté ne me
reconnaît pas. — Très bien », dit la reine en continuant si
naturellement à parler à M. de Charlus, et d'un air si
parfaitement distrait que Mme Verdurin douta si c'était à elle
que s'adressait ce « très bien » prononcé sur une intonation
merveilleusement distraite, qui arracha à M. de Charlus, au
milieu de sa douleur d'amant, un sourire de reconnaissance
expert et friand en matière d'impertinence. Morel voyant de

loin les préparatifs de la présentation s'était rapproché. La reine tendit son bras à M. de Charlus. Contre lui aussi elle était fâchée, mais seulement parce qu'il ne faisait pas face plus énergiquement à de vils insulteurs. Elle était rouge de honte pour lui que les Verdurin osassent le traiter ainsi. La sympathie pleine de simplicité qu'elle leur avait témoignée il y a quelques heures, et l'insolente fierté avec laquelle elle se dressait devant eux prenaient leur source au même point de son cœur. La reine était une femme pleine de bonté mais elle concevait la bonté d'abord sous la forme de l'inébranlable attachement aux gens qu'elle aimait, aux siens, à tous les princes de sa famille, parmi lesquels était M. de Charlus, ensuite à tous les gens de la bourgeoisie ou du plus humble peuple qui savaient respecter ceux qu'elle aimait, avoir pour eux de bons sentiments. C'était en tant qu'à une femme douée de ces bons instincts qu'elle avait manifesté de la sympathie à Mme Verdurin. Et sans doute c'est là une conception étroite, un peu tory et de plus en plus surannée de la bonté. Mais cela ne signifie pas que la bonté fût moins sincère et moins ardente chez elle. Les anciens n'aimaient pas moins fortement le groupement humain auquel ils se dévouaient parce que celui-ci n'excédait pas les limites de la cité, ni les hommes d'aujourd'hui la patrie, que ceux qui aimeront les États-Unis de toute la terre. Tout près de moi j'ai eu l'exemple de ma mère que Mme de Cambremer et Mme de Guermantes n'ont jamais pu décider à faire partie d'aucune « œuvre » philanthropique, d'aucun patriotique ouvroir, à être jamais vendeuse ou patronnesse. Je suis loin de dire qu'elle ait eu raison de n'agir que quand son cœur avait d'abord parlé et de réserver à sa famille, à ses domestiques, aux malheureux que le hasard mit sur son chemin, ses richesses d'amour et de générosité, mais je sais bien que celles-là comme celles de ma grand-mère furent inépuisables et dépassèrent de bien loin tout ce que purent et firent jamais Mmes de Guermantes ou de Cambremer. Le cas de la reine de Naples était entièrement différent, mais enfin il faut reconnaître que les êtres sympathiques n'étaient pas du tout conçus par elle comme ils le sont dans ces romans de Dostoïevski qu'Albertine avait pris dans ma bibliothèque et accaparés, c'est-à-dire sous les traits de parasites flagorneurs, voleurs, ivrognes, tantôt plats et tantôt insolents, débauchés, au besoin assassins. D'ailleurs les extrêmes se rejoignent, puisque l'homme noble, le proche, le parent outragé que la reine voulait défendre était M. de Charlus, c'est-à-dire, malgré sa naissance et toutes les parentés qu'il avait avec la reine, quelqu'un dont la vertu s'entourait de beaucoup de vices. « Vous n'avez pas l'air bien, mon cher cousin, dit-elle à M. de Charlus. Appuyez-vous sur mon bras. Soyez sûr qu'il vous soutiendra toujours. Il est assez solide pour cela. » Puis, levant fièrement les yeux devant elle (en face de qui, me raconta Ski, se trouvaient alors Mme Verdurin et Morel) : « Vous savez qu'autrefois à Gaète il a déjà tenu en respect la canaille[1]. Il saura vous servir de rempart. » Et c'est ainsi, emmenant à son bras le baron et sans s'être laissé présenter Morel, que sortit la glorieuse sœur de l'impératrice Élisabeth.

On pourrait croire avec le caractère terrible de M. de Charlus, les persécutions dont il terrorisait jusqu'à des parents à lui, qu'il allait à la suite de cette soirée déchaîner sa fureur et exercer des représailles contre les Verdurin. Il n'en fut rien et la cause principale en fut certainement que le baron, ayant pris froid à quelques jours de là et contracté une de ces pneumonies infectieuses qui furent très fréquentes alors, longtemps fut jugé par ses médecins et se jugea lui-même comme à deux doigts de la mort, puis resta plusieurs mois suspendu entre elle et la vie. Y eut-il simplement métastase physique, et le remplacement par un mal différent de la névrose qui l'avait jusque-là fait s'oublier jusque dans des orgies de colère ? Car il est trop simple de croire que, n'ayant jamais pris au sérieux, du point de vue social, les Verdurin, il ne pouvait leur en vouloir comme à ses pairs, trop simple aussi de rappeler que les nerveux, irrités à tout propos contre des ennemis imaginaires et inoffensifs, deviennent au contraire inoffensifs dès que quelqu'un prend contre eux l'offensive, et qu'on les calme mieux en leur jetant de l'eau froide à la figure qu'en tâchant de leur démontrer l'inanité de leurs griefs. Mais ce n'est probablement pas dans une métastase qu'il faut chercher l'explication de cette absence de rancune ; bien plutôt dans la maladie elle-même. Elle causait de si grandes fatigues au baron qu'il lui restait peu de loisir

pour penser aux Verdurin. Il était à demi mourant. Nous
parlions d'offensive ; même celles qui n'auront que des effets
posthumes requièrent, si on les veut « monter » convenablement, le sacrifice d'une partie de ses forces. Il en restait trop
peu à M. de Charlus pour l'activité d'une préparation. On parle
souvent d'ennemis mortels qui rouvrent les yeux pour se voir
réciproquement à l'article de la mort et qui les referment
heureux. Ce cas doit être rare, excepté quand la mort nous
surprend en pleine vie. C'est au contraire au moment où on n'a
plus rien à perdre, qu'on ne s'embarrasse pas de risques que
plein de vie on eût assumés légèrement. L'esprit de vengeance
fait partie de la vie ; le plus souvent — malgré des exceptions
qui au sein d'un même caractère, on le verra, sont d'humaines
contradictions — il nous abandonne au seuil de la mort. Après
avoir pensé un instant aux Verdurin, M. de Charlus se sentait
trop fatigué, se retournait contre le mur et ne pensait plus à
rien. Ce n'est pas qu'il eût perdu son éloquence. Mais elle lui
demandait moins d'efforts. Elle coulait encore de source, mais
avait changé. Détachée des violences qu'elle avait ornées si
souvent, ce n'était plus qu'une éloquence quasi mystique
qu'embellissaient des paroles de douceur, des paraboles de
l'Évangile, une apparente résignation à la mort. Il parlait
surtout les jours où il se croyait sauvé. Une rechute le faisait
taire. Cette chrétienne douceur, où s'était transposée sa
magnifique violence (comme en *Esther* le génie, si différent,
d'*Andromaque*), faisait l'admiration de ceux qui l'entouraient.
Elle eût fait celle des Verdurin eux-mêmes qui n'auraient pu
s'empêcher d'adorer un homme que ses défauts leur avaient
fait haïr. Certes des pensées qui n'avaient de chrétien que
l'apparence surnageaient. Il implorait l'archange Gabriel de
venir lui annoncer comme au prophète dans combien de temps
viendrait le Messie. Et s'interrompant d'un doux sourire
douloureux, il ajoutait : « Mais il ne faudrait pas que l'archange
me demandât comme à Daniel de patienter "sept semaines et
soixante-deux semaines!", car je serai mort avant. » Celui qu'il
attendait ainsi était Morel. Aussi demandait-il à l'archange
Raphaël de le lui ramener comme le jeune Tobie. Et, mêlant des
moyens plus humains (comme les papes malades qui tout en

faisant dire des messes ne négligent pas de faire appeler leur médecin), il insinuait à ses visiteurs que si Brichot lui ramenait rapidement son jeune Tobie, peut-être l'archange Raphaël consentirait-il à lui rendre la vue comme au père de Tobie, ou dans la piscine probatique de Bethsaïda[1]. Mais malgré ces retours humains, la pureté morale des propos de M. de Charlus n'en était pas moins devenue délicieuse. Vanité, médisance, folie de méchanceté et d'orgueil, tout cela avait disparu. Moralement M. de Charlus s'était élevé bien au-dessus du niveau où il vivait naguère. Mais ce perfectionnement moral, sur la réalité duquel son art oratoire était du reste capable de tromper quelque peu ses auditeurs attendris, ce perfectionnement disparut avec la maladie qui avait travaillé pour lui. M. de Charlus redescendit sa pente avec une vitesse que nous verrons progressivement croissante. Mais l'attitude des Verdurin envers lui n'était déjà plus qu'un souvenir un peu éloigné que des colères plus immédiates empêchèrent de se raviver.

Pour revenir en arrière, à la soirée Verdurin, ce soir-là quand les maîtres de maison furent seuls, M. Verdurin dit à sa femme : « Tu sais pourquoi Cottard n'est pas venu ? il est auprès de Saniette dont le coup de bourse pour se rattraper a échoué. En apprenant qu'il n'avait plus un franc et qu'il avait près d'un million de dettes Saniette a eu une attaque[2]. — Mais aussi pourquoi a-t-il joué ? C'est idiot, il est l'être le moins fait pour ça. De plus fins que lui y laissent leurs plumes et lui était destiné à se laisser rouler par tout le monde. — Mais bien entendu il y a longtemps que nous savons qu'il est idiot, dit M. Verdurin. Mais enfin le résultat est là. Voilà un homme qui sera mis demain à la porte par son propriétaire, qui va se trouver dans la dernière misère, ses parents ne l'aiment pas, ce n'est pas Forcheville qui fera quelque chose pour lui. Alors j'avais pensé, je ne veux rien faire qui te déplaise, mais nous aurions peut-être pu lui faire une petite rente pour qu'il ne s'aperçoive pas trop de sa ruine, qu'il puisse se soigner chez lui. — Je suis tout à fait de ton avis, c'est très bien de ta part d'y avoir pensé. Mais tu dis chez lui, cet imbécile a gardé un appartement trop cher, ce n'est plus possible, il faudrait lui louer quelque chose avec deux pièces. Je crois qu'actuellement il a encore un appartement de six à sept mille francs. — Six mille cinq cents. Mais il tient beaucoup à son chez-lui. En somme, il a eu une première attaque, il ne pourra guère vivre plus de deux ou trois ans. Mettons que nous dépensions dix mille francs pour lui pendant trois ans. Il me semble que nous pourrions faire cela. Nous pourrions par exemple cette année au lieu de relouer La Raspelière prendre quelque chose de plus modeste. Avec nos revenus, il me semble qu'amortir dix mille francs pendant trois ans ce n'est pas impossible. — Soit, seulement l'ennui c'est que ça se saura, ça obligera à le faire pour d'autres. — Tu peux croire que j'y ai pensé. Je ne le ferai qu'à la condition expresse que personne ne le sache. Merci je n'ai pas envie que nous soyons obligés de devenir les bienfaiteurs du genre humain. Pas de philanthropie ! Ce qu'on pourrait faire, c'est de lui dire que cela lui a été laissé par la princesse Sherbatoff. — Mais le croira-t-il ? Elle a consulté Cottard pour son testament. — À l'extrême rigueur, on peut mettre Cottard dans la confidence, il a l'habitude du secret professionnel, il gagne énormément d'argent, ce ne sera jamais un de ces officieux pour qui on est obligé de casquer. Il voudra même peut-être se charger de dire que c'est lui que la princesse avait pris comme intermédiaire. Comme ça nous ne paraîtrions même pas. Ça éviterait l'embêtement des scènes de remerciements, des manifestations, des phrases. » M. Verdurin ajouta un mot qui signifiait évidemment ce genre de scènes touchantes et de phrases qu'ils désiraient éviter. Mais il n'a pu m'être dit exactement, car ce n'était pas un mot français, mais un de ces termes comme on en a dans les familles pour désigner certaines choses, surtout les choses agaçantes, probablement parce qu'on veut pouvoir les signaler devant les intéressés sans être compris. Ce genre d'expressions est généralement un reliquat contemporain d'un état antérieur de la famille. Dans une famille juive, par exemple, ce sera un terme rituel détourné de son sens et peut-être le seul mot hébreu que la famille maintenant francisée connaisse encore. Dans une famille très fortement provinciale, ce sera un terme du patois de la province, bien que la famille ne parle plus et ne comprenne même plus le patois. Dans une famille venue de l'Amérique du

Sud et ne parlant plus que le français ce sera un mot espagnol. Et à la génération suivante, le mot n'existera plus qu'à titre de souvenir d'enfance. On se rappellera bien que les parents à table faisaient allusion aux domestiques qui servaient sans être compris d'eux, en disant tel mot, mais les enfants ignorent ce que voulait dire au juste ce mot, si c'était de l'espagnol, de l'hébreu, de l'allemand, du patois, si même cela avait jamais appartenu à une langue quelconque et n'était pas un nom propre, ou un mot entièrement forgé. Le doute ne peut être éclairci que si on a un grand-oncle, un vieux cousin encore vivant et qui a dû user du même terme. Comme je n'ai connu aucun parent des Verdurin je n'ai pu restituer exactement le mot. Toujours est-il qu'il fit certainement sourire Mme Verdurin, car l'emploi de cette langue moins générale, plus personnelle, plus secrète, que la langue habituelle donne à ceux qui en usent entre eux un sentiment égoïste qui ne va jamais sans une certaine satisfaction. Cet instant de gaieté passé : « Mais si Cottard en parle ? objecta Mme Verdurin. — Il n'en parlera pas. » Il en parla, à moi du moins, car c'est par lui que j'appris ce fait quelques années plus tard, à l'enterrement même de Saniette. Je regrettai de ne l'avoir pas su plus tôt. D'abord cela m'eût acheminé plus rapidement à l'idée qu'il ne faut jamais en vouloir aux hommes, jamais les juger d'après tel souvenir d'une méchanceté car nous ne savons pas tout ce qu'à d'autres moments leur âme a pu vouloir sincèrement et réaliser de bon ; sans doute la forme mauvaise qu'on a constatée une fois pour toutes reviendra, mais l'âme est bien plus riche que cela, a bien d'autres formes qui reviendront, elles aussi, chez ces hommes et dont nous refusons la douceur à cause du mauvais procédé qu'ils ont eu. Ensuite à un point de vue plus personnel cette révélation de Cottard n'eût pas été sans effet sur moi, parce qu'en changeant mon opinion des Verdurin, cette révélation, s'il me l'eût faite plus tôt, eût dissipé les soupçons que j'avais sur le rôle que les Verdurin pouvaient jouer entre Albertine et moi — les eût dissipés peut-être à tort du reste, car si M. Verdurin — que je croyais de plus en plus le plus méchant des hommes — avait des vertus, il n'en était pas moins taquin jusqu'à la plus féroce persécution et jaloux de

domination dans le petit clan jusqu'à ne pas reculer devant les
pires mensonges, devant la fomentation des haines les plus
injustifiées pour rompre entre les fidèles les liens qui n'avaient
pas pour but exclusif le renforcement du petit groupe. C'était
un homme capable de désintéressement, de générosités sans
ostentation, cela ne veut pas dire forcément un homme
sensible, ni un homme sympathique, ni scrupuleux, ni
véridique, ni toujours bon. Une bonté partielle — où subsistait
peut-être un peu de la famille amie de ma grand-tante[1] —
existait probablement chez lui avant que je la connusse par ce
fait, comme l'Amérique ou le pôle Nord avant Colomb
ou   [2]. Néanmoins, au moment de ma découverte,
la nature de M. Verdurin me présenta une face nouvelle
insoupçonnée ; et je conclus à la difficulté de présenter une
image fixe aussi bien d'un caractère que des sociétés et des
passions. Car il ne change pas moins qu'elles, et si on veut
clicher ce qu'il a de relativement immuable, on le voit présenter
successivement des aspects différents (impliquant qu'il ne sait
pas garder l'immobilité mais bouge) à l'objectif déconcerté.

Voyant l'heure et craignant qu'Albertine s'ennuyât je
demandai à Brichot, en sortant de la soirée Verdurin, qu'il
voulût bien d'abord me déposer chez moi. Ma voiture le
reconduirait ensuite. Il me félicita de rentrer ainsi directement,
ne sachant pas qu'une jeune fille m'attendait à la maison, et de
finir aussi tôt et avec tant de sagesse une soirée dont bien au
contraire je n'avais en réalité fait que retarder le véritable
commencement. Puis il me parla de M. de Charlus. Celui-ci eût
sans doute été stupéfait en entendant le professeur, si aimable
avec lui, le professeur qui lui disait toujours : « Je ne répète
jamais rien », parler de lui et de sa vie sans la moindre
réticence. Et l'étonnement indigné de Brichot n'eût peut-être
pas été moins sincère si M. de Charlus lui avait dit : « On m'a
assuré que vous parliez mal de moi. » Brichot avait en effet du
goût pour M. de Charlus et, s'il avait eu à se reporter à quelque
conversation roulant sur lui, il se fût rappelé bien plus les
sentiments de sympathie qu'il avait éprouvés à l'égard du
baron, pendant qu'il disait de lui les mêmes choses qu'en disait

tout le monde, plutôt que ces choses elles-mêmes. Il n'aurait
pas cru mentir en disant : « Moi qui parle de vous avec tant
d'amitié », puisqu'il ressentait quelque amitié, pendant qu'il
parlait de M. de Charlus. Celui-ci avait surtout pour Brichot le
charme que l'universitaire demandait avant tout dans la vie
mondaine, et qui était de lui offrir des spécimens réels de ce
qu'il avait pu croire longtemps une invention des poètes.
Brichot, qui avait souvent expliqué la deuxième *Églogue* de
Virgile[1] sans trop savoir si cette fiction avait quelque fond de
réalité, trouvait sur le tard à causer avec M. de Charlus un peu
du plaisir qu'il savait que ses maîtres M. Mérimée et M. Renan,
son collègue M. Maspero avaient éprouvé, voyageant en
Espagne, en Palestine, en Égypte, à reconnaître dans les
paysages et les populations actuelles de l'Espagne, de la
Palestine et de l'Égypte, le cadre et les invariables acteurs des
scènes antiques qu'eux-mêmes dans les livres avaient étudiées.
« Soit dit sans offenser ce preux de haute race, me déclara
Brichot dans la voiture qui nous ramenait, il est tout
simplement prodigieux quand il commente son catéchisme
satanique avec une verve un tantinet charentonesque et une
obstination, j'allais dire une candeur, de blanc d'Espagne et
d'émigré. Je vous assure que, si j'ose m'exprimer comme
Mgr d'Hulst[2], je ne m'embête pas les jours où je reçois la visite
de ce féodal qui voulant défendre Adonis contre notre âge de
mécréants a suivi les instincts de sa race, et en toute innocence
sodomiste, s'est croisé. » J'écoutais Brichot, et je n'étais pas
seul avec lui. Ainsi que du reste cela n'avait pas cessé depuis
que j'avais quitté la maison, je me sentais, si obscurément que
ce fût, relié à la jeune fille qui était en ce moment dans sa
chambre. Même quand je causais avec l'un ou avec l'autre chez
les Verdurin, je la sentais confusément à côté de moi, j'avais
d'elle cette notion vague qu'on a de ses propres membres, et s'il
m'arrivait de penser à elle, c'était comme on pense, avec l'ennui
d'y être lié par un entier esclavage, à son propre corps. « Et
quelle potinière, reprit Brichot, à nourrir tous les appendices
des *Causeries du lundi*, que la conversation de cet apôtre !
Songez que j'ai appris par lui que le traité d'éthique où j'ai
toujours révéré la plus fastueuse construction morale de notre

époque, avait été inspiré à notre vénérable collègue X par un
jeune porteur de dépêches. N'hésitons pas à reconnaître que mon
éminent ami a négligé de nous livrer le nom de cet éphèbe au
cours de ses démonstrations. Il a témoigné en cela de plus de
respect humain, ou si vous aimez mieux de moins de gratitude
que Phidias qui inscrivit le nom de l'athlète qu'il aimait sur
l'anneau de son Jupiter Olympien. Le baron ignorait cette
dernière histoire. Inutile de vous dire qu'elle a charmé son
orthodoxie. Vous imaginez aisément que chaque fois que
j'argumente avec mon collègue à une thèse de doctorat, je trouve
à sa dialectique, d'ailleurs fort subtile, ce surcroît de saveur que
de piquantes révélations ajoutèrent pour Sainte-Beuve à l'œuvre
insuffisamment confidentielle de Chateaubriand[1]. De notre
collègue dont la sagesse est d'or mais qui possédait peu d'argent
le télégraphiste a passé aux mains du baron ("en tout bien tout
honneur", il faut entendre le ton dont il le dit). Et comme ce
Satan est le plus serviable des hommes il a obtenu pour son
protégé une place aux Colonies, d'où celui-ci, qui a l'âme
reconnaissante, lui envoie de temps à autre d'excellents fruits. Le
baron en offre à ses hautes relations ; des ananas du jeune
homme figurèrent tout dernièrement sur la table du quai Conti,
faisant dire à Mme Verdurin qui n'y mettait pas malice : "Vous
avez donc un oncle ou un neveu d'Amérique, M. de Charlus,
pour recevoir des ananas pareils !" J'avoue que je les ai mangés
avec une certaine gaieté en me récitant *in petto* le début d'une ode
d'Horace que Diderot aimait à rappeler[2]. En somme, comme
mon collègue Boissier, déambulant du Palatin à Tibur[3], je prends
dans la conversation du baron une idée singulièrement plus
vivante et plus savoureuse des écrivains du siècle d'Auguste. Ne
parlons même pas de ceux de la Décadence, et ne remontons pas
jusqu'aux Grecs, bien que j'aie dit une fois à cet excellent M. de
Charlus qu'auprès de lui je me faisais l'effet de Platon chez
Aspasie[4]. À vrai dire j'avais singulièrement grandi l'échelle des
deux personnages et comme dit La Fontaine mon exemple était
tiré "d'animaux plus petits"[5]. Quoi qu'il en soit vous ne supposez
pas j'imagine que le baron ait été froissé. Jamais je ne le vis si
ingénument heureux. Une ivresse d'enfant le fit déroger à son
flegme aristocratique. "Quels flatteurs que tous ces sorbon-

nards ! s'écriait-il avec ravissement. Dire qu'il faut que j'aie
attendu d'être arrivé à mon âge pour être comparé à Aspasie !
Un vieux tableau comme moi ! Ô ma jeunesse !" J'aurais voulu
que vous le vissiez disant cela, outrageusement poudré à son
habitude, et à son âge, musqué comme un petit-maître. Au
demeurant, sous ses hantises de généalogie, le meilleur homme
du monde. Pour toutes ces raisons je serais désolé que la rupture
de ce soir fût définitive. Ce qui m'a étonné, c'est la façon dont le
jeune homme s'est rebiffé. Il avait pourtant pris depuis quelque
temps en face du baron des manières de séide, des façons de
leude qui n'annonçaient guère cette insurrection. J'espère qu'en
tout cas même si (*Dii omen avertant*[1]) le baron ne devait plus
retourner quai Conti, ce schisme ne s'étendrait pas jusqu'à moi.
Nous avons l'un et l'autre trop de profit à l'échange que nous
faisons de mon faible savoir contre son expérience. (On verra en
effet que si M. de Charlus ne témoigna pas de violente rancune
à Brichot, du moins sa sympathie pour l'universitaire tomba
assez complètement pour lui permettre de le juger sans aucune
indulgence.) Et je vous jure bien que l'échange est si inégal
que, quand le baron me livre ce que lui a enseigné son existence,
je ne saurais être d'accord avec Sylvestre Bonnard, que c'est
encore dans une bibliothèque qu'on fait le mieux le songe de
la vie[2]. »

Nous étions arrivés devant ma porte. Je descendis de voiture
pour donner au cocher l'adresse de Brichot. Du trottoir je
voyais la fenêtre de la chambre d'Albertine, cette fenêtre
autrefois toujours noire le soir quand elle n'habitait pas la
maison, que la lumière électrique de l'intérieur, segmentée par
les pleins des volets, striait de haut en bas de barres d'or
parallèles. Ce grimoire magique, autant il était clair pour moi
et dessinait devant mon esprit calme des images précises, toutes
proches et en possession desquelles j'allais entrer tout à l'heure,
était invisible pour Brichot resté dans la voiture, presque
aveugle, et eût d'ailleurs été incompréhensible pour lui,
puisque tout autant que les amis qui venaient me voir avant le
dîner, quand Albertine était rentrée de promenade, le professeur ignorait qu'une jeune fille, toute à moi, m'attendait dans
une chambre voisine de la mienne. La voiture partit. Je restai

un instant seul sur le trottoir. Certes ces lumineuses rayures
que j'apercevais d'en bas et qui à un autre eussent semblé
toutes superficielles, je leur donnais une consistance, une
plénitude, une solidité extrêmes, à cause de toute la signification que je mettais derrière elles, en un trésor si l'on veut, un
trésor insoupçonné des autres, que j'avais caché là et dont
émanaient ces rayons horizontaux, mais un trésor en échange
duquel j'avais aliéné ma liberté, la solitude, la pensée. Si
Albertine n'avait pas été là-haut, et même si je n'avais voulu
qu'avoir du plaisir, j'aurais été le demander à des femmes
inconnues, dont j'eusse essayé de pénétrer la vie, à Venise peut-
être, à tout le moins dans quelque coin du Paris nocturne. Mais
maintenant, ce qu'il me fallait faire quand venait pour moi
l'heure des caresses, ce n'était pas partir en voyage, ce n'était
même plus sortir, c'était rentrer. Et rentrer non pas pour au
moins se trouver seul et, après avoir quitté les autres qui vous
fournissaient du dehors l'aliment de votre pensée, se trouver au
moins forcé de le chercher en soi-même, mais au contraire
moins seul que quand j'étais chez les Verdurin, reçu que j'allais
être par la personne en qui j'abdiquais, je remettais le plus
complètement la mienne, sans que j'eusse un instant le loisir de
penser à moi, et même la peine, puisqu'elle serait auprès de
moi, de penser à elle. De sorte qu'en levant une dernière fois
mes yeux du dehors vers la fenêtre de la chambre dans laquelle
je serais tout à l'heure, il me sembla voir le lumineux grillage
qui allait se refermer sur moi et dont j'avais forgé moi-même,
pour une servitude éternelle, les inflexibles barreaux d'or.

Albertine ne m'avait jamais dit qu'elle me soupçonnât d'être
jaloux d'elle, préoccupé de tout ce qu'elle faisait. Les seules
paroles, assez anciennes il est vrai, que nous avions échangées
relativement à la jalousie semblaient prouver le contraire. Je
me rappelais que, par un beau soir de clair de lune au début de
nos relations, une des premières fois où je l'avais reconduite et
où j'eusse autant aimé ne pas le faire et la quitter pour courir
auprès d'autres, je lui avais dit : « Vous savez si je vous propose
de vous ramener ce n'est pas par jalousie, si vous avez quelque
chose à faire, je m'éloigne discrètement », et elle m'avait
répondu : « Oh ! je sais bien que vous n'êtes pas jaloux et que

cela vous est bien égal, mais je n'ai rien à faire qu'à être avec vous. » Une autre fois c'était à La Raspelière où M. de Charlus, tout en jetant à la dérobée un regard sur Morel, avait fait ostentation de galante amabilité à l'égard d'Albertine, je lui avais dit : « Hé bien il vous a serrée d'assez près j'espère. » Et comme j'avais ajouté à demi ironiquement : « J'ai souffert toutes les tortures de la jalousie », Albertine, usant du langage propre soit au milieu vulgaire d'où elle était sortie, soit au plus vulgaire encore qu'elle fréquentait : « Quel chineur vous faites ! Je sais bien que vous n'êtes pas jaloux. D'abord vous me l'avez dit, et puis ça se voit, allez ! » Elle ne m'avait jamais dit depuis qu'elle eût changé d'avis ; mais il avait dû pourtant se former en elle, à ce sujet, bien des idées nouvelles, qu'elle me cachait mais qu'un hasard pouvait, malgré elle, trahir, car ce soir-là, quand une fois rentré, après avoir été la chercher dans sa chambre et l'avoir amenée dans la mienne, je lui eus dit (avec une certaine gêne que je ne compris pas moi-même, car j'avais bien annoncé à Albertine que j'irais dans le monde et je lui avais dit que je ne savais pas où, peut-être chez Mme de Villeparisis, peut-être chez Mme de Guermantes, peut-être chez Mme de Cambremer, il est vrai que je n'avais justement pas nommé les Verdurin[1]) : « Devinez d'où je viens, de chez les Verdurin », j'avais à peine eu le temps de prononcer ces mots qu'Albertine, la figure bouleversée, m'avait répondu par ceux-ci qui semblèrent exploser d'eux-mêmes avec une force qu'elle ne put contenir : « Je m'en doutais. — Je ne savais pas que cela vous ennuierait que j'aille chez les Verdurin. » (Il est vrai qu'elle ne me disait pas que cela l'ennuyait, mais c'était visible. Il est vrai aussi que je ne m'étais pas dit que cela l'ennuierait. Et pourtant devant l'explosion de sa colère, comme devant ces événements qu'une sorte de double vue rétrospective nous fait paraître avoir déjà été connus dans le passé, il me sembla que je n'avais jamais pu m'attendre à autre chose.) « M'ennuyer ? Qu'est-ce que vous voulez que ça me fiche ? Voilà qui m'est équilatéral. Est-ce qu'ils ne devaient pas avoir Mlle Vinteuil ? » Hors de moi à ces mots : « Vous ne m'aviez pas dit que vous aviez rencontré Mme Verdurin l'autre jour », lui dis-je pour lui montrer que j'étais plus instruit qu'elle ne le croyait. « Est-ce

que je l'ai rencontrée »[1], demanda-t-elle, d'un air rêveur à la
fois à elle-même comme si elle cherchait à rassembler ses
souvenirs, et à moi comme si c'est moi qui eût pu le lui
apprendre; et sans doute en effet afin que je dise ce que je
savais, peut-être aussi pour gagner du temps avant de faire une
réponse difficile. Mais j'étais bien moins préoccupé pour
Mlle Vinteuil que d'une crainte qui m'avait déjà effleuré mais
qui s'emparait de moi avec plus de force. Même en rentrant je
croyais que Mme Verdurin avait purement et simplement
inventé par gloriole la venue de Mlle Vinteuil et de son amie, de
sorte que j'étais tranquille. Seule Albertine, en me disant:
« Est-ce que Mlle Vinteuil ne devait pas être là ? » m'avait
montré que je ne m'étais pas trompé dans mon premier
soupçon; mais enfin j'étais tranquille là-dessus pour l'avenir,
puisqu'en renonçant à aller chez les Verdurin, Albertine
m'avait sacrifié Mlle Vinteuil. « Du reste[2], lui dis-je avec colère,
il y a bien d'autres choses que vous me cachez, même dans les
plus insignifiantes, comme par exemple votre voyage de trois
jours à Balbec, je le dis en passant. » J'avais ajouté ces mots:
« je le dis en passant » comme complément de: « même les
choses les plus insignifiantes », de façon que si Albertine me
disait: « Qu'est-ce qu'il y a eu d'incorrect dans ma randonnée
à Balbec ? » je pusse lui répondre: « Mais je ne me rappelle
même plus. Ce qu'on me dit se brouille dans ma tête, j'y
attache si peu d'importance. » Et en effet si je parlais de cette
course de trois jours qu'elle avait faite avec le mécanicien
jusqu'à Balbec, d'où ses cartes postales m'étaient arrivées avec
un tel retard, j'en parlais tout à fait au hasard et je regrettais
d'avoir si mal choisi mon exemple, car vraiment, ayant à peine
eu le temps d'aller et de revenir, c'était certainement celle de
leurs promenades où il n'y avait pas eu même le temps que se
glissât une rencontre un peu prolongée avec qui que ce fût.
Mais Albertine crut d'après ce que je venais de dire que la
vérité vraie, je la savais, et lui avais seulement caché que je la
savais; elle était donc restée persuadée depuis peu de temps
que, par un moyen ou un autre, je la faisais suivre, ou enfin que
d'une façon quelconque j'étais comme elle avait dit la semaine
précédente à Andrée «plus renseigné qu'elle-même » sur sa

propre vie. Aussi elle m'interrompit par un aveu bien inutile,
car certes je ne soupçonnais rien de ce qu'elle me dit et j'en fus
en revanche accablé, tant peut être grand l'écart entre la vérité
qu'une menteuse a travestie et l'idée que, d'après ces
mensonges, celui qui aime la menteuse s'est faite de cette vérité.
À peine j'avais prononcé ces mots : « votre voyage de trois
jours à Balbec, je le dis en passant », Albertine me coupant la
parole me déclara comme une chose toute naturelle : « Vous
voulez dire que ce voyage à Balbec n'a jamais eu lieu ? Bien
sûr ! Et je me suis toujours demandé pourquoi vous avez fait
celui qui y croyait. C'était pourtant bien inoffensif. Le
mécanicien avait à faire pour lui pendant trois jours. Il n'osait
pas vous le dire. Alors par bonté pour lui (c'est bien moi ! et
puis c'est toujours sur moi que ça retombe ces histoires-là), j'ai
inventé un prétendu voyage à Balbec. Il m'a tout simplement
déposée à Auteuil chez mon amie de la rue de l'Assomption où
j'ai passé les trois jours à me raser à cent sous l'heure. Vous
voyez que c'est pas grave, il y a rien de cassé. J'ai bien
commencé à supposer que vous saviez peut-être tout quand j'ai
vu que vous vous mettiez à rire à l'arrivée, avec huit jours de
retard, des cartes postales. Je reconnais que c'était ridicule et il
aurait mieux valu pas de cartes du tout. Mais ce n'est pas ma
faute. Je les avais achetées d'avance, données au mécanicien
avant qu'il me dépose à Auteuil, et puis ce veau-là les a
oubliées dans ses poches au lieu de les envoyer sous enveloppe
à un ami qu'il a près de Balbec et qui devait vous les réexpédier.
Je me figurais toujours qu'elles allaient arriver. Lui s'en est
seulement souvenu au bout de cinq jours et au lieu de me le dire
le nigaud les a envoyées aussitôt à Balbec. Quand il m'a dit ça
je lui en ai cassé sur la figure, allez ! Vous préoccuper
inutilement, ce grand imbécile, comme récompense de m'être
cloîtrée pendant trois jours pour qu'il puisse aller régler ses
petites affaires de famille ! Je n'osais même pas sortir dans
Auteuil de peur d'être vue. La seule fois que je suis sortie c'est
déguisée en homme, histoire de rigoler plutôt. Et ma chance
qui me suit partout a voulu que la première personne dans les
pattes de qui je me sois fourrée soit votre youpin d'ami Bloch.

Mais je ne pense pas que ce soit par lui que vous avez su que le voyage à Balbec n'a jamais existé que dans mon imagination, car il a eu l'air de ne pas me reconnaître. »

Je ne savais que dire, ne voulant pas paraître étonné, et écrasé par tant de mensonges. À un sentiment d'horreur qui ne me faisait pas désirer de chasser Albertine, au contraire, s'ajoutait une extrême envie de pleurer. Celle-ci était causée non pas par le mensonge lui-même et par l'anéantissement de tout ce que j'avais tellement cru vrai que je me sentais comme dans une ville rasée, où pas une maison ne subsiste, où le sol nu est seulement bossué de décombres — mais par cette mélancolie que pendant ces trois jours passés à s'ennuyer chez son amie d'Auteuil, Albertine n'ait pas une fois eu le désir, peut-être même pas l'idée, de venir passer en cachette un jour chez moi, ou par un petit bleu de me demander d'aller la voir à Auteuil. Mais je n'avais pas le temps de m'adonner à ces pensées. Je ne voulais surtout pas paraître étonné. Je souris de l'air de quelqu'un qui en sait plus long qu'il ne le dit : « Mais ceci est une chose entre mille. Tenez pas plus tard que ce soir chez les Verdurin, j'ai appris que ce que vous m'aviez dit sur Mlle Vinteuil... » Albertine me regardait fixement d'un air tourmenté tâchant de lire dans mes yeux ce que je savais. Or ce que je savais et que j'allais lui dire, c'est ce qu'était Mlle Vinteuil. Il est vrai que ce n'était pas chez les Verdurin que je l'avais appris, mais à Montjouvain autrefois. Seulement comme je n'en avais, exprès, jamais parlé à Albertine, je pouvais avoir l'air de le savoir de ce soir seulement. Et j'eus presque de la joie — après en avoir eu dans le petit tram tant de souffrance — de posséder ce souvenir de Montjouvain, que je postdaterais, mais qui n'en serait pas moins la preuve accablante, un coup de massue pour Albertine. Cette fois-ci au moins, je n'avais pas besoin d'« avoir l'air de savoir » et de « faire parler » Albertine : je savais, j'avais vu par la fenêtre éclairée de Montjouvain. Albertine avait eu beau me dire que ses relations avec Mlle Vinteuil et son amie avaient été très pures, comment pourrait-elle, quand je lui jurerais (et lui jurerais sans mentir) que je connaissais les mœurs de ces deux femmes, comment pourrait-elle soutenir qu'ayant vécu dans

une intimité quotidienne avec elles, les appelant « mes grandes
sœurs », elle n'avait pas été de leur part l'objet de propositions
qui l'auraient fait rompre avec elles, si au contraire elle ne les
avait acceptées ? Mais je n'eus pas le temps de dire la vérité.
Albertine croyant, comme pour le faux voyage à Balbec, que je
savais, soit par Mlle Vinteuil si elle avait été chez les Verdurin,
soit par Mme Verdurin tout simplement qui avait pu parler d'elle
à Mlle Vinteuil, Albertine ne me laissa pas prendre la parole et
me fit un aveu, exactement contraire de celui que j'avais cru,
mais qui, en me démontrant qu'elle n'avait jamais cessé de
me mentir, me fit peut-être autant de peine (surtout parce
que je n'étais plus, comme j'ai dit tout à l'heure, jaloux de
Mlle Vinteuil). Donc prenant les devants Albertine parla ainsi :
« Vous voulez dire que vous avez appris ce soir que je vous ai
menti quand j'ai prétendu avoir été à moitié élevée par l'amie de
Mlle Vinteuil. C'est vrai que je vous ai un peu menti. Mais je me
sentais si dédaignée par vous, je vous voyais aussi si enflammé
pour la musique de ce Vinteuil que, comme une de mes
camarades — ça c'est vrai, je vous le jure — avait été amie de
l'amie de Mlle Vinteuil, j'ai cru bêtement me rendre intéressante
à vos yeux en inventant que j'avais beaucoup connu ces jeunes
filles. Je sentais que je vous ennuyais, que vous me trouviez
bécasse ; j'ai pensé qu'en vous disant que ces gens-là m'avaient
fréquentée, que je pourrais très bien vous donner des détails sur
les œuvres de Vinteuil, je prendrais un petit peu de prestige à vos
yeux, que cela nous rapprocherait. Quand je vous mens c'est
toujours par amitié pour vous. Et il a fallu cette fatale soirée
Verdurin pour que vous appreniez la vérité, qu'on a peut-être
exagérée du reste. Je parie que l'amie de Mlle Vinteuil vous aura
dit qu'elle ne me connaissait pas. Elle m'a vue au moins deux fois
chez ma camarade. Mais naturellement, je ne suis pas assez chic
pour des gens qui sont devenus si célèbres. Ils préfèrent dire
qu'ils ne m'ont jamais vue. » Pauvre Albertine, quand elle avait
cru que de me dire qu'elle avait été si liée avec l'amie de
Mlle Vinteuil retarderait son « plaquage », la rapprocherait de
moi, elle avait, comme il arrive si souvent, atteint la vérité par un
autre chemin que celui qu'elle avait voulu prendre. Se montrer
plus renseignée sur la musique que je ne l'aurais cru ne m'aurait

nullement empêché de rompre avec elle ce soir-là, dans le petit
tram ; et pourtant c'était bien cette phrase, qu'elle avait dite dans
ce but, qui avait immédiatement amené bien plus que l'impossibilité de rompre. Seulement elle faisait une erreur d'interprétation, non sur l'effet que devait avoir cette phrase, mais sur la
cause en vertu de laquelle elle devait produire cet effet, cause qui
était non pas d'apprendre sa culture musicale, mais ses
mauvaises relations. Ce qui m'avait brusquement rapproché
d'elle, bien plus, fondu en elle, ce n'était pas l'attente d'un plaisir
— et un plaisir est encore trop dire, un léger agrément —, c'était
l'étreinte d'une douleur.

   Cette fois-ci encore je n'avais pas le temps de garder un trop
long silence qui eût pu lui laisser supposer de l'étonnement.
Aussi, touché qu'elle fût si modeste et se crût dédaignée dans le
milieu Verdurin, je lui dis tendrement : « Mais ma chérie j'y
pense, je vous donnerais bien volontiers quelques centaines de
francs pour que vous alliez faire où vous voudriez la dame chic
et que vous invitiez à un beau dîner M. et Mme Verdurin. »
Hélas ! Albertine était plusieurs personnes. La plus mystérieuse, la plus simple, la plus atroce se montra dans la réponse
qu'elle me fit d'un air de dégoût, et dont à dire vrai je ne
distinguai pas bien les mots (même les mots du commencement
puisqu'elle ne termina pas). Je ne les rétablis qu'un peu plus
tard quand j'eus deviné sa pensée. On entend rétrospectivement quand on a compris. « Grand merci ! dépenser un sou
pour ces vieux-là, j'aime bien mieux que vous me laissiez une
fois libre pour que j'aille me faire casser... » Aussitôt sa figure
s'empourpra, elle eut l'air navré, elle mit sa main devant sa
bouche comme si elle avait pu faire rentrer les mots qu'elle
venait de dire et que je n'avais pas du tout compris. « Qu'est-ce
que vous dites, Albertine ? — Non rien, je m'endormais à
moitié. — Mais pas du tout, vous êtes très réveillée. — Je
pensais au dîner Verdurin, c'est très gentil de votre part.
— Mais non, je parle de ce que vous avez dit. » Elle me donna
mille versions qui ne cadraient nullement, je ne dis même pas
avec ses paroles qui, interrompues, me restaient vagues, mais
avec cette interruption même et la rougeur subite qui l'avait
accompagnée. « Voyons mon chéri ce n'est pas cela que vous

vouliez dire, sans quoi pourquoi vous seriez-vous arrêtée ?
— Parce que je trouvais ma demande indiscrète. — Quelle
demande ? — De donner un dîner. — Mais non, ce n'est pas
cela, il n'y a pas de discrétion à faire entre nous. — Mais si au
contraire, il faut ne pas abuser des gens qu'on aime. En tout cas
je vous jure que c'est cela. » D'une part il m'était toujours
impossible de douter d'un serment d'elle, d'autre part ses
explications ne satisfaisaient pas ma raison. Je ne cessai pas
d'insister. « Enfin au moins ayez le courage de finir votre
phrase, vous en êtes restée à *casser*... — Oh ! non laissez-moi !
— Mais pourquoi ? — Parce que c'est affreusement vulgaire,
j'aurais trop de honte de dire ça devant vous. Je ne sais pas à
quoi je pensais, ces mots dont je ne sais même pas le sens et que
j'avais entendu un jour dans la rue dits par des gens très
orduriers, me sont venus à la bouche, sans rime ni raison. Ça
ne se rapporte ni à moi ni à personne, je rêvais tout haut. » Je
sentis que je ne tirerais rien de plus d'Albertine. Elle m'avait
menti quand elle m'avait juré tout à l'heure que ce qui l'avait
arrêtée c'était une crainte mondaine d'indiscrétion, devenue
maintenant la honte de tenir devant moi un propos trop
vulgaire. Or c'était maintenant un second mensonge. Car
quand nous étions ensemble avec Albertine, il n'y avait pas de
propos si pervers, de mots si grossiers que nous ne les
prononcions tout en nous caressant. En tout cas il était inutile
d'insister en ce moment. Mais ma mémoire restait obsédée par
ce mot « casser ». Albertine disait souvent « casser du bois sur
quelqu'un, casser du sucre » ou tout court : « ah ! ce que je lui
en ai cassé ! » pour dire « ce que je l'ai injurié ! » Mais elle disait
cela couramment devant moi et si c'est cela qu'elle avait voulu
dire, pourquoi s'était-elle tue brusquement, pourquoi avait-elle
rougi si fort, mis ses mains sur sa bouche, refait tout autrement
sa phrase, et quand elle avait vu que j'avais bien entendu
« casser », donné une fausse explication ? Mais du moment que
je renonçais à poursuivre un interrogatoire où je ne recevrais
pas de réponse, le mieux était d'avoir l'air de n'y plus penser et
revenant par la pensée aux reproches qu'Albertine m'avait faits
d'être allé chez la Patronne, je lui dis fort gauchement, ce qui
était comme une espèce d'excuse stupide : « J'avais justement

voulu vous demander de venir ce soir à la soirée des Verdurin »
— phrase doublement maladroite, car si je le voulais, l'ayant
vue tout le temps, pourquoi ne le lui aurais-je pas proposé ?
Furieuse de mon mensonge et enhardie par ma timidité : « Vous
me l'auriez demandé pendant mille ans, me dit-elle, que je
n'aurais pas consenti. Ce sont des gens qui ont toujours été
contre moi, ils ont tout fait pour me contrarier. Il n'y a pas de
gentillesse que je n'aie eue pour Mme Verdurin à Balbec, j'en ai
été joliment récompensée. Elle me ferait demander à son lit de
mort que je n'irais pas. Il y a des choses qui ne se pardonnent
pas. Quant à vous c'est la première indélicatesse que vous me
faites. Quand Françoise m'a dit que vous étiez sorti (elle était
contente, allez, de me le dire), j'aurais mieux aimé qu'on me
fende la tête par le milieu. J'ai tâché qu'on ne remarque rien,
mais dans ma vie je n'ai jamais ressenti un affront pareil. »

Mais pendant qu'elle me parlait se poursuivait en moi, dans
le sommeil fort vivant et créateur de l'inconscient (sommeil où
achèvent de se graver les choses qui nous effleurèrent
seulement, où les mains endormies se saisissent de la clef qui
ouvre, vainement cherchée jusque-là), la recherche de ce qu'elle
avait voulu dire par la phrase interrompue dont j'aurais voulu
savoir quelle eût été la fin. Et tout d'un coup deux mots atroces
auxquels je n'avais nullement songé tombèrent sur moi : « le
pot ». Je ne peux pas dire qu'ils vinrent d'un seul coup, comme
quand, dans une longue soumission passive à un souvenir
incomplet, tout en tâchant doucement, prudemment, de
l'étendre, on reste plié, collé à lui. Non, contrairement à ma
manière habituelle de me souvenir, il y eut je crois deux voies
parallèles de recherche : l'une tenait compte non pas seulement
de la phrase d'Albertine mais de son regard excédé quand je lui
avais proposé un don d'argent pour donner un beau dîner, un
regard qui semblait dire : « Merci, dépenser de l'argent pour des
choses qui m'embêtent, quand sans argent je pourrais en faire
qui m'amusent ! » Et c'est peut-être le souvenir de ce regard
qu'elle avait eu qui me fit changer de méthode pour trouver la
fin de ce qu'elle avait voulu dire. Jusque-là je m'étais hypnotisé
sur le dernier mot : « casser », elle avait voulu dire casser quoi ?
Casser du bois ? Non. Du sucre ? Non. Casser, casser, casser. Et

tout à coup le regard avec haussement d'épaules qu'elle avait
eu au moment de ma proposition qu'elle donnât un dîner me fit
rétrograder aussi dans les mots de sa phrase. Et ainsi je vis
qu'elle n'avait pas dit «casser», mais «me faire casser».
Horreur! c'était cela qu'elle aurait préféré. Double horreur!
car même la dernière des grues, et qui consent à cela, ou le
désire, n'emploie pas avec l'homme qui s'y prête cette affreuse
expression. Elle se sentirait par trop avilie. Avec une femme
seulement, si elle les aime, elle dit cela pour s'excuser de se
donner tout à l'heure à un homme[1]. Albertine n'avait pas menti
quand elle m'avait dit qu'elle rêvait à moitié. Distraite,
impulsive, ne songeant pas qu'elle était avec moi, elle avait eu
le haussement d'épaules, elle avait commencé de parler comme
elle eût fait avec une de ces femmes, avec peut-être une de mes
jeunes filles en fleurs. Et brusquement rappelée à la réalité,
rouge de honte, renfonçant ce qu'elle allait dire dans sa
bouche, désespérée, elle n'avait plus voulu prononcer un seul
mot. Je n'avais pas une seconde à perdre si je ne voulais pas
qu'elle s'aperçût du désespoir où j'étais. Mais déjà, après le
sursaut de la rage, les larmes me venaient aux yeux. Comme à
Balbec, la nuit qui avait suivi sa révélation de son amitié avec
les Vinteuil, il me fallait inventer immédiatement pour mon
chagrin une cause plausible, en même temps capable de
produire un effet si profond sur Albertine que cela me donnât
un répit de quelques jours avant de prendre une décision. Aussi
au moment où elle me disait qu'elle n'avait jamais éprouvé un
affront pareil à celui que je lui avais infligé en sortant, qu'elle
aurait mieux aimé mourir que s'entendre dire cela par
Françoise, et comme agacé de sa risible susceptibilité, j'allais
lui dire que ce que j'avais fait était bien insignifiant, que cela
n'avait rien de froissant pour elle que je fusse sorti, — comme
pendant ce temps-là, parallèlement, ma recherche inconsciente
de ce qu'elle avait voulu dire après le mot «casser» avait
abouti, et que le désespoir où ma découverte me jetait n'était
pas possible à cacher complètement, au lieu de me défendre, je
m'accusai : «Ma petite Albertine, lui dis-je d'un ton doux que
gagnaient mes premières larmes, je pourrais vous dire que vous
avez tort, que ce que j'ai fait n'est rien, mais je mentirais ; c'est

vous qui avez raison, vous avez compris la vérité mon pauvre
petit, c'est qu'il y a six mois, c'est qu'il y a trois mois, quand
j'avais encore tant d'amitié pour vous, jamais je n'eusse fait
cela. C'est un rien et c'est énorme à cause de l'immense
changement dans mon cœur dont cela est le signe. Et puisque
vous avez deviné ce changement que j'espérais vous cacher,
cela m'amène à vous dire ceci : Ma petite Albertine, lui dis-je
avec une douceur et une tristesse profondes, voyez-vous la vie
que vous menez ici est ennuyeuse pour vous, il vaut mieux nous
quitter, et comme les séparations les meilleures sont celles qui
s'effectuent le plus rapidement, je vous demande pour abréger
le grand chagrin que je vais avoir de me dire adieu ce soir et de
partir demain matin sans que je vous aie revue, pendant que je
dormirai. » Elle parut stupéfaite, encore incrédule et déjà
désolée : « Comment demain ? Vous le voulez ? » Et malgré la
souffrance que j'éprouvais à parler de notre séparation comme
déjà entrée dans le passé — peut-être en partie à cause de cette
souffrance même — je me mis à adresser à Albertine les
conseils les plus précis pour certaines choses qu'elle aurait à
faire après son départ de la maison. Et de recommandations en
recommandations, j'en arrivai bientôt à entrer dans de
minutieux détails. « Ayez la gentillesse, dis-je avec une infinie
tristesse, de me renvoyer le livre de Bergotte qui est chez votre
tante. Cela n'a rien de pressé, dans trois jours, dans huit jours,
quand vous voudrez, mais pensez-y pour que je n'aie pas à
vous le faire demander, cela me ferait trop de mal. Nous avons
été heureux, nous sentons maintenant que nous serions
malheureux. — Ne dites pas que nous sentons que nous serions
malheureux, me dit Albertine en m'interrompant, ne dites pas
"nous", c'est vous seul qui trouvez cela ! — Oui, enfin, vous ou
moi, comme vous voudrez, pour une raison ou l'autre — mais
il est une heure folle, il faut vous coucher — nous avons décidé
de nous quitter ce soir. — Pardon, *vous* avez décidé et je vous
obéis parce que je ne veux pas vous faire de peine. — Soit, c'est
moi qui ai décidé, mais ce n'en est pas moins très douloureux
pour moi. Je ne dis pas que ce sera douloureux longtemps,
vous savez que je n'ai pas la faculté de me souvenir longtemps,
mais les premiers jours je m'ennuierai tant après vous ! Aussi je

trouve inutile de raviver par des lettres, il faut finir tout d'un coup. — Oui vous avez raison, me dit-elle d'un air navré, auquel ajoutaient encore ses traits fléchis par la fatigue de l'heure tardive, plutôt que de se faire couper un doigt puis un autre, j'aime mieux donner la tête tout de suite. — Mon Dieu je suis épouvanté en pensant à l'heure à laquelle je vous fais coucher, c'est de la folie. Enfin, pour le dernier soir ! Vous aurez le temps de dormir tout le reste de la vie. » Et ainsi en lui disant qu'il fallait nous dire bonsoir, je cherchais à retarder le moment où elle me l'eût dit. « Voulez-vous, pour vous distraire les premiers jours, que je dise à Bloch de vous envoyer sa cousine Esther à l'endroit où vous serez ? Il fera cela pour moi. — Je ne sais pas pourquoi vous dites cela (je le disais pour tâcher d'arracher un aveu à Albertine), je ne tiens qu'à une seule personne, c'est à vous », me dit Albertine, dont les paroles me remplirent de douceur. Mais aussitôt quel mal elle me fit : « Je me rappelle très bien que j'ai donné ma photographie à cette Esther parce qu'elle insistait beaucoup et que je voyais que cela lui ferait plaisir, mais quant à avoir eu de l'amitié pour elle ou à avoir envie de la voir, jamais ! » Et pourtant Albertine était de caractère si léger qu'elle ajouta : « Si elle veut me voir, moi ça m'est égal, elle est très gentille, mais je n'y tiens aucunement. » Ainsi quand je lui avais parlé de la photographie d'Esther que m'avait envoyée Bloch[1] (et que je n'avais même pas encore reçue quand j'en avais parlé à Albertine), mon amie avait compris que Bloch m'avait montré une photographie d'elle, donnée par elle à Esther. Dans mes pires suppositions je ne m'étais jamais figuré qu'une pareille intimité avait pu exister entre Albertine et Esther. Albertine n'avait rien trouvé à me répondre quand j'avais parlé de photographie. Et maintenant, me croyant bien à tort au courant elle trouvait plus habile d'avouer. J'étais accablé. « Et puis Albertine je vous demande en grâce une chose, c'est de ne jamais chercher à me revoir. Si jamais, ce qui peut arriver, dans un an, dans deux ans, dans trois ans, nous nous trouvions dans la même ville, évitez-moi. » Et voyant qu'elle ne répondait pas affirmativement à ma prière : « Mon Albertine, ne faites pas cela, ne me revoyez jamais en cette vie. Cela me ferait trop de peine. Car

j'avais vraiment de l'amitié pour vous, vous savez. Je sais bien
que quand je vous ai raconté l'autre jour que je voulais revoir
l'amie dont nous avions parlé à Balbec, vous avez cru que
c'était arrangé. Mais non je vous assure que cela m'était bien
égal. Vous êtes persuadée que j'avais résolu depuis longtemps
de vous quitter, que ma tendresse était une comédie. — Mais
non vous êtes fou, je ne l'ai pas cru, dit-elle tristement. — Vous
avez raison, il ne faut pas le croire, je vous aimais vraiment, pas
d'amour peut-être, mais de grande, de très grande amitié, plus
que vous ne pouvez croire. — Mais si, je le crois. Et si vous
vous figurez que moi je ne vous aime pas ! — Cela me fait une
grande peine de vous quitter. — Et moi mille fois plus grande »,
me répondit Albertine. Et déjà depuis un moment je sentais
que je ne pouvais plus retenir les larmes qui montaient à mes
yeux. Et ces larmes ne venaient pas du tout du même genre de
tristesse que j'éprouvais jadis quand je disais à Gilberte : « Il
vaut mieux que nous ne nous voyions plus, la vie nous sépare. »
Sans doute quand j'écrivais cela à Gilberte, je me disais que
quand j'aimerais non plus elle, mais une autre, l'excès de mon
amour diminuerait celui que j'aurais peut-être pu inspirer,
comme s'il y avait fatalement entre deux êtres une certaine
quantité d'amour disponible, où le trop pris par l'un est retiré
à l'autre, et que de l'autre aussi, comme de Gilberte, je serais
condamné à me séparer. Mais la situation était toute différente
pour bien des raisons, dont la première, qui avait à son tour
produit les autres, était que ce défaut de volonté que ma grand-
mère et ma mère avaient redouté pour moi, à Combray, devant
lequel l'une et l'autre, tant un malade a d'énergie pour imposer
sa faiblesse, avaient successivement capitulé, ce défaut de
volonté avait été en s'aggravant d'une façon de plus en plus
rapide. Quand j'avais senti que ma présence fatiguait Gilberte,
j'avais encore assez de forces pour renoncer à elle ; je n'en avais
plus, quand j'avais fait la même constatation pour Albertine, et
je ne songeais qu'à la retenir de force. De sorte que si j'écrivais
à Gilberte que je ne la verrais plus et dans l'intention de ne plus
la voir en effet, je ne le disais à Albertine que par pur mensonge
et pour amener une réconciliation. Ainsi nous présentions-
nous l'un à l'autre une apparence qui était bien différente de la

réalité. Et sans doute il en est toujours ainsi quand deux êtres
sont face à face, puisque chacun d'eux ignore une partie de ce
qui est dans l'autre, même ce qu'il sait il ne peut en partie le
comprendre, et que tous deux manifestent ce qui leur est le
moins personnel, soit qu'ils ne l'aient pas démêlé eux-mêmes et
le jugent négligeable, soit que des avantages insignifiants et qui
ne tiennent pas à eux leur semblent plus importants et plus
flatteurs, et que d'autre part certaines choses auxquelles ils
tiennent pour ne pas être méprisés, comme ils ne les ont pas, ils
font semblant de n'y pas tenir, et c'est justement la chose qu'ils
ont l'air de dédaigner par-dessus tout et même d'exécrer. Mais
dans l'amour ce malentendu est porté au degré suprême parce
que, sauf peut-être quand on est enfant, on tâche que
l'apparence qu'on prend, plutôt que de refléter exactement
notre pensée, soit ce que cette pensée juge de plus propre à
nous faire obtenir ce que nous désirons, et qui pour moi, depuis
que j'étais rentré, était de pouvoir garder Albertine aussi docile
que par le passé, qu'elle ne me demandât pas dans son
irritation une liberté plus grande, que je souhaitais lui donner
un jour mais qui en ce moment où j'avais peur de ses velléités
d'indépendance m'eût rendu trop jaloux. À partir d'un certain
âge, par amour-propre et par sagacité, ce sont les choses qu'on
désire le plus auxquelles on a l'air de ne pas tenir. Mais en
amour la simple sagacité — qui d'ailleurs n'est probablement
pas la vraie sagesse — nous force assez vite à ce génie de
duplicité. Tout ce que j'avais enfant rêvé de plus doux dans
l'amour et qui me semblait de son essence même, c'était,
devant celle que j'aimais, d'épancher librement ma tendresse,
ma reconnaissance pour une bonté, mon désir d'une perpétuelle vie commune. Mais je m'étais trop bien rendu compte,
par ma propre expérience et d'après celle de mes amis, que
l'expression de tels sentiments est loin d'être contagieuse. Le
cas d'une vieille femme maniérée comme était M. de Charlus
qui, à force de ne voir dans son imagination qu'un beau jeune
homme, croit devenir lui-même beau jeune homme, et trahit de
plus en plus d'efféminement, dans ses risibles affectations de
virilité, ce cas rentre dans une loi qui s'applique bien au-delà
des seuls Charlus, une loi d'une généralité telle que l'amour

même ne l'épuise pas tout entière ; nous ne voyons pas notre
corps que les autres voient et nous « suivons » notre pensée,
l'objet qui est devant nous, invisible aux autres (rendu visible
parfois par l'artiste dans une œuvre, d'où chez ses admirateurs
de si fréquentes désillusions quand ils sont admis auprès de
l'auteur, dans le visage de qui la beauté intérieure s'est si
imparfaitement reflétée). Une fois qu'on a remarqué cela, on ne
se « laisse plus aller » ; je m'étais gardé dans l'après-midi de dire
à Albertine toute la reconnaissance que je lui avais de ne pas
être restée au Trocadéro. Et ce soir, ayant eu peur qu'elle me
quittât, j'avais feint de désirer la quitter, feinte qui ne m'était
pas seulement dictée d'ailleurs, on va le voir tout à l'heure, par
les enseignements que j'avais cru recueillir de mes amours
précédentes et dont j'essayais de faire profiter celui-ci. Cette
peur qu'Albertine allait peut-être me dire : « Je veux certaines
heures où je sorte seule, pouvoir m'absenter vingt-quatre
heures », enfin je ne sais quelle demande de liberté que je ne
cherchais pas à définir, mais qui m'épouvantait, cette pensée
m'avait un instant effleuré pendant la soirée Verdurin. Mais
elle s'était dissipée, contredite d'ailleurs par le souvenir de tout
ce qu'Albertine me disait sans cesse de son bonheur à la
maison. L'intention de me quitter, si elle existait chez
Albertine, ne se manifestait que d'une façon obscure, par
certains regards tristes, certaines impatiences, des phrases qui
ne voulaient nullement dire cela, mais si on raisonnait (et on
n'avait même pas besoin de raisonner car on comprend
immédiatement ce langage de la passion, les gens du peuple
eux-mêmes comprennent ces phrases qui ne peuvent s'expliquer que par la vanité, la rancune, la jalousie, d'ailleurs
inexprimées, mais que dépiste aussitôt chez l'interlocuteur une
faculté intuitive qui, comme ce « bon sens » dont parle
Descartes, est « la chose du monde la plus répandue[1] »), ne
pouvaient s'expliquer que par la présence en elle d'un
sentiment qu'elle cachait et qui pouvait la conduire à faire des
plans pour une autre vie sans moi. De même que cette intention
ne s'exprimait pas dans ses paroles d'une façon logique, de
même le pressentiment de cette intention que j'avais depuis ce
soir restait en moi tout aussi vague. Je continuais à vivre sur

l'hypothèse qui admettait pour vrai tout ce que me disait
Albertine. Mais il se peut qu'en moi pendant ce temps-là une
hypothèse toute contraire et à laquelle je ne voulais pas penser
ne me quittât pas ; cela est d'autant plus probable que, sans
cela, je n'eusse nullement été gêné de dire à Albertine que
j'étais allé chez les Verdurin, et que sans cela le peu
d'étonnement que me causa sa colère n'eût pas été compréhensible. De sorte que ce qui vivait probablement en moi c'était
l'idée d'une Albertine entièrement contraire à celle que ma
raison s'en faisait, à celle aussi que ses paroles à elle
dépeignaient, une Albertine pourtant pas absolument inventée,
puisqu'elle était comme un miroir intérieur de certains
mouvements qui se produisaient chez elle, comme sa mauvaise
humeur que je fusse allé chez les Verdurin. D'ailleurs depuis
longtemps mes angoisses fréquentes, ma peur de dire à
Albertine que je l'aimais, tout cela correspondait à une autre
hypothèse qui expliquait bien plus de choses et avait aussi cela
pour elle que, si on adoptait la première, la deuxième devenait
plus probable, car en me laissant aller à des effusions de
tendresse avec Albertine, je n'obtenais d'elle qu'une irritation,
à laquelle d'ailleurs elle assignait une autre cause. Je dois dire
que ce qui m'avait paru le plus grave et m'avait le plus frappé
comme symptôme qu'elle allait au-devant de mon accusation,
c'était qu'elle m'avait dit : « Je crois qu'ils ont Mlle Vinteuil
ce soir », et à quoi j'avais répondu le plus cruellement possible : « Vous ne m'aviez pas dit que vous aviez rencontré
Mme Verdurin. » Dès que je ne trouvais pas Albertine gentille,
au lieu de lui dire que j'étais triste, je devenais méchant. En
analysant d'après cela, d'après le système invariable des
ripostes dépeignant exactement le contraire de ce que j'éprouvais, je peux être assuré que si ce soir-là je lui dis que j'allais la
quitter, c'était — même avant que je m'en fusse rendu compte
— parce que j'avais peur qu'elle voulût une liberté (je n'aurais
pas trop su dire quelle était cette liberté qui me faisait trembler,
mais enfin une liberté telle qu'elle eût pu me tromper, ou du
moins que je n'aurais plus pu être certain qu'elle ne me trompât
pas) et que je voulais lui montrer par orgueil, par habileté, que
j'étais bien loin de craindre cela, comme déjà à Balbec, quand

je voulais qu'elle eût une haute idée de moi et, plus tard, quand
je voulais qu'elle n'eût pas le temps de s'ennuyer avec moi.
Enfin pour l'objection qu'on pourrait opposer à cette deuxième
hypothèse — l'informulée — que tout ce qu'Albertine me disait
toujours signifiait au contraire que sa vie préférée était la vie
chez moi, le repos, la lecture, la solitude, la haine des amours
saphiques, etc., il serait inutile de s'arrêter à cette objection.
Car si de son côté Albertine avait voulu juger de ce que
j'éprouvais par ce que je lui disais, elle aurait appris exactement
le contraire de la vérité, puisque je ne manifestais jamais le
désir de la quitter que quand je ne pouvais pas me passer d'elle,
et qu'à Balbec je lui avais deux fois avoué aimer une autre
femme, une fois Andrée, une autre fois une personne
mystérieuse, les deux fois où la jalousie m'avait rendu de
l'amour pour Albertine[1]. Mes paroles ne reflétaient donc
nullement mes sentiments. Si le lecteur n'en a que l'impression
assez faible, c'est qu'étant narrateur je lui expose mes
sentiments en même temps que je lui répète mes paroles. Mais
si je lui cachais les premiers et s'il connaissait seulement les
secondes, mes actes, si peu en rapport avec elles, lui
donneraient si souvent l'impression d'étranges revirements
qu'il me croirait à peu près fou. Procédé qui ne serait pas du
reste beaucoup plus faux que celui que j'ai adopté car les
images qui me faisaient agir, si opposées à celles qui se
peignaient dans mes paroles, étaient à ce moment-là fort
obscures, je ne connaissais qu'imparfaitement la nature suivant
laquelle j'agissais ; aujourd'hui j'en connais clairement la vérité
subjective. Quant à sa vérité objective, c'est-à-dire si les
intuitions de cette nature saisissaient plus exactement que mon
raisonnement les intentions véritables d'Albertine, si j'ai eu
raison de me fier à cette nature et si au contraire elle n'a pas
altéré les intentions d'Albertine au lieu de les démêler, c'est ce
qu'il m'est difficile de dire.

Cette crainte vague éprouvée par moi chez les Verdurin,
qu'Albertine me quittât, s'était d'abord dissipée. Quand j'étais
rentré, ç'avait été avec le sentiment d'être un prisonnier,
nullement de retrouver une prisonnière. Mais la crainte
dissipée m'avait ressaisi avec plus de force quand, au moment

où j'avais annoncé à Albertine que j'étais allé chez les Verdurin, j'avais vu se superposer à son visage une apparence d'énigmatique irritation, qui n'y affleurait pas du reste pour la première fois. Je savais bien qu'elle n'était que la cristallisation dans la chair de griefs raisonnés, d'idées claires pour l'être qui les forme et qui les tait, synthèse devenue visible mais non plus rationnelle, et que celui qui en recueille le précieux résidu sur le visage de l'être aimé essaye à son tour, pour comprendre ce qui se passe en celui-ci, de ramener par l'analyse à ses éléments intellectuels. L'équation approximative à cette inconnue qu'était pour moi la pensée d'Albertine m'avait à peu près donné : « Je savais ses soupçons, j'étais sûre qu'il chercherait à les vérifier, et pour que je ne puisse pas le gêner, il a fait tout son petit travail en cachette. » Mais si c'est avec de telles idées, et qu'elle ne m'avait jamais exprimées, que vivait Albertine, ne devait-elle pas prendre en horreur, n'avoir plus la force de mener, ne pouvait-elle pas d'un jour à l'autre décider de cesser une existence où, si elle était, au moins de désir, coupable, elle se sentait devinée, traquée, empêchée de se livrer jamais à ses goûts, sans que ma jalousie en fût désarmée ; où, si elle était innocente d'intention et de fait, elle avait le droit depuis quelque temps de se sentir découragée en voyant que, depuis Balbec où elle avait mis tant de persévérance à éviter de jamais rester seule avec Andrée, jusqu'à aujourd'hui où elle avait renoncé à aller chez les Verdurin et à rester au Trocadéro, elle n'avait pas réussi à regagner ma confiance ? D'autant plus que je ne pouvais pas dire que sa tenue ne fût parfaite. Si à Balbec, quand on parlait de jeunes filles qui avaient mauvais genre, elle avait eu souvent des rires, des éploiements de corps, des imitations de leur genre, qui me torturaient à cause de ce que je supposais que cela signifiait pour ses amies, depuis qu'elle savait mon opinion là-dessus, dès qu'on faisait allusion à ce genre de choses, elle cessait de prendre part à la conversation, non seulement avec la parole, mais avec l'expression du visage. Soit pour ne pas contribuer aux malveillances qu'on disait sur telle ou telle, ou pour toute autre raison, la seule chose qui frappait alors dans ses traits si mobiles, c'est qu'à partir du moment où on avait effleuré ce sujet, ils avaient témoigné de

leur distraction en gardant exactement l'expression qu'ils
avaient un instant avant. Et cette immobilité d'une expression
même légère pesait comme un silence. Il eût été impossible de
dire qu'elle blâmât, qu'elle approuvât, qu'elle connût ou non
ces choses. Chacun de ses traits n'était plus en rapport qu'avec
un autre de ses traits. Son nez, sa bouche, ses yeux formaient
une harmonie parfaite, isolée du reste, elle avait l'air d'un
pastel et de ne pas plus avoir entendu ce qu'on venait de dire
que si on l'avait dit devant un portrait de La Tour. Mon
esclavage, encore perçu par moi quand en donnant au cocher
l'adresse de Brichot j'avais vu la lumière de la fenêtre, avait
cessé de me peser peu après quand j'avais vu qu'Albertine avait
l'air de sentir si cruellement le sien. Et pour qu'il lui parût
moins lourd, qu'elle n'eût pas l'idée de le rompre d'elle-même,
le plus habile m'avait paru de lui donner l'impression qu'il
n'était pas définitif et que je souhaitais moi-même qu'il prît fin.
Voyant que ma feinte avait réussi, j'aurais pu me trouver
heureux, d'abord parce que ce que j'avais tant redouté, la
volonté que je supposais à Albertine de partir se trouvait
écartée, et ensuite parce que, en dehors même du résultat visé,
en lui-même le succès de ma feinte, en prouvant que je n'étais
pas absolument pour Albertine un amant dédaigné, un jaloux
bafoué, dont toutes les ruses sont d'avance percées à jour,
redonnait à notre amour une espèce de virginité, faisait renaître
pour lui le temps où elle pouvait encore, à Balbec, croire si
facilement que j'en aimais une autre. Cela elle ne l'aurait sans
doute plus cru, mais elle ajoutait foi à mon intention simulée de
nous séparer à tout jamais ce soir. Elle avait l'air de se méfier
que la cause en pût être chez les Verdurin. Je lui dis que j'avais
vu un auteur dramatique, Bloch, très ami de Léa, à qui elle
avait dit d'étranges choses (je pensais par là lui faire croire que
j'en savais plus long que je ne disais sur les cousines de Bloch).
Mais par un besoin d'apaiser le trouble où me mettait ma
simulation de rupture, je lui dis : « Albertine, pouvez-vous me
jurer que vous ne m'avez jamais menti ? » Elle regarda fixement
dans le vide puis me répondit : « Oui, c'est-à-dire non. J'ai eu
tort de vous dire qu'Andrée avait été très emballée sur Bloch,
nous ne l'avions pas vu. — Mais alors pourquoi ? — Parce que

j'avais peur que vous ne croyiez d'autres choses d'elle. — C'est
tout ? » Elle regarda encore et dit : « J'ai eu tort de vous cacher
un voyage de trois semaines que j'ai fait avec Léa. Mais je vous
connaissais si peu. — C'était avant Balbec ? — Avant le
second, oui. » Et le matin même, elle m'avait dit qu'elle ne
connaissait pas Léa. Je regardais une flambée brûler d'un seul
coup un roman que j'avais mis des millions de minutes à écrire.
À quoi bon ? À quoi bon ? Certes je comprenais bien que ces
faits, Albertine me les révélait parce qu'elle pensait que je les
avais appris indirectement de Léa et qu'il n'y avait aucune
raison pour qu'il n'en existât pas une centaine de pareils. Je
comprenais aussi que les paroles d'Albertine quand on
l'interrogeait ne contenaient jamais un atome de vérité, que la
vérité elle ne la laissait échapper que malgré elle, comme un
brusque mélange qui se faisait en elle, entre les faits qu'elle était
jusque-là décidée à cacher, et la croyance qu'on en avait eu
connaissance. « Mais deux choses ce n'est rien, dis-je à
Albertine, allons jusqu'à quatre pour que vous me laissiez des
souvenirs. Qu'est-ce que vous pouvez me révéler d'autre ? » Elle
regarda encore dans le vide. À quelles croyances à la vie future
adaptait-elle le mensonge, avec quels dieux moins coulants
qu'elle n'avait cru essayait-elle de s'arranger ? Ce ne dut pas
être commode car son silence et la fixité de son regard durèrent
assez longtemps. « Non, rien d'autre », finit-elle par dire. Et
malgré mon insistance, elle se buta, aisément maintenant, à
« rien d'autre ». Et quel mensonge, car du moment qu'elle avait
ces goûts, jusqu'au jour où elle avait été enfermée chez moi,
combien de fois, dans combien de demeures, de promenades
elle avait dû les satisfaire ! Les gomorrhéennes sont à la fois
assez rares et assez nombreuses pour que dans quelque foule
que ce soit l'une ne passe pas inaperçue aux yeux de l'autre.
Dès lors le ralliement est facile. Je me souvins avec horreur
d'un soir qui à l'époque m'avait seulement semblé ridicule. Un
de mes amis m'avait invité à dîner au restaurant avec sa
maîtresse et un autre de ses amis qui avait aussi amené la
sienne. Elles ne furent pas longues à se comprendre, mais si
impatientes de se posséder que dès le potage les pieds se
cherchaient, trouvant souvent le mien. Bientôt les jambes

s'entrelacèrent. Mes deux amis ne voyaient rien, j'étais au supplice. Une des deux femmes, qui n'y pouvait tenir, se mit sous la table disant qu'elle avait laissé tomber quelque chose. Puis l'une eut la migraine et demanda à monter au lavabo. L'autre s'aperçut qu'il était l'heure d'aller rejoindre une amie au théâtre. Finalement je restai seul avec mes deux amis, qui ne se doutaient de rien. La migraineuse redescendit mais demanda à rentrer seule attendre son amant chez lui afin de prendre un peu d'antipyrine. Elles devinrent très amies, se promenaient ensemble, l'une habillée en homme et qui levait des petites filles et les ramenait chez l'autre, les initiait. L'autre avait un petit garçon dont elle faisait semblant d'être mécontente, et le faisait corriger par son amie qui n'y allait pas de main morte. On peut dire qu'il n'y a pas de lieu, si public qu'il fût, où elles ne fissent ce qui est le plus secret. « Mais Léa a été tout le temps de ce voyage parfaitement convenable avec moi, me dit Albertine. Elle était même plus réservée que bien des femmes du monde. — Est-ce qu'il y a des femmes du monde qui ont manqué de réserve avec vous, Albertine ? — Jamais. — Alors qu'est-ce que vous voulez dire ? — Hé bien, elle était moins libre dans ses expressions. — Exemple ? — Elle n'aurait pas comme bien des femmes qu'on reçoit employé le mot : embêtant, ou le mot : se fiche du monde. » Il me sembla qu'une partie du roman qui n'avait pas brûlé encore, tombait enfin en cendres. Mon découragement aurait duré. Les paroles d'Albertine, quand j'y songeais, y faisaient succéder une colère folle. Elle tomba devant une sorte d'attendrissement. Moi aussi depuis que j'étais rentré et déclarais vouloir rompre, je mentais aussi. Et cette volonté de séparation que je simulais avec persévérance entraînait peu à peu pour moi quelque chose de la tristesse que j'aurais éprouvée si j'avais vraiment voulu quitter Albertine. D'ailleurs, même en repensant par à-coups, par élancements, comme on dit pour les autres douleurs physiques, à cette vie orgiaque qu'avait menée Albertine avant de me connaître, j'admirais davantage la docilité de ma captive et je cessais de lui en vouloir. Sans doute jamais durant notre vie commune, je n'avais cessé de laisser entendre à Albertine que cette vie ne serait vraisemblablement que provisoire, de façon qu'Albertine continuât à y trouver quelque charme. Mais ce soir j'avais été plus loin, ayant craint que de vagues menaces de séparation ne fussent plus suffisantes, contredites qu'elles seraient sans doute dans l'esprit d'Albertine par son idée d'un grand amour jaloux pour elle, qui m'aurait, semblait-elle dire, fait aller enquêter chez les Verdurin. Ce soir-là je pensai que, parmi les autres causes qui avaient pu me décider brusquement, sans même m'en rendre compte qu'au fur et à mesure, à jouer cette comédie de rupture, il y avait surtout que, quand dans une de ces impulsions comme en avait mon père, je menaçais un être dans sa sécurité, comme je n'avais pas comme lui le courage de réaliser une menace, pour ne pas laisser croire qu'elle n'avait été que paroles en l'air, j'allais assez loin dans les apparences de la réalisation et ne me repliais que quand l'adversaire, ayant vraiment l'illusion de ma sincérité avait tremblé pour tout de bon. D'ailleurs dans ces mensonges, nous sentons bien qu'il y a de la vérité, que si la vie n'apporte pas de changements à nos amours, c'est nous-mêmes qui voudrons en apporter ou en feindre et parler de séparation, tant nous sentons que tous les amours et toutes choses évoluent rapidement vers l'adieu. On veut pleurer les larmes qu'il apportera bien avant qu'il survienne. Sans doute y avait-il cette fois, dans la scène que j'avais jouée, une raison d'utilité. J'avais soudain tenu à la garder parce que je la sentais éparse en d'autres êtres auxquels je ne pouvais l'empêcher de se joindre. Mais eût-elle à jamais renoncé à tous pour moi que j'aurais peut-être résolu plus fermement encore de ne la quitter jamais, car la séparation est par la jalousie rendue cruelle, mais par la reconnaissance, impossible. Je sentais en tout cas que je livrais la grande bataille où je devais vaincre ou succomber. J'aurais offert à Albertine en une heure tout ce que je possédais parce que je me disais : «Tout dépend de cette bataille.» Mais ces batailles ressemblent moins à celles d'autrefois, qui duraient quelques heures, qu'à une bataille contemporaine qui n'est finie ni le lendemain, ni le surlendemain, ni la semaine suivante. On donne toutes ses forces parce qu'on croit toujours que ce sont les dernières dont on aura besoin. Et plus d'une année se passe

sans amener la « décision ». Peut-être une inconsciente réminis-
cence de scènes menteuses faites par M. de Charlus, auprès
duquel j'étais quand la crainte d'être quitté par Albertine
s'était emparée de moi, s'y ajoutait-elle. Mais plus tard j'ai
entendu raconter par ma mère ceci, que j'ignorais alors et qui
me donne à croire que j'avais trouvé tous les éléments de cette
scène en moi-même, dans une de ces réserves obscures de
l'hérédité que certaines émotions, agissant en cela comme sur
l'épargne de nos forces emmagasinées les médicaments analogues à l'alcool et au café, nous rendent disponibles : quand ma
tante Octave apprenait par Eulalie que Françoise, sûre que sa
maîtresse ne sortirait jamais plus, avait manigancé en secret
quelque sortie que ma tante devait ignorer, celle-ci la veille
faisait semblant de décider qu'elle essayerait le lendemain
d'une promenade. À Françoise d'abord incrédule elle faisait
non seulement préparer d'avance ses affaires, faire prendre l'air
à celles qui étaient depuis trop longtemps enfermées, mais
même commander la voiture, régler à un quart d'heure près
tous les détails de la journée. Ce n'était que quand Françoise,
convaincue ou du moins ébranlée, avait été forcée d'avouer à
ma tante les projets qu'elle-même avait formés, que celle-ci
renonçait publiquement aux siens pour ne pas, disait-elle,
entraver ceux de Françoise. De même pour qu'Albertine ne pût
pas croire que j'exagérais et pour la faire aller le plus loin
possible dans l'idée que nous nous quittions, tirant moi-même
les déductions de ce que je venais d'avancer, je m'étais mis à
anticiper le temps qui allait commencer le lendemain et qui
durerait toujours, le temps où nous serions séparés, adressant
à Albertine les mêmes recommandations que si nous n'allions
pas nous réconcilier tout à l'heure. Comme les généraux qui
jugent que pour qu'une feinte réussisse à tromper l'ennemi, il
faut la pousser à fond, j'avais engagé dans celle-ci presque
autant de mes forces de sensibilité que si elle avait été véritable.
Cette scène de séparation fictive finissait par me faire presque
autant de chagrin que si elle avait été réelle, peut-être parce
qu'un des deux acteurs, Albertine, en la croyant telle, ajoutait
pour l'autre à l'illusion. On vivait un au jour le jour, qui, même
pénible, restait supportable, retenu dans le terre à terre par le

lest de l'habitude et par cette certitude que le lendemain, dût-il être cruel, contiendrait la présence de l'être auquel on tient. Et puis voici que follement je détruisais toute cette pesante vie. Je ne la détruisais il est vrai que d'une façon fictive, mais cela suffisait pour me désoler ; peut-être parce que les paroles tristes que l'on prononce, même mensongèrement, portent en elles leur tristesse et nous l'injectent profondément ; peut-être parce qu'on sait qu'en simulant des adieux on évoque par anticipation une heure qui viendra fatalement plus tard ; puis l'on n'est pas bien assuré qu'on ne vient pas de déclencher le mécanisme qui la fera sonner. Dans tout bluff il y a, si petite qu'elle soit, une part d'incertitude sur ce que va faire celui qu'on trompe. Si cette comédie de séparation allait aboutir à une séparation ! On ne peut en envisager la possibilité, même invraisemblable, sans un serrement de cœur. On est doublement anxieux car la séparation se produirait alors au moment où elle serait insupportable, où on vient d'avoir de la souffrance par la femme qui vous quitterait avant de vous avoir guéri, au moins apaisé. Enfin nous n'avons même plus le point d'appui de l'habitude sur laquelle nous nous reposons, même dans le chagrin. Nous venons volontairement de nous en priver, nous avons donné à la journée présente une importance exceptionnelle, nous l'avons détachée des journées contiguës, elle flotte sans racines comme un jour de départ, notre imagination cessant d'être paralysée par l'habitude s'est éveillée, nous avons soudain adjoint à notre amour quotidien des rêveries sentimentales qui le grandissent énormément, nous rendant indispensable une présence sur laquelle justement nous ne sommes plus absolument certains de pouvoir compter. Sans doute c'est justement afin d'assurer pour l'avenir cette présence, que nous nous sommes livrés au jeu de pouvoir nous en passer. Mais ce jeu nous y avons été pris nous-même, nous avons recommencé à souffrir parce que nous avons fait quelque chose de nouveau, d'inaccoutumé et qui se trouve ressembler ainsi à ces cures qui doivent guérir plus tard le mal dont on souffre, mais dont les premiers effets sont de l'aggraver.

J'avais les larmes aux yeux comme ceux qui seuls dans leur chambre, imaginant selon les détours capricieux de leur rêverie la mort d'un être qu'ils aiment, se représentent si minutieusement la douleur qu'ils auraient, qu'ils finissent par l'éprouver. Ainsi en multipliant les recommandations à Albertine sur la conduite qu'elle aurait à tenir à mon égard quand nous allions être séparés il me semblait que j'avais presque autant de chagrin que si nous n'avions pas dû nous réconcilier tout à l'heure. Et puis étais-je si sûr de le pouvoir, de faire revenir Albertine à l'idée de la vie commune, et si j'y réussissais pour ce soir, que chez elle l'état d'esprit que cette scène avait dissipé ne renaîtrait pas? Je me sentais, mais ne me croyais pas, maître de l'avenir, parce que je comprenais que cette sensation venait seulement de ce qu'il n'existait pas encore et qu'ainsi je n'étais pas accablé de sa nécessité. Enfin tout en mentant je mettais peut-être dans mes paroles plus de vérité que je ne croyais. Je venais d'en avoir un exemple quand j'avais dit à Albertine que je l'oublierais vite. C'était ce qui m'était en effet arrivé avec Gilberte que je m'abstenais maintenant d'aller voir pour éviter non pas une souffrance mais une corvée. Et certes, j'avais souffert en écrivant à Gilberte que je ne la verrais plus. Car je n'allais que de temps en temps chez Gilberte. Toutes les heures d'Albertine m'appartenaient. Et en amour il est plus facile de renoncer à un sentiment que de perdre une habitude. Mais tant de paroles douloureuses concernant notre séparation, si la force de les prononcer m'était donnée parce que je les savais mensongères, en revanche elles étaient sincères dans la bouche d'Albertine quand je l'entendis s'écrier : « Ah ! c'est promis, je ne vous reverrai jamais. Tout plutôt que de vous voir pleurer comme cela, mon chéri. Je ne veux pas vous faire de chagrin. Puisqu'il le faut, on ne se verra plus. » Elles étaient sincères, ce qu'elles n'eussent pu être de ma part, parce que, comme Albertine n'avait pour moi que de l'amitié, d'une part le renoncement qu'elles promettaient lui coûtait moins ; d'autre part, que mes larmes, qui eussent été si peu de chose dans un grand amour, lui paraissaient presque extraordinaires et la bouleversaient, transposées dans le domaine de cette amitié où elle restait, de cette amitié plus grande que la mienne, à ce qu'elle venait de dire, à ce qu'elle venait de dire parce que dans une séparation c'est celui qui n'aime pas d'amour qui dit les choses tendres, l'amour ne s'exprimant pas directement, à ce qu'elle venait de dire et qui n'était peut-être pas tout à fait inexact, car les mille bontés de l'amour peuvent finir par éveiller chez l'être qui l'inspire ne l'éprouvant pas, une affection, une reconnaissance, moins égoïstes que le sentiment qui les a provoquées, et qui, peut-être, après des années de séparation, quand il ne resterait rien de lui chez l'ancien amant, subsisteraient toujours chez l'aimée.

Il n'y eut qu'un moment où j'eus pour elle une espèce de haine qui ne fit qu'aviver mon besoin de la retenir. Comme, uniquement jaloux ce soir de Mlle Vinteuil, je songeais avec la plus grande indifférence au Trocadéro, non seulement en tant que je l'y avais envoyée pour éviter les Verdurin, mais même en y voyant cette Léa à cause de laquelle j'avais fait revenir Albertine et pour qu'elle ne la connût pas, je dis sans y penser le nom de Léa, et elle, méfiante et croyant qu'on m'en avait peut-être dit davantage, prit les devants et dit avec volubilité, non sans cacher un peu son front : « Je la connais très bien, nous sommes allées l'année dernière avec des amies la voir jouer, après la représentation nous sommes montées dans sa loge, elle s'est habillée devant nous. C'était très intéressant. » Alors ma pensée fut forcée de lâcher Mlle Vinteuil et, dans un effort désespéré, dans cette course à l'abîme des impossibles reconstitutions, s'attacha à l'actrice, à cette soirée où Albertine était montée dans sa loge. D'une part après tous les serments qu'elle m'avait faits et d'un ton si véridique, après le sacrifice si complet de sa liberté, comment croire qu'en tout cela il y eût du mal ? Et pourtant mes soupçons n'étaient-ils pas des antennes dirigées vers la vérité puisque, si elle m'avait sacrifié les Verdurin pour aller au Trocadéro, tout de même chez les Verdurin il avait bien dû y avoir Mlle Vinteuil, et puisqu'au Trocadéro, que du reste elle m'avait sacrifié pour se promener avec moi, il y avait eu comme raison de l'en faire revenir cette Léa qui me semblait m'inquiéter à tort et que pourtant, dans une phrase que je ne lui demandais pas, elle déclarait avoir connue sur une plus grande échelle que celle où eussent été mes craintes, dans des circonstances bien louches, car qui avait pu l'amener à monter ainsi dans cette loge ? Si je cessais de souffrir

par Mlle Vinteuil quand je souffrais par Léa, les deux
bourreaux de ma journée, c'est soit par l'infirmité de mon
esprit à se représenter à la fois trop de scènes, soit par
l'interférence de mes émotions nerveuses dont ma jalousie
n'était que l'écho. J'en pouvais induire qu'elle n'avait pas plus
été à Léa qu'à Mlle Vinteuil, et que je ne croyais à Léa que
parce que j'en souffrais encore. Mais parce que mes jalousies
s'éteignaient — pour se réveiller parfois — l'une après l'autre
— cela ne signifiait pas non plus qu'elles ne correspondissent
pas au contraire chacune à quelque vérité pressentie, que de ces
femmes il ne fallait pas que je me dise aucune, mais toutes. Je
dis pressentie, car je ne pouvais pas occuper tous les points de
l'espace et du temps qu'il eût fallu, et encore quel instinct m'eût
donné la concordance des uns et des autres pour me permettre
de surprendre Albertine ici à telle heure avec Léa, ou avec les
jeunes filles de Balbec, ou avec l'amie de Mme Bontemps
qu'elle avait frôlée[1], ou avec la jeune fille du tennis qui lui avait
fait du coude, ou avec Mlle Vinteuil ?

    « Ma petite Albertine, vous êtes bien gentille de me le
promettre. Du reste, les premières années du moins, j'éviterai
les endroits où vous serez. Vous ne savez pas si vous irez cet été
à Balbec, parce que dans ce cas-là, je m'arrangerais pour ne pas
y aller ? » Maintenant si je continuais à progresser ainsi,
devançant les temps, dans mon invention mensongère, c'était
moins pour faire peur à Albertine que pour me faire mal à moi-
même. Comme un homme qui n'avait d'abord que des motifs
peu importants de se fâcher se grise tout à fait par les éclats de
sa propre voix et se laisse emporter par une fureur engendrée
non par ses griefs, mais par sa colère elle-même en voie de
croissance, ainsi je roulais de plus en plus vite sur la pente de
ma tristesse, vers un désespoir de plus en plus profond, et avec
l'inertie d'un homme qui sent le froid le saisir, n'essaye pas de
lutter et trouve même à frissonner une espèce de plaisir. Et si
j'avais enfin tout à l'heure comme j'y comptais bien la force de
me ressaisir, de réagir et de faire machine en arrière, bien plus
que du chagrin qu'Albertine m'avait fait en accueillant si mal
mon retour, c'était de celui que j'avais éprouvé à imaginer,
pour feindre de les régler, les formalités d'une séparation

imaginaire, à en prévoir les suites, que le baiser d'Albertine, au moment de me dire bonsoir, aurait aujourd'hui à me consoler. En tout cas ce bonsoir, il ne fallait pas que ce fût elle qui me le dît d'elle-même, ce qui m'eût rendu plus difficile le revirement par lequel je lui proposerais de renoncer à notre séparation. Aussi je ne cessais de lui rappeler que l'heure de nous dire ce bonsoir était depuis longtemps venue, ce qui en me laissant l'initiative me permettait de le retarder encore d'un moment. Et ainsi je semais d'allusions à la nuit déjà si avancée, à notre fatigue, les questions que je posais à Albertine. « Je ne sais pas où j'irai, répondit-elle à la dernière, d'un air préoccupé. Peut-être j'irai en Touraine chez ma tante. » Et ce premier projet qu'elle ébauchait me glaça, comme s'il commençait à réaliser effectivement notre séparation définitive. Elle regarda la chambre, le pianola, les fauteuils de satin bleu. « Je ne peux pas me faire encore à l'idée que je ne verrai plus tout cela ni demain, ni après-demain, ni jamais. Pauvre petite chambre ! Il me semble que c'est impossible ; cela ne peut pas m'entrer dans la tête. — Il le fallait, vous étiez malheureuse ici. — Mais non je n'étais pas malheureuse, c'est maintenant que je le serai. — Mais non, je vous assure, c'est mieux pour vous. — Pour vous peut-être ! » Je me mis à regarder fixement dans le vide comme si, en proie à une grande hésitation, je me débattais contre une idée qui me fût venue à l'esprit. Enfin tout d'un coup : « Écoutez Albertine, vous dites que vous êtes plus heureuse ici, que vous allez être malheureuse. — Bien sûr. — Cela me bouleverse ; voulez-vous que nous essayions de prolonger de quelques semaines ? Qui sait, semaine par semaine, on peut peut-être arriver très loin, vous savez qu'il y a des provisoires qui peuvent finir par durer toujours. — Oh ! ce que vous seriez gentil ! — Seulement alors, c'est de la folie de nous être fait mal comme cela pour rien pendant des heures, c'est comme un voyage pour lequel on s'est préparé et puis qu'on ne fait pas. Je suis moulu de chagrin. » Je l'assis sur mes genoux, je pris le manuscrit de Bergotte qu'elle désirait tant, et j'écrivis sur la couverture : « À ma petite Albertine en souvenir d'un renouvellement de bail. » « Maintenant, lui dis-je, allez dormir jusqu'à demain soir, ma chérie, car vous devez être brisée. — Je

suis surtout bien contente. — M'aimez-vous un petit peu ?
— Encore cent fois plus qu'avant. »

J'aurais eu tort d'être heureux de la petite comédie, n'eût-elle
pas été jusqu'à cette forme de véritable mise en scène où je
l'avais poussée. N'eussions-nous fait que parler simplement de
séparation que c'eût été déjà grave. Ces conversations que l'on
tient ainsi, on croit le faire non seulement sans sincérité, ce qui
est en effet, mais librement. Or elles sont généralement, à notre
insu, chuchoté malgré nous, le premier murmure d'une tempête
que nous ne soupçonnons pas. En réalité ce que nous
exprimons alors c'est le contraire de notre désir (lequel est de
vivre toujours avec celle que nous aimons), mais c'est aussi
cette impossibilité de vivre ensemble qui fait notre souffrance
quotidienne, souffrance préférée par nous à celle de la
séparation mais qui finira malgré nous par nous séparer.
D'habitude, pas tout d'un coup cependant. Le plus souvent il
arrive — ce ne fut pas on le verra mon cas avec Albertine —
que, quelque temps après les paroles auxquelles on ne croyait
pas, on met en action un essai informe de séparation voulue,
non douloureuse, temporaire. On demande à la femme, pour
qu'ensuite elle se plaise mieux avec nous, pour que nous
échappions d'autre part momentanément à des tristesses et des
fatigues continuelles, d'aller faire sans nous, ou de nous laisser
faire sans elle, un voyage de quelques jours, les premiers —
depuis bien longtemps — passés, ce qui nous eût semblé
impossible, sans elle. Très vite elle revient prendre sa place à
notre foyer. Seulement cette séparation, courte mais réalisée,
n'est pas aussi arbitrairement décidée et aussi certainement la
seule que nous nous figurons. Les mêmes tristesses recommen-
cent, la même difficulté de vivre ensemble s'accentue, seule la
séparation n'est plus quelque chose d'aussi difficile ; on a
commencé par en parler, on l'a ensuite exécutée sous une forme
aimable. Mais ce ne sont que des prodromes que nous n'avons
pas reconnus. Bientôt à la séparation momentanée et souriante
succédera la séparation atroce et définitive que nous avons
préparée sans le savoir.

« Venez dans ma chambre dans cinq minutes pour que je
puisse vous voir un peu, mon petit chéri. Vous serez plein de

gentillesse. Mais je m'endormirai vite après car je suis comme
une morte. » Ce fut une morte en effet que je vis quand j'entrai
ensuite dans sa chambre. Elle s'était endormie aussitôt
couchée ; ses draps roulés comme un suaire autour de son corps
avaient pris, avec leurs beaux plis, une rigidité de pierre. On eût
dit comme dans certains Jugements derniers du Moyen Age
que la tête seule surgissait hors de la tombe attendant dans son
sommeil la trompette de l'Archange[1]. Cette tête avait été
surprise par le sommeil presque renversée, les cheveux hirsutes.
Et en voyant ce corps insignifiant couché là je me demandais
quelle table de logarithmes il constituait pour que toutes les
actions auxquelles il avait pu être mêlé, depuis un poussement
de coude jusqu'à un frôlement de robe, pussent me causer,
étendues à l'infini de tous les points qu'il avait occupés dans
l'espace et dans le temps, et de temps à autre brusquement
revivifiées dans mon souvenir, des angoisses si douloureuses, et
que je savais pourtant déterminées par des mouvements, des
désirs d'elle qui m'eussent été, chez une autre, chez elle-même
cinq ans avant, cinq ans après, si indifférents. C'était un
mensonge, mais pour lequel je n'avais le courage de chercher
d'autre solution que ma mort. Ainsi je restais, dans la pelisse
que je n'avais pas encore retirée depuis mon retour de chez les
Verdurin, devant ce corps tordu, cette figure allégorique de
quoi ? de ma mort ? de mon œuvre ? Bientôt je commençai à
entendre sa respiration égale. J'allai m'asseoir au bord de son
lit pour faire cette cure calmante de brise et de contemplation.
Puis je me retirai tout doucement pour ne pas la réveiller.

Il était si tard que dès le matin je recommandai à Françoise
de marcher bien doucement quand elle aurait à passer devant
sa chambre. Aussi Françoise persuadée que nous avions passé
la nuit dans ce qu'elle appelait des orgies recommanda
ironiquement aux autres domestiques de ne pas « éveiller la
Princesse ». Et c'était une des choses que je craignais, que
Françoise un jour ne pût plus se contenir, fût insolente avec
Albertine, et que cela n'amenât des complications dans notre
vie. Françoise n'était plus alors, comme à l'époque où elle
souffrait de voir Eulalie bien traitée par ma tante, d'âge à
supporter vaillamment sa jalousie. Celle-ci altérait, paralysait

le visage de notre servante, à tel point que par moments je me demandais si, sans que je m'en fusse aperçu, elle n'avait pas eu à la suite de quelque crise de colère une petite attaque. Ayant ainsi demandé qu'on préservât le sommeil d'Albertine, je ne pus moi-même en trouver aucun. J'essayais de comprendre quel était le véritable état d'esprit d'Albertine. Par la triste comédie que j'avais jouée, est-ce à un péril réel que j'avais paré, et malgré qu'elle prétendît se sentir si heureuse à la maison, avait-elle eu vraiment par moments l'idée de vouloir sa liberté, ou au contraire fallait-il croire ses paroles ? Laquelle des deux hypothèses était la vraie ? S'il m'arrivait souvent, s'il devait m'arriver surtout, d'étendre un cas de ma vie passée jusqu'aux dimensions de l'histoire quand je voulais essayer de comprendre un événement politique, inversement ce matin-là je ne cessai d'identifier malgré tant de différences et pour tâcher de la comprendre la portée de notre scène de la veille avec un incident diplomatique qui venait d'avoir lieu. J'avais peut-être le droit de raisonner ainsi. Car il était bien probable qu'à mon insu l'exemple de M. de Charlus m'eût guidé dans cette scène mensongère que je lui avais si souvent vu jouer, avec tant d'autorité, et d'autre part, était-elle, de sa part, autre chose qu'une inconsciente importation dans le domaine de la vie privée, de la tendance profonde de sa race allemande, provocatrice par ruse et par orgueil, guerrière s'il le faut ? Diverses personnes, parmi lesquelles le prince de Monaco, ayant suggéré au gouvernement français l'idée que, s'il ne se séparait pas de M. Delcassé, l'Allemagne menaçante ferait effectivement la guerre, le ministre des Affaires étrangères avait été prié de démissionner. Donc le gouvernement français avait admis l'hypothèse d'une intention de nous faire la guerre si nous ne cédions pas. Mais d'autres personnes pensaient qu'il ne s'était agi que d'un simple « bluff » et que si la France avait tenu bon l'Allemagne n'eût pas tiré l'épée[1]. Sans doute le scénario était non seulement différent mais presque inverse, puisque la menace de rompre avec moi n'avait jamais été proférée par Albertine, mais un ensemble d'impressions avait amené chez moi la croyance qu'elle y pensait comme le gouvernement français avait eu cette croyance pour l'Allemagne. D'autre part, si l'Allemagne désirait la paix, avoir provoqué chez le gouvernement français l'idée qu'elle voulait la guerre était une contestable et dangereuse habileté. Certes ma conduite avait été assez adroite si c'était la pensée que je ne me déciderais jamais à rompre avec elle qui provoquait chez Albertine de brusques désirs d'indépendance. Et n'était-il pas difficile de croire qu'elle n'en avait pas, de se refuser à voir toute une vie secrète en elle, dirigée vers la satisfaction de son vice, rien qu'à la colère avec laquelle elle avait appris que j'étais allé chez les Verdurin, s'écriant : « J'en étais sûre », et achevant de tout dévoiler en disant : « Ils devaient avoir Mlle Vinteuil chez eux » ? Tout cela corroboré par la rencontre d'Albertine et de Mme Verdurin que m'avait révélée Andrée[1]. Mais peut-être pourtant ces brusques désirs d'indépendance, me disais-je quand j'essayais d'aller contre mon instinct, étaient causés — à supposer qu'ils existassent — ou finiraient par l'être, par l'idée contraire, à savoir que je n'avais jamais eu l'idée de l'épouser, que c'était quand je faisais, comme involontairement, allusion à notre séparation prochaine que je disais la vérité, que je la quitterais de toute façon un jour ou l'autre, croyance que ma scène de ce soir n'avait pu alors que fortifier et qui pouvait finir par engendrer chez elle cette résolution : « Si cela doit fatalement arriver un jour ou l'autre, autant en finir tout de suite. » Les préparatifs de guerre, que le plus faux des adages préconise pour faire triompher la volonté de paix, créent au contraire, d'abord la croyance chez chacun des deux adversaires que l'autre veut la rupture, croyance qui amène la rupture, et quand elle a eu lieu cette autre croyance chez chacun des deux que c'est l'autre qui l'a voulue. Même si la menace n'était pas sincère, son succès engage à la recommencer. Mais le point exact jusqu'où le bluff peut réussir est difficile à déterminer ; si l'un va trop loin, l'autre qui avait jusque-là cédé s'avance à son tour ; le premier, ne sachant plus changer de méthode, habitué à l'idée qu'avoir l'air de ne pas craindre la rupture est la meilleure manière de l'éviter (ce que j'avais fait ce soir avec Albertine), et d'ailleurs à préférer par fierté succomber plutôt que céder, persévère dans sa menace jusqu'au moment où personne ne peut plus reculer. Le bluff peut aussi être mêlé à la sincérité, alterner avec elle, et que ce qui était un jeu hier devienne une réalité demain. Enfin il peut arriver aussi qu'un des adversaires soit réellement résolu à la guerre, qu'Albertine par exemple eût l'intention tôt ou tard de ne plus continuer cette vie, ou au contraire que l'idée ne lui en fût jamais venue à l'esprit et que mon imagination l'eût inventée de toutes pièces. Telles furent les différentes hypothèses que j'envisageai pendant qu'elle dormait, ce matin-là. Pourtant quant à la dernière, je peux dire que je n'ai jamais dans les temps qui suivirent menacé Albertine de la quitter que pour répondre à une idée de mauvaise liberté d'elle, idée qu'elle ne m'exprimait pas mais qui me semblait être impliquée par certains mécontentements mystérieux, par certaines paroles, certains gestes, dont cette idée était la seule explication possible et pour lesquels elle se refusait à m'en donner aucune. Encore bien souvent je les constatais sans faire aucune allusion à une séparation possible, espérant qu'ils provenaient d'une mauvaise humeur qui finirait ce jour-là. Mais celle-ci durait parfois sans rémission pendant des semaines entières où Albertine semblait vouloir provoquer un conflit comme s'il y avait à ce moment-là, dans une région plus ou moins éloignée, des plaisirs qu'elle savait, dont sa claustration chez moi la privait, et qui l'influençaient jusqu'à ce qu'ils eussent pris fin, comme ces modifications atmosphériques qui, jusqu'au coin de notre feu, agissent sur nos nerfs même si elles se produisent aussi loin que les îles Baléares.

Ce matin-là, pendant qu'Albertine dormait et que j'essayais de deviner ce qui était caché en elle, je reçus une lettre de ma mère où elle m'exprimait son inquiétude de ne rien savoir de mes décisions par cette phrase de Mme de Sévigné : « Pour moi, je suis persuadée qu'il ne se mariera pas ; mais alors pourquoi troubler cette fille qu'il n'épousera jamais ? Pourquoi risquer de lui faire refuser des partis qu'elle ne regardera plus qu'avec mépris ? Pourquoi troubler l'esprit d'une personne qu'il serait si aisé d'éviter[1] ? » Cette lettre de ma mère me ramena sur terre. Que vais-je chercher une âme mystérieuse, interpréter un visage, et me sentir entouré de pressentiments que je n'ose approfondir ? me dis-je. Je rêvais. La chose est toute simple. Je suis un jeune homme indécis et il s'agit d'un de ces mariages dont on est quelque temps à savoir s'ils se feront ou non. Il n'y a rien là de particulier à Albertine. Cette pensée me donna une détente profonde mais courte. Bien vite je me dis : « On peut tout ramener en effet, si on en considère l'aspect social, au plus courant des faits divers ; du dehors c'est peut-être ainsi que je le verrais. Mais je sais bien que ce qui est vrai, ce qui du moins est vrai aussi, c'est tout ce que j'ai pensé, c'est ce que j'ai lu dans les yeux d'Albertine, ce sont les craintes qui me torturent, c'est le problème que je me pose sans cesse relativement à Albertine. » L'histoire du fiancé hésitant et du mariage rompu peut correspondre à cela, comme un certain compte rendu de théâtre fait par un courriériste de bon sens peut donner le sujet d'une pièce d'Ibsen. Mais il y a autre chose que ces faits qu'on raconte. Il est vrai que cet autre chose existe peut-être si on savait les voir chez tous les fiancés hésitants et dans tous les mariages qui traînent, parce qu'il y a peut-être du mystère dans la vie de tous les jours. Il m'était possible de le négliger concernant la vie des autres, mais celle d'Albertine et la mienne, je la vivais par le dedans.

Albertine ne me dit pas plus, à partir de cette soirée, qu'elle n'avait fait dans le passé : « Je sais que vous n'avez pas confiance en moi, je vais essayer de dissiper vos soupçons. » Mais cette idée, qu'elle n'exprima jamais, eût pu servir d'explication à ses moindres actes. Non seulement elle s'arrangeait à ne jamais être seule un moment, de façon que je ne pusse ignorer ce qu'elle avait fait, si je n'en croyais pas ses propres déclarations, mais même quand elle avait à téléphoner à Andrée, ou au garage, ou au manège, ou ailleurs, elle prétendait que c'était trop ennuyeux de rester seule pour téléphoner avec le temps que les demoiselles mettaient à vous donner la communication, et elle s'arrangeait pour que je fusse auprès d'elle à ce moment-là, ou à mon défaut Françoise, comme si elle eût craint que je pusse imaginer des communications téléphoniques blâmables et servant à donner de mysté-rieux rendez-vous. Hélas tout cela ne me tranquillisait pas. Aimé m'avait renvoyé la photographie d'Esther en me disant que ce n'était pas elle. Alors d'autres encore ? Qui ? Je renvoyai

cette photographie à Bloch. Celle que j'aurais voulu voir,
c'était celle qu'Albertine avait donnée à Esther. Comment y
était-elle. Peut-être décolletée. Qui sait si elles ne s'étaient pas
photographiées ensemble. Mais je n'osais en parler à Albertine
car j'aurais eu l'air de ne pas avoir vu la photographie, ni à
Bloch à l'égard duquel je ne voulais pas avoir l'air de
m'intéresser à Albertine. Et cette vie, qu'eût reconnue si cruelle
pour moi et pour Albertine quiconque eût connu mes soupçons
et son esclavage, du dehors, pour Françoise, passait pour une
vie de plaisirs immérités que savait habilement se faire octroyer
cette « enjôleuse », et, comme disait Françoise qui employait
beaucoup plus ce féminin que le masculin, étant plus envieuse
des femmes, cette « charlatante ». Même, comme Françoise à
mon contact avait enrichi son vocabulaire de termes nouveaux,
mais en les arrangeant à sa mode, elle disait d'Albertine qu'elle
n'avait jamais connu personne d'une telle « perfidité », qui
savait me « tirer mes sous » en jouant si bien la comédie (ce que
Françoise qui prenait aussi facilement le particulier pour le
général que le général pour le particulier et qui n'avait que des
idées assez vagues sur la distinction des genres dans l'art
dramatique appelait « savoir jouer la pantomime »). Peut-être
cette erreur sur notre vraie vie, à Albertine et à moi, en étais-
je moi-même un peu responsable par les vagues confirmations
que, quand je causais avec Françoise, j'en laissais habilement
échapper, par désir soit de la taquiner, soit de paraître sinon
aimé, du moins heureux. Et pourtant ma jalousie, la
surveillance que j'exerçais sur Albertine, et desquelles j'eusse
tant voulu que Françoise ne se doutât pas, celle-ci ne tarda pas
à les deviner, guidée comme le spirite qui les yeux bandés
trouve un objet, par cette intuition qu'elle avait des choses qui
pouvaient m'être pénibles, et qui ne se laissait pas détourner du
but par les mensonges que je pouvais dire pour l'égarer, et aussi
par cette haine d'Albertine qui poussait Françoise — plus
encore qu'à croire ses ennemies plus heureuses, plus rouées
comédiennes qu'elles n'étaient — à découvrir ce qui pouvait les
perdre et précipiter leur chute. Françoise n'a certainement
jamais fait de scènes à Albertine. Je me demandais si Albertine
se sentant surveillée ne réaliserait pas elle-même cette sépara-

tion dont je l'avais menacée, car la vie en changeant fait des
réalités avec nos fables. Chaque fois que j'entendais ouvrir une
porte j'avais ce tressaillement que ma grand-mère avait
pendant son agonie chaque fois que je sonnais. Je ne croyais
pas qu'elle sortît sans me l'avoir dit mais c'était mon
inconscient qui pensait cela comme c'était l'inconscient de ma
grand-mère qui palpitait aux coups de sonnette alors qu'elle
n'avait plus sa connaissance. Un matin même j'eus tout d'un
coup la brusque inquiétude qu'elle fût non pas seulement sortie
mais partie. Je venais d'entendre une porte qui me semblait
bien la porte de sa chambre. À pas de loup j'allai jusqu'à cette
chambre, j'entrai, je restai sur le seuil. Dans la pénombre les
draps étaient gonflés en demi-cercle, ce devait être Albertine
qui le corps incurvé dormait les pieds et la tête au mur. Seuls
dépassant du lit les cheveux de cette tête, abondants et noirs,
me firent comprendre que c'était elle, qu'elle n'avait pas ouvert
sa porte, pas bougé, et je sentis ce demi-cercle immobile et
vivant, où tenait toute une vie humaine et qui était la seule
chose à laquelle j'attachais du prix, je sentis qu'il était là, en ma
possession dominatrice. Mais je connaissais l'art de l'insinuation de Françoise, le parti qu'elle savait tirer d'une mise en
scène significative, et je ne peux croire qu'elle ait résisté à faire
comprendre quotidiennement à Albertine le rôle humilié que
celle-ci jouait à la maison, à l'affoler par la peinture,
savamment exagérée, de la claustration à laquelle mon amie
était soumise. J'ai trouvé une fois Françoise, ayant ajusté de
grosses lunettes, qui fouillait dans mes papiers et en replaçait
parmi eux un où j'avais noté un récit relatif à Swann et à
l'impossibilité où il était de se passer d'Odette[1]. L'avait-elle
laissé traîner par mégarde dans la chambre d'Albertine ?
D'ailleurs au-dessus de tous les sous-entendus de Françoise qui
n'en avait été en bas que l'orchestration chuchotante et perfide,
il est vraisemblable qu'avait dû s'élever, plus haute, plus nette,
plus pressante, la voix accusatrice et calomnieuse des Verdurin,
irrités de voir qu'Albertine me retenait involontairement, et
moi elle volontairement, loin du petit clan. Quant à l'argent
que je dépensais pour Albertine, il m'était presque impossible
de le cacher à Françoise, puisque je ne pouvais lui cacher

aucune dépense. Françoise avait peu de défauts, mais ces
défauts avaient créé chez elle pour les servir de véritables dons
qui souvent lui manquaient hors l'exercice de ces défauts. Le
principal était la curiosité appliquée à l'argent dépensé par
nous pour d'autres qu'elle. Si j'avais une note à régler, un
pourboire à donner, j'avais beau me mettre à l'écart, elle
trouvait une assiette à ranger, une serviette à prendre, quelque
chose qui lui permît de s'approcher. Et si peu de temps que je
lui laissasse, la renvoyant avec fureur, cette femme qui n'y
voyait presque plus clair, qui savait à peine compter, dirigée
par ce même goût qui fait qu'un tailleur en vous voyant
suppute instinctivement l'étoffe de votre habit et même ne peut
s'empêcher de la palper, ou qu'un peintre est sensible à un effet
de couleurs, Françoise voyait à la dérobée, calculait instantanément ce que je donnais. Si pour qu'elle ne pût pas dire à
Albertine que je corrompais son chauffeur je prenais les
devants et m'excusant du pourboire disais : « J'ai voulu être
gentil avec le chauffeur, je lui ai donné dix francs », Françoise
impitoyable et à qui son coup d'œil de vieil aigle presque
aveugle avait suffi me répondait : « Mais non, Monsieur lui a
donné quarante-trois francs de pourboire. Il a dit à Monsieur
qu'il y avait quarante-cinq francs, Monsieur lui a donné cent
francs et il ne lui a rendu que douze francs. » Elle avait eu le
temps de voir et de compter le chiffre du pourboire que
j'ignorais moi-même.

Si le but d'Albertine était de me rendre du calme, elle y
réussit en partie, ma raison d'ailleurs ne demandait qu'à me
prouver que je m'étais trompé sur les mauvais projets
d'Albertine comme je m'étais peut-être trompé sur ses instincts
vicieux. Sans doute je faisais dans la valeur des arguments que
ma raison me fournissait la part du désir que j'avais de les
trouver bons. Mais pour être équitable et avoir chance de voir
la vérité, à moins d'admettre qu'elle ne soit jamais connue que
par le pressentiment, par une émanation télépathique, ne
fallait-il pas me dire que si ma raison en cherchant à amener
ma guérison se laissait mener par mon désir, en revanche, en ce
qui concernait Mlle Vinteuil, les vices d'Albertine, ses
intentions d'avoir une autre vie, son projet de séparation,

lesquels étaient les corollaires de ses vices, mon instinct avait pu, lui, pour tâcher de me rendre malade, se laisser égarer par ma jalousie ? D'ailleurs sa séquestration, qu'Albertine s'arrangeait elle-même si ingénieusement à rendre absolue, en m'ôtant la souffrance, m'ôta peu à peu le soupçon et je pus recommencer quand le soir ramenait mes inquiétudes à trouver dans la présence d'Albertine l'apaisement des premiers jours. Assise à côté de mon lit, elle parlait avec moi d'une de ces toilettes ou de ces objets que je ne cessais de lui donner pour tâcher de rendre sa vie plus douce et sa prison plus belle, tout en craignant parfois qu'elle ne fût de l'avis de cette Mme de La Rochefoucauld répondant à quelqu'un qui lui demandait si elle n'était pas aise d'être dans une aussi belle demeure que Liancourt, qu'elle ne connaissait pas de belle prison.

Ainsi, si j'avais interrogé M. de Charlus sur la vieille argenterie française, c'est que quand nous avions fait le projet d'avoir un yacht, projet jugé irréalisable par Albertine — et par moi-même chaque fois que, me remettant à croire à sa vertu, ma jalousie diminuant ne comprimait plus d'autres désirs où elle n'avait point de place et qui demandaient aussi de l'argent pour être satisfaits — nous avions à tout hasard, et sans qu'elle crût d'ailleurs que nous en aurions jamais un, demandé des conseils à Elstir. Or, tout autant que pour l'habillement des femmes, le goût du peintre était raffiné et difficile pour l'ameublement des yachts. Il n'y admettait que des meubles anglais et de vieille argenterie. Albertine n'avait d'abord pensé qu'aux toilettes et à l'ameublement. Maintenant l'argenterie l'intéressait, et cela l'avait amenée, depuis que nous étions revenus de Balbec, à lire des ouvrages sur l'art de l'argenterie, sur les poinçons des vieux ciseleurs. Mais la vieille argenterie, ayant été fondue par deux fois, au moment des traités d'Utrecht, quand le roi lui-même, imité en cela par les grands seigneurs, donna sa vaisselle[1], et en 1789, est rarissime. D'autre part, les modernes orfèvres ont eu beau reproduire toute cette argenterie d'après les dessins du Pont-aux-Choux[2], Elstir trouvait ce vieux neuf indigne d'entrer dans la demeure d'une femme de goût, fût-ce une demeure flottante. Je savais qu'Albertine avait lu la description des merveilles que Roettiers

avait faites pour Mme du Barry[1]. Elle mourait d'envie, s'il en
existait encore quelques pièces, de les voir, moi de les lui
donner. Elle avait même commencé de jolies collections qu'elle
installait avec un goût charmant dans une vitrine et que je ne
pouvais regarder sans attendrissement et sans crainte car l'art
avec lequel elle les disposait était celui fait de patience,
d'ingéniosité, de nostalgie, de besoin d'oublier, auquel se
livrent les captifs.

Pour les toilettes ce qui lui plaisait surtout en ce moment
c'était tout ce que faisait Fortuny. Ces robes de Fortuny, dont
j'avais vu l'une sur Mme de Guermantes, c'était celles dont
Elstir, quand il nous parlait des vêtements magnifiques des
contemporaines de Carpaccio et de Titien, nous avait annoncé
la prochaine apparition[2], renaissant de leurs cendres somptueuses, car tout doit revenir comme il est écrit aux voûtes de
Saint-Marc[3], et comme le proclament buvant aux urnes de
marbre et de jaspe des chapiteaux byzantins les oiseaux qui
signifient à la fois la mort et la résurrection[4]. Dès que les
femmes avaient commencé à en porter, Albertine s'était
rappelé les promesses d'Elstir, elle en avait désiré, et nous
devions aller en choisir une. Or ces robes si elles n'étaient pas
de ces véritables anciennes dans lesquelles les femmes aujour-
d'hui ont un peu trop l'air costumées et qu'il est plus joli de
garder comme une pièce de collection (j'en cherchais d'ailleurs
aussi de telles pour Albertine), n'avaient pas non plus la
froideur du pastiche, du faux ancien. Elles étaient plutôt à la
façon des décors de Sert, de Bakst et de Benois, qui en ce
moment évoquaient dans les Ballets russes les époques d'art les
plus aimées[5], à l'aide d'œuvres d'art imprégnées de leur esprit
et pourtant originales ; ainsi les robes de Fortuny, fidèlement
antiques mais puissamment originales, faisaient apparaître
comme un décor, avec une plus grande force d'évocation même
qu'un décor puisque le décor restait à imaginer, la Venise tout
encombrée d'Orient où elles auraient été portées, dont elles
étaient, mieux qu'une relique dans la châsse de Saint-Marc,
évocatrices du soleil et des turbans environnants, la couleur
fragmentée, mystérieuse et complémentaire. Tout avait péri de
ce temps, mais tout renaissait, évoqué, pour les relier entre elles

par la splendeur du paysage et le grouillement de la vie, par le
surgissement parcellaire et survivant des étoffes des dogaresses.
Je voulus une ou deux fois demander à ce sujet conseil à
Mme de Guermantes. Mais la duchesse n'aimait pas les
toilettes qui font costume. Elle-même n'était jamais si bien
qu'en velours noir avec des diamants. Et pour des robes telles
que celles de Fortuny elle n'était pas d'un très utile conseil. Du
reste j'avais scrupule en lui en demandant de lui sembler n'aller
la voir que lorsque par hasard j'avais besoin d'elle, alors que je
refusais d'elle depuis longtemps plusieurs invitations par
semaine. Je n'en recevais pas que d'elle, du reste, avec cette
profusion. Certes elle et beaucoup d'autres femmes avaient
toujours été très aimables pour moi. Mais ma claustration avait
certainement décuplé cette amabilité. Il semble que dans la vie
mondaine, reflet insignifiant de ce qui se passe en amour, la
meilleure manière qu'on vous recherche, c'est de se refuser. Un
homme calcule tout ce qu'il peut citer de traits glorieux pour
lui, afin de plaire à une femme ; il varie sans cesse ses habits,
veille sur sa mine, elle n'a pas pour lui une seule des attentions
qu'il reçoit de cette autre, qu'en la trompant, et malgré qu'il
paraisse devant elle malpropre et sans artifice pour plaire, il
s'est à jamais attaché. De même si un homme regrettait de ne
pas être assez recherché par le monde, je ne lui dirais pas de
faire encore plus de visites, d'avoir encore un plus bel équipage,
je lui conseillerais de ne se rendre à aucune invitation, de vivre
enfermé dans sa chambre, de n'y laisser entrer personne, et
qu'alors on ferait queue devant sa porte. Ou plutôt je ne le lui
dirais pas. Car c'est une façon assurée d'être recherché qui ne
réussit que comme celle d'être aimé, c'est-à-dire si on ne l'a
nullement adoptée pour cela, mais par exemple si on garde en
effet toujours la chambre parce qu'on est gravement malade,
ou qu'on croit l'être, ou qu'on y tient une maîtresse enfermée
et qu'on préfère au monde (ou tous les trois à la fois), pour qui
ce sera une raison, sans savoir l'existence de cette femme, et
simplement parce que vous vous refusez à lui, de vous préférer
à tous ceux qui s'offrent, et de s'attacher à vous. « À propos de
chambre il faudra que nous nous occupions bientôt de votre
robe de chambre de Fortuny », dis-je à Albertine. Et certes

pour elle qui les avait longtemps désirées, qui les choisirait longuement avec moi, qui en avait d'avance la place réservée non seulement dans ses armoires mais dans son imagination, dont, pour se décider entre tant d'autres, elle aimerait longuement chaque détail, ce serait quelque chose de plus que pour une femme trop riche qui a plus de robes qu'elle n'en désire et ne les regarde même pas. Pourtant malgré le sourire avec lequel Albertine me remercia en me disant : « Vous êtes trop gentil », je remarquai combien elle avait l'air fatigué et même triste. Quelquefois même, en attendant que fussent achevées celles qu'elle désirait, je m'en faisais prêter quelques-unes, même parfois seulement des étoffes, et j'en habillais Albertine, je les drapais sur elle, elle se promenait dans ma chambre avec la majesté d'une dogaresse et d'un mannequin. Seulement mon esclavage à Paris m'était rendu plus pesant par la vue de ces robes qui m'évoquaient Venise. Certes Albertine était bien plus prisonnière que moi. Et c'était une chose curieuse comme à travers les murs de sa prison le destin qui transforme les êtres avait pu passer, la changer dans son essence même et de la jeune fille de Balbec faire une ennuyeuse et docile captive. Oui les murs de la prison n'avaient pas empêché cette influence de traverser ; peut-être même est-ce eux qui l'avaient produite. Ce n'était plus la même Albertine, parce qu'elle n'était pas, comme à Balbec, sans cesse en fuite sur sa bicyclette, introuvable à cause du nombre de petites plages où elle allait coucher chez des amies et où d'ailleurs ses mensonges la rendaient plus difficile à atteindre ; parce qu'enfermée chez moi, docile et seule, elle n'était plus ce qu'à Balbec même quand j'avais pu la trouver elle était sur la plage, cet être fuyant, prudent et fourbe dont la présence se prolongeait de tant de rendez-vous qu'elle était habile à dissimuler, qui la faisaient aimer parce qu'ils faisaient souffrir, que, sous sa froideur avec les autres et ses réponses banales, on sentait le rendez-vous de la veille et celui du lendemain, et pour moi cerné de dédain et de ruse. Parce que le vent de la mer ne gonflait plus ses vêtements, parce que surtout je lui avais coupé les ailes, elle avait cessé d'être une Victoire, elle était une pesante esclave dont j'aurais voulu me débarrasser.

Alors pour changer le cours de mes pensées, plutôt que de commencer avec Albertine une partie de cartes ou de dames, je lui demandais de me faire un peu de musique. Je restais dans mon lit et elle allait s'asseoir au bout de la chambre devant le pianola[1], entre les portants de la bibliothèque. Elle choisissait des morceaux ou tout nouveaux ou qu'elle ne m'avait encore joués qu'une fois ou deux car, commençant à me connaître, elle savait que je n'aimais proposer à mon attention que ce qui m'était encore obscur, et pouvoir, au cours de ces exécutions successives, rejoindre les unes aux autres grâce à la lumière croissante mais hélas dénaturante et étrangère de mon intelligence les lignes fragmentaires et interrompues de la construction, d'abord presque ensevelie dans la brume. Elle savait, et je crois comprenait la joie que donnait les premières fois à mon esprit ce travail de modelage d'une nébuleuse encore informe. Et pendant qu'elle jouait, de la multiple chevelure d'Albertine je ne pouvais voir qu'une coque de cheveux noirs en forme de cœur appliquée au long de l'oreille comme le nœud d'une infante de Vélasquez[2]. De même que le volume de cet Ange musicien était constitué par les trajets multiples entre les différents points du passé que son souvenir occupait en moi et les différents sièges, depuis la vue jusqu'aux sensations les plus intérieures, de mon être, qui m'aidaient à descendre jusque dans l'intimité du sien, la musique qu'elle jouait avait aussi un volume, produit par la visibilité inégale des différentes phrases, selon que j'avais plus ou moins réussi à y mettre de la lumière, et à rejoindre les unes aux autres les lignes d'une construction qui m'avait d'abord paru presque tout entière noyée dans le brouillard. Albertine savait qu'elle me faisait plaisir en ne proposant à ma pensée que des choses encore obscures et le modelage de ces nébuleuses. Elle devinait qu'à la troisième ou quatrième exécution mon intelligence en ayant atteint, par conséquent mis à la même distance, toutes les parties, et n'ayant plus d'activité à déployer à leur égard, les avait réciproquement étendues et immobilisées sur un plan uniforme. Elle ne passait pas cependant encore à un nouveau morceau, car sans peut-être bien se rendre compte du travail qui se faisait en moi, elle savait qu'au moment où le travail de mon intelligence était arrivé à dissiper le mystère d'une œuvre, il était bien rare qu'elle n'eût pas au cours de sa tâche néfaste attrapé par compensation telle ou telle réflexion profitable. Et le jour où Albertine disait : « Voilà un rouleau que nous allons donner à Françoise pour qu'elle nous le fasse changer contre un autre », souvent il y avait pour moi sans doute un morceau de musique de moins dans le monde, mais une vérité de plus.

Je m'étais si bien rendu compte qu'il serait absurde d'être jaloux de Mlle Vinteuil et de son amie, comme Albertine ne cherchait nullement à les revoir, et de tous les projets de villégiature que nous avions formés avait écarté d'elle-même Combray si proche de Montjouvain, que souvent ce que je demandais à Albertine de me jouer, et sans que cela me fît souffrir, c'était de la musique de Vinteuil. Une seule fois cette musique de Vinteuil avait été une cause indirecte de jalousie pour moi. En effet Albertine, qui savait que j'en avais entendu jouer chez Mme Verdurin par Morel, me parla un soir de lui en me manifestant un vif désir d'aller l'entendre, de le connaître. C'était justement deux jours après que j'avais appris la lettre, involontairement interceptée par M. de Charlus, de Léa à Morel[1]. Je me demandai si Léa n'avait pas parlé de lui à Albertine. Les mots de « grande sale », « grande vicieuse » me revinrent à l'esprit avec horreur. Mais justement parce qu'ainsi la musique de Vinteuil fut liée douloureusement à Léa — non à Mlle Vinteuil et à son amie —, quand la douleur causée par Léa fut apaisée, je pus entendre cette musique sans souffrance ; un mal m'avait guéri de la possibilité des autres. Dans la musique entendue chez Mme Verdurin, des phrases inaperçues, larves obscures alors indistinctes, devenaient d'éblouissantes architectures ; et certaines devenaient des amies, que j'avais à peine distinguées, qui au mieux m'avaient paru laides et dont je n'aurais jamais cru, comme ces gens antipathiques au début, qu'ils étaient tels qu'on les découvre, une fois qu'on les connaît bien. Entre les deux états il y avait une vraie transmutation. D'autre part des phrases distinctes la première fois, mais que je n'avais pas alors reconnues là, je les identifiais maintenant avec des phrases des autres œuvres, comme cette phrase de la Variation religieuse pour orgue qui chez Mme Verdurin avait passé inaperçue pour moi dans le septuor où pourtant, sainte qui avait descendu les degrés du sanctuaire, elle se trouvait mêlée aux fées familières du musicien. D'autre part la phrase qui m'avait paru trop peu mélodique, trop mécaniquement rythmée, de la joie titubante des cloches de midi, maintenant c'était celle que j'aimais le mieux, soit que je me fusse habitué à sa laideur, soit que j'eusse découvert sa beauté. Cette réaction sur la déception que causent d'abord les chefs-d'œuvre, on peut en effet l'attribuer à un affaiblissement de l'impression initiale, ou à l'effort nécessaire pour dégager la vérité. Deux hypothèses qui se représentent pour toutes les questions importantes, les questions de la réalité de l'Art, de la Réalité, de l'Éternité de l'âme : c'est un choix qu'il faut faire entre elles ; et pour la musique de Vinteuil ce choix se représentait à tout moment sous bien des formes. Par exemple cette musique me semblait quelque chose de plus vrai que tous les livres connus. Par instants je pensais que cela tenait à ce que ce qui est senti par nous dans la vie ne l'étant pas sous forme d'idées, sa traduction littéraire, c'est-à-dire intellectuelle, en rend compte, l'explique, l'analyse, mais ne le recompose pas comme la musique où les sons semblent prendre l'inflexion de l'être, reproduire cette pointe intérieure et extrême des sensations qui est la partie qui nous donne cette ivresse spécifique que nous retrouvons de temps en temps et que, quand nous disons : « Quel beau temps, quel beau soleil » nous ne faisons nullement connaître au prochain en qui le même soleil et le même temps éveillent des vibrations toutes différentes. Dans la musique de Vinteuil il y avait ainsi de ces visions qu'il est impossible d'exprimer et presque défendu de contempler, puisque, quand au moment de s'endormir on reçoit la caresse de leur irréel enchantement, à ce moment même, où la raison nous a déjà abandonnés, les yeux se scellent et, avant d'avoir eu le temps de connaître non seulement l'ineffable mais l'invisible, on s'endort. Il me semblait, quand je m'abandonnais à cette hypothèse où l'art serait réel, que c'était même plus que la simple joie nerveuse d'un beau temps ou d'une nuit d'opium que la musique peut rendre, mais une ivresse plus réelle, plus féconde, du moins à ce que je pressentais. Mais il n'est pas possible qu'une sculpture, une musique qui donne une émotion qu'on sent plus élevée, plus pure, plus vraie, ne corresponde pas à une certaine réalité spirituelle, ou la vie n'aurait aucun sens. Ainsi rien ne ressemblait plus qu'une belle phrase de Vinteuil à ce plaisir particulier que j'avais quelquefois éprouvé dans ma vie, par exemple devant les clochers de Martinville, certains arbres d'une route de Balbec ou plus simplement au début de cet ouvrage en buvant une certaine tasse de thé[1]. Comme cette tasse de thé, tant de sensations de lumière, les rumeurs claires, les bruyantes couleurs que Vinteuil nous envoyait du monde où il composait, promenaient devant mon imagination avec insistance mais trop rapidement pour qu'elle pût l'appréhender quelque chose que je pourrais comparer à la soierie embaumée d'un géranium[2]. Seulement tandis que dans le souvenir ce vague peut être sinon approfondi du moins précisé grâce à un repérage de circonstances qui expliquent pourquoi une certaine saveur a pu vous rappeler des sensations lumineuses, les sensations vagues données par Vinteuil, venant non d'un souvenir, mais d'une impression (comme celle des clochers de Martinville), il aurait fallu trouver de la fragrance de géranium de sa musique non une explication matérielle, mais l'équivalent profond, la fête inconnue et colorée (dont ses œuvres semblaient les fragments disjoints, les éclats aux cassures écarlates), mode selon lequel il « entendait » et projetait hors de lui l'univers. Cette qualité inconnue d'un monde unique et qu'aucun autre musicien ne nous avait jamais fait voir, peut-être était-ce en cela, disais-je à Albertine, qu'est la preuve la plus authentique du génie, bien plus que le contenu de l'œuvre elle-même. « Même en littérature ? me demandait Albertine. — Même en littérature. » Et repensant à la monotonie des œuvres de Vinteuil j'expliquais à Albertine que les grands littéra-teurs n'ont jamais fait qu'une seule œuvre, ou plutôt réfracté à travers des milieux divers une même beauté qu'ils apportent au monde. « S'il n'était pas si tard, ma petite, lui disais-je, je vous montrerais cela chez tous les écrivains que vous lisez pendant que je dors, je vous montrerais la même identité que chez Vinteuil. Ces phrases-types, que vous commencez à reconnaître comme moi, ma petite Albertine, les mêmes dans la sonate, dans le septuor, dans les autres œuvres, ce serait par exemple si vous voulez chez Barbey d'Aurevilly une réalité cachée révélée par une trace matérielle, la rougeur physiologique de l'Ensorcelée, d'Aimée de Spens, de la Clotte, la main du *Rideau cramoisi*, les vieux usages, les vieilles coutumes, les vieux mots, les métiers anciens et singuliers derrière lesquels il y a le Passé, l'histoire orale faite par les pâtres au miroir, les nobles cités normandes parfumées d'Angleterre et jolies comme un village d'Écosse, des lanceurs de malédictions contre lesquelles on ne peut rien, la Vellini, le Berger, une même sensation d'anxiété dans un paysage, que ce soit la femme cherchant son mari dans *Une vieille maîtresse*, ou le mari de *L'Ensorcelée*, parcourant la lande et l'Ensorcelée elle-même au sortir de la messe[1]. Ce sont encore des phrases-types de Vinteuil que cette géométrie du tailleur de pierre dans les romans de Thomas Hardy. » Les phrases de Vinteuil me firent penser à la petite phrase et je dis à Albertine qu'elle avait été comme l'hymne national de l'amour de Swann et d'Odette, « les parents de Gilberte, que vous connaissez je crois. Vous m'avez dit qu'elle avait mauvais genre[2]. N'a-t-elle pas essayé d'avoir des relations avec vous ? Elle m'a parlé de vous. — Oui, comme ses parents la faisaient chercher en voiture au cours par les trop mauvais temps, je crois qu'elle me ramena une fois et m'embrassa », dit-elle au bout d'un moment en riant et comme si c'était une confidence amusante. « Elle me demanda tout d'un coup si j'aimais les femmes. » (Mais si elle ne faisait que croire se rappeler que Gilberte l'avait ramenée comment pouvait-elle dire avec autant de précision que Gilberte lui avait posé cette question bizarre ?) « Même je ne sais quelle idée baroque me prit de la mystifier, je lui répondis que oui. » (On aurait dit qu'Albertine craignait que Gilberte m'eût raconté cela et qu'elle ne voulait pas que je constatasse qu'elle me mentait.) « Mais nous ne fîmes rien du tout. » (C'était étrange si elles avaient échangé ces confidences qu'elles n'eussent rien fait, surtout qu'avant cela même, elles s'étaient embrassées dans la voiture au dire d'Albertine.) « Elle m'a ramenée comme cela quatre ou cinq fois, peut-être un peu plus, et c'est tout. » J'eus beaucoup de peine à ne poser aucune question, mais me dominant pour avoir l'air de n'attacher à tout cela aucune importance je revins aux tailleurs de pierre de Thomas Hardy. « Vous vous rappelez assez dans *Jude l'obscur*, avez-vous vu dans *La Bien-Aimée*, les blocs de pierres que le père extrait de l'île venant par bateaux s'entasser dans l'atelier du fils où elles deviennent statues, dans les *Yeux bleus* le parallélisme des tombes, et aussi la ligne parallèle du bateau, et les wagons contigus où sont les deux amoureux et la morte, le parallélisme entre *La Bien-Aimée* où l'homme aime trois femmes, les *Yeux bleus* où la femme aime trois hommes, etc., et enfin tous ces romans superposables les uns aux autres comme les maisons verticalement entassées en hauteur sur le sol pierreux de l'île[1] ? Je ne peux pas vous parler comme cela en une minute des plus grands, mais vous verriez dans Stendhal un certain sentiment de l'altitude se liant à la vie spirituelle, le lieu élevé où Julien Sorel est prisonnier, la tour au haut de laquelle est enfermé Fabrice, le clocher où l'abbé Blanès s'occupe d'astrologie et d'où Fabrice jette un si beau coup d'œil[2]. Vous m'avez dit que vous aviez vu certains tableaux de Ver Meer, vous vous rendez bien compte que ce sont les fragments d'un même monde, que c'est toujours, quelque génie avec lequel elle soit récréée, la même table, le même tapis, la même femme, la même nouvelle et unique beauté, énigme à cette époque où rien ne lui ressemble ni ne l'explique si on ne cherche pas à l'apparenter par les sujets mais à dégager l'impression particulière que la couleur produit. Hé bien, cette beauté nouvelle, elle reste identique dans toutes les œuvres de Dostoïevski ; la femme de Dostoïevski (aussi particulière qu'une femme de Rembrandt), avec son visage mystérieux dont la beauté avenante se change brusquement comme si elle avait joué la comédie de la bonté en une insolence terrible (bien qu'au fond il semble qu'elle soit plutôt bonne), n'est-ce pas toujours la même, que ce soit Nastasia Philipovna écrivant des lettres d'amour à Aglaé et lui avouant qu'elle la hait, ou dans une visite entièrement identique à celle-là — à celle aussi où Nastasia Philipovna insulte les parents de Gania — Grouchenka aussi gentille chez Katherina Ivanovna que celle-ci l'avait crue terrible, puis brusquement dévoilant sa méchanceté, insultant Katherina Ivanovna (et bien que Grouchenka

fût au fond bonne[1]), Grouchenka, Nastasia, figures aussi
originales, aussi mystérieuses, non pas seulement que les
courtisanes de Carpaccio mais que la Bethsabée de Rembrandt[2]. Remarquez qu'il n'a pas su certainement que ce visage
éclatant, double, à brusques détentes d'orgueil fait paraître la
femme autre qu'elle n'est (« Tu n'es pas telle », dit Muichkine à
Nastasia dans la visite aux parents de Gania[3], et Aliocha
pourrait le dire à Grouchenka dans la visite à Katherina
Ivanovna). Et en revanche quand il veut avoir des « idées de
tableaux », elles sont toujours stupides et donneraient tout au
plus du Munkaczy, les tableaux où Muichkine voudrait qu'on
représente un condamné à mort au moment où, etc., la Sainte
Vierge au moment où, etc[4]. Mais pour revenir à la beauté neuve
que Dostoïevski a apportée au monde, comme chez Ver Meer
il y a création d'une certaine âme, d'une certaine couleur des
étoffes et des lieux, il n'y a pas seulement création d'êtres mais
de demeures chez Dostoïevski, et la maison de l'Assassinat
dans *Crime et châtiment*, avec son dvornik, n'est pas aussi
merveilleuse que le chef-d'œuvre de la maison de l'Assassinat
dans Dostoïevski, cette sombre, et si longue, et si haute, et si
vaste maison de Rogojine où il tue Nastasia Philipovna[5]. Cette
beauté nouvelle et terrible d'une maison, cette beauté nouvelle
et mixte d'un visage de femme, voilà ce que Dostoïevski a
apporté d'unique au monde, et les rapprochements que des
critiques littéraires peuvent faire entre lui et Gogol, ou entre lui
et Paul de Kock, n'ont aucun intérêt[6], étant extérieurs à cette
beauté secrète. Du reste si je t'ai dit que c'est de roman à roman
la même scène, c'est au sein d'un même roman que les mêmes
scènes, les mêmes personnages se reproduisent si le roman est
très long. Je pourrais te le montrer bien facilement dans *La
Guerre et la Paix*, et certaine scène dans une voiture... — Je
n'avais pas voulu vous interrompre, mais puisque je vois que
vous quittez Dostoïevski, j'aurais peur d'oublier. Mon petit,
qu'est-ce que vous avez voulu dire l'autre jour quand vous
m'avez dit : "C'est comme le côté Dostoïevski de Mme de
Sévigné[7]." Je vous avoue que je n'ai pas compris. Cela me
semble tellement différent. — Venez petite fille que je vous
embrasse pour vous remercier de vous rappeler si bien ce

que je dis, vous retournerez au pianola après. Et j'avoue que ce
que j'avais dit là était assez bête. Mais je l'avais dit pour deux
raisons. La première est une raison particulière. Il est arrivé
que Mme de Sévigné, comme Elstir, comme Dostoïevski, au
lieu de présenter les choses dans l'ordre logique c'est-à-dire en
commençant par la cause, nous montre d'abord l'effet,
l'illusion qui nous frappe. C'est ainsi que Dostoïevski présente
ses personnages. Leurs actions nous apparaissent aussi trom-
peuses que ces effets d'Elstir où la mer a l'air d'être dans le ciel.
Nous sommes tout étonnés après d'apprendre que cet homme
sournois est au fond excellent, ou le contraire[1]. — Oui, mais un
exemple pour Mme de Sévigné. — J'avoue, lui répondis-je en
riant, que c'est très tiré par les cheveux, mais enfin je pourrais
trouver des exemples. Voici une description...[2]

— Mais est-ce qu'il a jamais assassiné quelqu'un, Dostoïevski? Les romans que je connais de lui pourraient tous
s'appeler l'Histoire d'un Crime[3]. C'est une obsession chez lui,
ce n'est pas naturel qu'il parle toujours de ça. — Je ne crois
pas, ma petite Albertine, je connais mal sa vie. Il est certain que
comme tout le monde il a connu le péché, sous une forme ou
sous une autre, et probablement sous une forme que les lois
interdisent. En ce sens-là il devait être un peu criminel, comme
ses héros, qui ne le sont d'ailleurs pas tout à fait, qu'on
condamne avec des circonstances atténuantes. Et ce n'était
même peut-être pas la peine qu'il fût criminel. Je ne suis pas
romancier; il est possible que les créateurs soient tentés par
certaines formes de vie qu'ils n'ont pas personnellement
éprouvées. Si je viens avec vous à Versailles comme nous avons
convenu, je vous montrerai le portrait de l'honnête homme par
excellence, du meilleur des maris, Choderlos de Laclos, qui a
écrit le plus effroyablement pervers des livres, et juste en face
de celui de Mme de Genlis qui écrivit des contes moraux et ne
se contenta pas de tromper la duchesse d'Orléans, mais la
supplicia en détournant d'elle ses enfants[4]. Je reconnais tout de
même que chez Dostoïevski cette préoccupation de l'assassinat
a quelque chose d'extraordinaire et qui me le rend très
étranger. Je suis déjà stupéfait quand j'entends Baudelaire
dire:

Si le viol, le poison, le poignard, l'incendie, etc.
C'est que notre âme, hélas ! n'est pas assez hardie.

Mais je peux au moins croire que Baudelaire n'est pas sincère. Tandis que Dostoïevski... Tout cela me semble aussi loin de moi que possible, à moins que j'aie en moi des parties que j'ignore, car on ne se réalise que successivement[1]. Chez Dostoïevski je trouve des puits excessivement profonds, mais sur quelques points isolés de l'âme humaine. Mais c'est un grand créateur. D'abord le monde qu'il peint a vraiment l'air d'avoir été créé pour lui. Tous ces bouffons qui reviennent sans cesse, tous ces Lebedev, Karamazov, Ivolguine, Segurev[2], cet incroyable cortège, c'est une humanité plus fantastique que celle qui peuple *La Ronde de nuit* de Rembrandt. Et peut-être pourtant n'est-elle fantastique que de la même manière, par l'éclairage et le costume, et est-elle au fond courante. En tout cas elle est à la fois pleine de vérités, profonde et unique, n'appartenant qu'à Dostoïevski. Cela a presque l'air, ces bouffons, d'un emploi qui n'existe plus comme certains personnages de la comédie antique, et pourtant comme ils révèlent des aspects vrais de l'âme humaine ! Ce qui m'assomme, c'est la manière solennelle dont on parle et dont on écrit sur Dostoïevski[3]. Avez-vous remarqué le rôle que l'amour-propre et l'orgueil jouent chez ses personnages ? On dirait que pour lui l'amour et la haine la plus éperdue, la bonté et la traîtrise, la timidité et l'insolence, ne sont que deux états d'une même nature, l'amour-propre, l'orgueil empêchant Aglaé, Nastasia, le capitaine dont Mitia tire la barbe[4], Krassotkine, l'ennemi-ami d'Aliocha, de se montrer "tels" qu'ils sont en réalité. Mais il y a encore bien d'autres grandeurs. Je connais très peu de ses livres[5]. Mais n'est-ce pas un motif sculptural et simple, digne de l'art le plus antique, une frise interrompue et reprise où se dérouleraient la Vengeance et l'Expiation, que le crime du père Karamazov engrossant la pauvre folle, le mouvement mystérieux, animal, inexpliqué, par lequel la mère, étant à son insu l'instrument des vengeances du destin, obéissant aussi obscurément à son instinct de mère,

peut-être à un mélange de ressentiment et de reconnaissance
physique pour le violateur, va accoucher chez le père
Karamazov[1] ? Ceci c'est le premier épisode, mystérieux, grand,
auguste, comme une Création de la Femme dans les sculptures
d'Orvieto[2]. Et en réplique le second épisode plus de vingt ans
après, le meurtre du père Karamazov, l'infamie sur la famille
Karamazov par ce fils de la folle, Smerdiakov, suivi peu après
d'un même acte aussi mystérieusement sculptural et inexpliqué,
d'une beauté aussi obscure et naturelle que l'accouchement
dans le jardin du père Karamazov, Smerdiakov se pendant, son
crime accompli. Quant à Dostoïevski, je ne le quittais pas tant
que vous croyez en parlant de Tolstoï, qui l'a beaucoup imité.
Et chez Dostoïevski il y a concentré, encore contracté et
grognon, beaucoup de ce qui s'épanouira chez Tolstoï. Il y a
chez Dostoïevski cette maussaderie anticipée des primitifs que
les disciples éclairciront. — Mon petit, comme c'est assommant
que vous soyez si paresseux. Regardez comme vous voyez la
littérature d'une façon plus intéressante qu'on ne nous la faisait
étudier ; les devoirs qu'on nous faisait faire sur *Esther* :
"Monsieur", vous vous rappelez[3] », me dit-elle en riant, moins
pour se moquer de ses maîtres et d'elle-même que pour le
plaisir de retrouver dans sa mémoire, dans notre mémoire
commune, un souvenir déjà un peu ancien.

Mais tandis qu'elle me parlait et comme je pensais à Vinteuil,
à son tour c'était l'autre hypothèse, l'hypothèse matérialiste,
celle du néant, qui se présentait à moi. Je me remettais à
douter, je me disais qu'après tout il se pourrait que si les
phrases de Vinteuil semblaient l'expression de certains états de
l'âme — analogues à celui que j'avais éprouvé en goûtant la
madeleine trempée dans la tasse de thé — rien ne m'assurait
que le vague de tels états fût une marque de leur profondeur,
mais seulement de ce que nous n'avons pas encore su les
analyser, qu'il n'y aurait donc rien de plus réel en eux que dans
d'autres. Pourtant ce bonheur, ce sentiment de certitude dans
le bonheur, pendant que je buvais la tasse de thé, que je
respirais aux Champs-Élysées une odeur de vieux bois[4], ce
n'était pourtant pas une illusion. En tout cas, me disait l'esprit
du doute, même si ces états sont dans la vie plus profonds que

d'autres, et sont inanalysables à cause de cela même, parce qu'ils mettent en jeu trop de forces dont nous ne nous sommes pas encore rendu compte, le charme de certaines phrases de Vinteuil fait penser à eux parce qu'il est lui aussi inanalysable, mais cela ne prouve pas qu'il ait la même profondeur. La beauté d'une phrase de musique pure paraît facilement l'image ou du moins la parente d'une impression inintellectuelle que nous avons eue, mais simplement parce qu'elle est inintellectuelle. Et pourquoi alors croyons-nous particulièrement profondes ces phrases mystérieuses qui hantent certains quatuors et ce concert de Vinteuil. Ce n'était pas du reste que de la musique de lui que me jouait Albertine ; le pianola était par moments pour nous comme une lanterne magique scientifique (historique et géographique), et sur les murs de cette chambre de Paris pourvue d'inventions plus modernes que celle de Combray[1] je voyais, selon qu'Albertine jouait du Rameau ou du Borodine, s'étendre tantôt une tapisserie du XVIIIe siècle semée d'Amours sur un fond de roses, tantôt la steppe orientale où les sonorités s'étouffent dans l'illimité des distances et le feutrage de la neige[2]. Et ces décorations fugitives étaient d'ailleurs les seules de ma chambre, car si au moment où j'avais hérité de ma tante Léonie, je m'étais promis d'avoir des collections comme Swann, d'acheter des tableaux, des statues, tout mon argent passait à avoir des chevaux, une automobile, des toilettes pour Albertine. Mais ma chambre ne contenait-elle pas une œuvre d'art plus précieuse que toutes celles-là ? C'était Albertine elle-même. Je la regardais. C'était étrange pour moi de penser que c'était elle, elle que j'avais crue si longtemps impossible même à connaître, qui aujourd'hui, bête sauvage domestiquée, rosier à qui j'avais fourni le tuteur, le cadre, l'espalier de sa vie, était ainsi assise, chaque jour, chez elle, près de moi, devant le pianola, adossée à ma bibliothèque. Ses épaules que j'avais vues baissées et sournoises quand elle rapportait les clubs de golf, s'appuyaient à mes livres. Ses belles jambes, que le premier jour j'avais imaginées avec raison avoir manœuvré pendant toute son adolescence les pédales d'une bicyclette, montaient et descendaient tour à tour sur celles du pianola, où Albertine, devenue d'une élégance qui me la faisait sentir plus à moi, parce que c'était de moi qu'elle lui venait, posait ses souliers en toile d'or. Ses doigts jadis familiers du guidon se posaient maintenant sur les touches comme ceux d'une sainte Cécile[1]; son cou dont le tour, vu de mon lit, était plein et fort, et à cette distance et sous la lumière de la lampe paraissait plus rose, moins rose pourtant que son visage incliné de profil auquel mes regards, venant des profondeurs de moi-même, chargés de souvenirs et brûlant de désir, ajoutaient un tel brillant, une telle intensité de vie que son relief semblait s'enlever et tourner avec la même puissance presque magique que le jour à l'hôtel de Balbec où ma vue était brouillée par mon trop grand désir de l'embrasser[2]; j'en prolongeais chaque surface au-delà de ce que j'en pouvais voir et sous celle qui me le cachait et ne me faisait que mieux sentir — paupières qui fermaient à demi les yeux, chevelure qui cachait le haut des joues — le relief de ces plans superposés; les yeux, comme dans un minerai d'opale où elle est encore engainée, les deux plaques seules polies encore, devenues plus brillantes que du métal tout en restant plus résistantes que de la lumière, faisaient apparaître, au milieu de la matière aveugle qui les surplombe, comme les ailes de soie mauve d'un papillon qu'on aurait mis sous verre; et les cheveux noirs et crespelés, montrant d'autres ensembles selon qu'elle se tournait vers moi pour me demander ce qu'elle devait jouer, tantôt une aile magnifique, aiguë à sa pointe, large à sa base, noire, empennée et triangulaire, tantôt massant le relief de leurs boucles en une chaîne puissante et variée, pleine de crêtes, de lignes de partage, de précipices, avec leur fouetté si riche et si multiple semblant dépasser la variété que réalise habituellement la nature, et répondre plutôt au désir d'un sculpteur qui accumule les difficultés pour faire valoir la souplesse, la fougue, le fondu, la vie de son exécution, faisaient ressortir davantage, en l'interrompant pour la recouvrir, la courbe animée et comme la rotation du visage lisse et rose, du mat verni d'un bois peint. Et par contraste avec tant de relief, par l'harmonie aussi qui les unissait à elle qui avait adapté son attitude à leur forme et à leur utilisation, le pianola qui la cachait à demi comme un buffet d'orgue, la bibliothèque, tout ce coin de la chambre semblait réduit à n'être plus que le sanctuaire éclairé, la crèche de cet ange musicien, œuvre d'art qui tout à l'heure, par une douce magie, allait se détacher de sa niche et offrir à mes baisers sa substance précieuse et rose. Mais non ; Albertine n'était nullement pour moi une œuvre d'art. Je savais ce que c'était qu'admirer une femme d'une façon artistique : j'avais connu Swann. De moi-même d'ailleurs, j'étais, de n'importe quelle femme qu'il s'agît, incapable de le faire, n'ayant aucune espèce d'esprit d'observation extérieure, ne sachant jamais ce qu'était ce que je voyais, et j'étais moi-même émerveillé quand Swann ajoutait rétrospectivement pour moi une dignité artistique — en la comparant pour moi, comme il se plaisait à le faire galamment devant elle-même, à quelque portrait de Luini, en retrouvant dans sa toilette la robe ou les bijoux d'un tableau de Giorgione — à une femme qui m'avait semblé insignifiante. Rien de tel chez moi. Même pour dire vrai quand je commençais à regarder Albertine comme un ange musicien merveilleusement patiné et que je me félicitais de posséder, elle ne tardait pas à me devenir indifférente, je m'ennuyais bientôt auprès d'elle, mais ces instants-là duraient peu. On n'aime que ce en quoi on poursuit quelque chose d'inaccessible, on n'aime que ce qu'on ne possède pas et bien vite je me remettais à me rendre compte que je ne possédais pas Albertine. Dans ses yeux je voyais passant tantôt l'espérance, tantôt le souvenir, peut-être le regret de joies que je ne devinais pas, auxquelles dans ce cas elle préférait renoncer plutôt que de me les dire, et que, n'en saisissant que cette lueur dans ses prunelles, je n'apercevais pas davantage que le spectateur qu'on n'a pas laissé entrer dans la salle et qui collé au carreau vitré de la porte ne peut rien apercevoir de ce qui se passe sur la scène. (Je ne sais si c'était le cas pour elle, mais c'est une étrange chose, comme un témoignage chez les plus incrédules d'une croyance au bien, que cette persévérance dans le mensonge qu'ont tous ceux qui nous trompent. On aurait beau leur dire que leur mensonge fait plus de peine que l'aveu, ils auraient beau s'en rendre compte, qu'ils mentiraient encore l'instant d'après pour rester conformes à ce qu'ils nous ont dit d'abord qu'ils étaient, ou à ce qu'ils nous ont dit que nous étions pour eux. C'est ainsi qu'un athée qui tient à la vie, se fait tuer pour ne pas donner un démenti à l'idée qu'on a de sa bravoure.) Pendant ces heures quelquefois je voyais flotter sur elle, dans ses regards, dans sa moue, dans son sourire, le reflet de ces spectacles intérieurs dont la contemplation la faisait ces soirs-là dissemblable, éloignée de moi à qui ils étaient refusés. « À quoi pensez-vous, ma chérie ? — Mais à rien. » Quelquefois pour répondre à ce reproche que je lui faisais de ne me rien dire, tantôt elle me disait des choses qu'elle n'ignorait pas que je savais aussi bien que tout le monde (comme ces hommes d'État qui ne vous annonceraient pas la plus petite nouvelle, mais vous parlent en revanche de celle qu'on a pu lire dans les journaux de la veille), tantôt elle me racontait sans précision aucune, en des sortes de fausses confidences, des promenades en bicyclette qu'elle faisait à Balbec l'année d'avant de me connaître. Et comme si j'avais deviné juste autrefois, en inférant de lui qu'elle devait être une jeune fille très libre, faisant de très longues parties, l'évocation qu'elle faisait de ces promenades insinuait entre les lèvres d'Albertine ce même mystérieux sourire qui m'avait séduit les premiers jours, sur la digue de Balbec. Elle me parlait aussi de ces promenades qu'elle avait faites avec des amies dans la campagne hollandaise, de ses retours le soir à Amsterdam, à des heures tardives, quand une foule compacte et joyeuse de gens qu'elle connaissait presque tous emplissait les rues, les bords des canaux, dont je croyais voir se refléter dans les yeux brillants d'Albertine, comme dans les glaces incertaines d'une rapide voiture, les feux innombrables et fuyants. Que la soi-disant curiosité esthétique mériterait plutôt le nom d'indifférence auprès de la curiosité douloureuse, inlassable, que j'avais des lieux où Albertine avait vécu, de ce qu'elle avait pu faire tel soir, des sourires, des regards qu'elle avait eus, des mots qu'elle avait dits, des baisers qu'elle avait reçus ! Non jamais la jalousie que j'avais eue un jour de Saint-Loup, si elle avait persisté, ne m'eût donné cette immense inquiétude. Cet amour entre femmes était quelque chose de trop inconnu dont rien ne permettait d'imaginer avec certitude, avec justesse, les plaisirs, la qualité. Que de gens, que de lieux (même qui ne la concernaient pas directement, de vagues lieux de plaisir où elle avait pu en goûter, les milieux où il y a beaucoup de monde, où on est frôlé) Albertine — comme une personne qui, faisant passer sa suite, toute une société, au contrôle devant elle, la fait entrer au théâtre — du seuil de mon imagination ou de mon souvenir où je ne me souciais pas d'eux, avait introduits dans mon cœur ! Maintenant, la connaissance que j'avais d'eux était interne, immédiate, spasmodique, douloureuse. L'amour, c'est l'espace et le temps rendus sensibles au cœur.

Et peut-être pourtant, entièrement fidèle, je n'eusse pas souffert d'infidélités que j'eusse été incapable de concevoir. Mais ce qui me torturait à imaginer chez Albertine, c'était mon propre désir perpétuel de plaire à de nouvelles femmes, d'ébaucher de nouveaux romans, c'était de lui supposer ce regard que je n'avais pu l'autre jour, même à côté d'elle, m'empêcher de jeter sur les jeunes cyclistes assises aux tables du bois de Boulogne. Comme il n'est de connaissance, on peut presque dire qu'il n'est de jalousie que de soi-même. L'observation compte peu. Ce n'est que du plaisir ressenti par soi-même qu'on peut tirer savoir et douleur.

Par instants dans les yeux d'Albertine, dans la brusque inflammation de son teint, je sentais comme un éclair de chaleur passer furtivement dans des régions plus inaccessibles pour moi que le ciel et où évoluaient les souvenirs, à moi inconnus, d'Albertine. Alors cette beauté qu'en pensant aux années successives où j'avais connu Albertine, soit sur la plage de Balbec, soit à Paris, je lui avais trouvée depuis peu, et qui consistait en ce que mon amie se développait sur tant de plans et contenait tant de jours écoulés, cette beauté prenait pour moi quelque chose de déchirant. Alors sous ce visage rosissant je sentais se réserver comme un gouffre l'inexhaustible espace des soirs où je n'avais pas connu Albertine. Je pouvais bien prendre Albertine sur mes genoux, tenir sa tête dans mes mains ; je pouvais la caresser, passer longuement mes mains sur elle, mais comme si j'eusse manié une pierre qui enferme la salure des océans immémoriaux ou le rayon d'une étoile, je sentais que je touchais seulement l'enveloppe close d'un être qui par l'intérieur accédait à l'infini. Combien je souffrais de cette position où nous a réduits l'oubli de la nature qui, en instituant la division des corps, n'a pas songé à rendre possible l'interpénétration des âmes! Et je me rendais compte qu'Albertine n'était pas même pour moi (car si son corps était au pouvoir du mien, sa pensée échappait aux prises de ma pensée) la merveilleuse captive dont j'avais cru enrichir ma demeure, tout en y cachant aussi parfaitement sa présence, même à ceux qui venaient me voir et qui ne la soupçonnaient pas au bout du couloir dans la chambre voisine, que ce personnage dont tout le monde ignorait qu'il tenait enfermée dans une bouteille la princesse de la Chine[1]; m'invitant sous une forme pressante, cruelle et sans issue, à la recherche du passé, elle était plutôt comme une grande déesse du Temps. Et s'il a fallu que je perdisse pour elle des années, ma fortune, et pourvu que je puisse me dire, ce qui n'est pas sûr hélas, qu'elle n'y a, elle, pas perdu, je n'ai rien à regretter. Sans doute la solitude eût mieux valu, plus féconde, moins douloureuse. Mais dans la vie de collectionneur que me conseillait Swann, que me reprochait de ne pas connaître M. de Charlus, quand avec un mélange d'esprit, d'insolence et de goût, il me disait: « Comme c'est laid chez vous! », quelles statues, quels tableaux longuement poursuivis, enfin possédés, ou même, à tout mettre au mieux, contemplés avec désintéressement, m'eussent, comme la petite blessure qui se cicatrisait assez vite, mais que la maladresse inconsciente d'Albertine, des indifférents, ou de mes propres pensées, ne tardait pas à rouvrir, donné accès sur cette issue hors de soi-même, ce chemin de communication privé mais qui donne sur la grande route où passe ce que nous ne connaissons que du jour où nous en avons souffert, la vie des autres?

Quelquefois il faisait un si beau clair de lune qu'une heure à peine après qu'Albertine était couchée, j'allais jusqu'à son lit pour lui dire de regarder la fenêtre. Je suis sûr que c'est pour cela que j'allais dans sa chambre et non pour m'assurer qu'elle y était bien. Quelle apparence qu'elle pût et souhaitât de s'en échapper? Il eût fallu une collusion invraisemblable avec Françoise. Dans la chambre sombre je ne voyais rien que sur la blancheur de l'oreiller un mince diadème de cheveux noirs. Mais j'entendais la respiration d'Albertine. Son sommeil était si profond que j'hésitais à aller jusqu'au lit ; je m'asseyais au bord ; le sommeil continuait de couler avec le même murmure. Ce qui est impossible à dire, c'est à quel point ses réveils étaient gais. Je l'embrassais, je la secouais. Aussitôt elle s'arrêtait de dormir, mais sans même l'intervalle d'un instant éclatait de rire, me disait en nouant ses bras à mon cou : « J'étais justement en train de me demander si tu ne viendrais pas », et elle riait tendrement de plus belle. On aurait dit que sa tête charmante, quand elle dormait, n'était pleine que de gaieté, de tendresse et de rire. Et en l'éveillant j'avais seulement, comme quand on ouvre un fruit, fait fuser le jus jaillissant qui désaltère.

L'hiver cependant finissait ; la belle saison revint, et souvent, comme Albertine venait seulement de me dire bonsoir, ma chambre, mes rideaux, le mur au-dessus des rideaux étant encore tout noirs, dans le jardin des religieuses voisines j'entendais, riche et précieuse dans le silence comme un harmonium d'église, la modulation d'un oiseau inconnu qui sur le mode lydien chantait déjà matines et au milieu de mes ténèbres mettait la riche note éclatante du soleil qu'il voyait. Bientôt les nuits raccourcirent et avant les heures anciennes du matin, je voyais déjà dépasser des rideaux de ma fenêtre la blancheur quotidiennement accrue du jour. Si je me résignais à laisser encore mener à Albertine cette vie où malgré ses dénégations je sentais qu'elle avait l'impression d'être prisonnière, c'était seulement parce que chaque jour j'étais sûr que le lendemain je pourrais me mettre, en même temps qu'à travailler, à me lever, à sortir, à préparer un départ pour quelque propriété que nous achèterions et où Albertine pourrait mener plus librement et sans inquiétude pour moi la vie de campagne ou de mer, de navigation ou de chasse, qui lui plairait. Seulement le lendemain, ce temps passé que j'aimais et détestais tour à tour en Albertine (comme, quand il est le présent, entre lui et nous, chacun, par intérêt, ou politesse, ou pitié travaille à tisser un rideau de mensonges que nous prenons pour la réalité) il arrivait que rétrospectivement une des heures qui le composaient et même de celles que j'avais cru connaître me présentait tout d'un coup un aspect qu'on n'essayait pas de me voiler et qui était tout différent de celui sous lequel elle m'était apparue. Derrière tel regard, à la place de la bonne pensée que j'avais cru y voir autrefois, c'était un désir insoupçonné jusque-là qui se révélait, m'aliénant une nouvelle partie de ce cœur d'Albertine que j'avais cru assimilé au mien. Par exemple, quand Andrée avait quitté Balbec au mois de juillet[1], Albertine ne m'avait jamais dit qu'elle dût bientôt la revoir ; et je pensais qu'elle l'avait revue même plus tôt qu'elle n'eût cru, puisque à cause de la grande tristesse que j'avais eue à Balbec cette nuit du 14 septembre, elle m'avait fait le sacrifice de ne pas y rester et de revenir tout de suite à Paris. Quand elle était arrivée, le 15, je lui avais demandé d'aller voir Andrée et lui avais dit : « A-t-elle été contente de vous revoir ? » Or maintenant, Mme Bontemps étant venue pour apporter quelque chose à Albertine, je la vis un instant et lui dis qu'Albertine était sortie avec Andrée : « Elles sont allées se promener dans la campagne. — Oui, me répondit Mme Bontemps. Albertine n'est pas difficile en fait de campagne. Ainsi il y a trois ans, tous les jours il fallait aller aux Buttes-Chaumont. » À ce nom de Buttes-Chaumont, où Albertine m'avait dit n'être jamais allée, ma respiration s'arrêta un instant. La réalité est le plus habile des ennemis. Elle prononce ses attaques sur le point de notre cœur où nous ne les attendions pas, et où nous n'avions pas préparé de défense. Albertine avait-elle menti à sa tante alors, en lui disant qu'elle allait tous les jours aux Buttes-Chaumont, à moi depuis en me disant qu'elle ne les connaissait pas ? « Heureusement, ajouta Mme Bontemps, que cette pauvre Andrée va bientôt partir pour une campagne plus vivifiante, pour la vraie campagne, elle en a bien besoin, elle a si mauvaise mine. Il est vrai qu'elle n'a pas eu, cet été, le temps d'air qui lui est nécessaire. Pensez qu'elle a quitté Balbec à la fin de juillet croyant revenir en septembre, et comme son frère s'est démis le genou elle n'a pas pu revenir. » Alors Albertine l'attendait à Balbec et me l'avait caché[2]. Il est vrai que c'était d'autant plus gentil de m'avoir proposé de revenir. À moins que... « Oui, je me rappelle qu'Albertine m'avait parlé de cela... (ce n'était pas vrai). Quand donc a eu lieu cet accident ? Tout cela est un peu brouillé dans ma tête. — Mais en un sens il a eu lieu juste à point, car un jour plus tard la location de la villa était commencée, et la grand-mère d'Andrée aurait été obligée de payer un mois inutile. Il s'est cassé la jambe le 14 septembre, elle a eu le temps de télégraphier à Albertine le 15 au matin qu'elle ne viendrait pas, et Albertine de prévenir l'agence. Un jour plus tard cela courait jusqu'au 15 octobre. » Ainsi sans doute quand Albertine changeant d'avis, m'avait dit : « Partons ce soir[1] », ce qu'elle voyait c'était un appartement que je ne connaissais pas, celui de la grand-mère d'Andrée, où dès notre retour, elle allait pouvoir retrouver l'amie que, sans que je m'en doutasse, elle avait cru revoir bientôt à Balbec. Les paroles si gentilles pour revenir avec moi, qu'elle avait eues en contraste avec son *opiniâtre* refus d'un peu avant[2], j'avais cherché à les attribuer à un revirement de son bon cœur. Elles étaient tout simplement le reflet d'un changement intervenu dans une situation que nous ne connaissons pas, et qui est tout le secret de la variation de la conduite des femmes qui ne nous aiment pas. Elles nous refusent obstinément un rendez-vous pour le lendemain, parce qu'elles sont fatiguées, parce que leur grand-père exige qu'elles dînent chez lui. « Mais venez après », insistons-nous. « Il me retient très tard. Il pourra me raccompagner. » Simplement elles ont un rendez-vous avec quelqu'un qui leur plaît. Soudain celui-ci n'est plus libre. Et elles viennent nous dire le regret de nous avoir fait de la peine, qu'envoyant promener leur grand-père, elles resteront auprès de nous, ne tenant à rien d'autre. J'aurais dû reconnaître ces phrases dans le langage que m'avait tenu Albertine le jour de mon départ, à Balbec. Pourtant, je ne devais peut-être pas ne reconnaître qu'elles, mais pour interpréter ce langage me souvenir de deux traits particuliers du caractère d'Albertine.

Deux traits du caractère d'Albertine me revinrent à ce moment à l'esprit, l'un pour me consoler, l'autre pour me désoler, car nous trouvons de tout dans notre mémoire : elle est une espèce de pharmacie, de laboratoire de chimie, où on met au hasard la main tantôt sur une drogue calmante, tantôt sur un poison dangereux. Le premier trait, le consolant, fut cette habitude de faire servir une même action au plaisir de plusieurs personnes, cette utilisation multiple de ce qu'elle faisait, qui était caractéristique chez Albertine[1]. C'était bien dans son caractère, revenant à Paris (le fait qu'Andrée ne revenait pas pouvait lui rendre incommode de rester à Balbec sans que cela signifiât qu'elle ne pouvait pas se passer d'Andrée), de tirer de ce seul voyage une occasion de toucher deux personnes qu'elle aimait sincèrement : moi en me faisant croire que c'était pour ne pas me laisser seul, pour que je ne souffrisse pas, par dévouement pour moi, Andrée en la persuadant que, du moment qu'elle ne venait pas à Balbec, elle ne voulait pas y rester un instant de plus, qu'elle n'avait prolongé que pour la voir et qu'elle accourait dans l'instant vers elle. Or le départ d'Albertine avec moi succédait en effet d'une façon si immédiate d'une part à mon chagrin, à mon désir de revenir à Paris, d'autre part à la dépêche d'Andrée, qu'il était tout naturel qu'Andrée et moi ignorant respectivement elle mon chagrin, moi sa dépêche, eussions pu croire que le départ d'Albertine était l'effet de la seule cause que chacun de nous connût et qu'il suivait en effet à si peu d'heures de distance et si inopinément. Et dans ce cas, je pouvais encore croire que m'accompagner avait été le but réel d'Albertine, qui n'avait pas voulu négliger pourtant une occasion de s'en faire un titre à la gratitude d'Andrée. Mais malheureusement je me rappelai presque aussitôt un autre trait du caractère d'Albertine et qui était la vivacité avec laquelle la saisissait la tentation irrésistible d'un plaisir. Or je me rappelais, quand elle eut décidé de partir, quelle impatience elle avait d'arriver au train, comme elle avait bousculé le directeur qui en cherchant à nous retenir aurait pu nous faire manquer l'omnibus, les haussements d'épaules de connivence qu'elle me faisait et dont j'avais été si touché, quand, dans le tortillard, M. de Cambremer nous avait demandé si nous ne pouvions pas remettre à huitaine. Oui ce qu'elle voyait devant ses yeux à ce moment-là, ce qui la rendait si fiévreuse de partir, ce qu'elle était impatiente de retrouver, c'était un appartement inhabité que j'avais vu une fois, appartenant à la grand-mère d'Andrée, un appartement luxueux à la garde d'un vieux valet de chambre, en plein midi, mais si vide, si silencieux que le soleil avait l'air de mettre des housses sur le canapé, sur les fauteuils des chambres où Albertine et Andrée demandaient au gardien respectueux, peut-être naïf, peut-être complice, de les laisser se reposer. Je le voyais tout le temps maintenant, vide, avec un lit ou un canapé, une bonne dupe ou complice, et où chaque fois qu'Albertine avait l'air pressé et sérieux elle partait pour retrouver son amie, sans doute arrivée avant elle parce qu'elle était plus libre. Je n'avais jamais pensé jusque-là à cet appartement, qui maintenant avait pour moi une horrible beauté. L'inconnu de la vie des êtres est comme celui de la nature, que chaque découverte scientifique ne fait que reculer mais n'annule pas. Un jaloux exaspère celle qu'il aime en la privant de mille plaisirs sans importance. Mais ceux qui sont le fond de la vie de celle-ci, elle les abrite là où dans les moments où son intelligence croit montrer le plus de perspicacité et où les tiers le renseignent le mieux il n'a pas idée de chercher. Mais enfin du moins Andrée allait partir. Mais je ne voulais pas qu'Albertine pût me mépriser comme ayant été dupe d'elle et d'Andrée. Mais un jour ou l'autre je le lui dirais. Et ainsi je la forcerais peut-être à me parler plus franchement en lui montrant que j'étais informé tout de même des choses qu'elle me cachait. Mais je ne voulais pas lui parler de cela encore, d'abord parce que, si près de la visite de sa tante, elle eût compris d'où me venait mon information, eût tari cette source, et n'en eût pas redouté d'inconnues. Ensuite parce que je ne voulais pas risquer, tant que je ne serais pas absolument certain de garder Albertine aussi longtemps que je voudrais, de causer en elle trop de colères qui auraient pu avoir pour effet de lui faire désirer me quitter. Il est vrai que si je raisonnais, cherchais la vérité, pronostiquais l'avenir d'après ses paroles, lesquelles approuvaient toujours tous mes projets, exprimaient combien elle aimait cette vie, combien sa claustration la privait peu, je ne doutais pas qu'elle restât toujours auprès de moi. J'en étais même fort ennuyé, je sentais la vie, l'univers, auxquels je n'avais jamais goûté, m'échapper, échangés contre une femme dans laquelle je ne pouvais plus rien trouver de nouveau. Je ne pouvais même pas aller à Venise où, pendant que je serais couché, je serais trop torturé par la crainte des avances que

pourraient lui faire le gondolier, les gens de l'hôtel, les
Vénitiennes. Mais si je raisonnais au contraire d'après l'autre
hypothèse, celle qui s'appuyait non sur les paroles d'Albertine,
mais sur des silences, des regards, des rougeurs, des bouderies,
et même des colères dont il m'eût été bien facile de lui montrer
qu'elles étaient sans cause et dont j'aimais mieux avoir l'air de
ne pas m'apercevoir, alors je me disais que cette vie lui était
insupportable, que tout le temps elle se trouvait privée de ce
qu'elle aimait et que fatalement elle me quitterait un jour. Tout
ce que je voulais, si elle le faisait, c'est que je pusse choisir le
moment, un moment où cela ne me serait pas trop pénible, et
puis dans une saison où elle ne pourrait aller dans aucun des
endroits où je me représentais ses débauches, ni à Amsterdam,
ni chez Andrée, ni chez Mlle Vinteuil qu'elle retrouverait il est
vrai quelques mois plus tard. Mais d'ici là je me serais calmé et
cela me serait devenu indifférent. En tout cas il fallait attendre
pour y songer que fût guérie la petite rechute qu'avait causée la
découverte des raisons pour lesquelles Albertine à quelques
heures de distance avait voulu ne pas me quitter, puis quitter
immédiatement Balbec ; il fallait laisser le temps de disparaître
aux symptômes qui ne pouvaient qu'aller en s'atténuant si je
n'apprenais rien de nouveau, mais encore trop aigus pour ne
pas rendre plus douloureuse, plus difficile, une opération de
rupture reconnue maintenant inévitable mais nullement
urgente et qu'il valait mieux pratiquer « à froid ». Ce choix du
moment j'en étais le maître ; car si elle voulait partir avant que
je l'eusse décidé, au moment où elle m'annoncerait qu'elle avait
assez de cette vie, il serait toujours temps d'aviser à combattre
ses raisons, de lui laisser plus de liberté, de lui promettre
quelque grand plaisir prochain qu'elle souhaiterait elle-même
d'attendre, voire, si je ne trouvais de recours qu'en son cœur,
de lui avouer mon chagrin. J'étais donc bien tranquille à ce
point de vue, n'étant pas d'ailleurs en cela très logique avec
moi-même. Car dans une hypothèse où je ne tenais précisément
pas compte des choses qu'elle disait et qu'elle annonçait, je
supposais que, quand il s'agirait de son départ, elle me
donnerait d'avance ses raisons, me laisserait les combattre et
les vaincre. Je sentais que ma vie avec Albertine n'était pour

une part, quand je n'étais pas jaloux, qu'ennui, pour l'autre part quand j'étais jaloux, que souffrance. À supposer qu'il y eût eu du bonheur, il ne pouvait durer. Dans le même esprit de sagesse qui m'inspirait à Balbec le soir où nous avions été heureux après la visite de Mme de Cambremer, je voulais la quitter parce que je savais qu'à prolonger je ne gagnerais rien[1]. Seulement maintenant encore je m'imaginais que le souvenir que je garderais d'elle serait comme une sorte de vibration prolongée par une pédale de la minute de notre séparation. Aussi je tenais à choisir une minute douce, afin que ce fût elle qui continuât à vibrer en moi. Il ne fallait pas être trop difficile, attendre trop, il fallait être sage. Et pourtant, ayant tant attendu, ce serait folie de ne pas savoir attendre quelques jours de plus jusqu'à ce qu'une minute acceptable se présentât, plutôt que de risquer de la voir partir avec cette même révolte que j'avais autrefois quand maman s'éloignait de mon lit sans me redire bonsoir, ou quand elle me disait adieu à la gare. À tout hasard je multipliais les gentillesses que je pouvais lui faire. Pour les robes de Fortuny, nous nous étions enfin décidés pour une bleu et or doublée de rose qui venait d'être terminée. Et j'avais commandé tout de même les cinq auxquelles elle avait renoncé avec regret, par préférence pour celle-là.

Pourtant à la venue du printemps, deux mois ayant passé depuis ce que m'avait dit sa tante, je me laissai emporter par la colère un soir. C'était justement celui où Albertine avait revêtu pour la première fois la robe de chambre bleu et or de Fortuny qui en m'évoquant Venise me faisait plus sentir encore ce que je sacrifiais pour Albertine qui ne m'en savait aucun gré. Si je n'avais jamais vu Venise j'en rêvais sans cesse depuis ces vacances de Pâques qu'encore enfant j'avais dû y passer, et plus anciennement encore par les gravures du Titien et les photographies de Giotto que Swann m'avait jadis données à Combray[2]. La robe de Fortuny que portait ce soir-là Albertine me semblait comme l'ombre tentatrice de cette invisible Venise. Elle était envahie d'ornementation arabe comme Venise, comme les palais de Venise dissimulés à la façon des sultanes derrière un voile ajouré de pierre, comme les reliures de la

bibliothèque Ambrosienne[1], comme les colonnes desquelles les
oiseaux orientaux qui signifient alternativement la mort et la
vie se répétaient dans le miroitement de l'étoffe[2], d'un bleu
profond qui au fur et à mesure que mon regard s'y avançait se
changeait en or malléable, par ces mêmes transmutations qui
devant la gondole qui s'avance changent en métal flamboyant
l'azur du Grand Canal. Et les manches étaient doublées d'un
rose cerise qui est si particulièrement vénitien qu'on l'appelle
rose Tiepolo[3]. Dans la journée Françoise avait laissé échapper
devant moi qu'Albertine n'était contente de rien, que quand je
lui faisais dire que je sortirais avec elle, ou que je ne sortirais
pas, que l'automobile viendrait la prendre, ou ne viendrait pas,
elle haussait presque les épaules et répondait à peine poliment.
Ce soir-là, où je la sentais de mauvaise humeur et où la
première grande chaleur m'avait énervé, je ne pus retenir ma
colère et lui reprochai son ingratitude : « Oui, vous pouvez
demander à tout le monde, criai-je de toutes mes forces, hors
de moi, vous pouvez demander à Françoise, ce n'est qu'un
cri. » Mais aussitôt je me rappelai qu'Albertine m'avait dit une
fois combien elle me trouvait l'air terrible quand j'étais en
colère et m'avait appliqué les vers d'*Esther* :

> *Jugez combien ce front irrité contre moi*
> *Dans mon âme troublée a dû jeter d'émoi...*
> *Hélas ! sans frissonner quel cœur audacieux*
> *Soutiendrait les éclairs qui partent de vos yeux*[4] *?*

J'eus honte de ma violence. Et pour revenir sur ce que j'avais
fait, sans cependant que ce fût une défaite, de manière que ma
paix fût une paix armée et redoutable, en même temps qu'il me
semblait utile de montrer que je ne craignais pas une rupture
pour qu'elle n'en eût pas l'idée : « Pardonnez-moi ma petite
Albertine, j'ai honte de ma violence, j'en suis désespéré. Si nous
ne pouvons plus nous entendre, si nous devons nous quitter, il
ne faut pas que ce soit ainsi, ce ne serait pas digne de nous.
Nous nous quitterons s'il le faut mais avant tout je tiens à vous
demander pardon bien humblement de tout mon cœur. »
    Je pensai que pour réparer cela, et m'assurer de ses projets

de rester pour le temps qui allait suivre, et au moins jusqu'à ce
qu'Andrée fût partie, ce qui était dans trois semaines, il serait
bon dès le lendemain de chercher quelque plaisir plus grand
que ceux qu'elle avait encore eus, et à assez longue échéance ;
aussi puisque j'allais effacer l'ennui que je lui avais causé, peut-
être ferais-je bien de profiter de ce moment pour lui montrer
que je connaissais mieux sa vie qu'elle ne croyait. La mauvaise
humeur qu'elle ressentirait serait effacée demain par mes
gentillesses, mais l'avertissement resterait dans son esprit.
« Oui ma petite Albertine, pardonnez-moi si j'ai été violent. Je
ne suis pas tout à fait aussi coupable que vous croyez. Il y a des
gens méchants qui cherchent à nous brouiller, je n'avais jamais
voulu vous en parler pour ne pas vous tourmenter, et je finis
par être affolé quelquefois de certaines dénonciations. » Et
voulant profiter de ce que j'allais pouvoir lui montrer que
j'étais au courant pour le départ de Balbec : « Ainsi tenez, vous
saviez que Mlle Vinteuil devait venir chez Mme Verdurin
l'après-midi où vous êtes allée au Trocadéro. » Elle rougit.
« Oui, je le savais. — Pouvez-vous me jurer que ce n'était pas
pour ravoir des relations avec elle ? — Mais bien sûr que je
peux vous le jurer. Pourquoi "ravoir" ? je n'en ai jamais eu, je
vous le jure. » J'étais navré d'entendre Albertine me mentir
ainsi, me nier l'évidence que sa rougeur m'avait trop avouée.
Sa fausseté me navrait. Et pourtant comme elle contenait une
protestation d'innocence que sans m'en rendre compte j'étais
prêt à croire, elle me fit moins de mal que sa sincérité quand lui
ayant demandé : « Pouvez-vous du moins me jurer que le plaisir
de revoir Mlle Vinteuil n'entrait pour rien dans votre désir
d'aller à cette matinée des Verdurin ? » elle me répondit : « Non,
cela je ne peux pas le jurer. Cela me faisait un grand plaisir de
revoir Mlle Vinteuil. » Une seconde avant je lui en voulais de
dissimuler ses relations avec Mlle Vinteuil et maintenant l'aveu
du plaisir qu'elle aurait eu à la voir me cassait bras et jambes.
Sans doute quand Albertine m'avait dit, quand j'étais rentré de
chez les Verdurin : « Est-ce qu'ils ne devaient pas avoir
Mlle Vinteuil ? » elle m'avait rendu toute ma souffrance en me
prouvant qu'elle savait sa venue. Mais je m'étais sans doute fait
depuis ce raisonnement : « Elle savait sa venue qui ne lui faisait

aucune espèce de plaisir, mais comme elle a dû comprendre après coup que c'est la révélation qu'elle connaissait une personne d'aussi mauvaise réputation que Mlle Vinteuil qui m'avait tant désespéré à Balbec jusqu'à me donner l'idée du suicide, elle n'a pas voulu m'en parler. » Et puis voilà qu'elle était obligée de m'avouer que cette venue lui faisait plaisir. D'ailleurs sa façon mystérieuse de vouloir aller chez les Verdurin eût dû m'être une preuve suffisante. Mais je n'y avais plus assez pensé. Aussi quoique me disant maintenant : « Pourquoi n'avoue-t-elle qu'à moitié ? c'est encore plus bête que méchant et que triste », j'étais tellement écrasé que je n'eus pas le courage d'insister là-dessus, où je n'avais pas le beau rôle n'ayant pas de document révélateur à produire, et pour ressaisir mon ascendant je me hâtai de passer au sujet d'Andrée qui allait me permettre de mettre en déroute Albertine par l'écrasante révélation de la dépêche d'Andrée[1]. « Tenez, lui dis-je, maintenant on me tourmente, on me persécute à me reparler de vos relations, mais avec Andrée. — Avec Andrée ? » s'écria-t-elle. La mauvaise humeur enflammait son visage. Et l'étonnement ou le désir de paraître étonnée écarquillait ses yeux. « C'est chcharmant ! ! Et peut-on savoir qui vous a dit ces belles choses ? est-ce que je pourrais leur parler à ces personnes, savoir sur quoi elles appuient leurs infamies ? — Ma petite Albertine je ne sais pas, ce sont des lettres anonymes, mais de personnes que vous trouveriez peut-être assez facilement (pour lui montrer que je ne craignais pas qu'elle cherchât), car elles doivent bien vous connaître. La dernière, je vous l'avoue (et je vous cite celle-là justement parce qu'il s'agit d'un rien et qu'elle n'a rien de pénible à citer), m'a pourtant exaspéré. Elle me disait que si le jour où nous avons quitté Balbec vous aviez d'abord voulu rester et ensuite partir, c'est que dans l'intervalle vous aviez reçu une lettre d'Andrée vous disant qu'elle ne viendrait pas. — Je sais très bien qu'Andrée m'a écrit qu'elle ne viendrait pas, elle m'a même télégraphié, je ne peux pas vous montrer la dépêche parce que je ne l'ai pas gardée, mais ce n'était pas ce jour-là, d'ailleurs quand même ç'aurait été ce jour-là, qu'est-ce que vous voulez que cela me fasse qu'Andrée vînt à Balbec ou non ? » « Qu'est-ce que vous voulez que cela

me fasse » était une preuve de colère et que « cela lui faisait »
quelque chose. Mais pas forcément une preuve qu'Albertine
était revenue uniquement par désir de voir Andrée. Chaque
fois qu'Albertine voyait un des motifs réels, ou allégués, d'un
de ses actes, découvert par une personne à qui elle en avait
donné un autre motif, Albertine était en colère, la personne fût-
elle celle pour laquelle elle avait fait réellement l'acte. Albertine
croyait-elle que ces renseignements sur ce qu'elle faisait, ce
n'était pas des anonymes qui me les envoyaient malgré moi,
mais moi qui les sollicitais avidement, on n'aurait pu nullement
le déduire des paroles qu'elle me dit ensuite, où elle avait l'air
d'accepter ma version des lettres anonymes, mais de son air de
colère contre moi, colère qui n'avait l'air que d'être l'explosion
de ses mauvaises humeurs antérieures, tout comme l'espionnage auquel elle eût dans cette hypothèse cru que je m'étais
livré n'eût été que l'aboutissement d'une surveillance de tous
ses actes, dont elle n'eût plus douté depuis longtemps. Sa colère
s'étendit même jusqu'à Andrée, et se disant sans doute que
maintenant je ne serais plus tranquille même quand elle
sortirait avec Andrée : « D'ailleurs Andrée m'exaspère. Elle est
assommante. Elle revient demain. Je ne veux plus sortir avec
elle. Vous pouvez l'annoncer aux gens qui vous ont dit que
j'étais revenue à Paris pour elle. Si je vous disais que depuis
tant d'années que je connais Andrée je ne saurais pas vous dire
comment est sa figure tant je l'ai peu regardée ! » Or à Balbec,
la première année, elle m'avait dit : « Andrée est ravissante. » Il
est vrai que cela ne voulait pas dire qu'elle eût des relations
amoureuses avec elle, et même je ne l'avais jamais entendue
parler alors qu'avec indignation de toutes les relations de ce
genre. Mais n'était-il pas possible qu'elle eût changé, même
sans se rendre compte qu'elle avait changé, en ne croyant pas
que ses jeux avec une amie fussent la même chose que les
relations immorales, assez peu précises dans son esprit, qu'elle
flétrissait chez les autres ? N'était-ce pas possible puisque le
même changement, et cette même inconscience du changement,
s'étaient produits dans ses relations avec moi, avec moi dont
elle avait repoussé à Balbec avec tant d'indignation ces baisers
qu'elle devait me donner elle-même ensuite, et chaque jour, et

que je l'espérais elle me donnerait encore bien longtemps, qu'elle allait me donner dans un instant ? « Mais ma chérie comment voulez-vous que je le leur annonce puisque je ne les connais pas ? » Cette réponse était si forte qu'elle aurait dû dissoudre les objections et les doutes que je voyais cristallisés dans les prunelles d'Albertine. Mais elle les laissa intacts ; je m'étais tu et pourtant elle continuait à me regarder avec cette attention persistante qu'on prête à quelqu'un qui n'a pas fini de parler. Je lui demandai de nouveau pardon. Elle me répondit qu'elle n'avait rien à me pardonner. Elle était redevenue très douce. Mais sous son visage triste et défait, il me semblait qu'un secret s'était formé. Je savais bien qu'elle ne pouvait me quitter sans me prévenir ; d'ailleurs elle ne pouvait ni le désirer (c'était dans huit jours qu'elle devait essayer les nouvelles robes de Fortuny), ni décemment le faire, ma mère revenant à la fin de la semaine et sa tante également. Pourquoi, puisque c'était impossible qu'elle partît, lui redis-je à plusieurs reprises que nous sortirions ensemble le lendemain pour aller voir des verreries de Venise que je voulais lui donner et fus-je soulagé de l'entendre me dire que c'était convenu ? Quand elle vint me dire bonsoir et que je l'embrassai, elle ne fit pas comme d'habitude, se détourna, et — c'était quelques instants à peine après le moment où je venais de penser à cette douceur qu'elle me donnât tous les soirs ce qu'elle m'avait refusé à Balbec — elle ne me rendit pas mon baiser. On aurait dit que brouillée avec moi elle ne voulait pas me donner un signe de tendresse qui eût plus tard pu me paraître comme une fausseté démentant cette brouille. On aurait dit qu'elle accordait ses actes avec cette brouille et cependant avec mesure, soit pour ne pas l'annoncer, soit parce que rompant avec moi des rapports charnels elle voulait cependant rester mon amie. Je l'embrassai alors une seconde fois, serrant contre mon cœur l'azur miroitant et doré du Grand Canal et les oiseaux accouplés, symboles de mort et de résurrection. Mais une seconde fois, au lieu de me rendre mon baiser, elle s'écarta avec l'espèce d'entêtement instinctif et néfaste des animaux qui sentent la mort. Ce pressentiment qu'elle semblait traduire me gagna moi-même et me remplit d'une crainte si anxieuse que quand Albertine fut arrivée à la

porte, je n'eus pas le courage de la laisser partir et la rappelai.
« Albertine, lui dis-je, je n'ai aucun sommeil. Si vous-même
vous n'avez pas envie de dormir, vous auriez pu rester encore
un peu, si vous voulez, mais je n'y tiens pas, et surtout je ne
veux pas vous fatiguer. » Il me semblait que si j'avais pu la faire
déshabiller et l'avoir dans sa chemise de nuit blanche, dans
laquelle elle semblait plus rose, plus chaude, où elle irritait plus
mes sens, la réconciliation eût été plus complète. Mais j'hésitai
un instant, car le bord bleu de la robe ajoutait à son visage une
beauté, une illumination, un ciel sans lesquels elle m'eût semblé
plus dure. Elle revint lentement et me dit avec beaucoup de
douceur et toujours le même visage abattu et triste : « Je peux
rester tant que vous voudrez, je n'ai pas sommeil. » Sa réponse
me calma car, tant qu'elle était là, je sentais que je pouvais
aviser à l'avenir, et elle recelait aussi de l'amitié, de
l'obéissance, mais d'une certaine nature, et qui me semblait
avoir pour limite ce secret que je sentais derrière son regard
triste, ses manières changées, moitié malgré elle, moitié sans
doute pour les mettre d'avance en harmonie avec quelque
chose que je ne savais pas. Il me sembla que tout de même il n'y
aurait que de l'avoir tout en blanc, avec son cou nu, devant
moi, comme je l'avais vue à Balbec dans son lit, qui me
donnerait assez d'audace pour qu'elle fût obligée de céder.
« Puisque vous êtes si gentille que de rester un peu à me
consoler, vous devriez enlever votre robe, c'est trop chaud,
trop raide, je n'ose pas vous approcher pour ne pas froisser
cette belle étoffe et il y a entre nous ces oiseaux fatidiques.
Déshabillez-vous, mon chéri. — Non, ce ne serait pas
commode de défaire ici cette robe. Je me déshabillerai dans ma
chambre tout à l'heure. — Alors vous ne voulez même pas vous
asseoir sur mon lit ? — Mais si. » Mais elle resta un peu loin,
près de mes pieds. Nous causâmes. Tout d'un coup nous
entendîmes la cadence régulière d'un appel plaintif. C'étaient
les pigeons qui commençaient à roucouler. « Cela prouve qu'il
fait déjà jour », dit Albertine ; et le sourcil presque froncé
comme si elle manquait en vivant chez moi les plaisirs de la
belle saison : « Le printemps est commencé pour que les
pigeons soient revenus. » La ressemblance entre leur roucoule-

ment et le chant du coq était aussi profonde et aussi obscure
que, dans le septuor de Vinteuil, la ressemblance entre le thème
de l'adagio qui est bâti sur le même thème clef que le premier
et le dernier morceau, mais tellement transformé par les
différences de tonalité, de mesure, etc. que le public profane,
s'il ouvre un ouvrage sur Vinteuil, est étonné de voir qu'ils sont
bâtis tous trois sur les quatre mêmes notes, quatre notes qu'il
peut d'ailleurs jouer d'un doigt au piano sans retrouver aucun
des trois morceaux. Tel, ce mélancolique morceau exécuté par
les pigeons était une sorte de chant du coq en mineur, qui ne
s'élevait pas vers le ciel, ne montait pas verticalement, mais,
régulier comme le braiment d'un âne, enveloppé de douceur,
allait d'un pigeon à l'autre sur une même ligne horizontale, et
jamais ne se redressait, ne changeait sa plainte latérale en ce
joyeux appel qu'avaient poussé tant de fois l'allegro de
l'introduction et le finale. Je sais que je prononçai alors le mot
« mort » comme si Albertine allait mourir. Il semble que les
événements soient plus vastes que le moment où ils ont lieu et
ne peuvent y tenir tout entiers. Certes ils débordent sur l'avenir
par la mémoire que nous en gardons ; mais ils demandent une
place aussi au temps qui les précède. Certes on dira que nous ne
les voyons pas alors tels qu'ils seront, mais dans le souvenir ne
sont-ils pas aussi modifiés ? Quand je vis que d'elle-même elle
ne m'embrassait pas, comprenant que tout ceci était du temps
perdu et que ce n'était qu'à partir du baiser que commence-
raient les minutes calmantes, et véritables, je lui dis : « Bonsoir,
il est trop tard », parce que cela ferait qu'elle m'embrasserait, et
nous continuerions ensuite. Mais après m'avoir dit : « Bonsoir,
tâchez de bien dormir », exactement comme les deux premières
fois, elle se contenta d'un baiser sur la joue. Cette fois je n'osai
pas la rappeler. Mais mon cœur battait si fort que je ne pus me
recoucher. Comme un oiseau qui va d'une extrémité de sa cage
à l'autre, sans arrêter je passais de l'inquiétude qu'Albertine
pût partir à un calme relatif. Ce calme était produit par le
raisonnement que je recommençais plusieurs fois par minute :
« Elle ne peut pas partir en tout cas sans me prévenir, elle ne
m'a nullement dit qu'elle partirait », et j'étais à peu près calmé.
Mais aussitôt je me redisais : « Pourtant si demain j'allais la

trouver partie ? Mon inquiétude elle-même a bien sa cause en quelque chose ; pourquoi ne m'a-t-elle pas embrassé ? » Alors je souffrais horriblement du cœur. Puis il était un peu apaisé par le raisonnement que je recommençais, mais je finissais par avoir mal à la tête parce que ce mouvement de ma pensée était si incessant et si monotone. Il y a ainsi certains états moraux, et notamment l'inquiétude, qui ne nous présentent que deux alternatives ont quelque chose d'aussi atrocement limité qu'une simple souffrance physique. Je refaisais perpétuellement le raisonnement qui donnait raison à mon inquiétude et celui qui lui donnait tort et me rassurait, sur un espace aussi exigu que le malade qui palpe sans arrêter, d'un mouvement interne, l'organe qui le fait souffrir, s'éloigne un instant du point douloureux, pour y revenir l'instant d'après. Tout à coup, dans le silence de la nuit, je fus frappé par un bruit en apparence insignifiant mais qui me remplit de terreur, le bruit de la fenêtre d'Albertine qui s'ouvrait violemment. Quand je n'entendis plus rien je me demandai pourquoi ce bruit m'avait fait si peur. En lui-même il n'avait rien de si extraordinaire ; mais je lui donnais probablement deux significations qui m'épouvantaient également. D'abord c'était une convention de notre vie commune, comme je craignais les courants d'air, qu'on n'ouvrît jamais de fenêtre la nuit. On l'avait expliqué à Albertine quand elle était venue habiter à la maison et bien qu'elle fût persuadée que c'était de ma part une manie, et malsaine, elle m'avait promis de ne jamais enfreindre cette défense. Et elle était si craintive pour toutes ces choses qu'elle savait que je voulais, les blâmât-elle, que je savais qu'elle eût plutôt dormi dans l'odeur d'un feu de cheminée que d'ouvrir sa fenêtre, de même que pour l'événement le plus important elle ne m'eût pas fait réveiller le matin. Ce n'était qu'une des petites conventions de notre vie, mais du moment qu'elle violait celle-là sans m'en avoir parlé, cela ne voulait-il pas dire qu'elle n'avait plus rien à ménager, qu'elle les violerait aussi bien toutes ? Puis ce bruit avait été violent, presque mal élevé, comme si elle avait ouvert rouge de colère et disant : « Cette vie m'étouffe, tant pis, il me faut de l'air[1] ! » Je ne me dis pas exactement tout cela mais je continuai à penser comme à un présage plus mystérieux et plus funèbre qu'un cri de chouette, à ce bruit de la fenêtre qu'Albertine avait ouverte. Dans une agitation comme je n'en avais peut-être pas eue depuis le soir de Combray où Swann avait dîné à la maison, je marchai toute la nuit dans le couloir, espérant, par le bruit que je faisais, attirer l'attention d'Albertine, qu'elle aurait pitié de moi et m'appellerait, mais je n'entendais aucun bruit venir de sa chambre. À Combray, j'avais demandé à ma mère de venir. Mais avec ma mère je ne craignais que sa colère, je savais ne pas diminuer son affection en lui témoignant la mienne. Cela me fit tarder à appeler Albertine. Peu à peu je sentis qu'il était trop tard. Elle devait dormir depuis longtemps. Je retournai me coucher.

Le lendemain dès que je m'éveillai, comme on ne venait jamais chez moi quoi qu'il arrivât sans que j'eusse appelé, je sonnai Françoise. Et en même temps je pensai : « Je vais parler à Albertine d'un yacht que je veux lui faire faire. » En prenant mes lettres je dis à Françoise sans la regarder : « Tout à l'heure j'aurai quelque chose à dire à Mlle Albertine, est-ce qu'elle est levée ? — Oui, elle s'est levée de bonne heure. » Je sentis se soulever en moi comme dans un coup de vent mille inquiétudes que je ne savais pas tenir en suspens dans ma poitrine. Le tumulte y était si grand que j'étais à bout de souffle comme dans une tempête. « Ah ? mais où est-elle en ce moment ? — Elle doit être dans sa chambre. — Ah ! bien, hé bien je la verrai tout à l'heure. » Je respirai, mon agitation retomba, Albertine était ici, il m'était presque indifférent qu'elle y fût. D'ailleurs n'avais-je pas été absurde de supposer qu'elle aurait pu ne pas y être ? Je m'endormis, mais malgré ma certitude qu'elle ne me quitterait pas, d'un sommeil léger, et d'une légèreté relative à elle seulement. Car les bruits qui ne pouvaient se rapporter qu'à des travaux dans la cour, tout en les entendant vaguement en dormant, je restais tranquille, tandis que le plus léger frémissement qui venait de sa chambre, ou quand elle sortait, ou rentrait sans bruit en appuyant si doucement sur le timbre, me faisait tressauter, me parcourait tout entier, me laissait le cœur battant, bien que je l'eusse entendu dans un assoupissement profond, de même que ma grand-mère dans les derniers jours qui précédèrent sa mort et où elle était plongée dans une immobilité que rien ne troublait et que les médecins appelaient le coma, se mettait, m'a-t-on dit, à trembler un instant comme une feuille quand elle entendait les trois coups de sonnette par lesquels j'avais l'habitude d'appeler Françoise, et que même en les faisant plus légers cette semaine-là pour ne pas troubler le silence de la chambre mortuaire, personne, assurait Françoise, ne pouvait confondre, à cause d'une manière que j'avais et ignorais moi-même d'appuyer sur le timbre, avec les coups de sonnette de quelqu'un d'autre. Étais-je donc entré moi aussi en agonie, était-ce l'approche de la mort?

Ce jour-là et le lendemain nous sortîmes ensemble, puisque Albertine ne voulait plus sortir avec Andrée. Je ne lui parlai même pas du yacht, ces promenades m'avaient calmé tout à fait. Mais elle avait continué le soir à m'embrasser de la même manière nouvelle, de sorte que j'étais furieux. Je ne pouvais plus y voir qu'une manière de me montrer qu'elle me boudait, ce qui me paraissait trop ridicule après les gentillesses que je ne cessais de lui faire. Aussi n'ayant plus même d'elle les satisfactions charnelles auxquelles je tenais, la trouvant laide dans la mauvaise humeur, sentis-je plus vivement la privation de toutes les femmes et des voyages dont ces premiers beaux jours réveillaient en moi le désir. Grâce sans doute au souvenir épars des rendez-vous oubliés que j'avais eus, collégien encore, avec des femmes, sous la verdure déjà épaisse, cette région du printemps où le voyage de notre demeure errante à travers les saisons venait depuis trois jours de l'arrêter, sous un ciel clément, et dont toutes les routes fuyaient vers des déjeuners à la campagne, des parties de canotage, des parties de plaisir, me semblait le pays des femmes aussi bien qu'il était celui des arbres et où le plaisir partout offert devenait permis à mes forces convalescentes. La résignation à la paresse, la résignation à la chasteté, à ne connaître le plaisir qu'avec une femme que je n'aimais pas, la résignation à rester dans ma chambre, à ne pas voyager, tout cela était possible dans l'ancien monde où nous étions la veille encore, dans le monde vide de l'hiver, mais non plus dans cet univers nouveau, feuillu, où je m'étais éveillé

comme un jeune Adam pour qui se pose pour la première fois
le problème de l'existence, du bonheur, et sur qui ne pèse pas
l'accumulation des solutions négatives antérieures. La présence
d'Albertine me pesait, je la regardais, douce et maussade, et je
sentais que c'était un malheur que nous n'eussions pas rompu.
Je voulais aller à Venise, je voulais en attendant aller au Louvre
voir des tableaux vénitiens et au Luxembourg les deux Elstir
qu'à ce qu'on venait de m'apprendre, la princesse de
Guermantes venait de vendre à ce musée, ceux que j'avais tant
admirés chez la duchesse de Guermantes, les *Plaisirs de la
danse* et *Portrait de la famille X*[1]. Mais j'avais peur que dans le
premier certaines poses lascives ne donnassent à Albertine un
désir, une nostalgie de réjouissances populaires, la faisant se
dire que peut-être une certaine vie qu'elle n'avait pas menée,
une vie de feux d'artifice et de guinguettes, avait du bon. Déjà
d'avance je craignais que le 14 Juillet elle me demandât d'aller
à un bal populaire et je rêvais d'un événement impossible qui
eût supprimé cette fête. Et puis il y avait aussi là-bas dans les
Elstir des nudités de femmes dans des paysages touffus du Midi
qui pouvaient faire penser Albertine à certains plaisirs, bien
qu'Elstir, lui — mais ne rabaisserait-elle pas l'œuvre ? —, n'y
eût vu que la beauté sculpturale, pour mieux dire la beauté de
blancs monuments, que prennent des corps de femmes assis
dans la verdure.

Aussi je me résignai à renoncer à cela et je voulus partir pour
aller à Versailles. Albertine qui n'avait pas voulu sortir avec
Andrée était restée dans sa chambre à lire, dans un peignoir de
Fortuny. Je lui demandai si elle voulait venir à Versailles. Elle
avait cela de charmant qu'elle était toujours prête à tout, peut-
être par cette habitude qu'elle avait autrefois de vivre la moitié
du temps chez les autres, et comme elle s'était décidée à venir
avec nous à Paris, en deux minutes. Elle me dit : « Je peux venir
comme cela si nous ne descendons pas de voiture. » Elle hésita
une seconde entre deux manteaux de Fortuny pour cacher sa
robe de chambre — comme elle eût fait entre deux amis
différents à emmener —, en prit un bleu sombre, admirable,
piqua une épingle dans un chapeau. En une minute elle fut
prête, avant que j'eusse pris mon paletot, et nous allâmes à

Versailles. Cette rapidité même, cette docilité absolue me laissèrent plus rassuré, comme si en effet j'eusse eu, sans avoir aucun motif précis d'inquiétude, besoin de l'être. «Tout de même je n'ai rien à craindre, elle fait ce que je lui demande, malgré le bruit de la fenêtre de l'autre nuit. Dès que j'ai parlé de sortir, elle a jeté ce manteau bleu sur son peignoir et elle est venue, ce n'est pas ce que ferait une révoltée, une personne qui ne serait plus bien avec moi», me disais-je tandis que nous allions à Versailles. Nous y restâmes longtemps ; le ciel était tout entier fait de ce bleu radieux et un peu pâle comme le promeneur couché dans un champ le voit parfois au-dessus de sa tête, mais tellement uni, tellement profond, qu'on sent que le bleu dont il est fait a été employé sans aucun alliage et avec une si inépuisable richesse qu'on pourrait approfondir de plus en plus sa substance sans rencontrer un atome d'autre chose que de ce même bleu. Je pensais à ma grand-mère qui aimait dans l'art humain, dans la nature, la grandeur, et qui se plaisait à regarder monter dans ce même bleu le clocher de Saint-Hilaire. Soudain j'éprouvai de nouveau la nostalgie de ma liberté perdue en entendant un bruit que je ne reconnus pas d'abord et que ma grand-mère eût, lui aussi, tant aimé. C'était comme le bourdonnement d'une guêpe. «Tiens, me dit Albertine, il y a un aéroplane, il est très haut, très haut.» Je regardais tout autour de moi, mais comme le promeneur couché dans un champ, je ne voyais, sans aucune tache noire, que la pâleur intacte du bleu sans mélange. J'entendais pourtant toujours le bourdonnement des ailes, qui tout d'un coup entrèrent dans le champ de ma vision. Là-haut de minuscules ailes brunes et brillantes fronçaient le bleu uni du ciel inaltérable. J'avais pu enfin attacher le bourdonnement à sa cause, à ce petit insecte qui trépidait là-haut, sans doute à bien deux mille mètres de hauteur, je le voyais bruire. Peut-être quand les distances sur terre n'étaient pas encore abrégées depuis longtemps par la vitesse comme elles le sont aujourd'hui, le sifflet d'un train passant à deux kilomètres était-il pourvu de cette beauté qui maintenant pour quelque temps encore nous émeut dans le bourdonnement d'un aéroplane à deux mille mètres, à l'idée que les distances parcourues dans ce voyage vertical sont les mêmes que sur le sol, que dans cette autre direction où les mesures nous paraissent autres parce que l'abord nous en semblait inaccessible, un aéroplane à deux mille mètres n'est pas plus loin qu'un train à deux kilomètres, est plus près même, le trajet identique s'effectuant dans un milieu plus pur, sans séparation entre le voyageur et son point de départ, de même que sur mer ou dans les plaines, par un temps calme, le remous d'un navire déjà loin ou le souffle d'un seul zéphyr raye l'océan des flots ou des blés.

J'avais envie de goûter. Nous nous arrêtâmes dans une grande pâtisserie située presque en dehors de la ville et qui jouissait à ce moment-là d'une certaine vogue. Une dame allait sortir, qui demanda ses affaires à la pâtissière. Et une fois que cette dame fut partie, Albertine regarda à plusieurs reprises la pâtissière comme si elle voulait attirer l'attention de celle-ci qui rangeait des tasses, des assiettes, des petits fours, car il était déjà tard. Elle s'approchait de moi seulement si je demandais quelque chose. Et il arrivait alors que comme la pâtissière, d'ailleurs extrêmement grande, était debout pour nous servir et Albertine assise à côté de moi, chaque fois Albertine pour tâcher d'attirer l'attention de la pâtissière levait verticalement vers elle un regard blond qui était obligé de faire monter d'autant plus haut la prunelle que, la pâtissière étant juste contre nous, Albertine n'avait pas la ressource d'adoucir la pente par l'obliquité du regard. Elle était obligée, sans trop lever la tête, de faire monter ses regards jusqu'à cette hauteur démesurée où étaient les yeux de la pâtissière. Par gentillesse pour moi, Albertine rabaissait vivement ses regards et, la pâtissière n'ayant fait aucune attention à elle, recommençait. Cela faisait une série de vaines élévations implorantes vers une inaccessible divinité. Puis la pâtissière n'eut plus qu'à ranger à une grande table voisine. Là le regard d'Albertine n'avait qu'à être latéral. Mais pas une fois celui de la pâtissière ne se posa sur mon amie. Cela ne m'étonnait pas car je savais que cette femme que je connaissais un petit peu avait des amants, quoique mariée, mais cachait parfaitement ses intrigues, ce qui m'étonnait énormément à cause de sa prodigieuse stupidité. Je regardai cette femme pendant que nous finissions de goûter.

Plongée dans ses rangements, elle était presque impolie pour
Albertine à force de n'avoir pas un regard pour les regards de
mon amie, lesquels n'avaient d'ailleurs rien d'inconvenant.
L'autre rangeait, rangeait sans fin, sans une distraction. La
remise en place des petites cuillers, des couteaux à fruits, eût été
confiée, non à cette grande belle femme mais par économie de
travail humain à une simple machine, qu'on n'eût pas pu voir
isolement aussi complet de l'attention d'Albertine, et pourtant
elle ne baissait pas les yeux, ne s'absorbait pas, laissait briller
ses yeux, ses charmes, en une attention à son seul travail. Il est
vrai que si cette pâtissière n'eût pas été une femme particulièrement sotte (non seulement c'était sa réputation, mais je le
savais par expérience), ce détachement eût pu être un comble
d'habileté. Et je sais bien que l'être le plus sot si son désir ou
son intérêt est en jeu peut dans ce cas unique, au milieu de la
nullité de sa vie stupide, s'adapter immédiatement aux rouages
de l'engrenage le plus compliqué ; malgré tout c'eût été une
supposition trop subtile pour une femme aussi niaise que la
pâtissière. Cette niaiserie prenait même un tour invraisemblable d'impolitesse ! Pas une seule fois elle ne regarda Albertine
que pourtant elle ne pouvait pas ne pas voir. C'était peu
aimable pour mon amie, mais dans le fond je fus enchanté
qu'Albertine reçût cette petite leçon et vît que souvent les
femmes ne faisaient pas attention à elle. Nous quittâmes la
pâtisserie, nous remontâmes en voiture et nous avions déjà
repris le chemin de la maison, quand j'eus tout à coup regret
d'avoir oublié de prendre à part cette pâtissière et de la prier à
tout hasard de ne pas dire à la dame qui était partie quand nous
étions arrivés mon nom et mon adresse que la pâtissière, à
cause de commandes que j'avais souvent faites, devait savoir
parfaitement. Il était en effet inutile que la dame pût par là
apprendre indirectement l'adresse d'Albertine. Mais je trouvai
trop long de revenir sur nos pas pour si peu de chose et que cela
aurait l'air d'y donner trop d'importance aux yeux de
l'imbécile et menteuse pâtissière. Je songeai seulement qu'il
faudrait revenir goûter là d'ici une huitaine pour faire cette
recommandation et que c'est bien ennuyeux, comme on oublie

toujours la moitié de ce qu'on a à dire, de faire les choses les plus simples en plusieurs fois[1].

Nous revînmes très tard, dans une nuit où, çà et là, au bord du chemin, un pantalon rouge à côté d'un jupon révélait des couples amoureux. Notre voiture passa la porte Maillot pour rentrer. Aux monuments de Paris s'était substitué, pur, linéaire, sans épaisseur, le dessin des monuments de Paris, comme on eût fait pour une ville détruite dont on eût voulu relever l'image ; mais au bord de celle-ci s'élevait avec une telle douceur la bordure bleu pâle sur laquelle elle se détachait que les yeux altérés cherchaient partout un peu de cette nuance délicieuse qui leur était trop avarement mesurée : il y avait clair de lune. Albertine l'admira. Je n'osai lui dire que j'en aurais mieux joui si j'avais été seul ou à la recherche d'une inconnue. Je lui récitai des vers ou des phrases de prose sur le clair de lune, lui montrant comment d'argenté qu'il était autrefois il était devenu bleu avec Chateaubriand, avec le Victor Hugo d'« Éviradnus » et de « La Fête chez Thérèse », pour redevenir jaune et métallique avec Baudelaire et Leconte de Lisle. Puis, lui rappelant l'image qui figure le croissant de la lune à la fin de « Booz endormi », je lui parlai de toute la pièce[2].

Je ne peux pas dire combien quand j'y repense sa vie était recouverte de désirs alternés, fugitifs, souvent contradictoires. Sans doute le mensonge compliquait encore, car ne se rappelant plus au juste nos conversations, quand elle m'avait dit : « Ah ! voilà une jolie fille et qui jouait bien au golf », et que lui ayant demandé le nom de cette jeune fille, elle m'avait répondu de cet air détaché, universel, supérieur, qui a sans doute toujours des parties libres, car chaque menteur de cette catégorie l'emprunte chaque fois pour un instant dès qu'il ne veut pas répondre à une question, et il ne lui fait jamais défaut : « Ah ! je ne sais pas (avec regret de ne pouvoir me renseigner), je n'ai jamais su son nom, je la voyais au golf, mais je ne savais pas comment elle s'appelait » ; si un mois après je lui disais : « Albertine, tu sais cette jolie fille dont tu m'as parlé, qui jouait si bien au golf ? — Ah ! oui, me répondait-elle sans réflexion, Émilie Daltier, je ne sais pas ce qu'elle est devenue. » Et le mensonge, comme une fortification de campagne, était reporté de la défense du nom, pris maintenant, sur les possibilités de la retrouver. « Ah ! je ne sais pas, je n'ai jamais su son adresse. Je ne vois personne qui pourrait vous dire cela. Oh ! non Andrée ne l'a pas connue. Elle n'était pas de notre petite bande, aujourd'hui si divisée. » D'autres fois le mensonge était comme un vilain aveu : « Ah ! si j'avais trois cent mille francs de rente... » Elle se mordait les lèvres. « Hé bien, que ferais-tu ? — Je te demanderais, disait-elle en m'embrassant, la permission de rester chez toi. Où pourrais-je être plus heureuse ? » Mais même en tenant compte des mensonges, il était incroyable à quel point sa vie était successive, et fugitifs ses plus grands désirs. Elle était folle d'une personne et au bout de trois jours n'eût pas voulu recevoir sa visite. Elle ne pouvait pas attendre une heure que je lui eusse fait acheter des toiles et des couleurs car elle voulait se remettre à la peinture. Pendant deux jours elle s'impatientait, avait presque des larmes vite séchées d'enfant à qui on a ôté sa nourrice. Et cette instabilité de ses sentiments à l'égard des êtres, des choses, des occupations, des arts, des pays, était en vérité si universelle que si elle a aimé l'argent, ce que je ne crois pas, elle n'a pas pu l'aimer plus longtemps que le reste. Quand elle disait : « Ah ! si j'avais trois cent mille francs de rente ! » même si elle exprimait une pensée mauvaise mais bien peu durable, elle n'eût pu s'y attacher plus longtemps qu'au désir d'aller aux Rochers, dont l'édition de Mme de Sévigné de ma grand-mère lui avait montré l'image, de retrouver une amie de golf, de monter en aéroplane, d'aller passer la Noël avec sa tante ou de se remettre à la peinture. « Au fond, nous n'avons faim ni l'un ni l'autre, on aurait pu passer chez les Verdurin, dit-elle, c'est leur heure et leur jour. — Mais si vous êtes fâchée contre eux ? — Oh ! il y a beaucoup de cancans contre eux, mais dans le fond ils ne sont pas si mauvais que ça. Mme Verdurin a toujours été très gentille pour moi. Et puis on ne peut pas être toujours brouillé avec tout le monde. Ils ont des défauts, mais qu'est-ce qui n'en a pas ? — Vous n'êtes pas assez habillée, il faudrait rentrer vous habiller, il serait bien tard. — Oui, vous avez raison, rentrons tout simplement », répondit Albertine, avec cette admirable docilité qui me stupéfiait toujours.

Le beau temps, cette nuit-là, fit un bond en avant, comme un thermomètre monte à la chaleur. Quand je m'éveillai, de mon lit, par ces matins tôt levés du printemps, j'entendais les tramways cheminer, à travers les parfums, dans l'air auquel la chaleur se mélangeait de plus en plus jusqu'à ce qu'il arrivât à la solidification et à la densité de midi. Plus frais au contraire dans ma chambre, quand l'air onctueux avait achevé d'y vernir et d'y isoler l'odeur du lavabo, l'odeur de l'armoire, l'odeur du canapé, rien qu'à la netteté avec laquelle, verticales et debout, elles se tenaient en tranches juxtaposées et distinctes, dans un clair-obscur nacré qui ajoutait un glacé plus doux au reflet des rideaux et des fauteuils de satin bleu, je me voyais, non par un simple caprice de mon imagination, mais parce que c'était effectivement possible, suivant dans quelque quartier neuf de la banlieue pareil à celui où à Balbec habitait   [1], les rues aveuglées de soleil, et voyant non les fades boucheries et la blanche pierre de taille, mais la salle à manger de campagne où je pourrais arriver tout à l'heure, et les odeurs que j'y trouverais en arrivant, l'odeur du compotier de cerises et d'abricots, du cidre, du fromage de gruyère, tenues en suspens dans la lumineuse congélation de l'ombre qu'elles veinent délicatement comme l'intérieur d'une agate, tandis que les porte-couteaux en verre prismatique y irisent des arcs-en-ciel ou piquent çà et là sur la toile cirée des ocellures de paon.

Comme un vent qui s'enfle par une progression régulière, j'entendais avec joie une automobile sous la fenêtre. Je sentis son odeur de pétrole. Elle peut sembler regrettable aux délicats (qui sont toujours des matérialistes et à qui elle gâte la campagne), et à certains penseurs[2], matérialistes à leur manière aussi, qui croyant à l'importance du fait s'imaginent que l'homme serait plus heureux, capable d'une poésie plus haute, si ses yeux étaient susceptibles de voir plus de couleurs, ses narines de connaître plus de parfums, travestissement philosophique de l'idée naïve de ceux qui croient que la vie était plus belle quand on portait, au lieu de l'habit noir, de somptueux costumes. Mais pour moi (de même qu'un arôme déplaisant en soi peut-être de naphtaline et de vétiver m'eût exalté en me rendant la pureté bleue de la mer le jour de mon arrivée à

Balbec), cette odeur de pétrole qui avec la fumée qui
s'échappait de la machine s'était tant de fois évanouie dans le
pâle azur, par ces jours brûlants où j'allais de Saint-Jean-de-la-
Haise à   [1], comme elle m'avait suivi dans mes
promenades pendant ces après-midi d'été pendant qu'Albertine était à peindre, elle faisait fleurir maintenant de chaque
côté de moi, bien que je fusse dans une chambre obscure, les
bleuets, les coquelicots et les trèfles incarnats, elle m'enivrait
comme une odeur de campagne non pas circonscrite et fixe,
comme celle qui est apposée devant les aubépines et retenue
par ses éléments onctueux et denses flotte avec une certaine
stabilité devant la haie, mais une odeur devant quoi fuyaient les
routes, changeait l'aspect du sol, accouraient les châteaux,
pâlissait le ciel, se décuplaient les forces, une odeur qui était
comme un symbole de bondissement et de puissance et qui
renouvelait le désir que j'avais eu à Balbec de monter dans la
cage de cristal et d'acier, mais cette fois pour aller non plus
faire des visites dans des demeures familières avec une femme
que je connaissais trop, mais faire l'amour dans des lieux
nouveaux avec une femme inconnue. Odeur qu'accompagnait
à tout moment l'appel de trompes d'automobiles qui passaient,
sur lequel j'adaptais des paroles comme sur une sonnerie
militaire : « Parisien, lève-toi, lève-toi, viens déjeuner à la
campagne et faire du canot dans la rivière, à l'ombre sous les
arbres, avec une belle fille, lève-toi, lève-toi. » Et toutes ces
rêveries m'étaient si agréables que je me félicitais de la « sévère
loi » qui faisait que tant que je n'aurais pas appelé, aucun
« timide mortel », fût-ce Françoise, fût-ce Albertine, ne
s'aviserait de venir me troubler « au fond de ce palais » où

> *ma majesté terrible*
> *Affecte à mes sujets de me rendre invisible*[2].

   Mais tout à coup le décor changea ; ce ne fut plus le souvenir
d'anciennes impressions, mais d'un ancien désir, tout récemment réveillé encore par la robe bleu et or de Fortuny, qui
étendit devant moi un autre printemps, un printemps plus du
tout feuillu mais subitement dépouillé au contraire de ses

arbres et de ses fleurs par ce nom que je venais de me dire : Venise, un printemps décanté, qui est réduit à son essence, et traduit l'allongement, l'échauffement, l'épanouissement graduel de ses jours par la fermentation progressive non plus d'une terre impure mais d'une eau vierge et bleue, printanière sans porter de corolles, et qui ne pourrait répondre au mois de mai que par des reflets, travaillée par lui, s'accordant exactement à lui dans la nudité rayonnante et fixe de son sombre saphir. Aussi bien, pas plus que les saisons à ses bras de mer infleurissables, les modernes années n'apportent point de changement à la cité gothique ; je le savais, je ne pouvais l'imaginer, ou l'imaginant, voilà ce que je voulais de ce même désir qui jadis, quand j'étais enfant, dans l'ardeur même du départ, avait brisé en moi la force de partir : me trouver face à face avec mes imaginations vénitiennes, contempler comment cette mer divisée enserrait de ses méandres, comme les replis du fleuve Océan, une civilisation urbaine et raffinée, mais qui isolée par leur ceinture azurée s'était développée à part, avait eu à part ses écoles de peinture et d'architecture — jardin fabuleux de fruits et d'oiseaux de pierre de couleur, fleuri au milieu de la mer qui venait le rafraîchir, frappait de son flux le fût des colonnes et, sur le puissant relief des chapiteaux, comme un regard de sombre azur qui veille dans l'ombre, pose par taches et fait remuer perpétuellement la lumière. Oui il fallait partir, c'était le moment. Depuis qu'Albertine n'avait plus l'air fâché contre moi, sa possession ne me semblait plus un bien en échange duquel on est prêt à donner tous les autres. Peut-être parce que nous l'aurions fait pour nous débarrasser d'un chagrin, d'une anxiété, qui sont apaisés maintenant. Nous avons réussi à traverser le cerceau de toile à travers lequel nous avons cru un moment que nous ne pourrions jamais passer. Nous avons éclairci l'orage, ramené la sérénité du sourire. Le mystère angoissant d'une haine sans cause connue, et peut-être sans fin, est dissipé. Dès lors nous nous retrouvons face à face avec le problème momentanément écarté d'un bonheur que nous savons impossible. Maintenant que la vie avec Albertine était redevenue possible je sentis que je ne pourrais en tirer que des malheurs puisqu'elle ne m'aimait pas ; mieux valait la

quitter sur la douceur de son consentement, que je prolongerais
par le souvenir. Oui, c'était le moment ; il fallait m'informer
bien exactement de la date où Andrée allait quitter Paris, agir
énergiquement auprès de Mme Bontemps de manière à être
bien certain qu'à ce moment-là Albertine ne pourrait aller ni en
Hollande, ni à Montjouvain. Il arriverait, si nous savions
mieux analyser nos amours, de voir que souvent les femmes ne
nous plaisent qu'à cause du contrepoids d'hommes à qui nous
avons à les disputer, bien que nous souffrions jusqu'à mourir
d'avoir à les leur disputer. Ce contrepoids supprimé, le charme
de la femme tombe. On en a un exemple douloureux et
préventif dans cette prédilection des hommes pour les femmes
qui avant de les connaître ont commis des fautes, pour ces
femmes qu'ils sentent enlisées dans le danger et qu'il leur faut,
pendant toute la durée de leur amour, reconquérir ; d'où
l'exemple postérieur au contraire, et nullement dramatique
celui-là, de l'homme qui, sentant s'affaiblir son goût pour la
femme qu'il aime, applique spontanément les règles qu'il a
dégagées, et pour être sûr qu'il ne cesse pas d'aimer la femme,
la met dans un milieu dangereux où il lui faut la protéger
chaque jour. (Le contraire des hommes qui exigent qu'une
femme renonce au théâtre, bien que d'ailleurs ce soit parce
qu'elle avait été au théâtre qu'ils l'ont aimée.) Et quand ainsi ce
départ n'aurait plus d'inconvénients, choisir un jour de beau
temps comme celui-ci — il allait y en avoir beaucoup — où
Albertine me serait indifférente, où je serais tenté de mille
désirs ; il faudrait la laisser sortir sans la voir, puis me levant,
me préparant vite, lui laisser un mot, en profitant de ce que,
comme elle ne pourrait à cette époque aller en nul lieu qui
m'agitât, je pourrais réussir, en voyage, à ne pas me représenter
les actions mauvaises qu'elle pourrait faire et qui me
semblaient en ce moment bien indifférentes du reste, et sans
l'avoir revue partir pour Venise. Je sonnai Françoise pour lui
demander de m'acheter un guide et un indicateur comme
j'avais fait enfant quand j'avais déjà voulu préparer un voyage
à Venise, réalisation d'un désir aussi violent que celui que
j'avais en ce moment ; j'oubliais que depuis il en était un que
j'avais atteint, sans aucun plaisir, le désir de Balbec, et que

Venise, étant aussi un phénomène visible, ne pourrait probablement pas plus que Balbec réaliser un rêve ineffable, celui du
temps gothique actualisé d'une mer printanière et qui venait
d'instant en instant frôler mon esprit d'une image enchantée,
caressante, insaisissable, mystérieuse et confuse. Françoise
ayant entendu mon coup de sonnette entra, assez inquiète de la
façon dont je prendrais ses paroles et sa conduite. Elle me dit :
« J'étais bien ennuyée que Monsieur sonne si tard aujourd'hui.
Je ne savais pas ce que je devais faire. Ce matin à huit heures
Mlle Albertine m'a demandé ses malles, j'osais pas y refuser,
j'avais peur que Monsieur me dispute si je venais l'éveiller. J'ai
eu beau la catéchismer, lui dire d'attendre une heure parce que
je pensais toujours que Monsieur allait sonner. Elle n'a pas
voulu, elle m'a laissé cette lettre pour Monsieur, et à neuf
heures elle est partie. » Et alors — tant on peut ignorer ce qu'on
a en soi, puisque j'étais persuadé de mon indifférence pour
Albertine — mon souffle fut coupé, je tins mon cœur de mes
deux mains brusquement mouillées par une certaine sueur que
je n'avais jamais connue depuis la révélation que mon amie
m'avait faite dans le petit tram relativement à l'amie de
Mlle Vinteuil, sans que je pusse dire autre chose que : « Ah ! très
bien, vous avez bien fait naturellement de ne pas m'éveiller,
laissez-moi un instant, je vais vous sonner tout à l'heure.[1] »

Albertine disparue[1]

Chapitre premier

Ainsi ce que j'avais cru n'être rien pour moi, c'était tout simplement toute ma vie! Comme on s'ignore[2]. Il fallait faire cesser ma souffrance immédiatement; tendre pour moi-même comme ma mère pour ma grand-mère mourante, je me disais, avec cette même bonne volonté qu'on a de ne pas laisser souffrir ce qu'on aime: « Aie une seconde de patience, on va te trouver un remède, sois tranquille, on ne va pas te laisser souffrir comme cela[3]. Tout cela n'a aucune importance parce que je vais la faire revenir tout de suite. Je vais examiner les moyens, mais de toute façon elle sera ici ce soir. Par conséquent inutile de se tracasser. » « Tout cela n'a aucune importance », je ne m'étais pas contenté de me le dire, j'avais tâché d'en donner l'impression à Françoise en ne laissant rien apparaître. J'avais une telle habitude d'avoir Albertine auprès de moi et je voyais soudain un nouveau visage de l'Habitude[4]. Jusqu'ici je l'avais considérée surtout comme un pouvoir annihilateur qui supprime l'originalité et jusqu'à la conscience des perceptions; maintenant je la voyais comme une divinité redoutable, si rivée à nous, son visage insignifiant si incrusté dans notre cœur, que si elle se détache, si elle se détourne de nous, cette déité que nous ne distinguions presque pas nous inflige des souffrances plus terribles qu'aucune et qu'alors elle est aussi cruelle que la mort.

Le plus pressé était de lire sa lettre, puisque je voulais aviser aux moyens de la faire revenir. Je les sentais en ma possession parce que, comme l'avenir est ce qui n'existe encore que dans notre pensée, il nous semble encore modifiable par l'intervention *in extremis* de notre volonté. Mais en même temps je me rappelais que j'avais vu agir sur lui d'autres forces que la mienne et contre lesquelles, plus de temps m'eût-il été donné, je n'aurais rien pu. À quoi sert que l'heure n'ait pas sonné encore si nous ne pouvons rien sur ce qui s'y produira ? Quand Albertine était à la maison, j'étais bien décidé à garder l'initiative de notre séparation. Et puis elle était partie. J'ouvris sa lettre. Elle était ainsi conçue :

« Mon ami, pardonnez-moi de ne pas avoir osé vous dire de vive voix les quelques mots qui vont suivre, mais je suis si lâche, j'ai toujours eu si peur devant vous, que même en me forçant je n'ai pas eu le courage de le faire. Voici ce que j'aurais dû vous dire : entre nous la vie est devenue impossible, vous avez d'ailleurs vu par votre algarade de l'autre soir qu'il y avait quelque chose de changé dans nos rapports. Ce qui a pu s'arranger cette nuit-là deviendrait irréparable dans quelques jours. Il vaut donc mieux, puisque nous avons eu la chance de nous réconcilier, nous quitter bons amis ; c'est pourquoi, mon chéri, je vous envoie ce mot et je vous prie d'être assez bon pour me pardonner si je vous fais un peu de chagrin, en pensant à l'immense que j'aurai. Mon cher grand, je ne veux pas devenir votre ennemie, il me sera déjà assez dur de vous devenir peu à peu, et bien vite, indifférente ; aussi, ma décision étant irrévocable, avant de vous faire remettre cette lettre par Françoise, je lui aurai demandé mes malles. Adieu, je vous laisse le meilleur de moi-même. Albertine. »

Tout cela ne signifie rien, me dis-je ; c'est même meilleur que je ne pensais, car comme elle ne pense rien de tout cela, elle ne l'a évidemment écrit que pour frapper un grand coup, afin que je prenne peur. Il faut aviser au plus pressé, c'est qu'Albertine soit rentrée ce soir. Il est triste de penser que les Bontemps sont des gens véreux qui se servent de leur nièce pour m'extorquer de l'argent. Mais qu'importe. Dussé-je pour qu'Albertine soit ici ce soir donner la moitié de ma fortune à Mme Bontemps, il nous restera assez à Albertine et à moi pour vivre agréablement. Et en même temps je calculais si j'aurais le temps d'aller ce matin commander le yacht et la Rolls Royce qu'elle désirait, ne songeant même plus, toute hésitation ayant disparu, que j'avais pu trouver peu sage de les lui donner[1]. Même si l'adhésion de Mme Bontemps ne suffit pas, si Albertine ne veut pas obéir à sa tante et pose comme condition de son retour qu'elle aura désormais sa pleine indépendance, eh bien, quelque chagrin que cela me fasse, je la lui laisserai, elle sortira seule, comme elle voudra ; il faut savoir consentir des sacrifices, si douloureux qu'ils soient, pour la chose à laquelle on tient le plus et qui, malgré ce que je croyais ce matin d'après mes raisonnements exacts et absurdes, est qu'Albertine vive ici. Puis-je dire du reste que lui laisser cette liberté m'eût été tout à fait douloureux ? Je mentirais. Souvent déjà j'avais senti que la souffrance de la laisser libre de faire le mal loin de moi était peut-être moindre encore que ce genre de tristesse qu'il m'arrivait d'éprouver à la sentir s'ennuyer avec moi, chez moi. Sans doute au moment même où elle m'eût demandé à partir quelque part, la laisser faire, avec l'idée qu'il y avait des orgies organisées, m'eût été atroce. Mais lui dire : « Prenez notre bateau, ou le train, partez pour un mois dans tel pays que je ne connais pas, où je ne saurai rien de ce que vous ferez », cela m'avait souvent plu par l'idée que par comparaison, loin de moi, elle me préférerait, et serait heureuse au retour. D'ailleurs elle-même le désire sûrement, elle n'exige nullement cette liberté à laquelle, en offrant chaque jour à Albertine des plaisirs nouveaux, j'arriverais aisément à obtenir, jour par jour, quelque limitation. Non, ce qu'Albertine a voulu c'est que je ne fusse plus insupportable avec elle, et surtout — comme autrefois Odette avec Swann — que je me décide à l'épouser. Une fois épousée, son indépendance elle n'y tiendra pas, nous resterons tous les deux ici, si heureux. Sans doute c'était renoncer à Venise. Mais que les villes les plus désirées — à plus

forte raison les maîtresses de maison les plus agréables, les
distractions, et encore bien plus que Venise, la duchesse de
Guermantes, le théâtre — combien des villes comme Venise
deviennent pâles, indifférentes, mortes, quand nous sommes
liés à un autre cœur par un lien si douloureux, qui nous
empêche de nous éloigner. Albertine a d'ailleurs parfaitement
raison dans cette question de mariage. Maman elle-même
trouvait tous ces retards ridicules. L'épouser, c'est ce que
j'aurais dû faire depuis longtemps, c'est ce qu'il faudra que je
fasse, c'est cela qui lui a fait écrire sa lettre dont elle ne pense
pas un mot, c'est seulement pour faire réussir cela qu'elle a
renoncé pour quelques heures à ce qu'elle doit désirer autant
que je désire qu'elle le fasse : revenir ici. Oui, c'est cela qu'elle
a voulu, c'est cela l'intention de son acte, me disait ma raison
compatissante, mais je sentais qu'en me le disant ma raison se
plaçait toujours dans la même hypothèse qu'elle avait adoptée
depuis le début. Or je sentais bien que c'était l'autre hypothèse
qui n'avait jamais cessé d'être vérifiée[1]. Sans doute cette
deuxième hypothèse n'aurait jamais été assez hardie pour
formuler expressément qu'Albertine eût pu être liée avec
Mlle Vinteuil et son amie. Et pourtant, quand j'avais été
submergé par l'envahissement de cette nouvelle terrible, au
moment où nous entrions en gare d'Incarville[2], c'était la
seconde hypothèse qui s'était trouvée vérifiée. Celle-ci n'avait
pas ensuite conçu jamais qu'Albertine pût me quitter d'elle-
même, de cette façon, sans me prévenir et me donner le temps
de l'en empêcher. Mais tout de même, si après le nouveau bond
immense que la vie venait de me faire faire, la réalité qui
s'imposait à moi m'était aussi nouvelle que celle en face de quoi
nous mettent la découverte d'un physicien, les enquêtes d'un
juge d'instruction ou les trouvailles d'un historien sur les
dessous d'un crime ou d'une révolution, cette réalité dépassait
les chétives prévisions de ma deuxième hypothèse, mais
pourtant les accomplissait. Cette deuxième hypothèse n'était
pas celle de l'intelligence, et la peur panique que j'avais eue le
soir où Albertine ne m'avait pas embrassé, la nuit où j'avais
entendu le bruit de la fenêtre[3], cette peur n'était pas raisonnée.
Mais — et la suite le montrera davantage, comme bien des

épisodes ont pu déjà l'indiquer — de ce que l'intelligence n'est pas l'instrument le plus subtil, le plus puissant, le plus approprié pour saisir le Vrai, ce n'est qu'une raison de plus pour commencer par l'intelligence, et non par un intuitivisme de l'inconscient, par une foi aux pressentiments toute faite. C'est la vie qui peu à peu, cas par cas, nous permet de remarquer que ce qui est le plus important pour notre cœur, ou pour notre esprit, ne nous est pas appris par le raisonnement mais par des puissances autres. Et alors c'est l'intelligence elle-même qui, se rendant compte de leur supériorité, abdique par raisonnement devant elles, et accepte de devenir leur collabora-trice et leur servante. Foi expérimentale. Le malheur imprévu avec lequel je me trouvais aux prises, il me semblait l'avoir lui aussi (comme l'amitié d'Albertine avec deux lesbiennes) déjà connu pour l'avoir lu dans tant de signes où (malgré les affirmations contraires de ma raison, s'appuyant sur les dires d'Albertine elle-même) j'avais discerné la lassitude, l'horreur qu'elle avait de vivre ainsi en esclave, et qui se traçaient à l'envers de ses prunelles tristes et soumises, de ses joues brusquement enflammées par une inexplicable rougeur — dans le bruit de la fenêtre qui s'était brusquement ouverte — comme avec de l'encre invisible. Sans doute je n'avais pas osé les interpréter jusqu'au bout et former expressément l'idée de son départ subit. Je n'avais pensé, d'une âme équilibrée par la présence d'Albertine, qu'à un départ arrangé par moi à une date indéterminée, c'est-à-dire situé dans un temps inexistant ; par conséquent j'avais eu seulement l'illusion de penser à un départ — comme les gens se figurent qu'ils ne craignent pas la mort quand ils y pensent pendant qu'ils sont bien portants, et ne font en réalité qu'introduire une idée purement négative au sein d'une bonne santé que l'approche de la mort précisément altérerait. D'ailleurs l'idée du départ d'Albertine voulu par elle-même eût pu me venir mille fois à l'esprit, le plus clairement, le plus nettement du monde, que je n'aurais pas soupçonné davantage ce que serait relativement à moi, c'est-à-dire en réalité, ce départ, quelle chose originale, atroce, inconnue, quel mal entièrement nouveau. À ce départ, si je l'eusse prévu, j'aurais pu songer sans trêve pendant des années,

sans que mises bout à bout toutes ces pensées eussent eu le plus
faible rapport non seulement d'intensité mais de ressemblance
avec l'inimaginable enfer dont Françoise m'avait levé le voile
en me disant : « Mademoiselle Albertine est partie. » Pour se
représenter une situation inconnue l'imagination emprunte des
éléments connus et à cause de cela ne se la représente pas. Mais
la sensibilité, même la plus physique, reçoit comme le sillon de
la foudre la signature originale et longtemps indélébile de
l'événement nouveau. Et j'osais à peine me dire que si j'avais
prévu ce départ j'aurais peut-être été incapable de me le
représenter dans son horreur, mais même, Albertine me
l'annonçant, moi la menaçant, la suppliant, de l'empêcher. Que
le désir de Venise était loin de moi maintenant ! Comme
autrefois à Combray celui de connaître Mme de Guermantes,
quand venait l'heure où je ne tenais plus qu'à une seule chose,
avoir maman dans ma chambre. Et c'étaient bien en effet
toutes les inquiétudes éprouvées depuis mon enfance qui, à
l'appel de l'angoisse nouvelle, avaient accouru la renforcer,
s'amalgamer à elle en une masse homogène qui m'étouffait.

   Certes, ce coup physique au cœur que donne une telle
séparation et qui, par cette terrible puissance d'enregistrement
qu'a le corps, fait de la douleur quelque chose de contemporain
à toutes les époques de notre vie où nous avons souffert, certes
ce coup au cœur sur lequel spécule peut-être un peu — tant on
se soucie peu de la douleur des autres — celle qui désire donner
au regret son maximum d'intensité, soit que la femme
n'esquissant qu'un faux départ veuille seulement demander des
conditions meilleures, soit que partant pour toujours — pour
toujours ! — elle désire frapper, ou pour se venger, ou pour
continuer d'être aimée, ou, dans l'intérêt de la qualité de
souvenir qu'elle laissera, pour briser violemment ce réseau de
lassitudes, d'indifférences qu'elle avait senti se tisser — certes,
ce coup au cœur, on s'était promis de l'éviter, on s'était dit
qu'on se quitterait bien. Mais il est vraiment rare qu'on se
quitte bien, car si on était bien on ne se quitterait pas ! Et puis
la femme avec qui on se montre le plus indifférent sent tout de
même obscurément qu'en se fatiguant d'elle, en vertu d'une
même habitude on s'est attaché de plus en plus à elle, et elle

songe que l'un des éléments les plus essentiels de se quitter bien est de partir en prévenant l'autre. Or elle a peur, en prévenant, d'empêcher. Toute femme sent que, plus son pouvoir sur un homme est grand, le seul moyen de s'en aller, c'est de fuir. Fugitive parce que reine, c'est ainsi. Certes, il y a un intervalle inouï entre cette lassitude qu'elle inspirait il y a un instant et, parce qu'elle est partie, ce furieux besoin de la ravoir. Mais à cela, en dehors de celles données au cours de cet ouvrage et d'autres qui le seront plus loin, il y a des raisons. D'abord le départ a lieu souvent dans le moment où l'indifférence — réelle ou crue — est la plus grande, au point extrême de l'oscillation du pendule. La femme se dit : « Non, cela ne peut plus durer ainsi », justement parce que l'homme ne parle que de la quitter, ou y pense, et c'est elle qui quitte. Alors le pendule revenant à son autre point extrême, l'intervalle est le plus grand. En une seconde il revient à ce point ; encore une fois, en dehors de toutes les raisons données, c'est si naturel. Le cœur bat ; et d'ailleurs la femme qui est partie n'est plus la même que celle qui était là. Sa vie auprès de nous, trop connue, voit tout d'un coup s'ajouter à elle les vies auxquelles elle va inévitablement se mêler, et c'est peut-être pour se mêler à elles qu'elle nous a quitté. De sorte que cette richesse nouvelle de la vie de la femme en allée rétroagit sur la femme qui était auprès de nous et peut-être préméditait son départ. À la série des faits psychologiques que nous pouvons déduire et qui font partie de sa vie avec nous, de notre lassitude trop marquée pour elle, de notre jalousie aussi (et qui fait que les hommes qui ont été quittés par plusieurs femmes l'ont été presque toujours de la même manière, à cause de leur caractère et de réactions toujours identiques qu'on peut calculer : chacun a sa manière propre d'être trahi, comme il a sa manière de s'enrhumer), à cette série, pas trop mystérieuse pour nous, correspondait sans doute une série de faits que nous avons ignorés. Elle devait depuis quelque temps entretenir des relations écrites, ou verbales, ou par messagers, avec tel homme, ou telle femme, attendre tel signal que nous avons peut-être donné nous-même sans le savoir en disant : « M. X est venu hier pour me voir », si elle avait convenu avec M. X que la veille du jour où elle

devrait rejoindre M. X, celui-ci viendrait me voir. Que
d'hypothèses possibles. Possibles seulement. Je construisais si
bien la vérité, mais dans le possible seulement, qu'ayant un
jour ouvert par erreur une lettre pour une de mes maîtresses,
lettre écrite en style convenu et qui disait : « Attends toujours
signe pour aller chez le marquis de Saint-Loup, prévenez
demain par coup de téléphone », je reconstituai une sorte de
fuite projetée, le nom du marquis de Saint-Loup n'étant là que
pour signifier autre chose, car ma maîtresse ne connaissait pas
Saint-Loup, mais m'avait entendu parler de lui, et d'ailleurs la
signature était une espèce de surnom, sans aucune forme de
langage. Or la lettre n'était pas adressée à ma maîtresse, mais
à une personne de la maison qui portait un nom différent mais
qu'on avait mal lu[1]. La lettre n'était pas en signes convenus,
mais en mauvais français parce qu'elle était d'une Américaine,
effectivement amie de Saint-Loup comme celui-ci me l'apprit.
Et la façon étrange dont cette Américaine formait certaines
lettres avait donné l'aspect d'un surnom à un nom parfaitement réel, mais étranger. Je m'étais donc ce jour-là trompé du
tout au tout dans mes soupçons. Mais l'armature intellectuelle
qui chez moi avait relié ces faits, tous faux, était elle-même la
forme si juste, si inflexible de la vérité que, quand trois mois
plus tard ma maîtresse (qui alors songeait à passer toute sa vie
avec moi) m'avait quitté, ç'avait été d'une façon absolument
identique à celle que j'avais imaginée la première fois. Une
lettre vint, ayant les mêmes particularités que j'avais faussement attribuées à la première lettre, mais cette fois-ci ayant
bien le sens du signal, etc.

Ce malheur était le plus grand de toute ma vie. Et malgré
tout, la souffrance qu'il me causait était peut-être dépassée
encore par la curiosité de connaître les causes de ce malheur,
qui Albertine avait désiré, retrouvé. Mais les sources de ces
grands événements sont comme celles des fleuves, nous avons
beau parcourir la surface de la terre, nous ne les trouvons pas.
Albertine avait-elle ainsi prémédité depuis longtemps sa fuite ?
Je n'ai pas dit (parce qu'alors cela m'avait paru seulement du
maniérisme et de la mauvaise humeur, ce qu'on appelait pour
Françoise « faire la tête »), que, du jour où elle avait cessé de

m'embrasser[1], elle avait eu un air de porter le diable en terre,
toute droite, figée, avec une voix triste dans les plus simples
choses, lente en ses mouvements, ne souriant plus jamais. Je ne
peux pas dire qu'aucun fait prouvât aucune connivence avec le
dehors. Françoise me raconta bien ensuite qu'étant entrée
l'avant-veille du départ dans sa chambre, elle n'y avait trouvé
personne, les rideaux fermés, mais senti à l'odeur de l'air et au
bruit que la fenêtre était ouverte. Et en effet elle avait trouvé
Albertine sur le balcon. Mais on ne voit pas avec qui elle eût
pu, de là, correspondre, et d'ailleurs les rideaux fermés sur la
fenêtre ouverte s'expliquaient sans doute parce qu'elle savait
que je craignais les courants d'air et que, même si les rideaux
m'en protégeaient peu, ils eussent empêché Françoise de voir
du couloir que les volets étaient ouverts aussi tôt. Non, je ne
vois rien sinon un petit fait qui prouve seulement que, la veille,
elle savait qu'elle allait partir. La veille en effet elle prit dans
ma chambre sans que je m'en aperçusse une grande quantité de
papier et de toile d'emballage qui s'y trouvait, et à l'aide
desquels elle emballa ses innombrables peignoirs et sauts-de-lit
toute la nuit, afin de partir le matin. C'est le seul fait, ce fut
tout. Je ne peux pas attacher d'importance à ce qu'elle me
rendit presque de force ce soir-là mille francs qu'elle me devait,
cela n'a rien de spécial, car elle était d'un scrupule extrême
dans les choses d'argent. Oui, elle prit les papiers d'emballage
la veille, mais ce n'était pas de la veille seulement qu'elle savait
qu'elle partirait. Car ce n'est pas le chagrin qui la fit partir,
mais la résolution prise de partir, de renoncer à la vie qu'elle
avait rêvée, qui lui donna cet air chagrin. Chagrin, presque
solennellement froid avec moi, sauf le dernier soir où, après
être restée chez moi plus tard qu'elle ne voulait — ce qui
m'étonnait d'elle qui voulait toujours prolonger — elle me dit
de la porte : « Adieu, petit, adieu, petit. » Mais je n'y pris pas
garde au moment. Françoise m'a dit que le lendemain matin,
quand elle lui dit qu'elle partait (mais du reste c'est explicable
aussi par la fatigue, car elle ne s'était pas déshabillée et avait
passé toute la nuit à emballer, sauf les affaires qu'elle avait à
demander à Françoise et qui n'étaient pas dans sa chambre et
son cabinet de toilette), elle était encore tellement triste,

tellement plus droite, tellement plus figée que les jours
précédents, que Françoise crut quand elle lui dit : « Adieu,
Françoise » qu'elle allait tomber. Quand on apprend ces
choses-là, on comprend que la femme qui vous plaisait
tellement moins maintenant que toutes celles qu'on rencontre
si facilement dans les plus simples promenades, à qui on en
voulait de les sacrifier pour elle, soit au contraire celle qu'on
préférerait mille fois. Car la question ne se pose plus entre un
certain plaisir — devenu par l'usage, et peut-être par la
médiocrité de l'objet, presque nul — et d'autres plaisirs, ceux-
là tentants, ravissants, mais entre ces plaisirs-là et quelque
chose de bien plus fort qu'eux, la pitié pour la douleur.

En me promettant à moi-même qu'Albertine serait ici ce
soir, j'avais couru au plus pressé, et pansé d'une croyance
nouvelle l'arrachement de celle avec laquelle j'avais vécu
jusqu'ici. Mais si rapidement qu'eût agi mon instinct de
conservation, j'étais, quand Françoise m'avait parlé, resté une
seconde sans secours, et j'avais beau savoir maintenant
qu'Albertine serait là ce soir, la douleur que j'avais ressentie
pendant l'instant où je ne m'étais pas encore appris à moi-
même ce retour (l'instant qui avait suivi les mots : « Mademoiselle Albertine a demandé ses malles, mademoiselle Albertine
est partie »), cette douleur renaissait d'elle-même en moi,
pareille à ce qu'elle avait été, c'est-à-dire comme si j'avais
ignoré encore le prochain retour d'Albertine. D'ailleurs il
fallait qu'elle revînt, mais d'elle-même. Dans toutes les
hypothèses, avoir l'air de faire faire une démarche, de la prier
de revenir, irait à l'encontre du but. Certes je n'avais plus la
force de renoncer à elle comme je l'avais eue pour Gilberte[1].
Plus même que revoir Albertine, ce que je voulais, c'était
mettre fin à l'angoisse physique que mon cœur plus mal
portant que jadis ne pouvait plus tolérer. Puis, à force de
m'habituer à ne pas vouloir, qu'il s'agît de travail ou d'autre
chose, j'étais devenu plus lâche. Mais surtout, cette angoisse
était incomparablement plus forte pour bien des raisons, dont
la plus importante n'était peut-être pas que je n'avais jamais
goûté de plaisir sensuel avec Mme de Guermantes et avec
Gilberte[2], mais que ne les voyant pas chaque jour, à toute

heure, n'en ayant pas la possibilité et par conséquent pas le besoin, il y avait en moins dans mon amour pour elles la force immense de l'Habitude. Peut-être, maintenant que mon cœur incapable de vouloir et de supporter de son plein gré la souffrance ne trouvait qu'une seule solution possible, le retour à tout prix d'Albertine, peut-être la solution opposée (le renoncement volontaire, la résignation progressive) m'eût-elle paru une solution de roman, invraisemblable dans la vie, si je n'avais moi-même autrefois opté pour celle-là quand il s'était agi de Gilberte. Je savais donc que cette autre solution pouvait être acceptée aussi, et par un seul homme, car j'étais resté à peu près le même. Seulement le temps avait joué son rôle; le temps qui m'avait vieilli, le temps aussi qui avait mis Albertine perpétuellement auprès de moi quand nous menions notre vie commune. Mais du moins, sans renoncer à elle, ce qui me restait de ce que j'avais éprouvé pour Gilberte, c'était la fierté de ne pas vouloir être à Albertine un jouet dégoûtant en lui faisant demander de revenir; je voulais qu'elle revînt sans que j'eusse l'air d'y tenir. Je me levai pour ne pas perdre de temps, mais la souffrance m'arrêta : c'était la première fois que je me levais depuis qu'elle était partie. Pourtant il fallait vite m'habiller afin d'aller m'informer chez le concierge d'Albertine.

La souffrance, prolongement d'un choc moral imposé, aspire à changer de forme; on espère la volatiliser en faisant des projets, en demandant des renseignements, on veut qu'elle passe par ses innombrables métamorphoses, cela demande moins de courage que de garder sa souffrance franche; ce lit paraît si étroit, si dur, si froid, où l'on se couche avec sa douleur. Je me remis donc sur mes jambes; je n'avançais dans la chambre qu'avec une prudence infinie, je me plaçais de façon à ne pas apercevoir la chaise d'Albertine, le pianola sur les pédales duquel elle appuyait ses mules d'or, un seul des objets dont elle avait usé et qui tous, dans le langage particulier que leur avaient enseigné mes souvenirs, semblaient vouloir me donner une traduction, une version différente, m'annoncer une seconde fois la nouvelle de son départ. Mais, sans les regarder, je les voyais, mes forces m'abandonnèrent, je tombai assis dans

un de ces fauteuils de satin bleu dont il y a une heure, dans le
clair-obscur de la chambre anesthésiée par un rayon de jour, le
glacis m'avait fait faire des rêves passionnément caressés alors,
si loin de moi maintenant[1]. Hélas, je ne m'y étais jamais assis
avant cette minute que quand Albertine était encore là. Aussi
je ne pus y rester, je me levai ; et ainsi à chaque instant, il y
avait quelqu'un des innombrables et humbles moi qui nous
composent qui était ignorant encore du départ d'Albertine et à
qui il fallait le notifier, il fallait — ce qui était plus cruel que
s'ils avaient été des étrangers et n'avaient pas emprunté ma
sensibilité pour souffrir — annoncer le malheur qui venait
d'arriver à tous ces êtres, à tous ces moi qui ne le savaient pas
encore, il fallait que chacun d'eux à son tour entendît pour la
première fois ces mots : « Albertine a demandé ses malles — ces
malles en forme de cercueil que j'avais vu charger à Balbec à
côté de celles de ma mère[2] — Albertine est partie. » À chacun
j'avais à apprendre mon chagrin, le chagrin qui n'est nullement
une conclusion pessimiste librement tirée d'un ensemble de
circonstances funestes, mais la reviviscence intermittente et
involontaire d'une impression spécifique, venue du dehors, et
que nous n'avons pas choisie. Il y avait quelques-uns de ces
moi que je n'avais pas revus depuis assez longtemps. Par
exemple (je n'avais pas songé que c'était le jour du coiffeur) le
moi que j'étais quand je me faisais couper les cheveux. J'avais
oublié ce moi-là ; son arrivée fit éclater mes sanglots comme à
un enterrement celle d'un vieux serviteur retraité qui a connu
celle qui vient de mourir. Puis je me rappelai tout d'un coup
que depuis huit jours j'avais par moments été pris de peurs
paniques que je ne m'étais pas avouées. À ces moments-là je
discutais pourtant en me disant : « Inutile, n'est-ce pas,
d'envisager l'hypothèse où elle partirait brusquement. C'est
absurde. Si je la confiais à un homme sensé et intelligent (et je
l'aurais fait pour me tranquilliser, si la jalousie ne m'eût
empêché de faire des confidences), il m'aurait sûrement dit :
"Mais vous êtes fou. C'est impossible." Et en effet nous
n'avions pas eu une seule querelle. "On part pour un motif. On
le dit. On vous donne le droit de répondre. On ne part pas
comme cela. Non, c'est un enfantillage. C'est la seule

hypothèse absurde." » Et pourtant, tous les jours, en la retrouvant là le matin quand je sonnais, j'avais poussé un immense soupir de soulagement. Et quand Françoise m'avait remis la lettre d'Albertine, j'avais tout de suite été sûr qu'il s'agissait de la chose qui ne pouvait pas être, de ce départ en quelque sorte perçu plusieurs jours d'avance, malgré les raisons logiques d'être rassuré. Je m'étais dit presque avec une satisfaction de perspicacité dans mon désespoir, comme un assassin qui sait ne pouvoir être découvert, mais qui a peur et qui tout d'un coup voit le nom de sa victime écrit en tête d'un dossier chez le juge d'instruction qui l'a fait mander...[1]

Tout mon espoir était qu'Albertine fût partie en Touraine, chez sa tante où en somme elle était assez surveillée et ne pourrait faire grand-chose jusqu'à ce que je l'en ramenasse. Ma pire crainte avait été qu'elle fût restée à Paris, partie à Amsterdam ou Montjouvain, c'est-à-dire qu'elle se fût échappée pour se consacrer à quelque intrigue dont les préliminaires m'avaient échappé. Mais en réalité, en me disant Paris, Amsterdam, Trieste, Balbec[2], c'est-à-dire plusieurs lieux, je pensais à des lieux qui n'étaient que possibles; aussi quand le concierge d'Albertine répondit qu'elle était partie chez sa tante, cette résidence que je croyais désirer me sembla la plus affreuse de toutes, parce que celle-là était réelle, et que pour la première fois, torturé par la certitude du présent et l'incertitude de l'avenir, je me représentais Albertine commençant une vie qu'elle avait voulue séparée de moi, peut-être pour longtemps, peut-être pour toujours, et où elle réaliserait cet inconnu qui autrefois m'avait si souvent troublé, alors que pourtant j'avais le bonheur de posséder, de caresser ce qui en était le dehors, ce doux visage impénétrable et capté. C'était cet inconnu qui faisait le fond de mon amour.

Devant la porte d'Albertine, je trouvai une petite fille pauvre qui me regardait avec de grands yeux et qui avait l'air si bon que je lui demandai si elle ne voulait pas venir chez moi, comme j'eusse fait d'un chien au regard fidèle. Elle en eut l'air content. À la maison, je la berçai quelque temps sur mes genoux, mais bientôt sa présence, en me faisant trop sentir l'absence d'Albertine, me fut insupportable. Et je la priai de s'en aller, après lui avoir remis un billet de cinq cents francs. Et pourtant, bientôt après, la pensée d'avoir quelque autre petite fille près de moi, de ne jamais être seul sans le secours d'une présence innocente, fut le seul rêve qui me permit de supporter l'idée que peut-être Albertine resterait quelque temps sans revenir.

Pour Albertine elle-même, elle n'existait guère en moi que sous la forme de son nom qui, sauf quelques rares répits au réveil, venait s'inscrire dans mon cerveau et ne cessait plus de le faire. Si j'avais pensé tout haut je l'aurais répété sans cesse, et mon verbiage eût été aussi monotone, aussi limité que si j'eusse été changé en oiseau, en un oiseau pareil à celui de la fable, dont le cri redisait sans fin le nom de celle qu'homme, il avait aimée[1]. On se le dit, et comme on le tait, il semble qu'on l'écrive en soi, qu'il laisse sa trace dans le cerveau et que celui-ci doive finir par être, comme un mur où quelqu'un s'est amusé à crayonner, entièrement recouvert par le nom mille fois récrit de celle qu'on aime. On le récrit tout le temps dans sa pensée tant qu'on est heureux, plus encore quand on est malheureux. Et de redire ce nom qui ne nous donne rien de plus que ce qu'on sait déjà, on éprouve le besoin sans cesse renaissant, mais à la longue, une fatigue. Au plaisir charnel je ne pensais même pas en ce moment ; je ne voyais même pas devant ma pensée l'image de cette Albertine, cause pourtant d'un tel bouleversement dans mon être, je n'apercevais pas son corps, et si j'avais voulu isoler l'idée qui était liée — car il y en a bien toujours quelqu'une — à ma souffrance, ç'aurait été, alternativement, d'une part le doute sur les dispositions dans lesquelles elle était partie, avec ou sans esprit de retour, d'autre part les moyens de la ramener. Peut-être y a-t-il un symbole et une vérité dans la place infime tenue dans notre anxiété par celle à qui nous la rapportons. C'est qu'en effet sa personne même y est pour peu de chose, pour presque tout le processus d'émotions, d'angoisses que tels hasards nous ont fait jadis éprouver à propos d'elle et que l'habitude a attaché à elle. Ce qui le prouve bien, c'est (plus encore que l'ennui qu'on éprouve dans le bonheur) combien voir ou ne pas voir cette même personne, être estimé ou non d'elle, l'avoir ou non à notre disposition, nous paraîtra quelque chose d'indifférent quand nous n'aurons plus à nous poser le problème (si oiseux que nous ne nous le poserons même plus) que relativement à la personne elle-même, le processus d'émotions et d'angoisses étant oublié, au moins en tant que se rattachant à elle, car il a pu se développer à nouveau, mais transféré à une autre. Avant cela, quand il était encore attaché à elle, nous croyions que notre bonheur dépendait de sa personne, il dépendait seulement de la terminaison de notre anxiété. Notre inconscient était donc plus clairvoyant que nous-même à ce moment-là, en faisant si petite la figure de la femme aimée, figure que nous avions même peut-être oubliée, que nous pouvions connaître mal et croire médiocre, dans l'effroyable drame où de la retrouver pour ne plus l'attendre pouvait dépendre jusqu'à notre vie elle-même. Proportions minuscules de la figure de la femme, effet logique et nécessaire de la façon dont l'amour se développe, claire allégorie de la nature subjective de cet amour.

L'esprit dans lequel elle était partie était semblable sans doute à celui des peuples qui font préparer par une démonstration de leur armée l'œuvre de leur diplomatie. Elle n'avait dû partir que pour obtenir de moi de meilleures conditions, plus de liberté, de luxe. Dans ce cas, celui qui l'eût emporté de nous deux, c'eût été moi, si j'eusse eu la force d'attendre, d'attendre le moment où voyant qu'elle n'obtenait rien, elle fût revenue d'elle-même. Mais si aux cartes, à la guerre, où il importe seulement de gagner, on peut résister au bluff, les conditions ne sont point les mêmes que font l'amour et la jalousie, sans parler de la souffrance. Si pour attendre, pour « durer », je laissais Albertine rester loin de moi plusieurs jours, plusieurs semaines peut-être, je ruinais ce qui avait été mon but pendant plus d'une année, ne pas la laisser libre une heure. Toutes mes précautions se trouvaient devenues inutiles[1], si je lui laissais le temps, la facilité de me tromper tant qu'elle voudrait, et si à la fin elle se rendait, je ne pourrais plus oublier le temps où elle avait été seule, et même l'emportant à la fin, tout de même, dans le passé, c'est-à-dire irréparablement, je serais le vaincu.

Quant aux moyens de ramener Albertine, ils avaient d'autant plus de chance de réussir que l'hypothèse où elle ne serait partie que dans l'espoir d'être rappelée avec de meilleures conditions paraîtrait plus plausible. Et, sans doute, pour les gens qui ne croyaient pas à la sincérité d'Albertine, certainement pour Françoise par exemple, cette hypothèse l'était. Mais pour ma raison à qui la seule explication de certaines mauvaises humeurs, de certaines attitudes avait paru, avant que je sache rien, le projet formé par elle d'un départ définitif, il était difficile de croire que, maintenant que ce départ s'était produit, il n'était qu'une simulation. Je dis pour ma raison, non pour moi. L'hypothèse de la simulation me devenait d'autant plus nécessaire qu'elle était plus improbable, et gagnait en force ce qu'elle perdait en vraisemblance. Quand on se voit au bord de l'abîme et qu'il semble que Dieu vous ait abandonné, on n'hésite plus à attendre de lui un miracle. Je[1] reconnais que dans tout cela je fus le plus apathique, quoique le plus douloureux, des policiers. Mais sa fuite ne m'avait pas rendu les qualités que l'habitude de la faire surveiller par d'autres m'avait enlevées. Je ne pensais qu'à une chose, charger un autre de cette recherche ; cet autre fut Saint-Loup, qui consentit. L'anxiété de tant de jours remise à un autre me donna de la joie et je me trémoussai, sûr du succès, les mains redevenues brusquement sèches comme autrefois et n'ayant plus cette sueur dont Françoise m'avait mouillé[2] en me disant : « Mademoiselle Albertine est partie. » Et du reste ce n'était pas cela seulement. On se souvient que, quand je résolus de vivre avec Albertine, et même de l'épouser, c'était pour la garder, savoir ce qu'elle faisait, l'empêcher de reprendre ses habitudes avec Mlle Vinteuil. Ç'avait été dans le déchirement atroce de sa révélation à Balbec quand elle m'avait dit — comme une chose toute naturelle et que je réussis, bien que ce fût le plus grand chagrin que j'eusse encore éprouvé dans ma vie, à sembler trouver toute naturelle — la chose que dans mes pires suppositions je n'aurais jamais été assez audacieux pour imaginer[3] (c'est étonnant comme la jalousie qui passe son temps à faire des petites suppositions dans le faux a peu d'imagination quand il s'agit de découvrir le vrai). Or cet amour, né surtout d'un besoin d'empêcher Albertine de faire le mal, cet amour avait gardé dans la suite la trace de son origine. Être avec elle m'importait peu, pour peu que je pusse empêcher « l'être de fuite[1] » d'aller ici ou là. Pour l'en empêcher je m'étais remis aux yeux, à la compagnie de ceux qui allaient avec elle, et pour peu qu'ils me fissent le soir un bon petit rapport bien rassurant, mes inquiétudes s'évanouissaient en bonne humeur[2].

M'étant donné à moi-même l'affirmation que, quoi que je dusse faire, Albertine serait de retour à la maison le soir même, j'avais suspendu la douleur que Françoise m'avait causée en me disant qu'Albertine était partie (parce qu'alors mon être pris de court avait cru un instant que ce départ était définitif). Mais après une interruption, quand d'un élan de sa vie indépendante la souffrance initiale revenait spontanément en moi, elle était toujours aussi atroce parce qu'antérieure à la promesse consolatrice que je m'étais faite de ramener le soir même Albertine ; cette phrase qui l'eût calmée, ma souffrance l'ignorait. Pour mettre en œuvre les moyens d'amener ce retour, une fois encore, non pas qu'une telle attitude m'eût jamais très bien réussi, mais parce que je l'avais toujours prise depuis que j'aimais Albertine, j'étais condamné à faire comme si je ne l'aimais pas, ne souffrais pas de son départ, j'étais condamné à continuer de lui mentir. Je pourrais être d'autant plus énergique dans les moyens de la faire revenir que personnellement j'aurais l'air d'avoir renoncé à elle. Je me proposais d'écrire à Albertine une lettre d'adieu où je considérerais son départ comme définitif, tandis que j'enverrais Saint-Loup exercer sur Mme Bontemps et comme à mon insu la pression la plus brutale pour qu'Albertine revienne au plus vite. Sans doute j'avais expérimenté avec Gilberte le danger des lettres d'une indifférence qui, feinte d'abord, finit par devenir vraie[3]. Et cette expérience aurait dû m'empêcher d'écrire à Albertine des lettres du même caractère que celles que j'avais écrites à Gilberte. Mais ce qu'on appelle expérience n'est que la révélation à nos propres yeux d'un trait de notre caractère, qui naturellement reparaît, et reparaît d'autant plus fortement que nous l'avons déjà mis en lumière pour nous-même une fois, de sorte que le mouvement spontané qui nous avait guidé la première fois se trouve renforcé par toutes les suggestions du souvenir. Le plagiat humain auquel il est le plus difficile d'échapper, pour les individus (et même pour les peuples qui persévèrent dans leurs fautes et vont les aggravant), c'est le plagiat de soi-même.

Saint-Loup que je savais à Paris fut mandé par moi à l'instant même, accourut rapide et efficace comme il était jadis à Doncières, et consentit à partir aussitôt pour Bruxelles où M. Bontemps était ministre de France. Je lui soumis la combinaison suivante. Il devait descendre à Bruxelles[1], se faire indiquer la maison de Mme Bontemps, attendre qu'Albertine fût sortie car elle aurait pu le reconnaître. « Mais la jeune fille dont tu parles me connaît donc ? » me dit-il. Je lui dis que je ne le croyais pas. Le projet de cette démarche me remplit d'une joie infinie. Elle était pourtant en contradiction absolue avec ce que je m'étais promis au début, m'arranger à ne pas avoir l'air de faire chercher Albertine ; et cela en aurait l'air inévitablement. Mais elle avait sur « ce qu'il aurait fallu » l'avantage inestimable qu'elle me permettait de me dire que quelqu'un envoyé par moi allait voir Albertine, sans doute la ramener. Et si j'avais su voir clair dans mon cœur au début, c'est cette solution cachée dans l'ombre et que je trouvais déplorable que j'aurais pu prévoir qui prendrait le pas sur les solutions de patience, et que j'étais décidé à vouloir, par manque de volonté. Comme Saint-Loup avait déjà l'air un peu surpris qu'une jeune fille eût habité chez moi tout un hiver sans que je lui en eusse rien dit, comme d'autre part il m'avait souvent reparlé de la jeune fille de Balbec et que je ne lui avais jamais répondu : « Mais elle habite ici », il eût pu être froissé de mon manque de confiance. Il est vrai que peut-être Mme Bontemps lui parlerait de Balbec. Mais j'étais trop impatient de son départ, de son arrivée, pour vouloir, pour pouvoir penser aux conséquences possibles de ce voyage. Quant à ce qu'il reconnût Albertine (qu'il avait d'ailleurs systématiquement évité de regarder quand il l'avait rencontrée à Doncières)[2], elle avait, au dire de tous, tellement changé et grossi que ce n'était guère probable. « Tu n'as pas une photographie ? Cela me serait bien utile. » Je répondis d'abord que non, pour qu'il n'eût pas, d'après ma photographie faite à peu près du temps de Balbec, le loisir de reconnaître Albertine, que pourtant il n'avait qu'entrevue dans le wagon. Mais je réfléchis que sur la dernière elle serait déjà aussi différente de l'Albertine de Balbec que l'était maintenant l'Albertine vivante, et qu'il ne la reconnaîtrait pas plus sur la photographie que dans la réalité. Pendant que je la lui cherchais, il me passait doucement la main sur le front, en manière de me consoler. J'étais ému de la peine que la douleur qu'il devinait en moi lui causait. D'abord il avait beau s'être séparé de Rachel, ce qu'il avait éprouvé alors n'était pas encore si lointain qu'il n'eût une sympathie, une pitié particulière pour ce genre de souffrances, comme on se sent plus voisin de quelqu'un qui a la même maladie que vous. Puis il avait tant d'affection pour moi que la pensée de mes souffrances lui était insupportable. Aussi en concevait-il pour celle qui me les causait un mélange de rancune et d'admiration. Il se figurait que j'étais un être si supérieur qu'il pensait que, pour que je fusse soumis à une autre créature, il fallait que celle-là fût tout à fait extraordinaire. Je pensais bien qu'il trouverait la photographie d'Albertine jolie, mais comme tout de même je ne m'imaginais pas qu'elle produirait sur lui l'impression d'Hélène sur les vieillards troyens, tout en cherchant je disais modestement : « Oh ! tu sais, ne te fais pas d'idées, d'abord la photo est mauvaise, et puis elle n'est pas étonnante, ce n'est pas une beauté, elle est surtout bien gentille. » — « Oh ! si, elle doit être merveilleuse », dit-il avec un enthousiasme naïf et sincère, en cherchant à se représenter l'être qui pouvait me jeter dans un désespoir et une agitation pareille. « Je lui en veux de te faire mal, mais aussi c'était bien à supposer qu'un être artiste jusqu'au bout des ongles comme toi, toi qui aimes en tout la beauté et d'un tel amour, tu étais prédestiné à souffrir plus qu'un autre quand tu la rencontrerais dans une femme. » Enfin je venais de trouver la photographie. « Elle est sûrement merveilleuse », continuait à dire Robert, qui n'avait pas vu que je lui tendais la photographie. Soudain il l'aperçut, il la tint un instant dans ses mains. Sa figure exprimait une stupéfaction qui allait jusqu'à la stupidité.

« C'est ça, la jeune fille que tu aimes ? » finit-il par me dire d'un
ton où l'étonnement était maté par la crainte de me fâcher. Il
ne fit aucune observation, il avait pris l'air raisonnable,
prudent, forcément un peu dédaigneux qu'on a devant un
malade — eût-il été jusque-là un homme remarquable et votre
ami — mais qui n'est plus rien de tout cela, car, frappé de folie
furieuse, il vous parle d'un être céleste qui lui est apparu, et
continue à le voir à l'endroit où vous, homme sain, vous
n'apercevez qu'un édredon. Je compris tout de suite l'étonnement de Robert, et que c'était celui où m'avait jeté la vue de sa
maîtresse[1], avec la seule différence que j'avais trouvé en elle
une femme que je connaissais déjà, tandis que lui croyait
n'avoir jamais vu Albertine. Mais sans doute la différence entre
ce que nous voyions l'un et l'autre d'une même personne était
aussi grande. Le temps était loin où j'avais bien petitement
commencé à Balbec par ajouter aux sensations visuelles, quand
je regardais Albertine, des sensations de saveur, d'odeur, de
toucher. Depuis, des sensations plus profondes, plus douces,
plus indéfinissables s'y étaient ajoutées, puis des sensations
douloureuses. Bref Albertine n'était, comme une pierre autour
de laquelle il a neigé, que le centre générateur d'une immense
construction qui passait par le plan de mon cœur. Robert, pour
qui était invisible toute cette stratification de sensations, ne
saisissait qu'un résidu qu'elle m'empêchait au contraire
d'apercevoir. Ce qui avait décontenancé Robert quand il avait
aperçu la photographie d'Albertine était non le saisissement
des vieillards troyens voyant passer Hélène et disant :

Notre mal ne vaut pas un seul de ses regards,[2]

mais celui, exactement inverse et qui fait dire : « Comment,
c'est pour ça qu'il a pu se faire tant de bile, tant de chagrin,
faire tant de folies ! » Il faut bien avouer que ce genre de
réaction à la vue de la personne qui a causé les souffrances,
bouleversé la vie, quelquefois amené la mort de quelqu'un que
nous aimons est infiniment plus fréquent que celui des
vieillards troyens et, pour tout dire, l'habituel[3]. Ce n'est pas
seulement parce que l'amour est individuel, ni parce que,

quand nous ne le ressentons pas, le trouver évitable et philosopher sur la folie des autres nous est naturel. Non, c'est que, quand il est arrivé au degré où il cause de tels maux, la construction des sensations interposées entre le visage de la femme et les yeux de l'amant, l'énorme œuf douloureux qui l'engaine et le dissimule autant qu'une couche de neige une fontaine, est déjà poussée assez loin pour que le point où s'arrêtent les regards de l'amant, le point où il rencontre son plaisir et ses souffrances, soit aussi loin du point où les autres le voient qu'est loin le soleil véritable de l'endroit où sa lumière condensée nous le fait apercevoir dans le ciel. Et de plus, pendant ce temps, sous la chrysalide de douleurs et de tendresses qui rend invisibles à l'amant les pires métamorphoses de l'être aimé, le visage a eu le temps de vieillir et de changer. De sorte que, si le visage que l'amant a vu la première fois est fort loin de celui qu'il voit depuis qu'il aime et souffre, il est, en sens inverse, tout aussi loin de celui que peut voir maintenant le spectateur indifférent. (Qu'aurait-ce été si, au lieu de la photographie de celle qui était une jeune fille, Robert avait vu la photographie d'une vieille maîtresse ?) Et même, nous n'avons pas besoin de voir pour la première fois celle qui a causé tant de ravages pour avoir cet étonnement. Souvent nous la connaissions comme mon grand-oncle Adolphe connaissait Odette. Alors la différence d'optique s'étend non seulement à l'aspect physique mais au caractère, à l'importance individuelle. Il y a beaucoup de chances pour que la femme qui fait souffrir celui qui l'aime ait toujours été bonne fille avec quelqu'un qui ne se souciait pas d'elle, comme Odette si cruelle pour Swann avait été la prévenante « dame en rose » de mon grand-oncle Adolphe[1], ou bien que l'être dont chaque décision est supputée d'avance avec autant de crainte que celle d'une divinité par celui qui l'aime apparaisse comme une personne sans conséquence, trop heureuse de faire tout ce qu'on veut, aux yeux de celui qui ne l'aime pas, comme la maîtresse de Saint-Loup pour moi qui ne voyais en elle que cette « Rachel quand du Seigneur » qu'on m'avait tant de fois proposée[2]. Je me rappelais, la première fois que je l'avais vue avec Saint-Loup, ma stupéfaction à la pensée qu'on pût être torturé de ne pas savoir ce qu'une telle femme avait fait tel soir, ce qu'elle avait pu dire tout bas à quelqu'un, pourquoi elle avait eu un désir de rupture. Or je sentais que ce passé, mais d'Albertine, et vers lequel chaque fibre de mon cœur, de ma vie, se dirigeait avec une souffrance vibratile et maladroite, devait paraître tout aussi insignifiant à Saint-Loup, me le deviendrait peut-être un jour à moi-même, que je passerais peut-être peu à peu, touchant l'insignifiance ou la gravité du passé d'Albertine, de l'état d'esprit que j'avais en ce moment à celui qu'avait Saint-Loup, car je ne me faisais pas d'illusions sur ce que Saint-Loup pouvait penser, sur ce que tout autre que l'amant peut penser. Et je n'en souffrais pas trop. Laissons les jolies femmes aux hommes sans imagination. Je me rappelais cette tragique explication de tant de vies qu'est un portrait génial et pas ressemblant comme celui d'Odette par Elstir, et qui est moins le portrait d'une amante que du déformant amour[1]. Il n'y manquait — ce que tant de portraits ont — que d'être à la fois d'un grand peintre et d'un amant (et encore disait-on qu'Elstir l'avait été d'Odette). Cette dissemblance, toute la vie d'un amant, d'un amant dont personne ne comprend les folies, toute la vie d'un Swann, la prouvent. Mais que l'amant se double d'un peintre comme Elstir et alors le mot de l'énigme est proféré, vous avez enfin sous les yeux ces lèvres que le vulgaire n'a jamais aperçues dans cette femme, ce nez que personne ne lui a connu, cette allure insoupçonnée ; le portrait dit : « Ce que j'ai aimé, ce qui m'a fait souffrir, ce que j'ai sans cesse vu, c'est ceci. » Par une gymnastique inverse, moi qui avais essayé par la pensée d'ajouter à Rachel tout ce que Saint-Loup lui avait ajouté de lui-même, j'essayais d'ôter mon apport cardiaque et mental dans la composition d'Albertine et de me la représenter telle qu'elle devait apparaître à Saint-Loup, comme à moi Rachel. Mais quelle importance cela a-t-il ? Ces différences-là, quand même nous les verrions nous-mêmes, y ajouterions-nous encore. Quand autrefois, à Balbec, Albertine m'attendait sous les arcades d'Incarville et sautait dans ma voiture, non seulement elle n'avait pas encore « épaissi », mais à la suite d'excès d'exercice avait trop fondu ; maigre, enlaidie par un vilain chapeau qui ne laissait dépasser qu'un petit bout de vilain nez et voir de côté des joues blanches

comme des vers blancs, je retrouvais bien peu d'elle, assez
cependant pour qu'au saut qu'elle faisait dans ma voiture je
susse que c'était elle, qu'elle avait été exacte au rendez-vous et
n'était pas allée ailleurs ; et cela suffit ; ce qu'on aime est trop
dans le passé, consiste trop dans le temps perdu ensemble pour
qu'on ait besoin de toute la femme ; on veut seulement être sûr
que c'est elle, ne pas se tromper sur l'identité, autrement
importante que la beauté pour ceux qui aiment ; les joues
peuvent se creuser, le corps s'amaigrir, même pour ceux qui ont
été d'abord le plus orgueilleux aux yeux des autres de leur
domination sur une beauté, ce petit bout de museau, ce signe
où se résume la personnalité permanente d'une femme, cet
extrait algébrique, cette constante, cela suffit pour qu'un
homme attendu dans le plus grand monde, et qui l'aimait, ne
puisse disposer d'une seule de ses soirées, parce qu'il passe son
temps à peigner et à dépeigner jusqu'à l'heure de s'endormir la
femme qu'il aime, ou simplement à rester auprès d'elle, pour
être avec elle, ou pour qu'elle soit avec lui, ou seulement pour
qu'elle ne soit pas avec d'autres. « Tu es sûr, me dit-il, que je
puisse offrir comme cela à cette femme trente mille francs pour
le comité électoral de son mari ? Elle est malhonnête à ce point-
là ? Si tu ne te trompes pas, trois mille francs suffiraient. »
— « Non, je t'en prie, n'économise pas pour une chose qui me
tient tant à cœur. Tu dois dire ceci, où il y a du reste une part
de vérité : "Mon ami avait demandé ces trente mille francs à un
parent pour le comité de l'oncle de sa fiancée. C'est à cause de
cette raison de fiançailles qu'on les lui avait donnés. Et il
m'avait prié de vous les porter pour qu'Albertine n'en sût rien.
Et puis voici qu'Albertine le quitte. Il ne sait plus que faire. Il
est obligé de rendre les trente mille francs s'il n'épouse pas
Albertine. Et s'il l'épouse, il faudrait qu'au moins pour la
forme elle revînt immédiatement, parce que cela ferait trop
mauvais effet si la fugue se prolongeait[1]". Tu crois que c'est
inventé exprès ? » — « Mais non », me répondit Saint-Loup par
bonté, par discrétion, et puis parce qu'il savait que les
circonstances sont souvent plus bizarres qu'on ne croit. Après
tout, il n'y avait aucune impossibilité à ce que dans cette
histoire des trente mille francs il y eût, comme je le lui disais,

une grande part de vérité. C'était possible, mais ce n'était pas vrai, et cette part de vérité était justement un mensonge. Mais nous nous mentions, Robert et moi, comme dans tous les entretiens où un ami désire sincèrement aider son ami en proie à un désespoir d'amour. L'ami, conseil, appui, consolateur, peut plaindre la détresse de l'autre, non la ressentir, et meilleur il est pour lui, plus il ment. Et l'autre lui avoue ce qui est nécessaire pour être aidé, mais, justement peut-être pour être aidé, cache bien des choses. L'heureux est tout de même celui qui prend de la peine, qui fait un voyage, qui remplit une mission, mais qui n'a pas de souffrance intérieure. J'étais en ce moment celui qu'avait été Robert à Doncières quand il s'était cru quitté par Rachel[1]. «Enfin, comme tu voudras, si j'ai une avanie, je l'accepte d'avance pour toi. Et puis cela a beau me paraître un peu drôle, ce marché si peu voilé, je sais bien que dans notre monde il y a des duchesses, et même des plus bigotes, qui feraient pour trente mille francs des choses plus difficiles que de dire à leur nièce de ne pas rester en Touraine. Enfin je suis doublement content de te rendre service, puisqu'il faut cela pour que tu consentes à me voir. Si je me marie, ajouta-t-il, est-ce que nous ne nous verrons pas davantage, est-ce que tu ne feras pas un peu de ma maison la tienne?...» Il s'arrêta tout à coup, ayant pensé, supposai-je alors, que si moi aussi je me mariais, Albertine ne pourrait pas être pour sa femme une relation intime. Et je me rappelai ce que les Cambremer m'avaient dit de son mariage probable avec la fille du prince de Guermantes[2]. L'indicateur consulté, il vit qu'il ne pourrait partir que le soir. Françoise me demanda: «Faut-il ôter du cabinet de travail le lit de mademoiselle Albertine[3]?» — «Au contraire, dis-je, il faut le faire.» J'espérais qu'elle reviendrait d'un jour à l'autre et je ne voulais même pas que Françoise pût supposer qu'il y avait doute. Il fallait que le départ d'Albertine eût l'air d'une chose convenue entre nous, qui n'impliquait nullement qu'elle m'aimât moins. Mais Françoise me regarda avec un air, sinon d'incrédulité, du moins de doute. Elle aussi avait ses deux hypothèses. Ses narines se dilataient, elle flairait la brouille, elle devait la sentir depuis longtemps. Et si elle n'en était pas absolument sûre, c'est peut-être seulement parce que, comme moi, elle se défiait de croire entièrement ce qui lui aurait fait trop de plaisir.

Saint-Loup devait être à peine dans le train que je me croisai dans mon antichambre avec Bloch que je n'avais pas entendu sonner, de sorte que force me fut de le recevoir un instant. Il m'avait dernièrement rencontré avec Albertine (qu'il connaissait de Balbec) un jour où elle était de mauvaise humeur. « J'ai dîné avec M. Bontemps, me dit-il, et comme j'ai une certaine influence sur lui, je lui ai dit que je m'étais attristé que sa nièce ne fût pas plus gentille avec toi, qu'il fallait qu'il lui adressât des prières en ce sens. » J'étouffais de colère, ces prières et ces plaintes détruisaient tout l'effet de la démarche de Saint-Loup et me mettaient directement en cause auprès d'Albertine que j'avais l'air d'implorer. Pour comble de malheur, Françoise restée dans l'antichambre entendait tout cela. Je fis tous les reproches possibles à Bloch, lui disant que je ne l'avais nullement chargé d'une telle commission, et que du reste le fait était faux. Bloch à partir de ce moment-là ne cessa plus de sourire, moins, je crois, de joie que de gêne de m'avoir contrarié. Il s'étonnait en riant de soulever une telle colère. Peut-être se disait-il pour ôter à mes yeux de l'importance à son indiscrète démarche, peut-être parce qu'il était d'un caractère lâche et vivait gaiement et paresseusement dans les mensonges, comme les méduses à fleur d'eau, peut-être parce que, même eût-il été d'une autre race d'hommes, les autres ne pouvant jamais se placer au même point de vue que nous ne comprennent pas l'importance du mal que leurs paroles dites au hasard peuvent nous faire. Je venais de le mettre à la porte, ne trouvant aucun remède à apporter à ce qu'il avait fait, quand on sonna de nouveau, et Françoise me remit une convocation chez le chef de la Sûreté. Les parents de la petite fille que j'avais ramenée une heure chez moi avaient voulu déposer contre moi une plainte en détournement de mineure. Il y a des moments de la vie où une sorte de beauté naît de la multiplicité des ennuis qui nous assaillent, enchevêtrés comme des leitmotive wagnériens, de la notion aussi, émergente alors, que les événements ne sont pas situés dans l'ensemble des reflets peints dans le pauvre petit miroir que porte devant elle l'intelligence et qu'elle appelle l'avenir, qu'ils sont en dehors et surgissent aussi brusquement que quelqu'un qui vient constater un flagrant délit. Déjà, laissé à lui-même, un événement se modifie, soit que l'échec nous l'amplifie ou que la satisfaction le réduise. Mais il est rarement seul. Les sentiments excités par chacun se contrarient, et c'est dans une certaine mesure, comme je l'éprouvai en allant chez le chef de la Sûreté, un révulsif au moins momentané et assez agissant des tristesses sentimentales que la peur. Je trouvai à la Sûreté les parents qui m'insultèrent, me rendirent en me disant : « Nous ne mangeons pas de ce pain-là » les cinq cents francs que je ne voulais pas reprendre, et le chef de la Sûreté qui, se proposant comme inimitable exemple la facilité des présidents d'assises à « reparties », prélevait un mot de chaque phrase que je disais, mot qui lui servait à en faire une spirituelle et accablante réponse. De mon innocence dans le fait il ne fut même pas question, car c'est la seule hypothèse que personne ne voulut admettre un instant. Néanmoins les difficultés de l'inculpation firent que je m'en tirai avec ce savon, extrêmement violent tant que les parents furent là. Mais dès qu'ils furent partis, le chef de la Sûreté, qui aimait les petites filles, changea de ton et, me réprimandant comme un compère : « Une autre fois, il faut être plus adroit. Dame, on ne fait pas des levages aussi brusquement que ça, ou ça rate. D'ailleurs vous trouverez partout des petites filles mieux que celle-là, et pour bien moins cher. La somme était follement exagérée. » Je sentais tellement qu'il ne me comprendrait pas si j'essayais de lui expliquer la vérité, que je profitai sans mot dire de la permission qu'il me donna de me retirer. Tous les passants, jusqu'à ce que je fusse rentré, me parurent des inspecteurs chargés d'épier mes faits et gestes. Mais ce leitmotiv-là, de même que celui de la colère contre Bloch, s'éteignit pour ne plus laisser place qu'à celui du départ d'Albertine. Or celui-là reprenait, mais sur un mode presque joyeux depuis que Saint-Loup était parti. Depuis qu'il s'était chargé d'aller voir Mme Bontemps, le poids de l'affaire ne reposait plus sur mon esprit surmené, mais sur Saint-Loup, une allégresse m'avait même soulevé au moment de son départ, parce que j'avais pris une décision : « J'ai répondu du tac au tac. » Et mes souffrances avaient été dispersées. Je croyais que c'était pour avoir agi, je le croyais de bonne foi, car on ne sait jamais ce qui se cache dans notre âme. Au fond, ce qui me rendait heureux, ce n'était pas de m'être déchargé de mes indécisions sur Saint-Loup, comme je le croyais. Je ne me trompais pas du reste absolument ; le spécifique pour guérir un événement malheureux (les trois quarts des événements le sont) c'est une décision ; car elle a pour effet, par un brusque renversement de nos pensées, d'interrompre le flux de celles qui viennent de l'événement passé et dont elles prolongent la vibration, de le briser par un flux inverse de pensées inverses, venu du dehors, de l'avenir. Mais ces pensées nouvelles nous sont surtout bienfaisantes (et c'était le cas pour celles qui m'assiégeaient en ce moment) quand, du fond de cet avenir, c'est une espérance qu'elles nous apportent. Ce qui, au fond, me rendait si heureux, c'était la certitude secrète que la mission de Saint-Loup ne pouvant échouer, Albertine ne pouvait manquer de revenir. Je le compris ; car n'ayant pas reçu dès le premier jour de réponse de Saint-Loup, je recommençai à souffrir. Ma décision, ma remise à lui de mes pleins pouvoirs, n'étaient donc pas la cause de ma joie qui sans cela eût duré, mais le : « La réussite est sûre » que j'avais pensé quand je disais : « Advienne que pourra. » Et la pensée, éveillée par son retard, qu'en effet autre chose que la réussite pouvait advenir m'était si odieuse que j'avais perdu ma gaieté. C'est en réalité notre prévision, notre espérance d'événements heureux qui nous gonfle d'une joie que nous attribuons à d'autres causes, et qui cesse pour nous laisser retomber dans le chagrin si nous ne sommes plus si assurés que ce que nous désirons se réalisera. C'est toujours une invisible croyance qui soutient l'édifice de notre monde sensitif, et privé de quoi il chancelle. Nous avons vu qu'elle faisait pour nous la valeur ou la nullité des êtres, l'ivresse ou l'ennui de les voir. Elle fait de même la possibilité de supporter un chagrin qui nous semble médiocre simplement parce que nous sommes persuadés qu'il va y être mis fin, ou son brusque agrandissement jusqu'à ce qu'une présence vaille autant, parfois même plus que notre vie. Une chose du reste acheva de rendre ma douleur au cœur aussi aiguë qu'elle avait été la première minute et qu'il faut bien avouer qu'elle n'était plus. Ce fut de relire une phrase de la lettre d'Albertine. Nous avons beau aimer les êtres, la souffrance de les perdre, quand dans l'isolement nous ne sommes plus qu'en face d'elle à qui notre esprit donne dans une certaine mesure la forme qu'il veut, cette souffrance est supportable et différente de celle moins humaine, moins nôtre, aussi imprévue et bizarre qu'un accident dans le monde moral et dans la région du cœur — qui a pour cause moins directement les êtres eux-mêmes que la façon dont nous avons appris que nous ne les verrions plus. Albertine, je pouvais penser à elle en pleurant doucement, en acceptant de ne pas plus la voir ce soir qu'hier ; mais relire : « Ma décision est irrévocable », c'était autre chose, c'était comme prendre un médicament dangereux qui m'eût donné une crise cardiaque à laquelle on peut ne pas survivre. Il y a dans les choses, dans les événements, dans les lettres de rupture un péril particulier qui amplifie et dénature la douleur même que les êtres peuvent nous causer. Mais cette souffrance dura peu. J'étais malgré tout si sûr du succès de l'habileté de Saint-Loup, le retour d'Albertine me parut une chose si certaine, que je me demandai si j'avais eu raison de le souhaiter. Pourtant je m'en réjouissais.

J'allais[1] acheter avec les automobiles le plus beau yacht qui existât alors. Il était à vendre, mais si cher qu'on ne trouvait pas d'acheteur. D'ailleurs, une fois acheté, à supposer même que nous ne fissions que des croisières de quatre mois, il coûterait plus de deux cent mille francs par an d'entretien. C'était sur un pied de plus d'un demi-million annuel que nous allions vivre. Pourrais-je le soutenir plus de sept ou huit ans ? Mais qu'importe, quand je n'aurais plus que cinquante mille francs de rente, je pourrais les laisser à Albertine et me tuer. C'est la décision que je pris. Elle me fit penser à *moi*. Or comme le moi vit incessamment en pensant une quantité de choses, qu'il n'est que la pensée de ces choses, quand par hasard au lieu d'avoir devant lui ces choses il pense tout d'un coup à soi-même, il ne trouve qu'un appareil vide, quelque chose qu'il ne connaît pas, auquel, pour lui donner quelque réalité, il ajoute le souvenir d'une figure aperçue dans la glace. Ce drôle de sourire, ces moustaches inégales, c'est cela qui disparaîtra de la surface de la terre. Quand je me tuerais dans cinq ans, ce serait fini pour moi de pouvoir penser toutes ces choses qui défilaient sans cesse dans mon esprit. Je ne serais plus sur la surface de la terre et je n'y reviendrais jamais, ma pensée s'arrêterait pour toujours. Et mon moi me parut encore plus nul, de le voir déjà comme quelque chose qui n'existe plus. Comment pourrait-il être difficile de sacrifier à celle vers laquelle notre pensée est constamment tendue (celle que nous aimons), de lui sacrifier cet autre être auquel nous ne pensons jamais : nous-même ? Aussi cette pensée de ma mort me parut par là, comme la notion de mon moi, singulière ; elle ne me fut nullement désagréable. Tout d'un coup je la trouvai affreusement triste ; c'est parce qu'ayant pensé que si je ne pouvais disposer de plus d'argent, c'est parce que mes parents vivaient, je pensai soudain à ma mère. Et je ne pus supporter l'idée de ce qu'elle souffrirait après ma mort.

Malheureusement pour moi qui croyais l'affaire de la Sûreté finie, Françoise vint m'annoncer qu'un inspecteur était venu s'informer si je n'avais pas l'habitude d'avoir des jeunes filles chez moi, que le concierge croyant qu'on parlait d'Albertine avait répondu que si, et que depuis ce moment la maison semblait surveillée. Dès lors il me serait à jamais impossible de faire venir une petite fille dans mes chagrins pour me consoler, sans risquer d'avoir la honte devant elle qu'un inspecteur surgît et qu'elle me prît pour un malfaiteur. Et du même coup je compris combien on vit plus pour certains rêves qu'on ne croit, car cette impossibilité de bercer jamais une petite fille me parut ôter à la vie toute valeur à jamais ; mais de plus je compris combien il est compréhensible que les gens aisément refusent la fortune et risquent la mort, alors qu'on se figure que l'intérêt et la peur de mourir mènent le monde. Car si j'avais pensé que même une petite fille inconnue pût avoir, par l'arrivée d'un homme de la police, une idée honteuse de moi, combien j'aurais mieux aimé me tuer ! Il n'y avait même pas de comparaison possible entre les deux souffrances. Or dans la vie les gens ne réfléchissent jamais que ceux à qui ils offrent de l'argent, qu'ils menacent de mort, peuvent avoir une maîtresse,

ou même simplement un camarade, à l'estime de qui ils
tiennent, même si ce n'est pas à la leur propre. Mais tout à
coup, par une confusion dont je ne m'avisai pas (je ne songeai
pas en effet qu'Albertine étant majeure pouvait habiter chez
moi et même être ma maîtresse), il me sembla que le
détournement de mineures pouvait s'appliquer aussi à Albertine. Alors la vie me parut barrée de tous les côtés. Et en
pensant que je n'avais pas vécu chastement avec elle, je trouvai,
dans la punition qui m'était infligée pour avoir bercé une petite
fille inconnue, cette relation qui existe presque toujours dans
les châtiments humains, et qui fait qu'il n'y a presque jamais ni
condamnation juste, ni erreur judiciaire, mais une espèce
d'harmonie entre l'idée fausse que se fait le juge d'un acte
innocent et les faits coupables qu'il a ignorés. Mais alors, en
pensant que le retour d'Albertine pouvait amener pour moi
une condamnation infamante qui me dégraderait à ses yeux et
peut-être lui ferait à elle-même un tort qu'elle ne me
pardonnerait pas, je cessai de souhaiter ce retour, il m'épou-
vanta. J'aurais voulu lui télégraphier de ne pas revenir. Et
aussitôt, noyant tout le reste, le désir passionné qu'elle revînt
m'envahit. C'est qu'ayant envisagé un instant la possibilité de
lui dire de ne pas revenir et de vivre sans elle, tout d'un coup je
me sentis au contraire prêt à sacrifier tous les voyages, tous les
plaisirs, tous les travaux, pour qu'Albertine revînt !

Ah ! combien mon amour pour Albertine, dont j'avais cru
que je pourrais prévoir le destin d'après celui que j'avais eu
pour Gilberte, s'était développé en parfait contraste avec ce
dernier ! Combien rester sans la voir m'était impossible ! Et
pour chaque acte, même le plus minime, mais qui baignait
auparavant dans l'atmosphère heureuse qu'était la présence
d'Albertine, il me fallait chaque fois, à nouveaux frais, avec la
même douleur, recommencer l'apprentissage de la séparation.
Puis la concurrence des autres formes de la vie rejetait dans
l'ombre cette nouvelle douleur ; et pendant ces jours-là, qui
furent les premiers du printemps, j'eus même, en attendant que
Saint-Loup pût voir Mme Bontemps, à imaginer Venise et de
belles femmes inconnues, quelques moments de calme agréable. Dès que je m'en aperçus, je sentis en moi une terreur

panique. Ce calme que je venais de goûter, c'était la première apparition de cette grande force intermittente, qui allait lutter en moi contre la douleur, contre l'amour, et finirait par en avoir raison. Ce dont je venais d'avoir l'avant-goût et d'apprendre le présage, c'était, pour un instant seulement, ce qui plus tard serait chez moi un état permanent, une vie où je ne pourrais plus souffrir pour Albertine, où je ne l'aimerais plus. Et mon amour qui venait de reconnaître le seul ennemi par lequel il pût être vaincu, l'oubli, se mit à frémir, comme un lion qui dans la cage où on l'a enfermé a aperçu tout d'un coup le serpent python qui le dévorera.

Je pensais tout le temps à Albertine, et jamais Françoise en entrant dans ma chambre ne me disait assez vite : « Il n'y a pas de lettres » pour abréger l'angoisse. Mais de temps en temps je parvenais, en faisant passer tel ou tel courant d'idées au travers de mon chagrin, à renouveler, à aérer un peu l'atmosphère viciée de mon cœur ; mais le soir, si je parvenais à m'endormir, alors c'était comme si le souvenir d'Albertine avait été le médicament qui m'avait procuré le sommeil, et dont l'influence, en cessant, m'éveillerait. Je pensais tout le temps à Albertine en dormant. C'était un sommeil spécial à elle qu'elle me donnait et où du reste je n'aurais plus été libre, comme pendant la veille, de penser à autre chose. Le sommeil, son souvenir, c'étaient les deux substances mêlées qu'on nous fait prendre à la fois pour dormir. Réveillé, du reste, ma souffrance allait en augmentant chaque jour au lieu de diminuer. Non que l'oubli n'accomplît son œuvre, mais là même il favorisait l'idéalisation de l'image regrettée, et par là l'assimilation de ma souffrance initiale à d'autres souffrances analogues qui la renforçaient. Encore cette image était-elle supportable. Mais si tout d'un coup je pensais à sa chambre, à sa chambre où le lit restait vide, à son piano, à son automobile, je perdais toute force, je fermais les yeux, j'inclinais ma tête sur l'épaule gauche comme ceux qui vont défaillir. Le bruit des portes me faisait presque aussi mal, parce que ce n'était pas elle qui les ouvrait. Quand il put y avoir un télégramme de Saint-Loup, je n'osai pas demander : « Est-ce qu'il y a un télégramme ? » Il en vint un enfin, mais qui ne faisait que tout reculer, me disant : « Ces dames sont parties pour trois jours. »

Sans doute si j'avais supporté les quatre jours qu'il y avait déjà depuis qu'elle était partie, c'était parce que je me disais : « Ce n'est qu'une affaire de temps, avant la fin de la semaine elle sera là. » Mais cette raison n'empêchait pas que pour mon cœur, pour mon corps, l'acte à accomplir était le même : vivre sans elle, rentrer chez moi sans la trouver, passer devant la porte de sa chambre — l'ouvrir, je n'avais pas encore le courage — en sachant qu'elle n'y était pas, me coucher sans lui avoir dit bonsoir, voilà les choses que mon cœur avait dû accomplir dans leur terrible intégralité et tout de même que si je n'avais pas dû revoir Albertine. Or que maintenant il l'eût accompli déjà quatre fois prouvait qu'il était capable de continuer à l'accomplir. Et bientôt peut-être la raison qui m'aidait à continuer ainsi à vivre — le prochain retour d'Albertine —, je cesserais d'en avoir besoin (je pourrais me dire : « Elle ne reviendra jamais », et vivre tout de même comme j'avais déjà fait pendant quatre jours), comme un blessé qui a repris l'habitude de la marche et peut se passer de ses béquilles. Sans doute le soir en rentrant je trouvais encore, m'ôtant la respiration, m'étouffant du vide de la solitude, les souvenirs, juxtaposés en une interminable série, de tous les soirs où Albertine m'attendait ; mais déjà je trouvais aussi le souvenir de la veille, de l'avant-veille et des deux soirs précédents, c'est-à-dire le souvenir des quatre soirs écoulés depuis le départ d'Albertine, pendant lesquels j'étais resté sans elle, seul, où cependant j'avais vécu, quatre soirs déjà, faisant une bande de souvenirs bien mince à côté de l'autre, mais que chaque jour qui s'écoulerait allait peut-être étoffer. Je ne dirai pas la lettre de déclaration que je reçus à ce moment-là d'une nièce de Mme de Guermantes, qui passait pour la plus jolie jeune fille de Paris, et la démarche que fit auprès de moi le duc de Guermantes de la part des parents résignés, pour le bonheur de leur fille, à l'inégalité du parti, à une semblable mésalliance. De tels incidents qui pourraient être sensibles à l'amour-propre sont trop douloureux quand on aime. On aurait le désir et on n'aurait pas l'indélicatesse de les faire connaître à celle qui porte sur nous un jugement moins favorable, qui ne serait du reste pas modifié si elle apprenait qu'on peut être l'objet d'un tout différent. Ce que m'écrivait la nièce du duc n'eût pu qu'impatienter Albertine.

Depuis le moment où j'étais éveillé et où je reprenais mon chagrin à l'endroit où j'en étais resté avant de m'endormir, comme un livre un instant fermé et qui ne me quitterait plus jusqu'au soir, ce ne pouvait jamais être qu'à une pensée concernant Albertine que venaient se raccorder pour moi toutes sensations, qu'elles me vinssent du dehors ou du dedans. On sonnait : c'est une lettre d'elle, c'est elle-même peut-être ! Si je me sentais bien portant, pas trop malheureux, je n'étais plus jaloux, je n'avais plus de griefs contre elle, j'aurais voulu vite la revoir, l'embrasser, passer gaiement toute ma vie avec elle. Lui télégraphier : « Venez vite » me semblait devenu une chose toute simple, comme si mon humeur nouvelle avait changé non pas seulement mes dispositions, mais les choses hors de moi, les avait rendues plus faciles. Si j'étais d'humeur sombre, toutes mes colères contre elle renaissaient, je n'avais plus envie de l'embrasser, je sentais l'impossibilité d'être jamais heureux par elle, je ne voulais plus que lui faire du mal et l'empêcher d'appartenir aux autres. Mais de ces deux humeurs opposées le résultat était identique, il fallait qu'elle revînt au plus tôt. Et pourtant, quelque joie que pût me donner au moment même ce retour, je sentais que bientôt les mêmes difficultés se présenteraient, et que la recherche du bonheur dans la satisfaction du désir moral était aussi naïve que l'entreprise d'atteindre l'horizon en marchant devant soi. Plus le désir avance, plus la possession véritable s'éloigne. De sorte que, si le bonheur, ou du moins l'absence de souffrances, peut être trouvé, ce n'est pas la satisfaction mais la réduction progressive, l'extinction finale du désir qu'il faut chercher. On cherche à voir ce qu'on aime, on devrait chercher à ne pas le voir, l'oubli seul finit par amener l'extinction du désir. Et j'imagine que si un écrivain émettait des vérités de ce genre, il dédierait le livre qui les contiendrait à une femme dont il se plairait ainsi à se rapprocher, lui disant : « Ce livre est le tien. » Et ainsi, disant des vérités dans son livre, il mentirait dans sa dédicace, car il ne tiendra à ce que le livre soit à cette femme que comme à lui cette pierre qui vient d'elle, et qui ne lui sera chère qu'autant qu'il aimera la femme. Les liens entre un être et nous n'existent que dans notre pensée. La mémoire en s'affaiblissant les relâche, et malgré l'illusion dont nous voudrions être dupes, et dont par amour, par amitié, par politesse, par respect humain, par devoir, nous dupons les autres, nous existons seuls. L'homme est l'être qui ne peut sortir de soi, qui ne connaît les autres qu'en soi, et, en disant le contraire, ment. Et j'aurais eu si peur, si on avait été capable de le faire, qu'on m'ôtât ce besoin d'elle, cet amour d'elle, que je me persuadais qu'il était précieux pour ma vie. Pouvoir entendre prononcer, sans charme et sans souffrance, les noms des stations par où le train passait pour aller en Touraine, m'eût semblé une diminution de moi-même (simplement au fond parce que cela eût prouvé qu'Albertine me devenait indifférente); il était bien, me disais-je, qu'en me demandant sans cesse ce qu'elle pouvait faire, penser, vouloir, à chaque instant, si elle comptait, si elle allait revenir, je tinsse ouverte cette porte de communication que l'amour avait pratiquée en moi, et sentisse la vie d'une autre submerger, par des écluses ouvertes, le réservoir qui n'aurait pas voulu redevenir stagnant. Bientôt, le silence de Saint-Loup se prolongeant, une anxiété secondaire — l'attente d'un télégramme, d'un téléphonage de Saint-Loup — masqua la première, l'inquiétude du résultat, savoir si Albertine reviendrait. Épier chaque bruit dans l'attente du télégramme me devenait si intolérable qu'il me semblait que, quel qu'il fût, l'arrivée de ce télégramme, qui était la seule chose à laquelle je pensais maintenant, mettrait fin à mes souffrances[1]. Mais quand j'eus reçu enfin un télégramme de Robert, où il me disait qu'il avait vu Mme Bontemps mais malgré toutes ses précautions avait été vu par Albertine, que cela avait fait tout manquer, j'éclatai de fureur et de désespoir, car c'était là ce que j'avais voulu avant tout éviter[2]. Connu d'Albertine, le voyage de Saint-Loup me donnait un air de tenir à elle qui ne pouvait que l'empêcher de revenir, et dont l'horreur d'ailleurs était tout ce que j'avais gardé de la fierté que mon amour avait au temps de Gilberte et qu'il avait perdue. Je maudissais Robert, puis me dis que si ce moyen avait échoué, j'en prendrais un autre ; puisque l'homme peut agir sur le monde extérieur, comment, en faisant jouer la ruse, l'intelligence, l'intérêt, l'affection, n'arriverais-je pas à supprimer cette chose atroce : l'absence d'Albertine ? On croit que selon son désir on changera autour de soi les choses, on le croit parce que, hors de là, on ne voit aucune solution favorable. On ne pense pas à celle qui se produit le plus souvent et qui est favorable aussi : nous n'arrivons pas à changer les choses selon notre désir, mais peu à peu notre désir change. La situation que nous espérions changer parce qu'elle nous était insupportable nous devient indifférente. Nous n'avons pas pu surmonter l'obstacle, comme nous le voulions absolument, mais la vie nous l'a fait tourner, dépasser, et c'est à peine alors si en nous retournant vers le lointain du passé nous pouvons l'apercevoir, tant il est devenu imperceptible.

J'entendis à l'étage au-dessus du nôtre des airs de *Manon* joués par une voisine. J'appliquai leurs paroles que je connaissais à Albertine et à moi, et je fus rempli d'un sentiment si profond que je me mis à pleurer. C'était :

> *Hélas, l'oiseau qui fuit ce qu'il croit l'esclavage,*
> *Le plus souvent, la nuit*
> *D'un vol désespéré revient battre au vitrage,*

et la mort de Manon :

> *Manon, réponds-moi donc ! Seul amour de mon âme,*
> *Je n'ai su qu'aujourd'hui la bonté de ton cœur*[1].

Puisque Manon revenait à Des Grieux, il me semblait que j'étais pour Albertine le seul amour de sa vie. Hélas, il est probable que si elle avait entendu en ce moment le même air, ce n'eût pas été moi qu'elle eût chéri sous le nom de Des Grieux, et si elle en avait eu seulement l'idée, mon souvenir l'eût empêchée de s'attendrir en écoutant cette musique qui rentrait pourtant bien, quoique mieux écrite et plus fine, dans

le genre de celle qu'elle aimait[1]. Pour moi, je n'eus pas le
courage de m'abandonner à la douceur de penser qu'Albertine
m'appelait « seul amour de mon âme » et avait reconnu qu'elle
s'était méprise sur ce qu'elle « avait cru l'esclavage ». Je savais
qu'on ne peut lire un roman sans donner à l'héroïne les traits
de celle qu'on aime. Mais la fin du livre a beau être heureuse,
notre amour n'a pas fait un pas de plus, et, quand nous l'avons
fermé, celle que nous aimons et qui est enfin venue à nous dans
le roman ne nous aime pas davantage dans la vie. Furieux, je
télégraphiai à Saint-Loup de revenir au plus vite à Paris, pour
éviter au moins l'apparence de mettre une insistance aggra-
vante dans une démarche que j'aurais tant voulu cacher.

Ma[2] conviction était qu'Albertine n'était pas auprès de sa
tante, mais cachée chez la pâtissière où nous avions été goûter
si peu de temps avant son départ. Je retournai goûter chez la
pâtissière, la flattai des promesses d'une affection que je
ressentais à ce moment pour elle où elle pouvait tant pour moi,
je lui demandai en grâce à visiter toute sa maison. Elle y
consentit. Mais ceci était en réparation, là on me faisait
attendre pour mettre tout en ordre, il y avait tout le temps que
mon amie changeât de pièce au fur et à mesure que j'y
entrerais. Enfin, dans une, elle me dit qu'était malade une
petite qu'elle avait adoptée. J'insistai. « Non, vous la réveille-
rez. » Enfin elle me fit entrer, la baisa au front sans la réveiller.
Ce n'était pas Albertine. Mais, en face, je vis une pièce aux
rideaux fermés qu'on ne m'ouvrit pas parce qu'on n'avait pas
la clef ; je suppliai, offris de faire chercher un serrurier. Ce fut
en vain, et je restai persuadé que derrière ce rideau était
Albertine.

Mais avant même que Saint-Loup fût revenu selon mes
instructions, c'est d'Albertine elle-même que je reçus ce
télégramme :

« Mon ami, vous avez envoyé votre ami Saint-Loup à ma
tante, ce qui était insensé. Mon cher ami, si vous aviez besoin
de moi, pourquoi ne pas m'avoir écrit directement, j'aurais été
trop heureuse de revenir. Ne recommencez plus ces démarches
absurdes. »

« J'aurais été trop heureuse de revenir ! » Si elle disait cela, c'est donc qu'elle regrettait d'être partie, qu'elle ne cherchait qu'un prétexte pour revenir. Donc je n'avais qu'à faire ce qu'elle me disait, à lui écrire que j'avais besoin d'elle, et elle reviendrait. J'allais donc la revoir, elle, l'Albertine de Balbec (car depuis son départ, elle l'était redevenue pour moi. Comme un coquillage auquel on ne fait plus attention quand on l'a toujours sur sa commode, une fois qu'on s'en est séparé pour le donner, ou l'ayant perdu et qu'on pense à lui, ce qu'on ne faisait plus, elle me rappelait toute la beauté joyeuse des montagnes bleues de la mer). Et ce n'est pas seulement elle qui était devenue un être d'imagination, c'est-à-dire désirable, mais la vie avec elle qui était devenue une vie imaginaire, c'est-à-dire affranchie de toutes difficultés, de sorte que je me disais : « Comme nous allons être heureux ! » Mais, du moment que j'avais l'assurance de ce retour, il ne fallait pas avoir l'air de le hâter, mais au contraire effacer le mauvais effet de la démarche de Saint-Loup, que je pourrais toujours plus tard désavouer en disant qu'il avait agi de lui-même, parce qu'il avait toujours été partisan de ce mariage. Cependant, je relisais sa lettre et j'étais tout de même déçu du peu qu'il y a d'une personne dans une lettre. Sans doute les caractères tracés expriment notre pensée, ce que font aussi nos traits, c'est toujours en présence d'une pensée que nous nous trouvons. Mais, tout de même, dans la personne, la pensée ne nous apparaît qu'après s'être diffusée dans cette corolle du visage, épanouie comme un nymphéa. Cela la modifie tout de même beaucoup. Et c'est peut-être une des causes de nos perpétuelles déceptions en amour que ces perpétuelles déviations qui font que, à l'attente de l'être idéal que nous aimons, chaque rendez-vous nous apporte une personne de chair qui contient déjà si peu de notre rêve. Et puis, quand nous réclamons quelque chose de cette personne, nous recevons d'elle une lettre où même de la personne il reste très peu, comme dans les lettres de l'algèbre il ne reste plus la détermination des chiffres de l'arithmétique, lesquels déjà ne contiennent plus les qualités des fruits ou des fleurs additionnés. Et pourtant, « amour », « être aimé », ses lettres, c'est peut-être tout de même des traductions, si insatisfaisant qu'il soit de passer de l'une à l'autre, de la même réalité, puisque la lettre ne nous semble insuffisante qu'en la lisant, mais que nous suons mort et passion tant qu'elle n'arrive pas, et qu'elle suffit à calmer notre angoisse, sinon à remplir avec ses petits signes noirs notre désir qui sent qu'il n'y a là tout de même que l'équivalence d'une parole, d'un sourire, d'un baiser, non ces choses mêmes. D'ailleurs[1] chaque fois que je relisais cette lettre je la trouvais autre. Me la rappelant décevante, des mots enchanteurs m'y frappaient qui ne m'avaient pas paru tels. Et de cette dernière lecture, le souvenir confiant que je gardais avait disparu quand je la lisais à nouveau. Ainsi toutes choses se teintent différemment, selon que les éclaire l'aurore, ou la flamme du foyer, ou l'abat-jour violet de l'orage, ou l'innombrable cristal terni de l'averse. J'écrivis à Albertine :

« Mon amie[2], j'allais justement vous écrire, et je vous remercie de me dire que, si j'avais eu besoin de vous, vous seriez accourue, c'est bien de votre part de comprendre d'une façon aussi élevée le dévouement à un ancien ami et mon estime pour vous ne peut qu'en être accrue. Mais non, je ne vous l'avais pas demandé et je ne vous le demanderai pas ; nous revoir, au moins d'ici bien longtemps, ne vous serait peut-être pas pénible, jeune fille insensible. À moi, que vous avez cru parfois si indifférent, cela le serait beaucoup. La vie nous a séparés. Vous avez pris une décision que je crois très sage et que vous avez prise au moment voulu, avec un pressentiment merveilleux, car vous êtes partie le lendemain du jour où je venais de recevoir l'assentiment de ma mère de demander votre main. Je vous l'aurais dit à mon réveil, quand j'ai eu sa lettre (en même temps que la vôtre !). Peut-être auriez-vous eu peur de me faire de la peine en partant là-dessus. Et nous aurions peut-être lié nos vies pour ce qui aurait été pour nous, qui sait, le malheur. Si cela avait dû être, soyez bénie pour votre sagesse. Nous en perdrions tout le fruit en nous revoyant. Ce n'est pas que ce ne serait pas pour moi une tentation. Mais je n'ai pas grand mérite à y résister. Vous savez l'être inconstant que je suis et comme j'oublie vite. Aussi je ne suis pas bien à plaindre. Vous me l'avez dit souvent, je suis surtout un homme d'habitudes. Celles que je commence à prendre sans vous ne sont pas encore bien fortes. Évidemment, en ce moment, celles que j'avais avec vous et que votre départ a troublées sont encore les plus fortes. Elles ne le seront plus bien longtemps. Même, à cause de cela, j'avais pensé à profiter de ces quelques derniers jours où nous voir ne serait pas encore pour moi ce qu'il serait dans une quinzaine, plus tôt peut-être, un (pardonnez-moi ma franchise), un dérangement, j'avais pensé à en profiter avant l'oubli final, pour régler avec vous de petites questions matérielles où vous auriez pu, bonne et charmante amie, rendre service à celui qui s'est cru cinq minutes votre fiancé. Comme je ne doutais pas de l'approbation de ma mère, comme d'autre part je désirais que nous ayons chacun toute cette liberté dont vous m'aviez trop gentiment et abondamment fait un sacrifice qui se pouvait admettre pour une vie en commun de quelques semaines, mais qui serait devenu aussi odieux à vous qu'à moi maintenant que nous devions passer toute notre vie ensemble (cela me fait presque de la peine en vous écrivant de penser que cela a failli être, qu'il s'en est fallu de quelques secondes), j'avais pensé à organiser notre existence de la façon la plus indépendante possible ; et pour commencer j'avais voulu que vous eussiez ce yacht où vous auriez pu voyager pendant que, trop souffrant, je vous eusse attendue au port ; j'avais écrit à Elstir[1] pour lui demander conseil, comme vous aimez son goût. Et pour la terre, j'avais voulu que vous eussiez votre automobile à vous, rien qu'à vous, dans laquelle vous sortiriez, voyageriez, à votre fantaisie. Le yacht était déjà presque prêt, il s'appelle, selon votre désir exprimé à Balbec, *Le Cygne*. Et me rappelant que vous préfériez à toutes les autres les voitures Rolls, j'en avais commandé une. Or, maintenant que nous ne nous verrons plus jamais, comme je n'espère pas de vous faire accepter le bateau ni la voiture, devenus inutiles — pour moi ils ne pourraient servir à rien —, j'avais donc pensé, comme je les avais commandés à un intermédiaire mais en donnant votre nom, que vous pourriez peut-être en les décommandant, vous, m'éviter ce yacht et cette voiture inutiles[2]. Mais pour cela et pour bien d'autres choses, il aurait fallu causer. Or je trouve que tant que je serai susceptible de vous réaimer, ce qui ne durera plus longtemps, il serait fou, pour un bateau à voiles et une Rolls Royce, de nous voir et de jouer le bonheur de votre vie — puisque vous estimez qu'il est de vivre loin de moi. Non, je préfère garder la Rolls et même le yacht. Et comme je ne me servirai pas d'eux et qu'ils ont chance de rester toujours, l'un au port, ancré, désarmé, l'autre à l'écurie, je ferai graver sur le ... du yacht (mon Dieu, je n'ose pas mettre un nom de pièce inexact et commettre une hérésie qui vous choquerait) ces vers de Mallarmé que vous aimiez — vous vous rappelez, c'est la poésie qui commence par : " Le vierge, le vivace et le bel aujourd'hui". Hélas, aujourd'hui n'est plus ni vierge, ni beau[1]. Mais ceux qui, comme moi, savent qu'ils en feront bien vite un "demain" supportable ne sont guère supportables. Quant à la Rolls, elle eût mérité plutôt ces autres vers du même poète, que vous disiez ne pas pouvoir comprendre :

> *Tonnerre et rubis aux moyeux*
> *Dis si je ne suis pas joyeux*
> *De voir dans l'air que ce feu troue*

> *Flamber les royaumes épars*
> *Que mourir pourpre la roue*
> *Du seul vespéral de mes chars*[2].

« Adieu pour toujours, ma petite Albertine, et merci encore de la bonne promenade que nous fîmes ensemble la veille de notre séparation. J'en garde un bien bon souvenir.

« P.-S. Je ne réponds pas à ce que vous me dites de prétendues propositions que Saint-Loup (que je ne crois d'ailleurs nullement en Touraine) aurait faites à votre tante. C'est du Sherlock Holmes. Quelle idée vous faites-vous de moi ? »

Sans doute, de même que j'avais dit autrefois à Albertine : « Je ne vous aime pas », pour qu'elle m'aimât, « J'oublie quand je ne vois pas les gens », pour qu'elle me vît très souvent, « J'ai décidé de vous quitter », pour prévenir toute idée de séparation — maintenant c'était parce que je voulais absolument qu'elle revînt dans les huit jours que je lui disais : « Adieu pour toujours », c'est parce que je voulais la revoir que je lui disais :

« Je trouverais dangereux de vous voir », c'est parce que vivre séparé d'elle me semblait pire que la mort que je lui écrivais : « Vous avez eu raison, nous serions malheureux ensemble. » Hélas, cette lettre feinte, en l'écrivant pour avoir l'air de ne pas tenir à elle (seule fierté qui restât de mon ancien amour pour Gilberte dans mon amour pour Albertine), et aussi pour la douceur de dire certaines choses qui ne pouvaient émouvoir que moi et non elle, j'aurais dû d'abord prévoir qu'il était possible qu'elle eût pour effet une réponse consacrant ce que je disais, c'est-à-dire négative, qu'il était même probable que ce serait, car, Albertine eût-elle été moins intelligente qu'elle n'était, ce que je disais, elle n'eût pas douté un instant que c'était faux. Sans s'arrêter aux intentions que j'énonçais dans cette lettre, le seul fait que je l'écrivisse, n'eût-il même pas succédé à la démarche de Saint-Loup, suffisait pour lui prouver que je désirais qu'elle revînt, et pour lui conseiller de me laisser m'enferrer dans l'hameçon de plus en plus. Puis, après avoir prévu la possibilité d'une réponse négative, j'aurais dû toujours prévoir que, brusquement, cette réponse me rendrait dans sa plus extrême vivacité mon amour pour Albertine. Et j'aurais dû, toujours avant d'envoyer ma lettre, me demander si, au cas où Albertine répondrait sur le même ton et ne voudrait pas revenir, je serais assez maître de ma douleur pour me forcer à rester silencieux, à ne pas lui télégraphier : « Revenez » ou lui envoyer quelque autre émissaire, ce qui, après lui avoir écrit que nous ne nous reverrions pas, était lui montrer avec la dernière évidence que je ne pouvais me passer d'elle, aboutirait à ce qu'elle refusât plus énergiquement encore, puis à ce que, ne pouvant plus supporter mon angoisse, je partisse chez elle, qui sait peut-être sans même être reçu. Et sans doute, c'eût été après trois énormes maladresses la pire de toutes, après laquelle il n'y avait plus qu'à me tuer devant sa maison. Mais la manière désastreuse dont est construit l'univers psychopathologique veut que l'acte maladroit, l'acte qu'il faudrait avant tout éviter, soit justement l'acte calmant, l'acte qui, ouvrant pour nous, jusqu'à ce que nous en sachions le résultat, de nouvelles perspectives d'espérance, nous débarrasse momentanément de la douleur intolérable que le refus a fait naître en nous. De sorte que, quand la douleur est trop forte, nous nous précipitons dans la maladresse qui consiste à écrire, à faire prier par quelqu'un, à aller voir, à prouver qu'on ne peut se passer de celle qu'on aime.

Mais je ne prévis rien de tout cela. Le résultat de cette lettre me paraissait être au contraire de faire revenir Albertine au plus vite. Aussi, en pensant à ce résultat, avais-je eu une grande douceur à écrire la lettre. Mais en même temps je n'avais cessé en écrivant de pleurer ; d'abord un peu de la même manière que le jour où j'avais joué la fausse séparation[1], parce que ces mots, me représentant l'idée qu'ils m'exprimaient quoiqu'ils tendissent à un but contraire, prononcés mensongèrement pour ne pas, par fierté, avouer que j'aimais, portaient en eux leur tristesse. Mais aussi parce que je sentais que cette idée avait de la vérité. Le temps passe, et peu à peu tout ce qu'on disait par mensonge devient vrai, je l'avais trop expérimenté avec Gilberte, l'indifférence que j'avais feinte quand je ne cessais de sangloter avait fini par se réaliser, peu à peu la vie, comme je le disais à Gilberte en une formule mensongère et qui rétrospectivement était devenue vraie, la vie nous avait séparés. Je me le rappelais, je me disais : « Si Albertine laisse passer quelques mois mes mensonges deviendront une vérité. Et maintenant que le plus dur est passé, ne serait-il pas à souhaiter qu'elle laissât passer ce mois ? Si elle revient, je renoncerai à la vie véritable que certes je ne suis pas en état de goûter encore, mais qui progressivement pourra commencer à présenter pour moi des charmes, tandis que le souvenir d'Albertine ira en s'affaiblissant. »

Le résultat de cette lettre me paraissant certain, je regrettai de l'avoir envoyée. Car en me représentant le retour en somme si aisé d'Albertine, brusquement toutes les raisons qui rendaient notre mariage une chose mauvaise pour moi revinrent avec toute leur force. J'espérais qu'elle refuserait de revenir. J'étais en train de calculer que ma liberté, tout l'avenir de ma vie étaient suspendus à son refus, que j'avais fait une folie d'écrire, que j'aurais dû reprendre ma lettre, hélas partie, quand Françoise, en me donnant aussi le journal qu'elle venait de monter, me la rapporta. Elle ne savait pas avec combien de

timbres elle devait l'affranchir. Mais aussitôt je changeai
d'avis : je souhaitais qu'Albertine ne revînt pas, mais je voulais
que cette décision vînt d'elle pour mettre fin à mon anxiété, et
je voulus rendre la lettre à Françoise.

J'ouvris le journal. Il annonçait la mort de la Berma. Alors
je me souvins des deux façons différentes dont j'avais écouté
Phèdre, et ce fut maintenant d'une troisième que je pensai à la
scène de la déclaration[1]. Il me semblait que ce que je m'étais si
souvent récité à moi-même et que j'avais écouté au théâtre,
c'était l'énoncé des lois que je devais expérimenter dans ma vie.
Il y a dans notre âme des choses auxquelles nous ne savons pas
combien nous tenons. Ou bien, si nous vivons sans elles, c'est
parce que nous remettons de jour en jour, par peur d'échouer
ou de souffrir, d'entrer en leur possession. C'est ce qui m'était
arrivé pour Gilberte quand j'avais cru renoncer à elle.
Qu'avant le moment où nous sommes tout à fait détachés de
ces choses, moment bien postérieur à celui où nous nous en
croyons détachés, par exemple que la jeune fille se fiance, nous
sommes fous, nous ne pouvons plus supporter la vie qui nous
paraissait si mélancoliquement calme. Ou bien si la chose est en
notre possession, nous croyons qu'elle nous est à charge, que
nous nous en déferions volontiers, c'est ce qui m'était arrivé
pour Albertine ; mais que par un départ l'être indifférent nous
soit retiré, et nous ne pouvons plus vivre. Or l'« argument » de
Phèdre ne réunissait-il pas les deux cas ? Hippolyte va partir.
Phèdre qui jusque-là a pris soin de s'offrir à son inimitié, par
scrupule dit-elle, ou plutôt lui fait dire le poète, plutôt parce
qu'elle ne voit pas à quoi elle arriverait et qu'elle ne se sent pas
aimée, Phèdre n'y tient plus. Elle vient lui avouer son amour,
et c'est la scène que je m'étais si souvent récitée :

On dit qu'un prompt départ vous éloigne de nous[2].

Sans doute cette raison du départ d'Hippolyte est accessoire,
peut-on penser, à côté de celle de la mort de Thésée. Et de
même quand quelques vers plus loin Phèdre fait un instant
semblant d'avoir été mal comprise :

... Aurais-je perdu tout le soin de ma gloire,

on peut croire que c'est parce qu'Hippolyte a repoussé sa déclaration :

> *Madame, oubliez-vous*
> *Que Thésée est mon père, et qu'il est votre époux[1] ?*

Mais il n'aurait pas eu cette indignation que, devant le bonheur atteint, Phèdre aurait pu avoir le même sentiment qu'il valait peu de chose. Mais dès qu'elle voit qu'il n'est pas atteint, qu'Hippolyte croit avoir mal compris et s'excuse, alors, comme moi quand je venais de rendre à Françoise ma lettre, elle veut que le refus vienne de lui, elle veut pousser jusqu'au bout sa chance :

... Ah ! cruel, tu m'as trop entendue[2].

Et il n'y a pas jusqu'aux duretés qu'on m'avait racontées de Swann envers Odette, ou de moi à l'égard d'Albertine, duretés qui substituèrent à l'amour antérieur un nouveau, fait de pitié, d'attendrissement, de besoin d'effusion et qui ne faisait que varier le premier, qui ne se trouvent aussi dans cette scène :

Tu me haïssais plus, je ne t'aimais pas moins.
Tes malheurs te prêtaient encore de nouveaux charmes[3].

La preuve que le « soin de sa gloire » n'est pas ce à quoi tient le plus Phèdre, c'est qu'elle pardonnerait à Hippolyte et s'arracherait aux conseils d'Œnone si elle n'apprenait à ce moment qu'Hippolyte aime Aricie[4]. Tant la jalousie, qui en amour équivaut à la perte de tout bonheur, est plus sensible que la perte de la réputation. C'est alors qu'elle laisse Œnone (qui n'est que le nom de la pire partie d'elle-même) calomnier Hippolyte sans se charger « du soin de le défendre »[5] et envoie ainsi celui qui ne veut pas d'elle à un destin dont les calamités ne la consolent d'ailleurs nullement elle-même, puisque sa mort volontaire suit de près la mort d'Hippolyte[6]. C'est du moins ainsi, en réduisant la part de tous les scrupules « jansénistes », comme eût dit Bergotte, que Racine a donnés à Phèdre pour la faire paraître moins coupable[1], que m'apparaissait cette scène, sorte de prophétie des épisodes amoureux de ma propre existence[2]. Ces réflexions n'avaient d'ailleurs rien changé à ma détermination et je rendis ma lettre à Françoise pour qu'elle la mît enfin à la poste, et avoir fait auprès d'Albertine cette tentative qui me paraissait indispensable depuis que j'avais appris qu'elle ne s'était pas effectuée. Et sans doute nous avons tort de croire que l'accomplissement de notre désir soit peu de chose, puisque dès que nous croyons qu'il peut ne pas l'être, nous y tenons de nouveau, et ne trouvons qu'il ne valait pas la peine de le poursuivre que quand nous sommes bien sûrs de ne le manquer pas. Et pourtant on a raison aussi. Car si cet accomplissement, si le bonheur ne paraissent petits que par la certitude, cependant ils sont quelque chose d'instable d'où ne peuvent sortir que des chagrins. Et les chagrins seront d'autant plus forts que le désir aura été plus complètement accompli, plus impossibles à supporter que le bonheur aura été, contre la loi de nature, quelque temps prolongé, qu'il aura reçu la consécration de l'habitude.

Dans un autre sens aussi, les deux tendances, dans l'espèce celle qui me faisait tenir à ce que ma lettre partît, et quand je la croyais partie à le regretter, ont l'une et l'autre en elles leur vérité. Pour la première, il est trop compréhensible que nous courions après notre bonheur — ou notre malheur — et qu'en même temps nous souhaitions de placer devant nous, par cette action nouvelle qui va commencer à dérouler ses conséquences, une attente qui ne nous laisse pas dans le désespoir absolu, en un mot que nous cherchions à faire passer par d'autres formes que nous nous imaginons devoir nous être moins cruelles le mal dont nous souffrons. Mais l'autre tendance n'est pas moins importante, car, née de la croyance au succès de notre entreprise, elle est tout simplement le commencement, le commencement anticipé de la désillusion que nous éprouverions bientôt en présence de la satisfaction du désir, le regret d'avoir fixé pour nous, aux dépens des autres qui se trouvent exclues, cette forme du bonheur. Dès que ma lettre fut partie, je conçus de nouveau le retour d'Albertine comme imminent. Il ne laissait pas de mettre dans ma pensée de gracieuses images qui neutralisaient bien un peu par leur douceur les dangers que je voyais à ce retour. La douceur perdue depuis si longtemps de l'avoir auprès de moi m'enivrait. Je ne dis pas que l'oubli ne commençait pas à faire son œuvre. Mais un des effets de l'oubli était précisément de faire que beaucoup des aspects déplaisants d'Albertine, des heures ennuyeuses que je passais avec elle, ne se représentaient plus à ma mémoire, cessaient donc d'être des motifs à désirer qu'elle ne fût plus là comme je le souhaitais quand elle y était encore, pour me donner d'elle une image sommaire, embellie de tout ce que j'avais éprouvé d'amour pour d'autres. Sous cette forme particulière, l'oubli, qui pourtant travaillait à m'habituer à la séparation, me faisait, en me montrant Albertine plus douce, plus belle, souhaiter davantage son retour.

Depuis qu'Albertine était partie, bien souvent, quand il me semblait qu'on ne pouvait pas voir que j'avais pleuré, je sonnais Françoise et je lui disais : « Il faudra voir si mademoiselle Albertine n'a rien oublié. Pensez à faire sa chambre, pour qu'elle soit bien en état quand elle viendra. » Ou simplement : « Justement, l'autre jour, mademoiselle Albertine me disait, tenez justement la veille de son départ... » Je voulais diminuer chez Françoise le détestable plaisir que lui causait le départ d'Albertine en lui faisant entrevoir qu'il serait court. Je voulais aussi montrer à Françoise que je ne craignais pas de parler de ce départ, le montrer — comme font certains généraux qui appellent des reculs forcés une retraite stratégique et conforme à un plan préparé — comme voulu, comme constituant un épisode dont je cachais momentanément la vraie signification, nullement comme la fin de mon amitié avec Albertine. En la nommant sans cesse je voulais enfin faire rentrer, comme un peu d'air, quelque chose d'elle dans cette chambre où son départ avait fait le vide et où je ne respirais plus. Puis on cherche à diminuer les proportions de sa douleur en la faisant entrer dans le langage parlé, entre la commande d'un costume et des ordres pour le dîner.

En faisant la chambre d'Albertine, Françoise, curieuse,

ouvrit le tiroir d'une petite table en bois de rose où mon amie
mettait les objets intimes qu'elle ne gardait pas pour dormir.
« Oh ! Monsieur, mademoiselle Albertine a oublié de prendre
ses bagues, elles sont restées dans le tiroir. » Mon premier
mouvement fut de dire : « Il faut les lui renvoyer. » Mais cela
avait l'air de ne pas être certain qu'elle reviendrait. « Bien,
répondis-je après un instant de silence, cela ne vaut guère la
peine pour le peu de temps qu'elle doit être absente. Donnez-
les-moi, je verrai. » Françoise me les remit avec une certaine
méfiance. Elle détestait Albertine, mais me jugeant d'après elle-
même, elle se figurait qu'on ne pouvait me remettre une lettre
écrite par mon amie sans craindre que je l'ouvrisse. Je pris les
bagues. « Que Monsieur y fasse attention de ne pas les perdre,
dit Françoise, on peut dire qu'elles sont belles ! Je ne sais pas
qui les lui a données, si c'est Monsieur ou un autre, mais je sais
bien que c'est quelqu'un de riche et qui a du goût ! » — « Ce
n'est pas moi, répondis-je à Françoise, et d'ailleurs ce n'est pas
de la même personne que viennent les deux, l'une lui a été
donnée par sa tante et elle a acheté l'autre[1]. » « Pas de la même
personne ! s'écria Françoise, Monsieur veut rire, elles sont
pareilles, sauf le rubis qu'on a ajouté sur l'une, il y a le même
aigle sur les deux, les mêmes initiales à l'intérieur... » Je ne sais
pas si Françoise sentait le mal qu'elle me faisait, mais elle
commença à ébaucher un sourire qui ne quitta plus ses lèvres.
« Comment, le même aigle ? Vous êtes folle. Sur celle qui n'a
pas de rubis il y a bien un aigle, mais sur l'autre c'est une espèce
de tête d'homme qui est ciselée. » — « Une tête d'homme, où
Monsieur a vu ça ? Rien qu'avec mes lorgnons j'ai tout de suite
vu que c'était une des ailes de l'aigle, que Monsieur prenne sa
loupe, il verra l'autre aile sur l'autre côté, la tête et le bec au
milieu. On voit chaque plume. Ah ! c'est un beau travail. »
L'anxieux besoin de savoir si Albertine m'avait menti me fit
oublier que j'aurais dû garder quelque dignité envers Françoise
et lui refuser le plaisir méchant qu'elle avait, sinon à me
torturer, du moins à nuire à mon amie. Je haletais tandis que
Françoise allait chercher ma loupe, je la pris, je demandai à
Françoise de me montrer l'aigle sur la bague au rubis, elle n'eut
pas de peine à me faire reconnaître les ailes, stylisées de la

même façon que dans l'autre bague, le relief de chaque plume,
la tête. Elle me fit remarquer aussi des inscriptions semblables,
auxquelles, il est vrai, d'autres étaient jointes dans la bague au
rubis. Et à l'intérieur des deux, le chiffre d'Albertine. « Mais
cela m'étonne que Monsieur ait eu besoin de tout cela pour
voir que c'était la même bague, me dit Françoise. Même sans
les regarder de près on sent bien la même façon, la même
manière de plisser l'or, la même forme. Rien qu'à les apercevoir
j'aurais juré qu'elles venaient du même endroit. Ça se reconnaît
comme la cuisine d'une bonne cuisinière. » Et en effet à sa
curiosité de domestique attisée par la haine et habituée à noter
des détails avec une effrayante précision s'était joint, pour
l'aider dans cette expertise, ce goût qu'elle avait, ce même goût
en effet qu'elle montrait dans la cuisine et qu'avivait peut-être,
comme je m'en étais aperçu en partant pour Balbec dans sa
manière de s'habiller, sa coquetterie de femme qui a été jolie,
qui a regardé les bijoux et les toilettes des autres[1]. Je me serais
trompé de boîte de médicament et au lieu de prendre quelques
cachets de véronal un jour où je sentais que j'avais bu trop de
tasses de thé, j'aurais pris autant de cachets de caféine, que
mon cœur n'eût pas pu battre plus violemment. Je demandai à
Françoise de sortir de la chambre. J'aurais voulu voir
Albertine immédiatement. À l'horreur de son mensonge, à la
jalousie pour l'inconnu, s'ajoutait la douleur qu'elle se fût
laissé ainsi faire des cadeaux. Je lui en faisais plus, il est vrai,
mais une femme que nous entretenons ne nous semble pas
femme entretenue tant que nous ne savons pas qu'elle l'est par
d'autres. Et pourtant puisque je n'avais cessé de dépenser pour
elle tant d'argent, je l'avais prise malgré cette bassesse morale,
cette bassesse je l'avais maintenue en elle, je l'avais peut-être
accrue, peut-être créée. Puis, comme nous avons le don
d'inventer des contes pour bercer notre douleur, comme nous
arrivons quand nous mourons de faim à nous persuader qu'un
inconnu va nous laisser une fortune de cent millions, j'imaginai
Albertine dans mes bras, m'expliquant d'un mot que c'était à
cause de la ressemblance de la fabrication qu'elle avait acheté
l'autre bague, que c'était elle qui y avait fait mettre ses initiales.
Mais cette explication était encore fragile, elle n'avait pas

encore eu le temps d'enfoncer dans mon esprit ses racines bienfaisantes et ma douleur ne pouvait être si vite apaisée. Et je songeais que tant d'hommes qui disent aux autres que leur maîtresse est bien gentille souffrent de pareilles tortures. C'est aussi qu'ils mentent aux autres et à eux-mêmes. Ils ne mentent pas tout à fait ; ils ont avec cette femme des heures vraiment douces ; mais tout ce que cette gentillesse qu'elles ont pour eux devant leurs amis et qui leur permet de se glorifier, et tout ce que cette gentillesse qu'elles ont seules avec leur amant et qui lui permet de les bénir, recouvrent d'heures inconnues où l'amant a souffert, douté, fait partout d'inutiles recherches pour savoir la vérité ! C'est à de telles souffrances qu'est liée la douceur d'aimer, de s'enchanter des propos les plus insignifiants d'une femme, qu'on sait insignifiants, mais qu'on parfume de son odeur. En ce moment je ne pouvais plus me délecter à respirer par le souvenir celle d'Albertine. Atterré, les deux bagues à la main, je regardais cet aigle impitoyable dont le bec me tenaillait le cœur, dont les ailes aux plumes en relief avaient emporté la confiance que je gardais dans mon amie, et sous les serres duquel mon esprit meurtri ne pouvait pas échapper un instant aux questions posées sans cesse relativement à cet inconnu dont l'aigle symbolisait sans doute le nom sans pourtant me le laisser lire, qu'elle avait aimé sans doute autrefois, et qu'elle avait revu sans doute il n'y avait pas longtemps, puisque c'est le jour si doux, si familial, de la promenade ensemble au Bois que j'avais vu pour la première fois la seconde bague, celle où l'aigle avait l'air de tremper son bec dans la nappe claire du rubis.

Du reste si, du matin au soir, je ne cessais de souffrir du départ d'Albertine, cela ne signifie pas que je ne pensais qu'à elle. D'une part, son charme ayant depuis longtemps gagné de proche en proche des objets qui finissaient par en être très éloignés mais n'étaient pas moins électrisés par la même émotion qu'elle me donnait, si quelque chose me faisait penser à Incarville, ou aux Verdurin, ou à un nouveau rôle de Léa, un flux de souffrance venait me frapper. D'autre part, moi-même, ce que j'appelais penser à Albertine, c'était penser aux moyens de la faire revenir, de la rejoindre, de savoir ce qu'elle faisait.

De sorte que si, pendant ces heures de martyre incessant, un graphique avait pu représenter les images qui accompagnaient ma souffrance, on eût aperçu celles de la gare d'Orsay, des billets de banque offerts à Mme Bontemps, de Saint-Loup penché sur le pupitre incliné d'un bureau de télégraphe où il remplissait une formule de dépêche pour moi, jamais l'image d'Albertine. De même que, dans tout le cours de notre vie, notre égoïsme voit tout le temps devant lui les buts précieux pour notre moi, mais ne regarde jamais ce *Je* lui-même qui ne cesse de les considérer, de même le désir qui dirige nos actes descend vers eux, mais ne remonte pas à soi, soit que, trop utilitaire, il se précipite dans l'action et dédaigne la connaissance, soit recherche de l'avenir pour corriger les déceptions du présent, soit que la paresse de l'esprit le pousse à glisser sur la pente aisée de l'imagination, plutôt qu'à remonter la pente abrupte de l'introspection. En réalité, dans ces heures de crise où nous jouerions toute notre vie, au fur et à mesure que l'être dont elle dépend révèle mieux l'immensité de la place qu'il occupe pour nous, en ne laissant rien dans le monde qui ne soit bouleversé par lui, proportionnellement l'image de cet être décroît jusqu'à ne plus être perceptible. En toutes choses nous trouvons l'effet de sa présence par l'émotion que nous ressentons, lui-même, lui, la cause, nous ne le trouvons nulle part. Je fus pendant ces jours-là si incapable de me représenter Albertine que j'aurais presque pu croire que je ne l'aimais pas, comme ma mère, dans les mois de désespoir où elle fut incapable de se représenter jamais ma grand-mère (sauf une fois dans la·rencontre fortuite d'un rêve dont elle sentit tellement le prix, quoique endormie, qu'elle s'efforça avec ce qui lui restait de forces dans le sommeil de le faire durer) aurait pu s'accuser et s'accusait en effet de ne pas regretter sa mère dont la mort la tuait, mais dont les traits se dérobaient à son souvenir[1].

Pourquoi eussé-je cru qu'Albertine n'aimait pas les femmes ? Parce qu'elle avait dit, surtout les derniers temps, ne pas les aimer ; mais notre vie ne reposait-elle pas sur un perpétuel mensonge ? Jamais elle ne m'avait dit une fois : « Pourquoi est-ce que je ne peux pas sortir librement, pourquoi demandez-

vous aux autres ce que je fais ? » Mais c'était en effet une vie
trop singulière pour qu'elle ne me l'eût pas demandé si elle
n'avait pas compris pourquoi. Et à mon silence sur les causes
de sa claustration n'était-il pas compréhensible que correspon-
dît de sa part un même et constant silence sur ses perpétuels
désirs, ses souvenirs innombrables, ses innombrables désirs et
espérances ? Françoise avait l'air de savoir que je mentais
quand je faisais allusion au prochain retour d'Albertine. Et sa
croyance semblait fondée sur un peu plus que sur cette vérité
qui guidait d'habitude notre domestique, que les maîtres
n'aiment pas à être humiliés vis-à-vis de leurs serviteurs et ne
leur font connaître de la réalité que ce qui ne s'écarte pas trop
d'une fiction flatteuse, propre à entretenir le respect. Cette fois-
ci la croyance de Françoise avait l'air fondée sur autre chose,
comme si elle eût elle-même éveillé, entretenu la méfiance dans
l'esprit d'Albertine, surexcité sa colère, bref l'eût poussée au
point où elle aurait pu prédire comme inévitable le départ de
mon amie. Si c'était vrai, ma version d'un départ momentané,
connu et approuvé par moi, n'avait pu rencontrer qu'incrédulité chez Françoise. Mais l'idée qu'elle se faisait de la nature
intéressée d'Albertine, l'exagération avec laquelle, dans sa
haine, elle grossissait le « profit » qu'Albertine était censée tirer
de moi, pouvaient dans une certaine mesure faire échec à sa
certitude. Aussi quand devant elle je faisais allusion, comme à
une chose toute naturelle, au retour prochain d'Albertine,
Françoise regardait-elle ma figure (de la même façon que,
quand le maître d'hôtel pour l'ennuyer lui lisait en changeant
les mots une nouvelle politique qu'elle hésitait à croire, par
exemple la fermeture des églises et la déportation des curés[1],
Françoise, même du bout de la cuisine et sans pouvoir lire,
regardait instinctivement et avidement le journal), comme si
elle eût pu voir si c'était vraiment écrit, si je n'inventais pas.
Mais quand elle vit qu'après avoir écrit une longue lettre je
cherchais l'adresse exacte de Mme Bontemps, cet effroi jusque-
là si vague qu'Albertine revînt grandit chez Françoise. Il se
doubla d'une véritable consternation quand, le lendemain
matin, Françoise dut me remettre dans mon courrier une lettre
sur l'enveloppe de laquelle elle avait reconnu l'écriture

d'Albertine. Elle se demandait si le départ d'Albertine n'avait pas été une simple comédie, supposition qui la désolait doublement, comme assurant définitivement pour l'avenir la vie d'Albertine à la maison et comme constituant pour moi, en tant que j'étais le maître de Françoise, c'est-à-dire pour elle-même, l'humiliation d'avoir été joué par Albertine. Quelque impatience que j'eusse de lire la lettre de celle-ci, je ne pus m'empêcher de considérer un instant les yeux de Françoise d'où tous les espoirs s'étaient enfuis, en induisant de ce présage l'imminence du retour d'Albertine, comme un amateur de sports d'hiver conclut avec joie que les froids sont proches en voyant le départ des hirondelles. Enfin Françoise partit, et quand je me fus assuré qu'elle avait refermé la porte, j'ouvris sans bruit, pour n'avoir pas l'air anxieux, la lettre que voici :

« Mon ami, merci de toutes les bonnes choses que vous me dites, je suis à vos ordres pour décommander la Rolls si vous croyez que j'y puisse quelque chose, et je le crois ; vous n'avez qu'à m'écrire le nom de votre intermédiaire. Vous vous laisseriez monter le coup par ces gens qui ne cherchent qu'une chose, c'est à vendre, et que feriez-vous d'une auto, vous qui ne sortez jamais ? Je suis très touchée que vous ayez gardé un bon souvenir de notre dernière promenade. Croyez que de mon côté je n'oublierai pas cette promenade deux fois crépusculaire (puisque la nuit venait et que nous allions nous quitter), et qu'elle ne s'effacera de mon esprit qu'avec la nuit complète[1]. »

Je sentis bien que cette dernière phrase n'était qu'une phrase et qu'Albertine n'avait pas pu garder, pour jusqu'à sa mort, un si doux souvenir de cette promenade où elle n'avait certainement eu aucun plaisir puisqu'elle était impatiente de me quitter. Mais j'admirai aussi comme la cycliste, la golfeuse de Balbec, qui n'avait rien lu qu'*Esther* avant de me connaître, était douée, et combien j'avais eu raison de trouver qu'elle s'était chez moi enrichie de qualités nouvelles qui la faisaient différente et plus complète. Et ainsi la phrase que je lui avais dite à Balbec : « Je crois que mon amitié vous serait précieuse, que je suis justement la personne qui pourrait vous apporter ce qui vous manque » (je lui avais mis comme dédicace sur une photographie : « Avec la certitude d'être providentiel »), cette phrase que je disais sans y croire et uniquement pour lui faire trouver bénéfice à me voir et passer sur l'ennui qu'elle y pouvait trouver, cette phrase se trouvait elle aussi avoir été vraie ; comme en somme quand je lui avais dit que je ne voulais pas la voir par peur de l'aimer, j'avais dit cela parce qu'au contraire je savais que dans la fréquentation constante mon amour s'amortissait et que la séparation l'exaltait ; mais en réalité la fréquentation constante avait fait naître un besoin d'elle infiniment plus fort que l'amour des premiers temps de Balbec, de sorte que cette phrase-là aussi s'était trouvée vraie.

Mais en somme la lettre d'Albertine n'avançait en rien les choses. Elle ne me parlait que d'écrire à l'intermédiaire. Il fallait sortir de cette situation, brusquer les choses, et j'eus l'idée suivante. Je fis immédiatement porter à Andrée une lettre où je lui disais qu'Albertine était chez sa tante, que je me sentais bien seul, qu'elle me ferait un immense plaisir en venant s'installer chez moi pour quelques jours et que je ne voulais faire aucune cachotterie, que je la priais d'en avertir Albertine. Et en même temps j'écrivis à Albertine comme si je n'avais pas encore reçu sa lettre :

« Mon amie, pardonnez-moi ce que vous comprendrez si bien, je déteste tant les cachotteries que j'ai voulu que vous fussiez avertie par elle et par moi. J'ai pris, à vous avoir si doucement chez moi, la mauvaise habitude de ne pas être seul. Puisque nous avons décidé que vous ne reviendriez pas, j'ai pensé que la personne qui vous remplacerait le mieux, parce que c'est celle qui me changerait le moins, qui vous rappellerait le plus, c'était Andrée, et je lui ai demandé de venir. Pour que tout cela n'ait pas l'air trop brusque, je ne lui ai parlé que de quelques jours, mais entre nous je pense bien que cette fois-ci c'est une chose de toujours. Ne croyez-vous pas que j'aie raison ? Vous savez que votre petit groupe de jeunes filles de Balbec a toujours été la cellule sociale qui a exercé sur moi le plus grand prestige, auquel j'ai été le plus heureux d'être un jour agrégé. Sans doute c'est ce prestige qui se fait encore sentir. Puisque la fatalité de nos caractères et la malchance de la vie ont voulu que ma petite Albertine ne pût pas être ma femme, je crois que j'aurai tout de même une femme — moins charmante qu'elle, mais à qui des conformités plus grandes de nature permettront peut-être d'être plus heureuse avec moi — dans Andrée. »

Mais après avoir fait partir cette lettre, le soupçon me vint tout à coup que, quand Albertine m'avait écrit : « J'aurais été trop heureuse de revenir si vous me l'aviez écrit directement », elle ne me l'avait dit que parce que je ne le lui avais pas écrit directement et que, si je l'avais fait, elle ne serait pas revenue tout de même, qu'elle serait contente de savoir Andrée chez moi, puis ma femme, pourvu qu'elle, Albertine, fût libre, parce qu'elle pouvait maintenant, depuis déjà huit jours, se livrer à ses vices, détruisant les précautions de chaque heure que j'avais prises pendant plus de six mois à Paris et qui se trouvaient devenues inutiles puisque pendant ces huit jours elle avait dû faire ce que minute par minute j'avais empêché. Je me disais que probablement elle usait mal, là-bas, de sa liberté, et sans doute cette idée que je formais me semblait triste mais restait générale, ne me montrant rien de particulier, et, par le nombre indéfini des amantes possibles qu'elle me faisait supposer, ne me laissant m'arrêter à aucune, entraînait mon esprit dans une sorte de mouvement perpétuel non exempt de douleur, mais d'une douleur qui par le défaut d'image concrète était supportable. Mais elle cessa de le demeurer et devint atroce quand Saint-Loup arriva. Mais avant de dire pourquoi les paroles qu'il me dit me rendirent si malheureux, je dois relater un incident qui se place immédiatement avant sa visite, et dont le souvenir me troubla ensuite tellement qu'il affaiblit sinon l'impression pénible que me produisit ma conversation avec Saint-Loup, du moins la portée pratique de cette conversation. Cet incident consista en ceci. Brûlant d'impatience de voir Saint-Loup, je l'attendais (ce que je n'aurais pu faire si ma mère avait été là, car c'est ce qu'elle détestait le plus au monde après « parler par la fenêtre ») sur l'escalier, quand j'entendis les paroles suivantes : « Comment, vous ne savez pas faire renvoyer quelqu'un qui vous déplaît ? Ce n'est pas difficile. Vous n'avez par exemple qu'à cacher les choses qu'il faut qu'il apporte, alors, au moment où ses patrons sont pressés, l'appellent, il ne trouve rien, il perd la tête, ma tante vous dira, furieuse après lui : "Mais qu'est-ce qu'il fait ?" Quand il arrivera, en retard, tout le monde sera en fureur et il n'aura pas ce qu'il faut. Au bout de quatre ou cinq fois vous pouvez être sûr qu'il sera renvoyé, surtout si vous avez soin de salir en cachette ce qu'il doit apporter de propre, et mille autres trucs comme cela. » Je restais muet de stupéfaction, car ces paroles machiavéliques et cruelles étaient prononcées par la voix de Saint-Loup. Or je l'avais toujours considéré comme un être si bon, si pitoyable aux malheureux, que cela me faisait l'effet comme s'il récitait un rôle de Satan ; mais ce ne pouvait être en son nom qu'il parlait. « Mais il faut bien que chacun gagne sa vie », dit son interlocuteur que j'aperçus alors et qui était un des valets de pied de la duchesse de Guermantes. « Qu'est-ce que ça vous fiche du moment que vous serez bien ? répondit méchamment Saint-Loup. Vous aurez en plus le plaisir d'avoir un souffre-douleur. Vous pouvez très bien renverser des encriers sur sa livrée au moment où il viendra servir un grand dîner, enfin ne pas lui laisser une minute de repos, qu'il finisse par préférer s'en aller. Du reste moi je pousserai à la roue, je dirai à ma tante que j'admire votre patience de servir avec un lourdaud pareil et aussi mal tenu. » Je me montrai, Saint-Loup vint à moi, mais ma confiance en lui était ébranlée depuis que je venais de l'entendre tellement différent de ce que je le connaissais. Et je me demandais si quelqu'un qui était capable d'agir aussi cruellement envers un malheureux n'avait pas joué le rôle d'un traître vis-à-vis de moi, dans sa mission auprès de Mme Bontemps[1]. Cette réflexion servit surtout à ne pas me faire considérer son insuccès comme une preuve que je ne pouvais pas réussir, une fois qu'il m'eut quitté. Mais pendant qu'il fut auprès de moi, c'était pourtant au Saint-Loup d'autrefois et surtout à l'ami qui venait de quitter Mme Bontemps que je pensais. Il me dit d'abord : « Tu n'es pas content de moi, je l'ai vu par tes dépêches, mais tu n'es pas juste, j'ai fait tout ce que j'ai pu ; tu trouves que j'aurais dû te téléphoner davantage, mais on disait toujours que tu n'étais pas libre. » Mais où ma souffrance devint insupportable, ce fut quand il me dit : « Pour commencer par où ma dernière dépêche t'a laissé, après avoir passé par une espèce de hangar, j'entrai dans la maison, et au bout d'un long couloir on me fit entrer dans un salon. » À ces mots de hangar, de couloir, de salon, et avant même qu'ils eussent fini d'être prononcés, mon cœur fut bouleversé avec plus de rapidité que n'eût mis un courant électrique, car la force qui fait le plus de fois le tour de la terre en une seconde, ce n'est pas l'électricité, c'est la douleur. Comme je les répétai, renouvelant le choc à plaisir, ces mots de hangar, de couloir, de salon, quand Saint-Loup fut parti ! Dans un hangar, on peut se cacher avec une amie. Et dans ce salon, qui sait ce qu'Albertine faisait quand sa tante n'était pas là ? Eh quoi ? Je m'étais donc représenté la maison où habitait Albertine comme ne pouvant posséder ni hangar, ni salon ? Non ; je ne me l'étais pas représentée du tout, ou comme un lieu vague. J'avais souffert une première fois quand s'était individualisé géographiquement le lieu où elle était, quand j'avais appris qu'au lieu d'être dans deux ou trois endroits possibles elle était en Touraine ; ces mots de son concierge avaient marqué dans mon cœur comme sur une carte la place où il fallait enfin souffrir. Mais une fois habitué à cette idée qu'elle était dans une maison de Touraine, je n'avais pas vu la maison ; jamais ne m'était venue à l'imagination cette affreuse idée de salon, de hangar, de couloir, qui me semblaient maintenant, face à moi, sur la rétine de Saint-Loup qui les avait vues, ces pièces dans lesquelles Albertine allait, passait, vivait, ces pièces-là en particulier et non une infinité de pièces possibles qui s'étaient détruites l'une l'autre. Avec les mots de hangar, de couloir, de salon, ma folie m'apparut d'avoir laissé Albertine huit jours dans ce lieu maudit dont l'*existence* (et non la simple possibilité) venait de m'être révélée. Hélas, quand Saint-Loup me dit aussi que dans ce salon il avait entendu chanter à tue-tête d'une chambre voisine et que c'était Albertine qui chantait, je compris avec désespoir qu'Albertine, débarrassée enfin de moi, était heureuse ! Elle avait reconquis sa liberté. Et moi qui pensais qu'elle allait venir prendre la place d'Andrée ! Lâchée de nouveau, ayant quitté la cage d'où, chez moi, je restais des jours entiers sans la faire venir dans ma

chambre, elle avait repris pour moi toute sa valeur, elle était
redevenue celle que tout le monde suivait, l'oiseau merveilleux
des premiers jours. Ma douleur se changea en colère contre
Saint-Loup. « C'est tout ce que je t'avais demandé d'éviter,
qu'elle sût que tu venais. » — « Si tu crois que c'était facile. On
m'avait assuré qu'elle n'était pas là. Enfin résumons-nous.
Pour la question argent, je ne sais que te dire, j'ai parlé à une
femme qui m'a paru si délicate que je craignais de la froisser.
Or elle n'a pas fait ouf quand j'ai parlé de l'argent. Même, un
peu plus tard, elle m'a dit qu'elle était touchée de voir que nous
nous comprenions si bien. Pourtant tout ce qu'elle a dit ensuite
était si délicat, si élevé, qu'il me semblait impossible qu'elle eût
dit pour l'argent que je lui offrais : "Nous nous comprenons si
bien", car au fond j'agissais en mufle. » — « Mais peut-être n'a-
t-elle pas compris, elle n'a peut-être pas entendu, tu aurais dû
le lui répéter, car c'est cela sûrement qui aurait fait tout
réussir. » — « Mais comment veux-tu qu'elle n'ait pas entendu,
je le lui ai dit comme je te parle là, elle n'est ni sourde ni folle. »
— « Et elle n'a fait aucune réflexion ? » — « Aucune. » — « Tu
aurais dû lui redire une fois. » — « Comment voulais-tu que je
lui redise ? Dès qu'en entrant j'eus vu l'air qu'elle avait, je me
suis dit que tu t'étais trompé, que tu me faisais faire une
immense gaffe, et c'était terriblement difficile de lui offrir cet
argent ainsi. Je l'ai fait pourtant pour t'obéir, persuadé qu'elle
allait me faire mettre dehors. » — « Mais elle ne l'a pas fait.
Donc, ou elle n'avait pas entendu et il fallait recommencer, ou
vous pouviez continuer sur ce sujet. » — « Tu dis : "Elle n'avait
pas entendu" parce que tu es ici, mais je te répète, si tu avais
assisté à notre conversation, il n'y avait aucun bruit, je l'ai dit
brutalement, il n'est pas possible qu'elle n'ait pas compris. »
— « Mais enfin elle est bien persuadée que j'ai toujours voulu
épouser sa nièce ? » — « Non, ça, si tu veux mon avis, elle ne
croyait pas que tu eusses du tout l'intention d'épouser. Elle m'a
dit que tu avais dit toi-même à sa nièce que tu voulais la
quitter. Je ne sais même pas si maintenant elle est bien
persuadée que tu veuilles épouser. » Ceci me rassurait un peu
en me montrant que j'étais moins humilié, donc plus capable
d'être encore aimé, plus libre de faire une démarche décisive.

Pourtant j'étais tourmenté. « Je suis ennuyé pàrce que je vois que tu n'es pas content. » — « Si, je suis touché, reconnaissant de ta gentillesse, mais il me semble que tu aurais pu... » — « J'ai fait de mon mieux. Un autre n'eût pu faire davantage ni même autant. Essaye d'un autre. » — « Mais non justement, si j'avais su je ne t'aurais pas envoyé, mais ta démarche avortée m'empêche d'en faire une autre. » Je lui faisais des reproches : il avait cherché à me rendre service et n'avait pas réussi. Saint-Loup en s'en allant avait croisé des jeunes filles qui entraient. J'avais déjà fait souvent la supposition qu'elle connaissait des jeunes filles dans le pays, c'est la première fois que j'en ressentais la torture. Il faut vraiment croire que la nature a donné à notre esprit de sécréter un contrepoison naturel qui annihile les suppositions que nous faisons à la fois sans trêve et sans danger. Mais rien ne m'immunisait contre ces jeunes filles que Saint-Loup avait rencontrées. Mais tous ces détails, n'était-ce pas justement ce que j'avais cherché à obtenir de chacun sur Albertine, n'était-ce pas moi qui, pour les connaître plus précisément, avais demandé à Saint-Loup, rappelé par son colonel, de passer coûte que coûte chez moi, n'était-ce donc pas moi qui les avais souhaités, moi, ou plutôt ma douleur affamée, avide de croître et de se nourrir d'eux ? Enfin Saint-Loup m'avait dit avoir eu la bonne surprise de rencontrer tout près de là, seule figure de connaissance et qui lui avait rappelé le passé, une ancienne amie de Rachel, une jolie actrice qui villégiaturait dans le voisinage. Et le nom de cette actrice suffit pour que je me dise : « C'est peut-être avec celle-là », cela suffisait pour que je visse, dans les bras, même d'une femme que je ne connaissais pas, Albertine souriante et rouge de plaisir. Et au fond pourquoi cela n'eût-il pas été ? M'étais-je fait faute de penser à des femmes depuis que je connaissais Albertine ? Le soir où j'avais été pour la première fois chez la princesse de Guermantes, quand j'étais rentré, n'était-ce pas beaucoup moins en pensant à cette dernière qu'à la jeune fille dont Saint-Loup m'avait parlé et qui allait dans les maisons de passe, et à la femme de chambre de Mme Putbus ? N'est-ce pas pour cette dernière que j'étais retourné à Balbec[1] ? Plus récemment, j'avais bien eu envie d'aller à Venise, pourquoi

Albertine n'eût-elle pas eu envie d'aller en Touraine ? Seulement, au fond, je m'en apercevais maintenant, je ne l'aurais pas
quittée, je ne serais pas allé à Venise ; même, au fond de moi-
même, tout en me disant : « Je la quitterai bientôt », je savais
que je ne la quitterais plus, tout aussi bien que je savais que je
ne me mettrais plus à travailler, ni à vivre d'une vie hygiénique,
enfin tout ce que chaque jour je me promettais pour le
lendemain. Seulement, quoi que je crusse au fond, j'avais
trouvé plus habile de la laisser vivre sous la menace d'une
perpétuelle séparation. Et sans doute, grâce à ma détestable
habileté, je l'avais trop bien convaincue. En tous cas
maintenant cela ne pouvait pas durer ainsi, je ne pouvais pas la
laisser en Touraine avec ces jeunes filles, avec cette actrice, je ne
pouvais supporter la pensée de cette vie qui m'échappait[1].
J'attendrais sa réponse à ma lettre : si elle faisait le mal, hélas,
un jour de plus ou de moins ne faisait rien (et peut-être je me
le disais parce que, n'ayant plus l'habitude de me faire rendre
compte de chacune de ses minutes dont une seule où elle eût été
libre m'eût affolé, ma jalousie n'avait plus la même division du
temps). Mais aussitôt sa réponse reçue, si elle ne revenait pas,
j'irais la chercher ; de gré ou de force je l'arracherais à ses
amies[2]. D'ailleurs ne valait-il pas mieux que j'y allasse moi-
même, maintenant que j'avais découvert la méchanceté,
jusqu'ici insoupçonnée de moi, de Saint-Loup ? Qui sait s'il
n'avait pas organisé tout un complot pour me séparer
d'Albertine ? Est-ce parce que j'avais changé, est-ce parce que
je n'avais pu supposer alors que des causes naturelles
m'amèneraient un jour à cette situation exceptionnelle, mais
comme j'aurais menti maintenant si je lui avais écrit, comme je
le lui disais à Paris, que je souhaitais qu'il ne lui arrivât aucun
accident[3] ! Ah ! s'il lui en était arrivé un, ma vie, au lieu d'être
à jamais empoisonnée par cette jalousie incessante, aussitôt eût
retrouvé sinon le bonheur, du moins le calme par la
suppression de la souffrance.

La suppression de la souffrance ? Ai-je jamais pu vraiment le
croire, croire que la mort ne fait que biffer ce qui existe et
laisser le reste en état, qu'elle enlève la douleur dans le cœur de
celui pour qui l'existence de l'autre n'est plus qu'une cause de

douleurs, qu'elle enlève la douleur et n'y met rien à la place ?
La suppression de la douleur ! Parcourant les faits divers des
journaux, je regrettais de ne pas avoir le courage de former le
même souhait que Swann. Si Albertine avait pu être victime
d'un accident, vivante j'aurais eu un prétexte pour courir
auprès d'elle, morte j'eusse retrouvé, comme disait Swann, la
liberté de vivre[1]. Je le croyais ? Il l'avait cru, cet homme si fin
et qui croyait se bien connaître. Comme on sait peu ce qu'on a
dans le cœur. Comme, un peu plus tard, s'il avait été encore
vivant, j'aurais pu lui apprendre que son souhait, autant que
criminel, était absurde, que la mort de celle qu'il aimait ne l'eût
délivré de rien. Je laissai toute fierté vis-à-vis d'Albertine, je lui
envoyai un télégramme désespéré lui demandant de revenir à
n'importe quelles conditions, qu'elle ferait tout ce qu'elle
voudrait, que je demandais seulement à l'embrasser une minute
trois fois par semaine avant qu'elle se couche. Et elle eût dit :
une fois seulement, que j'eusse accepté une fois.

Elle ne revint jamais. Mon télégramme venait de partir que
j'en reçus un. Il était de Mme Bontemps. Le monde n'est pas
créé une fois pour toutes pour chacun de nous. Il s'y ajoute au
cours de la vie des choses que nous ne soupçonnions pas. Ah !
ce ne fut pas la suppression de la souffrance que produisirent
en moi les deux premières lignes du télégramme :

« Mon pauvre ami, notre petite Albertine n'est plus,
pardonnez-moi de vous dire cette chose affreuse, vous qui
l'aimiez tant. Elle a été jetée par son cheval contre un arbre
pendant une promenade qu'elle faisait au bord de la Vivonne[2].
Tous nos efforts n'ont pu la ranimer. Que ne suis-je morte à sa
place[3]. »

Non, pas la suppression de la souffrance, mais une
souffrance inconnue, celle d'apprendre qu'elle ne reviendrait
pas. Mais ne m'étais-je pas dit plusieurs fois qu'elle ne
reviendrait peut-être pas ? Je me l'étais dit, en effet, mais je
m'apercevais maintenant que pas un instant je ne l'avais cru.
Comme j'avais besoin de sa présence, de ses baisers, pour
supporter le mal que me faisaient mes soupçons, j'avais pris
depuis Balbec l'habitude d'être toujours avec elle. Même quand
elle était sortie, quand j'étais seul, je l'embrassais encore.

J'avais continué depuis qu'elle était en voyage[1]. J'avais moins besoin de sa fidélité que de son retour. Et si ma raison pouvait impunément le mettre quelquefois en doute, mon imagination ne cessait pas un instant de me le représenter. Instinctivement je passai ma main sur mon cou, sur mes lèvres, qui se voyaient embrassés par elle depuis qu'elle était partie et qui ne le seraient jamais plus, je passai ma main sur eux, comme maman m'avait caressé à la mort de ma grand-mère en me disant : « Mon pauvre petit ta grand-mère qui t'aimait tant ne t'embrassera plus. » Ces mots : « au bord de la Vivonne », ajoutaient quelque chose de plus atroce à mon désespoir. Car cette coïncidence qu'elle m'eût dit dans le petit tram qu'elle était amie de Mlle Vinteuil, et que l'endroit où elle était depuis qu'elle m'avait quitté et où elle avait trouvé la mort fût le voisinage de Montjouvain, cette coïncidence ne pouvait être fortuite, un éclair jaillissait entre ce Montjouvain raconté dans le chemin de fer et cette Vivonne involontairement avouée dans le télégramme de Mme Bontemps[2]. Et c'était donc le soir où j'étais allé chez les Verdurin, le soir où je lui avais dit vouloir la quitter, qu'elle m'avait menti[3] ! Toute ma vie à venir se trouvait arrachée de mon cœur[4]. Ma vie à venir ? Je n'avais donc pas pensé quelquefois à la vivre sans Albertine ? Mais non ! Depuis longtemps je lui avais donc voué toutes les minutes de ma vie jusqu'à ma mort ? Mais bien sûr ! Cet avenir indissoluble d'elle, je n'avais pas su l'apercevoir, mais maintenant qu'il venait d'être descellé, je sentais la place qu'il tenait dans mon cœur béant. Françoise qui ne savait encore rien entra dans ma chambre ; d'un air furieux, je lui criai : « Qu'est-ce qu'il y a ? » Alors (il y a quelquefois des mots qui mettent une réalité différente à la même place que celle qui est près de nous, ils nous étourdissent tout autant qu'un vertige) : « Monsieur n'a pas besoin d'avoir l'air fâché. Il va être au contraire bien content. Ce sont deux lettres de mademoiselle Albertine. » Je sentis, après, que j'avais dû avoir les yeux de quelqu'un dont l'esprit perd l'équilibre. Je ne fus même pas heureux, ni incrédule. J'étais comme quelqu'un qui voit la même place de sa chambre occupée par un canapé et par une grotte. Rien ne lui paraissant plus réel, il tombe par terre. Les deux lettres d'Albertine avaient dû être écrites peu de temps avant la promenade où elle était morte. La première disait :

« Mon ami, je vous remercie de la preuve de confiance que vous me donnez en me disant votre intention de faire venir Andrée chez vous. Je suis sûre qu'elle acceptera avec joie et je crois que ce sera très heureux pour elle. Douée comme elle est, elle saura profiter de la compagnie d'un homme tel que vous et de l'admirable influence que vous savez prendre sur un être. Je crois que vous avez eu là une idée d'où peut naître autant de bien pour elle que pour vous. Aussi, si elle faisait l'ombre d'une difficulté (ce que je ne crois pas), télégraphiez-moi, je me charge d'agir sur elle. »

La seconde était datée d'un jour plus tard. En réalité, elle avait dû les écrire à peu d'instants l'une de l'autre, peut-être ensemble, et antidater la première. Car tout le temps j'avais imaginé dans l'absurde ses intentions, qui n'avaient été que de revenir auprès de moi, et que quelqu'un de désintéressé dans la chose, un homme sans imagination, le négociateur d'un traité de paix, le marchand qui examine une transaction, eussent mieux jugées que moi. Elle ne contenait que ces mots :

« Serait-il trop tard pour que je revienne chez vous ? Si vous n'avez pas encore écrit à Andrée, consentiriez-vous à me reprendre ? Je m'inclinerai devant votre décision, je vous supplie de ne pas tarder à me la faire connaître, vous pensez avec quelle impatience je l'attends. Si c'était que je revienne, je prendrais le train immédiatement. De tout cœur à vous, Albertine. »

Pour que la mort d'Albertine eût pu supprimer mes souffrances, il eût fallu que le choc l'eût tuée non seulement en Touraine[1], mais en moi. Jamais elle n'y avait été plus vivante. Pour entrer en nous, un être a été obligé de prendre la forme, de se plier au cadre du temps ; ne nous apparaissant que par minutes successives, il n'a jamais pu nous livrer de lui qu'un seul aspect à la fois, nous débiter de lui qu'une seule photographie. Grande faiblesse sans doute pour un être de consister en une simple collection de moments ; grande force aussi ; il relève de la mémoire et la mémoire d'un moment n'est pas instruite de tout ce qui s'est passé depuis ; ce moment

qu'elle a enregistré dure encore, vit encore et avec lui l'être qui
s'y profilait. Et puis cet émiettement ne fait pas seulement vivre
la morte, il la multiplie. Pour me consoler, ce n'est pas une,
c'est d'innombrables Albertine que j'aurais dû oublier. Quand
j'étais arrivé à supporter le chagrin d'avoir perdu celle-ci,
c'était à recommencer avec une autre, avec cent autres.

   Alors ma vie fut entièrement changée. Ce qui en avait fait, et
non à cause d'Albertine, parallèlement à elle, quand j'étais
seul, la douceur, c'était justement, à l'appel de moments
identiques, la perpétuelle renaissance de moments anciens. Par
le bruit de la pluie m'était rendue l'odeur des lilas de Combray ;
par la mobilité du soleil sur le balcon, les pigeons des Champs-
Élysées ; par l'assourdissement des bruits dans la chaleur de la
matinée, la fraîcheur des cerises ; le désir de la Bretagne ou de
Venise par le bruit du vent et le retour de Pâques. L'été venait,
les jours étaient longs, il faisait chaud. C'était le temps où de
grand matin élèves et professeurs vont dans les jardins publics
préparer les derniers concours sous les arbres, pour recueillir la
seule goutte de fraîcheur que laisse tomber un ciel moins
enflammé que dans l'ardeur du jour, mais déjà aussi
stérilement pur. De ma chambre obscure, avec un pouvoir
d'évocation égal à celui d'autrefois mais qui ne me donnait plus
que de la souffrance, je sentais que dehors, dans la pesanteur de
l'air, le soleil déclinant mettait sur la verticalité des maisons,
des églises, un fauve badigeon. Et si Françoise en revenant
dérangeait sans le vouloir les plis des grands rideaux, j'étouffais
un cri à la déchirure que venait de faire en moi ce rayon de
soleil ancien qui m'avait fait paraître belle la façade neuve de
Bricqueville l'Orgueilleuse, quand Albertine m'avait dit : « Elle
est restaurée[1]. » Ne sachant comment expliquer mon soupir à
Françoise, je lui disais : « Ah ! j'ai soif. » Elle sortait, rentrait,
mais je me détournais violemment, sous la décharge douloureuse d'un des mille souvenirs invisibles qui à tout moment
éclataient autour de moi dans l'ombre : je venais de voir qu'elle
avait apporté du cidre et des cerises, ce cidre et ces cerises
qu'un garçon de ferme nous avait apportés dans la voiture, à
Balbec[2], espèces sous lesquelles j'aurais communié le plus
parfaitement, jadis, avec l'arc-en-ciel des salles à manger

obscures par les jours brûlants[1]. Alors je pensai pour la
première fois à la ferme des Écorres, et je me dis que certains
jours où Albertine me disait à Balbec ne pas être libre, être
obligée de sortir avec sa tante, elle était peut-être avec telle de
ses amies dans une ferme où elle savait que je n'avais pas mes
habitudes, et où pendant qu'à tout hasard je m'attardais à
Marie-Antoinette où on m'avait dit : « Nous ne l'avons pas vue
aujourd'hui », elle usait avec son amie des mêmes mots qu'avec
moi quand nous sortions tous les deux : « Il n'aura pas l'idée de
nous chercher ici et comme cela nous ne serons pas
dérangées[2]. » Je disais à Françoise de refermer les rideaux,
pour ne plus voir ce rayon de soleil. Mais il continuait à filtrer,
aussi corrosif, dans ma mémoire. « Elle ne me plaît pas, elle est
restaurée, mais nous irons demain à Saint-Martin-le-Vêtu,
après-demain à...[3] » Demain, après-demain, c'était un avenir de
vie commune, peut-être pour toujours, qui commençait, mon
cœur s'élance vers lui, mais il n'est plus là, Albertine est
morte.

Je demandais l'heure à Françoise. Six heures. Enfin, Dieu
merci, allait disparaître cette lourde chaleur dont autrefois je
me plaignais avec Albertine et que nous aimions tant. La
journée prenait fin, mais qu'est-ce que j'y gagnais ? La
fraîcheur du soir se levait, c'était le coucher du soleil ; dans ma
mémoire, au bout d'une route que nous prenions ensemble
pour rentrer, je l'apercevais, plus loin que le dernier village,
comme une station distante, inaccessible pour le soir même où
nous nous arrêterions à Balbec, toujours ensemble. Ensemble
alors. Maintenant il fallait s'arrêter court devant ce même
abîme, elle était morte. Ce n'était plus assez de fermer les
rideaux, je tâchais de boucher les yeux et les oreilles de ma
mémoire, pour ne pas revoir cette bande orangée du couchant,
pour ne pas entendre ces invisibles oiseaux qui se répondaient
d'un arbre à l'autre, de chaque côté de moi qu'embrassait alors
si tendrement celle qui maintenant était morte[4]. Je tâchais
d'éviter ces sensations que donnent l'humidité des feuilles dans
le soir, la montée et la descente des routes en dos d'âne. Mais
déjà ces sensations m'avaient ressaisi, ramené assez loin du
moment actuel, afin qu'eût tout le recul, tout l'élan nécessaire

pour me frapper de nouveau, l'idée qu'Albertine était morte.
Ah! jamais je n'entrerais plus dans une forêt, je ne me
promènerais plus entre des arbres. Mais les grandes plaines me
seraient-elles moins cruelles? Que de fois j'avais traversé pour
aller chercher Albertine, que de fois j'avais repris au retour
avec elle la grande plaine de Cricqueville, tantôt par des temps
brumeux où l'inondation du brouillard nous donnait l'illusion
d'être entourés d'un lac immense, tantôt par des soirs limpides
où le clair de lune, dématérialisant la terre, la faisant paraître
à deux pas céleste comme elle n'est pendant le jour que dans les
lointains, enfermait les champs, les bois avec le firmament
auquel il les avait assimilés, dans l'agate arborisée d'un seul
azur[1].

Françoise devait être heureuse de la mort d'Albertine, et il
faut lui rendre la justice que par une sorte de convenance et de
tact elle ne simulait pas la tristesse. Mais les lois non écrites de
son antique Code et sa tradition de paysanne médiévale qui
pleure comme aux chansons de geste étaient plus anciennes que
sa haine d'Albertine et même d'Eulalie. Aussi une de ces fins
d'après-midi-là, comme je ne cachais pas assez rapidement ma
souffrance, elle aperçut mes larmes, servie par son instinct
d'ancienne petite paysanne qui autrefois lui faisait capturer et
faire souffrir les animaux, n'éprouver que de la gaieté à
étrangler les poulets et à faire cuire vivants les homards, et
quand j'étais malade à observer, comme les blessures qu'elle
eût infligées à une chouette, ma mauvaise mine qu'elle
annonçait ensuite sur un ton funèbre et comme un présage de
malheur. Mais son « Coutumier » de Combray ne lui permettait
pas de prendre légèrement les larmes, le chagrin, choses qu'elle
jugeait comme aussi funestes que d'ôter sa flanelle ou de
manger à contrecœur. « Oh! non, Monsieur, il ne faut pas
pleurer comme cela, cela vous ferait du mal! » Et en voulant
arrêter mes larmes, elle avait l'air aussi inquiet que si c'eût été
des flots de sang. Malheureusement je pris un air froid qui
coupa court aux effusions qu'elle espérait et qui du reste
eussent peut-être été sincères. Il en était peut-être pour elle
d'Albertine comme d'Eulalie, et maintenant que mon amie ne
pouvait plus tirer de moi aucun profit, Françoise avait-elle

cessé de la haïr[1]. Elle tint à me montrer pourtant qu'elle se rendait bien compte que je pleurais et que, suivant seulement le funeste exemple des miens, je ne voulais pas « faire voir ». « Il ne faut pas pleurer, Monsieur », me dit-elle d'un ton cette fois plus calme, et plutôt pour me montrer sa clairvoyance que pour me témoigner sa pitié. Et elle ajouta : « Ça devait arriver, elle était trop heureuse, la pauvre, elle n'a pas su connaître son bonheur. »

Que le jour est lent à mourir par ces soirs démesurés de l'été. Un pâle fantôme de la maison d'en face continuait indéfiniment à aquareller sur le ciel sa blancheur persistante. Enfin il faisait nuit dans l'appartement, je me cognais aux meubles de l'antichambre, mais dans la porte de l'escalier, au milieu du noir que je croyais total, la partie vitrée était translucide et bleue, d'un bleu de fleur, d'un bleu d'aile d'insecte, d'un bleu qui m'eût semblé beau si je n'avais senti qu'il était un dernier reflet, coupant comme un acier, un coup suprême que dans sa cruauté infatigable me portait encore le jour.

L'obscurité complète finissait pourtant par venir ; mais alors il suffisait d'une étoile vue à côté de l'arbre de la cour pour me rappeler nos départs en voiture, après le dîner, pour les bois de Chantepie, tapissés par le clair de lune[2]. Et même dans les rues il m'arrivait d'isoler sur le dos d'un banc, de recueillir la pureté naturelle d'un rayon de lune au milieu des lumières artificielles de Paris, de Paris sur lequel il faisait régner, en faisant rentrer un instant pour mon imagination la ville dans la nature, avec le silence infini des champs évoqués, le souvenir douloureux des promenades que j'y avais faites avec Albertine. Ah ! quand la nuit finirait-elle ? Mais à la première fraîcheur de l'aube je frissonnais, car celle-ci avait ramené en moi la douceur de cet été où de Balbec à Incarville, d'Incarville à Balbec, nous nous étions tant de fois reconduits l'un l'autre jusqu'au petit jour[3]. Je n'avais plus qu'un espoir pour l'avenir — espoir bien plus déchirant qu'une crainte — c'était d'oublier Albertine. Je savais que je l'oublierais un jour, j'avais bien oublié Gilberte, Mme de Guermantes, j'avais bien oublié ma grand-mère. Et c'est notre plus juste et plus cruel châtiment de l'oubli si total, paisible comme ceux des cimetières, par quoi nous nous

sommes détachés de ceux que nous n'aimons plus, que nous
entrevoyions ce même oubli comme inévitable à l'égard de ceux
que nous aimons encore. À vrai dire nous savons qu'il est un
état non douloureux, un état d'indifférence. Mais ne pouvant
penser à la fois à ce que j'étais et à ce que je serais, je pensais
avec désespoir à tout ce tégument de caresses, de baisers, de
sommeils amis, dont il faudrait bientôt me laisser dépouiller
pour jamais. L'élan de ces souvenirs si tendres, venant se briser
contre l'idée qu'elle était morte, m'oppressait par l'entrechoc
de flux si contrariés que je ne pouvais rester immobile ; je me
levais, mais tout d'un coup je m'arrêtais, terrassé : le même
petit jour que je voyais au moment où je venais de quitter
Albertine, encore radieux et chaud de ses baisers[1], venait tirer
au-dessus des rideaux sa lame maintenant sinistre dont la
blancheur froide, implacable et compacte me donnait comme
un coup de couteau.

Bientôt les bruits de la rue allaient commencer, permettant
de lire à l'échelle qualitative de leurs sonorités le degré de la
chaleur sans cesse accrue où ils retentiraient. Mais dans cette
chaleur qui quelques heures plus tard s'imbiberait de l'odeur
des cerises, ce que je trouvais (comme dans un remède où le
remplacement d'une des parties composantes par une autre
suffit pour rendre, d'un euphorique et d'un excitatif qu'il était,
un déprimant), ce n'était plus le désir des femmes mais
l'angoisse du départ d'Albertine. D'ailleurs le souvenir de tous
mes désirs était aussi imprégné d'elle, et de souffrance, que le
souvenir des plaisirs. Cette Venise où j'avais cru que sa
présence me serait importune[2] (sans doute parce que je sentais
confusément qu'elle m'y serait nécessaire), maintenant qu'Albertine n'était plus, j'aimais mieux n'y pas aller. Albertine
m'avait semblé un obstacle interposé entre moi et toutes choses
parce qu'elle était pour moi leur contenant et que c'est d'elle,
comme d'un vase, que je pouvais les recevoir. Maintenant que
ce vase était détruit, je ne me sentais plus le courage de les
saisir, il n'y en avait plus une seule dont je ne me détournasse,
abattu, préférant n'y pas goûter. De sorte que ma séparation
d'avec elle n'ouvrait nullement pour moi le champ des plaisirs
possibles que j'avais cru m'être fermé par sa présence.

D'ailleurs l'obstacle que sa présence avait peut-être été en effet pour moi à voyager, à jouir de la vie, m'avait seulement, comme il arrive toujours, masqué les autres obstacles, qui reparaissaient intacts maintenant que celui-là avait disparu. C'est de cette façon qu'autrefois, quand quelque visite aimable m'empêchait de travailler, si le lendemain je restais seul, je ne travaillais pas davantage. Qu'une maladie, un duel, un cheval emporté nous fasse voir la mort de près, nous aurions joui richement de la vie, de voluptés, de pays inconnus dont nous allons être privés. Et une fois le danger passé, ce que nous retrouvons, c'est la même vie morne où rien de tout cela n'existait pour nous.

Sans doute ces nuits si courtes durent peu. L'hiver finirait par revenir, où je n'aurais plus à craindre le souvenir des promenades avec elle jusqu'à l'aube trop tôt levée. Mais les premières gelées ne me rapporteraient-elles pas, conservé dans leur glace, le germe de mes premiers désirs, quand à minuit je la faisais chercher, que le temps me semblait si long jusqu'à son coup de sonnette, jusqu'à son coup de sonnette que je pourrais maintenant attendre éternellement en vain? Ne me rapporteraient-elles pas le germe de mes premières inquiétudes, quand deux fois je crus qu'elle ne viendrait pas[1]? Dans ce temps-là je ne la voyais que rarement; mais même ces intervalles qu'il y avait alors entre ses visites et qui, faisant surgir Albertine au bout de plusieurs semaines du sein d'une vie inconnue que je n'essayais pas de posséder, assuraient mon calme en empêchant les velléités sans cesse interrompues de ma jalousie de se conglomérer, de faire bloc dans mon cœur — ces intervalles, autant ils eussent pu être apaisants dans ce temps-là, autant, rétrospectivement, ils étaient empreints de souffrance, depuis que ce qu'elle avait pu faire d'inconnu pendant leur durée avait cessé de m'être indifférent, et surtout maintenant qu'aucune visite d'elle ne viendrait plus jamais; de sorte que ces soirs de janvier où elle venait, et qui par là m'avaient été si doux, me souffleraient maintenant dans leur bise aigre une inquiétude que je ne connaissais pas alors, et me rapporteraient, mais devenu pernicieux, le premier germe de mon amour, conservé dans leur gelée. Et en pensant que je

verrais recommencer ce temps froid qui depuis Gilberte et mes
jeux aux Champs-Élysées m'avait toujours paru si triste, quand
je pensais que reviendraient des soirs pareils à ce soir, à ce soir
de neige où j'avais vainement, toute une partie de la nuit,
attendu Albertine, alors, comme un malade se plaçant, lui, au
point de vue du corps, pour sa poitrine, moi, moralement, à ces
moments-là, ce que je redoutais encore le plus pour mon
chagrin, pour mon cœur, c'était le retour des grands froids, et
je me disais que ce qu'il y aurait de plus dur à passer, ce serait
peut-être l'hiver. Lié qu'il était à toutes les saisons, pour que je
perdisse le souvenir d'Albertine, il aurait fallu que je les
oubliasse toutes, quitte à recommencer à les connaître, comme
un vieillard frappé d'hémiplégie et qui rapprend à lire ; il aurait
fallu que je renonçasse tout l'univers. Seule, me disais-je, une
véritable mort de moi-même serait capable (mais elle est
impossible) de me consoler de la sienne. Je ne songeais pas que
la mort de soi-même n'est ni impossible, ni extraordinaire ; elle
se consomme à notre insu, au besoin contre notre gré, chaque
jour. Et je souffrirais de la répétition de toutes sortes de
journées que non seulement la nature, mais des circonstances
factices, un ordre plus conventionnel introduisent dans une
saison. Bientôt reviendrait la date où j'étais allé à Balbec
l'autre été et où mon amour, qui n'était pas encore inséparable
de la jalousie et qui ne s'inquiétait pas de ce qu'Albertine faisait
toute la journée, devait subir tant d'évolutions avant de devenir
celui, si différent, des derniers temps, que cette année finale où
avait commencé de changer et où s'était terminée la destinée
d'Albertine m'apparaissait remplie, diverse, vaste comme un
siècle. J'entendrais le flutiau du chevrier, les cris des marchands dont nous avions mangé les nourritures[2]. Puis ce serait
le souvenir de jours plus tardifs, mais dans des années
antérieures ; les dimanches de mauvais temps, où pourtant tout
le monde était sorti, dans le vide de l'après-midi où le bruit du
vent et de la pluie m'eût invité jadis à rester à faire le
« philosophe sous les toits[2] », avec quelle anxiété je verrais
approcher l'heure où Albertine, si peu attendue, était venue me
voir, m'avait caressé pour la première fois, s'interrompant
pour Françoise qui avait apporté la lampe[3], en ce temps deux

fois mort où c'était Albertine qui était curieuse de moi, où ma
tendresse pour elle pouvait légitimement avoir tant d'espérance. Même à une saison plus avancée, ces soirs glorieux où
les offices, les pensionnats, entr'ouverts comme des chapelles,
baignés d'une poussière dorée, laissent la rue se couronner de
ces demi-déesses qui causant non loin de nous avec leurs
pareilles nous donnent la fièvre de pénétrer dans leur existence
mythologique, ne me rappelaient plus que la tendresse
d'Albertine qui à côté de moi m'était un empêchement à
m'approcher d'elles[1].

Chapitre deuxième[2]

Ma[3] mère m'avait emmené passer quelques semaines à
Venise et — comme il peut y avoir de la beauté aussi bien que
dans les choses les plus humbles, dans les plus précieuses — j'y
goûtais des impressions analogues à celles que j'avais si
souvent ressenties autrefois à Combray, mais transposées selon
un mode entièrement différent et plus riche. Quand à dix
heures du matin on venait ouvrir mes volets je voyais
flamboyer, au lieu du marbre noir que devenaient en
resplendissant les ardoises de Saint-Hilaire, l'Ange d'or du
campanile de Saint-Marc. Rutilant d'un soleil qui le rendait
presque impossible à fixer, il me faisait avec ses bras grands
ouverts — pour quand je serais une demi-heure plus tard sur la
Piazzetta[4] — une promesse de joie plus certaine que celle qu'il
put être jadis chargé d'annoncer aux hommes de bonne
volonté[5]. Je ne pouvais apercevoir que lui tant que j'étais
couché, mais comme le monde n'est qu'un vaste cadran solaire
où un seul segment ensoleillé nous permet de voir l'heure qu'il
est, dès le premier matin je pensai aux boutiques de Combray,
sur la place de l'Église, qui le dimanche étaient sur le point de

fermer quand j'arrivais à la messe, tandis que la paille du marché sentait fort sous le soleil déjà chaud. Mais dès le second jour ce que je vis en m'éveillant, ce pourquoi je me levai (parce que cela s'était substitué dans ma mémoire et dans mon désir aux souvenirs de Combray), ce furent les impressions de ma première sortie du matin à Venise, à Venise où la vie quotidienne n'était pas moins réelle qu'à Combray, où, comme à Combray le dimanche matin, on avait bien le plaisir de descendre dans une rue en fête, mais où cette rue était toute en une eau de saphir, rafraîchie de souffles tièdes, et d'une couleur si résistante que mes yeux fatigués pouvaient, pour se détendre et sans craindre qu'elle fléchît, y appuyer leurs regards. Comme à Combray les bonnes gens de la rue de l'Oiseau, dans cette nouvelle ville aussi les habitants sortaient bien des maisons alignées l'une à côté de l'autre dans la grand-rue, mais ce rôle de maisons projetant un peu d'ombre à leurs pieds était à Venise confié à des palais de porphyre et de jaspe, au-dessus de la porte cintrée desquels la tête d'un dieu barbu[1] (en dépassant l'alignement, comme le marteau d'une porte à Combray) avait pour résultat de rendre plus foncé par son reflet, non le brun du sol, mais le bleu splendide de l'eau. Sur la Piazza[2] l'ombre qu'eussent développée à Combray la toile du magasin de nouveautés et l'enseigne du coiffeur, c'étaient les petites fleurs bleues que sème à ses pieds sur le désert du dallage ensoleillé le relief d'une façade Renaissance ; non pas que, quand le soleil tapait fort, on ne fût obligé à Venise, comme à Combray, de baisser, même au bord du canal, des stores ; mais ils étaient tendus entre les quadrilobes et les rinceaux de fenêtres gothiques. J'en dirai autant de celle de notre hôtel devant les balustres de laquelle ma mère m'attendait en regardant le canal, avec une patience qu'elle n'eût pas montrée autrefois à Combray en ce temps où, mettant en moi des espérances qui depuis n'avaient pas été réalisées, elle ne voulait pas me laisser voir combien elle m'aimait. Maintenant elle sentait bien que sa froideur apparente n'eût plus rien changé, et la tendresse qu'elle me prodiguait était comme ces aliments défendus qu'on cesse de refuser aux malades quand il est assuré qu'ils ne peuvent guérir[3]. Certes les humbles particularités qui faisaient

individuelle la fenêtre de la chambre de ma tante Léonie, sur la
rue de l'Oiseau, son asymétrie à cause de la distance inégale
entre les deux fenêtres voisines, la hauteur excessive de son
appui de bois et la barre coudée qui servait à ouvrir les volets,
les deux pans de satin bleu et glacé qu'une embrasse divisait et
retenait écartés, l'équivalent de tout cela existait à cet hôtel de
Venise où j'entendais aussi ces mots si particuliers, si éloquents,
qui nous font reconnaître de loin la demeure où nous rentrons
déjeuner, et plus tard restent dans notre souvenir comme un
témoignage que pendant un certain temps cette demeure fut la
nôtre ; mais le soin de les dire était à Venise dévolu, non comme
il l'était à Combray, et comme il l'est un peu partout, aux
choses les plus simples, voire les plus laides, mais à l'ogive
encore à demi arabe d'une façade qui est reproduite dans tous
les musées de moulages et tous les livres d'art illustrés comme
un des chefs-d'œuvre de l'architecture domestique au Moyen
Âge[1] ; de bien loin, et quand j'avais à peine dépassé Saint-
Georges-le-Majeur, j'apercevais cette ogive qui m'avait vu, et
l'élan de ses arcs brisés ajoutait à son sourire de bienvenue la
distinction d'un regard plus élevé, presque incompris. Et parce
que derrière ces balustres de marbre de diverses couleurs
maman lisait en m'attendant, le visage pris dans une voilette de
tulle, d'un blanc aussi déchirant que celui de ses cheveux pour
moi qui sentais que ma mère l'avait, en cachant ses larmes,
ajoutée à son chapeau de paille un peu pour avoir l'air
« habillé » devant les gens de l'hôtel, mais surtout pour me
paraître moins en deuil, moins triste, presque consolée de la
mort de ma grand-mère ; parce que, ne m'ayant pas reconnu
tout de suite, dès que de la gondole je l'appelais, elle envoyait
vers moi, du fond de son cœur, son amour qui ne s'arrêtait que
là où il n'y avait plus de matière pour le soutenir — à la surface
de son regard passionné qu'elle faisait aussi proche de moi que
possible, qu'elle cherchait à exhausser, à l'avancée de ses lèvres,
en un sourire qui semblait m'embrasser — dans le cadre et sous
le dais du sourire plus discret de l'ogive illuminée par le soleil
de midi : à cause de cela, cette fenêtre a pris dans ma mémoire
la douceur des choses qui eurent en même temps que nous, à
côté de nous, leur part dans une certaine heure qui sonnait, la

même pour nous et pour elles ; et, si pleins de formes
admirables que soient ses meneaux, cette fenêtre illustre garde
pour moi l'aspect intime d'un homme de génie avec qui nous
aurions passé un mois dans une même villégiature, qui y aurait
contracté pour nous quelque amitié ; et si depuis, chaque fois
que je vois le moulage de cette fenêtre dans un musée, je suis
obligé de retenir mes larmes, c'est tout simplement parce
qu'elle me dit la chose qui peut le plus me toucher : « Je me
rappelle très bien votre mère[1]. »

Et pour aller chercher maman qui avait quitté la fenêtre,
j'avais bien, en laissant la chaleur du plein air, cette sensation
de fraîcheur jadis éprouvée à Combray quand je montais dans
ma chambre ; mais à Venise c'était un courant d'air marin qui
l'entretenait, non plus dans un petit escalier de bois aux
marches rapprochées, mais sur les nobles surfaces de degrés de
marbre éclaboussées à tout moment d'un éclair de soleil
glauque, et qui à l'utile leçon de Chardin, reçue autrefois,
ajoutaient celle de Véronèse[2]. Et puisque à Venise ce sont des
œuvres d'art, les choses magnifiques, qui sont chargées de nous
donner les impressions familières de la vie, c'est esquiver le
caractère de cette ville, sous prétexte que la Venise de certains
peintres est froidement esthétique dans sa partie la plus célèbre,
qu'en représenter seulement (exceptons les superbes études de
Maxime Dethomas) les aspects misérables, là où ce qui fait sa
splendeur s'efface, et pour rendre Venise plus intime et plus
vraie, de lui donner de la ressemblance avec Aubervilliers[3]. Ce
fut le tort de beaucoup d'artistes, par une réaction bien
naturelle contre la Venise factice des mauvais peintres, de s'être
attachés uniquement à la Venise qu'ils trouvèrent plus réaliste
des humbles campi, des petits rii abandonnés. C'était elle que
j'explorais souvent l'après-midi, si je ne sortais pas avec ma
mère. J'y trouvais plus facilement en effet de ces femmes du
peuple, les allumettières, les enfileuses de perles, les travail-
leuses du verre ou de la dentelle, les petites ouvrières à grands
châles noirs à franges. Ma gondole suivait les petits canaux ;
comme la main mystérieuse d'un génie qui m'aurait conduit
dans les détours de cette ville d'Orient, ils semblaient, au fur et
à mesure que j'avançais, me pratiquer un chemin creusé en

plein cœur d'un quartier qu'ils divisaient en écartant à peine,
d'un mince sillon arbitrairement tracé, les hautes maisons aux
petites fenêtres mauresques ; et comme si le guide magique
avait tenu une bougie entre ses doigts et m'eût éclairé au
passage, ils faisaient briller devant eux un rayon de soleil à qui
ils frayaient sa route.

On sentait qu'entre les pauvres demeures que le petit canal
venait de séparer et qui eussent sans cela formé un tout
compact, aucune place n'avait été réservée, de sorte que le
campanile de l'église ou les treilles des jardins surplombaient à
pic le rio comme dans une ville inondée. Mais pour les églises
comme pour les jardins, grâce à la même transposition que
dans le Grand Canal où la mer se prête si bien à faire la
fonction de voie de communication, de chaque côté du
canaletto les églises montaient de l'eau en ce vieux quartier
populeux de paroisses humbles et fréquentées portant sur elles
le cachet de leur nécessité, de la fréquentation de nombreuses
petites gens — les jardins, traversés par la percée du canal,
laissaient traîner dans l'eau leurs feuilles ou leurs fruits
étonnés, et sur le rebord de la maison dont le grès
grossièrement fendu était encore rugueux comme s'il venait
d'être brusquement scié, des gamins surpris et gardant leur
équilibre laissaient pendre leurs jambes bien d'aplomb, à la
façon de matelots assis sur un pont mobile dont les deux
moitiés viennent de s'écarter et ont permis à la mer de passer
entre elles.

Parfois apparaissait un monument plus beau, qui se trouvait
là comme une surprise dans une boîte que nous viendrions
d'ouvrir, un petit temple d'ivoire avec ses ordres corinthiens et
sa statue allégorique au fronton, un peu dépaysé parmi les
choses usuelles au milieu desquelles il traînait, et le péristyle
que lui réservait le canal gardait l'air d'un quai de débarque-
ment pour maraîchers.

Le soleil était encore haut dans le ciel quand j'allais
retrouver ma mère sur la Piazzetta. Nous remontions le Grand
Canal en gondole, nous regardions la file des palais entre
lesquels nous passions refléter la lumière et l'heure sur leurs
flancs rosés et changer avec elles, moins à la façon d'habita-

tions privées et de monuments célèbres que comme une chaîne
de falaises de marbre au pied de laquelle on va se promener le
soir en barque pour voir se coucher le soleil. Telles, les
demeures disposées des deux côtés de ce chenal faisaient penser
à des sites de la nature, mais d'une nature qui aurait créé ses
œuvres avec une imagination humaine. Mais en même temps (à
cause du caractère des impressions toujours urbaines que
Venise donne presque en pleine mer, sur ces flots où le flux et
le reflux se font sentir deux fois par jour et qui tour à tour
recouvrent à marée haute et découvrent à marée basse les
magnifiques escaliers extérieurs des palais[1]), comme nous
aurions fait à Paris sur les boulevards, dans les Champs-
Élysées, au Bois, dans toute large avenue à la mode, parmi la
lumière poudroyante du soir nous croisions les femmes les plus
élégantes, presque toutes étrangères, et qui, mollement
appuyées sur les coussins de leur équipage flottant, prenaient la
file, s'arrêtaient devant un palais où elles avaient une amie à
aller voir, faisaient demander si elle était là ; et tandis qu'en
attendant la réponse elles préparaient à tout hasard leur carte
pour la laisser, comme elles eussent fait à la porte de l'hôtel de
Guermantes, elles cherchaient dans leur guide de quelle
époque, de quel style était le palais, non sans être secouées
comme aux sommets d'une vague bleue par le remous de l'eau
étincelante et cabrée, qui s'effarait d'être resserrée entre la
gondole dansante et le marbre retentissant. Et ainsi les
promenades, même rien que pour aller faire des visites ou des
courses, étaient triples et uniques dans cette Venise où les
simples allées et venues mondaines prennent en même temps la
forme et le charme d'une visite à un musée et d'une bordée en
mer.

Plusieurs des palais du Grand Canal étaient transformés en
hôtels[2] et, par goût du changement ou par amabilité pour
Mme Sazerat que nous avions retrouvée — la connaissance
imprévue et inopportune qu'on rencontre chaque fois qu'on
voyage — et que maman avait invitée, nous voulûmes un soir
essayer de dîner dans un hôtel qui ne fût pas le nôtre et où l'on
prétendait que la cuisine était meilleure. Tandis que ma mère
payait le gondolier et entrait avec Mme Sazerat dans le salon

qu'elle avait retenu, je voulus jeter un coup d'œil sur la grande salle du restaurant aux beaux piliers de marbre et jadis couverte tout entière de fresques, depuis mal restaurées. Deux garçons causaient en un italien que je traduis :

« Est-ce que les vieux mangent dans leur chambre ? Ils ne préviennent jamais. C'est assommant, je ne sais jamais si je dois garder leur table *(non so se è bisogno conservar loro la tavola)*. Et puis, tant pis s'ils descendent et qu'ils la trouvent prise ! Je ne comprends pas qu'on reçoive des *forestieri*[1] comme ça dans un hôtel aussi chic. C'est pas le monde d'ici. »

Malgré son dédain, le garçon aurait voulu savoir ce qu'il devait décider relativement à la table, et il allait faire demander au liftier de monter s'informer à l'étage, quand, avant qu'il en eût le temps, la réponse lui fut donnée : il venait d'apercevoir la vieille dame qui entrait. Je n'eus pas de peine, malgré l'air de tristesse et de fatigue que donne l'appesantissement des années, et malgré une sorte d'eczéma, de lèpre rouge qui couvrait sa figure, à reconnaître sous son bonnet, dans sa cotte noire faite chez W..., mais, pour les profanes, pareille à celle d'une vieille concierge, la marquise de Villeparisis. Le hasard fit que l'endroit où j'étais, debout, en train d'examiner les vestiges d'une fresque, était le long des belles parois de marbre exactement derrière la table où venait de s'asseoir Mme de Villeparisis.

« Alors M. de Villeparisis ne va pas tarder à descendre. Depuis un mois qu'ils sont ici, ils n'ont mangé qu'une fois l'un sans l'autre », dit le garçon.

Je me demandais quel était celui de ses parents avec lequel elle voyageait, et qu'on appelait M. de Villeparisis, quand je vis, au bout de quelques instants, s'avancer vers la table et s'asseoir à côté d'elle son vieil amant, M. de Norpois[2]. Son grand âge avait affaibli la sonorité de sa voix, mais donné en revanche à son langage jadis si plein de réserve une véritable intempérance. Peut-être fallait-il en chercher la cause dans des ambitions qu'il sentait ne plus avoir grand temps pour réaliser et qui le remplissaient d'autant plus de véhémence et de fougue, peut-être dans le fait que, laissé à l'écart d'une politique où il brûlait de rentrer, il croyait, avec la naïveté de ce qu'on désire, faire mettre à la retraite par les sanglantes critiques qu'il dirigeait contre eux ceux qu'il se croyait fort de remplacer. Ainsi voit-on des politiciens assurés que le cabinet dont ils ne font pas partie n'en a pas pour trois jours. Il serait d'ailleurs exagéré de croire que M. de Norpois avait perdu entièrement les traditions du langage diplomatique. Dès qu'il était question de « grandes affaires » il se retrouvait, on va le voir, l'homme que nous avons connu, mais le reste du temps il s'épanchait sur l'un et sur l'autre avec cette violence sénile de certains octogénaires, et qui les jette sur des femmes à qui ils ne peuvent plus faire grand mal.

Mme de Villeparisis garda pendant quelques minutes le silence d'une vieille femme à qui la fatigue de la vieillesse a rendu difficile de remonter du ressouvenir du passé au présent. Puis, dans ces questions toutes pratiques où s'empreint le prolongement d'un mutuel amour :

« Êtes-vous passé chez Salviati[1] ? » — « Oui. » — « Enverront-ils demain ? » — « J'ai rapporté moi-même la coupe. Je vous la montrerai après le dîner. Voyons le menu. » — « Avez-vous donné l'ordre de bourse pour mes Suez ? » — « Non ; l'attention de la bourse est retenue en ce moment par les valeurs de pétrole. C'est le compartiment en vedette. La Royal Dutch n'a pas fait un nouveau bond de trois mille francs. Le cours de quarante mille francs est envisagé. À mon sens il ne serait pas prudent d'attendre jusque-là. Mais il n'y a pas lieu de se presser étant donné les excellentes dispositions du marché. Voilà le menu. Il y a comme entrée des rougets. Voulez-vous que nous en prenions ? » — « Moi, oui, mais vous cela vous est défendu. Demandez à la place des risottos. Mais ils ne savent pas les faire. » — « Ça ne fait rien : Garçon, apportez-nous d'abord des rougets pour Madame et un risotto pour moi. »

Un nouveau et long silence.

« Tenez, je vous apporte des journaux, le *Corriere della Sera*, la *Gazzetta del Popolo*, etc. Est-ce que vous savez qu'il est fortement question d'un mouvement diplomatique dont le premier bouc émissaire serait Paléologue, notoirement insuffisant en Serbie ? Il serait peut-être remplacé par Lozé et, il y aurait à pourvoir au poste de Constantinople[1] ; mais, s'empressa d'ajouter avec âcreté M. de Norpois, pour une ambassade d'une telle envergure et où il est de toute évidence que la Grande-Bretagne devra toujours, quoi qu'il arrive, avoir la première place à la table des délibérations, il serait prudent de s'adresser à des hommes d'expérience, mieux outillés pour résister aux embûches des ennemis de notre alliée britannique que des diplomates de la jeune école qui donneraient tête baissée dans le panneau. » La volubilité irritée avec laquelle M. de Norpois prononça ces dernières paroles venait surtout de ce que les journaux, au lieu de prononcer son nom comme il leur avait recommandé de le faire, prononçaient comme « grand favori » celui d'un jeune ministre des Affaires étrangères. « Dieu sait si les hommes d'âge sont éloignés de se mettre, à la suite de je ne sais quelles manœuvres tortueuses, aux lieu et place de plus ou moins incapables recrues. J'en ai beaucoup connu de tous ces prétendus diplomates de la méthode empirique qui mettaient tout leur espoir sur un ballon d'essai que je ne tardais pas à dégonfler. Il est hors de doute, si le gouvernement a le manque de sagesse de remettre les rênes de l'État en des mains turbulentes, qu'à l'appel du devoir un conscrit répondra toujours "présent". Mais qui sait (et M. de Norpois avait l'air de très bien savoir de qui il parlait) s'il n'en serait pas de même le jour où l'on irait chercher quelque vétéran plein de savoir et d'ardeur. À mon sens — chacun peut avoir sa manière de voir — le poste de Constantinople ne devrait être accepté qu'après un règlement de nos difficultés pendantes avec l'Allemagne. Nous ne devons rien à personne et il est inadmissible que tous les six mois on vienne nous réclamer, par des manœuvres dolosives et à notre corps défendant, je ne sais quel quitus, toujours mis en avant par une presse de sportule. Il faut que cela finisse et naturellement un homme de haute valeur et qui a fait ses preuves, un homme qui aurait, si je puis dire, l'oreille de l'empereur Guillaume, jouirait de plus d'autorité pour mettre le point final au conflit. »

Un[2] monsieur qui finissait de dîner salua M. de Norpois.

« Ah ! mais c'est le prince de B... », dit le marquis. — « Ah ! je ne sais pas au juste qui vous voulez dire », soupira Mme de

Villeparisis. — « Mais parfaitement si. C'est le prince Odon.
C'est le propre beau-frère de votre cousine Doudeauville. Vous
vous rappelez bien que j'ai chassé avec lui à Bonnétable ? » —
« Ah ! Odon, c'est celui qui faisait de la peinture ? » — « Mais
pas du tout, c'est celui qui a épousé la sœur du grand-duc
N... »[1]

M. de Norpois disait tout cela sur le ton assez désagréable
d'un professeur mécontent de son élève et, de ses yeux bleus,
regardait fixement Mme de Villeparisis.

Quand le prince eut fini son café et quitta sa table, M. de
Norpois se leva, marcha avec empressement vers lui ; d'un geste
majestueux, il s'écarta, et s'effaçant lui-même, le présenta à
Mme de Villeparisis. Et pendant les quelques minutes que le
prince demeura avec eux, M. de Norpois ne cessa un instant de
surveiller Mme de Villeparisis de sa pupille bleue, par
complaisance ou sévérité de vieil amant, plutôt dans la crainte
qu'elle ne se livrât à un des écarts de langage qu'il avait goûtés
mais qu'il redoutait. Dès qu'elle disait au prince quelque chose
d'inexact, il rectifiait le propos et fixait des yeux la marquise
accablée et docile, avec l'intensité continue d'un magnéti-
seur.

Un garçon vint me dire que ma mère m'attendait, je la
rejoignis et m'excusai auprès de Mme Sazerat en disant que
cela m'avait amusé de voir Mme de Villeparisis. À ce nom,
Mme Sazerat pâlit et sembla près de s'évanouir. Cherchant à se
dominer :

« Mme de Villeparisis, Mlle de Bouillon ?[2] » me dit-elle.
— « Oui. » — « Est-ce que je ne pourrais pas l'apercevoir une
seconde ? C'est le rêve de ma vie. » — « Alors ne perdez pas
trop de temps, Madame, car elle ne tardera pas à avoir fini de
dîner. Mais comment peut-elle tant vous intéresser ? » — « Mais
Mme de Villeparisis, c'était en premières noces la duchesse
d'Havré, belle comme un ange, méchante comme un démon,
qui a rendu fou mon père, l'a ruiné et abandonné aussitôt
après[3]. Eh bien ! elle a beau avoir agi avec lui comme la
dernière des filles, avoir été cause que j'ai dû, moi et les miens,
vivre petitement à Combray, maintenant que mon père est
mort, ma consolation c'est qu'il ait aimé la plus belle femme de

son époque, et comme je ne l'ai jamais vue, malgré tout, ce sera une douceur... »

Je menai Mme Sazerat, tremblante d'émotion, jusqu'au restaurant et je lui montrai Mme de Villeparisis.

Mais comme les aveugles qui dirigent leurs yeux ailleurs qu'où il faut, Mme Sazerat n'arrêta pas ses regards à la table où dînait Mme de Villeparisis, et, cherchant un autre point de la salle :

« Mais elle doit être partie, je ne la vois pas où vous me dites. »

Et elle cherchait toujours, poursuivant la vision détestée, adorée, qui habitait son imagination depuis si longtemps.

« Mais si, à la seconde table. » — « C'est que nous ne comptons pas à partir du même point. Moi, comme je compte, la seconde table, c'est une table où il y a seulement, à côté d'un vieux monsieur, une petite bossue, rougeaude, affreuse. » — « C'est elle. »

Cependant[1] Mme de Villeparisis ayant demandé à M. de Norpois de faire asseoir le prince Foggi[2], une aimable conversation suivit entre eux trois, on parla politique, le prince déclara qu'il était indifférent du reste au sort du cabinet, et qu'il resterait encore une bonne semaine à Venise. Il espérait que d'ici là toute crise ministérielle serait évitée. Le prince Foggi crut au premier instant que ces questions de politique n'intéresseraient pas M. de Norpois, car celui-ci, qui jusque-là s'était exprimé avec tant de véhémence, s'était mis soudain à garder un silence presque angélique qui semblait ne pouvoir s'épanouir, si la voix revenait, qu'en un chant innocent et mélodieux de Mendelssohn ou de César Franck. Le prince pensait aussi que ce silence était dû à la réserve d'un Français qui devant un Italien ne veut pas parler des affaires de l'Italie. Or l'erreur du prince était complète. Le silence, l'air d'indifférence étaient restés chez M. de Norpois non la marque de la réserve mais le prélude coutumier d'une immixtion dans des affaires importantes. Le marquis n'ambitionnait rien moins que Constantinople, avec un règlement préalable des affaires allemandes, pour lequel il comptait forcer la main au cabinet de Rome. Le marquis jugeait en effet que de sa part un acte d'une portée internationale pouvait être le digne couronnement de sa carrière, peut-être même le commencement de nouveaux honneurs, de fonctions difficiles auxquelles il n'avait pas renoncé. Car la vieillesse nous rend d'abord incapables d'entreprendre mais non de désirer. Ce n'est que dans une troisième période que ceux qui vivent très vieux ont renoncé au désir, comme ils ont dû abandonner l'action. Ils ne se présentent même plus à des élections futiles où ils tentèrent si souvent de réussir, comme celle de président de la République. Ils se contentent de sortir, de manger, de lire les journaux, ils se survivent à eux-mêmes.

Le prince, pour mettre le marquis à l'aise et lui montrer qu'il le considérait comme un compatriote, se mit à parler des successeurs possibles du président du Conseil actuel. Successeur dont la tâche serait difficile. Quand le prince Foggi eut cité plus de vingt noms d'hommes politiques qui lui semblaient ministrables, noms que l'ancien ambassadeur écouta les paupières à demi abaissées sur ses yeux bleus et sans faire un mouvement, M. de Norpois rompit enfin le silence pour prononcer ces mots qui devaient pendant vingt ans alimenter la conversation des chancelleries et ensuite, quand on les crut oubliés, être exhumés, par quelque personnalité signant « un Renseigné » ou « Testis »[1] ou « Machiavelli », dans un journal où l'oubli même où ils étaient tombés leur vaut le bénéfice de faire à nouveau sensation. Donc le prince Foggi venait de citer plus de vingt noms devant le diplomate aussi immobile et muet qu'homme sourd, quand M. de Norpois leva légèrement la tête et dans la forme où avaient été rédigées ses interventions diplomatiques les plus grosses de conséquence, quoique cette fois-ci avec une audace accrue et une brièveté moindre, demanda finement : « Et est-ce que personne n'a prononcé le nom de M. Giolitti[2] ? » À ces mots les écailles tombèrent des yeux du prince Foggi, il entendit un murmure céleste. Puis aussitôt M. de Norpois se mit à parler de choses et autres, ne craignit pas de faire quelque bruit, comme, lorsque la dernière note d'une sublime aria de Bach est terminée, on ne craint plus de parler à haute voix, d'aller chercher ses vêtements au vestiaire. Il rendit même la cassure plus nette en priant le prince

de mettre ses hommages aux pieds de Leurs Majestés le Roi et
la Reine quand il aurait l'occasion de les voir, phrase de départ
qui correspondait à ce qu'est à la fin d'un concert ces mots
hurlés : « Le cocher Auguste de la rue de Belloy[1]. » Nous
ignorons quelles furent exactement les impressions du prince
Foggi. Il était assurément ravi d'avoir entendu ce chef-
d'œuvre : « Et M. Giolitti, est-ce que personne n'a prononcé
son nom ? » Car M. de Norpois chez qui l'âge avait éteint ou
désordonné les qualités les plus belles, en revanche avait
perfectionné en vieillissant ces brefs « airs de bravoure »,
comme certains musiciens âgés, en déclin pour tout le reste,
acquièrent jusqu'au dernier jour pour la musique de chambre
une virtuosité parfaite qu'ils ne possédaient pas jusque-là.

Toujours est-il que le prince Foggi, qui comptait passer
quinze jours à Venise, rentra à Rome le jour même et fut reçu
quelques jours après en audience par le roi au sujet de
propriétés que, nous croyons l'avoir déjà dit, le prince
possédait en Sicile. Le cabinet végéta plus longtemps qu'on
n'aurait cru. À sa chute, le roi consulta divers hommes d'État
sur le chef qu'il convenait de donner au nouveau cabinet. Puis
il fit appeler M. Giolitti, qui accepta. Trois mois après un
journal raconta l'entrevue du prince Foggi avec M. de Norpois.
La conversation était rapportée comme nous l'avons fait, avec
la différence qu'au lieu de dire : « M. de Norpois demanda
finement », on lisait « dit avec ce fin et charmant sourire qu'on
lui connaît ». M. de Norpois jugea que « finement » avait déjà
une force explosive suffisante pour un diplomate et que cette
adjonction était pour le moins intempestive. Il aurait bien
demandé que le Quai d'Orsay démentît officiellement, mais le
Quai d'Orsay ne savait où donner de la tête. En effet depuis
que l'entrevue avait été dévoilée, M. Barrère télégraphiait
plusieurs fois par heure avec Paris pour dire qu'il y avait un
ambassadeur officieux au Quirinal et pour rapporter le
mécontentement que ce fait avait produit dans l'Europe
entière. Ce mécontentement n'existait pas, mais les divers
ambassadeurs étaient trop polis pour démentir M. Barrère leur
assurant que sûrement tout le monde était révolté. M. Barrère
n'écoutant que sa pensée prenait ce silence courtois pour une

adhésion. Aussitôt il télégraphiait à Paris : « Je me suis entretenu une heure durant avec le marquis Visconti-Venosta[1], etc. » Ses secrétaires étaient sur les dents[2].

Pourtant M. de Norpois avait « à sa dévotion » un très ancien journal français et qui, même en 1870 quand il était ministre de France dans un pays allemand, lui avait rendu grand service. Ce journal était (surtout le premier article, non signé) admirablement rédigé. Mais il intéressait mille fois davantage quand ce premier article (dit premier-Paris dans ces temps lointains[3] et appelé aujourd'hui on ne sait pourquoi « éditorial ») était au contraire mal tourné, avec des répétitions de mots infinies, etc. Chacun sentait alors avec émotion que l'article avait été « inspiré ». Peut-être par M. de Norpois, peut-être par tel autre grand maître de l'heure. Pour donner une idée anticipée des événements d'Italie, montrons comment M. de Norpois se servit de ce journal en 1870, inutilement trouvera-t-on, puisque la guerre eut lieu tout de même, très efficacement pensait M. de Norpois dont l'axiome était qu'il faut avant tout préparer l'opinion. Ses articles, où chaque mot était pesé, ressemblaient à ces notes optimistes que suit immédiatement la mort du malade. Par exemple, en 1870, à la veille de la déclaration de guerre, quand la mobilisation était presque achevée, M. de Norpois (restant dans l'ombre naturellement) avait cru devoir envoyer à ce journal fameux l'éditorial suivant :

« L'opinion semble prévaloir dans les cercles autorisés que depuis hier dans le milieu de l'après-midi la situation, sans avoir bien entendu un caractère alarmant, pourrait être envisagée comme sérieuse et même, par certains côtés, comme susceptible d'être considérée comme critique. M. le marquis de Norpois aurait eu plusieurs entretiens avec le ministre de Prusse, afin d'examiner dans un esprit de fermeté et de conciliation, et d'une façon tout à fait concrète, les différents motifs de friction existant, si l'on peut parler ainsi. La nouvelle n'a malheureusement pas été reçue par nous à l'heure où nous mettons sous presse qu'ils aient pu se mettre d'accord sur une formule pouvant servir de base à un instrument diplomatique. »

Dernière heure: « On a appris avec satisfaction dans les cercles bien informés qu'une légère détente semble s'être produite dans les rapports franco-prussiens. On attacherait une importance toute particulière au fait que M. de Norpois aurait rencontré "Unter den Linden"[1] le ministre d'Angleterre avec qui il s'est entretenu une vingtaine de minutes. Cette nouvelle est considérée comme satisfaisante (*befriedigend*)[2] par les sphères bien renseignées. » Et le lendemain on lisait dans l'éditorial : « Il semblerait, malgré toute la souplesse de M. de Norpois à qui tout le monde se plaît à rendre hommage pour l'habile énergie avec laquelle il a su défendre les droits imprescriptibles de la France, qu'une rupture n'a plus pour ainsi dire presque aucune chance d'être évitée. »

Le journal ne pouvait pas se dispenser de faire suivre un pareil éditorial de quelques commentaires, envoyés bien entendu par M. de Norpois. On a peut-être remarqué dans les pages précédentes que le conditionnel était une des formes grammaticales préférées de l'ambassadeur dans la littérature diplomatique (« On attacherait une importance particulière », pour « il paraît qu'on attache une importance particulière »). Mais le présent de l'indicatif, pris non pas dans son sens habituel mais dans celui de l'ancien optatif, n'était pas moins cher à M. de Norpois. Les commentaires qui suivaient l'éditorial étaient ceux-ci :

« Jamais le public n'a fait preuve d'un calme aussi admirable (M. de Norpois aurait bien voulu que ce fût vrai mais craignait tout le contraire). Il est las des agitations stériles et a appris avec satisfaction que le gouvernement de Sa Majesté prendrait ses responsabilités selon les éventualités qui pourraient se produire. Le public n'en demande (optatif) pas davantage. À son beau sang-froid qui est déjà un indice de succès, nous ajouterons encore par une nouvelle bien faite pour rassurer l'opinion publique, s'il en était besoin. On assure en effet que M. de Norpois, qui pour raison de santé devait depuis longtemps venir faire à Paris une petite cure, aurait quitté Berlin où il ne jugeait plus sa présence utile. »

Dernière heure: « Sa Majesté l'Empereur a quitté ce matin Compiègne pour Paris afin de conférer avec le marquis de

Norpois, le ministre de la Guerre et le maréchal Bazaine, en qui l'opinion publique a une confiance particulière. S. M. l'Empereur a décommandé le dîner qu'il devait offrir à sa belle-sœur la duchesse d'Albe. Cette mesure a produit partout, dès qu'elle a été connue, une impression particulièrement favorable. L'Empereur a passé en revue les troupes dont l'enthousiasme est indescriptible. Quelques corps, sur un ordre de mobilisation lancé aussitôt l'arrivée des souverains à Paris, sont, prêts à toute éventualité, partis dans la direction du Rhin. »

Après[1] le déjeuner, quand je n'allais pas errer seul dans Venise, je montais me préparer dans ma chambre pour sortir avec ma mère. Au coup brusque que les coudes du mur donnaient à celui-ci et qui lui faisaient rentrer ses angles, je sentais les restrictions édictées par la mer, la parcimonie du sol. Et en descendant pour rejoindre maman qui m'attendait, à cette heure où à Combray il faisait si bon goûter le soleil tout proche dans l'obscurité conservée par les volets clos, ici, du haut en bas de l'escalier de marbre dont on ne savait pas plus que dans une peinture de la Renaissance s'il était dressé dans un palais ou sur une galère, la même fraîcheur et le même sentiment de la splendeur du dehors étaient donnés grâce au vélum qui se mouvait devant les fenêtres perpétuellement ouvertes et par lesquelles, dans un incessant courant d'air, l'ombre tiède et le soleil verdâtre filaient comme sur une surface flottante et évoquaient le voisinage mobile, l'illumination, la miroitante instabilité du flot[2]. La veille de notre départ, nous voulûmes pousser jusqu'à Padoue où se trouvaient ces « Vices » et ces « Vertus » dont M. Swann m'avait donné les reproductions[3] ; après avoir traversé en plein soleil le jardin de l'Arena, j'entrai dans la chapelle des Giotto où la voûte entière et les fonds des fresques sont si bleus qu'il semble que la radieuse journée ait passé le seuil, elle aussi, avec le visiteur, et soit venue un instant mettre à l'ombre et au frais son ciel pur — à peine un peu plus foncé d'être débarrassé des dorures de la lumière, comme en ces courts répits dont s'interrompent les plus beaux jours, quand, sans qu'on ait vu aucun nuage, le

soleil ayant tourné son regard ailleurs pour un moment, l'azur,
plus doux encore, s'assombrit. Dans ce ciel, sur la pierre bleuie,
des anges volaient avec une telle ardeur céleste, ou au moins
enfantine, qu'ils semblaient des volatiles d'une espèce particulière ayant existé réellement, ayant dû figurer dans l'histoire
naturelle des temps bibliques et évangéliques et qui ne
manquent pas de voler devant les saints quand ceux-ci se
promènent ; il y en a toujours quelques-uns de lâchés au-dessus
d'eux, et comme ce sont des créatures réelles et effectivement
volantes, on les voit s'élevant, décrivant des courbes, mettant la
plus grande aisance à exécuter des loopings, fondant vers le sol
la tête en bas à grand renfort d'ailes qui leur permettent de se
maintenir dans des conditions contraires aux lois de la
pesanteur, et ils font beaucoup plutôt penser à une variété
d'oiseaux ou à de jeunes élèves de Fonck[1] s'exerçant au vol
plané qu'aux anges de l'art de la Renaissance et des époques
suivantes, dont les ailes ne sont plus que des emblèmes et dont
le maintien est habituellement le même que celui de personnages célestes qui ne seraient pas ailés[2].

Le[3] soir je sortais seul au milieu de la ville enchantée, où je
me trouvais au milieu de quartiers nouveaux comme un
personnage des *Mille et Une Nuits*. Il était bien rare que je ne
découvrisse pas au hasard de mes promenades quelque place
inconnue et spacieuse dont aucun guide, aucun voyageur, ne
m'avaient parlé[4].

Je m'étais engagé dans un réseau de petites ruelles, de calli
divisant en tous sens, de leurs rainures, le morceau de Venise
découpé entre un canal et la lagune, comme s'il avait cristallisé
suivant ces formes innombrables, ténues et minutieuses. Tout à
coup, au bout d'une de ces petites rues, il semblait que dans la
matière cristallisée se fût produite une distension. Un vaste et
somptueux campo à qui je n'eusse assurément pas, dans ce
réseau de petites rues, pu deviner cette importance ni même
trouver une place, s'étendait devant moi, entouré de charmants
palais, pâle de clair de lune. C'était un de ces ensembles
architecturaux vers lesquels, dans une autre ville, les rues se
dirigent, vous conduisent et le désignent. Ici, il semblait exprès
caché dans un entrecroisement de ruelles, comme ces palais de

contes orientaux où on mène la nuit un personnage qui,
ramené chez lui avant le jour, ne doit pas pouvoir retrouver la
demeure magique où il finit par croire qu'il n'est allé qu'en
rêve.

Le lendemain je partais à la recherche de ma belle place
nocturne, je suivais des calli qui se ressemblaient toutes et se
refusaient à me donner le moindre renseignement, sauf pour
m'égarer mieux. Parfois un vague indice que je croyais
reconnaître me faisait supposer que j'allais voir apparaître,
dans sa claustration, sa solitude et son silence, la belle place
exilée. À ce moment, quelque mauvais génie qui avait pris
l'apparence d'une nouvelle calle me faisait rebrousser chemin
malgré moi et je me trouvais brusquement ramené au Grand
Canal. Et comme il n'y a pas entre le souvenir d'un rêve et le
souvenir d'une réalité de grandes différences, je finissais par me
demander si ce n'était pas pendant mon sommeil que s'était
produit, dans un sombre morceau de cristallisation vénitienne,
cet étrange flottement qui offrait une vaste place entourée de
palais romantiques à la méditation du clair de lune.

Quand j'appris, le jour même où nous allions rentrer à Paris,
que Mme Putbus, et par conséquent sa femme de chambre[1],
venaient d'arriver à Venise, je demandai à ma mère de remettre
notre départ de quelques jours ; l'air qu'elle eut de ne pas
prendre ma prière en considération ni même au sérieux réveilla
dans mes nerfs excités par le printemps vénitien ce vieux désir
de résistance à un complot imaginaire tramé contre moi par
mes parents (qui se figuraient que je serais bien forcé d'obéir)
— cette volonté de lutte, désir qui me poussait jadis à imposer
brusquement ma volonté à ceux que j'aimais le plus, quitte à
me conformer à la leur, après que j'avais réussi à les faire céder.
Je dis à ma mère que je ne partirais pas[2], mais elle, croyant plus
habile de ne pas avoir l'air de penser que je disais cela
sérieusement, ne me répondit même pas. Je repris qu'elle
verrait bien si c'était sérieux ou non[3]. Et quand fut venue
l'heure où, suivie de toutes mes affaires, elle partit pour la gare,
je me fis apporter une consommation sur la terrasse, devant le
canal, et m'y installai, regardant se coucher le soleil tandis que

sur une barque arrêtée en face de l'hôtel un musicien chantait *Sole mio*[1].

Le soleil continuait de descendre. Ma mère ne devait pas être loin de la gare. Bientôt elle serait partie, je resterais seul à Venise, seul avec la tristesse de la savoir peinée par moi, et sans sa présence pour me consoler. L'heure du train approchait. Ma solitude irrévocable était si prochaine qu'elle me semblait déjà commencée et totale.

Les choses m'étaient devenues étrangères. Je n'avais plus assez de calme pour sortir de mon cœur palpitant et introduire en elles quelque stabilité. La ville que j'avais devant moi avait cessé d'être Venise. Sa personnalité, son nom, me semblaient comme des fictions menteuses que je n'avais plus le courage d'inculquer aux pierres. Les palais m'apparaissaient réduits à leurs simples parties et quantités de marbre pareil à tout autre, et l'eau comme une combinaison d'hydrogène et d'azote[2], éternelle, aveugle, antérieure et extérieure à Venise, ignorante des Doges et de Turner. Et cependant ce lieu quelconque était étrange comme un lieu où l'on vient d'arriver, qui ne vous connaît pas encore — comme un d'où l'on est parti et qui vous a déjà oublié. Je ne pouvais plus rien lui dire de moi, je ne pouvais rien laisser de moi poser sur lui, il me laissait contracté, je n'étais plus qu'un cœur qui battait et qu'une attention suivant anxieusement le développement de *Sole mio*. J'avais beau raccrocher désespérément ma pensée à la belle coudée caractéristique du Rialto, il m'apparaissait avec la médiocrité de l'évidence comme un pont non seulement inférieur, mais aussi étranger à l'idée que j'avais de lui qu'un acteur dont, malgré sa perruque blonde et son vêtement noir, j'aurais su qu'en son essence il n'est pas Hamlet. Tels, les palais, le canal, le Rialto, se trouvaient dévêtus de l'idée qui faisait leur individualité et dissous en leurs vulgaires éléments matériels. Mais en même temps ce lieu médiocre me semblait lointain. Dans le bassin de l'arsenal, à cause d'un élément scientifique lui aussi, la latitude, il y avait cette singularité des choses qui, même semblables en apparence à celles de notre pays, se révèlent étrangères, en exil sous d'autres cieux ; je sentais que cet horizon si voisin que j'aurais pu atteindre en une heure, c'était une courbure de la terre tout autre que celle des mers de France, une courbure lointaine qui se trouvait, par l'artifice du voyage, amarrée près de moi ; si bien que ce bassin de l'arsenal à la fois insignifiant et lointain me remplissait de ce mélange de dégoût et d'effroi que j'avais éprouvé tout enfant la première fois que j'accompagnai ma mère aux bains Deligny ; en effet dans le site fantastique composé par une eau sombre que ne couvraient pas le ciel ni le soleil et que cependant, borné par des cabines, on sentait communiquer avec d'invisibles profondeurs couvertes de corps humains en caleçon, je m'étais demandé si ces profondeurs, cachées aux mortels par des baraquements qui ne les laissaient pas soupçonner de la rue, n'étaient pas l'entrée des mers glaciales qui commençaient là, si les pôles n'y étaient pas compris et si cet étroit espace n'était pas précisément la mer libre du pôle[1], cette Venise irréelle sans sympathie pour moi, où j'allais rester seul, ne me semblait pas moins isolée, moins irréelle, et c'était ma détresse que le chant de *Sole mio*, s'élevant comme une déploration de la Venise que j'avais connue, semblait prendre à témoin. Sans doute il aurait fallu cesser de l'écouter si j'avais voulu pouvoir rejoindre encore ma mère et prendre le train avec elle, il aurait fallu décider sans perdre une seconde que je partais, mais c'est justement ce que je ne pouvais pas : je restais immobile, sans être capable non seulement de me lever, mais même de décider que je me lèverais.

Ma pensée, sans doute pour ne pas envisager une résolution à prendre, s'occupait tout entière à suivre le déroulement des phrases successives de *Sole mio*, à chanter mentalement avec le chanteur, à prévoir l'élan qui allait l'emporter, à m'y laisser aller avec elles aussi, à retomber ensuite.

Sans doute ce chant insignifiant entendu cent fois ne m'intéressait nullement. Je ne pouvais faire plaisir à personne ni à moi-même en l'écoutant aussi religieusement jusqu'au bout. Enfin aucun des motifs connus d'avance par moi de cette vulgaire romance ne pouvait me fournir la résolution dont j'avais besoin ; bien plus, chacune de ces phrases, quand elle passait à son tour, devenait un obstacle à prendre efficacement cette résolution, ou plutôt elle m'obligeait à la résolution

contraire de ne pas partir, car elle me faisait passer l'heure. Par
là cette occupation sans plaisir en elle-même d'écouter *Sole mio*
se chargeait d'une tristesse profonde, presque désespérée. Je
sentais bien qu'en réalité c'était la résolution de ne pas partir
que je prenais par le fait de rester là sans bouger ; mais me dire :
« Je ne pars pas », qui ne m'était pas possible sous cette forme
directe, me le devenait sous cette autre : « Je vais entendre
encore une phrase de *Sole mio* » ; mais la signification pratique
de ce langage figuré ne m'échappait pas et, tout en me disant :
« Je ne fais en somme qu'écouter une phrase de plus », je savais
que cela voulait dire : « Je resterai seul à Venise. » Et c'est peut-
être cette tristesse, comme une sorte de froid engourdissant, qui
faisait le charme désespéré mais fascinateur de ce chant ;
chaque note que lançait la voix du chanteur, avec une force et
une ostentation presque musculaires, venait me frapper en
plein cœur ; quand la phrase était consommée et que le
morceau semblait fini, le chanteur n'en avait pas assez et
reprenait en haut comme s'il avait besoin de proclamer une fois
de plus ma solitude et mon désespoir.

Ma mère devait être arrivée à la gare. Bientôt elle serait
partie. J'étais étreint par l'angoisse que me causait, avec la vue
du canal devenu tout petit depuis que l'âme de Venise s'en était
échappée, de ce Rialto banal qui n'était plus le Rialto, ce chant
de désespoir que devenait *Sole mio* et qui, ainsi clamé devant
les palais inconsistants, achevait de les mettre en miettes et
consommait la ruine de Venise ; j'assistais à la lente réalisation
de mon malheur, construit artistement, sans hâte, note par
note, par le chanteur que regardait avec étonnement le soleil
arrêté derrière Saint-Georges-le-Majeur, si bien que cette
lumière crépusculaire devait faire à jamais dans ma mémoire,
avec le frisson de mon émotion et la voix de bronze du
chanteur, un alliage équivoque, immutable et poignant.

Ainsi restais-je immobile, avec une volonté dissoute, sans
décision apparente ; sans doute à ces moments-là elle est déjà
prise : nos amis eux-mêmes peuvent souvent la prévoir. Mais
nous, nous ne le pouvons pas, sans quoi tant de souffrances
nous seraient épargnées.

Mais enfin, d'antres plus obscurs que ceux d'où s'élance la

comète qu'on peut prédire — grâce à l'insoupçonnable
puissance défensive de l'habitude invétérée, grâce aux réserves
cachées que par une impulsion subite elle jette au dernier
moment dans la mêlée — mon action surgit enfin, je pris mes
jambes à mon cou et j'arrivai, les portières déjà fermées, mais
à temps pour retrouver ma mère rouge d'émotion, se retenant
pour ne pas pleurer, car elle croyait que je ne viendrais plus.
Puis le train partit[1], et nous vîmes Padoue et Vérone venir au-
devant du train nous dire adieu presque jusqu'à la gare et —
quand nous fûmes éloignés — regagner, elles qui ne partaient
pas et allaient reprendre leur vie, l'une sa plaine, l'autre sa
colline[2].

Les heures passaient. Ma mère ne se pressa pas de lire les
deux lettres qu'elle avait seulement ouvertes et tâcha que moi-
même je ne tirasse pas tout de suite mon portefeuille pour
prendre la lettre que le concierge de l'hôtel m'avait remise[3].
Elle craignait toujours que je ne trouvasse les voyages trop
longs, trop fatigants, et reculait le plus tard possible, pour
m'occuper pendant les dernières heures, le moment où elle
déballerait les œufs durs, me passerait les journaux, déferait le
paquet de livres qu'elle avait achetés sans me le dire. Je
regardai d'abord ma mère qui lisait sa lettre avec étonnement,
puis elle levait la tête, et ses yeux semblaient se poser tour à
tour sur des souvenirs distincts, incompatibles, et qu'elle ne
pouvait parvenir à rapprocher. Cependant j'avais reconnu
l'écriture de Gilberte sur mon enveloppe. Je l'ouvris. Gilberte
m'annonçait son mariage avec Robert de Saint-Loup[4]. Elle me
disait qu'elle m'avait télégraphié à ce sujet à Venise et n'avait
pas eu de réponse. Je me rappelai comme on m'avait dit que le
service des télégraphes y était mal fait. Je n'avais jamais eu sa
dépêche. Peut-être elle ne voudrait pas le croire. Tout d'un
coup je sentis dans mon cerveau un fait, qui y était installé à
l'état de souvenir, quitter sa place et la céder à un autre. La
dépêche que j'avais reçue dernièrement et que j'avais crue
d'Albertine[5], cette dépêche était de Gilberte. Comme l'originalité assez factice de l'écriture de Gilberte consistait principalement, quand elle écrivait une ligne, à faire figurer dans la ligne
supérieure les barres de *t* qui avaient l'air de souligner les mots

ou les points sur les *i* qui avaient l'air d'interrompre les phrases
de la ligne d'au-dessus, et en revanche à intercaler dans la ligne
d'au-dessous les queues et arabesques des mots qui leur étaient
superposés, il était tout naturel que l'employé du télégraphe eût
lu les boucles d's ou d'y de la ligne supérieure comme un « ine »
finissant le mot de Gilberte. Le point sur l'*i* de Gilberte était
monté au-dessus faire point de suspension. Quant à son *G*, il
avait l'air d'un *A* gothique. Qu'en dehors de cela deux ou trois
mots eussent été mal lus, pris les uns dans les autres (certains
d'ailleurs m'avaient paru incompréhensibles), cela était suffisant pour expliquer les détails de mon erreur, et n'était même
pas nécessaire[1]. Combien de lettres lit dans un mot une
personne distraite et surtout prévenue, qui part de l'idée que la
lettre est d'une certaine personne, combien de mots dans la
phrase ? On devine en lisant, on crée ; tout part d'une erreur
initiale ; celles qui suivent (et ce n'est pas seulement dans la
lecture des lettres et des télégrammes, pas seulement dans toute
lecture), si extraordinaires qu'elles puissent paraître à celui qui
n'a pas le même point de départ, sont toutes naturelles. Une
bonne partie de ce que nous croyons, et jusque dans les
conclusions dernières c'est ainsi, avec un entêtement et une
bonne foi égale, vient d'une première méprise sur les
prémisses[2].

Notes

Nous renvoyons, pour *Du côté de chez Swann* et *À l'ombre des jeunes filles en fleurs*, aux volumes parus dans la présente collection; pour *Le Côté de Guermantes I-II* et *Sodome et Gomorrhe I-II*, aux tomes II et III d'*À la recherche du temps perdu* dans l'édition de la Pléiade dirigée par J.-Y. Tadié (Gallimard, 1988).

Sauf indication contraire, les références à la correspondance de Proust, notée *Corr.*, renvoient à l'édition de Philip Kolb publiée chez Plon.

La Prisonnière

Page 69.

1. Le titre complet : « La Prisonnière (1re partie de Sodome et Gomorrhe III) » est autographe sur la dernière dactylographie du volume corrigée par Proust en 1922, et remplace de précédents « Sodome et Gomorrhe III » puis « La Prisonnière (Sodome et Gomorrhe III) ». De « La Prisonnière », Proust avait écrit au critique Jacques Boulenger en mai 1922 : « Je ne sais pas si ce n'est pas un peu banal. Je vous demanderai conseil avant de le faire paraître. Je ne m'y connais pas en titres. Je voudrais un titre que vous trouviez bien » (*Correspondance générale de Marcel Proust*, t. 3, p. 291).

2. Le motif de la chambre matinale, foyer de sensations et de rêveries, apparaissait dès les ébauches esquissées par Proust en 1908-1909 pour le projet d'un *Contre Sainte-Beuve*, *Souvenir d'une matinée*, d'où naîtrait le récit d'*À la recherche du temps perdu* (cf. B. Brun, « Étude génétique de l'"ouverture" de *La Prisonnière* », *Cahiers Marcel Proust 14*, *Études proustiennes VI*, Gallimard, 1987, pp. 211-287). Le déroulement de *La Prisonnière* est scandé par les réveils du narrateur, qui font au fil des saisons progresser le récit de journées typiques ou multiples (pp. 69, 425,

453, 468) en journées singulières (pp. 142, 176, 476), la dernière matinée se poursuivant dans *Albertine disparue*.

Page 70.
1. *Cf. Sodome et Gomorrhe II*, chapitre IV.
2. *Cf. Le Côté de Guermantes I*, II, 377.

Page 71.
1. Proust, qui avait découvert les « Ballets russes » de Diaghilev dès leur seconde saison parisienne, en 1910, écrivait à Reynaldo Hahn en 1911 à propos de leur décorateur Léon Bakst : « Je [l']admire prodigieusement » (*Corr.*, t. X, p. 258). Voir également *À l'ombre des jeunes filles en fleurs*, p. 533.
2. Le contemporain et ami de Proust, Fernand Gregh, connut dans son enfance Émile Durand, le compositeur de cette romance populaire dont Albertine fredonne le refrain, le *Biniou* ; il note dans ses mémoires, publiés en 1947, qu'on la « chante encore, à vrai dire surtout dans les cours » (*L'Âge d'or*, p. 58).
3. Ainsi commence le dernier couplet de la mélodie de Massenet *Pensée d'automne* (1888), sur des paroles d'Armand Silvestre. « Une chanson d'adieu, c'est toujours la même note » aurait dû être, à en croire Proust, sa « réponse sur Massenet » dans le « Mélomanie de Bouvard et Pécuchet » qu'il envoie en 1894 à son nouvel ami Reynaldo Hahn, ancien élève du compositeur au Conservatoire : « Je vous promets de ne jamais publier un Bouvard sur la musique sans y insérer cette citation expiatoire et vengeresse » (*Corr.*, t. 1, p. 321 et *Les Plaisirs et les jours*, pp. 62-65).

Page 72.
1. L'analyse de l'expérience de la mémoire involontaire est laissée, dans les cahiers du *Temps retrouvé*, à ce « philosophe », dont Proust avait esquissé vers 1910 ce portrait ironique : « pareil à ceux qui ont un chapeau pointu dans Molière, [il] ne s'aperçoit seulement pas de toutes les catastrophes qui sont survenues autour de lui et pourvu qu'il ait aperçu une partie commune entre deux œuvres, est heureux, raisonne et gesticule » (cahier 50).

Page 73.
1. Voir *Du côté de chez Swann*, pp. 225-226, et *Le Côté de Guermantes II*, II, 643 et 691-692. En novembre 1907, Proust avait publié dans le *Figaro* sous le titre « Impressions de route en automobile » — et repris en 1919 dans *Pastiches et Mélanges* (*cf.* éd. de la Pléiade, pp. 64-65 et sa note) — une première version de ce qui allait devenir, dans le roman, cette page sur les clochers de Martinville attribuée au héros.

Page 77.
1. Mme de Sévigné écrivait à sa fille Mme de Grignan, le 5 janvier 1676 : « Vous me dites bien sérieusement, en parlant de ma lettre :

Monsieur votre père : j'ai cru que nous n'étions point du tout parentes ; que vous étoit-il à votre avis ? »

Page 78.

1. La présence du prénom de la gouvernante de Proust, Céleste Albaret, a fait croire aux premiers éditeurs à une inadvertance de l'écrivain, et ils lui ont substitué « Françoise ». On se souvient pourtant que le héros recevait à Balbec les visites des deux « courrières » du Grand-Hôtel, Céleste Albaret et sa sœur Marie Gineste (*Sodome et Gomorrhe II*, III, 240-244) ; c'est d'ailleurs à ce volume que Proust destinait — « s'il en est temps encore » — cette évocation esquissée au printemps 1922 dans un cahier d'« ajoutages » (cahier 59). Il n'a pu lui donner sa physionomie définitive dans *La Prisonnière* où elle figure à deux reprises sous une forme presque identique (*cf.* p. 192).

Page 79.

1. Racine, *Esther*, acte I, sc. III, v. 195-196 (« à ses yeux » au lieu de « à leurs yeux »), 199-200, 201-204. Esther, épouse du roi de Perse Assuérus, réplique à son tuteur Mardochée, venu à l'aube la supplier de se rendre auprès de son époux. La référence à la tragédie biblique constitue un des leitmotiv de *La Prisonnière* (*cf.* pp. 180-181, 460, 477 et 159, 187), et les esquisses de 1908-1909 pour le *Contre Sainte-Beuve* révèlent qu'elle était bien à l'honneur chez les Proust (*cf.* éd. B. de Fallois, 1954, pp. 127-129). En 1917 encore, Proust écrivait à Robert de Montesquiou : « Je n'ai eu votre lettre que tout à l'heure, n'ayant pas appelé avant onze heures du soir [...] ayant avec Assuérus cette seule ressemblance qu'on n'entre pas dans ma chambre "sans y être appelé" » (*Corr.*, t. XVI, p. 245 ; *cf.* t. XVII, p. 278). Mais il lui arrivait aussi de jouer les héroïnes : « J'espérais tellement venir hier ! Dès onze heures du matin je m'étais levé et baigné, comme Esther pour paraître devant le "Souverain roi", écrit-il par exemple à Montesquiou en 1909 (*Corr.*, t. IX, p. 112).

Page 80.

1. Le détail rapproche le protagoniste de Marcel Proust, qui « fumait », c'est-à-dire brûlait dans sa chambre de la poudre anti-asthmatique. « Première impression en entrant dans la chambre de Proust : poudre Legras. Tout en était imprégné », se souvenait en 1923 Jacques Rivière (*Cahiers Marcel Proust 13*, 1985, p. 33).

Page 94.

1. Ce « muet langage des robes » a déjà été évoqué, avec une allusion à la même nouvelle de Balzac, *Les Secrets de la princesse de Cadignan* (*cf. Sodome et Gomorrhe II*, III, 441-443). Mariano Fortuny y Madrazo (1871-1949), artiste et inventeur d'origine espagnole, avait entrepris vers 1907 dans son palais vénitien la fabrication d'étoffes de tenture et d'habillement « rivalisant avec les produits des métiers d'autrefois », mais qu'il avait « su adapter aux goûts modernes et approprier aux

usages d'à présent » (H. de Régnier, *L'Altana ou la vie vénitienne*, 1928 ;
réimprimé sous le titre *La Vie vénitienne*, 1986, pp. 79-80) ; utilisant des
procédés originaux de teinture et d'impression, il s'inspirait, avec un
grand éclectisme, des formes et motifs traditionnels des arts du monde
entier, mais en particulier de la Venise renaissante ; uniques par leur
forme, la subtilité de leur coloris ou la richesse de leur ornementation,
ses créations, des robes d'intérieur pour la plupart, rencontrèrent
immédiatement un vif succès. Si la première boutique Fortuny n'ouvrit
ses portes à Paris qu'en 1920, bien après l'époque supposée du récit de
La Prisonnière, dès 1908 ses modèles les plus en vogue, comme le
« delphos », un plissé inspiré de l'art grec antique, étaient en vente chez
Poiret, et les élégantes, au nombre desquelles certainement des relations
mondaines de Proust comme la comtesse de Béarn, les princesses de
Polignac et Murat, se fournissaient directement à Venise. À en croire le
témoignage de Paul Morand (*Venises*, 1971, p. 64), Proust y aurait
rencontré Fortuny dès 1900 lors d'un séjour en compagnie de sa mère
et de Reynaldo Hahn, dont la sœur aînée Maria avait épousé l'oncle du
couturier, Raymond de Madrazo ; il était également lié au fils de ce
dernier, Federico de Madrazo, dit Coco. Quêtant en 1916 auprès de
Maria des renseignements sur Fortuny, il avait décliné son offre de prêt
d'un manteau : « Ce me serait inutile, j'en connais un ou deux » (*Corr.*,
t. XV, pp. 57-58) ; dans le « leitmotiv [...] tour à tour sensuel, poétique
et douloureux » (*ibid.* p. 57) qu'il consacre au couturier dans la suite du
roman, plusieurs de ses créations seront ainsi évoquées, plus qu'exactement décrites (*cf.* pp. 103, 459-460, 464, 470 ; et *La Fugitive*).

Page 95.
1. Sur la duchesse de Guermantes et Maeterlinck, voir *Le côté de
Guermantes I*, II, 526 et 546, et *Le Temps retrouvé*. Proust avait pu lire
dans la *Correspondance inédite* de Mérimée, publiée en 1897, que *Les
Fleurs du mal* étaient un « livre très médiocre [...] où il y a quelques
étincelles de poésie, comme il peut y en avoir dans un pauvre garçon qui
ne connaît pas la vie » (lettre du 29 août 1857) ; « Baudelaire était fou ! »
écrira quelques années plus tard Mérimée : « [ses vers] n'avaient d'autre
mérite que d'être contraires aux mœurs. À présent, on en fait un homme
de génie méconnu ! » (lettre du 29 juin 1869 à Jenny Dacquin, dans les
Lettres à une inconnue, Paris, 1874). Selon le critique J. Mélia dans un
ouvrage que Proust put connaître, Stendhal « a beau admirer Balzac, il
ne peut s'empêcher de lui reprocher le manque de simplicité dans le
style » et notait à son propos : « Je suppose qu'il fait ses romans en deux
temps, d'abord raisonnablement, puis il les habille en beau style
néologique, avec les *patiments* de l'âme, *il neige dans mon cœur*, et autres
belles choses » (*Les Idées de Stendhal*, Mercure de France, 1910, p. 188,
et *Mémoires d'un touriste*, 27 avril 1837) ; ainsi après l'article élogieux,
mais réservé sur le style, que Balzac consacre en 1840 à *La Chartreuse
de Parme* dans la *Revue Parisienne*, Stendhal lui écrira qu'il « abhorre le
style contourné » : « en composant *La Chartreuse*, pour prendre le ton
je lisais chaque matin 2 ou 3 pages du Code civil » (*Correspondance*, éd.

de la Pléiade, t. 3, p. 401 ; *cf. Contre Sainte-Beuve*, éd. de la Pléiade, p. 555, et *Matinée chez la princesse de Guermantes*, Gallimard, 1982, p. 345). Paul-Louis Courier, helléniste et pamphlétaire, qui mourut en 1825 à l'aube de la carrière de Victor Hugo, ne faisait, selon Sainte-Beuve, « aucun cas de la littérature de son temps » et « n'a jamais prisé les plus remarquables des littérateurs et des poètes de ce siècle » : « c'était un pur Grec, et qui n'admettait pas tous les dialectes » (*Causeries du Lundi*, 26 juillet 1852). On n'a pas d'exemple qu'Henri Meilhac (1831-1897), collaborateur de Ludovic Halévy (1834-1908) pour des comédies légères et des livrets d'opérette et d'opéra (*Carmen*, 1875), se soit jamais « moqué » de Mallarmé. Le poète, qui fut le professeur d'anglais du jeune Daniel Halévy, futur condisciple de Proust au lycée Condorcet, avait remercié en 1883 le père de son élève de l'envoi de quelques-unes de ses œuvres par ces mots : « Plusieurs chefs-d'œuvre exquis, hantant toutes les mémoires de ce temps ! »

2. On comparera avec l'évocation de Mme de Villeparisis, dans *Le Côté de Guermantes I* (II, 486-487). Proust a fréquenté « Guillaume-le-Conquérant », un restaurant de Dives-sur-mer, au voisinage immédiat de Cabourg, un des modèles de Balbec.

Page 96.
1. *Cf.* 1re partie, livre cinquième, chap. 4.
2. Henri de Bourbon, comte de Chambord (1820-1883), dernier prétendant légitimiste au trône de France sous le nom d'Henri V et reconnu par la branche d'Orléans, vécut son exil à Frohsdorf, près de Vienne, où il mourut.

Page 97.
1. Cette page est faite d'additions tardives, pendant l'été et l'automne de 1922, aux dernières dactylographies de *La Prisonnière* ; Proust emprunte les anecdotes consacrées au prince de Léon et au marquis du Lau à la visite que faisait le héros aux Guermantes dans un des cahiers manuscrits qui vont être supprimés pour *Albertine disparue* (*cf. La Fugitive*). « Pampille » est le nom de plume de Mme Léon Daudet, qui publiait dans le journal de son mari, *L'Action française*, des recettes de cuisine (*cf. Le Côté de Guermantes II*, II, 792).

Page 101.
1. La dactylographe a ignoré la graphie expressive de Proust : « embbaité[e] ».
2. Le compagnon d'Enée dans l'*Énéide* de Virgile.

Page 103.
1. L'anecdote de l'élection de M. de Chaussepierre à la présidence du Jockey-Club est transférée par Proust d'un des cahiers manuscrits qui vont être supprimés pour *Albertine disparue* (*cf. La Fugitive*). Le narrateur la situe deux ans après la fin de l'affaire Dreyfus, ce qui placerait l'action de *La Prisonnière* peu après 1901 ou 1908, selon que

l'on considère l'année de la grâce (1899) ou de la réhabilitation (1906) du capitaine condamné pour haute trahison en 1894 ; les autres indications chronologiques disséminées dans le roman en placeront le récit tantôt dès 1900 (*cf.* p. 310, et la note 1), ailleurs en 1909 au plus tôt (*cf.* p. 434, et la note 5). « J'accuse », le manifeste dreyfusard publié par Émile Zola dans L'*Aurore* le 13 janvier 1898, lui valut du ministre de la Guerre un procès en diffamation et une condamnation à un an de prison, réitérée peu après lors d'un second procès ; il s'exila alors en Angleterre pour échapper à l'arrestation. Édouard Drumont (1844-1917), pamphlétaire antisémite, était un des représentants du parti anti-dreyfusard et nationaliste. Pour une période « dreyfusarde » du duc de Guermantes, *cf. Sodome et Gomorrhe II*, III, 137-138.

2. Elstir déjà avait recommandé ces maisons de couture à Albertine (*cf. À l'ombre des jeunes filles en fleurs*, p. 487). Doucet était le fournisseur de l'actrice Réjane, l'un des modèles de la Berma.

3. Fortuny aurait fait venir de Chine des œufs pourris, dont il utilisait les blancs pour fixer sur ses tissus des effets d'or et d'argent obtenus à partir de bronze et d'aluminium ; l'odeur ainsi créée, et aujourd'hui estompée, « n'a pas échappé à Proust » (A.-M. Deschodt, *Mariano Fortuny. Un magicien de Venise*, Paris, 1979, p. 78).

Page 104.
1. « [...] il n'a jamais fait de *souliers* ? » avait demandé Proust à Maria de Madrazo, en 1916, à propos de Fortuny (*cf. Corr.*, t. XV, p. 58).

Page 107.
1. En 480 av. J. C. Xerxès, roi des Perses, aurait ainsi fait « châtier » l'Hellespont — aujourd'hui détroit des Dardanelles — après qu'une violente tempête eut englouti les ponts qui devaient assurer le passage de son armée d'Asie en Europe (Hérodote, VII, 34-35). Dans un plaidoyer où il s'agit de légitimer, mais aussi de maintenir à distance, la peinture de l'inversion en affirmant son exotisme, le choix de Xerxès comme parangon de l'étrangeté pourrait surprendre — s'il n'était dans cette addition tardive le fait de l'« auteur » Marcel Proust : le narrateur en effet, évoquant plus loin la même anecdote, se comparera quant à lui à Xerxès (p. 165), dont le père, Darius, n'aurait été autre qu'Assuérus, le despote oriental d'*Esther* qu'il incarne auprès d'Albertine (*cf.* pp. 78-79, 180-181, 187, 460, 477).

Page 110.
1. *Cf. Sodome et Gomorrhe II*, III, 342.
2. Le titre princier avait été accordé par Napoléon III au fils de Joachim Murat, maréchal de France et roi de Naples de 1808 à 1814. Proust écrivait à Mme Straus en 1918 à propos de son pastiche « Dans les mémoires de Saint-Simon » : « [les] prétentions [des Murat] sont si exactement la transposition à notre époque des prétentions des "princes étrangers" sous Saint-Simon, qui voulaient "usurper" sur les ducs que mon pastiche se trouve par la force des choses et de pures nécessités

littéraires, une charge à fond de train contre les Murat » (*Corr.*, t. XVII, p. 402 ; *cf. Pastiches et Mélanges*, éd. de la Pléiade, p. 44 *sq*.).

Page 112.
1. *Cf. Sodome et Gomorrhe II*, III, 396-397.

Page 114.
1. Jacques Thibaud (1880-1953), violoniste réputé qui débuta aux concerts Colonne en 1898, et dont Proust appréciait l'interprétation. Certaine « petite phrase » d'une *Sonate pour piano et violon* de Saint-Saëns, un des modèles de la sonate de Vinteuil, était son « triomphe » (*Corr.*, t. XVII, p. 193). « Entre le son de tel violoniste médiocre, et le son (pour la même note) de Thibaud, écrivait Proust à Mme Straus en 1908, il y a un infiniment petit, qui est un monde ! » (*Corr.*, t. VIII, pp. 276-277).

Page 116.
1. Sur cet épisode, voir l'Introduction du présent volume.
2. Le manuscrit ajoutait : « la sonate de Vinteuil », mais Proust n'a pas complété le blanc laissé sur la dactylographie, ni supprimé plus bas l'allusion à « la phrase du musicien ».

Page 129.
1. Peintre florentin (1420 ou 1422-1497), déjà cité dans *Du côté de chez Swann* (p. 76) et *À l'ombre des jeunes filles en fleurs* (p. 114).

Page 131.
1. Il s'agissait seulement, dans une première version, de « tableaux de Raphaël » ; Proust semble se souvenir ici d'une gravure de Ruskin, représentant un détail de l'arrière-plan de la *Sainte Famille* du peintre, à Florence : deux arbres au tronc maigre, aux « branches de l'épaisseur d'un fil » (*The Works of Ruskin*, Library Edition, Londres, vol. V, 1904, *Modern Painters III*, pl. XI et XVIII, 12 ; *cf.* également *Le Temps retrouvé*).

Page 133.
1. Proust déforme les noms de Radica et Doodica, sœurs siamoises d'origine indienne, exhibées par le cirque Barnum en 1901 et séparées chirurgicalement l'année suivante (*L'Illustration*, 8 et 15 février 1902). L'opération avait été réalisée par le docteur Doyen, un ami de la famille Proust tenu pour l'un des modèles du docteur Cottard.
2. Ici s'achève, pour la partie méthodique, la révision de la troisième et ultime dactylographie de *La Prisonnière*. Proust, qui l'avait entreprise au début du mois de septembre 1922, dut semble-t-il l'interrompre pour mettre au point ces pages consacrées au sommeil d'Albertine et promises à Jacques Rivière pour *La Nouvelle Revue Française* (« La regarder dormir », 1er novembre 1922). « J'ai fait avec une énergie méritoire si vous aviez vu mon état un travail de découpage qui me rendra phrase par phrase l'établissement du volume une torture », lui écrivait-il le 23

ou 24 septembre 1922 (M. Proust — J. Rivière, *Correspondance*, 1976, p. 250) ; il est vraisemblable ainsi que le minutieux travail de style auquel il se livre à cette occasion devait profiter à *La Prisonnière*, et nous le suivons ici quand il donne un sens plus satisfaisant (p. 132 : « étouffer le rire », et non « le sourire » ; p. 134 : « contre elle », et non « comme elle »).

Page 135.

1. À la question de l'identité du héros-narrateur d'*À la recherche du temps perdu*, Proust a laissé des réponses ambiguës. Bien que le protagoniste des cahiers de l'époque du *Contre Sainte-Beuve*, en 1908-1909, s'appelât « Marcel » (et même « Marcel Proust »), celui de la *Recherche* était demeuré jusqu'ici anonyme. Dans une série d'additions au manuscrit rédigé pendant la guerre au contraire, il recevait à son tour le prénom « Marcel », suggérant une identification avec l'auteur d'*À la recherche du temps perdu* ; elle n'est cependant plus ici lors dès ultimes révisions de 1922 évoquée qu'à titre d'exemple, et plus loin encore sera effacée (p. 175). L'unique occurrence du prénom « Marcel » demeurée dans l'œuvre figure dans la partie de *La Prisonnière* que Proust n'eut pas le temps de réviser (p. 218), comme l'allusion à ce « récit relatif à Swann et à l'impossibilité où il était de se passer d'Odette » recueilli par le héros-narrateur (p. 431) — la référence à son « travail [...] sur Ruskin » avait elle été supprimée dès 1919, et subsiste seulement dans la version non corrigée d'*Albertine disparue, La Fugitive*. Mais dans ses propos sur l'œuvre, Proust choisit finalement de ménager l'équivoque autobiographique ; si à la parution de *Swann* en 1913 il précise dans une interview au *Temps* : « le personnage qui raconte, qui dit : "Je" [...] n'est pas moi », en 1920, dans son article « À propos du style de Flaubert », il apporte à cette définition un correctif important : le « narrateur qui dit "je" [...] n'est pas toujours moi » (*Essais et articles*, pp. 558 et 599 ; *cf.* également la lettre de janvier 1920 à J. de Pierrefeu, *Corr.*, t. XIX, p. 78). G. Genette propose d'employer ici le terme d'*autofiction* (*cf. Palimpsestes*, Points-Seuil, pp. 357-358).

Page 143.

1. *Cf. Albertine disparue*, p. 548, et la réponse de Proust, en août 1922, à l'enquête journalistique : « Et si le monde allait finir... Que feriez-vous ? » (*Essais et articles*, pp. 645-646). Proust s'était battu en duel en 1897, contre Jean Lorrain, et le héros à plusieurs reprises « à cause de l'affaire Dreyfus » (*Sodome et Gomorrhe II*, III, 10).

Page 149.

1. On rapprochera la remarque de M. de Cambremer du mot d'Andrée : « J'ai *justement* vu la tante à Albertine », dans *À l'ombre des jeunes filles en fleurs* (p. 515) ; *cf.* également *infra* p. 239. Le vicomte Raymond de Borrelli (1837-1906), dramaturge et poète mondain (*cf. Du côté de chez Swann*, p. 288 ; *Le Côté de Guermantes I*, II, 510 et 546).

Page 159.

1. Françoise complète ainsi la distribution des rôles d'*Esther*, où elle incarnerait Aman, le favori d'Assuérus déterminé à perdre la nation juive à laquelle appartient la reine (*cf. La Prisonnière*, éd. P.-E. Robert, collection « Folio », 1988-1989, p. 90 note 2).

Page 160.

1. C'est-à-dire les « Demoiselles du téléphone », *cf. Le Côté de Guermantes I*, II, 432.

Page 168.

1. Le manuscrit porte, par erreur, « *Em*[*p*]*findelung* ». « Je pense exactement comme vous sur la sensiblerie », écrit Proust à Mme Scheikévitch en février 1917 ; « puisque vous avez lu *Swann*, vous connaissez [...] un certain Bloch aussi fâcheusement muni d'"*Empfindelei*" que dépourvu d'"*Empfindelung*" (je ne sais pas très bien l'orthographe de ces mots boches, lus je crois dans la correspondance de Mendelssohn qui manquait hélas plus qu'il ne le croyait de la seconde) » (*Corr.*, t. XVI, p. 57 et la note 3 p. 58).

Page 176.

1. Absent du manuscrit, le morceau sur les « cris de Paris » qui va ouvrir le récit de la troisième journée de *La Prisonnière* est amplement orchestré en 1922 sur les dactylographies, et était destiné à une prépublication en revue (*cf.* M. Proust — J. Rivière, *Correspondance*, éd. citée, pp. 241, 243, 250-251). Selon Céleste Albaret, sa gouvernante, Proust aurait chargé son mari, le chauffeur Odilon, de lui rapporter de ses sorties ces « cris de la rue » (*Monsieur Proust*, Paris, 1973, p. 329). En août 1922, il confie à Benjamin Crémieux : « Je suis désolé de ne pas avoir causé avec vous des "petits métiers" que vous me découvrez près du Passage des Favorites. Car je viens dans Sodome et G[omorrhe] III de terminer tout un morceau sur les "cris" de Paris (cris d'alimentation surtout, des poussettes, etc). Or l'originalité des enseignes que vous me dites a peut-être pour complément d'amusantes criées de légumes, de fruits, etc. et des instruments variés. J'ai du reste fait par moi-même une moisson sonore assez abondante, parfois jolie, mais que vous eussiez sans doute complétée » (*Du côté de Marcel Proust*, Paris, 1929, pp. 168-169 ; pour un fac-similé d'une première version de ces « cris de Paris », *cf.* le volume consacré à Proust par la revue *Le Capitole*, série « Les Contemporains », Paris, 1926, entre les pp. 44 et 45). Quelques-uns des cris réunis ici figurent cependant déjà, sous une forme très proche, dans le « roman musical » de Gustave Charpentier *Louise* (1900), où ils constituent un véritable leitmotiv, symbolisant pour les jeunes héros amoureux « l'attirante promesse » du plaisir dans le Paris printanier.

Page 177.

1. Proust avait assisté en 1913 au théâtre des Champs-Élysées à une représentation de *Boris Godounov* (1874), l'opéra de Moussorgsky revu par Rimsky-Korsakov (1908). Il était un admirateur fervent du *Pelléas et Mélisande* (1902) de Debussy, qu'il avait découvert en 1911 grâce au « Théâtrophone », un abonnement téléphonique qui permettait d'entendre chez soi les représentations des grandes salles parisiennes (*Corr.*, t. X, pp. 250, 254, 256).

Page 178.

1. Proust avait déjà cité « Si je dois être vaincue... » à propos de *Pelléas* dans une lettre à Reynaldo Hahn (*Corr.*, t. X, p. 250) — souvenir approximatif du livret de Quinault pour *Armide* (acte III, sc. I), mis en musique non par Rameau, mais Lully (1686) et Gluck (1777).

2. L'argument du drame symboliste de Maeterlinck qui a servi de livret à l'opéra de Debussy est très simple : Golaud, petit-fils du « vieux roi d'Allemonde » Arkël, devenu jaloux de son épouse, la belle et énigmatique Mélisande, tue son frère Pelléas et provoque la mort de la jeune femme. Les citations sont empruntées aux premier et dernier actes, la réplique d'Arkël à propos de Mélisande (« C'était un pauvre petit être mystérieux, comme tout le monde ») ayant été plaisamment imitée par Proust dans le « petit pastiche non pas de la pièce de Maeterlinck, mais du livret de Debussy » qu'il avait esquissé pour le *Figaro* en 1911 (« C'était un pauvre petit chapeau / Comme en porte tout le monde ! », *Pastiches et mélanges*, éd. citée, p. 206). Proust y qualifiait également la musique de Debussy de « mystérieuse cantilène ».

Page 179.

1. Le plain-chant de la liturgie catholique romaine est généralement appelé « chant grégorien », la tradition attribuant au pape Saint Grégoire-le-Grand (vers 540-604, *cf.* l'allusion p. 188) sa compilation et codification dans les manuels du Graduel et de l'Antiphonaire. En 1577 le pape Grégoire XIII chargea Palestrina de le réformer (*cf.* p. 198) et au début du siècle les Bénédictins de Solesmes en réhabilitèrent la version traditionnelle. En reconnaissant sur les « cris de Paris » l'influence des formes de la musique liturgique, Proust aurait fait, selon le critique Leo Spitzer, « œuvre d'historien de la civilisation » ; le cri de la marchande des quatre-saisons serait en effet la déformation populaire, fortement marquée par l'écho des églises toutes proches, d'une « rè(n)verdie » ou ballade médiévale destinée à saluer le retour du printemps (*cf.* « L'étymologie d'un "cri de Paris" », *Études de style*, Paris, 1970, pp. 474-481).

2. Grammaire, dialectique et rhétorique pour le *trivium*, arithmétique, musique, géométrie et astronomie pour le *quadrivium*, constituent les sept arts libéraux, canon de l'éducation antique et médiévale. Proust emprunte ici à l'article d'Émile Mâle « Études sur l'Art de l'époque

Romane » paru dans *La Revue de Paris* du 1er juin 1921, à propos duquel il lui avait aussitôt écrit : « Votre étude sur l'Art roman est admirable » (*Corr.*, t. XX, p. 297). On y lit notamment : « Les quatre sciences du *quadrivium*, réunies aux trois sciences du *trivium*, donnèrent le nombre sept, qui est [...] le chiffre des sept tons de la musique grégorienne » (p. 493). À propos des sept tons grégoriens qui, avec l'octave, correspondent aux huit modes hérités de la musique grecque, Proust écrivait en 1904 qu'ils « figurent les sept vertus théologales et les sept âges du monde » (*Pastiches et Mélanges*, « La mort des cathédrales », éd. citée, p. 146), paraphrasant déjà Émile Mâle et son *Art religieux du xiiie siècle en France* (1898) : « Les sept tons [...] étaient très probablement en rapport [...] avec les sept vertus et les sept âges du monde » (p. 11 note 6).

Page 181.
1. *Esther*, acte II, sc. VII, v. 632 et 638 (« cet ordre » au lieu de « un ordre ») et v. 669-670. Une scène analogue se déroulait, avec la mère dans le rôle d'Esther, dans un des cahiers de 1908-1909 (*cf. Contre Sainte-Beuve*, éd. citée, p. 217). Proust avait certainement assisté, en 1905 ou lors de sa reprise en 1912, à l'*Esther* montée par Sarah Bernhardt et pour laquelle son ami Reynaldo Hahn avait composé les chœurs ; selon la tradition d'interprétation de la pièce, créée pour les demoiselles du couvent de Saint-Cyr, tous les rôles étaient tenus par des femmes, la tragédienne incarnant pour sa part Assuérus. L'ambiguïté de ce jeu travesti, auquel on a vu qu'Albertine avait dû se prêter au couvent (*cf.* p. 78) allait, dans une esquisse de 1914-1915, alimenter la jalousie du héros : « je me demande quand [Albertine] jouait cela avec ses camarades s'il n'y avait pas de mauvais rapports entre elles, s'il n'y avait pas un sens quand elle disait à telle camarade : Je ne trouve qu'en vous je ne sais quelle grâce » (cahier « Vénusté »).
2. Proust a corrigé tardivement, sur la dernière dactylographie de *La Prisonnière*, ce passage prémonitoire de la mort accidentelle d'Albertine : il s'agissait semble-t-il de préparer la conclusion du premier chapitre d'*Albertine disparue*, où le théâtre de la fuite et de la mort de la jeune fille prendra le héros par surprise (*cf. infra* p. 540-541). La correction remplace tout un dialogue où Albertine avait le pressentiment de sa mort et le héros la souhaitait secrètement : « "Quoi ? vous ne vous tueriez tout de même pas, dit-elle en riant. — Non, mais ce serait le plus grand chagrin que je puisse avoir." Et comme, quoique vivant uniquement chez moi, quoique devenue très intelligente, elle restait malgré tout en rapport mystérieux avec l'ambiance du dehors — comme les rosiers de sa chambre refleurissaient au printemps — et suivait comme par une harmonie préétablie car elle ne causait guère avec personne, les modes ineptes et gentilles du langage féminin, elle me dit : "C'est bien vrai ce gros mensonge-là ?" Et même elle devait sinon m'aimer plus que je ne l'aimais, du moins induire de ma gentillesse avec elle que ma tendresse était plus profonde qu'elle ne l'était en réalité, car elle ajouta : "Et puis si, je crois que vous ne me

survivriez pas 48 heures sans vous tuer. Vous êtes gentil, je n'en doute pas, je sais que vous m'aimez bien." Et elle ajouta : "Que voulez-vous, si c'est mon destin de mourir d'un accident de cheval. J'en ai eu souvent le pressentiment, mais cela m'est bien égal. Il peut bien m'arriver ce que le bon Dieu voudra." Je crois qu'elle n'avait au contraire ni pressentiment, ni mépris de la mort, et que ses paroles étaient sans sincérité. Je suis sûr en tout cas qu'il n'y en avait aucune dans les miennes sur le plus grand chagrin que je pusse avoir, car sentant qu'Albertine ne pouvait plus que me priver des plaisirs ou me causer des chagrins, que je ne ferais que gâcher ma vie pour elle, je me rappelais le vœu qu'avait jadis formé Swann à propos d'Odette, et sans oser souhaiter la mort d'Albertine, je me disais qu'elle m'eût rendu, pour parler comme le sultan, ma liberté d'esprit et d'action. »

Page 182.

1. « Mon morceau sur les Cris de Paris eussent plus amusé le lecteur que le résultat de mes sondages aux profondeurs du sommeil », écrivait en septembre 1922 Proust à J. Rivière, dont la *Nouvelle Revue Française* publierait le 1er novembre, en contrepoint à « La regarder dormir », un extrait des pages suivantes sous le titre « Mes réveils » (M. Proust — J. Rivière, *Correspondance*, éd. citée, p. 250). On comparera ce passage (pp. 182-187) avec l'ouverture de *Du côté de chez Swann* (pp. 41-47) où déjà était explorée la frange d'expérience située entre le sommeil et la veille, et avec les importants développements parallèles du *Côté de Guermantes I* (II, 384-387) et de *Sodome et Gomorrhe II* (III, 370-375). Proust, répondant au début de 1922 à une enquête journalistique, se disait conscient de l'« effort prudent, docile, hardi, nécessaire à quelqu'un qui, dormant encore, voudrait examiner son sommeil avec l'intelligence, sans que cette intervention amenât le réveil. Il y faut des précautions. Mais bien qu'enfermant en apparence une contradiction, ce travail n'est pas impossible » (*Essais et articles*, p. 641 ; *cf. Corr.*, t. XX, p. 497).

Page 184.

1. Personnification plaisante, probablement sur le modèle de la déesse grecque de la mémoire, Mnémosyne.

Page 187.

1. Restaurant de spécialités de poisson et de fruits de mer, rue Duphot.

Page 188.

1. Dans l'Ordinaire de la messe, paroles du célébrant avant la récitation du *Pater Noster* : « Éclairés par les commandements du Sauveur et formés par son enseignement divin, nous osons dire... »

2. La citation des premiers mots d'un distique du *De natura rerum* (II, 1-2) de Lucrèce est devenue proverbiale :

Suave, mari magno turbantibus aequora ventis
E terra magnum alterius spectare laborem

« Il est doux, quand sur la vaste mer les vents soulèvent les flots / De regarder, de la terre ferme, les terribles périls d'autrui » (*cf. Le Côté de Guermantes II*, II, 780 et *Sodome et Gomorrhe II*, III, 89).

Page 189.

1. On lit ici au verso de la paperole collée à la dactylographie cette note de Proust vraisemblablement adressée à Céleste Albaret : « Où est l'autre cœur à la crème ? »

2. Rebattet, confiseur du faubourg Saint-Honoré (*cf. À l'ombre des jeunes filles en fleurs*, p. 185) ; Poiré-Blanche, glacier et pâtissier du faubourg Saint-Germain. Quand Proust se brûla accidentellement l'estomac à l'adrénaline en mai 1922, il fit alors chercher au Ritz, le palace de la place Vendôme où il avait ses habitudes, les glaces dont il se nourrit alors presque exclusivement pendant plusieurs semaines.

Page 192.

1. On a vu dans cette tirade d'Albertine, ajoutée en 1922 à *La Prisonnière*, un « texte d'un baroquisme outré », d'« une écriture autoparodique et caricaturale » (J.-P. Richard, *Proust et le monde sensible*, 1974, p. 27) voire l'exemple d'un pastiche de Proust par Proust (E. Eells, « Proust à sa manière », *Littérature*, 46, 1982, pp. 105-123 et J. Milly, « Cris de Paris et désir des glaces dans *La Prisonnière* », *Proust dans le texte et l'avant-texte*, 1985, pp. 135-155). Pour ses images agressives, le passage peut être rapproché de certaines esquisses de 1920-1921, où le héros contemple les « dôme », « rotonde » ou « coupoles » de son lait bouillant et bientôt débordant, « fouetté par l'air en une tempête de neige réduite mais écumeuse et qui eût enseveli des voyageurs minuscules » (cahier 62) ou qui, « retombant, éclaboussait toutes choses alentour, avec le bruit d'une vague qui se brise et fait fuir les bambins » (cahier 59 ; *cf. Le Côté de Guermantes I*, II, 376).

2. Plus haut, c'était à l'inverse le « curieux génie » de Céleste Albaret qui était préféré aux trouvailles d'Albertine, dans un dialogue à peine différent (*cf.* p. 78) dont Proust a laissé subsister ici la première version.

3. La conteuse des *Mille et Une Nuits* dont le héros avait dans *Sodome et Gomorrhe II* entrepris la relecture (III, 230, 234 ; cf. *infra* pp. 207, 312 et 317). Le sultan son mari, chaque matin, différait sa mise à mort pour pouvoir entendre la suite de ses captivants récits (*cf. Le Temps retrouvé*).

Page 193.

1. Établissement tout proche, à Versailles, de l'hôtel-restaurant des Réservoirs, où Proust séjourna en 1906 et 1908.

Page 194.

1. « Lorsque l'évêque consacre une église, il doit marquer de douze croix douze colonnes de la nef ou du chœur », explique Émile Mâle

dans l'*Introduction* de son *Art religieux du xiiie siècle en France* (1898). Proust semble s'être inspiré de la reproduction, sur la même page, d'un « Apôtre portant la croix de consécration » : le disque dans lequel elle est inscrite peut en effet évoquer un petit volant, ce que signifie ici le terme « roue », mis pour « roue de direction ». Il avait utilisé la même image dans *Sodome et Gomorrhe II* (III, 416), et déjà à propos de son chauffeur Alfred Agostinelli dans un article de 1907, « Impressions de route en automobile » (*cf. Pastiches et mélanges*, éd. citée, p. 67).

Page 197.
1. Allusion probable au mouvement futuriste (cf. *À l'ombre des jeunes filles en fleurs*, p. 111). Son premier manifeste, dû à Filippo Marinetti, avait paru à la une du *Figaro* le 20 février 1909 ; il vantait les inventions modernes (automobiles, trains, avions...), créatrices d'une « beauté nouvelle », la vitesse, et prônait la démolition, en Italie, des symboles d'un culte rendu au passé, les bibliothèques et les musées : « Pour des moribonds, des invalides et des prisonniers, passe encore. C'est peut-être un baume à leurs blessures, que l'admirable passé, du moment que l'avenir leur est interdit... Mais nous n'en voulons pas, nous, les jeunes, les forts et les vivants *futuristes* ! » Misogyne et militariste, le Futurisme ne survécut pas à la Première Guerre mondiale, mais est considéré comme un précurseur du dadaïsme et du surréalisme.

Page 199.
1. Dans son *Art religieux du xiiie siècle en France,* Émile Mâle évoquait « la scène de la pesée des âmes » au Jugement dernier, dont « l'acteur principal est l'archange saint Michel » (éd. citée, pp. 380-381).

Page 202.
1. La première « citation » de la correspondance de Mme de Sévigné avec sa fille Mme de Grignan est en réalité la paraphrase et le montage de deux lettres (14 juin 1671 et 29 septembre 1675). Les deux suivantes sont presque littérales (11 février 1671 et 27 mai 1680). L'usage de la dernière pour une remontrance maternelle semble d'origine autobiographique : « sans en avoir l'air [j']ai besoin de tant d'argent. Ma pauvre Maman m'appliquait toujours le mot de Me de Sévigné sur son fils : "Il trouve le moyen de dépenser sans paraître, et de perdre sans jouer." C'est tout à fait cela », confie ainsi Proust à J. Boulenger en 1921 (*Corr.*, t. XX, p. 396). Mais, malheureux en Bourse, il se l'était lui-même fréquemment appliquée dans sa correspondance (*cf.* t. XI, pp. 32, 58, 77, et t. XIV, p. 199).

Page 205.
1. Le port du « golf », gilet de laine, et du « polo », sorte de petite toque, n'était nullement réservé à la pratique des sports dont ils empruntent les noms ; selon le dictionnaire Robert, « polo » serait

apparu avec ce sens en 1897, « golf » en 1909 seulement. On se souvient qu'Albertine avait surgi à Balbec « sous un "polo" noir, enfoncé sur sa tête » (*À l'ombre des jeunes filles en fleurs*, p. 380), une image qui vient d'être rappelée dans *La Prisonnière* (p. 128).

2. Comédie en un acte et en vers (1864) de Théodore de Banville (1832-1891).

Page 206.
1. *Cf. Sodome et Gomorrhe II*, III, 197-198. Sur les mœurs de Léa, voir *À l'ombre des jeunes filles en fleurs*, p. 491 : « son goût ne passait pas pour porter surtout du côté des messieurs ».

Page 210.
1. Allusion à un fragment du dialogue supprimé plus haut ; *cf.* p. 181 et la note 2.

Page 212.
1. Seul le supplice des Danaïdes correspond exactement à la définition proustienne : coupables d'avoir assassiné leurs époux, ces cinquante filles du roi d'Argos devaient aux Enfers remplir éternellement des tonneaux percés. Pour son impiété envers Héra, Ixion, roi des Lapithes, avait été attaché par Zeus à une roue enflammée qui tournait perpétuellement dans les airs.

Page 213.
1. Deux contradictions en quelques lignes : la laitière a déjà reçu un pourboire de cinq francs (p. 209) ; la mère du héros est à Combray (p. 74).

Page 218.
1. L'ensemble des éditions donne ici « Mon chéri et cher Marcel ». Nous avons préféré la leçon du manuscrit ; l'adjonction de « chéri » est une correction posthume de Robert Proust sur la dactylographie.

Page 220.
1. Pour un rapprochement de la sonate de Vinteuil avec l'opéra de Richard Wagner *Tristan et Isolde* (1865), représenté pour la première fois à Paris en 1900, voir déjà *Du côté de chez Swann* (p. 400). Proust lui avait reconnu des modèles wagnériens : le prélude de *Lohengrin* et *L'Enchantement du Vendredi saint* au IIIᵉ acte de *Parsifal* (*cf. Essais et articles*, p. 565). Les Concerts Lamoureux, fondés en 1881 par le violoniste et chef d'orchestre du même nom, se tenaient le dimanche au Cirque des Champs-Élysées (*cf.* p. 230) : le tout jeune Marcel Proust y découvrit Wagner (cf. *Essais et articles*, p. 623).

2. Opéra-comique d'Adolphe-Charles Adam (1836). Proust caricature ici le *Cas Wagner* (1888), traduit en 1893 par ses anciens condisciples Daniel Halévy et Robert Dreyfus ; Nietzsche y ouvre par un éloge de la *Carmen* de Bizet sa violente critique de celui qui avait été

son ami et son maître, lui reprochant notamment le caractère « factice », « brutal » et « naïf » de sa musique. Proust va répondre presque terme à terme à ces accusations.

3. « Pour Franck [:] Ce n'est pas un motif qui reprend, c'est une névralgie qui recommence » (carnet 2). On retrouvera presque les mêmes termes, plus loin, pour décrire une phrase du septuor de Vinteuil (p. 323). Pour une analyse stylistique poussée de l'ensemble de ce passage, voir J. Milly, *La phrase de Proust*, Paris, 1975, pp. 67 *sq.*

Page 221.

1. On peut identifier ces leitmotive : « le chant d'un oiseau » figure à l'acte II, sc. II, de *Siegfried* ; « la sonnerie de cor d'un chasseur » au début du deuxième acte de *Tristan* ; « l'air que joue un pâtre sur son chalumeau » est le solo de cor anglais qui précède le lever de rideau au troisième acte du même opéra. Tous sont évoqués ailleurs dans la *Recherche* (*cf.* respectivement *Le Temps retrouvé* ; *Le Côté de Guermantes II*, II, 762 ; *Sodome et Gomorrhe II*, III, 129 ; voir aussi *Contre Sainte-Beuve*, éd. citée, p. 69).

2. « L'immensité d'un plan qui embrasse à la fois l'histoire et la critique de la Société, l'analyse de ses maux et la discussion de ses principes, m'autorise, je crois, à donner à mon ouvrage le titre sous lequel il paraît aujourd'hui : *La Comédie humaine* », écrivait en 1842 Balzac dans l'*Avant-propos* à l'œuvre commencée treize ans plus tôt avec *Les Chouans* ; dès 1828 cependant il avait songé à une *Histoire de France pittoresque* et en 1834 à des *Études sociales* en cinquante volumes. La rédaction de *La Légende des siècles*, primitivement les *Petites épopées*, s'étendit sur près de quarante années, et le recueil fut publié en trois « séries » (1859, 1877, 1883) avant la mise en ordre définitive de l'édition collective (1883) ; dans la préface (1859), Victor Hugo reconnaît que « ces poèmes, divers par le sujet [...] n'ont entre eux d'autre nœud qu'un fil [...] qui s'atténue quelquefois au point de devenir invisible ». Jules Michelet admet également dans la préface à sa *Bible de l'humanité* (1864) « la variété de ce livre, son élasticité ».

Page 222.

1. Michelet avait préfacé à nouveau en 1868 l'*Histoire de la Révolution française*, publiée entre 1847 et 1853, mais l'*Histoire de France* en 1869 seulement, soit après la parution des dix-sept volumes qui la composent (1833-1867). On rencontre dans ces textes les tournures « Dirai-je [...] », « Que dis-je ? » et « [...] le dirai-je ? », dont Proust avait fait « Faut-il le dire ? » dans son pastiche de l'historien en 1908 (*cf. Pastiches et mélanges*, éd. citée, « "L'Affaire Lemoine" par Michelet », p. 28). Mais on trouve également « Le dirai-je ? » sous sa plume, par exemple dans les brouillons du *Temps retrouvé* (cahier 57 ; *cf. Matinée chez la princesse de Guermantes*, p. 183).

2. « *L'Enchantement du Vendredi saint* est un morceau que Wagner écrivit avant de penser à faire *Parsifal* et qu'il y introduisit ensuite. Mais les ajoutages, ces beautés rapportées, les rapports nouveaux

aperçus brusquement par le génie entre les parties séparées de son œuvre qui se rejoignent, vivent et ne pourraient plus se séparer, ne sont-ce pas de ses plus belles intuitions ? » (*Contre Sainte-Beuve*, éd. citée, p. 274). Proust, qui pense peut-être ici au même morceau, aurait été influencé par l'affirmation erronée du wagnérien Albert Lavignac dans son *Voyage artistique à Bayreuth* (1897) : « [*L'Enchantement du Vendredi saint*] a été écrit longtemps avant le reste de la partition. » (p. 467 ; *cf.* J.-J. Nattiez, *Proust musicien*, 1984, pp. 42-44).

3. En fait, c'est après avoir écrit le livret du *Crépuscule des Dieux* et de *Siegfried* que Wagner aurait songé à entreprendre la Tétralogie de *L'Anneau du Nibelung*, où ces deux opéras figurent après *L'Or du Rhin* et la *Walkyrie*, composés ensuite.

4. « Pour créer beaucoup de vierges, il faut être Raphaël [...] peut-il m'être permis de faire remarquer combien il se trouve de figures irréprochables (comme vertu) dans les portions publiées de cet ouvrage... » (*Avant-propos* de la *Comédie humaine*, juillet 1842).

5. On trouve une première version de cette réflexion sur Balzac et Wagner dans un cahier de 1909 destiné au *Contre Sainte-Beuve* (éd. citée, p. 274 et *supra* note 2). Proust avait formulé des remarques très proches à propos de Ruskin dans une note à sa traduction de *Sésame et les Lys*, en 1906 : « l'épigraphe, qui ne figurait pas dans les premières éditions [...] projette comme un rayon supplémentaire qui [...] illumine rétrospectivement tout ce qui a précédé » ; « c'est le charme précisément de l'œuvre de Ruskin qu'il y ait entre les idées d'un même livre, et entre les divers livres des liens qu'il ne montre pas, qu'il laisse à peine apparaître un instant et qu'il a d'ailleurs peut-être tissés après coup, mais jamais artificiels cependant puisqu'ils sont toujours tirés de la substance toujours identique à elle-même de sa pensée » ; « à la fin il se trouve avoir obéi à une sorte de plan secret qui, dévoilé à la fin, impose rétrospectivement à l'ensemble une sorte d'ordre et le fait apercevoir magnifiquement étagé jusqu'à cette apothéose finale » — « geste de rassembler à la fin ses rênes et de feindre d'avoir contenu et guidé ses coursiers [qui] n'existe pas dans tous [ses livres] » (*Sésame et les Lys*, note 1).

Page 223.

1. Dans ses souvenirs, traduits en 1912, Wagner raconte comment « les sons plaintifs et traînants du chalumeau, au commencement du troisième acte » de *Tristan*, lui ont été suggérés par le chant d'un gondolier vénitien (*Ma vie*, t. III, pp. 210-211).

2. Dans la scène de la forge (*Siegfried*, acte I, sc. III) où le héros ressoude *Notung*, l'épée brisée de son père. F. Leriche rapproche justement la jubilation de Siegfried de celle de l'artiste qui, à partir de morceaux disparates, recrée l'unité « non factice [et] primordiale » de l'œuvre d'art (*La question de la représentation dans la littérature moderne : Huysmans — Proust*, thèse, 1989-1990, t. I, p. 338).

3. Qui apparaît, dans l'opéra du même nom, à la fin du premier et du dernier actes, où il retrouve son apparence humaine. Ce cygne,

victime d'un maléfice, n'est jamais vu en vol; il tire la nacelle dans laquelle apparaît Lohengrin.

4. »Magnifique 120 chevaux, marque mystère», ironisait Proust en 1913 à propos du dernier livre publié par Maeterlinck, *La Mort* (*Corr.*, t. XII, p. 82; *cf.* également t. X, pp. 337 et 353). Pour une analyse d'ensemble de cette réflexion sur la création artistique, voir A. Compagnon, *Proust entre deux siècles*, 1989, pp. 32-52, et F. Leriche, thèse citée, t. I, pp. 337-338.

Page 224.

1. Mme Arnoux, en visite chez Frédéric Moreau, lui désigne le portrait de Rosanette, son ancienne maîtresse : «Je connais cette femme, il me semble? — Impossible! dit Frédéric. C'est une vieille peinture italienne» (*L'Éducation sentimentale*, Troisième partie, VI). Sur les cours d'algèbre que prendrait Morel, voir déjà *Sodome et Gomorrhe II*, III, 464.

Page 228.

1. Gabriel Davioud (1823-1881), architecte avec Bourdais de l'ancien palais du Trocadéro, construit pour l'exposition universelle de 1878 et remplacé en 1937 par l'actuel palais de Chaillot. Son imposante rotonde, dans le style mauresque, était flanquée de deux tours.

Page 229.

1. *Cf. Sodome et Gomorrhe II*, III, 402. Mais Proust lui-même s'était élevé en 1907 contre les restaurations d'églises, «dont les ruines seraient plus touchantes que leur rafistolage archéologique avec des pierres neuves qui ne nous parlent pas» (*Corr.*, t. VII, p. 288; *cf.* également p. 250).

2. Ce motif de la «salle à manger obscure», abondamment travaillé dans les brouillons, reparaît plus bas (p. 476) et dans un passage de la préface de Proust aux *Propos de peintre* de J.-É. Blanche (1919), qui en révèle l'origine autobiographique (*Essais et articles*, pp. 572-573; *cf.* B. Brun, «Étude génétique de l'"ouverture" de *La Prisonnière*», *Cahiers Marcel Proust 14, Études proustiennes VI*, pp. 213-241). Le ton est ici nettement auto-parodique.

3. «Je me souviens comme d'une chose extraordinaire — car Proust ne sortait que la nuit — de Proust venant me chercher rue d'Anjou, un matin, avec le fiacre d'Albaret pour aller voir le *Saint Sébastien* de Mantegna au Louvre. Il avait l'air d'une lampe électrique restée allumée le jour [...] Au Louvre les gens ne regardaient plus les tableaux — ils le regardaient avec stupeur» (Jean Cocteau, *Le Passé défini, I, 1951-1952, journal*, éd. P. Chanel, 1983, p. 305). À l'arrière-plan de cette toile, on distingue des ruines romaines et médiévales, et en surplomb la petite ville fortifiée flanquée de plusieurs tours, qui a peut-être suggéré la comparaison d'Albertine.

Page 233.

1. Parmi les attractions de l'exposition universelle de 1900 étaient proposés aux visiteurs toutes sortes de « panoramas » (*cf.* p. 232) et « stéréoramas » (*cf.* A. Quantin, *L'Exposition du siècle*).

2. Proust décrit ainsi en 1908 à Louis d'Albuféra la rencontre longtemps attendue avec une jeune fille : « Sache puisque tu es si bon pour moi que j'ai enfin été présenté à Mlle de Goyon, cela a été pour moi une émotion énorme, je croyais que j'allais tomber, mais aussi une assez grande déception, car de près elle ne m'a plus paru si bien et un peu agaçante dès qu'elle parle, et plus coquette qu'aimable » (*Corr.*, t. VIII, pp. 147-148).

Page 234.

1. Proust avait en 1907 évoqué dans une aquarelle de Gustave Moreau « la Péri, la petite musicienne des dieux » de la mythologie persane « qui, montée sur un dragon, élevant devant elle une fleur sacrée, voyage en plein ciel » (*Essais et articles*, éd. citée, p. 535) ; en 1912 les Ballets russes avaient donné sous ce titre un « poème dansé » de Paul Dukas, dans des costumes de Bakst d'un évident caractère androgyne (*cf.* Y. le Pichon, *Le musée retrouvé de Marcel Proust*, 1990, p. 205). Dans *À l'ombre des jeunes filles en fleurs*, la Péri était Albertine (p. 381).

Page 237.

1. Ce chauffeur semblait plus haut confondu avec Albertine elle-même (p. 228) et il vient d'être question d'un « cocher » (p. 236).

2. « [...] on dit que Mme de la Roche-Guyon, comme quelqu'un luy disoit qu'elle devoit estre bien aise de passer l'esté en un si beau lieu que Liancourt, respondit qu'il n'y avoit point de belles prisons » (Tallemant des Réaux, *Historiettes*, « Madame de Liancourt et sa belle-fille », éd. de la Pléiade, t. II, p. 147). Ce « mot » sera réutilisé plus bas (p. 433).

Page 238.

1. Ferdinand Barbedienne (1810-1892) « a fondé, en 1841, une maison destinée à la reproduction en bronze des plus beaux morceaux de la statuaire antique ou moderne. Il s'associa avec Achille Colas, inventeur des procédés de réduction, et put offrir successivement au public plus de mille sujets tirés des grands musées de l'Europe » (*Grand dictionnaire universel du XIXᵉ siècle*, Larousse). Barbedienne aurait « offert » de ses œuvres au professeur Adrien Proust, le père de Marcel (*cf.* C. Francis et F. Gontier, *Marcel Proust et les siens*, 1981, p. 63), et selon Jacques Rivière il y aurait eu dans le dernier domicile de l'écrivain, 44 rue Hamelin à Paris, « sur la cheminée un bronze : berger enlaçant une bergère » (*Cahiers Marcel Proust 13*, p. 33).

Page 241.

1. J. Milly et P.-E. Robert, dans leurs éditions respectives de *La Prisonnière* (GF-Flammarion, note 43, et coll. « Folio », p. 169, note 1)

suggéraient de voir dans le passage qui commence ici une charge de l'auteur Marcel Proust contre ses interlocuteurs aux Éditions de la N.R.F. — G. Gallimard, G. Tronche, J. Paulhan et J. Rivière. Cette hypothèse est confirmée par cette note biffée sur la dactylographie corrigée de *Sodome et Gomorrhe II*, et que nous signale F. Leriche : « Entre Albertine et Andrée le merveilleux emboîtement de leurs mensonges (Gallimard, Rivière). » « C'est fait dans le cahier IX » — c'est-à-dire ici même, note ensuite Proust.

Page 243.
1. Le soupçon qu'Albertine aurait « formé le projet de secouer sa chaîne » (p. 239).

Page 244.
1. Le passage qui commence ici, jusqu'à « Je demandai à Albertine... » (p. 254), est ajouté à *La Prisonnière* en 1922 ; mais l'épisode central, celui de la mort de Bergotte (« Il mourut dans les circonstances suivantes... le symbole de sa résurrection », pp. 248-250) avait été écrit en 1921 (cahier 62) et se trouve préparé dans les précédents volumes (*Le Côté de Guermantes II*, II, 621 et *Sodome et Gomorrhe II*, III, 141 et 360).

Page 246.
1. Évoquant en 1903 son ami le prince Edmond de Polignac, disparu deux ans plus tôt, Proust rappelait qu'« extrêmement frileux », il vivait « parmi les courants d'air incessants » voulus par une épouse qui avait « toujours trop chaud » : « Il se garantissait du mieux qu'il pouvait, toujours couvert de plaids et de couvertures de voyage. — Que voulez-vous ? disait-il à ceux qui le plaisantaient sur cet accoutrement. Anaxagore l'a dit, la vie est un voyage ! » (« Le salon de la princesse Edmond de Polignac », *Essais et articles*, éd. citée, p. 467 ; *cf.* J. Nathan, *Citations, références et allusions de Marcel Proust*, 1969, p. 177). L'aphorisme cependant semble emprunté à Sénèque, au livre XI, chap. 11, des *Dialogues* : « ... la vie tout entière n'est rien d'autre qu'un voyage vers la mort ».

Page 247.
1. C'est peut-être à ce passage que Proust destinait ces « sensations de mort » dictées à Céleste Albaret, selon le témoignage de François Mauriac entre autres, la nuit même qui précéda sa mort (*cf. Œuvres autobiographiques*, éd. de la Pléiade, p. 266) : « Et puis un jour tout est changé, ce qui était détestable pour nous, qu'on nous avait toujours défendu, on nous le permet. Mais par exemple, je ne pourrais pas prendre du champagne ? Mais parfaitement si cela vous est agréable. On n'en croit pas ses oreilles. On fait venir les marques qu'on s'était le plus défendu, et c'est ce qui donne quelque chose d'un peu vil à cette incroyable frivolité des mourants » (passage reproduit avec l'aimable

autorisation de M. Louis Clayeux ; *cf. La Bible d'Amiens*, p. 242 note 2 :
« "Rien n'est frivole comme les mourants", disait Emerson »).

Page 248.
1. Proust lui-même se rendit en 1921 à l'exposition hollandaise du
Jeu de Paume, en compagnie de son ami le critique Jean-Louis
Vaudoyer qui venait de consacrer une série d'articles au « Mystérieux
Vermeer » (*L'Opinion*, 30 avril, 7 et 14 mai). La deuxième livraison était
en partie consacrée à la *Vue de Delft*, un tableau que Proust avait
découvert à La Haye en 1902 et qu'il disait « le plus beau [...] du
monde » (*Corr.*, t. XX, p. 226). S'il n'y est pas question du « petit pan
de mur jaune » qui se trouve à l'extrême-droite de la toile, le critique
évoque les « maisons de briques, peintes dans une matière si précieuse,
si massive, si pleine, que, si vous en isolez une petite surface en oubliant
le sujet, vous croyez avoir sous les yeux aussi bien de la céramique que
de la peinture ». Proust semble également se souvenir d'un passage du
dernier article, où Vaudoyer note à propos d'autres œuvres : « Il y a
dans le métier de Vermeer une patience chinoise, une faculté de cacher
la minutie et le procédé de travail qu'on ne retrouve que dans les
peintures, les laques et les pierres taillées d'Extrême-Orient. [...] Si l'on
consacre son attention [...] à un détail du tableau, on peut vite cesser de
croire que l'on est devant un cadre, et imaginer que l'on a devant soi
une vitrine où le bibelot le plus précieux et le plus singulier est
enfermé. » Vaudoyer avait également évoqué « le fameux jaune
vermeerien » et ces murs blancs auxquels le peintre « sait donner la
précieuse qualité de la perle ».

Page 249.
1. Vaudoyer avait écrit à propos de la *Vue de Delft* : « Vous revoyez
cette étendue de sable rose-doré, laquelle fait le premier plan de la toile
et où il y a une femme en tablier bleu qui crée autour d'elle, par ce bleu,
une harmonie prodigieuse » (*L'Opinion*, 7 mai 1921).
2. Le 9 mai 1921, une dizaine de jours avant sa visite au Jeu de
Paume, Proust livrait à un ami sa crainte d'être « par attaque, mort
subite etc., le "fait divers" de [l']exposition, qui, réunissant tant de
chefs-d'œuvre se passera aisément du "chien écrasé" » (*Corr.*, t. XX,
p. 251). Mais éprouva-t-il lui-même un malaise à l'exposition
hollandaise ? « Voulez-vous y conduire le mort que je suis et qui
s'appuiera sur votre bras », prévenait-il J.-L. Vaudoyer, lui rappelant
un an plus tard « le souvenir lumineux du seul matin que j'aie revu et
où vous avez guidé affectueusement mes pas qui chancelaient trop vers
ce Ver Meer où les pignons des maisons "sont comme de précieux
objets chinois" » (*Corr.*, t. XX, p. 289, et *Correspondance générale*, t. 4,
p. 90). Le 10 juin 1921, c'est-à-dire deux ou trois semaines après cette
visite et alors qu'il a probablement achevé, à la fin du cahier 62,
l'épisode de la mort de Bergotte, Proust confie encore à Mme Scheikévitch : « Allant enfin un peu mieux je suis sorti l'autre soir dans

des conditions à croire que ma mort serait le fait divers du lendemain dans les chiens écrasés » (*Corr.*, t. XX, p. 329).

3. Ce n'est qu'en 1866 et 1888 en effet qu'apparurent les premières études d'importance sur « Van der Meer ». Vaudoyer rappelait dans *L'Opinion* que, « au milieu du siècle dernier, Vermeer de Delft était exactement, non point un méconnu, mais un inconnu » (30 avril 1921).

Page 250.

1. *Cf.* p. 244 ; mais c'est l'indication contradictoire donnée ailleurs (p. 248 : « la veille de ce jour-là ») qui va être avérée dans la suite immédiate du récit.

Page 251.

1. Le mensonge d'Albertine à propos de « la dame » est mentionné plus bas, pp. 252-253 : le montage du passage est resté inachevé.

2. C'est en effet l'usage « populaire », selon le *Grand dictionnaire universel du XIXᵉ siècle* de Larousse, qui appelait « rambuteau » ce type d'édifice parisien, apparu sous la monarchie de Juillet à l'initiative du préfet du même nom.

Page 260.

1. Il faudra attendre le pastiche du *Journal* des Goncourt, dans *Le Temps retrouvé*, pour apprendre que, « presque contiguë à l'hôtel des Verdurin » se trouvait « l'enseigne du *Petit Dunkerque* », un magasin de nouveautés en vogue à la fin du XVIIIᵉ siècle, et qui disparaîtra en 1913. Brichot avait auparavant rencontré le héros chez les Verdurin à la Raspelière, sur la côte normande (voir *Sodome et Gomorrhe II*).

2. Elle est annoncée par le personnage lui-même à la fin du *Côté de Guermantes II* (II, 882-883) et de brèves allusions y sont faites dans *Sodome et Gomorrhe II* (III, 264 et 401). Proust la rédigea sur un cahier d'« ajoutages » (cahier 59), sans doute vers la fin de 1921.

Page 262.

1. Les lignes suivantes, dictées par Proust à Céleste Albaret la nuit même qui précéda sa mort, étaient peut-être destinées à enrichir cette réflexion sur les noms : « Et puis dût-il pour un moment prendre la consistance d'un nom ancien et faux, cela vaut mieux, car ce serait démouler par trop vite dans le sens où devaient rester un peu moulées les glaces d'Albertine... » (passage reproduit avec l'aimable autorisation de M. Louis Clayeux). Sur les deux « Cartier », *cf.* p. 101.

2. Il s'agit d'un tableau de James Tissot (1836-1902), commandité en 1867 par douze membres du « Cercle de la Rue Royale » (*cf. Album Proust*, éd. de la Pléiade, p. 283, ou Pierre-Louis Rey, *Marcel Proust, sa vie, son œuvre*, 1984, p. 35). Présenté au musée des Arts décoratifs en 1922 dans le cadre d'une exposition consacrée au Second Empire, il avait été reproduit dans *L'Illustration* du 10 juin : « Vous m'avez enchanté avec la découpure de *L'Illustration* », écrit au début d'août

Proust à Paul Brach. « Je n'ai connu, des gens qui sont là, que Haas, Ed[mond] de Polignac et Saint-Maurice ; mais quel plaisir de les revoir, tout le temps je demande cette coupure, elle me fait un plaisir infini » (Léon-Pierre Quint, *Quelques lettres de Marcel Proust*, 1928, pp. 27-28). Proust avait reconnu dans sa correspondance que Charles Haas (1832-1902), « Haas l'ami des princes, l'israélite du Jockey » avait été « le prototype de Swann » (*Corr.*, t. XIX, p. 660 ; *cf.* t. XII, p. 387) ; mais le narrateur d'*À la recherche du temps perdu* n'aurait sans doute pu l'admettre sans briser le pacte romanesque : d'où, comme le remarquait dès 1926 son ancien condisciple Robert Dreyfus, cette « phrase assez bizarrement construite [...] dans son énigmatique négligence : comment s'étonner, en effet, qu'il y ait "dans le personnage de Swann" [...] "quelques traits" de Swann lui-même ? » (*Souvenirs sur Marcel Proust*, 1926, pp. 249-250 ; voir également Henri Raczymow, *Le cygne de Proust*, 1989, pp. 54-63). Quant au prince de Polignac (1834-1901), Proust aurait voulu en 1918 dédier à sa mémoire *À l'ombre des jeunes filles en fleurs* (*Corr.*, t. XVII, p. 350 *sq.* ; *cf.* également *supra* p. 246 et la note 1).

3. *Cf. Le Côté de Guermantes II*, II, 882-883.

Page 263.
1. *Cf. Sodome et Gomorrhe II*, III, 111-112.
2. *Cf. Sodome et Gomorrhe II*, III, 103.
3. *Cf. Le Côté de Guermantes II*, II, 871. Proust songe peut-être ici encore à Charles Haas, qui avait interprété en compagnie, entre autres, d'Antoine de Noailles, duc de Mouchy, et de Galliffet et Saint-Maurice, une « revue » de salon en 1863 (*cf. Corr.*, t. IX, p. 119 et note 19).
4. Le cahier 59 ajoute ce passage, qui n'a pas été repris sur la dactylographie de *La Prisonnière* : « La mort des autres est comme un voyage que l'on ferait soi-même et où on se rappelle, déjà à cent kilomètres de Paris, qu'on a oublié deux douzaines de mouchoirs, de laisser une clef à la cuisinière, de dire adieu à son oncle, de demander le nom de la ville où est la fontaine ancienne qu'on désire voir, cependant que tous ces oublis qui vous assaillent et qu'on dit à haute voix, par pure forme, à l'ami qui voyage avec vous, ont pour seule réplique la fin de non-recevoir de la banquette, de la station criée par l'employé et qui ne fait que nous éloigner davantage des réalisations désormais impossibles, si bien que renonçant à penser aux choses irrémédiablement omises, on défait le paquet de victuailles et on échange les journaux et les magazines. »

Page 264.
1. La nouvelle demeure des Verdurin, quai de Conti, se trouverait sur l'emplacement de cet immeuble fictif (*cf.* le pastiche du *Journal* des Goncourt dans *Le Temps retrouvé*, où il sera également fait mention du sinistre évoqué par Brichot).

Page 265.

1. *Cf. À l'ombre des jeunes filles en fleurs*, p. 448. Otto, photo-graphe à la mode au début du siècle, rue Royale, qui compta Marcel Proust parmi ses clients (*cf. Mon cher petit, Lettres à Lucien Daudet*, éd. M. Bonduelle, 1991, p. 120); Lenthéric, parfumeur — mais non coiffeur — renommé, rue Saint-Honoré.

Page 267.

1. Landru, arrêté en 1919, fut jugé et condamné à mort en 1921. Il sera exécuté l'année suivante.

2. « Un dévot est celui qui sous un roi athée, serait athée » conclut dans *Les Caractères* le paragraphe 21 de « De la mode ».

3. Allusion à la troisième *Idylle* de Théocrite ; cependant si d'autres (XII, XXIII, XXIX, XXX) sont bien consacrées à l'amour des jeunes garçons, le cadre n'en est jamais bucolique. Mais la deuxième *Églogue* de Virgile, à laquelle il vient d'être fait allusion, met en scène Corydon, amoureux d'un autre berger, Alexis.

Page 268.

1. *Cf. La Fugitive*.

2. Allusion à la *Divine comédie* de Dante, où Virgile conduit le poète dans son périple à travers « L'Enfer » ; les sodomites se trouvent dans le septième cercle, sous une pluie de feu (Chant XIV).

3. *Cf.* la notation plus explicite du cahier d'« ajoutages » 62 : « Un auteur qui écrit avec équité sur les homosexuels, se doit de ne jamais partager leurs plaisirs, même s'il les juge innocents. Tel est un prêtre défroqué [qui], ayant montré l'absurdité du célibat ecclésiastique, doit rester chaste, pour qu'on ne soupçonne pas qu'il a été conduit à l'indulgence au sujet des mœurs, plutôt par intérêt personnel que par amour de la vérité ».

Page 270.

1. *Cf. Le Côté de Guermantes II*, II, 850.

2. *Cf. Le Côté de Guermantes II*, II, 674.

Page 272.

1. Un « kakochnik », littéralement, est la coiffure traditionnelle des femmes russes, en forme de diadème.

Page 273.

1. On se souvient que le prénom de Morel est Charles (*Sodome et Gomorrhe II*, III, 449).

Page 274.

1. Envoyant en 1894 un quatrain à Reynaldo Hahn, Proust lui dit d'un de ses alexandrins : « Au moins le second vers vous sera-t-il commode pour imiter Mounet-Sully » (*Corr.*, t. I, p. 356). Jean-Sully Mounet (1841-1916), dit Mounet-Sully, fut un tragédien réputé, sociétaire puis doyen de la Comédie-Française (*cf. Sodome et*

Gomorrhe II, III, 456-457) ; le jeune Proust l'appelait en 1888 le « divin Mounet » (*Essais et articles*, « Impressions de théâtre », éd. citée, p. 334).

Page 278.
1. Saint-Simon dit de Philippe, duc d'Orléans, le frère de Louis XIV : « le goût de Monsieur n'était pas celui des femmes, et il ne s'en cachait même pas » (*Mémoires*, éd. de la Pléiade, t. I, chapitre II, p. 30). Proust avait déjà appliqué la formule, en l'adaptant, à l'actrice Léa (*cf.* p. 206 note 1).

Page 279.
1. Proust a laissé cette proposition inachevée.

Page 280.
1. C'est la seule mention dans *La Recherche* du compositeur des opéras très populaires *La Bohème* (1896), *La Tosca* (1900), et *Madame Butterfly* (1904).
2. Une des désignations argotiques de la prostituée, et donc des rapports sexuels (« tirer un carton »).

Page 281.
1. Il Bronzino (1503-1572) est célèbre pour ses portraits, dans le style maniériste, des grands de la cour des Médicis, à Florence, à laquelle il était attaché.

Page 283.
1. Après avoir ajouté un peu plus haut à *La Prisonnière* l'épisode de la mort de Bergotte (p. 244 et note 1), Proust a négligé la correction du passage qui commence ici.
2. Hector Berlioz (1803-1869) se tailla une réputation de critique par ses « feuilletons » au *Journal des Débats* et dans diverses gazettes, recueillis dans *Les soirées de l'orchestre* (1852), *Les grotesques de la musique* (1859) et *À travers chants* (1862). Il est également l'auteur d'un *Voyage musical en Allemagne et en Italie* (1844) et de *Mémoires*, qui parurent posthumes.

Page 284.
1. Le licite et l'illicite.
2. Vasari, dans ses *Vies des peintres* (1550-1568), évoque les mœurs « licencieuses » qui valurent à Giovanni Antonio Bazzi (vers 1477-1549), par ailleurs « brutal » et « excentrique », ce sobriquet de Sodoma dont il tirait gloire.
3. Le manuscrit ajoute ici entre parenthèses : « Charmel », le pseudonyme que Charlus avait proposé, sans succès, à Morel (*cf. Sodome et Gomorrhe II*, III, 449).

Page 287.

1. *Cf. Du côté de chez Swann*, p. 459.

2. C'est cette maladie qui emportera Proust en novembre 1922.

Page 290.

1. L'abbé Charles Batteux (1713-1780), plus exactement, grammairien, professeur de philosophie grecque et latine au Collège de France, académicien français. On trouve dans le cahier d'« ajoutages » 62 (1920-1921) une première critique de l'affectation d'archaïsme attribuée ici et plus haut (*cf.* p. 288 ; voir aussi *infra* p. 329) à Saniette : « À côté se faisait admirer des "lettrés" toute une école classique qui changeait la place des virgules et rendait aux adverbes, verbes etc. leur sens ancien. Mais parce qu'un écrivain, copiant d'ailleurs un plus savant qui a seulement voulu s'amuser un jour, écrira "des portraits peints à la rigueur", "est-ce pas la vérité même" (au lieu de n'est-ce pas) "surveiller à" [...] est-ce que cet écrivain aura pour cela du talent ? N'est-ce même pas trop de l'appeler écrivain ? Si. Il cherche seulement à amuser par une syntaxe vieux neuf qui fausserait l'expression de ce qu'il a à dire, s'il avait en effet quelque chose à dire. Journaliste bon pour attirer les badauds ignorants de la grammaire [...] qu'il peut ne pas connaître bien profondément lui-même, car imiter les curiosités grammaticales, aussi bien qu'on imiterait autre chose, c'est plutôt prouver qu'on est imitateur que grammairien ». Ainsi Julien Benda, qui, selon Proust en 1922, « se pique d'[...] écrire, quand il lui plaît, la langue [du XVIIᵉ siècle] imprime couramment, dans les articles de journaux : "A-t-on pas vu l'Europe ?", etc. "Est-il pas étrange que ?", etc. » (*Correspondance générale*, t. 3, p. 99).

Page 291.

1. *Cf. Sodome et Gomorrhe II*, III, 123. Robert de Montesquiou rapporte dans ses mémoires le mot d'un de ses cousins, qui s'apprêtait à donner une fête brillante, à la nouvelle du décès d'un proche parent : « On exagère » (*Les Pas effacés*, 1923, t. I, p. 279). On peut penser qu'il avait également raconté l'anecdote à Proust.

Page 296.

1. La famille Montesquiou-Fezensac remonte, par les Fezensac, au XIᵉ siècle, mais n'acquit le titre ducal que sous Louis XVIII. Elle figurait au nombre des « familles prépondérantes » énumérées par Charlus dans *Sodome et Gomorrhe II* (III, 475), après les La Trémoïlle, les Uzès et les Luynes.

2. La mention par Charlus d'« Alberti » rappelle que la maison d'Albert de Luynes est originaire de Toscane ; Charles d'Albert fut fait duc de Luynes par Louis XIII, mais la famille doit le duché de Chevreuse à la nouvelle alliance de sa veuve, Marie de Rohan, et non à des « faveurs de la cour » (*cf. Le Côté de Guermantes I*, II, 499 et *Le Côté de Guermantes II*, II, 879).

3. *Cf. Sodome et Gomorrhe II*, III, 326.

Page 297.

1. Mme Pipelet est la « portière » des *Mystères de Paris* d'Eugène Sue (1842-1843) ; Mme Joseph Prudhomme, un personnage des *Scènes populaires* (1830) d'Henri Monnier, et de sa comédie *Grandeur et décadence de Monsieur Joseph Prudhomme* (1853). Charlus semble en outre évoquer le vaudeville *Mme Gibou et Mme Pochet ou le thé chez la ravaudeuse* (1832) de Théophile Dumersan.

2. Suzanne Reichenberg (1853-1924), sociétaire à la Comédie-Française, où elle tenait les rôles d'ingénue ; Proust l'avait entendue en 1894 aux côtés de Sarah Bernhardt (« Une fête littéraire à Versailles », *Essais et articles*, pp. 362-363).

Page 298.

1. *Cf. Le Côté de Guermantes I*, II, 535.

2. Joseph Reinach (1856-1921) fut un dreyfusard de la première heure ; il est l'auteur d'une monumentale *Histoire de l'affaire Dreyfus* (1901-1911) en sept volumes. Auteur dramatique, Paul Hervieu (1857-1915) avait donné dans son roman *Peints par eux-mêmes* (1893) un tableau cruel de la société mondaine ; il fréquenta, avec Proust et Reinach, le salon dreyfusard de Mme Straus et, selon Maurice Paléologue dans son *Journal de l'affaire Dreyfus* (1955), comptait au nombre des « ardemment révisionnistes » (p. 90 ; *cf.* G. Painter, *Marcel Proust*, 1966, t. I, p. 291).

Page 299.

1. Proust se flattait d'être allé lui-même recueillir la signature de l'écrivain au bas de la première « pétition pour la révision » qui circula en 1898 au lendemain du « J'accuse » de Zola (cf. *Corr.*, t. XVIII, p. 536, et J.-D. Bredin, *L'Affaire*, 1983, pp. 257-258). Un modèle du salon de Mme Verdurin pourrait être ici celui de Mme Arman de Caillavet, l'égérie d'Anatole France.

Page 300.

1. Proust avait assisté en février 1898 au procès en diffamation intenté à Émile Zola devant les Assises de la Seine par le ministre de la Guerre, à la suite de la publication dans *L'Aurore* de sa lettre « J'accuse » ; Labori défendait l'écrivain, et le colonel Picquart — alors aux arrêts au Mont-Valérien — avait comparu comme témoin (*cf. Jean Santeuil*, éd. de la Pléiade, pp. 633-643). Les autres acteurs évoqués ont joué un rôle postérieur à la conclusion du procès Zola : le général Zurlinden fit un bref retour au ministère de la Guerre après la démission de Cavaignac, en septembre 1898, et y déçut par les mêmes opinions antirévisionnistes. Le colonel Jouaust présida le tribunal militaire qui devait à nouveau, à l'issue du procès en révision, déclarer Dreyfus coupable le 9 septembre 1899. Le successeur de Félix Faure à la présidence de la République, Émile Loubet, signa la grâce quelques jours plus tard.

2. Le philosophe Helvétius (1715-1771) et sa femme, née Anne-

Catherine de Ligniville d'Autricourt (1719-1800), tinrent salon à Paris dans leur hôtel de la rue Sainte-Anne ; il fut notamment fréquenté par Diderot, d'Alembert, d'Holbach, Turgot, Condorcet et Beccaria.

3. Lors de la deuxième « saison russe » à Paris, en 1910, Proust vit à deux reprises la *Shéhérazade* de Rimsky-Korsakov, dansée par Nijinsky dans des décors et costumes de Bakst ; il découvrit également les « Danses polovtziennes » du *Prince Igor* de Borodine, et la « rêverie romantique » des *Sylphides*, sur une musique de Chopin orchestrée par Stravinski, déjà donnés l'année précédente (*Corr.*, t. X, pp. 12, 113, 114). Les « russes » se réunissaient dans le salon de Misia Edwards, l'influente protectrice de Diaghilev, leur directeur, et bénéficiaient également du soutien des comtesses de Chevigné et Greffulhe et de la princesse de Polignac. Un de leurs décorateurs, le peintre José-Maria Sert, devait épouser Misia en 1920 (*Corr.*, t. XIX, p. 433 et A. Gold et R. Fizdale, *Misia, la vie de Misia Sert*, 1981). Stravinski composa pour les Ballets russes les musiques de *L'Oiseau de feu* (1910), *Petrouchka* (1911) et du *Sacre du printemps* (1913), Richard Strauss celle de la *Légende de Joseph* (1914). Sur les ballets russes, voir également *Sodome et Gomorrhe II*, III, 140.

Page 303.

1. Fondé en 1887 par André Antoine, le Théâtre-Libre se fit, jusqu'à sa faillite en 1894, le champion du drame naturaliste d'inspiration zolienne, dans des décors et mises en scène véristes. Il s'attira les qualificatifs de « rosse », « mufle » ou « cruelliste ».

Page 304.

1. Dans une lettre de février 1919, Proust conseillait à son banquier et ami Lionel Hauser : « Pour ta part tu ferais bien d'introduire dans tes narines du rhino-goménol (si tu n'en a pas j'en tiens à ta disposition) puissant désinfectant et qui te permettra d'éviter de prendre toi-même la grippe ». Essence végétale naturelle, le Goménol serait bactéricide (*Corr.*, t. XVIII, p. 107 et note 3).

Page 306.

1. On en aura une illustration par M. de Charlus lui-même dans *La Fugitive*, et le narrateur justifiera dans *Le Temps retrouvé* ce type de lecture. Sur l'album de son amie Antoinette Faure, Marcel Proust avait porté, d'une écriture encore enfantine, le nom de son poète préféré : Musset, et l'auteur des *Nuits* sera encore cité en tête des écrivains du XIXe siècle qu'il « aime surtout » dans une lettre de 1888 à Daniel Halévy (*Album Proust*, éd. de la Pléiade, p. 91, ou *Essais et articles*, éd. citée, p. 336 ; Marcel Proust, *Écrits de jeunesse 1887-1895*, 1990, p. 56).

Page 308.

1. L'allusion s'éclaircit grâce au cahier d'esquisses consacré à la soirée Verdurin (cahier 73). Selon Charlus, Mme Verdurin devait « faire

entendre le 16 » des « œuvres inédites de Vinteuil » : « le 16 elle aura toutes ses relations, et ce soir ce n'est qu'une répétition » (*cf.* p. 282).

Page 309.
1. *Cf. Du côté de chez Swann* et *À l'ombre des jeunes filles en fleurs.* Le modèle du roi Théodose serait le tsar Nicolas II, qui se rendit en France en 1896 en compagnie de la tsarine Alexandra, et à nouveau en 1901.

Page 310.
1. Ce mariage fut célébré le 2 octobre 1900. Sur la chronologie problématique de *La Prisonnière*, voir p. 103 note 1.
2. Marie de Wittelsbach (1841-1925), deuxième fille du duc de Bavière Maximilien-Joseph, avait épousé François II, roi des Deux-Siciles, et soutenu avec lui de novembre 1860 à février 1861 le siège de Gaète contre les troupes de Victor-Emmanuel — Proust dut en lire le récit dans l'*Histoire du second Empire* de Pierre de la Gorce (*cf. Pastiches et mélanges*, éd. citée, p. 188 note **) ; après la capitulation de la place forte les souverains s'exilèrent à Rome, puis Paris. Les deux sœurs de la reine de Naples, Sophie, duchesse d'Alençon, et Élisabeth, impératrice d'Autriche, disparurent dans des circonstances tragiques en 1897 et 1898 (*cf. Le Côté de Guermantes II*, II, 800-801).

Page 311.
1. Sur la sonate de Vinteuil, *cf. Du côté de chez Swann* et *À l'ombre des jeunes filles en fleurs.*
2. Les Nornes sont, dans la mythologie germanique, les déesses du destin ; elles apparaissent au début du *Crépuscule des dieux* de Wagner.

Page 315.
1. Ce septuor est tantôt, dans cette partie de la dactylographie non corrigée par Proust, un sextuor, une « Pièce pour dix instruments » ou même un quatuor, vestige des premières esquisses — nous avons unifié. Aux quatre instruments déjà cités par le narrateur — piano, violon, violoncelle (ou contrebasse), harpe (*cf.* pp. 311 et 314) — s'ajouteront la flûte, le hautbois et les cuivres évoqués plus loin par Charlus (*cf.* p. 339). Comme l'a fait remarquer Sybil de Souza, le septuor serait « à la fois une œuvre de musique de chambre et une petite symphonie » où vont se créer « des effets de couleur orchestrale » (*Bulletin de la Société des Amis de Marcel Proust*, n° 30, 1980, p. 202).
2. *Cf. À l'ombre des jeunes filles en fleurs*, pp. 502, 512, 519-521 ; *Le Côté de Guermantes II*, Chapitre deuxième, « Visite d'Albertine » ; *Sodome et Gomorrhe II*, III, 123-136, 179 et *passim*.

Page 316.
1. *Cf. Sodome et Gomorrhe II*, chapitre IV.

2. Plus exactement : « L'enfant s'endort » ; il s'agit des deux dernières pièces des *Scènes enfantines* (1838).

Page 317.
1. Sur ce motif, *cf.* p. 229 et la note 2.

Page 319.
1. *Cf. supra* p. 223.

Page 320.
1. « Chaque écrivain est obligé de se faire sa langue, comme chaque violoniste est obligé de se faire son *"son"* », écrivait Proust à Mme Straus en novembre 1908 (*Corr.*, t. VIII, p. 276).

Page 321.
1. *Cf. supra* pp. 220-221. « Le style [...] c'est — comme la couleur chez les peintres — une qualité de la vision, la révélation de l'univers particulier que chacun de nous voit, et que ne voient pas les autres » faisait déjà remarquer Proust en 1913, dans l'interview qu'il accorda au *Temps* à propos de *Du côté de chez Swann* (*Essais et articles*, éd. citée, p. 559) ; et en 1915 il écrivait à Reynaldo Hahn à propos de ses valses : « tout commentaire étant en *mots* c'est-à-dire en *idées générales*, laisserait passer cette particularité intime, inexprimable, qui fait que les choses sont pour nous ce qu'elles ne sont pour personne au monde [...] et que votre musique va chercher au fond insondable de l'être de Reynaldo et nous rapporte, alors que Reynaldo lui-même en parlant ne pourrait nous le rendre = Génie » (*Corr.*, t. XIV, p. 290).

Page 324.
1. On songe au panneau central d'un triptyque de Giovanni Bellini, à l'église Santa Maria dei Frari, à Venise, où un angelot, aux pieds de la Vierge et de l'Enfant, joue d'une sorte de luth, et à une *Assomption* de Mantegna provenant de l'église des Eremitani, à Padoue, où trois anges en vol jouent de la trompette — « la fresque du Mantegna des Eremitani [...] entrevue un jour à Padoue » est « une des peintures que j'aime le plus au monde », confiait Proust à Robert de Montesquiou en 1907 (*Corr.*, t. VII, p. 174). Dans une note à sa traduction de la *Bible d'Amiens* (1904), Proust rappelait une observation de Ruskin « à propos d'une comparaison entre les anges de Della Robbia et de Donatello "attentifs à ce qu'ils chantent, ou même transportés [...] et les anges de Bellini qui, au contraire, même les plus jeunes, chantent avec autant de calme que filent les Parques" » : « Remarquez que le calme est l'attribut de l'art le plus élevé » (Mercure de France, p. 263, note 2, ou *Pastiches et mélanges*, éd. citée, p. 81 note **) — une leçon esthétique largement transcendée ici par le « combat immatériel et dynamique » des « énergies » sonores et la figure victorieuse de l'ange au buccin.

2. *Cf. Du côté de chez Swann*, p. 224 *sq.* et *À l'ombre des jeunes filles en fleurs*, p. 302 *sq.*

3. *Cf. Du côté de chez Swann*, p. 202 *sq.*

Page 326.

1. Il s'agit de morceaux tirés du troisième acte du *Tannhäuser* (1845), un des premiers opéras de Wagner. La remarque sera répétée en juin 1921 dans « À propos de Baudelaire » : « Je me souviens que dans mon enfance, aux Concerts Lamoureux, l'enthousiasme qu'on devrait réserver aux vrais chefs-d'œuvre comme *Tristan* ou *Les Maîtres Chanteurs*, était excité, sans distinction aucune, par des morceaux insipides comme la romance à l'étoile ou la prière d'Élisabeth, du *Tannhäuser*. » (*Essais et articles*, éd. citée, p. 623 ; cf. *Corr.*, t. XII, p. 214). Proust avait écrit en 1895 à Suzette Lemaire : « À *Tannhäuser* j'ai remarqué une fois de plus la stupidité des gens. Avec votre grand goût [...] vous trouvez certainement que la "Prière d'Élisabeth" et même la "Romance à l'étoile" sont des morceaux très ennuyeux et faibles et qu'au contraire [...] la fin du dernier acte [...] est entièrement admirable » ; « dès que la "Romance" a été finie, deux jeunes gens de la connaissance de Proust « se sont levés avec décision et sont partis. On sentait dans leurs regards triomphants que [l'un] avait dit, en connaisseur, [...] "Partez après la Romance à l'étoile [...], après il n'y a plus rien". Tandis que c'est là que tout commence » (*Corr.*, t. I, p. 387 ; voir aussi p. 384).

Page 327.

1. Poèmes des *Odes et ballades* (1823-1828) et des *Orientales* (1829). Il faut sans doute les ranger au nombre des « vers plastiques et purement extérieurs » qui faisaient l'admiration de M. Rustinlor dans *Jean Santeuil* (éd. citée, p. 239).

2. Abandonnant un premier projet de « cantate », Proust fondit dans le septuor de Vinteuil les éléments d'un « quatuor » d'abord destiné au *Temps retrouvé*, et d'une « symphonie » jouée chez les Verdurin, puis par Albertine au pianola (*cf. Matinée chez la princesse de Guermantes*, pp. 292-296 et *infra* p. 437 *sq.* ; voir également K. Yoshikawa, « Vinteuil ou la genèse du septuor », *Cahiers Marcel Proust 9, Études proustiennes III*, 1979, pp. 289-347, et la mise au point de C. Nakano dans sa thèse, *De La Fugitive à Albertine disparue : le destin en éclipse de l'avant-dernier volume d'*À la recherche du temps perdu, 1989, t. I, pp. 222-235). « Vinteuil symbolise le grand musicien genre Franck », écrivait Proust en février 1916 à Maria de Madrazo (*Corr.*, t. XV, p. 57), et plusieurs œuvres de ce compositeur sont bien évoquées dans les manuscrits de ce qui devint le septuor : la *Symphonie en ré mineur*, à propos du motif des cloches (p. 313), le *Quintette en fa mineur*, la *Sonate en la* et la troisième des *Six pièces pour orgue*, « Prélude, fugue et variation », pour la découverte de l'identité de l'œuvre musicale à travers la variété de ses expressions (pp. 312-313, 318). L'image des « divinités familières » (p. 323), celle de la reprise d'une phrase comme

« névralgie » (*ibid.*), déjà utilisée pour décrire la musique de Wagner (p. 220 et la note 3), auraient également été inspirées par César Franck. En 1918 enfin, Proust promet dans une dédicace de *Du côté de chez Swann* à J. de Lacretelle l'apparition « dans un des volumes suivants » du *Quatuor en ré majeur* du compositeur (*Corr.*, t. XVII, p. 194). Bien d'autres musiciens cependant ont « posé » : Fauré et Beethoven, dont les *Premier quatuor, en ut dièse mineur, opus 15* et le *XIIIᵉ Quatuor* avaient été exécutés à domicile chez Proust en 1916, avec celui de Franck (*Corr.*, t. XV, p. 77); Schumann, dont le *Carnaval* a suscité l'image de la phrase sans visage, la « seule Inconnue » (p. 323); Emmanuel Chabrier (1841-1894), dont Proust cite dans ses notes les opéras *Gwendoline* (1885) et *Briséïs* (1891). Les « raffinements nouveaux alors, et restés nouveaux, d'orchestration » de « la charmante *Gwendoline* », évoqués dans une lettre de 1912 à Mme Straus, préfigurent la « durable nouveauté » du timbre de Vinteuil (*Corr.*, t. XI, pp. 294-295 ; *supra*, p. 317), et le premier jet de la page consacrée à l' «accent unique auquel [...] reviennent malgré eux ces grands chanteurs que sont les musiciens originaux », citoyens « d'une patrie inconnue » (p. 320), dut suivre de peu l'audition de *Briséïs* à l'opéra le 4 novembre 1916, comme le suggère la note liminaire de Proust : « J'ajoute encore à Vinteuil car c'est encore Chabrier qui me l'inspire mais cette fois c'est Briséïs et non plus Gwendoline » (texte transcrit par C. Nakano, thèse citée, t. II, p. 29 ; *cf.* M. Proust — G. Gallimard, *Correspondance*, éd. P. Fouché, 1989, p. 73). Mais les sources du septuor seraient aussi philosophiques, l'exposé esthétique dont il est le prétexte s'alimentant aux thèses de l'idéalisme allemand de Schelling et Schopenhauer (A. Henry, *Marcel Proust, théories pour une esthétique*, 1981), pour d'ailleurs s'en déprendre (F. Leriche, thèse citée, t. I, pp. 232-239). Pour une analyse du septuor comme métaphore de la création littéraire, voir J. Milly, *La phrase de Proust*, pp. 143-163.

3. C'est-à-dire réunissant des individus plus ou moins impliqués dans le scandale politico-financier de Panama, administrateurs de la Compagnie, parlementaires etc., ou peu enclins à sévérité à leur égard (*cf. A l'ombre des jeunes filles en fleurs*, p. 524 et la note 1).

Page 328.

1. Proust ironise dans sa correspondance à l'égard des « prédicateurs du journalisme » et autres « philosophes du feuilleton » (lettre du 11 avril 1915 à Paul Souday, *Corr.*, t. XIV, p. 99).

2. *Cf. Sodome et Gomorrhe II*, III, 499.

3. *Cf. Sodome et Gomorrhe II*, III, 254-257.

4. *Cf. Du côté de chez Swann*, p. 116 *sq.*, et *Le Côté de Guermantes I*, II, 560-563.

Page 330.

1. À la mort du dernier duc de Montmorency, son neveu, Adalbert de Talleyrand-Périgord, avait été confirmé dans le titre par Napoléon III (*cf. Le Côté de Guermantes II*, II, 880). « Dans un volume de *Swann*,

M. de Charlus déniant à M. Adalbert de Périgord le droit de porter le titre de Duc de Montmorency, dit : "Il n'y a pas de raisons pour qu'on ne le donne pas aussi bien à M. Bloch." [...] Or je viens d'apprendre que M. Louis de Périgord, en épousant Mme Blumenthal, lui a promis d'adopter M. Blumenthal, fils du premier mariage de cette dame et qui portera le titre de Duc de Montmorency. Et cela rend lassant d'écrire quand on voit que même pour la plus futile boutade, on est rattrapé par la vie » (lettre du 14 décembre 1917 à J. de Lacretelle, *Corr.*, t. XVI, p. 357).

Page 331.
1. Dans son *Histoire naturelle* (« Mammifères », « Le Chameau »), Buffon affirme que l'animal a « autant de cœur que de docilité » — il est cependant depuis le siècle dernier dans le langage familier l'emblème d'un caractère déplaisant, d'où sans doute la gaîté de Charlus. Ruskin avait d'ailleurs noté que le chameau était « la plus désobéissante de toutes les bêtes qui peuvent servir à l'homme, celle qui a le plus mauvais caractère » (*La Bible d'Amiens*, trad. M. Proust, 1904, éd. citée, p. 297 ; *cf. Pastiches et mélanges*, éd. citée, p. 96).

Page 336.
1. La comtesse Bertrand de Montesquiou, née Émilie de Pérusse des Cars, avait pour sœur Hélène, la brillante Mme Henry Standish (1848-1933), intime du prince de Galles, le futur Édouard VII, et dont l'élégance célèbre inspira celle d'Oriane dans *Le Côté de Guermantes I* (II, 352-353, et *Corr.*, t. XI, pp. 128-129, 141, 154-155). Proust fait encore allusion à elle, semble-t-il, dans *Albertine disparue* (*infra*, p. 562 et la note 1), et évoque ailleurs — en la nommant cette fois — sa prépondérance mondaine (*Pastiches et mélanges*, « Dans les mémoires de Saint-Simon », éd. citée, p. 53) et la rareté de ses apparitions (*Sodome et Gomorrhe II*, III, 61). « Mrs. Standish était une des personnalités à la fois les plus marquantes et les plus discrètes de la société parisienne. Son cercle était restreint », confirme le mémorialiste A. de Fouquières dans *Cinquante ans de panache* (1951, pp. 97-98).
2. *Cf. Le Côté de Guermantes I*, II, 588.

Page 338.
1. Monté en 1861 à l'opéra de Paris grâce à l'appui de la princesse de Metternich, épouse de l'ambassadeur d'Autriche, le *Tannhäuser* de Wagner succomba après trois représentations à une virulente cabale. Proust assista en mai 1895 à sa reprise triomphale (*Corr.*, t. 1, p. 384). Il avait dû lire à cette occasion les « Souvenirs des contemporains de la première représentation à Paris », publiés dans le *Journal des Débats* par H. Fiérens-Gevaert, et dont la dernière livraison, le 20 avril 1895, était consacrée à « L'intervention de la princesse de Metternich ». L'auteur y rappelait le « charmant article » publié le 15 avril 1861 dans la même gazette par Jules Janin, « sur un bel éventail que la princesse aurait brisé en entendant les coups de sifflets partir de tous les côtés ».

Le « fameux critique », s'y déclarant « le champion de Wagner contre
la cabale victorieuse », avait alors « exhalé sur l'éventail de la princesse
un chant élégiaque », sorte d'ode funèbre en style néo-classique dont
le refrain était : « Il est brisé le bel éventail... » « Hélas ! ajoutait
H. Fiérens-Gevaert, il fallait qu'un jour on s'avisât de jeter cette jolie
légende sous la lumière implacable de la vérité ! L'éventail est sorti
intact des mains crispées de la princesse ! [...] L'éventail n'est pas brisé
et sans doute repose-t-il encore aujourd'hui, oublié et défraîchi, au
fond de quelque tiroir, parmi les vieux souvenirs de la vaillante
princesse. »

2. Proust adapte ici, semble-t-il, un « mot » de Talleyrand au
Congrès de Vienne, rapporté par Albert Sorel — son professeur à
l'École libre des sciences politiques en 1891-1892 — dans son ouvrage
L'Europe et la Révolution française (1904) : « Quelqu'un prononça le
nom du roi de Naples, et il entendait dire Murat [...] Talleyrand [...] osa
lancer cette phrase : "De quel roi de Naples parle-t-on ? Nous ne
connaissons point l'homme dont il s'agit" » (t. VIII, pp. 386-387) — sur
un autre sujet, Charlus se dira d'ailleurs dans *Le Temps retrouvé* « dans
la tradition de Talleyrand et du Congrès de Vienne ». Joachim Murat,
maréchal de France, régna sur Naples et les Deux-Siciles de 1808 à
1814 (*cf. supra* p. 110 et la note 2, et *Le Côté de Guermantes II*, II,
808).

Page 339.
1. Non Proust, cependant, qui laisse ici un blanc dans son
manuscrit.

Page 340.
1. Au dernier acte des *Maîtres Chanteurs de Nuremberg* de Wagner,
ce personnage donne une interprétation grotesque de la merveilleuse
composition du jeune héros Walter.

Page 341.
1. Dans les premières esquisses cependant, Oriane assistait à la
soirée Verdurin, « entrant dans ce salon avec le sourire confus et
intimidé d'un écolier qui va pour la première fois dans un mauvais
lieu » : « Allons restez près de moi pour me nommer les gens, m'avait
dit Mme de Guermantes. Mais il se trouve que c'était elle qui me les
nomma tous car il n'y avait que des gens qu'elle connaissait. Elle se
persuadait cependant que c'était un "mélange impossible". Mais en
réalité elle était déçue » (cahier 73).
2. Sur le « finalisme naïf » de Bernardin de Saint-Pierre, *cf. Pastiches
et mélanges*, éd. citée, p. 108, et *Corr.*, t. X, p. 352.
3. « Le décret de Moscou permet au ministre d'empêcher un artiste
de la Comédie de jouer en tournée », précisait le cahier d'ébauches
(cahier 73) : signé dans cette ville le 15 octobre 1812 par Napoléon Ier,
il fixait en effet la charte de la Comédie-Française, et les droits et
devoirs des sociétaires.

Page 343.

1. Proust, après avoir anticipé dans *La Prisonnière* l'annonce de la mort de Cottard (p. 304), d'abord prévue pour *Le Temps retrouvé*, n'a pas revu ce passage ; la présence du docteur à la soirée Verdurin sera en outre contredite plus loin (p. 389).

2. Le comte Hoyos, ambassadeur d'Autriche à Paris de 1883 à 1894 (*cf. Le Côté de Guermantes II*, II, 779).

Page 345.

1. *Cf. Sodome et Gomorrhe II*, III, 262 et 477-478.

Page 346.

1. Proust comptait dans son entourage un adepte et apôtre de la théosophie : son financier et ami Lionel Hauser (*cf. Corr.*, t. XVII, pp. 212, 224-225, *passim*).

2. Cette caricature doit peut-être aux maîtres de Proust, Darlu, qui l'initia à Kant au lycée Condorcet, puis Boutroux, à la Sorbonne ; il y avait également suivi les cours de philosophie ancienne de Victor Brochard, considéré comme l'un des modèles — onomastiques, au moins — de Brichot.

Page 347.

1. Les Rose-croix ou « illuminés » constituent une fraternité ésotérique, qui, active dans l'Allemagne du XVIIᵉ siècle, avait été acclimatée en France vers 1890, et faisait remonter ses origines à l'Égypte ancienne.

2. C'est-à-dire le valet de chambre de l'oncle Adolphe du héros, en admettant qu'ici comme plus bas « l'oncle de Morel » soit mis par erreur pour « le père de Morel » (*cf.* p. 380). On apprendra d'ailleurs que Charlus avait révélé à Mme Verdurin que le violoniste était « le fils d'un valet de chambre » (p. 379).

Page 348.

1. Citation tirée de la *Vie d'Agricola*, de Tacite, qui l'applique à une période de quinze années : « un grand pan de la vie d'un homme ».

Page 351.

1. Allusion au dernier acte d'*Hernani* (1830) : après leurs noces et le départ des invités, Hernani et Doña Sol vont jouir brièvement de leur bonheur, avant que ne retentisse le cor qui rappelle au jeune homme son serment de mourir sur-le-champ. Mais c'est au premier acte que la réplique de Doña Sol (*Oui, cette heure est à nous*) déclenchait la plainte prémonitoire d'Hernani :

Cette heure ! et voilà tout. Pour nous, plus rien qu'une heure,
Après, qu'importe ? il faut qu'on oublie ou qu'on meure.
Ange ! une heure avec vous ! une heure, en vérité,
À qui voudrait la vie, et puis l'éternité !

L'allusion suivante à la pièce de Victor Hugo, quelques lignes plus bas, joue de la paronomase Charlie/Don Carlos/Charles-Quint, à quoi il faut peut-être ajouter le nom même de Charlus (*cf. La Prisonnière*, éd. J. Milly, GF-Flammarion, note 94).

2. Proust emprunte peut-être l'image à son ami Léon Daudet, qui écrivait dans *L'Entre-deux-guerres*, pour évoquer l'attitude placide de « qui a tout vu et que rien n'émeut » : « Tel le philosophe de Couture... » (*Souvenirs des milieux littéraires, politiques, artistiques et médicaux de 1880 à 1905*, 3e série, Nouvelle Librairie Nationale, 1915, p. 162). Il s'agit probablement d'une allusion aux deux personnages figurés en retrait de la scène d'orgie, au premier plan du tableau de Thomas Couture *Les Romains de la décadence* (1847), aujourd'hui au musée d'Orsay.

3. Il s'agit de trois violonistes réputés. D'origine roumaine, Georges Enesco (1881-1955) était également compositeur, chef d'orchestre et professeur ; Proust avait en 1913 subi le charme de son interprétation de la *Sonate en la* de Franck, un des modèles de la sonate de Vinteuil (*Corr.*, t. XII, pp. 147-149, et t. XVII, pp. 193-194). Lucien Capet (1873-1928), compositeur également, était célèbre pour ses interprétations de Beethoven, et Proust aurait aimé qu'il lui donnât un concert privé (*Corr.*, t. XVII, p. 393). Sur Jacques Thibaud, voir *supra*, p. 114 et la note 1.

4. Le peintre paysagiste Théodore Rousseau (1812-1867) écrivit en effet : « Si l'on peut contester qu'ils pensent (les arbres), à coup sûr ils nous donnent à penser [...] » (lettre de 1863, citée par Alfred Sensier, *Souvenirs sur Théodore Rousseau*, Paris, 1872, p. 278). *Cf. Le Côté de Guermantes II*, II, 837 : « [...] Dans ces premiers poèmes, Victor Hugo pense encore, au lieu de se contenter, comme la nature, de donner à penser. »

Page 353.
1. Qui ne serait donc pas encore, contre toute attente, accaparé par les Verdurin.

Page 354.
1. C'est-à-dire de disciples zélés. Paul Meurice (1820-1905) fut rédacteur en chef de *L'Événement*, le journal fondé par Victor Hugo en 1848 ; Auguste Vacquerie (1819-1895) — dont le frère Charles avait été le gendre du poète — en fut également l'un des principaux rédacteurs, et en 1851 suivit Hugo en exil à Jersey. Jules Claretie évoquait en 1909 « le culte qu'ils ont professé pour le poète » : « Dès leurs premiers pas ils sont à lui [...] Jusqu'à leur dernier soupir ils lui seront fidèles » (préface à la *Correspondance entre Victor Hugo et Paul Meurice*).

Page 355.
1. « Jadis [...] j'avais la manie des duels », écrivait lui-même Proust en janvier 1920 à J. de Pierrefeu (*Corr.*, t. XIX, p. 75).

Page 356.
1. « Haut les cœurs ! » (début de la Préface de la messe).

Page 357.
1. *Cf. Le Côté de Guermantes I*, II, 581-592.
2. « Dieu ne donne aux passions humaines, lors même qu'elles semblent décider de tout, que ce qu'il leur faut pour être les instruments de ses desseins : ainsi l'homme s'agite, mais Dieu le mène » (Fénelon, *Sermon pour la fête de l'Épiphanie*, 1685) ; « l'homme fait peu ce qu'il veut, que ce soit ou non Dieu qui le mène », écrivait Proust à Lionel Hauser en 1915 (*Corr.*, t. XIV, p. 271 et la note de Ph. Kolb p. 272). Voir également *Essais et articles*, éd. citée, p. 656.

Page 358.
1. *Cf. Le Côté de Guermantes I*, II, 589-591.
2. Il sera encore question des deux sœurs de Mme de Villeparisis dans le pastiche des Goncourt du *Temps retrouvé*.

Page 360.
1. *Cf. supra*, p. 243.
2. Tiré vraisemblablement de la *Vie de Michel-Ange* (1907) de Romain Rolland : « L'amitié de Michel-Ange pour Vittoria Colonna ne fut pas exclusive d'autres passions [...] Pendant le temps de son amitié avec Vittoria, entre 1535 et 1546, Michel-Ange aima une femme "belle et cruelle" [...] "ma dame ennemie", comme il l'appelle encore [...] Il l'aima passionnément » (p. 129 note 3).
3. Sans doute l'affaire Dreyfus.

Page 361.
1. P.-E. Robert a reconnu ici une allusion au *Don Juan* de Molière, où le paysan Pierrot s'exclame à tout propos : *jerniguienne, jerniguié, jerni, jarni* (« je renie Dieu », acte II, sc. III ; voir aussi sc. I), et sans doute à la tirade de Figaro dans *Le Mariage de Figaro* de Beaumarchais : « Avec *God-dam*, en Angleterre, on ne manque de rien nulle part » (acte III, sc. V ; *cf. À la recherche du temps perdu*, éd. de la Pléiade, t. III, 1988, p. 801 note 1). On notera que Charlus s'en prend à deux comédies qui attaquent la noblesse.
2. *Cf. À l'ombre des jeunes filles en fleurs*, pp. 264-266 et 540.

Page 362.
1. L'astronome Le Verrier (1811-1877) avait en effet mathématiquement déduit l'existence d'une planète encore inobservée, Neptune. Maurice Barrès (1862-1923) avait débuté sa carrière de député en 1889, trois ans avant que n'éclate le scandale de Panama ; le dernier volet de sa trilogie *Le Roman de l'énergie nationale, Leurs Figures* (1902), brosse le tableau de cette époque. Proust fait allusion dans une lettre de 1903 à Barrès aux « sublimes mais féroces Figures des Panamistes » (*Corr.*, t. IV, p. 430).

2. On a vu que Brichot était, au grand dam de Mme Verdurin, un antidreyfusard, membre de la Ligue de la patrie française (*Le Côté de Guermantes II*, II, 870, et *Sodome et Gomorrhe II*, III, 278). Sa périphrase embarrassée concerne le « faux Henry », commis en 1896 par le colonel du même nom, peut-être à l'instigation de ses supérieurs, pour sauver la face de l'État-major après la découverte par le lieutenant-colonel Picquart qu'Esterhazy était le véritable auteur du bordereau qui avait fait condamner Dreyfus ; Maurras — antisémite, nationaliste et antidreyfusard comme Barrès et Léon Daudet — l'avait appelé le « faux patriotique » (Jean-Denis Bredin, *L'Affaire*, p. 518 ; *cf. Essais et articles*, éd. citée, p. 603 et la note 4). Picquart avait été le premier à dénoncer cette pièce comme un faux lors du procès Zola de février 1898.

3. À propos de *L'Avant-guerre. Études et documents sur l'espionnage juif-allemand en France depuis l'affaire Dreyfus* (1913) — recueil de dix-huit mois d'articles de Léon Daudet (1867-1942) dans *L'Action française* — Proust affirmait en 1914 à son frère Lucien : « La guerre a hélas vérifié [...] l'*Avant-guerre* [...] J'espère que si sa prophétie ne fut pas écoutée nous saurons "*appliquer*" sa découverte » (*Corr.*, t. XIII, p. 335). Léon Daudet demeure cependant pour Proust un adversaire politique, et dans un projet d'article de 1921 il émet des réserves sur la « prétendue prescience politique » d'un auteur qui « feint [...] de prophétiser » : « c'est là une prétention qui n'est pas soutenable » (cahier 75, cité dans *La Prisonnière*, *À la recherche du temps perdu*, éd. de la Pléiade, t. III, 1988, p. 802 note 3). Quant à la « morphinomanie », Proust ironise peut-être sur un diagnostic que Léon Daudet, de formation médicale, aurait porté sur lui en 1903 en présence d'Antoine Bibesco qui le lui rapporta : il « avait déclaré [...] que le mauvais état de Marcel Proust était dû à la morphine (ce qui était inexact) » (*Lettres de Marcel Proust à Bibesco*, 1949, p. 120).

Page 363.
1. Brichot répète ici « la même idiotie qui fait écrire à des crétins comme Roujon : "Je m'en fiche, comme dit Bossuet." C'est écœurant. » (*Corr.*, t. VII, p. 324 et la note 9 : Henry Roujon, secrétaire perpétuel à l'Académie des Beaux-Arts).

Page 364.
1. « [M. de Charlus] a été amoureux [de Swann] au collège », précisait Proust en 1914 à un critique de *Du côté de chez Swann* (*Corr.*, t. XIII, p. 25).
2. On savait seulement que Swann avait été « présenté à Odette de Crécy par un de ses amis d'autrefois » (*cf. Du côté de chez Swann*, p. 241).
3. C'est-à-dire le personnage d'« une stupide petite opérette », « une revue des Variétés », dont Elstir avait peint le portrait en « octobre 1872 » (*À l'ombre des jeunes filles en fleurs*, pp. 434-437 et 447-450).
4. Nous avons dû suppléer le groupe verbal.

5. On se souvient que Swann avait soupçonné Charlus, entre autres, d'avoir été l'auteur de la lettre anonyme lui apprenant « qu'Odette avait été la maîtresse d'innombrables hommes (dont on lui citait quelques-uns [...]) » (*Du côté de chez Swann*, p. 406).

Page 365.
1. *Cf. Sodome et Gomorrhe II*, III, 468-472.

Page 366.
1. Le peintre américain James Abbott McNeill Whistler (1834-1903) intitulait ses toiles aux tons subtils comme des compositions musicales : « Arrangement... », « Harmonie... », « Symphonie... », « Nocturne... ». Si en 1905 Proust s'élevait contre ceux qui voyaient seulement en lui « un homme d'un goût exquis », en 1918 il ne le rangeait plus qu'au nombre « des hommes de goût délicieux », et non des « grands peintres complets » (*Corr.*, t. V, p. 260 et t. XVII, p. 394).

Page 367.
1. La liste de Charlus est mêlée : Saint-Simon rend compte des mœurs de Monsieur, duc d'Orléans, le frère de Louis XIV, « toujours paré comme une femme », et de celles du duc de Brissac, son propre beau-frère, au « goût [...] trop italien », à la « vie obscure, honteuse, de la dernière et de la plus vilaine débauche » (*Mémoires*, éd. de la Pléiade, t. I, p. 917 ; *cf. supra*, p. 278 et la note 1 ; et *ibid.*, t. I, pp. 80 et 588). Selon la *Correspondance* de Madame, duchesse d'Orléans, née Élisabeth-Charlotte de Bavière et seconde femme de Monsieur, le jeune Louis, comte de Vermandois, fils légitimé de Louis XIV et de Mlle de la Vallière, mort en 1683 à l'âge de seize ans, aurait été « débauché » par deux membres « de la secte », le chevalier de Lorraine et son frère, et « horriblement séduit » ; le prince Louis-Guillaume de Baden aurait de même été « débauché » ; Charles, comte de Charolais, aurait entretenu « continuellement et sans aucune honte avec le prince de Conti » un « commerce infâme » ; quant à Monsieur le Prince, Louis II de Bourbon, prince de Condé, dit le Grand Condé, « il alla à l'armée et il s'habitua à de jeunes cavaliers ; quand il revint, il ne pouvait plus souffrir les dames » (*Correspondance complète de Madame, duchesse d'Orléans, née princesse Palatine*, trad. G. Brunet, Paris, Charpentier, 1863, t. 1, p. 302 et t. 2, p. 17 ; t. 1, p. 95 ; t. 2, p. 306 ; t. 1, p. 241). Mais Saint-Simon insiste sur la « vertu vraie et sincère » qui avait « continuellement éclaté dans tout le cours de [la] conduite et de [la] vie » du maréchal de Boufflers (*ibid.*, t. III, p. 1072), et ne mentionne pas plus que Madame les mœurs du duc de Brunswick. Quant à Molière, Charlus n'est pas le premier à broder sur ses relations avec le jeune comédien Michel Boyron, dit Baron (1653-1729), son protégé.
2. Saint-Simon en effet a laissé de lui un portrait sans ambiguïté de Louis-Joseph de Bourbon, duc de Vendôme (1654-1712) : « Ce qui est prodigieux à qui a connu le Roi [...] plein d'une juste, mais d'une singulière horreur pour tous les habitants de Sodome, et jusqu'au

moindre soupçon de ce vice, M. de Vendôme y fut plus salement plongé toute sa vie que personne, et si publiquement, que lui-même n'en faisoit pas plus de façon que de la plus légère et de la plus ordinaire galanterie, sans que le Roi, qui l'avoit toujours su, l'eût jamais trouvé mauvais, ni qu'il en eût été moins bien avec lui. [...] Ses valets et des officiers subalternes satisfirent toujours cet horrible goût » (*Mémoires*, éd. de la Pléiade, t. II, pp. 573-574). Madame évoque également « ses débauches avec des hommes » ; selon Brienne dans ses *Mémoires*, on appelait l'hôtel Vendôme l'*hôtel Sodome* (*Correspondance complète de Madame*, éd. citée, t. 2, p. 32 et note 1 p. 31).

Page 368.
1. Brichot récite ici — et Proust recopie, presque littéralement — une note du traducteur de la *Correspondance* de Madame : « Une chanson du temps, en latin macaronique, contiendrait une sorte d'aveu [...] Le duc d'Enghien, descendant le Rhône en 1643, avec le marquis de la Moussaye, fut surpris par un violent orage et fit, dit-on, ce couplet : *Carus amicus, Mussaeus...* » On peut le traduire ainsi : « Mon cher ami La Moussaye / Ah ! Bon Dieu ! quel temps ! / Landerirette / Par la pluie nous allons périr/ — Nos vies ne sont pas en danger / Car nous sommes Sodomites / C'est par le feu seulement que nous devons périr / Landeriri » (*Correspondance complète de Madame*, éd. citée, t. 1, note 2 p. 241).
2. « Le maréchal de Villars était excessivement passionné pour un prince d'Eisenach ; il lui fit une déclaration d'amour » ; « le prince Eugène fait peu de cas des dames [...] il n'a point passé ici autrefois pour aimer les dames, mais pour avoir été la maîtresse d'autres jeunes gens, aussi l'appelait-on Mme Simoni et Mme Putana » ; « le prince de Conti [...] se livrait fort à la débauche avec les hommes » (*Correspondance complète de Madame*, éd. citée, t. 2, p. 21 ; t. 1, pp. 309 et 308). Une note marginale du manuscrit précise ici : « Insister sur ce que l'homosexualité n'a jamais empêché la bravoure, de César à Kitchener. »
3. Allusion aux *Essais de psychologie contemporaine* de Paul Bourget, dont l'Avant-propos (1885) affirme que « les états de l'âme particuliers à une génération nouvelle » sont « enveloppés en germe dans les théories et les rêves de la génération précédente » ; c'est la théorie de l'« héritage psychologique ».

Page 369.
1. Madame applique en fait le sobriquet au prince Eugène (*cf. supra*, note 2 à la p. 368). La citation de Saint-Simon, bien qu'un peu abrégée, est littérale (*cf. Mémoires*, éd. de la Pléiade, t. 2, p. 165).
2. *Cf. Sodome et Gomorrhe II*, Chapitre premier, « Face caractéristique de Mme de Vaugoubert », III, 46-47.
3. La citation est légèrement abrégée (*cf.* La Rochefoucauld, *Réflexions diverses, Œuvres complètes*, éd. de la Pléiade, p. 543).

Page 370.
1. *Cf. Sodome et Gomorrhe II*, III, 252.
2. « Homosexuel est trop germanique et pédant, n'ayant guère paru en France — sauf erreur — et traduit sans doute des journaux berlinois, qu'après le procès Eulenbourg » (c'est-à-dire en 1907-1908), notait déjà Proust pendant la guerre (cahier 49). Utilisé pour la première fois en 1869 par le médecin hongrois Benkert, le terme se banalisa dans la psychiatrie allemande, notamment sous l'influence de la *Psychopathia sexualis* de Krafft-Ebing (1886). *Cf.* A. Compagnon, *Proust entre deux siècles*, p. 269 *sq.*

Page 371.
1. *Cf. Du côté de chez Swann*, pp. 109 et 194.
2. *Cf. Sodome et Gomorrhe II*, III, 377 et 464.
3. Ce personnage qui enflamme l'imagination du héros depuis le portrait que lui en a tracé Saint-Loup (*cf. Sodome et Gomorrhe II*, III, 93-94, 120-121, et *supra*, p. 146) est ainsi connu de lui depuis son enfance : c'est en sa compagnie et celle de Théodore qu'il visitait la crypte de l'église de Combray (*Du côté de chez Swann*, p. 101).

Page 372.
1. *Cf. À l'ombre des jeunes filles en fleurs*, p. 264, et *supra*, p. 361.

Page 373.
1. *Cf. Du côté de chez Swann*, p. 50.

Page 375.
1. Ski mentionnera plus loin à Mme Verdurin ces larmes de Morel (p. 384) — mais le héros-narrateur n'est pas censé assister à la scène (*cf.* p. 381 : « C'est à ce moment que nous rentrâmes au salon »).

Page 377.
1. C'est-à-dire aux Concerts Lamoureux (*cf.* p. 220), que Camille Chevillard (1859-1923) dirigea à partir de 1899, à la mort de leur fondateur.

Page 378.
1. Le compositeur d'*España* est en effet, au moment supposé du récit de *La Prisonnière*, mort depuis de nombreuses années ; il avait succombé en 1894 à une paralysie générale. On sait qu'il fut l'un des modèles de Vinteuil (*cf.* note 2 p. 327).

Page 380.
1. Mais Mme Verdurin l'avait un peu plus haut appelé « Auguste » (p. 374).

Page 387.
1. *Cf. supra*, p. 310, et la note 2.

Page 388.
1. Allusions au Livre de Daniel, 9, 24-25.

Page 389.
1. Allusions au Livre apocryphe de Tobie : le jeune Tobie est rendu
sain et sauf à ses parents grâce à la protection de l'archange Raphaël,
qui guérit ensuite son père, Tobie, de sa cécité (11, 7-15 ; *cf. Sodome et
Gomorrhe II*, III, 460, où Charlus, alors dans sa gloire, se comparait à
l'archange Raphaël). Saint Jean mentionne la piscine miraculeuse de
Bethsaïda ou Béthesda, près de la porte des brebis, à Jérusalem (5,
2-4), où le Christ guérit un paralytique.
2. On va voir un peu plus loin qu'il vivra encore « quelques années »,
ce qui contredit le passage précédent où il succombait après « quelques
semaines » à une attaque provoquée, elle, par la méchanceté de
M. Verdurin (p. 329).

Page 392.
1. Ou plutôt du grand-père du héros, selon *Du côté de chez Swann*,
p. 245.
2. Les premiers éditeurs avaient complété le blanc laissé ici par
Proust par le nom de l'explorateur norvégien Nansen, puis par celui de
l'américain Peary, qui atteignit le pôle Nord en 1909.

Page 393.
1. *Cf. supra*, p. 267 et la note 3.
2. Mgr D'Hulst (1841-1896), fondateur et recteur de l'Institut
catholique de Paris, de 1880 à sa mort.

Page 394.
1. En 1848-1849, Sainte-Beuve professa un cours sur Chateaubriand
qui devait fournir plus de dix ans après la matière du volume
Chateaubriand et son groupe littéraire sous l'Empire (1861), et dès
l'année suivante de divers « Lundis » — que Proust, en 1921, se fait
envoyer par J. G. Tronche (M. Proust — G. Gallimard, *Correspondance*, éd. citée, p. 380). Dans l'article du 27 mai 1850 consacré aux
Mémoires d'outre-tombe, et sous-titré « Le Chateaubriand romanesque
et amoureux », Sainte-Beuve déplore qu'« en ce qui touche ses amours
[...] les amours qu'il a inspirés et les caprices ardents qu'il a ressentis »,
l'écrivain soit « très-discret, par soi-disant bon goût, par chevalerie » :
« je cherche vainement un détail, une révélation tendre » ; « ces
Mémoires [...] ne contiennent [...] pas tout sur lui, si l'on n'y ajoute
quelque commentaire ou supplément ». « Il serait curieux », poursuit
Sainte-Beuve, « de suivre et d'énumérer les principaux noms de femmes
vraiment distinguées qui l'ont successivement et quelquefois concur-
remment aimé, et qui se sont dévorées pour lui » : sont alors évoquées
quelques-unes des « bonnes fortunes » tues par l'écrivain, « la dame de
Fervaques », « celle des jardins de Méréville », « celle du château
d'Ussé » (*Causeries du Lundi*, t. 2). L'inspiratrice du voyage en Palestine

de 1806, « Mme de Mouchy », sera nommée dans une note au *Chateaubriand et son groupe littéraire* (t. 2, p. 73).

2. S'agit-il du vers que Diderot cite dans la *Satire I: Iustum et tenacem propositi virum* (« L'homme juste et ferme dans son dessein »), qui ouvre au Livre III la troisième des *Odes* d'Horace? (*cf.* Diderot, *Œuvres*, éd. de la Pléiade, p. 1198).

3. Le chapitre second des *Promenades archéologiques. Rome et Pompéi* (1880) de Gaston Boissier (1823-1908) est consacré au Palatin, le quatrième à la villa d'Hadrien, « la villa de Tibur », l'actuelle Tivoli ; c'est aussi aux environs de Tibur que le poète latin Horace possédait une ferme qu'il évoque fréquemment dans ses écrits, et qui est demeurée un lieu de pèlerinage : Boissier lui consacre le premier chapitre de ses *Nouvelles promenades archéologiques. Horace et Virgile* (1886) ; Brichot en cite même le titre, « La maison de campagne d'Horace », dans une ébauche du passage (cahier 24).

4. Aspasie était une courtisane athénienne cultivée, égérie de Périclès et, à en croire Platon dans le *Ménéxène*, son professeur d'éloquence ainsi que celui de Socrate (235e).

5. « L'autre exemple est tiré d'animaux plus petits » est le vers de transition entre *Le Lion et le Rat* et *La Colombe et la Fourmi* (*Fables*, livre deuxième, XI et XII).

Page 395.

1. *Quod di omen avertant!* « Que les dieux écartent ce présage ! » (Cicéron, *Philippiques*, 3, 35 et 41 ; *ad Brut.*, 18, 5).

2. Brichot amalgame ici deux passages du roman d'Anatole France, *Le crime de Sylvestre Bonnard* (1881) : l'exacte expression « le songe de la vie » est empruntée aux propos du héros dans les toutes premières pages, mais c'est au début de la deuxième partie que celui-ci, qui a voué son existence aux études philologiques, s'avoue : « Chacun fait à sa manière le rêve de sa vie. J'ai fait ce rêve dans ma bibliothèque, et, quand mon heure sera venue de quitter ce monde, Dieu veuille me prendre sur mon échelle, devant mes tablettes chargées de livres ! » (A. France, *Œuvres*, éd. de la Pléiade, t. 1, pp. 154 et 201).

Page 397.

1. *Cf. supra*, p. 254. La mort de Mme de Villeparisis nous avait cependant été annoncée par le héros pendant la soirée Verdurin (p. 357) ; le personnage réapparaîtra dans un épisode important d'*Albertine disparue* (*cf. infra*, p. 556 *sq.*), ainsi que dans *La Fugitive*.

Page 398.

1. On trouve de ces dernières lignes une version légèrement différente sur la dactylographie : « "Vous ne m'aviez pas dit que vous l'aviez rencontrée l'autre jour", lui dis-je pour lui montrer que j'étais plus instruit qu'elle ne pensait. Croyant que la personne que je lui reprochais d'avoir rencontrée sans me l'avoir raconté, c'était Mme Verdurin, et non, comme je voulais dire, Mlle Vinteuil : "Est-ce

que je l'ai rencontrée", demanda-t-elle d'un air rêveur... » La question
du héros sera cependant rappelée plus loin sous la forme de celle du
manuscrit (p. 411).

2. Ici commence (jusqu'à la p. 406 : « Ma petite Albertine, lui dis-je
avec une douceur et une tristesse profondes... ») une longue addition à
la dernière dactylographie de *La Prisonnière* ; elle est en partie destinée
à préparer, comme on le verra, le nouveau dénouement mis en place
par Proust dans *Albertine disparue* lors de ce même été-automne
1922.

Page 405.

1. Le « pot » est une désignation argotique du sexe féminin ; dans la
Notre-Dame de Paris de Hugo, Esmeralda présente à Gringoire une
cruche pour qu'il la jette à terre et scelle ainsi leur union devant la Cour
des Miracles (Livre deuxième, chapitre VI, « La cruche cassée »). Mais
l'expression « casser le pot » semble devoir être prise ici dans son sens
obscène plus récent, « sodomiser » — d'où le commentaire de Jean
Cocteau sur ce passage, en 1952 : « J'ai connu [l]a "prisonnière".
C'était un prisonnier. Un groom stupide que [Proust] chambrait [...]
Seul ce groom était capable de prononcer l'ignoble phrase que Marcel
met dans la bouche d'Albertine (*casser le pot*). Naïveté de Marcel. Il ne
pense pas qu'une femme, à plus forte raison une jeune fille (et aimant
les femmes) ne peut prononcer une phrase pareille. Par contre elle est
dans le style exact du groom » (*Le Passé défini, I*, éd. citée, p. 305).

Page 407.
1. *Cf. supra*, pp. 171-172.

Page 410.
1. Exactement : « ... la mieux partagée. » C'est la première phrase du
Discours de la méthode (1637).

Page 412.
1. *Cf. Sodome et Gomorrhe II*, III, 222 *sq.* et 502 *sq.*

Page 422.
1. *Cf. Sodome et Gomorrhe II*, III, 247-248.

Page 425.
1. Proust s'était appliqué une image analogue, écrivant en novembre
1913 à Lucien Daudet qui venait de consacrer un article à *Du côté de
chez Swann* : « Je me réveille à peu près mourant et je m'entends
appeler dans le *Figaro* par vous, comme les Morts à ce Jugement
dernier que vous avez autrefois représenté, et je me soulève dans mon
lit comme au portail de Notre-Dame les morts réveillés par l'archange »
(*Corr.*, t. XII, p. 342, et la note 3 p. 344). Voir également dans Émile
Mâle, *L'Art religieux du XIIIᵉ siècle en France*, les planches du livre IV,
chapitre VI : « La Fin de l'Histoire. — L'Apocalypse. Le Jugement
dernier ».

Page 426.

1. À commencer par Théophile Delcassé (1852-1923) lui-même, ministre des Affaires étrangères depuis 1898, qui aurait déclaré lors du Conseil des ministres du 6 juin 1905 à l'issue duquel il devait démissionner du cabinet Rouvier : « L'Allemagne nous menace... Pour moi ce n'est qu'un *bluff*. Donc nous devons résister » (J. Chastenet, *Histoire de la Troisième République : La République triomphante*, 1955, p. 286). L'Allemagne menaçait en effet d'une déclaration de guerre si la France concrétisait ses visées marocaines et son projet d'alliance militaire avec l'Angleterre.

Page 427.

1. Andrée avait, plus exactement, confirmé le projet d'Albertine d'une visite aux Verdurin, et c'est Albertine elle-même qui avait évoqué sa précédente rencontre avec la Patronne (pp. 161, 163).

Page 428.

1. Citation infidèle d'une lettre de Mme de Sévigné à Mme de Grignan, le 25 octobre 1679, à propos de Charles de Sévigné et de son « amour sans amour, entièrement ridicule » pour une Mlle de la Coste : tous « croient [...] qu'il se mariera. Pour moi, je suis persuadée que non ; mais je lui demande [...] pourquoi troubler cette fille, qu'il n'épousera jamais ? Pourquoi lui faire refuser ce parti, qu'elle ne regarde plus qu'avec mépris ? [...] je ferois scrupule, si j'étois en sa place, de troubler, de gaieté de cœur, l'esprit et la fortune d'une personne qu'il est si aisé d'éviter. »

Page 431.

1. Le narrateur de *La Prisonnière* se confondrait donc avec le futur auteur d'« Un amour de Swann » ; voir p. 135 note 1.

Page 433.

1. Les traités d'Utrecht et de Rastadt mirent fin en 1713-1714 à la guerre de Succession d'Espagne ; c'est en 1709 que les Grands de la cour de Louis XIV, pour soutenir l'effort de guerre, se séparèrent à contre-cœur de leur vaisselle d'argent : « Ce bruit de la vaisselle fit un grand tintamarre à la cour : chacun n'osoit ne pas offrir la sienne ; chacun y avoit grand regret [...] Le Roi agita de se mettre à la faïence ; il envoya sa vaisselle d'or à la Monnoie [...] Le Roi et la famille royale se servirent de vaisselle de vermeil et d'argent ; les princes et les princesses du sang, de faïence » (Saint-Simon, *Mémoires*, éd. de la Pléiade, t. III, pp. 167-170 ; *cf. Alla ricerca del tempo perduto*, Mondadori, 1989, t. III, p. 788 note 2).

2. Fondée au milieu du XVIIIe siècle, la manufacture de faïence du Pont-aux-Choux, rue Saint-Sébastien à Paris, prospéra jusqu'à la Révolution.

Page 434.

1. Dans *La Du Barry* (1878) des frères Goncourt, et d'après un
mémoire du « grand dessinateur et [...] sculpteur d'argenterie » Jacques
Roettiers (1707-1784), orfèvre du Roi : « le mémoire décrit tout au long,
il dessine pour ainsi dire avec des mots techniques, tout ce service de
madame du Barry » (pp. 127-128). *Cf.* p. 347.

2. *Cf. À l'ombre des jeunes filles en fleurs*, p. 486.

3. L'« avertissement » des « blanches coupoles » de Saint-Marc est,
selon Ruskin : « le Christ reviendra » (*Pierres de Venise II* ; *Works*,
Library Edition, vol. X, 1904, IV, 70) ; il ajoute à propos de la basilique
dans un passage traduit par Proust pour sa préface à la *Bible d'Amiens* :
« un son [est] dans les échos de [ses] voûtes, qui un jour remplira la
voûte des cieux : "Il viendra pour rendre jugement et justice" » (*ibid.*,
71, et *Pastiches et mélanges*, éd. citée, p. 131) — promesse de
résurrection dont la résonance chrétienne est ici bien assourdie.

4. Le souvenir de deux gravures de Ruskin, dans les *Pierres de Venise
II* (éd. citée, V, planches VIII et XI), a pu se combiner ici : des aigles
figurent à deux reprises sur les « chapiteaux byzantins » de Saint-Marc,
et les médaillons de « sculpture byzantine » *(planche XI, reproduite
page 618)* regroupent divers couples d'oiseaux, la plupart en train de se
désaltérer. Ruskin souligne leur valeur religieuse : « Le paon, choisi de
préférence à tout autre oiseau, est le symbole bien connu de la
résurrection ; il est aussi sans aucun doute, quand il boit à une fontaine
ou d'un font baptismal, l'image de la vie nouvelle conférée par le
baptême » (V, 30 ; *cf.* J. Yoshida, *Proust contre Ruskin. La genèse de
deux voyages dans la « Recherche » d'après des brouillons inédits*, thèse,
1978, t. I, pp. 177-178) ; mais l'« urne », à résonance funéraire, remplace
ici le font baptismal, et « les oiseaux qui signifient à la fois la mort et
la résurrection » suggèrent plutôt l'image, pré-chrétienne, du phénix.
Proust amalgame les mêmes souvenirs ruskiniens lorsqu'il s'enquiert
en 1916 auprès de Maria de Madrazo : « Savez-vous [...] si jamais
Fortuny dans des robes de chambre a pris pour motifs de ces oiseaux
accouplés, buvant par exemple dans un vase, qui sont si fréquents à
St-Marc, dans les Chapiteaux byzantins » (*Corr.*, t. XV, p. 49) ; on
retrouvera ces « oiseaux accouplés » sur le peignoir d'Albertine (p. 460
et la note 2 ; p. 464). Voir encore « Journées de lecture », *Pastiches et
mélanges*, éd. citée, p. 192 note *.

5. Ainsi *La Légende de Joseph* (1914), dans un décor du peintre José-
Maria Sert (1876-1945) et des costumes de Bakst, devait-elle évoquer
Véronèse, et suggère-t-elle à Proust, comme on le verra dans *La
Fugitive*, un autre peintre vénitien, Carpaccio. Sur Léon Bakst (1866-
1924), décorateur notamment de *Shéhérazade* (1909), *cf.* p. 71 note 1 et
p. 300 note 3 ; Alexandre Benois (1870-1960), peintre russe, signa les
décors de *Petrouchka* (1911). Le récit de *La Prisonnière* se fait ici le
contemporain, au plus tôt, de la première saison parisienne des Ballets
russes, en 1909.

Page 437.

1. La compagnie anglo-américaine Aeolian vendait au début du
siècle sous la marque « Pianola » des pianos mécaniques adaptables aux
pianos traditionnels ; répondant à l'opération de pédales, leurs
« doigts » actionnaient les touches du clavier au passage de rouleaux
perforés. Le pianola ne requérait aucune virtuosité particulière ; si un
système de leviers permettait à l'origine de contrôler le tempo et
l'« expression », on s'efforça à partir de 1906 d'enregistrer sur les
rouleaux toutes les nuances du jeu pianistique. Proust évoque ainsi,
dans un passage sacrifié d'*À l'ombre des jeunes filles en fleurs*, « ces
notes qu'on fait jouer à un pianola et qui apportent sur elles
l'interprétation fugitive du pianiste qui les joua d'abord » (*À la
recherche du temps perdu*, éd. de la Pléiade, t. I, 1987, var. *a* p. 543). Il
avait lui-même songé dès 1906 à « faire adapter un pianola Aeolian » à
son piano à queue ; mais ce n'est qu'en 1914 qu'il confie à Mme Straus
qu'il a « complété le théâtrophone par l'achat d'un pianola », un mois
environ après le départ de son chauffeur-secrétaire Alfred Agostinelli :
« Quand je ne suis pas trop triste pour en écouter, ma consolation est
dans la musique » (*Corr.*, t. VI, p. 291 et t. XIII, p. 31). Il semble donc
improbable, contrairement à ce que l'on a souvent affirmé, que ce soit
le spectacle d'Agostinelli au pianola qui ait été ici le « modèle »
d'Albertine musicienne. L'image réminiscente du jeune chauffeur-
secrétaire que l'on trouvera un peu plus loin emprunte d'ailleurs à des
souvenirs bien plus précoces (*cf.* p. 448 note 1).

2. Voir les *Ménines* (1656), et les portraits de l'*Infante Marguerite*,
vers l'âge de cinq et huit ans (1656 et 1659). On trouve curieusement
une image analogue à propos de Robert Proust, le frère de l'écrivain,
dans un texte de 1908 partiellement repris dans *Du côté de chez Swann*
pour « l'adieu aux aubépines » ; Robert avait alors « cinq ans et demi » :
« On lui avait frisé ses cheveux comme aux enfants de concierge quand
on les photographie, sa grosse figure était entourée d'un casque de
cheveux noirs bouffants avec des grands nœuds plantés comme les
papillons d'une infante de Velasquez » (*Contre Sainte-Beuve*, éd. B. de
Fallois, 1954, p. 292).

Page 438.
1. *Cf. supra*, p. 277.

Page 440.
1. *Cf. supra*, p. 324, et *Du côté de chez Swann*.
2. Cette image de la « soierie », comme le montre une note du
carnet 3, a été inspirée par « un morceau de violon joué par Capet dans
le Ier quatuor en ut mineur de Fauré (sans doute dans la 3e partie) ».

Page 441.
1. Proust « monte » ici, en les recopiant parfois littéralement, ses
notes de lecture sur Barbey d'Aurevilly (*cf. Le Carnet de 1908*, éd. Ph.
Kolb, *Cahiers Marcel Proust 8*, 1976, pp. 94-95 et 106-107). « J'aime

beaucoup parler de cet écrivain », confie-t-il en 1912 à J.-L. Vaudoyer qui vient de lui envoyer son dernier roman : « Cette étrange et si physiologique pudeur de votre héroïne [...] je l'apparenterais à ces particularités si profondes, mais si marquées presque médicalement dans la chair de *tous* les grands personnages de Barbey d'Aurevilly » (*Corr.*, t. XI, p. 166). Dans *L'Ensorcelée* (1855), Barbey insiste ainsi sur la « trace enflammée », les « taches rouges », la « couperose ardente » venues au visage de l'héroïne, Jeanne le Hardouey, qu'on eût dit « plongée, la tête la première, dans un chaudron de sang de bœuf » — « cruelle couleur rouge » qui est la « révélation d'affreux troubles dans ce malheureux cœur », sa fatale passion pour l'abbé de la Croix-Jugan ; mais il n'évoque qu'à deux reprises la rougeur de la vieille Clotte, qui, infirme, se traîne à l'enterrement de l'Ensorcelée (*Œuvres romanesques complètes*, éd. de la Pléiade, t. I, pp. 631, 645, 651 ; 703, 706). Le chapitre IX et dernier du *Chevalier des Touches* (1864), « Histoire d'une rougeur », donne la clef des « rougeurs incompréhensibles » d'Aimée de Spens — le sacrifice de sa pudeur consenti au salut de Des Touches (*ibid.*, pp. 795, 858 *sq.*). La « main du *Rideau cramoisi* » est, dans la première nouvelle des *Diaboliques* (1874), celle qu'une Mlle Albertine, dite Alberte, met inopinément dans celle du jeune officier en pension chez ses parents. Dans *L'Ensorcelée* encore, Barbey mentionne une « bourgade jolie comme un village d'Écosse », et que « la véritable histoire [est] l'histoire orale » (*ibid.*, pp. 556 et 578) ; l'expression « pâtres au miroir » rappelle la vision horrible suscitée par l'un des bergers « lanceurs de malédiction » (*ibid.*, pp. 678-679) ; le « mari de l'Ensorcelée » erre dans la lande la nuit même de la mort mystérieuse de sa femme, après l'affreuse révélation que lui a faite le « pâtre au miroir », et encore avant l'assassinat de l'abbé de la Croix-Jugan (chap. XI et XVI) ; au début du roman, Jeanne sort de la messe où elle a vu pour la première fois le hideux et fascinant abbé (chap. IV et VI). Dans *Une vieille maîtresse* (1851), la jeune Hermangarde de Marigny cherche son époux qui la trompe avec la malagaise Vellini (Deuxième partie, chap. IX).

2. Dans *Sodome et Gomorrhe II*, Albertine avait nié connaître Gilberte (III, 135). On avait appris cependant dans *À l'ombre des jeunes filles en fleurs* que toutes deux avaient fréquenté le même cours ; c'est Gilberte qui trouvait à Albertine « une drôle de touche » (p. 91).

Page 442.

1. Proust s'était enthousiasmé en 1910 pour *La Bien-aimée* de l'écrivain anglais Thomas Hardy (1840-1928) — « une très belle chose qui ressemble malheureusement un tout petit peu (en mille fois mieux) à ce que je fais » — mais fut plus réservé sur *Les Yeux bleus* — ce « n'est pas excellent » — et franchement déçu par *Barbara* : « Je suis bien revenu de Th. Hardy » (*Corr.*, t. X, pp. 54, 202, 240). Mais en 1913 il le cite aux côtés de Stendhal et Balzac parmi les écrivains dont il aimerait relever « les traits [instinctifs] profonds » et, dans une lettre de 1920 à Jacques Rivière, se déclare « Hardyste » (*Corr.*, t. XII, p. 180 et

t. XIX, p. 124). Cette « géométrie du tailleur de pierre » définirait à
la fois les occupations des héros des romans cités — tailleur de
pierre précisément, sculpteur, architecte — et le mode de composition romanesque de Thomas Hardy, ancien architecte lui-même
(*cf.* J. Nathan, *Citations...*, éd. citée, p. 190). Dans *La Bien-aimée*
(1897), le héros Jocelyn Pierston est sculpteur à Londres, et son père
carrier dans une petite île isolée ; le tailleur de pierre Jude, dans *Jude
l'obscur* (1895), est notamment restaurateur d'églises gothiques ; deux
scènes parallèles des *Yeux bleus* (1873) rassemblent auprès de la tombe
de Jethway Elfride et ses soupirants successifs, Smith et Knight
(chap. VIII et XXXII) ; Elfride vient contempler le bateau qui,
longeant la côte, ramène son fiancé (chap. XXI) ; Smith et Knight enfin
croient retourner à Elfride, mais voyagent sans le savoir dans le train
qui ramène son cercueil (chap. XXXIX). Le héros de *La Bien-aimée*
s'éprend d'Avice Caro, puis de sa fille Ann, enfin de la fille de celle-ci,
et Elfride dans *Les Yeux bleus* aime tour à tour sinon Jethway, du
moins Smith et Knight. On trouvera dans *Le Carnet de 1908* les notes
de lecture que Proust utilise ici directement (éd. citée, p. 114).

2. Après son attentat contre Mme de Rênal, le héros du *Rouge et le
noir* est emmené « à la prison de Besançon, [...] dans l'étage supérieur
d'un donjon gothique » (Livre second, chap. XXXVI) ; « près de la
mort », il y expérimente, selon Proust dans des « Notes sur Stendhal »
(de date incertaine) « détachement des ambitions et ennui de l'intrigue
[...] Amour pour Mme de Rênal, pour la nature, pour la rêverie ». Dans
La Chartreuse de Parme, Fabrice enfermé dans la tour Farnèse
(chap. XVIII) connaît lui le « détachement causé par l'amour » : « ici la
prison ne signifie pas la mort, mais l'amour pour Clélia » ; en rendant
visite à l'abbé Blanès dans son clocher (chap. VIII et IX), le jeune
homme avait éprouvé ce que Proust décrit comme la « troisième cause
(momentanée celle-là) de détachement : émotion devant la nature » :
« du clocher, ses regards plongeaient sur les deux branches du lac à une
distance de plusieurs lieues, et cette vue sublime lui fit bientôt oublier
toutes les autres ; elle réveillait chez lui les sentiments les plus élevés »
(chap. IX). Proust recense deux autres exemples de « lieux élevés »
propices à cette même expérience : « la grotte d'où Julien découvrait tant de pays », « le rocher où une nuit [Fabrice] regarde le lac
de Côme » (*Essais et articles*, éd. citée, pp. 654-655 ; voir également
p. 611).

Page 443.

1. « Si vous me demandiez quel est le plus beau roman que je
connaisse je serais sans doute fort embarrassé pour vous répondre.
Peut-être je donnerais la première place à *L'Idiot* de Dostoïevski », écrit
Proust en 1920 à J. de Pierrefeu (*Corr.*, t. XIX, p. 317). Le héros en
mentionne ici plusieurs scènes : Aglaé révélant au prince Muichkine
que Nastasia Philipovna lui écrit « presque chaque jour » et s'est
entichée d'elle (Troisième partie, chap. VIII), l'entrevue dramatique des
deux rivales (Quatrième partie, chap. VIII), la visite inopinée de
Nastasia chez les Ivolguine (Première partie, chap. IX et X). Il évoque

également, dans *Les Frères Karamazov*, la visite de Grouchenka à
Catherine Ivanovna (Livre III, chap. X : « Les deux ensemble »).

2. Proust avait pu voir ce tableau de Rembrandt (1654) au Louvre,
et à Venise les énigmatiques jeunes femmes de Carpaccio, encore
appelées par Ruskin *Venetian ladies with their pets*. Rappelons que les
héroïnes de *L'Idiot* et des *Frères Karamazov*, Nastasia et Grouchenka,
sont, ou ont été, des femmes entretenues ; Bethsabée, surprise au bain
par le roi David, trompe avec lui son époux (Samuel, II, 11, 2-4).

3. « Et vous, n'avez-vous pas honte ? Êtes-vous donc telle que vous
venez de vous montrer ? » À ces mots du prince Muichkine, Nastasia
baise la main de la mère de Gania pour excuser sa conduite : « Il a dit
vrai : je ne suis pas, en effet, telle que je me suis montrée à vous »
(*L'Idiot*, Première partie, chap. X). Le critique russe Merejkowsky,
dont Proust avait pu lire en traduction le *Tolstoï et Dostoïewsky, la
personne et l'œuvre* (1903), remarquait déjà, mais à propos de la
Natacha de Tolstoï dans une scène de *Guerre et paix* : « Ne voit-on pas
apparaître derrière son visage familier, aimable, connu, un autre
visage, féroce, bizarre, effrayant presque... » (pp. 197-198).

4. « En vérité, lorsque vous m'avez demandé tout à l'heure un sujet
de tableau, l'idée m'est venue de vous proposer celui-ci : peindre le
visage d'un condamné au moment où il va être guillotiné, quand il est
déjà sur l'échafaud et attend qu'on l'attache à la bascule », déclare en
effet le prince Muichkine à la jeune Adélaïde Épanchine, avant de
narrer en détail les derniers moments du condamné, puis de décrire
la toile telle qu'il l'imagine (*L'Idiot*, Première partie, V ; *cf.*
chap. II). Plus loin, le jeune Hippolyte Térentiev décrit un tableau qui,
chez Rogojine, l'a vivement impressionné : « Il représentait le Christ au
moment de la descente de croix [...] C'était, en vérité, le visage d'un
homme que l'*on venait* de descendre de croix » (Troisième partie, chap.
VI ; selon Muichkine, il s'agit d'« une copie de Hans Holbein », *cf.*
Deuxième partie, chap. IV). Michael Munkaczy (1844-1900), peintre
d'origine hongroise, est l'auteur de scènes de genre et d'histoire : on lui
doit notamment un *Dernier jour d'un condamné à mort* (*cf. Proust et les
peintres*, catalogue de l'exposition du musée de Chartres, 1991, pp. 314-
315) ; il semble avoir eu lui-même un certain sens de la mise en scène,
puisqu'une photographie d'un article qui lui est consacré dans *Le
Monde illustré* (12 mai 1900) le montre à demi nu, en croix, « posant
pour un crucifiement ». Notons que le texte des éditions précédentes
sacrifie ici soit « Munkaczy », soit « Muichkine ».

5. Un *dvornik* est un portier ; « trois ou quatre concierges y étaient
attachés », dit Dostoïevski de la demeure de la victime de Raskolnikov,
évoquée au début de *Crime et châtiment* (Première partie, chap. I) ; on
découvre dans *L'Idiot* le « grand immeuble sombre à trois étages » où
vit Rogojine (Deuxième partie, chap. III et IV).

6. Rapprochement d'autant plus choquant que, selon Merejkowsky,
« Dostoïevski comprenait, à seize ans déjà, toute la grossièreté et la
trivialité de [...] Paul de Kock » (*Tolstoï et Dostoïewsky*, éd. citée,
p. 104) ; dans *L'Idiot*, Aglaé se targue d'avoir lu « deux romans de Paul

de Kock, exprès pour [se] mettre au courant » (Troisième partie, chap. VIII). Paul de Kock (1793-1871) fut un romancier aussi populaire qu'abondant.

7. *Cf. À l'ombre des jeunes filles en fleurs*, p. 237.

Page 444.

1. Proust ne définissait pas autrement, l'année de la parution de *Du côté de chez Swann*, sa propre esthétique romanesque : les personnages « sont "préparés" dès ce premier volume, c'est-à-dire qu'ils feront dans le second exactement le contraire de ce à quoi on s'attendait d'après le premier » (*Corr.*, t. XII, p. 92) ; certains « se révéleront plus tard différents de ce qu'ils sont dans le volume actuel, différents de ce qu'on les croira, ainsi qu'il arrive bien souvent dans la vie, du reste » (*Essais et articles*, éd. citée, p. 557 ; voir également p. 937) — ainsi Charlus, d'abord cru l'amant d'Odette, ou Vinteuil une « vieille bête ».

2. Proust a réservé ici plus d'une page blanche dans son manuscrit.

3. « Tous les romans de Dostoïevski pourraient s'appeler *Crime et châtiment* [...] Il y a certainement un crime dans sa vie et un châtiment (qui n'a peut-être pas de rapport avec ce crime), mais il a préféré distribuer en deux, mettre les impressions du châtiment sur lui-même au besoin (*Maison des morts*) et le crime sur d'autres », note encore Proust au début de 1922 pour une addition au *Temps retrouvé* (cahier 59 ; *Essais et articles*, éd. citée, p. 644).

4. « Ces lois [que l'artiste découvre] n'ont pas de rapport avec sa bonté morale. Il est souvent pénible à un homme doux de faire des découvertes en anatomie. Laclos écrivit les *Liaisons dangereuses* » (*Matinée chez la princesse de Guermantes*, p. 308). « Homme vertueux, [...] excellent époux » notait déjà Baudelaire à propos de Laclos (*Œuvres*, éd. de la Pléiade, t. II, p. 433) ; ses *Lettres inédites*, publiées en 1904 par L. de Chauvigny, confirmèrent que l'auteur des *Liaisons dangereuses* avait été « un mari fidèle et amoureux », un « honnête homme » (*cf.* H. de Régnier, *Sujets et paysages*, 1906, p. 185 et *Portraits et souvenirs*, 1913, p. 10). Louis-Philippe-Joseph, duc d'Orléans, le futur Philippe-Égalité, confia en 1782 à Stéphanie-Félicité Ducrest de Saint-Aubin, comtesse de Genlis (1746-1830), l'éducation de ses enfants, dont le futur Louis-Philippe ; leur correspondance, publiée en 1904, ne laisse aucun doute sur la nature de leurs relations (*cf.* G. Maugras, *L'Idylle d'un gouverneur, la comtesse de Genlis et le duc de Chartres*). La comtesse fut évincée en 1790 : « Mme de Genlis se prit d'un tel enthousiasme pour les idées nouvelles, et ses fréquentations émurent la duchesse qui voulut soustraire ses enfants à une influence qu'elle trouvait maintenant détestable » (p. 64). Elle est l'auteur d'innombrables opuscules, dont des *Contes moraux* (1802). Le face à face, au musée de Versailles, de son portrait avec celui de Laclos, qui illustre de manière si bienvenue la démonstration du héros, n'est pas confirmé par les guides de la fin du siècle dernier.

Page 445.

1. C'est dans *Albertine disparue*, au comble de la jalousie, que le héros souhaitera la mort d'Albertine (p. 539; *cf.* également *La Fugitive*); Proust destinait au *Temps retrouvé* son examen de conscience: «j'aimais maintenant [les] romans [de Balzac] parce que je me rendais compte qu'il n'y avait pas une infamie de [ses] personnages dont je n'aurais à un moment été capable. De même pour Baudelaire [...] j'avais trouvé la plus absurde rhétorique dans des pièces comme "Si le viol, le poison, le poignard, l'incendie — citer tout entier" — Or maintenant je me rappelais, avec quelle passion j'avais souhaité la mort d'Albertine dans les moments où je croyais qu'elle ne reviendrait pas» (*Matinée chez la princesse de Guermantes*, éd. citée, pp. 441-442). Les vers sont tirés du poème dédicatoire des *Fleurs du mal*, «Au Lecteur»:

Si le viol, le poison, le poignard, l'incendie,
N'ont pas encor brodé de leurs plaisants dessins
Le canevas banal de nos piteux destins,
C'est que notre âme, hélas! n'est pas assez hardie.

2. Ce «Segurev» donné par le manuscrit semble un lapsus de Proust pour Sniéguiriov, ou Sneguirev, le capitaine des *Frères Karamazov* maltraité par Mitia.

3. Qui le héros — ou Proust — vise-t-il ici? Peut-être, comme le suggère A. Beretta Anguissola dans ses notes à *La Prisonnière* (*Alla ricerca del tempo perduto*, Mondadori, 1989, t. III, p. 800 note 5) André Suarès pour son *Dostoïevski* (1912), sorte d'hymne poétique et enflammé au «cœur le plus profond, la plus grande conscience du monde moderne»: «Ô Fedor Mikhaïlovitch, si ardent, si aigu et si humble, vous êtes profond et vrai entre les grands» (pp. 93-94). André Gide, dans sa plaquette *Dostoïevsky d'après sa correspondance* (1911), n'avait pas non plus évité l'emphase: «La masse énorme de Tolstoï encombre encore l'horizon; mais [...] quelques esprits avant-coureurs peut-être remarquent-ils déjà, derrière le géant Tolstoï, reparaître et grandir Dostoïevski. C'est lui, la cime encore à demi-cachée, le nœud mystérieux de la chaîne...» (p. 7). Voir également J.-L. Backès, «Le Dostoïevski du narrateur», *Cahiers Marcel Proust 6, Études proustiennes I*, 1973, p. 98.

4. Cet épisode tragi-comique est narré plusieurs fois dans *Les Frères Karamazov*: par le vieux Karamazov, par Catherine Ivanovna, enfin par la victime elle-même, le capitaine Sniéguiriov (Livre II, chap. VI; Livre IV, chap. V et VII).

5. C'est ce que Proust, sollicité en 1921 par Rivière pour *La N.R.F.* à l'occasion du centenaire de l'écrivain, confie à Gaston Gallimard: «je ne peux lui faire l'Essai sur Dostoïevski [...] j'admire passionnément le grand Russe, mais le connais imparfaitement. Il faudrait le relire, le lire...» (M. Proust — G. Gallimard, *Correspondance*, éd. citée, p. 408).

Page 446.

1. *Cf. Les Frères Karamazov*, Livre III, chap. I et II.

2. Œuvre de Lorenzo Maitani, mort en 1330, et non de Giovanni
Pisano, comme le dit encore Ruskin, rappelle A. Beretta Anguissola
(*Alla ricerca del tempo perduto*, éd. citée, t. III, p. 801 note 1).

3. *Cf. À l'ombre des jeunes filles en fleurs*, pp. 500-501 — mais le
devoir en question portait sur *Athalie*. Voir également *Le Côté de
Guermantes I*, II, 648.

4. *Cf. À l'ombre des jeunes filles en fleurs*, pp. 70 et 72.

Page 447.

1. *Cf. Du côté de chez Swann*, p. 47 *sq.*

2. La « steppe orientale » semble une allusion transparente à la pièce
symphonique d'Alexandre Borodine *Dans les steppes de l'Asie centrale*
(1880). « Je resterai toujours fidèle à la Russie de Tolstoï, de
Dostoïevski, de Borodine et de Mme Scheikévitch », écrit Proust à cette
amie en 1918 ; mais il ajoute aussitôt : « Et c'est pour des raisons
d'euphonie pure, et aussi à cause de la fatigue de ma vue, que j'ai fait
si courte mon énumération des écrivains, si nulle celle des musiciens où
je ne cite pas un seul de ceux que j'admire le plus » (*Corr.*, t. XVII,
pp. 76-77).

Page 448.

1. Sainte Cécile, martyre à Rome au IIIe siècle, patronne de la
musique, et particulièrement de la musique sacrée ; « à moins que la
musique n'exalte et ne purifie, elle n'est pas sous l'obédience de sainte
Cécile, et n'est pas même, en puissance, de la musique », écrit ainsi
Ruskin (*Works*, Library Edition, vol. XXXIII, 1908, *The pleasures of
England*, p. 490). Raphaël la représente les yeux tournés vers le ciel,
ayant délaissé ses instruments (1514) ; Rubens à l'orgue (1620 et 1639) ;
mais Proust aurait plutôt en mémoire un volet du retable des frères Van
Eyck à Gand, *L'adoration de l'agneau mystique*, peut-être admiré en
octobre 1902, alors qu'il faisait route vers la Hollande : une sainte
Cécile vaguement androgyne — ou, selon E. Mâle, un « ange
musicien », une expression que va reprendre Proust — richement vêtue
et de trois quarts dos, y joue de l'orgue (*cf.* E. Mâle, *L'Art religieux de
la fin du Moyen Âge en France*, 1908, p. 66, et C. Robin, « Le retable de
la cathédrale », *Cahiers Marcel Proust 9, Études proustiennes III*, p. 72).
Une comparaison analogue avait déjà été employée par Proust en 1907
à propos d'Alfred Agostinelli conduisant son automobile : « sainte
Cécile improvisant sur un instrument plus immatériel encore — il
touchait le clavier et tirait un des jeux de ces orgues cachées dans
l'automobile et dont nous ne remarquons guère la musique... »
(*Pastiches et mélanges*, éd. citée, p. 67).

2. *Cf. À l'ombre des jeunes filles en fleurs*, pp. 519-521. On y trouve
déjà évoquée, à propos d'Albertine, « la substance précieuse de ce corps
rose », une expression qui reparaît presque littéralement un peu plus
bas.

Page 452.

1. P.-E. Robert (*À la recherche du temps perdu*, éd. de la Pléiade, t. III, 1988, p. 888 note 1) a montré qu'il s'agissait là d'une allusion à une lettre de Mérimée, recueillie en 1885 dans un ouvrage d'une connaissance de Proust, le comte d'Haussonville, et citée par Anatole France dans son compte rendu du *Temps* : « Il y avait une fois un fou qui croyait avoir la reine de la Chine (vous n'ignorez pas que c'est la plus belle princesse du monde) enfermée dans une bouteille. Il était très heureux de la posséder, et il se donnait beaucoup de mouvement pour que cette bouteille et son contenu n'eussent pas à se plaindre de lui. Un jour, il cassa la bouteille, et, comme on ne trouve pas deux fois une princesse de Chine, de fou qu'il était, il devint bête » (*La Vie littéraire*, Deuxième série, article du 19 février 1888). Proust avait déjà cité l'anecdote en 1893 dans le roman par lettres qu'il esquissa avec ses amis du lycée Condorcet (*cf. Écrits de jeunesse*, éd. citée, p. 269) ; on l'a lue également dans *Le Côté de Guermantes I*, II, 587.

Page 454.

1. *Cf. Sodome et Gomorrhe II*, III, 235-236.

2. Le héros avait tout autant dissimulé à Albertine que lui-même attendait le retour d'Andrée, « celle des jeunes filles de Balbec qu['il] aimait » (*Sodome et Gomorrhe II*, III, 497-498).

Page 455.

1. *Ibid.*, III, 509.

2. *Ibid.*, III, 508.

Page 456.

1. « Voir *À l'ombre des jeunes filles en fleurs* » (Note de Marcel Proust dans son manuscrit), pp. 525-526.

Page 459.

1. *Cf. Sodome et Gomorrhe II*, III, 229.

2. *Cf. Du côté de chez Swann*, pp. 80, 121, 439 *sq.*

Page 460.

1. Cette bibliothèque se trouve à Milan et non à Venise.

2. Le motif d'oiseaux symétriques ou accouplés apparaît bien sur plusieurs tissus créés par Fortuny, qui se serait inspiré là de soies byzantines des XIe-XIIe siècles ou du bestiaire persan du XVIe siècle (*cf.* P. Collier, *Proust and Venice*, 1989, p. 109, et A.-M. Deschodt, *Mariano Fortuny. Un magicien de Venise*, 1979, pp. 49-51). Mais il est peu probable que ces créations, à supposer que Proust les ait connues, fût-ce à travers des évocations de Maria de Madrazo, aient inspiré le motif du peignoir d'Albertine : celui-ci, qui amalgame des souvenirs ruskiniens de Venise, était arrêté avant même que Proust n'enquête auprès de son amie (voir p. 434 note 4).

3. Proust a précédemment évoqué dans *Sodome et Gomorrhe II* (III, 61) le « rouge » de ce peintre vénitien (1696-1770).

4. Acte II, sc. VII, v. 647-648 (« émoi » au lieu d'« effroi ») et 651-652 (« partent » au lieu de « partaient »).

Page 462.

1. Ce passage (depuis : « Et voulant profiter... », p. 461) trouvera son corrélat dans *La Fugitive*, où sera expliquée la cause réelle, probable au moins, de cette « rougeur » d'Albertine — mais non dans *Albertine disparue* où il fait partie des pages sacrifiées : on peut donc se demander si Proust l'eût conservé s'il avait eu le temps de poursuivre ses révisions de *Sodome et Gomorrhe III*. En effet cette page de rédaction ancienne, dont le but romanesque « à large ouverture de compas » était au bout du compte de disculper Albertine de relations homosexuelles avec l'amie de Mlle Vinteuil, est difficilement compatible avec la longue addition de 1922 (*cf. supra*, p. 398 *sq.*) qui, à l'inverse, prépare la découverte horrifiée de sa culpabilité dans *Albertine disparue*. Du fait de l'inachèvement du travail de l'écrivain, deux logiques romanesques opposées se chevauchent ici : la difficulté n'a pas échappé aux premiers éditeurs, qui ont tenté de la résoudre en déplaçant ce passage dans leur édition de *La Prisonnière*, évoquant dans leur correspondance « ce mauvais pli du texte de Marcel » et leur « réordination des passages ayant trait à Mlle Vinteuil » (lettre inédite de Jacques Rivière à Robert Proust, 30 septembre 1923, archives M.-C. Mauriac).

Page 467.

1. Selon Jean Cocteau, ce trait serait emprunté au « groom » que Proust « chambrait » (*cf.* p. 405 note 1) : « Il se plaignait qu'on n'ouvrît jamais les fenêtres et la rupture vint de ce qu'il affectait d'en ouvrir avec fracas. (On retrouve cette scène dans le livre.) Il me disait : "On crève là-dedans." J'ai oublié s'il se sauva ou si Céleste le mit à la porte » (*Le Passé défini, I*, éd. citée, p. 305).

Page 470.

1. *Cf. Le Côté de Guermantes II*, II, 713-714, où le premier de ces « Elstir » était assez longuement décrit. Des toiles de Renoir peuvent avoir servi de « modèles » : *Le Bal du moulin de la galette* (1876) — qui à la suite du legs Caillebotte fut exposé au Luxembourg en 1897 — et *Le Déjeuner des canotiers* (1880-81), pour *Les Plaisirs de la danse* (Renoir composa en outre en 1883 la série *La Danse à Bougival, La Danse à la ville* et *La Danse à la campagne*) ; *Madame Charpentier et ses enfants* (1878), à son tour évoquée dans *Le Temps retrouvé*, pour le *Portrait de la famille X* (*cf.* S. Monneret, « Voir l'univers avec les yeux d'un autre — Proust et Renoir », *Bulletin de la Société des Amis de Marcel Proust*, 1986, n°36, p. 469 *sq.*).

Page 474.

1. Cette visite figure en addition autographe à la dernière dactylographie de *La Prisonnière*; un ajoutage prévu pour «Sodome II» et non repris en volume attribuait un même caractère équivoque à la pâtisserie de Balbec: «[Albertine] n'avait certainement aucune relation — mes soupçons n'allaient pas jusque-là! — avec les demoiselles de la pâtisserie et du glacier. Mais elle aimait à y aller s'asseoir pendant des heures, de préférence pendant d'autres que celles du goûter et de la glace, afin d'avoir autour d'elle une cour de jeunes pâtissières qui n'ayant rien à faire restaient autour d'elle. Elle semblait avoir là à respirer un mobile printemps un peu du plaisir que j'avais la 1re année de Balbec, parmi les jeunes filles en fleurs. Mais un plaisir plus vif [...] Elle sortait du glacier, de la pâtisserie, les joues luisantes de bonne santé, le regard rajeuni, le teint tonifié...» (cahier 62).

2. *Cf. À l'ombre des jeunes filles en fleurs*, p. 306. Dans l'*Essai sur les révolutions*, Chateaubriand décrit «le jour céruléen et velouté de la lune», puis son «jour bleuâtre» et sa «course azurée» dans la version correspondante du *Génie du christianisme* (IIe partie, chap. LVII et Ire partie, livre V, chap. XII; *cf.* G. Genette, *Palimpsestes*, éd. citée, pp. 336-340). Le héros fait encore allusion au vers d'«Éviradnus» (XI) dans *La Légende des siècles*: «Sous les arbres bleuis par la lune sereine» (*cf. Essais et articles*, p. 465), et au vers de conclusion de «La Fête chez Thérèse», dans les *Contemplations*: «Le clair de lune bleu qui baigne l'horizon» (*cf. Corr.*, t. XII, p. 119, et *Le Côté de Guermantes II*, II, 851). Proust était plus explicite sur la lune «jaune et métallique» dans l'esquisse du passage: «Puis on revenait avec Baudelaire à la lune "comme une médaille neuve", avec Leconte de Lisle à la lune "large et jaune"» (cahier 54). Il songe donc dans *Les Fleurs du mal* à «Confession» (v. 6-7):

Il était tard; ainsi qu'une médaille neuve
*   La pleine lune s'étalait*

et dans les *Poèmes tragiques* à «L'Incantation du loup» (XX, v. 3-4):

Le Roi du Hartz, assis sur ses jarrets de fer,
Regarde resplendir la lune large et jaune.

Dans ce florilège, placé à l'origine pendant une promenade avec Albertine à Balbec, le héros citait alors «des phrases [...] de Flaubert dans *Madame Bovary*, des vers de Bourget sur la lune rose» et, déjà, «la fameuse faucille d'or», à la fin de «Booz endormi», dans *La Légende des siècles*:

Le croissant fin et clair parmi ces fleurs de l'ombre
Brillait à l'occident, et Ruth se demandait
                              [...]
Quel dieu, quel moissonneur de l'éternel été,
Avait, en s'en allant, négligemment jeté
Cette faucille d'or dans le champ des étoiles.

(Pour d'autres citations de «Booz» dans la *Recherche*, voir *À l'ombre des jeunes filles en fleurs*, p. 306, et *Le Côté de Guermantes II*, II, 819 et 849.)

Page 476.

1. Ce blanc du manuscrit a été complété par les premiers éditeurs (1923) puis la Pléiade (1988) par « Bloch ».

2. « Odeur des automobiles en campagne. Maeterlinck a tort. Et Barrès » (*Le Carnet de 1908*, éd. citée, p. 70).

Page 477.

1. Les deux noms ont été laissés en blanc dans le manuscrit ; les premiers éditeurs et ceux de la Pléiade (1954 et 1988) complètent par « Saint-Jean-de-la-Haise » puis « Gourville », bien qu'il y ait d'autres possibilités pour cette seconde localité (*cf.* J. Milly, éd. citée de *La Prisonnière*, note 151) : « Quand Albertine trouvait plus sage de rester à Saint-Jean-de-la-Haise pour peindre, je prenais l'auto, et ce n'était pas seulement à Gourville et à Féterne, mais à Saint-Mars-le-Vieux et jusqu'à Criquetot que je pouvais aller avant de revenir la chercher » (*Sodome et Gomorrhe II*, III, 400).

2. *Esther*, acte I, sc. III, v. 191-194 :
Hélas ! Ignorez-vous quelles sévères lois
Aux timides mortels cachent ici les rois ?
Au fond de leur palais leur majesté terrible
Affecte à leurs sujets de se rendre invisible.

Page 480.

1. Cette dernière page de *La Prisonnière* a été revue sur la dactylographie : la notation sur les « mains brusquement mouillées par une certaine sueur » souligne le parallélisme du dénouement avec celui de *Sodome et Gomorrhe II*, et anticipe sur *Albertine disparue*.

Albertine disparue

Page 481.

1. Évocateur, sans doute à dessein, de l'« Albertine apparaît » qui conclut la table des matières analytique d'*À l'ombre des jeunes filles en fleurs*, ce titre remplace *La Fugitive*, auquel Proust avait songé au début de l'été 1922 (voir l'Introduction et la Chronologie du présent volume) ; il reprend également la « Disparition d'Albertine » annoncée comme chapitre de *Sodome et Gomorrhe II — Le Temps retrouvé*, dans la table de l'œuvre à paraître publiée avec les *Jeunes Filles* en 1918. L'ablatif absolu, qui en fait en quelque sorte les « Illusions perdues » de l'œuvre proustienne, apparaissait pour la première fois, biffé, sur une page d'un cahier d'esquisses de 1914 (cahier 54), immédiatement après la nouvelle de la mort de la jeune fille (voir *infra*, p. 541 note 4).

2. « Ici commence Albertine disparue, suite du roman précé[d]ent la Prisonnière », note Proust, sans doute à l'automne 1922, en tête de la dactylographie de ce volume, dont le texte poursuit, sans solution de continuité, la transcription du cahier manuscrit qui contenait la fin de *La Prisonnière*. Les deux phrases de l'*incipit* reprennent en inversant l'ordre de ses termes une correction portée sur la dernière page de la dactylographie de ce volume : « ... tant on peut ignorer ce qu'on a en soi, puisque j'étais persuadé de mon indifférence pour Albertine » (*cf.* p. 480) — une manière pour Proust de suggérer la continuité des deux volets de *Sodome et Gomorrhe III*. Pour une reproduction de la première page d'*Albertine disparue*, voir l'éd. Grasset, 1987, planche 1.

3. *Cf. Le Côté de Guermantes II*, II, 619.

4. C'est jusqu'ici que l'ouverture d'*Albertine disparue* a été corrigée par Proust sur la dactylographie, et elle demeure inaboutie ; on lira dans *La Fugitive* le texte, non revu, du manuscrit.

Page 483.
1. *Cf. La Prisonnière*, pp. 244 et 433.

Page 484.
1. Sur ces deux hypothèses, voir *À l'ombre des jeunes filles en fleurs*, pp. 380, 527-528, et *Sodome et Gomorrhe II*, III, 198 (*cf. La Prisonnière*, pp. 411, 426-428, 457-458).

2. De Parville, en réalité (*cf. Sodome et Gomorrhe II*, III, 498-500). Incarville est la station précédente sur la ligne du petit chemin de fer de Balbec.

3. *Cf. La Prisonnière*, p. 467.

Page 488.
1. Cette confusion préfigure celle qu'on lira au chapitre II d'*Albertine disparue* (*cf.* pp. 571-572, et *La Fugitive*).

Page 489.
1. *Cf. La Prisonnière*, p. 464.

Page 490.
1. *Cf. À l'ombre des jeunes filles en fleurs*, p. 170 *sq.*, et 192-193.

2. Voir cependant, dans *À l'ombre des jeunes filles en fleurs*, l'épisode de la « lutte » avec Gilberte, pp. 71-72.

Page 492.
1. *Cf. La Prisonnière*, p. 476 *sq.*
2. *Cf. La Prisonnière*, p. 73.

Page 493.
1. Est-ce un souvenir du Raskolnikov de *Crime et châtiment*, convoqué au commissariat pour une affaire de dette, mais qui entendant soudain parler du meurtre qu'il vient de commettre,

s'évanouit? (Deuxième partie, chapitre I). Proust a laissé la phrase inachevée.

2. « Trieste » et « Balbec » sont des corrections autographes, remplaçant sur la dactylographie — mais non quelques lignes plus haut — « Montjouvain ». Albertine avait avoué au héros avoir « passé à Trieste [ses] meilleures années » avec l'amie de Mlle Vinteuil (*Sodome et Gomorrhe II*, III, 499 ; *cf.* également III, 505).

Page 494.

1. Transposition probable du mythe de Procné, métamorphosée en oiseau après avoir tué son fils Itys (ou Itylus) : « Tel le rossignol fauve, jamais las d'appeler : "Itys ! Itys !" gémit, hélas ! en son cœur douloureux » (Eschyle, *Agamemnon*, v. 1142-1145). Horace, le Pseudo-Virgile, Ovide bien sûr dans les *Métamorphoses*, Sénèque dans sa version de l'*Agamemnon*, évoquent aussi cette « fable ».

Page 495.

1. *Précautions inutiles* fut précisément le titre choisi par Proust pour l'extrait de *La Prisonnière* qu'il donna à l'automne 1922 à la revue *Les Œuvres libres*, et qui y parut après sa mort, en février 1923. C'est aussi, au singulier, le sous-titre du *Barbier de Séville* de Beaumarchais, autre histoire de jaloux odieux auquel sa jeune captive parvient finalement à échapper.

Page 496.

1. Le passage qui commence ici (jusqu'à : « ... en bonne humeur », page suivante) apparaît en addition autographe sur la dactylographie d'*Albertine disparue*, et anticipe sur la mission qui va être confiée par le héros à Saint-Loup (p. 498 : « Saint-Loup que je savais à Paris fut mandé par moi [...] et consentit à partir »). Il fut introduit dans l'édition originale (1925), et repris, faute de manuscrit correspondant, dans toutes les éditions ultérieures de *La Fugitive* ; on ne le retrouvera pas dans le volume correspondant de la présente collection. Sur son importance, voir l'Introduction du présent volume. On le rapprochera d'un ajout contemporain à la première dactylographie de *La Prisonnière* (« Je ne songeais pas que l'apathie [...] de surveiller pour moi », pp. 84-85).

2. Ce motif a été introduit lors de la révision de la dernière page de *La Prisonnière*, à l'automne 1922 (p. 480).

3. C'est-à-dire bien sûr ses liens avec Mlle Vinteuil et son amie, ses « deux grandes sœurs » (*Sodome et Gomorrhe II*, III, 499).

Page 497.

1. L'expression apparaît dans une addition de 1922 à *La Prisonnière* (p. 153).

2. *Cf. La Prisonnière*, pp. 79-80, 84-85 et 193-195, à propos d'Andrée et du chauffeur recruté à Balbec.

3. *Cf. À l'ombre des jeunes filles en fleurs*, pp. 170-171.

Page 498.

1. Plus haut (p. 493), une correction biffée à la dactylographie faisait déjà partir Albertine « pour la Belgique », chez sa tante ; sur cette localisation, voir l'Introduction du présent volume.

2. *Cf. Sodome et Gomorrhe II*, III, 252.

Page 500.

1. *Cf. Le Côté de Guermantes I*, II, 456 *sq.*

2. Ronsard, *Sonnets pour Hélène* (Second livre, LXVII) :
Il ne faut s'esbahir, disoient ces bons vieillars,
Dessus le mur Troyen, voyans passer Helene,
Si pour telle beauté nous souffrons tant de peine :
Nostre mal ne vaut pas un seul de ses regars.

« Vérifier et peut-être ajouter un vers », note Proust dans le manuscrit. On a eu, un peu plus haut (p. 499), une première allusion à ce passage fameux de l'*Iliade* (Chant III).

3. Voir plus bas, à titre d'illustration, la déconvenue de Mme Sazerat (pp. 559-560).

Page 501.

1. *Cf. Du côté de chez Swann*, p. 116 *sq.*

2. *Cf. À l'ombre des jeunes filles en fleurs*, p. 157.

Page 502.

1. *Cf. À l'ombre des jeunes filles en fleurs*, pp. 434-437 et 447-450.

Page 503.

1. On trouve à partir d'ici dans le texte d'*Albertine disparue* d'indéniables échos autobiographiques ; c'est ainsi qu'après le départ de son chauffeur-secrétaire Alfred Agostinelli en décembre 1913, Proust, par l'intermédiaire de son émissaire Albert Nahmias, proposa au père du fugitif le paiement d'une mensualité, moyennant le retour immédiat du jeune homme : « pour que l'argent soit envoyé régulièrement il faut non seulement que cette personne [Agostinelli] rentre à Paris avant la fin de la semaine mais encore ne s'absente plus un seul jour avant avril » (*Corr.*, t. XII, p. 357).

Page 504.

1. *Cf. Le Côté de Guermantes I*, II, 419 *sq.*

2. *Cf. Sodome et Gomorrhe II*, III, 319 et 480, où il s'agit néanmoins de la nièce de la princesse de Guermantes.

3. On a vu dans *La Prisonnière* qu'Albertine avait sa chambre « dans le cabinet à tapisseries » du père du héros (p. 70).

Page 508.

1. Le paragraphe qui commence ici interrompait mal à propos dans le manuscrit une lettre ultérieure du héros à Albertine (*cf.* p. 533, après « ...demandé de venir »). Nous proposons de l'insérer ici.

Page 514.

1. Cette angoisse rappelle celle de Proust attendant en décembre 1913 des nouvelles de son émissaire Nahmias : « télégraphiez beaucoup souvent et vite » ; « envoyez-moi plutôt dix dépêches qu'une car je voudrais être fixé » ; « téléphonez-moi à l'heure que vous voudrez » (*Corr.*, t. XII, pp. 359, 361, 362).

2. Les télégrammes de Proust à Nahmias, en décembre 1913, témoignent de craintes semblables : « faites demander le père [...] en tâchant qu'on l'attrape à un moment où il sera seul » ; « la personne [...] doit ignorer notre spéculation » ; « si l'autre [Agostinelli] méfiant lui demande si on ne lui a pas offert d'argent [...] que le père nie[,] dise non[,] car cela ferait tout manquer » ; « il est insensé absurde pour une spéculation qui devait rester entre nous d'avoir donné un rendez-vous dans un hôtel où vous êtes connu » (*Corr.*, t. XII, pp. 361, 359, 360, 363).

Page 515.

1. La première citation est empruntée à l'acte III, sc. III de l'opéra de Massenet (1884), où Manon, qui a trahi son amant Des Grieux, lui revient implorante ; une brève ébauche non reprise par Proust, narrant un retour d'Albertine, semble une illustration de ces vers : « Albertine était montée sur le balcon et ayant vu de la lumière, et moi ne pas lui répondre, partit désespérée de ce qu'elle crut un refus inébranlable » (cahier 62 ; cité dans l'« Esquisse II », *À la recherche du temps perdu*, éd. de la Pléiade, t. IV, 1989, p. 642). La seconde citation est empruntée au dernier duo des amants, à l'acte V, peu avant la mort de l'héroïne.

Page 516.

1. Albertine fredonnait d'ailleurs du Massenet au début de *La Prisonnière* (p. 71 et la note 3).

2. Ici commence une addition autographe à la dactylographie, qui renvoie explicitement à un autre épisode tardivement ajouté au volume précédent, le goûter à Versailles la veille du départ d'Albertine (*La Prisonnière*, pp. 472-474).

Page 518.

1. Ces quelques lignes — jusqu'à « ... cristal terni de l'averse » — constituent une addition autographe à la dactylographie.

2. Ph. Kolb a publié en 1966 une lettre de Proust à Agostinelli qu'il a datée du jour même de la mort accidentelle de ce dernier, le 30 mai 1914, et que Proust a transposée — et parfois presque littéralement recopiée — dans cette lettre du héros à Albertine (*cf.* Marcel Proust, *Lettres retrouvées*, pp. 18-23, 97-104 et *Corr.*, t. XIII, pp. 217-223). Nous allons en citer les passages les plus significatifs.

Page 519.

1. Dans son manuscrit, Proust note ici entre parenthèses cette

indication, non poursuivie, de la duplicité du héros : « le mettre en son
temps [:] ma lettre que j'écris en même temps et antidatée ».

2. Proust avait cherché à annuler lui-même auprès d'un intermédiaire
de vente la commande d'un aéroplane destiné à son chauffeur-
secrétaire : « Pour l'aéroplane c'est plus compliqué [...] je suis retourné
avant-hier soir voir M. Collin [...] Il a été excessivement gentil et m'a
laissé en quelque sorte ma liberté dont je n'ose plus guère user. Enfin
je verrai. Mais ne croyez pas qu'il ait, lui, un intérêt quelconque sur ces
ventes. Il ne touche pas *un centime* sur les 27 000 francs que coûte
l'appareil [...] Mais vraiment il faudrait être trop bête pour vous rendre
responsable (j'entends moralement) de l'inutilité d'un achat que vous ne
saviez pas ! » Peut-être, comme le suggère Ph. Kolb, Agostinelli lui-
même avait-il proposé — comme le héros le demande ici à Albertine —
de s'entremettre pour décommander un autre coûteux présent de
Proust : « j'ai réfléchi qu'il y aurait peu de délicatesse de ma part à
accepter de vous un service de ce genre, et je veux donc essayer d'arriver
tout seul à obtenir ce que je demande » (*Corr.*, t. XIII, pp. 217-219 et
XIV-XV).

Page 520.
1. »En tout cas si je le garde [l'aéroplane] (ce que je ne crois pas)
comme il restera vraisemblablement à l'écurie, je ferai graver sur (je ne
sais pas le nom de la pièce et je ne veux pas commettre d'hérésie devant
un aviateur) les vers de Mallarmé que vous connaissez [...] C'est la
poésie que vous aimiez tout en la trouvant obscure et qui commence
par :
Le vierge le vivace et le bel Aujourd'hui
[...] Hélas "Aujourd'hui" n'est plus ni "vierge", ni "vivace", ni
"beau" ! » (*Corr.*, t. XIII, pp. 217-219). Il s'agit du deuxième de *Plusieurs
sonnets* (1885) de Mallarmé, dont Proust transcrit dans sa lettre (avec
quelque infidélité et en omettant un vers) le deuxième quatrain et les
tercets, puis (exactement cette fois) le premier quatrain ; mais seul
l'*incipit* est cité dans le manuscrit.
2. Voici le texte exact des deux tercets du sonnet *M'introduire dans ton
histoire...* (1886) :

*Dis si je ne suis pas joyeux
Tonnerre et rubis aux moyeux
De voir en l'air que ce feu troue*

*Avec des royaumes épars
Comme mourir pourpre la roue
Du seul vespéral de mes chars*

Page 522.
1. *Cf. La Prisonnière*, p. 406 *sq*.

Page 523.
1. La Bermà réapparaîtra, pour y mourir, dans *Le Temps retrouvé*.
Sur les deux auditions de *Phèdre*, voir *À l'ombre des jeunes filles en fleurs*,
pp. 16-27, et *Le Côté de Guermantes I*, II, 344-350 ; Proust prisait fort
« la scène de la déclaration » de Phèdre à Hippolyte (acte II, sc. V) : « il
n'y [...] a peut-être pas une seule [pièce] de [Baudelaire] où se succèdent
et se pressent, avec une telle richesse, toutes les vérités accumulées dans
la seule déclaration de Phèdre », affirme-t-il en 1921 (*Essais et articles*,
éd. citée, p. 617).
2. *Phèdre*, acte II, sc. V, v. 584. Cf. *À l'ombre des jeunes filles en fleurs*,
pp. 17 et 19.

Page 524.
1. *Ibid.*, v. 666 et 663-664.
2. *Ibid.*, v. 670. Proust évoque ainsi dans sa préface aux *Tendres stocks*
(1921) de Paul Morand les « aveux [...] qui animent inimitablement telle
scène de *Phèdre* » : « retirés aussitôt qu'on les sent mal reçus, réitérés, si
l'on craint, contre toute évidence, qu'ils n'aient pas été compris, et
aggravés alors jusqu'à une flagrance sans ambages après tant de sinueux
détours » (*Essais et articles*, éd. citée, p. 614).
3. *Ibid.*, v. 688-689.
4. Voir acte III, sc III, et acte IV, sc. IV.
5. *Phèdre*, acte IV, sc. V :
Je suis le seul objet qu'il ne saurait souffrir.
Et je me chargerais du soin de le défendre ?
6. « ... il n'y a rien de plus éloigné du "cœur", que ce sentiment
égoïste, appelé amour, et qui même dans les tragédies de Racine conduit
à l'assassinat ou au suicide pour peu que l'objet choisi ne paraisse pas
éprouver le même sentiment. Cela ne signifie nullement que je trouve cet
amour une chose inintéressante. Elle est importante pour le philosophe,
pleine d'enseignement pour celui qui l'analyse, atroce, j'en sais quelque
chose, pour celui qui l'éprouve » (*Corr.*, t. XVII, p. 433 ; lettre du
26 octobre 1918 à Lionel Hauser).

Page 525.
1. Sur la *Phèdre* « janséniste » de Bergotte, voir *À l'ombre des jeunes
filles en fleurs*, pp. 19 et 142 ; Proust reviendra brièvement sur cette
question dans *Le Temps retrouvé*.
2. Si le héros est une nouvelle Phèdre, Albertine est Hippolyte, et sa
mort inéluctable ; or la disparition du héros racinien (traîné par ses
chevaux rendus fous par Neptune) évoquait aussi pour Proust celle
d'Agostinelli : « La manière dont [votre Méditerranée] engloutit le
blasphémateur », écrit-il ainsi en 1917 à son ami Walter Berry à propos
d'un passage de sa conférence *L'Art méditerranéen*, « ressemble assez à
certain récit de Théramène sur la mort de Thésée [*sic, Phèdre*, acte V,
sc. VI ; on rapprochera ce lapsus du respect humain qui, dans la scène
de la déclaration, poussait Phèdre encore hésitante à travestir le nom de
l'objet de sa flamme]. Je la crois aussi féroce [...], elle a englouti il y a

quatre ans, tombé de son avion, mon cher secrétaire qui était italien et copiait *Swann* à la machine » (*Corr.*, t. XVI, p. 189).

Page 527.
1. *Cf. La Prisonnière*, pp. 123, 226-227.

Page 528.
1. *Cf. À l'ombre des jeunes filles en fleurs*, pp. 232-233.

Page 530.
1. Proust écrivait en février 1907 à Georges de Lauris dont la mère venait de disparaître : « si vous vous efforcez trop vous ne pourrez pas vous la représenter. Maman a connu ce supplice, ne jamais revoir sa mère, ni penser, quand elle voulait y penser, si ce n'est dans un éclair de sommeil, et encore si cruellement. Les yeux du souvenir finissent par ne plus rien voir quand on les fixe trop » (*Corr.*, t. VII, p. 87).

Page 531.
1. Allusions caricaturales à la politique anticléricale de la Troisième République au début du siècle. Le président du Conseil Combes fit appliquer rigoureusement la loi de 1901 sur les congrégations non autorisées (« Bertrand [de Fénelon] rigole en pensant à des religieuses "obligées de voyager" », *Corr.*, t. III, p. 384) et voter en 1904 l'interdiction de l'enseignement à toutes les congrégations. Proust, inquiet de la future loi de séparation de l'Église et de l'État qui serait promulguée en décembre 1905 (« Je viens de lire dans le résumé du projet de M. Briand que l'État pourrait dans une période de cinq ans désaffecter les cathédrales ! ») avait signé en août 1904 dans le *Figaro* une protestation intitulée « La Mort des cathédrales » (*cf. Pastiches et mélanges*, éd. citée, pp. 141 sq. et 771-772).

Page 532.
1. *Cf.* p. 520. Proust emprunte-t-il ici à une lettre d'Agostinelli qui ne nous est pas parvenue ? Il écrit en effet le 30 mai 1914 à son ancien secrétaire : « Je vous remercie beaucoup de votre lettre (une phrase était *ravissante* (crépusculaire etc.) » (*Corr.*, t. XII, p. 217). Cette image pourrait être inspirée de Barbey d'Aurevilly, un des auteurs de la conversation littéraire avec Albertine dans *La Prisonnière*, évoquant dans *L'Ensorcelée* « le soleil oblique du couchant, deux fois plus triste qu'à l'ordinaire, car il marquait deux déclins — celui du jour et celui de l'année... » (*Œuvres romanesques complètes*, éd. de la Pléiade, t. I, p. 559).

Page 535.
1. On trouvera un peu plus loin des soupçons analogues (p. 539). Voir l'Introduction du présent volume.

Page 538.
1. *Cf. Sodome et Gomorrhe II*, III, 120-121 et 149-150.

Page 539.
1. Cette dernière phrase était suivie, dans les ébauches de 1914, d'une expression crue de la jalousie : « J'aurais voulu aller la frapper pour anéantir à jamais en moi la souffrance que j'éprouvais. Il me semblait qu'un coup mortel qui anéantirait en elle la possibilité du plaisir donné par les autres ôterait de ma vie cette souffrance » (cahier 54).
2. Le manuscrit poursuivait alors ainsi : « Est-ce parce que j'avais changé, est-ce parce que je n'avais pu supposer alors que des causes naturelles m'amèneraient un jour à cette situation exceptionnelle, je comprenais maintenant après les avoir trouvés si ridicules les vers de Baudelaire : Si le viol, le poison, le poignard, l'incendie ». Mais Proust substitue à ces lignes la version définitive, et se donne cette note de régie : « N.B. je supprime ici le viol le poison etc. parce que je le mets dans le dernier chapitre du livre. Il faudra seulement que je dise bien avant cela à Balbec que si j'aime le soleil rayonnant sur la mer je trouve absurdes sans vérité pour [tant] d'êtres bons comme moi les [ve]rs sataniques [de Ba]udelaire comme [Si] le viol le poison le poignard l'incendie. » C'est bien cette composition éclatée qui va être mise en place : la première partie se trouvera finalement dans *La Prisonnière*, son répondant dans un des cahiers destinés au *Temps retrouvé* (cf. *La Prisonnière*, p. 445 et note 1).
3. *Cf. La Prisonnière*, p. 181, et la note 2.

Page 540.
1. *Cf. Du côté de chez Swann*, p. 405 et *La Prisonnière*, p. 181 la note 2.
2. Sur la Vivonne, voir *Du côté de chez Swann*, p. 210 sq. Albertine meurt donc au voisinage de Combray — une précision géographique qui apparaît comme correction autographe à la dactylographie, le manuscrit indiquant seulement que l'accident avait eu lieu « pendant une promenade ». Cette courte addition, en compromettant l'ordonnance prévue des péripéties ultérieures, a largement déterminé la physionomie singulière d'*Albertine disparue* (voir l'Introduction du présent volume).
3. « C'est à moi que [la femme d'Agostinelli] a adressé le premier télégramme désespéré » confiait Proust à Émile Straus le 3 juin 1914, quelques jours à peine après la mort de son ancien secrétaire. Ph. Kolb ne doute pas que le contenu de ce télégramme n'ait été la nouvelle « qu'Alfred, faisant un exercice de vol plané au-dessus de la Méditerranée, au large d'Antibes, est tombé et s'est noyé » (*Corr.*, t. XIII, pp. 228 et XVI).

Page 541.
1. Correction autographe sur la dactylographie, qui remplace « en Touraine ».

2. Sur Montjouvain, la demeure de Vinteuil, et le spectacle qu'y surprend le jeune héros, voir *Du côté de chez Swann*, pp. 155, 190, 202 *sq.*; *Sodome et Gomorrhe II*, III, 499 *sq.*; *La Prisonnière*, p. 400. Montjouvain et la Vivonne appartenaient respectivement aux deux « côtés », « si opposés », de Combray, le « côté de Méséglise » et le « côté de Guermantes » (*cf. Du côté de chez Swann*, pp. 177-178, 228-230): la mort d'Albertine force le héros à les conjoindre — beaucoup plus tôt et dramatiquement que dans le texte du manuscrit, où une telle découverte était confiée à l'entremise de Gilberte, pendant le séjour à Tansonville (*cf. La Fugitive*). Sur la symbolique des « côtés » dans *Sodome et Gomorrhe III*, voir l'Introduction du présent volume.

3. L'addition autographe à la dactylographie commencée un peu plus haut (« Ces mots: "au bord de la Vivonne..." ») et qui s'achève ici clôt la progression romanesque inaugurée à la fin de *Sodome et Gomorrhe II* et souligne fortement l'unité des deux volets de *Sodome et Gomorrhe III*. Dans le passage évoqué — tardivement ajouté sur dactylographie lui aussi (*cf. supra*, p. 398 note 2) — Albertine, prenant le contre-pied de ses propos dans le petit chemin de fer de Balbec, prétendait ne connaître qu'à peine Mlle Vinteuil et son amie (*cf.* pp. 401-402).

4. Dans son premier jet, cette phrase contenait ce qui serait finalement le titre de la suite de *La Prisonnière* — le héros évoquait la « réalité de l'être à qui, disait-il, je sentais maintenant [...] que j'avais voué un avenir, qui Albertine disparue [*ces deux derniers mots biffés*] maintenant qu'il ne correspondait plus à personne, se trouvait arraché à mon cœur » (cahier 54, 1914).

Page 542.
1. Proust n'a pas fait ici la correction appelée par la modification du lieu de la mort d'Albertine.

Page 543.
1. *Cf. Sodome et Gomorrhe II*, III, 402-403; mais il s'agit alors de Marcouville-l'Orgueilleuse, comme dans *La Prisonnière*, p. 229. Ph. Kolb fait remarquer que le nom de « Bricqueville l'Orgueilleuse » est plus proche de celui du « modèle » possible de cette église, Bretteville-l'Orgueilleuse, dans le Calvados (*Corr.*, t. VII, p. 296 note 5).

2. *Cf. Sodome et Gomorrhe II*, III, 403, où il s'agit de « calvados ou [de] cidre ».

Page 544.
1. Sur ce motif, *cf. La Prisonnière*, p. 229 et note 2.
2. *Cf. Sodome et Gomorrhe II*, III, 231; sur les fermes des environs de Balbec, voir *À l'ombre des jeunes filles en fleurs*, p. 491.
3. *Cf. Sodome et Gomorrhe II*, III, 403.
4. Autour de l'« invisibilité des innombrables oiseaux », on trouve deux phrases presque identiques dans des passages jumeaux d'*À l'ombre des jeunes filles en fleurs* (p. 305) et de *Sodome et Gomorrhe II* (III, 383), lors de l'évocation des promenades dans les bois de Chantereine et de

Canteloup avec Mme de Villeparisis, puis de Chantepie avec Albertine. Mais c'est dans le passage des *Jeunes filles* que le héros « apercevait entre les arbres le coucher du soleil comme s'il avait été quelque localité suivante, forestière, distante et qu'on n'atteindra pas le soir même » (p. 306).

Page 545.
1. À son amie Louisa de Mornand en villégiature dans une villa de Trouville, Proust écrit en juillet 1905 : « Si vous donnez sur la vallée je vous envie des clairs de lune qui opalisent le fond de la vallée à faire croire que c'est un lac. Je me souviens d'une nuit où je suis revenu d'Honfleur par ces chemins d'en haut. À chaque pas nous butions dans des flaques de lune et l'humidité de la vallée semblait un immense étang » (*Corr.*, t. V, p. 300).

Page 546.
1. *Cf. Le Côté de Guermantes I*, II, 326.
2. Dans *Sodome et Gomorrhe II*, ces promenades se déroulaient au plus fort de la canicule (III, 383).
3. *Cf. Sodome et Gomorrhe II*, III, 408, où il s'agit de Parville.

Page 547.
1. *Ibid.*
2. *Cf. La Prisonnière*, p. 237 et pp. 457-458.

Page 548.
1. *Cf. Sodome et Gomorrhe II*, III, 123, 126-131.

Page 549.
1. Ce rappel du thème des « cris de Paris », amplement orchestré en 1922 sur les dactylographies de *La Prisonnière* (*cf.* p. 176 *sq.* et note 1), figure en addition autographe sur la dernière page du premier chapitre d'*Albertine disparue*. Proust n'a pas indiqué précisément où l'insérer.
2. A. Chevalier a reconnu ici une allusion au roman d'Émile Souvestre *Un philosophe sous les toits. Journal d'un homme heureux* (1850) : « ... notre philosophe regarde, du haut de sa mansarde, la société comme une mer dont il ne souhaite point les richesses et dont il ne craint pas les naufrages » (Avant-propos). *Cf. À la recherche du temps perdu*, éd. de la Pléiade, t. IV, 1989, p. 67 note 1.
3. *Cf. Le Côté de Guermantes II*, II, 653.

Page 550.
1. *Cf. La Prisonnière*, pp. 228-234. Le premier chapitre d'*Albertine disparue* s'achève donc sur ce rappel de la promenade crépusculaire au Bois avec Albertine, avant le départ du héros pour la soirée Verdurin. Une mention barrée au bas de cette page de la dactylographie et dictée à Céleste Albaret précisait : « Fin d'Albertine disparue, ou si Mr Gallimard aime mieux avoir un volume plus long. Fin de la première partie d'Albertine disparue ». Proust envisagea même de fondre

cette brève *Albertine* dans le volume précédent (« Décidément, non. La Prisonnière fera un tout »), mais l'augmentera finalement d'une deuxième « partie » : ce sera le chapitre du séjour à Venise. Cette greffe textuelle s'accompagna du sacrifice — temporaire, dut-il croire, au moins par certaines d'entre elles — de deux cent cinquante pages de la dactylographie des cahiers, comme le précise le *nota-bene* sans ambiguïté qu'il porta, d'une main affaiblie par la maladie, en tête de la page : « Au bas de cette page [648] finit le chapitre 1er d'''Albertine disparue''. De 648 à 898 rien, j'ai tout ôté. Donc nous sautons de 648 au chapitre II d'Albertine disparue. Sautons sans transition au chapitre deux 898. » Sur ce retrait, voir l'Introduction du présent volume. Pour une reproduction de cette dernière page du premier chapitre, voir *Albertine disparue*, Grasset, planche 3. On lira dans *La Fugitive* les pages « ôtées ».

2. L'indication est autographe sur la p. 898 de la dactylographie, où Proust a biffé l'introduction qui faisait du séjour à Venise la troisième des étapes de l'oubli d'Albertine (*cf. La Fugitive*), les deux précédentes figurant dans les pages « ôtées ». On verra cependant que la conclusion du chapitre et d'*Albertine disparue*, que Proust n'eut pas le temps ou négligea de parfaire, prend appui sur ce motif.

3. Jusqu'à la p. 556 (« ... son vieil amant, M. de Norpois »), le texte de la dactylographie est, à quelques minimes différences près dans les premières pages, conforme à celui du morceau intitulé « A Venise », publié par Proust en décembre 1919 dans la revue *Feuillets d'art* (n° 4). L'écrivain avait à cette occasion revu, et surtout considérablement abrégé, le manuscrit du séjour à Venise rédigé pendant la guerre : en comparant ces premières pages avec les pages correspondantes de *La Fugitive*, on notera, outre des améliorations stylistiques, la disparition de toute évocation d'Albertine et de la grand-mère, ainsi que des poursuites érotiques du héros.

4. La Piazzetta, ou « petite place », prolonge à angle droit la place Saint-Marc jusqu'au débarcadère.

5. Cette promesse est celle de l'ange qui annonce aux bergers la naissance du Sauveur : « ... voici que je vous annonce une grande joie, qui sera celle de tout le peuple » (Saint Luc, 2, 8-14) ; Proust s'en souvient sans doute à travers Ruskin, dont il avait traduit dans sa préface à la *Bible d'Amiens* la conclusion de *Val d'Arno* : « Si vous ramenez vos pensées vers l'état des multitudes oubliées qui ont travaillé en silence et adoré humblement, comme les neiges de la chrétienté ramenaient le souvenir de la naissance du Christ [...] vous connaîtrez que la promesse des anges de Bethléem a été littéralement accomplie » (*Pastiches et mélanges*, éd. citée, p. 123 ; *cf.* J. Yoshida, *Proust contre Ruskin*, t. I, pp. 133-135). Cette « bonne nouvelle » esthétique n'est-elle pas, cependant, trompeuse ? Deux ans après les séjours de Proust à Venise (en mai 1900 avec sa mère, puis seul, en octobre de la même année), le 14 juillet 1902 exactement et précisément vers dix heures du matin, le campanile de Saint-Marc, vieux de plus d'un millénaire dans ses parties les plus anciennes, s'écroulait dans un nuage de poussière. L'événement fit la

« une » du *Figaro* (qui annonçait le même jour la mort de Charles Haas), et se trouve longuement décrit dans une note de la « Library Edition » des *Pierres de Venise I* de Ruskin, que Proust possédait (*cf.* Corr., t. VII, p. 274 ; *Works*, vol. IX, 1903, p. 248 *sq.* : « ... l'ange d'or du campanile, après sa chute, est brisé en mille morceaux ») ; il est encore rappelé à la fin de la préface de R. de La Sizeranne à la traduction des *Pierres de Venise* par Mathilde Crémieux, un ouvrage dont Proust devait en 1906 faire le compte-rendu (*cf. Essais et articles*, éd. citée, pp. 520-523). On peut penser que, loin d'être innocent, le choix définitif de l'Ange d'or du campanile comme exergue à la promesse esthétique vénitienne fait en filigrane office de prophétie de la désillusion finale, et préfigure la « ruine de Venise ».

Page 551.
1. C'est là tout ce qui reste de la description précise, dans les brouillons, d'une planche de Ruskin dans les *Pierres de Venise I*, où une tête sculptée barbue surmonte une ogive, à la façade du palais Badoari (XXI, pl. VIII, et J. Yoshida, *Proust contre Ruskin*, t. I, pp. 152-153).
2. C'est-à-dire la place Saint-Marc.
3. Voir le fragment dicté par Proust la veille de sa mort, *supra*, p. 247 note 1.

Page 552.
1. Ruskin retrace dans les *Pierres de Venise II* l'histoire de l'application des principes gothiques à l'« architecture domestique » de la ville (VII, 3, 5 *sq.*). Proust écrivait dans la préface à sa traduction de la *Bible d'Amiens* (1904) : « ... je partis pour Venise afin d'avoir pu, avant de mourir, approcher, toucher, voir incarnées, en des palais défaillants mais encore debout et roses, les idées de Ruskin sur l'architecture domestique au Moyen Âge », les « étudier et vérifier sur des exemples vivants » (*Pastiches et mélanges*, éd. citée, p. 139 ; *cf.* également *Essais et articles*, p. 521, et *Du côté de chez Swann*, p. 441).

Page 553.
1. Cette ample phrase témoigne d'une lecture à la fois assidue et critique de Ruskin. Certes, Proust s'inspire ici du chapitre des *Pierres de Venise II* consacré aux « Palais gothiques », où l'esthéticien consacre une longue étude abondamment illustrée à l'histoire de la fenêtre vénitienne (chap. VII et pl. XIII à XVIII ; *cf.* J. Yoshida, *Proust contre Ruskin*, t. I, pp. 149-151) Mais Ruskin faisait de cette admirable « architecture domestique » une fin en soi, par le « plaisir plus grand » qu'elle était capable de procurer : « les palais gothiques [de Venise] sont à ce jour ses résidences les plus délicieuses [...] le visiteur comprendra de lui-même l'effet que produirait sur le confort ou le luxe de la vie quotidienne un retour à l'architecture gothique ; il peut encore se tenir sur un balcon de marbre dans l'air doux de l'été [...] il comparera les impressions domestiques quotidiennes que lui procurent ces fenêtres avec celles que lui donnent les ouvertures carrées de son mur anglais »

(nous traduisons d'après VII, 47 et 46). Tout autre est la réflexion proustienne, qui subordonne le sentiment esthétique à l'expérience affective et au souvenir, et ne disqualifie jamais l'humble architecture de sa province : c'est déjà — ou encore — la « leçon de Chardin ».

2. « L'utile leçon de Chardin » était glosée ainsi dans le manuscrit : « que les plus pauvres choses peuvent être belles », et « celle de Véronèse » : « que ce n'est pas seulement les plus pauvres choses que la lumière et l'amour peuvent rendre belles, mais aussi les plus luxueuses et les plus magnifiques » — lignes reprises presque littéralement en tête du chapitre (p. 550), et donc finalement biffées ici. Sur « la leçon de Chardin », voir le projet d'article de Proust, en 1895, et la page où, face à lui, Gustave Moreau tenait le rôle dévolu ici à Véronèse (*Essais et articles*, éd. citée, pp. 372-382 et 418-419 ; *cf. Corr.*, t. I, p. 446 et XII, p. 195) ; dans le roman, la « leçon de Chardin » a été, en réalité, reçue d'Elstir — mais ses « natures mortes » ressemblent fort aux toiles de Chardin évoquées dans l'article de 1895 (*cf. À l'ombre des jeunes filles en fleurs*, pp. 456-457 et la note 1).

3. Proust s'était rendu en 1903 à une exposition du peintre Maxime Dethomas (1867-1929) : « il semble qu'on ait reçu de vous des yeux nouveaux pour regarder la vie et les hommes et jusqu'à ces petites fenêtres sur le Grand Canal que j'aimerais confronter avec les vôtres » (*Corr.*, t. III, p. 306). Il serait cependant plus sévère avec lui dans ses brouillons de 1908, le comptant parmi ceux qui avaient « cru devoir aller [...] chercher [Venise] dans ces quartiers perdus où tout ce qui fait sa splendeur s'efface » (cahier 3, cité dans l'« Esquisse XV », *À la recherche du temps perdu*, éd. de la Pléiade, t. IV, 1989, p. 693). Mais Proust appréciait assez Dethomas pour lui demander en 1919 d'illustrer son article des *Feuillets d'art*, d'où cette mention flatteuse, qui apparaît dans une addition au manuscrit.

Page 555.

1. Une note à la *Bible d'Amiens* renvoyait dans *Praeterita* de Ruskin à « l'impression des longs courants de marée montante et descendante le long des marches de l'hôtel Danieli » (éd. citée, p. 106, note 1 ; *cf. Works*, Library Edition, vol. XXXV, 1908, II, III, 55).

2. Ainsi le palais Giustinian, à l'entrée du Grand Canal, devenu l'hôtel de l'Europe ; le Palais Tiepolo, devenu l'hôtel Britannia, ou encore, riva degli Schiavoni, le palais Dandolo, devenu l'hôtel Danieli.

Page 556.

1. Des étrangers.

2. *Cf. Le Côté de Guermantes I*, II, 481-482 et *Le Côté de Guermantes II*, II, 818-819. À partir d'ici et jusqu'à : « ... le point final au conflit » (p. 558), le texte est fourni par une longue addition autographe à la dactylographie, qui vient remplacer une partie de la conversation entre Mme de Villeparisis et M. de Norpois publiée en 1919 dans *Feuillets d'art* ; cette nouvelle version est tirée d'ébauches rédigées en 1922

(cahier 59). On lira un premier état de ce passage, depuis l'arrivée au restaurant, dans *La Fugitive*.

Page 557.

1. Salviati, place Saint-Marc selon le guide « Joanne » de 1895, magasin de verreries, une des spécialités de l'artisanat vénitien.

Page 558.

1. Les faits s'accordent mal avec les propos de Norpois : Maurice Paléologue (1859-1944) ne fut jamais en poste à Belgrade, mais en Bulgarie, à Sofia, de 1907 à 1912 ; quant à Henri Lozé (1850-1915), sa très brève carrière diplomatique, de 1893 à 1895, le vit ambassadeur à Vienne (*cf. Corr..*, t. V, p. 235, la note 7 de Ph. Kolb).

2. Après l'addition autographe signalée dans la note 2 p. 556, le texte revient, jusqu'à : «... C'est elle » (p. 560), à celui des *Feuillets d'art*.

Page 559.

1. Pour la vraisemblance de la suite du récit (*cf.* p. 560), on avait transformé jusqu'ici, à la suite de J. Paulhan pour l'édition originale, ce « prince de B... » en « prince Foggi » (*cf. Albertine disparue*, Grasset, p. 139, Champion-Slatkine, p. 296, et l'ensemble des éditions de *La Fugitive*, sous ce titre et celui d'*Albertine disparue*). On peut se demander cependant si, derrière ce prince Odon de B... de la version des *Feuillets d'art*, ne se dissimulait pas en décembre 1919, six mois à peine après la sortie des *Jeunes filles* en librairie, le souvenir de celui auquel Proust aurait aimé les dédier, le prince Edmond de Polignac, disparu en 1901 — et ce au prix de quelques glissements sémantiques : par le mariage de sa sœur Yolande, il avait été, brièvement, le beau-frère de Sosthène, duc de Doudeauville, chez qui il « passait ses étés [...] à Bonnétable » ; féru de musique, il avait épousé une richissime américaine, Winnaretta Singer — qui, peintre à ses heures, était la belle-sœur du duc Decazes ; enfin, il villégiaturait à Venise, où il possédait un palais (*cf.* « Le salon de la princesse Edmond de Polignac », *Essais et articles*, éd. citée, p. 467). Ce ne serait d'ailleurs pas la seule « petite carte de visite amicale » que Proust aurait placée dans son article des *Feuillets d'art* (*cf. Corr.*, t. XIX, p. 418) — ni son seul hommage, direct ou indirect, au prince de Polignac dans *Sodome et Gomorrhe III* (*cf.* p. 246 note 1 et p. 262 note 2).

2. Mme de Villeparisis est en effet fille de Cyrus de Bouillon (*À l'ombre des jeunes filles en fleurs*, pp. 308 et 310) ; ce serait donc par erreur semble-t-il que le duc de Guermantes fait ailleurs d'elle la fille, et non la petite-fille, de Florimond de Guise (*Le Côté de Guermantes II*, II, 819 ; *cf. Le Côté de Guermantes I*, II, 489).

3. *Cf.* l'introduction originale de « Mme de Villeparisis à Venise », l'extrait des *Feuillets d'art* paru en prépublication au lendemain de l'attribution du prix Goncourt à Proust (*Le Matin*, 11 décembre 1919) : « Dans les derniers temps de notre séjour à Venise, comme nous y avions retrouvé Mme Sazerat, nous dînions souvent dans des hôtels qui n'étaient pas le nôtre. Nous voulions, en effet, la distraire et la faire

profiter d'un peu de luxe. Maman m'avait raconté ce qu'elle m'eût caché à Combray, au temps où, en me les lisant à haute voix, elle faisait de larges coupures même dans les *Maîtres sonneurs* et *François le Champi* ; elle m'avait raconté que Mme Sazerat avait été à peu près ruinée, parce que son père, M. de Portefin, s'était épris (cela remontait à plus de quarante ans) de la duchesse d'Havré, laquelle lui avait pris peu à peu tout ce qu'il avait et l'avait abandonné après lui avoir mangé jusqu'à son dernier "fermage" ».

Page 560.
1. Ici commence dans la dactylographie (jusqu'à : « ... dans la direction du Rhin », p. 565) une longue addition manuscrite, tantôt autographe, tantôt dictée par Proust à Céleste Albaret, et rédigée d'après les ébauches du cahier 59 élaborées en 1922. Avec ce que Proust y appelle le « grand discours à Mᵉ de Villeparisis » (pp. 556-558), ces pages devaient constituer le second volet du « portrait de Monsieur de Norpois inédit bien entendu » qu'il proposait le 21 octobre 1922 à Jacques Rivière pour *La N.R.F.* (M. Proust — J. Rivière, *Correspondance*, éd. citée, p. 256).
2. Les premières notes mentionnant le « Prince qui viendra saluer Mᵉ de Villeparisis à Venise », puis « le prince italien », apparaissent au début de 1921 dans le cahier d'« ajoutages » 62. Proust a négligé en 1922 de faire fusionner ce personnage avec le « prince de B... » de la version des *Feuillets d'art* (*cf.* p. 559 et la note 1).

Page 561.
1. « Testis » (« un Témoin ») servit de pseudonyme journalistique à l'historien et homme politique Gabriel Hanotaux (1853-1944), une relation du père de Marcel Proust, et l'un des modèles de Norpois (*cf.* G. Painter, *Marcel Proust*, 1985, t. I, p. 406 et la note 1).
2. Giovanni Giolitti (1842-1928), homme d'état italien de tendance libérale, fut président du Conseil pour la première fois en 1892-1893, puis à nouveau de 1903 à 1905. Peut-être faut-il placer le « mot » de Norpois en février ou mars 1906, peu après la formation de l'éphémère cabinet Sonnino, dont la chute, en mai, allait marquer le véritable « coup d'envoi » de la carrière de Giolitti à la tête du gouvernement.

Page 562.
1. A. Chevalier fait remarquer qu'au 3, rue de Belloy, dans le XVIᵉ arrondissement de Paris, vivaient M. et Mme Henry Standish (*À la recherche du temps perdu*, éd. de la Pléiade, t. IV, 1989, p. 215 note 2). Pour une précédente allusion à Mme Standish, *cf. supra*, p. 336 et note 1.

Page 563.
1. Emilio Visconti-Venosta (1829-1914) mena une longue carrière aux Affaires étrangères de son pays ; délégué de l'Italie à la conférence d'Algésiras de février 1906, il se retira ensuite des affaires.

2. Proust écrivait à B. Crémieux le 6 août 1922 : « la presse italienne [...] s'occupe quotidiennement de moi au grand désespoir de M. Barrère qui croit que j'ai voulu le peindre dans M. de Norpois simplement parce qu'il dînait quand j'étais enfant toutes les semaines à la maison. Or Norpois est le représentant d'un type diplomatique exactement contraire et d'ailleurs aussi parfaitement détestable » (*Du côté de Marcel Proust*, éd. citée, p. 166). De Camille Barrère (1851-1940), ambassadeur de France à Rome depuis 1897, il brossa un portrait sans indulgence au début de 1922 (cahier 59 ; *cf.* « Esquisse XVII », *À la recherche du temps perdu*, éd. de la Pléiade, t. IV, 1989, p. 708), et en reprit, presque littéralement, certains éléments dans une lettre destinée, à la mi-mars, au diplomate Ph. Berthelot, victime d'une sanction disciplinaire de l'ambassadeur : « un homme sans jugement, aveuglé d'ailleurs par de brefs engouements et de longues rancunes, et chez qui l'aptitude à mal faire dix choses, ne peut équivaloir à exceller comme on le croit en une » (Marcel Proust, *Lettres retrouvées*, éd. Ph. Kolb, 1966, p. 162). Proust avait déjà raillé la propension du diplomate à lancer « sans arrêter des dépêches comminatoires et vaines aux quatre coins du monde » (cahier 59) : « j'ai eu un moment d'intense rigolade [...] en apprenant que [le ministre des Affaires étrangères] avait reçu l'autre jour une dépêche de Barrère commençant ainsi : "Je crois devoir attirer tout particulièrement l'attention de Votre Excellence sur une conversation d'une haute importance que j'ai eue hier soir avec le Commandant Prince Léon Radziwill" » (*Corr.*, t. XVIII, p. 374, lettre du 15 août 1919 à J. Porel).

3. En 1904 encore, à en croire « Le salon de la comtesse d'Haussonville », où Proust commente la teneur des « Premiers-Paris » et « Premier-Paris politique » de l'époque (*Essais et articles*, éd. citée, p. 482).

Page 564.
1. « Sous les tilleuls » : longue avenue berlinoise, pôle de la vie sociale, politique et culturelle, partagée par un terre-plein planté d'arbres formant promenade.
2. Nous avons suppléé ce terme, en l'empruntant aux premiers éditeurs ; dicté ici à Céleste Albaret, le manuscrit indique seulement, entre parenthèses, la note de régie suivante : « N.B. ajouté [*sic*] après satisfaisante le mot allemand équivalent [*sic*] ».

Page 565.
1. Avec la fin de l'addition manuscrite signalée p. 560 note 1, la dactylographie d'*Albertine disparue* revient au texte des *Feuillets d'art* jusqu'à la conclusion de celui-ci, p. 571 (« ... l'autre sa colline »). Dans cet ensemble, les différences avec la version du manuscrit, qu'on pourra lire dans *La Fugitive*, sont considérables : des pans entiers de texte ont été supprimés, et, dans les parties maintenues, les révisions de Proust ont occasionné de nombreuses variantes. Ici par exemple s'intercalaient l'épisode de la lettre du coulissier, qui ravivait brièvement le souvenir de la disparue, et celui de la réception de la dépêche signée « Albertine »,

qui inversement révélait l'accomplissement de l'oubli, et préparait la conclusion du chapitre ; Proust avait, semble-t-il, commencé une révision de ces pages, qu'à l'origine il prévoyait de réintroduire (*cf.* p. 566 note 3).

2. On lira ici dans *La Fugitive* les épisodes des visites au baptistère de Saint-Marc et à l'Académie, centrés autour de la figure de la mère et du souvenir d'Albertine. La disparition de ce dernier passage ampute le « leitmotiv Fortuny », développé dans *La Prisonnière*, d'un dernier retour.

3. *Cf. Du côté de chez Swann*, p. 121 sq, et la note 1 p. 121. Il s'agit des fresques de Giotto à la chapelle des Scrovegni, dans l'ancienne arène romaine de Padoue ; réparties en deux groupes antithétiques de sept, les allégories des « Vices » et des « Vertus » se font face sur les murs latéraux, sous trois rangées de scènes de la vie de la Vierge et du Christ. Proust, après avoir songé à placer ce pèlerinage dès « Combray », l'annonçait à la parution de *Du côté de chez Swann* sous le titre « Les "Vices et les Vertus" de Padoue et de Combray » pour le troisième et alors dernier volume d'*À la recherche du temps perdu* ; la femme de chambre de Mme Putbus, objet des poursuites érotiques du héros, devait alors l'y accompagner, et lui apparaître comme une nouvelle incarnation de ces figures allégoriques (cahier 50). Avec l'abandon de cette composition viendra celui de leur évocation.

Page 566.

1. René Fonck (1894-1953) est l'« as des as » de la Grande Guerre, auquel Proust, dans un article publié en 1919 et alors que l'aviateur vient d'être élu député, veut sans doute rendre hommage — ce qui n'est pas sans brouiller encore la chronologie supposée du roman.

2. Des angelots en vol figurent dans sept des trente-huit scènes de la vie de la Vierge et du Christ représentées à la chapelle de l'Arena. La description de Proust, qui évoque tout particulièrement la « Mise au tombeau » (voir l'illustration page suivante), s'inspire visiblement des remarques de Ruskin dans son *Giotto and his works in Padua*, à propos de la « Nativité » : « les anges [...] tournoient dans l'air comme des oiseaux [...] ils se fient à leurs ailes [...] Au fur et à mesure du développement d'un état d'esprit scientifique et non plus contemplatif, les peintres font preuve de plus de timidité en donnant des ailes à leurs anges et préfèrent mettre l'accent sur la forme humaine ; elles finissent par devenir une sorte d'appendice décoratif — rien d'autre qu'un *signe* d'ange. Mais à l'époque de Giotto un ange était une créature complète, en l'existence de laquelle on croyait comme en celle d'un oiseau ; et on concevait la façon dont il se lançait dans l'air et prenait appui de-ci de-là sur ses ailes comme tout aussi naturelle que le vol d'un choucas ou d'un étourneau ; de là [...] la diversité et le pittoresque des expressions du mouvement des hiérarchies célestes chez les primitifs, que remplacent bien mal les effets de perspective et les membres nus fantastiquement jetés en tous sens qui caractérisent les chérubins des époques ulté-

rieures » (nous traduisons d'après *Works*, Library Edition, vol. XXIV, 1906, pp. 71-72).

3. On lira ici dans *La Fugitive* une page consacrée au désir pour une jeune autrichienne, laquelle éveille les mêmes soupçons gomorrhéens qu'Albertine. C'est ici aussi que Proust aurait songé à réintroduire les épisodes de la lettre et de la dépêche (*cf.* p. 565 note 1); on trouve en effet dans le double de la dactylographie d'*Albertine disparue* des pages, dépourvues de corrections autographes et insérées de manière posthume par les premiers éditeurs, mais qui durent être établies d'après un document rédigé ou dicté par l'écrivain, puisqu'elles donnent une version revue du début de l'épisode du coulissier dans le manuscrit (*cf. La Fugitive*, Documents). Proust, qui réalise d'assez nombreuses corrections de détail, s'interrompt cependant assez vite, la fin de l'épisode et celui de la dépêche ne présentant plus aucune différence avec le manuscrit ; mais il prend soin d'indiquer où le passage doit s'insérer dans la dactylographie — pagination qui, reportée et ensuite modifiée par les premiers éditeurs, déplaçait ici l'épisode, reconstituant ainsi le mouvement naturel d'une ou de plusieurs journées : après-midi (promenades avec la mère et à Padoue), crépuscule et soir (lettre du coulissier et dépêche), nuit (errances solitaires). De fait, la révision de ces quelques pages dut intervenir *avant* la modification du lieu de la mort d'Albertine, lorsque la jeune fille était encore assez innocentée de relations avec l'amie de Mlle Vinteuil pour que son épithète dans le manuscrit : « ... presque une protégée de l'ancien professeur de piano de ma grand-mère, Vinteuil », parût superflue à Proust. On peut supposer que leur préparation interrompue fut contemporaine de l'établissement de la dactylographie, au printemps 1922.

« La mise au tombeau » (détail).
Giotto and his works in Padua, pl. XXXV.

4. Jusqu'aux secondes épreuves encore, « Un amour de Swann » commençait ainsi : « Il en était de M. et Mme Verdurin, comme de certaines places de Venise, inconnues et spacieuses, que le voyageur découvre un soir au hasard d'une promenade, et dont aucun guide ne lui a jamais parlé » (*cf.* D. Alden, *Marcel Proust's Grasset Proofs*, 1978, p. 267). La suite est reprise ici (jusqu'à : « ... brusquement ramené au Grand Canal », p. 567), avec très peu de différences.

Page 567.

1. Sur ce personnage, voir *supra*, p. 371 et note 3 ; p. 538 et note 1 ; p. 565 note 3.

2. Dans les premières esquisses vénitiennes, à l'époque du projet du *Contre Sainte-Beuve* (1908), c'était à l'inverse le héros qui prétendait partir en laissant sa mère seule à Venise (cahier 3 ; *cf. Contre Sainte-Beuve*, éd. B. de Fallois, pp. 123-124) ; dans les brouillons de 1911, la querelle était anticipée avant le départ, le héros désirant se rendre à Venise sans sa mère afin d'y connaître la femme de chambre de Mme Putbus (cahier 50 ; « Esquisse XVIII », *À la recherche du temps perdu*, éd. de la Pléiade, t. IV, 1989, pp. 721-722).

3. Le texte des *Feuillets d'art* omet ici la phrase suivante, qui fait défaut à la fin du deuxième chapitre d'*Albertine disparue* : « Le portier vint apporter trois lettres, deux pour elle, une pour moi que je mis dans mon portefeuille au milieu de toutes les autres sans même regarder l'enveloppe ».

Page 568.

1. *O sole mio*, « Ô mon soleil » — romance d'E. di Capua, composée au tournant du siècle.

2. *Cf. Le Côté de Guermantes I*, II, 328. Proust fait ailleurs de l'eau « une combinaison [...] de chlorure de sodium et d'hydrogène » (cahier 29).

Page 569.

1. *Cf. Jean Santeuil*, éd. citée, pp. 305-306, et le commentaire comparatif de J. Rosasco dans « Aux sources de la Vivonne », *Recherche de Proust*, 1980, p. 148 *sq.*

Page 571.

1. Ce passage de l'article des *Feuillets d'art* (depuis : « Ma mère devait être arrivée à la gare... ») améliore sensiblement l'état complexe, à la fois répétitif et inachevé, des pages correspondantes du manuscrit, qu'on pourra lire dans *La Fugitive*.

2. Ici s'achève l'article « À Venise » ; la fin du chapitre revient au texte du manuscrit.

3. *Cf.* p. 567 note 3.

4. Cette nouvelle accomplit symboliquement la réunion des côtés de Méséglise — le « côté de chez Swann » — et de Guermantes que déjà la disparition d'Albertine avait géographiquement opérée (p. 541

note 2) ; mais elle n'a plus été, dans cette version, préparée par la réception de Gilberte, devenue Mlle de Forcheville, chez les Guermantes (*cf. La Fugitive*). Les dernières notes de Proust, griffonnées sur une enveloppe la veille de sa mort, montrent qu'il comptait réintroduire cet épisode, probablement dans une suite d'*Albertine disparue* (voir l'Introduction du présent volume).

5. Allusion à l'épisode, omis dans l'article des *Feuillets d'art*, de la dépêche qui semble ressusciter Albertine ; on a vu que Proust avait songé à le réintroduire dans le séjour à Venise quand celui-ci était encore, au printemps ou au début de l'été 1922, la troisième des étapes de l'oubli d'Albertine (*cf.* p. 565 note 1 et p. 566 note 3).

Page 572.
1. Proust a inscrit dans la marge de la dactylographie en face de cette phrase : « fin du 2e chapitre d'Albertine disparue », et biffé d'une croix les lignes suivantes de la page (jusqu'à : « ... si extraordinaires qu'elles puissent paraître... »). Peut-être envisageait-il alors de doter le livre d'une partie supplémentaire.

2. Dans une lettre de 1921 au duc de Guiche, Proust écrivait : « j'ai pendant toute la guerre [...] dans mes livres noté une série de faits que j'inventais, que je ne pouvais savoir, qui souvent n'avaient pas encore eu lieu, et qui se sont trouvés minutieusement réalisés dans la vie [...] cette description de faits que je ne pouvais connaître[, j]e crois qu'elle est une conséquence logique de prémisses vraies » (*Corr.*, t. XX, p. 348).

Les mots « ... sur les prémisses » sont suivis sur la dactylographie de la mention autographe : « Fin d'Albertine disparue », laquelle annule celle de la page précédente. Demeurés dans la liasse, les quarante-quatre feuillets suivants ont été biffés par Proust d'une grande croix ou d'un trait oblique ; ils ne portent d'autre correction qu'une nouvelle pagination autographe, enchaînant sur celle du chapitre deuxième. On lira dans *La Fugitive* cet ensemble consacré à l'examen des mariages inattendus de Gilberte et Saint-Loup et du jeune Cambremer avec la nièce de Jupien, et qui s'interrompt peu après la révélation de l'homosexualité du neveu de Charlus (« ... la gifle qu'il avait donnée au journaliste »), c'est-à-dire avant la césure avec *Le Temps retrouvé* choisie pour l'édition originale. Les ultimes notes de travail de Proust reprennent, très schématiquement, des éléments de ces pages (voir l'Introduction du présent volume). Pour une reproduction de ce dernier feuillet, voir *Albertine disparue*, Grasset, planche 4.

★

La mort de Proust a interrompu ici son travail de correction et d'édition des cahiers d'*À la recherche du temps perdu*, et notamment de la série des *Sodome et Gomorrhe*. On lira dans la présente collection sous les titres *La Fugitive et Le Temps retrouvé* le texte non revu des derniers cahiers manuscrits.

Analyse

LA PRISONNIÈRE

Première série de journées. Réveil en musique aux bruits de la rue (69). Présence secrète d'Albertine chez moi et grâce de son baiser (70). Nos cabinets de toilette contigus (70-71). Le petit bonhomme barométrique (72). Lettre de maman retenue à Combray et qui trouve choquante ma cohabitation avec Albertine (73-74). Françoise la plie à mes habitudes matinales (75-76). Je l'entoure de luxe (77). Elle a changé, intellectuellement et physiquement (77-79). Andrée la chaperonne dans ses promenades (79-80). Je ne l'aime plus, mais ma jalousie renaît au moindre prétexte ; ubiquité de Gomorrhe (81-84). Imprudence de me décharger sur Andrée et le chauffeur de la surveillance d'Albertine (84-85). Après son départ je goûte une solitude que je peuple de rêveries et de souvenirs (85-87). Mon désir d'inconnues et de voyages, car la jalousie est une maladie intermittente (87-90).

En fin de journée mes visites à la duchesse de Guermantes, en quête de conseils de toilette pour Albertine (91-94). Robes de Fortuny de la duchesse (94). Charme désuet de sa conversation (94-98). Une conséquence désastreuse, selon les Guermantes, de l'affaire Dreyfus (99-103). Nous reparlons robes (103-104). En sortant de chez la duchesse, je rencontre M. de Charlus et Morel qui vont prendre le thé chez Jupien (104). Une expression employée par la nièce du giletier excite la colère de M. de Charlus (105). Familiarité de Morel et d'autres à l'égard du baron (106). La compagnie de M. de Vaugoubert (106-107). L'auteur se justifie de « peintures si étranges » (107). Morel veut épouser la nièce de Jupien ; l'expression vulgaire venait de lui (108). M. de Charlus séduit par le projet de

Morel (109-111). Calculs cyniques et versatilité maladive de Morel (112-115).

L'incident des seringas (115-116). Discrétion nouvelle dont fait preuve Albertine (117-119). Les défauts d'Andrée ; ses rapports sur ses sorties avec Albertine ne calment pas mon anxiété (120-123). Albertine en déshabillé ; la bague qu'elle a reçue pour ses vingt ans ; elle est devenue une femme élégante, et d'ailleurs cultivée (123-124). Les jeunes filles, désirables car changeantes (125-127). Mystère parallèle des caractères de M. de Charlus et Morel pour la nièce de Jupien (127). Effets du temps sur Albertine (127-129). Son sommeil : la regarder dormir (130-135). Je ne recherche plus en elle le mystère (135-136). L'apaisement de la possession (136-138). Mes parents transmigrés en moi (138-139). Douceur trompeuse du compagnonnage amoureux (140-142).

Deuxième journée. Mes réveils par des temps différents ; rêveries et nouveaux soupçons rétrospectifs dont j'ajourne le déchiffrement (142-147). Le soir, projet d'Albertine de faire le jour suivant une visite à Mme Verdurin (148). Sens caché de ses paroles et de ses regards ; je décide d'empêcher cette visite (149-151). Albertine être de fuite (152-154). Horreur des amours enfantées par l'inquiétude (154-157). Rôle de l'habitude (158). Insinuations malveillantes de Françoise à l'égard d'Albertine (159). Conversation téléphonique avec Andrée au sujet de la visite projetée pour le lendemain (160-162). Albertine m'avoue qu'elle a récemment rencontré Mme Verdurin (162-163). Les feux tournants de la jalousie (163-164). J'informe Albertine de mon intention de l'accompagner chez les Verdurin ; modification consécutive de ses projets, et nouvelle jalousie (164-165). Nos promenades, plus nombreuses qu'à Balbec, ne m'apportent plus le même calme (165-167). Puisqu'elle a renoncé à se rendre le lendemain chez les Verdurin, je lui propose d'assister à une représentation au Trocadéro (167). Dureté que lui témoigne, comme à moi autrefois mes parents, l'adulte que je suis devenu (168-169). Décision de rompre et de partir pour Venise différée par un nouveau mensonge d'Albertine ; l'amour, une torture réciproque (169-171). L'angoisse de ses baisers refusés ou contraints ressuscite en moi l'enfant de Combray (171-173). Ruse pour qu'elle s'endorme dans ma chambre ; une nouvelle fois, le spectacle apaisant de son sommeil (173-175). Elle m'embrasse dès son réveil (175-176).

Troisième journée (dimanche). Réveil par un jour de printemps interpolé dans l'hiver ; les cris de Paris composent une « Ouverture pour un jour de fête » (176-180). Mon article envoyé au *Figaro* n'y a toujours pas passé ; Albertine ira à la matinée de gala du Trocadéro (180). Échange rituel de citations d'*Esther* ; nos paroles menteuses et involontairement prophétiques (180-182). Mes sommeils (182-186). Ses « Pitiés » (186). Retour aux cris de Paris ; goût d'Albertine pour ces nourritures (187-189). Son morceau éloquent et sensuel sur les glaces excite ma jalousie (190-192). Elle est accompagnée au Trocadéro par Andrée ; souvenir de l'excursion à Versailles : mes doutes passagers sur la vigilance du chauffeur d'Albertine, mais non malheureusement sur son honnêteté (193-195). J'apprends qu'au moment de notre amour j'étais la dupe de Gilberte (195-196). Rappel d'un voyage à Balbec d'Albertine, seule avec le chauffeur (197). Retour aux cris de Paris ; je demande à Françoise de m'envoyer une petite employée ; nouvelle lettre inquiète de maman (197-202). Entrée d'une petite laitière, que j'avais déjà remarquée ; la curiosité amoureuse toujours déçue (202-205). Je découvre dans le *Figaro* que Léa doit jouer aujourd'hui au Trocadéro ; il faut absolument empêcher Albertine de l'y rencontrer (205-213). J'envoie Françoise l'y chercher ; décadence de son parler (213-216). Coup de téléphone de Françoise, puis mot d'Albertine elle-même m'annonçant son retour ; aussitôt mon désir d'elle tombe, et je sens mon esclavage (217-219). En l'attendant je joue la sonate de Vinteuil, qui m'évoque *Tristan* ; réflexions sur la musique de Wagner et la littérature du xixe siècle, leur individualité et leur authentique car rétrospective unité ; l'art me paraît cependant réductible à une habileté technique (219-223). Mystères de l'emploi du temps de Morel pour M. de Charlus ; je surprends une scène grossière qu'il fait à la nièce de Jupien (223-226). Douceur familiale du retour d'Albertine ; elle me fait admirer sa nouvelle bague (226-227). Départ en auto pour le Bois ; désirs pour des femmes entrevues et propos sur l'architecture (228-230). Sans le dire à Albertine j'ai décidé d'aller le soir chez les Verdurin (230). Notre promenade au Bois ; Albertine, obstacle apparent, en réalité condition de mes désirs pour les midinettes ; similitude du désir et du voyage, et des déceptions qu'ils engendrent (230-233). La chatoyante actrice de la plage derrière la grise prisonnière (234-235). Nos ombres parallèles au bord du lac ; douceur de ramener la captive (236-237). Signes de sa lassitude, me faisant craindre qu'elle n'ait le projet de rompre ; ses mensonges et ceux de la petite bande (237-242). Je lui ferai croire que je veux rompre le premier (243). Projets de cadeaux, dont une robe de Fortuny (243-244). J'apprends que Bergotte est mort ce jour-là ; sa maladie prolongée par les médicaments (244). Ses dernières années, ses derniers mois ; il abuse des narcotiques (244-248). Sa mort devant la *Vue de Delft* de Vermeer (248-249). Mort à

jamais ? (249-250). En réalité la mort de Bergotte a eu lieu la veille ;
mensonge d'Albertine qui m'affirmait l'avoir vu ce jour-là (250).
Art charmant de ses mensonges ; le témoignage des sens ne m'aurait
pas détrompé, il est fonction de nos croyances (250-254).

Soirée chez les Verdurin.
　　Mentant à Albertine sur le but de ma sortie, je pars chez les
Verdurin (254-255). Rencontre avec Morel ; sa neurasthénie et son
cynisme ; il a décidé de « plaquer » la nièce de Jupien (255-259).
Bilan temporaire de ma journée (259-260). En arrivant quai Conti
je rencontre Brichot, à demi-aveugle (260). Ma peine à la mort de
Swann (260-263). Le salon Verdurin de la rue Montalivet, à l'époque
où Swann y rencontrait Odette, évoqué par Brichot (263-265).
M. de Charlus nous rejoint ; malaise qu'il provoque chez Brichot.
Supériorité morale de l'homosexualité nerveuse sur l'homosexualité
de coutume (265-268). M. de Charlus ne peut plus cacher son vice ;
ses dons artistiques (269-272). Évolution de ses rapports avec Morel
et de son comportement au sein du petit clan (273-274). Il nous ment
au sujet de Morel (275-276). Une lettre de Léa au violoniste ;
nouveau sens de l'expression « en être » (277-279). M. de Charlus
admire les succès féminins de Morel (280-281). Il a invité ce soir le
Faubourg Saint-Germain chez la Patronne ; il s'agit de lancer son
protégé, qui jouera du Vinteuil (282-283). Relations intéressées avec
Bergotte (283-284). M. de Charlus m'apprend que Mlle Vinteuil et
son amie ont manqué la répétition de l'après-midi, mais viendront
peut-être ce soir ; affreuse douleur à comprendre pourquoi Albertine voulait se rendre chez Mme Verdurin cet après-midi-là (285-
288). Saniette nous rejoint (288). Familiarités de M. de Charlus avec
un valet de pied (289-290). Cruauté de M. Verdurin à l'égard de
Saniette (290-291). Besoin des Verdurin de s'engouer mais aussi de
brouiller (291-293). Griefs mondains de Mme Verdurin à l'égard de
M. de Charlus (293-297). Bénéfices mondains de l'affaire Dreyfus
(297-299) et des Ballets russes (299-300). Mme Verdurin affiche
l'indifférence à la mort de la princesse Sherbatoff (301-303). Une
odeur de rhino-goménol (303-304). J'apprends de Mme Verdurin
que Mlle Vinteuil et son amie ne viendront pas (304). Envie du baron
d'adopter Morel (305). Propos furtifs échangés par M. de Charlus
et ses semblables (306-307). Mme Verdurin se prépare à brouiller
Charlie avec le baron (307-308). Insolence des invités de M. de
Charlus envers Mme Verdurin, à l'exception de la reine de Naples
(308-310). Le baron fait taire l'assemblée car le concert va commencer (310-311). On joue une œuvre inédite de Vinteuil ; mystérieux
appel qui y retentit (311-314). Je détourne un moment mon

attention sur les musiciens et Mme Verdurin (314-315). La sonate
de Vinteuil est à son septuor ce que mes amours précédentes furent
à mon amour pour Albertine, de timides essais (315). Une phrase
familiale et domestique du septuor (316). Joie de Vinteuil réincarné
dans sa musique (316-317). Son accent unique (318-321). Après un
intermède reprise du septuor ; retour de l'appel du début, maintenant triomphant (321-324). C'est à l'amie de Mlle Vinteuil, qui l'a
pieusement déchiffré après la mort du musicien, que je dois cette
révélation esthétique (324-326). La soirée Verdurin, allégorie de
l'union profonde entre le génie et la « gaine de vices » (327-328).
Saniette, chassé par M. Verdurin, a une attaque (329-330). Défilé des
invités devant M. de Charlus seul ; rage de Mme Verdurin (330-337).
L'éventail oublié de la reine de Naples (338). Propos condescen-
dants de M. de Charlus à Mme Verdurin ; Morel invité à jouer chez
Mme de Duras, mais la Patronne n'est pas conviée (339-341).
Mme Verdurin résolue à perdre M. de Charlus (341-342). La croix
de Charlie (343). Mme Verdurin demande à Brichot de prendre à
part M. de Charlus pendant que son mari « éclairera » Morel ;
scrupules de l'universitaire qui finit par obtempérer (343-347). La
figure idéale du salon des Verdurin (348-350). M. de Charlus me
retient (350). « La Mèche ! » (351). Ses prévenances, mais il ne m'a
pas renseigné sur la venue de Mlle Vinteuil (352). Il me fait l'éloge
de Brichot dont il fréquente les cours à la Sorbonne (353-357). Je
l'interroge sur Mme de Villeparisis (357-358). Je décide de jouer à
Albertine dès mon retour la comédie de la rupture (359-360).
Conversation de Brichot et M. de Charlus sur l'homosexualité (360-
363). Révélations de M. de Charlus sur Swann et Odette (363-365).
Brichot relance M. de Charlus ; l'homosexualité au siècle de
Louis XIV (366-369). Les « novateurs » et les commérages du monde
(370-373). Pendant ce temps M. Verdurin puis la Patronne montent
Morel contre M. de Charlus (373-381). Il est publiquement « lâché »
par le violoniste ; son absence de réaction (381-382). Il ne soupçon-
nera jamais Mme Verdurin (383). Retour inopiné de la reine de
Naples venue chercher son éventail ; elle offre son bras à M. de
Charlus (384-387). Causes de l'absence de rancune du baron (387-
389). Générosité des Verdurin à l'égard de Saniette malade ;
difficulté de présenter une image fixe des caractères (389-392).
Retour en compagnie de Brichot (392-395). La fenêtre éclairée
d'Albertine, symbole de ma servitude (395-396).

Colère d'Albertine apprenant que je viens de chez les Verdurin
(397-398). Aveux sur son prétendu voyage à Balbec avec le
chauffeur (399-400). Je veux l'accabler en lui révélant ce que je sais
des mœurs de Mlle Vinteuil (400-401). Nouvel aveu d'Albertine : son

intimité avec l'amie de Mlle Vinteuil n'était qu'un mensonge destiné
à m'éblouir (401-402). « Me faire casser le pot » (402-405). Je simule
un désir de rupture (405-407). La photographie donnée à Esther
(407). Le génie de duplicité de l'amour (408-409). L'hypothèse
qu'Albertine a l'intention de me quitter (410-413). Nouveaux aveux
(414-416). Rôle de l'hérédité dans la comédie que je joue à
Albertine ; je me prends à mon propre jeu (417-421). Léa et
Mlle Vinteuil, les deux bourreaux de ma journée (421-422). Projet
d'Albertine de se rendre en Touraine, chez sa tante ; un « renouvellement de bail » (423-424). Allégorie mystérieuse d'Albertine endormie (425).

Quatrième série de journées. Comparaison de la scène de la veille
à un « bluff » diplomatique (425-428). Lettre de maman inquiète de
mes intentions (428-429). Albertine cherche à dissiper mes soupçons
(429). Rôle malveillant joué par Françoise, et peut-être les Verdurin
(430-432). Goûts artistiques d'Albertine (433-434). Les robes de
Fortuny (434-437). Albertine au pianola (437). Elle me joue le
septuor de Vinteuil ; j'y trouve la preuve de l'existence d'une certaine
réalité spirituelle et l'équivalent des sensations éprouvées devant les
clochers de Martinville, les arbres d'Hudimesnil, en buvant une
certaine tasse de thé ; le génie de Vinteuil, c'est de nous livrer la
qualité inconnue d'un monde unique (438-440). Les grands littéra-
teurs n'ont pas fait autre chose ; exemples de « phrases types » de
Barbey d'Aurevilly, Thomas Hardy, Stendhal, Dostoïevsky (440-
443). Le « côté Dostoïevsky » de Mme de Sévigné (443-444). Les
créateurs et l'expérience du mal ; retour à l'univers créé par
Dostoïevsky (444-446). C'est maintenant l'hypothèse matérialiste,
celle du néant de l'art, qui se présente à moi (446). Albertine au
pianola, cet ange musicien, me semble une œuvre d'art en ma
possession (447-448). Ce n'est qu'une illusion ; je ne la désire que
parce que je ne la possède pas ; supériorité de la curiosité amoureuse
sur la curiosité esthétique (449-451). Albertine, grande déesse du
Temps, m'invite à la recherche du passé (451-452). Gaieté de ses
réveils nocturnes (452-453).

Cinquième série de journées. Retour de la belle saison (453).
J'apprends pourquoi Albertine avait finalement accepté de quitter
Balbec avec moi (454-455). Habitude d'Albertine de faire servir une
même action au plaisir de plusieurs personnes ; son impuissance à
se refuser un plaisir (455-457). La rupture est maintenant inévitable,
mais je veux en choisir le moment (458-459). Un soir je me mets en
colère contre elle et lui fais des reproches : Mlle Vinteuil, Andrée

(459-463). Elle refuse de m'embrasser ; pressentiments de mort (464-466). Je redoute son départ ; présage sinistre de sa fenêtre brutalement ouverte (467-468).

Sixième série de journées. À mon réveil, soulagement de la présence d'Albertine (468). Désir printanier d'inconnues et de voyages ; le lendemain notre sortie à Versailles (469-472). Attention suspecte d'Albertine à l'égard de la pâtissière chez qui nous goûtons (472-474). Notre retour nocturne ; réflexions sur la versatilité d'Albertine (474-475).

Dernière matinée. Sensations d'un matin de printemps ; l'odeur d'une automobile réveille en moi un désir de promenades et de parties de campagne (476-477). Rêveries au printemps vénitien (477-478). Je me sens prêt à quitter Albertine ; mon départ pour Venise n'est plus qu'une question de jours (478-479). Je sonne Françoise, qui m'apprend qu'Albertine est partie le matin même ; je comprends le caractère illusoire de mon indifférence envers elle (480).

ALBERTINE DISPARUE

Un télégramme d'Albertine : « j'aurais été trop heureuse de revenir ! » (516-518). Ma lettre de réponse : désormais certain de son retour, je feins de ne pas le souhaiter ; je mentionne le yacht et la Rolls que j'avais achetés pour elle (518-520). Ma lettre ne peut avoir que des conséquences néfastes ; je décide de ne plus l'envoyer, puis me ravise (520-523). Nouvelle de la mort de la Berma ; la scène de la déclaration de *Phèdre* m'apparaît comme une sorte de prophétie des épisodes amoureux de ma propre existence (523-525). Le désir cherche et redoute à la fois son propre accomplissement ; mais la douceur de retrouver Albertine en compensera le danger (525-526). Les bagues retrouvées par Françoise me révèlent un nouveau mensonge d'Albertine (527-529). Son image me devient imperceptible (529-530). Françoise, qui a dû hâter le départ d'Albertine, craint maintenant son retour (531-532). Une lettre d'Albertine, qui n'avance à rien (532-533). Pour brusquer les choses, je prie Andrée de s'installer chez moi, et écris à Albertine mon intention d'épouser son amie (533-534). Le soupçon me vient qu'Albertine n'avait jamais eu le projet de revenir (534). Je surprends des paroles cruelles de Saint-Loup ; ma confiance en lui est ébranlée (534-535). Le récit de sa mission en Touraine ranime si douloureusement ma jalousie que j'en viens à souhaiter la mort d'Albertine ; j'envoie à celle-ci un télégramme désespéré la suppliant de revenir (536-540). Au même moment un télégramme de Mme Bontemps m'apprend sa mort, au cours d'une promenade à cheval au bord de la Vivonne (540). Mon désespoir ; elle était donc à Montjouvain ; je comprends qu'elle m'avait trompé en me démentant son intimité avec l'amie de Mlle Vinteuil (541). Les deux dernières lettres d'Albertine me parviennent alors ; elle souhaitait reprendre notre vie commune (541-542). Albertine survit en moi, démultipliée en ses apparitions successives (542-543). Souffrance provoquée par la perpétuelle renaissance de moments anciens, avec elle à Balbec (543-545). Françoise me surprend en larmes (545-546). Nouveaux souvenirs, mais j'entrevois le caractère inévitable de l'oubli (546-547). La disparition d'Albertine ne me rapproche pas comme je l'avais cru de la réalisation de mes désirs (547-548). Mon appréhension de l'hiver, qui me rapportera, mais devenu pernicieux, le premier germe de mon amour (548-549). À chaque saison je souffrirai de la répétition de toutes sortes de journées ; les inconnues des promenades ne m'évoquent plus que la tendresse d'Albertine (549-550).

Chapitre deuxième. Maman m'a emmené à Venise ; mes impressions matinales ; j'y retrouve, mais transposées sur un mode plus riche, celles de Combray (550-551). La fenêtre gothique de notre hôtel ; sa beauté est éclipsée par le souvenir de maman qui à midi m'y attendait (552-553). La leçon de Véronèse après celle de Chardin (553). L'après-midi c'est une Venise plus humble que j'explore, seul, en gondole (553-554). Au coucher du soleil, nos promenades avec maman sur le Grand Canal ; impressions urbaines, maritimes et artistiques entremêlées (554-555).

Un soir, nous emmenons Mme Sazerat dîner dans un hôtel du Grand Canal ; je découvre que Mme de Villeparisis et son vieil amant M. de Norpois y sont en villégiature (555-556). Je surprends leur conversation ; intempérance verbale du vieux diplomate qui épanche ses ambitions et ses critiques (556-559). Mme Sazerat découvre Mme de Villeparisis, la maîtresse qui avait ruiné son père (559-560). La réserve de M. de Norpois face au prince Foggi prélude à son immixtion dans les affaires italiennes (560-562). Rôle de la presse selon M. de Norpois ; ses éditoriaux à la veille de la déclaration de guerre, en 1870 (562-565).

L'après-midi je me prépare à sortir avec maman ; notre visite à l'Arena de Padoue la veille de notre départ (565-566). Promenades nocturnes dans une Venise de conte de fées (566-567). Le jour de notre départ je me querelle avec maman ; elle part sans moi pour la gare (567). Je regarde se coucher le soleil en écoutant chanter *Sole mio* ; Venise désenchantée m'est désormais étrangère (568-569). Fasciné par ce chant je me condamne à rester seul à Venise, dont la ruine se consomme devant mes yeux (569-570). Au dernier moment je rejoins maman à la gare ; dans le train je lis mon courrier ; une lettre de Gilberte m'apprend son mariage avec Robert de Saint-Loup (571-572).

Table

Les Classiques
du Livre de Poche
(extraits du catalogue)

Antiquité grecque

Antiquité latine

Moyen Age

Renaissance

XVIIe siècle

XVIIIᵉ siècle

XIXᵉ siècle

Composition réalisée par COMPOFAC - PARIS

IMPRIMÉ EN FRANCE PAR BRODARD ET TAUPIN
Usine de La Flèche (Sarthe).
LIBRAIRIE GÉNÉRALE FRANÇAISE - 6, rue Pierre-Sarrazin - 75006 Paris.

ISBN : 2 - 253 - 06049 - 6   ✛ 30/7394/7